U0123319

世界華文新文學史

中國現代文學的兩度西潮

上 編

西潮東漸

第一度西潮與寫實主義

馬森

著

序

　　這本書在心中醞釀已久，真正開筆的時間是筆者於1998年在成功大學退休以後的那一年，到全書完成的2014年，驀然驚覺已過了十六個年頭。一本書如何拖延如此之久？第一自然是內容太過龐大、資料太過繁多；另一方面，筆者並非只集中精力寫此一書，而是同時做了別的事、寫了別的書；再加上求備心切，不願急就，正好在筆者退休之後的悠遊歲月，容許筆者在時間上不惜揮霍。

　　其實早在1991年筆者出版《中國現代戲劇的兩度西潮》的時候，已經覺得「兩度西潮」的立論，不能只針對中國的現代戲劇而言，更應該包括中國的全部現代文學在內，甚至於擴大到中國整體現代文化的層次，成果才會更加顯著，視角也才會更加完備。如今由於資訊的暢達與交通的便利，華文文學已如英語文學一般，不再能受國籍及地域所限，而形成在世界上遍地開花的現象，所以立志以兩度西潮的觀點寫一部含括世界各地華文文學在內的世界華文新文學的發展史。這本書在理論上仍然從「進化論」（evolutionism）和「傳播論」（diffusionism）出發，視華文現代文學的發生和發展為中國整體社會、文化的現代化的一環。傳播在人類的文化發展上是常態，並非例外，即使較為封閉的

中國大陸，早期也受到過中亞、印度，甚至美洲的影響，例如胡樂、佛教、玉米等的傳入。但是十九世紀中葉鴉片戰爭之後西潮東漸的規模之大、聲勢之壯卻的確是空前的，再加上西方帶來的科學技術縮短了傳播的空間和時間，使中國無所選擇地追隨西潮而下，在不到百年的時間，漸次調整本體的機能，以致改弦易轍，遠離了故有的軌道。

正因爲從十九世紀中葉開始的這第一度巨大西潮東漸，強力扭轉了中國歷史的發展方向，再經二十世紀中期的第二度西潮衝擊，可以說已徹底改變了中國的社會組織、生產方式、文化面貌，甚至人民的生活方式。這兩度強勁的西潮，雖然爲中國人帶來了前所未有的苦難和挫折，但是也爲中國人造就了脫胎換骨的機運，使原來自給自足的封閉族群不得不敞開大門與其他異族的文化交流，擴大了眼界，進而加入世界前進的行列，成爲世界上組成的重要一員。在整體的下層建構和上層的文化及意識形態上是如此，在文學上當然也是如此。因此中國現代文學的發展，就不只是反映了這一段中國人民反抗強權、奮鬥自強的歷史過程，同時，更重要的是呈現出這一段艱苦的生命過程中國人內心的曲折和自由創造心靈的噴放。

其實多年前筆者曾經抱著不受政治及意識形態干擾與友人合撰過一本企圖純從學術觀點立論的《二十世紀中國新文學史》（1997台北駱駝出版社），無奈那時只負責導論、結論和戲劇文學的部分，雖然也擔負了最後通讀及彙整全書的工作，但仍無法掌控全局，以致全書完成時在結構、章法、觀點上都難以達到統一無瑕，可說是一次不多麼成功的經驗，因而更加強了筆者獨力完成這樣一部著作的願望。

文學史既是歷史的一種，當然首先須有史學的基本常識，即以正確的史料蒐集爲基礎，然後再加以客觀的詮釋。所謂正確的史料，指的是有事實根據的資料和可信的學術文本，必須排除道聽途說的小道消息和具有政治立場和意識形態偏見的論述。所謂客觀的詮釋，是指不依附學術以外的意識形態及思維架構，並非排除學術性的理論。當然有人也可辯說：沒有意識形態也是一種意識形態，或如韋勒克在《文學論》中認爲在史料的選擇中難免就有個人的價值判

斷。這其實是一種程度認定的問題，含有某些不自覺的主觀，絕不等同於具有自覺的偏見。此處所謂的「客觀」，是指自覺地放棄個人的好惡與成見，讓正確的資料說話，盡量顯示歷史的眞相。

目前中國大陸所見的現當代文學史，諸如王瑤的《中國新文學史稿》（1953）、劉綬松的《中國新文學史初稿》（1956）、唐弢主編的《中國現代文學史》（1979）和《中國現代文學史簡編》（1994）、田仲濟、孫昌熙主編的《中國現代文學史》（1979）、郭志剛、董健等主編的《中國當代文學史初稿》（1980）、張鐘、洪子誠等主編的《當代文學概觀》（1980）、山東大學等主編的《中國當代文學史》（1980）等，其中都有些可信的資料，可惜整體的思維架構在當日大陸的環境中尚不能擺脫特定意識形態的左右，故勢難達到學術客觀的要求。加以令人感到諷刺的是，與大陸政府所倡導的「一個中國」的政策恰恰相反，在這些文學史中都不見台灣文學的影子。台灣文學的這一部分，在大陸通常是另案處理的，如白少帆、王玉斌等主編的《現代台灣文學史》（1987）、公仲、王義生的《台灣新文學史初編》（1989）、劉登翰、莊明萱等主編的《台灣文學史》（1991）、黃重添的《台灣新文學概觀》（1991）、王晉民主編的《台灣當代文學史》（1994）等。此一現象與葉石濤所撰《台灣文學史綱》（1987）、陳芳明所撰《台灣新文學史》（2012）視台灣文學為獨立於中國文學之外的另一種文學如出一轍。到了九〇年代大陸學者發動重寫文學史運動後，開始注意到這個問題，以後所出版的文學史，除陳思和主編的《當代大陸文學史教程：1949-1999》（2001）因標明「大陸」二字，可以名正言順地排除台灣文學外，其他現當代文學史作，如朱棟霖、丁帆、朱曉進主編的《中國現代文學史：1917-1997》（1999）、曹萬生主編的《中國現代漢語文學史》（2010）等作，倒是都涉及到了台灣文學，不過卻把台灣文學吊在車尾（末一章），完全無視文學發展的前後次序與文學作品的輕重分別。儘管大陸政府的政策一再聲明「台灣是大陸不可分割的一部分」，但是大陸的學者卻毫無顧忌地把台灣文學從大陸文學中分割出來；不然就另眼看待，放在書末，一如與大陸的文學沒有瓜葛。只有朱壽桐主編的《中國現代主義文學史》（1998）用了一編的篇

幅來書寫台灣的現代主義文學,而且放在香港的現代主義文學和大陸開放後的現代主義文學(諸如朦朧詩、尋根派及先鋒派的小說、探索戲劇等)的前面,可說例外地具有時序與繼承、影響的觀念。這主要也是因為第二度西潮的現代主義和後現代主義首先衝擊到台灣,使台灣的現代主義文學領先了大陸同類作品二十多年的緣故。但該書仍免不了在〈導論〉中說:「中國現代主義進入正常復蘇和全面發展軌道的是八○年代」,而認為在台灣的現代主義不過是一種「偏隅」的發展,因而不願承認五○年代開始台灣發展的現代主義文學其實就是整體中國現代主義文學的先鋒。

因為台灣於清末甲午之戰後割讓給日本,長達五十年之久成為日本的殖民地,光復後又與大陸隔離至今,故台灣文學是有其特殊性。其中長久受到殖民影響的部分,在大陸的文學作品中是少見的;特別是第二度西潮,台灣文學擔負了先鋒的作用,引領了大陸七○年代末期對外開放之後文學的走向。這是有異於大陸文學的地方,然而就傳承而論,台灣早期的漢詩、漢文固然完全是中國的傳統文學,光復後的台灣文學所使用的語文及作品的內涵並不出中國文化的範圍,而且在章法、風格上明顯地繼承了五四以來新文學的傳統;即使日據時代,接受五四白話文運動影響的白話文作品也是那時代台灣文學的主流。因此,台灣文學如不與大陸及海外的中文文學整體合觀,實在難以解說台灣文學的來源及其傳承、影響的脈絡。另一方面,倘若大陸文學少了台港與海外部分,也成為殘缺不全的面貌。

整體的文學觀固然是文學通史的基礎,斷代的文學史也不容許殘缺,否則便難以顯示那一個時代的全貌。而且文學史不是文學辭典,並非由無數個別作家與作品連綴而成,文學史要表現的是文學來源、發展、繼承、傳播、影響等等以及文學家的成果、特色及流派,就像一條河流,有它的源頭、流域、主流及支流及其所流經的各地風光,湯湯然流向未來。書寫華文現代文學史,就如描繪一條河流的流動狀貌,在水紋、水速、水色等細節之外,也需描述河流的整體狀貌及沿途景色。

文學史寫的是文學的歷史,既不是社會史,更不是政治史,雖然與社會與政

治有所關連，但重點仍在文學。文學的產生與發展主要乃來自自由的創造心靈之噴放，並不是宗教的傳播或政治、政黨的宣傳，也不應該如此，所以能夠忠實表達文學的產生與發展的文學史也不應該依附於宗教的教義或政治、政黨的理念或教條。但當然可以有某種學術理論的指導原則或框架，譬如十九世紀法國文學史家泰納（Hippolyte Taine, 1828-93）的《英國文學史》（*Histoire de la littérature angliase*, 1863）就曾提出「種族、環境和時代」（la race, le milieu et le moment）作爲詮釋文學作品的準則，一向爲學術界所稱道，而對後世的文學史書寫影響巨大。近代中國大陸的文學史家採取馬克思的「經濟決定論」或「階級鬥爭」的理論作爲指導原則，在學術上本無可厚非，無奈事實上並非學術的認同，而係出於政治暴力的脅迫，只要政治風向一轉變，其所憑藉的理論就立刻跟著轉向，這就是吾人不能不引以爲戒的前例。

本書的理論基礎「兩度西潮論」，既非來自宗教的教義，也非政治的理念，而係歷史的史實。自十九世紀中葉鴉片戰爭所帶來的第一度西潮，到五四運動達到高潮，1937年七七事變後日軍大舉侵華西潮因而中斷八年，繼之國共內戰四年，前後中斷有十二年之久，直到1949年國民政府遷台，開始第二度西潮進入台灣，二十八年後，中國大陸對外開放，第二度西潮進入大陸，這都是歷史的眞實軌跡，不容置疑，本書中論之甚詳。以此作爲二十世紀華文文學發展的框架，絕對更能彰顯此一階段中國、台港及海外華文新文學之所以發生、壯大，以及海峽兩岸文學的繼承、影響、分合關係等種種複雜的問題。

任何理論都會有其重心與焦點，相對地，也會有其盲點與偏頗，故所有的學術著作，包括文學史在內，都需要有不同理論與觀點的並存及交互辯難，庶幾見其眞相於萬一。筆者的觀點自然也只是一家之言，不過自認態度公正、視角客觀。筆者出生在中國大陸，成長在寶島台灣，以後遊學於歐美等地長達三十多年，歷經日本侵華戰爭、國共內戰、資本主義集團與社會主義集團的冷戰、韓、越兩地的熱戰，以及台灣從強人政治走向民主的過程和所引發的族群分裂等等，對二十世紀這一個地區以及世界大環境的發展和所遭遇的問題有相當的瞭解和掌握。由於這種個人的生活和學習背景，使筆者有能力跳出狹隘的族群觀念、政治立場和

意識形態的束縛，既能擺脫自我中心的大中原心態，又無關分離主義的台獨意識，可以客觀而宏觀地從歷史文化和地理位置的中國著眼來處理二十世紀兩岸三地以及海外華文文學的發展。這裡所說的「中國」是從先秦以來所形成的觀念，指的是地理的中國、文化的中國、血緣族群的中國。在歷代王朝中，「中國」二字從未見於國號，直到中華民國建國，始有中國二字在內。當然，中華人民共和國內也有中國二字，因此才會發生一個中國還是兩個中國的論爭。如果我們拋開一時的政治立場，純就歷史、地理與血緣立論，那麼就只有一個五千年來光耀著人類歷史文化的中國，兩岸的人民都是這一個大家庭中的一分子。

書中的章節以歷史進度為序，緒論外共分三編，上編西潮東漸：第一度西潮與寫實主義，首先敘述十九世紀中葉第一度西潮對中國所造成的衝擊及其影響；然後是西潮的高峰──五四新文化／新文學運動──所形成的新文學的蠭起及第一代的新文學作家。中編戰禍與分流：西潮的中斷，講日本侵華戰爭與國共內戰所造成的西潮中斷及戰時的新文學發展及第二代的新文學作家、上海孤島及解放區的文學以及台灣與大陸文學的分流、台灣光復前的新文學及大陸上的社會主義文學。下編分流後的再生：第二度西潮與現代／後現代主義，此編涉及的是國民政府遷台後五〇年代台灣文學的第二度西潮（有別於第一度西潮的崇尚寫實主義，第二度西潮以現代主義與後現代主義為主流）、台灣當代的現代主義與後現代主義文學蠭起的現象及作家、港澳的新文學及其通俗文學，然後是七〇年代末期大陸對外開放後第二度西潮下的現代主義文學及文革後的新生代作家、海外的華文作家的成就，最後以二十一世紀跨越地區疆界的新生代作家的網路文學及中國文學走向世界作結。除非有個別作家出道特早或特晚，書中所有作家的敘述主要以世代及年齡為序，以見其傳承與影響的關係。每位作家的名下均附有簡介或小傳，雖嫌瑣碎、單調，但作為一本參考書還是必要的。

本書除重視中國現代文學發展的整體脈絡外，也同樣重視每個個別作家的成就。文學既然是語言文字的藝術，當然語言文字的是否運用適當、恰如其分、

有無創意、有無形成文字的風格，是基本的評價標準（屬於中文的特質是不能翻譯的部分）；其次則看作品的人文向度、思想深度與廣度、情緒的掌握；至於有關文學技巧種種，只不過是附帶的條件。有的作家寫作生命長，有的短，表面看來前者的貢獻應該較大，但是有時寫作生命長的不一定就寫出重要的作品，寫作生命短的也不一定就寫不出重要的作品。有的作家名聲響亮，有的隱而不彰，前者更易引人注目，但名聲響亮的不一定都名實相副，隱而不彰的可能也有值得發掘的寶藏。有的作家寫的是自以為的純文學（或嚴肅文學），有的不否認自己寫的是通俗文學（或大眾文學），同樣的道理，自以為嚴肅的不一定就真正嚴肅，自稱通俗的，也可能含有嚴肅的價值。

　　對這些作品的評價，除了我個人的觀點外，當然需要參考其他評論家的意見，這就是本書也不能忽略二十世紀海峽兩岸三地及海外文學評論家之貢獻的道理。除了有專章介紹外，也大量引用具有洞見的評論家的意見，譬如清末民初的梁啓超、王國維、梁漱溟、陳寅恪、章士釗和五四時代及稍後的胡適、陳獨秀、李大釗、魯迅、劉半農、錢玄同、毛澤東、瞿秋白、茅盾、周作人、郁達夫、郭沫若、歐陽予倩、巴金、老舍、沈從文、鄭振鐸、徐志摩、聞一多、梁實秋、蘇雪林、陳序經、馮友蘭、洪深、阿英、曹聚仁、李健吾、曹禺、夏衍、陳白塵、陽翰笙、胡風、周揚、馮乃超、臧克家、蘇汶等，他們的論述如今已經成為歷史紀錄，但是對早期的文學有重大的影響。大陸的現當代文學史家，諸如劉大杰、王瑤、唐弢、董健、田本相、劉登翰、王晉民、楊義、朱棟霖、曹萬生、朱壽桐、郭志剛、陳思和、古繼堂、沈用大、賴伯疆，評論家如錢鍾書、張庚、謝冕、溫儒敏、嚴家炎、曹順慶、陳平原、胡星亮、古遠清、沈奇、朱雙一、喻大翔等，有的也已進入歷史，但多半都還健在，他們雖非全為作家，卻都是研究現當代文學的重要學者，他們的意見極具參考價值。至於台灣的文學史家葉石濤、陳芳明、詩人洛夫、余光中、郭楓、瘂弦、張默、蕭蕭、簡政珍、文學評論家姚一葦、齊邦媛、顏元叔、尉天驄、張漢良、高天生、黃克全、古添洪、林明德、龍應台、呂正惠、鄭明娳、鍾明德、龔鵬程、李瑞騰、李奭學以及海外的評論家夏志清、余英時、李歐梵、葉維廉、唐文標、關傑明、劉紹銘、王德威、劉再復、

黃維樑、楊松年、鍾玲、顧賓、鄭樹森、蘇煒等，這一長串的名單都是對兩岸的文學曾有過深入研究的學人，他們的評論也都是本書引用與借重的對象。可以看出來，其中有自由主義者，也有左派文人，筆者不會因為他們的政治立場而忽視他們看來正確或雖不正確但曾發生過影響力的意見。同時，也可看到在第一度西潮時，尚很少純粹的學者評論家，文學評論多出之於作家之手。到了第二度西潮才顯出學者評論家的本色。文學史家及文學評論家本身雖非作家（當代尚有少數身兼作家者），但文學評論也是另一種創作，對作家們常有意想不到的影響，故一部文學史絕不能忽視評論家的貢獻。

　　文學評論與詮釋，當然是文學史重要的組成部分，筆者根據以上所提的評論標準盡量發揮了個人的見解。唯中國現當代的文學作品早已汗牛充棟，而且隨時都有新材料增加，絕非任何個人在有生之年可以盡閱，這也是必要借重其他文學史家及評論家的意見之處。除了前文提到的中國現當代及台灣文學史作外，兩岸及海外的現當代文學史資料，諸如張若英編《中國新文學運動史資料》（1934）、趙家璧主編《中國新文學大系》（1935）、楊一鳴編《文壇史料》（1944）、曹聚仁著《文壇五十年》（1955）、北京師範大學中文系編《中國現代中國文學參考資料》（1959）、王哲甫著《中國新文學運動史》（1965）、劉心皇著《現代中國文學史話》（1971）、司馬長風著《中國新文學史》（1975）、周錦著《中國新文學史》（1976）、陳瘦竹主編《左翼文藝運動史料》（1980）、蘇雪林著《中國二三十年代作家》（1983）、張毓茂著《二十世紀中國兩岸文學史》（1988）、於可訓等主編《文學風雨四十年》（1989）、劉文田等編《當代中國文學史》（1991）、喬福生等著《二十世紀中國文學》（1992）、余漢等編《新編中國當代文學發展史》（1994）、傅子玖編《中國新文學史》（1994）、皮述民、馬森等著《二十世紀中國新文學史》（1997）、徐瑞岳主編《中國現代文學研究史綱》（2001）、陳芳明著《台灣新文學史》（2011）以及個別文類史料諸如田漢等主編《中國話劇五十年史料集》（1958-85）、呂訴上著《台灣電影戲劇史》（1961）、夏志清著《中國現代小說史》（1961）、林非著《中國現代散文史稿》（1981）、

緒 論

一、斷代的文學史

　　史學是一種記錄過去的事蹟，並彙整過去的資料加以評斷的學問，其中包括史料與史觀。史料的重點在事蹟的真實性、資料的正確性，而史觀的重點則在評斷的客觀性。追查已經過去的事蹟、蒐集已經散遺的資料，並不是件容易的事，但具有史學訓練的學者都有基本的細密工夫和審慎的態度，唯獨評斷的是否客觀則非常困難。任何一位學者都不能不受到家學、師承、時代與環境的影響，他的評斷多少總帶有這些影響的痕跡，如何從其中跳出來，全視他是否有自知之明，清楚表示出自己所下評斷的根據以及可能的侷限，這恐怕是在不可能達到百分之百客觀的情形下尚可接受的客觀態度。

　　早期之史多為一般通貫之史，記述人類的各方面活動，尤其強調上層社會或統治階層的言行以及其對整體社會的影響，因此常以朝代區分，而產生改朝換代、歷史興衰之感。近代在社會日趨複雜之後，遂有斷代史、分門別類之專史出現，前者把重心放在某一個時間階段，後者重心限於某一種領域，譬如社會

史、經濟史、政治史、宗教史、文學史、藝術史等等。其中文學史，就是專記文學發展、文學家的傳承、流派，以及作品之評價的分類史。文學史既是分類史，也可以是斷代史，本書就是專門記述二十世紀一百年間世界華文文學發展之史。二十世紀是一個人類大播遷的時代，有的是經濟原因，爲了求生，從貧瘠之地流向較爲富裕的地區；有的是政治原因，爲了逃避迫害，從專制獨裁之地逃往較寬容自由的地區；但更重要的原因是二十世紀是一個科技發達、交通便利的時代，各國、各洲之間的通商、遊學、旅遊、移民已經成爲常態，因此華人除了海峽兩岸、港澳、星馬之外，已經遍布歐美各國，在各地均形成重要的華人群落，是故中國文學也已經不只限於海峽兩岸及港澳、星馬華人世居之地，即使在歐美各國也有出眾的華人及華文作家以及不可忽視的華文作品。本書涵容了世界各地的華文作家及作品，而成爲一部「世界華文的新文學發展之史」。

文學史，不論是通史，還是斷代史，當然也需要資料的正確和觀點的客觀。過去也有人認爲在文學史裡根本無所謂客觀的史實，即使在史料的選擇中也難免有價值的評斷（例如韋勒克在《文學論》中的意見）。正如上文所言，我們認爲這應該是一個程度認定的問題，含有某些不自覺的主觀成分，絕不能與故意的主觀與自擇的立場同日而語。我們希望達成的客觀，是自覺的放棄個人的好惡與成見，同時且具有自我批判的精神，以期在自覺的範圍內盡量求取客觀與公正。維持客觀也常常通過某種客觀的理論作爲敘述與詮釋的基礎而達成，例如十九世紀法國的文學史家泰納（Hippolyte Taine, 1828-93）在他的鉅著《英國文學史》（*Histoire de la littérature anglaise*）一書中就提出「種族、環境和時代」（"la race, le milieu et le moment"）作爲敘述流變及詮釋作品的基準，對後世治文學史者的影響很大。近代的中國文學史家，除了曾接受泰納的理論外，也常潛襲或公然地採納馬克思的「經濟決定論」及「階級鬥爭」的理論，潛襲的如劉大杰的《中國文學發展史》，公然的如1949年後在中國大陸出版的各種文學史。固然馬克思的史觀有一定的洞見，可以彰顯一部分文學發展的眞相，但是也勢必遮蔽其他方面的眞相。如果萬人一聲地採用同一種理論，那麼

所遮蔽的比所彰顯的就要多得多了（如參照台灣周錦的《中國新文學史》和香港司馬長風的《中國新文學史》就足見其所蔽之處）。所以應用多樣的客觀理論，對彰顯全面的眞相肯定更有效益。在這種態度主導之下，我們也極需要一種可以幫助我們達成客觀之目的的理論作爲燭照的明燈，這盞明燈就是「兩度西潮」論。

二、兩度西潮的立論

多年前我出版了《中國現代戲劇的兩度西潮》一書（馬森 1991），即以兩度西潮作爲中國現代戲劇產生與發展的基礎與歷史背景。其實在構思中國現代戲劇的兩度西潮之前，我所想到的是中國現代文學的兩度西潮（馬森 2002：178-187）。就更大的範圍而言，也就是中國近世所遭逢的西化或現代化。很早我就對中國的現代化極感興趣，曾長久思索這方面的問題。在歷史的因緣際會上看，如沒有西潮的東漸，中國何有西化或現代化呢？

西潮指的是自從明朝利瑪竇等西方傳教士東來攜帶來西方的文明，一直到十九世紀中期鴉片戰爭前後西方國家以武力蠻橫輸入西方的事物所形成的一股強大潮流。這股潮流強勁有力地衝擊著中國的固有文明，使中國被迫在發展的道路上改弦易轍，走上西化（或現代化）的路途。鴉片戰爭是西潮東漸的關鍵年代。中國戰敗後，不得不與西方國家訂立不平等條約，因而被西方的強權打開了門戶，再也無法閉關自守，從此遂走上一條噩夢連連又無能躲避的現代化的道路。

現代化，當然不是中國一國的問題，而是從十八世紀以降，逐漸由歐洲向世界其他地區蔓延的一次史無前例的浪潮（Eisenstadt 1966）。推動此一浪潮的主要動力是資本主義工業化、科學研究、政治民主與個人自由。這樣的動力自然並無種族與國界的侷限，所以自十九世紀以降越來越成爲人類共同追求的標的。現代化雖無種族與國界之限，卻難免受到文化的制約，例如在中國文化、印度文化、阿拉伯文化等古文明長久浸潤下的人民，站在民族文化的本位上，

一開始都不能認同或不能完全認同源起於西方的種種現代化的標的，因此精神上難免感受挫折，遂使中國現代化的過程猶如連串的噩夢。對今日的中國人而言，現代化雖說並不盡然等同於西化，但在中國最初接觸現代文明的時候卻的確是首先看到西方的榜樣而踏著西方世界走過的腳步前進的（羅榮渠 1990）。正因為在那時候中國人眼中的「現代化」就是「西化」，才會發生排拒的心理，進而滋生無數的困擾。

若從人類學上的「進化論」（evolutionism）與「傳播論」（diffusionism）著眼，就可以看出來，人類的歷史演進正多所依賴文化的傳播（Harris 1968）。嚴格地說，真正完全孤立的文化是沒有的，不論任何閉塞的地區，都曾多多少少受到鄰近其他地區的影響，只有程度不同而已。值得注意的一項觀察，一般較開放或不太具有排他性的地區，現代化的速度較快，程度也較深，歐美各國和東方的日本就是最明顯的例子。中國在現代化的過程中，正因為曾經具有強大的排他性，以致為此付出了慘重的代價。

從中國的近代發展看來，中國人對現代化的看法大概有三種態度：一、堅決排外，例如以義和團為代表的保守的農民精神；二、中學為體，西學為用，以張之洞等為代表的技術官僚的觀點；三、全盤西化，以胡適、陳序經等為代表的西化派的知識份子的主張（陳序經 1934）。這三種態度同時也代表了三個發展的階段，大概在二十世紀以前，企圖閉關自守的排外傾向仍然佔據上風。但1900年八國聯軍擊破了義和團的神話，使中國人不得不承認學習西方文明的必要。但是在民族的優越感尚未完全粉碎以前，「中學為體，西學為用」似乎是一個折衷的辦法。全盤西化的主張雖然表面上並未贏得多數國民的認同，但在知識界卻有越來越多的人士認為在學習西方上不必設限，學得越多、越徹底越好。到了1919年的五四運動之後，對固有文化的批判與譴責達到一次高潮，無形中助長了全盤西化的氣焰。自此開始，西化（或現代化）的腳步逐漸加快，一直到1937年日軍大舉進攻中國，阻絕了與西方的交往溝通為止，形成了我所稱的「第一度西潮」。

為什麼兩度西潮？因為西潮的東漸並非一貫，中間曾有所阻斷。如果說西潮

東漸從鴉片戰爭後形成波濤洶湧之勢，那麼到五四運動達到第一度的高潮，使中國的文明轉向西方的道路，勢難回頭。但是到了1937年，日軍侵華，中國對外的海空交通全為日軍所封鎖，切斷了中國與西方的交通，以致在物質條件上使中國失去了與西方溝通的管道，精神上忙於抗戰，逃命之不暇，也無力繼續吸取西方日新月異的現代文明。從1937年到1945年日本戰敗投降，長達八年間大致可說是西潮的停頓期。不幸的是，1945年後中國沒有獲得和平，馬上又捲入國共的內戰，一樣使人民流離失所，無暇向西方取經。直到1949年國府戰敗撤退到台灣而中國共產黨在北京宣布建立「中華人民共和國」為止，這四年毋寧是西潮停頓的延續期，所以西潮的停頓大致上有十二年之久。正因為有所中斷，才有所謂的「二度」。

作為「反共堡壘」的台灣，為了防禦中國共產黨的來犯，不得不立刻建立與美、英、法、德、日等資本主義國家的外交、經貿關係；其中與美、日的關係尤其密切，在經貿、外交外，也建立了軍事的聯盟。由於與西方國家的重新結盟，西潮遂得以暢達直入台灣。另一方面，共產黨統治下的中國大陸，開始只與蘇俄與東歐結盟，視具有現代文明的西方資本主義國家為敵對的陣營，嚴加防範，故而西潮對中國大陸而言仍處於中斷時期。此一情況直到毛澤東死後，四人幫垮台，鄧小平執政，1978年實行對外開放政策才有所改觀。從此以後，中國大陸不但替代台灣與西方國家逐一建立了外交與經貿關係，而且與蘇俄、東歐等社會主義國家日漸疏遠，直到蘇聯本身解體、東西德合併、東歐諸國轉向，而大陸政權也不再排拒資本主義意識形態為止。對外開放後的中國大陸不但接受西商與台商的投資，更歡迎西方的技術輸入，自然不可避免地又受到二度西潮的衝擊。

就歷史的發展而論，不論是台灣，還是中國大陸，都曾接受過兩度西潮的衝擊，第一度西潮從西方傳來了以寫實主義為主體的文學，第二度西潮傳來了現代主義與後現代主義的西方文學，這兩次潮流都深深地影響了海峽兩岸文學的創作與發展，使兩岸的文學漸次與西方文學的趨勢合流。

三、台灣文學與大陸文學的分流

今日中國大陸與台灣的關係極為微妙而敏感。中國大陸堅持「一個中國」的原則，希望不久的將來雙方實現統一。但在台灣，眾所周知，正有兩種力量在較勁：一是雖然不見得「反共」，但主張脫離中國而獨立的所謂「獨派」；一是雖然「反共」，但主張與大陸統一的所謂「統派」。這兩種力量旗鼓相當，相持不下，台灣將來的命運端視海峽兩岸各種力量的消長。如果目前在認知上承認台灣仍與中國一體，那麼中國的第二度西潮應自1949年始；否則也可說始自1978年。

我們相信文學史並非由無數個別作家的碎片連綴而成，而是一條無法切斷的河流，有其源頭，有其所接受的外來支流，當其匯而成一條主流時，自會挾帶著各色各樣的成分，但也必定會表現出一種共同的顏色和形貌，湯湯然流向未來，因此現當代文學的整體性也是本書企圖把握的重點。書寫現當代文學史，就是描繪一條河的流動狀貌。現當代文學的研究雖然還是個新的領域，對現當代文學史的書寫自上世紀中期以來卻並不算冷落，特別是在中國大陸更見熱絡，出版的已經很多（註1）。較著名的，例如王瑤的《中國新文學史稿》（1953）、劉綏松的《中國新文學史初稿》（1956）、唐弢主編的《中國現代文學史》（1979）和《中國現代文學史簡編》（1994）、田仲濟、孫昌熙主編的《中國現代文學史》（1979）、郭志剛、董健等主編的《中國當代文學史》（1987）等。這些著作有兩個明顯的特點：一是現代文學與當代文學分別書寫，二是很諷刺地與大陸官方所主張的一個中國的政策恰恰相反，在這些文學史中完全不見台灣、香港及海外文學的影子。上世紀末及本世紀初大陸上又出版了多部二十世紀的中國文學史，諸如傅子玖編的《中國新文學史》（1994）、蘇光文、胡國強的《二十世紀中國文學發展史》（1996）、黃修己的《二十世紀中國文學史》（1998）、朱棟霖、丁帆、朱曉進主編的《中國現代文學史：1917-1997》（1999）、周思源主編的《二十世紀中國文學史綱》

註1：據許子東的統計，到2008年中國大陸出版的現當代文學史已有七十多部（許子東 2011：105-109）。

（2007）、曹萬生主編的《中國現代漢語文學史》（2007）、嚴家炎主編的《二十世紀中國文學史》（2010）等，其中已經注意到台港也有質量均可稱道的中國文學的存在，但是依然將台港文學吊在車尾、當作附錄，或點綴式的敘述；至於海外的華文文學，則完全付之闕如。

　　這種現象也並非所有大陸學者均視而無睹，譬如海南師範學院的中文系教授喻大翔就曾感慨地說：「如果我們的文學史，尤其是那些立場公正、體系宏大、史論兼備的文學史著作，不再以大陸爲本位，而以整個民族、整個國家爲本位來建構的話，那麼二十世紀的中國文學史就是大陸、香港、澳門和台灣共同創造的白話文學史，這將是一種全新的、系統的，沒有偏倚的民族文學史和國家文學史。也只有如此，才能眞正系統反映和概括本世紀四地文學各自發展又互相影響的複雜關係和眞實面貌。」（喻大翔 2000：264）曾經主編《台灣文學史》的大陸學者劉登翰也說：「只有整合包括台港澳文學在內的二十世紀中國文學研究，才可能描述和概括出二十世紀中國文學發展的全貌：它的全部運動方式、存在形態和歷史經驗。」（劉登翰 2007：64）可惜到現在海峽兩岸、港澳以及海外各地，還都沒有學者或史家嘗試過。

　　因此，本書主張將台灣與大陸的文學發展視爲一體之二面，從1895年清廷割讓台灣始，台灣即與中國大陸分離。然而就文學而論，日據五十年間的台灣文學並未脫離中國文化與中國傳統。二〇年代台灣初始的新文學，可說是直接受到五四運動波及，與中國其他省分無異。日據晚期，雖有少數作家受到更多日本文化的影響，開始用日文寫作，但爲時甚短，人數不多（註2），並未形成台灣的日文文學氛圍，在日本文學中也從未贏得實質的注目，對台灣後來的影響可說有限。1949年起，情況大爲改觀，一方面從大陸各省有一大批文人來台，其中不乏五四前後已經成名的學者作家，如傅斯年、羅家倫、梁實秋、蔣夢麟、許壽裳、董作賓、錢穆、牟宗三、臺靜農、毛子水、蘇雪林、謝冰瑩、杜衡（蘇汶）、張道藩、黎烈文、胡秋原、徐復觀、雷震、殷海光、陳紀瀅、紀

註2：據鍾肇政等編《光復前台灣文學全集》（短篇小説），共收七十九位作家，其中有五十四位全用中文寫作。

弦、王平陵、姜貴等，加上後來的胡適、林語堂，可說五四新文學的播種者不少渡海而來；另一方面，台灣的本土作家，諸如吳濁流、楊逵、呂赫若、鍾理和、呂訴上、巫永福、龍瑛宗、楊雲萍、黃得時、葉石濤、鍾肇政、廖清秀等也奮起承續本土的文學傳統，兩股力量彼此衝擊、交融，加上後起之秀，不論是本土或外來，自六○年代而後蓬勃興起，終於造成二十世紀晚期在台灣一段不分省籍的光輝燦爛的華文（或漢語）文學現象，足與當日的大陸文學分庭抗禮。這時候台灣與大陸的文學因為政治的影響而有自由主義與社會主義之別，兩地開始分流。至於何時匯於一體，則端視台海兩岸未來的發展而定。此一觀點與大陸上文學史家將台灣文學另外處理或台灣有些文學史家視台灣文學為與大陸文學無關的獨立個體的態度均不相同。因此我所謂的「第一度西潮」始自鴉片戰爭，到1937年抗日戰爭爆發為止。第二度西潮始自國府撤退來台的1949年至今，而非始自大陸對外開放的1978年。

兩度西潮是一種歷史的真實過程，在此一框架下，自然更容易看出二十世紀海峽兩岸以及海外華文文學演變的狀貌。

四、台灣文學的定位

何謂「台灣文學」？對這個問題海峽兩岸的作家和學者曾澆潑過不少墨汁，至今尚無大家完全認同的共識。我在〈台灣文學的地位〉（馬森 1993）一文中曾概括為下列五種釋義：

（一）跟台灣有關係的華人作家所寫的非社會主義的文學（大陸研究者的觀點）。

（二）居住在台灣的作家所創作的中國文學（台灣的外省籍作家及具有統派思想的本省籍作家的觀點）。

（三）站在台灣人的立場寫台灣經驗的文學（大多數本省籍作家的觀點）。

（四）反抗外來勢力（包括荷蘭、日本和中國大陸）追求民族自決的人權文學（具有獨派思想的台灣作家及學者的觀點）。

（五）用「台語話文」寫作的文學（具有強烈的本土意識及排他性的台獨作家及學者的觀點）。

以上五種觀點代表了不同的意識形態及不同的政治立場，雖然界定的幅度極不相同，然而其中最大的公約數即是都承認台灣文學不同於大陸文學。台灣從1895年割讓給日本到1945年光復，其間為日本統治，其文學創作有日文、漢文兩種，後期的意識形態也受到日本軍國主義的影響，自與大陸文學有所歧異。如果以此繼續發展，則台灣文學應該會成為有別於中國文學的另一種面貌。可是1945年的光復，使台灣文學又回歸到中國文學的主流，不論所使用的文字或文化內涵，均屬中國文學的傳統。為什麼會不同於同時期的大陸文學呢？主要是由於政治的因素：台灣的作家不獨不使用簡體字及社會主義的種種詞彙，而且作品中也沒有社會主義的內涵。海峽兩岸隔絕至今，兩地所實行的不同的政治及經濟制度逐漸改變了兩地人民的意識形態與生活方式，加以第二度西潮的先後不同，幅度不同，在兩地遂形成了可以辨識的兩種文學也就不足為怪了。因此海峽兩岸的學者習慣上對台灣文學都另案處理，像大陸出版的多種「台灣文學史」（白少帆等 1987，劉登翰等 1991，王晉民 1994），或像台灣學者另立的「台灣文學史」（葉石濤 1987、陳芳明 2011）。這些著作都十分專業，令人佩服，同時使人感覺海峽兩岸的學者也並非沒有獨立對待台灣文學的理由。但是大陸出版的「中國現當代文學史」卻多半並不包括台灣的作家及作品，再與以上獨立的「台灣文學史」對照觀之，給人的印象是海峽兩岸的學者都在有意無意之間認為台灣文學似乎並非「中國文學不可分割的一部份」。尤有甚者，大陸上有的學者常常視「台灣研究」為「國外研究」，視「台灣學者」為「國外學者」，例如《國外中國古典戲曲研究》（李逸津等 1999）一書即執此一觀點。這與台灣李登輝先生的「兩國論」有何分別？

我所以不能完全同意以上的觀點，實際上乃基於政治的與文化的雙重考量。從政治的立場論，中華民國仍屬中國（雖然並不屬中華人民共和國），並非獨立的台灣國，所以不應像美國文學史獨立於英國文學史之外，除非將來台灣真正成為獨立的國家。雖然台灣文學有其獨特性，仍然可以比照地區文學，像北

京文學、上海文學、山東文學、陝西文學、湖南文學、四川文學等等，這些地區也都具有某些或顯或隱的特性，但都是組成中國文學的一部分。從文化觀點論，台灣文學不但用的語言是漢語，文字是中文，作家的文化涵養與思維均與大陸其他省分的作家類似。尤其就文學的傳承與影響上著眼時，台灣文學與早期的大陸新舊文學以及當代文學均有千絲萬縷斬不斷的關連（除傳統文學外，五四一代的作家，特別是魯迅對台灣作家的影響，以及並未在台生活過的張愛玲對台灣女作家的影響都是有目共睹的），所以非要一同論述，不足以彰顯其完整的面貌。

若從西潮的衝擊來看，大陸文學與台灣文學不過是一體的兩面，第一度西潮所形成的中國新文學的河流自然也曾流到過台灣，但是到了1949年之後，中國新文學的主流實際上已分為兩個支流：一條流在台灣，一條流在大陸。將來如果海峽兩岸落實了三通，或有重歸統一的一天，那麼這兩條支流才能夠再度合二為一。如若台灣將來真正贏得獨立，那麼台灣文學與大陸文學就如同美國文學之與英國文學的關係了。

五、港澳與海外文學

除台灣外，港澳也是個特殊的地區，長達一百多年的英、葡殖民地，不但欠缺國內戰亂的影響，也沒經過社會主義的考驗。但是由於抗日及內戰期間常有文人、作家南下避難，有的且長期居留，自然會把國內的文學傳統帶來兩地。不過，此兩地，特別是香港，畢竟是商業重鎮，缺乏純文學滋長的土壤，反而使通俗文學一枝獨秀。金庸的武俠、倪匡的科幻、亦舒的言情等不但在香港膾炙人口，且暢銷海內外，為大陸與台灣均所不及。

海外的華文文學也不容忽視。美國一地就有十多個華文作家協會的組織，新馬與菲律賓也是海外華文文學的重鎮，歐洲與加拿大近年來移居的華文作家也日漸眾多，其中聞名的作家不在少數。華文文學外，尚有以外文寫作的華人作家，諸如美國的哈金、法國的程紀賢、英國的張戎等，均係在國內成長，半路

出家，但成就不凡，因此書寫中國文學不容缺此一角。但他們多數已成長久的海外移民，或逕入外籍，故宜於以華文文學概括所有以中文寫成的作品，以華文作家概括所有以中文寫作的作家。

六、兩度西潮的意涵

西潮東漸對中國的衝擊既然是全面的，文學自然不能例外。從鴉片戰爭以來，西方文學追隨著西方的物質文明，伴隨著西方的傳教士、商人、官員以及中國回歸的留外人員等傳到中國，給予中國文人很大的刺激，使中國文學不聲不響地醞釀了一次重大的蛻變。經過長達七十多年吸收、發酵，到了五四運動，受到西方文學滋養日益壯大的蛹，終於醞釀成熟，破繭而出，蛻變為多彩的蝶：白話新文學。

五四以來的新小說、新劇、新詩、新散文，無不沾染了西方文學的色彩。特別是新劇（話劇），更是西方現代戲劇的移植，與中國傳統的戲曲大異其趣。我們可以大膽地說，沒有西潮的東漸，沒有西方文學的借鑑，就不可能產生五四以來的新文學。

作為新文學肇始的一九一九年，剛剛在推翻滿清，建立民國後的第八個年頭，國人一面痛心批判中國固有的封建糟粕，一面急於學習西方的科學、民主以及現代化的諸般事物，可說百廢待舉，正面臨一次重大的社會變革。就文學的美學趨向而論，在時機上，西方的浪漫主義已成過去，現代主義尚在方興未艾，卻正好承接著在西方大盛於十九世紀後期的寫實主義（法文的réalisme或英文的realism一詞在1949年後大陸上譯為現實主義，但其含義有所差別）美學。寫實主義美學恰巧正具有反映現實與批判現實的雙重作用，比其他的任何美學導向都更符合當時文人一心企圖改革社會的心理需求，因此除了浪漫主義美學在新詩和新劇上有一些表現外，文學的主要導向是傾向於寫實主義的。

今日反顧五四以降的新文學成果，雖見作家們歆羨西方寫實主義美學的心懷昭然若揭，然而達到西方寫實主義所已達到的美學標準的作品卻如鳳毛麟角。

究其原委不外對寫實主義的客觀與冷靜的不介入態度並未真正的瞭解與把握，以致成為筆者所稱謂的「擬寫實主義」的另類美學（馬森 1985）。

第二度西潮的台灣，所面對的西方文學已不再是寫實主義，因為西方國家從二十世紀二〇年代開始，現代主義（modernism）已取代寫實主義佔有了主流的地位（Eysteinsson 1990）。雖然五〇年代，台灣流行的「反共抗俄」文學仍不出「擬寫實主義」的美學傳統，但是到了六〇年代，西方的現代主義文學、存在主義哲學以及其他反寫實主義的種種美學潮流都甚囂塵上，成為一時的顯學。七〇年代後又有所謂的「後現代主義」美學的輸入（羅青 1989，鍾明德 1995，馬森 2000），引介而後繼之以模仿，正如第一度西潮時仿寫實主義一樣的熱烈與傾心。這也正是使六〇至八〇年代台灣文學有別於同期大陸文學的重要表徵。

大陸自1978年對外開放之後，在文學上所走的道路雖然並非追隨著台灣文學的腳蹤，但是也因受到二度西潮的衝擊，不由得不趨向西方現代主義以及後現代主義的美學了。

七、結語

過去的中國現當代文學史多半具有一定的意識形態與政治立場，無法顯示個人的獨特見解。其實，中國本有私人立史的傳統，即使是史官，也有董狐之筆，並不一定非要按照一時官方的立場撰史不可。可惜的是近半個世紀，少有人敢於對抗政治權威（我們也瞭解其中的緣故），以致所見的現當代文學史百人一面，眾口一聲，如出於一人之手。文學史既重史實，又需詮釋，不可能不要求撰寫者的見識與觀點。個人所見雖說難以周全，然而眾口一聲尤其偏頗，真理需要多方面的關照與解釋，故個人立史有其需要。沒有一個人敢於自詡掌握到全部真理，唯一可行之策，即各抒所見，以俾逐步接近真理。

筆者「兩度西潮」的立論乃基於歷史的真實經驗，自然是描述現當代文學的重要途徑，但其中亦難免或有不足之處；唯其大方向、大原則應該是正確的，

故在此一立論的觀照下，筆者以爲可以看出更多的史實，也能夠詮釋與理解更多的作家與作品。

　　本書涵括海峽三岸以及世界各地的華文作家與作品，作者有意識地排除了「大中原心態」及「分離主義」等偏頗的思維主導，以俾使此作更爲客觀與公正，這也是以前各文學史家所未曾嘗試的。

引用資料

中文：

王晉民，1994：《台灣當代文學史》，南寧廣西教育出版社。

司馬長風，1978：《中國新文學史》，香港昭明出版社。

白少帆等，1987：《現代台灣文學史》，瀋陽遼寧大學出版社。

朱棟霖、丁帆、朱曉進主編，1999：《中國現代文學史：1917-1997》，北京高等教育出版社。

李逸津等，1999：《國外中國古典戲曲研究》，南京江蘇教育出版社。

周思源主編，2003：《二十世紀中國文學史綱》，北京語言大學出版社。

周　錦，1976：《中國新文學史》，台北逸群出版社。

馬　森，1985：〈中國現代小說與戲劇的擬寫實主義〉，4月《新書月刊》第19期。收入《馬森戲劇論集》，台北爾雅出版社。

馬　森，1991：《中國現代戲劇的兩度西潮》，台南文化生活新知出版社。

馬　森，1993：〈台灣文學的地位〉，9月《當代》第89期。

馬　森，2000：〈從現代主義到後現代主義──台灣「新戲劇」以來的美學商榷〉，9月《聯合文學》第191期。

馬　森，2002：〈中國現代文學的兩度西潮〉，南京大學中國現代文學研究中心編：《中國現代文學傳統》，北京人民文學出版社，頁178-187。

許子東，2011：〈四部當代文學史〉，王德威、陳思和、許子東主編：《1949年以後──當代文學六十年》，上海文藝出版社。

陳序經，1934：〈全盤西化的理由〉，《中國文化的出路》，上海商務印書館。

陳芳明，2011：《台灣新文學史》上下冊，台北聯經出版公司。

韋勒克、華倫著，王夢鷗、許國衡譯，1976：《文學論》，台北志文出版社。

曹萬生主編，2007：《中國現代漢語文學史》，北京中國人民大學出版社。

喻大翔，2000：《兩岸四地百年散文縱橫論》，長春吉林人民出版社。

葉石濤，1987：《台灣文學史綱》，高雄文學界雜誌社。

黃修己，1998：《二十世紀中國文學史》，廣州中山大學出版社。

劉大杰，1941-49：《中國文學發展史》，上海中華書局。

劉登翰等，1991-93：《台灣文學史》上下卷，福州海峽文藝出版社。

劉登翰，2007：《華文文學：跨域的建構》，福州福建人民出版社。

鍾明德，1995：《從寫實主義到後現代主義》，台北書林出版公司。

鍾肇政、葉石濤、張恆豪、羊子喬編，1979：《光復前台灣文學全集》（短篇小說），台北遠景出版公司。

羅　青，1989：《什麼是後現代主義？》，台北五四書店。

羅榮渠，1990：《從「西化」到現代化》，北京北京大學出版社。

嚴家炎主編，2010：《二十世紀中國文學史》三冊，北京高等教育出版社。

蘇光文、胡國強，1996：《二十世紀中國文學發展史》，西南師範大學出版社。

外文：

Eisenstadt, S. N. , 1966: *Modernization: Protest and Change*, Englewood Cliffs, N.J., Prentice-Hall.

Eysteinsson, Astradur, 1990: *The Concept of Modernism*, Ithaca and London, Cornell University Press.

Harris, Marvin, 1968: *The Rise of Anthropological Theory: A History of Theories of Culture*, New York, Thomas Y. Crowell Company.

Taine, Hippolyte, 1863: *Histoire de la littérature anglaise*, Paris, Hachette.

賈克・莫諾（Jacques Monod, 1910-76）認為即使沒有外在的原因，生物本身的突變也會影響物種的演變（Monod 1970）。就過去已發生的物種演變歷程而言，生物的個體和群體二者均曾在內在及外在種種因素促使下演變不已。

文化也是一樣，不可能永遠停滯在同一狀態。過去對某些比較原始的文化在膚淺的觀察中所做的停滯不前的結論，不是由於觀察角度不合適所引起的誤解，就是該文化的變遷較為遲緩不易觀察而已。

早期的文化社會學者，包括孔德（Auguste Comte, 1798-1857）、馬克思（Karl Marx, 1818-83）、史賓塞（Herbert Spencer, 1820-1903）、佛洛伊德（Sigmund Freud, 1856-1939）、涂爾幹（Émile Durkheim, 1858-1917）、韋伯（Max Weber, 1864-1920）等，都曾從不同的角度對文化變遷做過詳盡的論說。有關文化變遷的主要理論不外「進化論」、「傳播論」（Diffutionism）、「生產力論」（Productivity Theory）、「人格發展論」（Theories of Personality Development）（包括心理因素及理性覺醒）、「結構功能論」（Structural-functionalism）等，雖然著眼點有異，但都揭露了複雜的文化變遷的一部分真相。

文化變遷在不同的時代和不同的地區可能有緩急之別。變得慢，卻並非不變。因此，只要有變，就有所謂新與舊的差別。新的是當代新生的事物，舊的則屬於傳統，所以傳統與現代的對立是永遠存在著的。如果變遷過於緩慢，二者對立的局勢常常流於無形。倘若變遷迅急，傳統與現代的對立就會給人一種尖銳、突兀的感覺，甚至可能造成認同的危機和文化的震撼。

在中國的歷史上，雖然每一個時代都曾有過傳統與現代的對立，但是真正造成認同危機與文化震撼的，則莫過於從十九世紀中期到二十世紀末期這一百多年的「現代化」運動。

現代化（modernization），當然不是中國一國的問題，而是全世界共同面臨的問題。社會學者艾森斯塔特（S. N. Eisenstadt）在《現代化：抗議與變遷》（*Modernization: Protest and Change,* 1966）一書中對「現代化」的界說是這樣的：

就歷史而論，現代化是從十七世紀到十九世紀在西歐和北美發生在社會、經濟和政治制度中的變遷過程。這種變遷隨後又擴展到其他歐洲國家，並在十九世紀和二十世紀擴展到南美、亞洲和非洲大陸。

現代化的國家是從極不相同的傳統發展而來的，即使最先進入現代化的歐美國家也是如此。西歐來自封建、專制但相當城市化的政體；東歐來自獨裁的甚少城市化的政體；美國、加拿大、澳洲等則來自殖民地。這些地區的政治、經濟以及宗教的傳統都極不相同，但是他們在現代化的過程中卻漸漸一致起來。

「現代化」的過程是二〇年代在人類學和社會學中所發展出來的「傳播論」的有力的例證。當時主張文化「傳播論」的學者，認為古代的文化是在同一文化區域中由一個文化中心向四周傳播的。例如威斯勒（Clark Wissler）曾指出：

> 文化中心的源起，種族的因素更重於地理位置的因素。這些文化中心的位置，乃出於歷史的偶然性。（Wissler 1926: 372）

有些學者，像艾略特·史密斯（G. Elliot Smith）和裴理（W. J. Perry）在其著作中更進一步指出埃及是古代世界文化的傳播中心，時在六千年前（Perry 1923; Smith 1946）。反對「傳播論」的學者則認為各文化區有太多事物出於各自獨立的創造，與傳播無干。對於古代文化的發展到底是傳播重於各自獨立的創造或係相反，雖然尚難以定論，今日各國各地區的「現代化」卻毫無疑義地乃由於傳播，而非出於各自獨立的創造。沒有人會認為汽車、輪船、飛機等先進的運輸工具是由各文化地區各自獨力發明製造的，也沒有人會說各族人民都甚為巧合地發現了原子能。雖然英、美、法、德和已經解體的蘇聯，時常在某些發明上互爭獨創權，那是在這幾個地區都已經達到相當程度的現代化以後的事，並不妨礙西歐地區作為現代化肇始的這一歷史事實。

現代化肇始的幾個西歐國家，包括英國、法國、荷蘭和北歐諸國，都是濱

海的國家。這似乎並非是一種巧合，說明了濱海國家除了漁鹽之利以外，更具有遠比內陸國家優越的交通條件。因為交通方便，彼此來往的機會頻繁，便易於產生彼此激勵、彼此競爭的後果。一個地方創制一種新事物出來，馬上便流到另一個地方，或為了競爭起見而為另一地區的人民模仿和抄襲。若說一個閉塞的地區由內在的結構而孕育出現代化來，是難以想像的事。這幾個有限的濱海國家，不管戰爭也好，或是貿易也好，頻繁的交往都會加速社會和文化的變遷，所以可以說現代化是由迅速的社會變遷所帶來的後果。

那麼在西歐這幾個國家的社會變遷中有沒有產生出一個可見的方向？應該是有的。現代化最早辨認的方向可以由經濟、政治和社會三方面來說。

經濟上是工業的快速成長，逐漸取代了農漁的生產方式。工業生產既可以致富，財富的聚斂便成為可欲的一種人生目的。工業生產促生了商業革命與資本主義，而資本主義制度也保障了工業和商業的發展和擴張。同時，工業生產和商業的發達使科學研究有了實用的目的，而科學研究也從工業生產和商業運作中汲取資源。工業的大規模生產，不是為了自給自足，而是需要通過商業貿易的手段把產品推銷到更多的消費者手裡。因為貿易的需要，運輸工具的改良便成為當務之急。汽車、輪船、飛機等交通工具便是在這樣的壓力下創造出來，且日益改良，因此商業貿易就更加暢通。為了搶奪工業資源和爭取銷售市場，戰爭也是一種曾經採用而仍然在採用的手段。工業的發展促成工業大都市的興起，改變了農業人口散居的村鎮面貌。大都市的興起會直接影響到政治的結構。因工廠或企業而聚集的人口，又完全改變了傳統聚族而居的習慣，自然難免從集體主義的意識形態轉化為個人主義的意識形態。

就政治而論，文藝復興及十八世紀的啟蒙運動，無不導向民主和人權。民主是古希臘已經實行過的制度，到了經濟發生變化而日漸有利於民主政體之實施的時候，重新發現古希臘的選舉、議會等達成民主制度的重要手段，實在是順理成章的事。如果當政者沒有足夠的彈性來適應政治上的這種新要求，就容易激成革命，像法國的大革命，不但一舉摧毀了法王朝的統治，而且為後來的執政者造就了一次有益的教訓，致使在西歐濱海的國家不管有無保留王位（如英

國、荷蘭、丹麥、瑞典、比利時、西班牙等國的王位至今仍在），都走上了民主政治的道路。在資本主義的運作下，中產階級和工人階級都形成一股不可輕忽的力量。二者在勞資的利益上雖然有所對立，但對政治民主的要求卻是一致的。民主的最後鵠的就是使人人都有政治的權力。執政的人必須時時尋求人民的支持，才能保有他的職權。負責行政的人，必須受到立法的節制。人民行為正當與否的裁決權也不能在行政人員的手裡，而另有專職的司法裁判。因此在民主政治的推行中，立法、司法和行政權的分立乃成為必然的趨勢。民主政治所保障的是人權和個人自由。當然這種個人的自由是在人民的共識中由立法來決定的，並非漫無邊際的自由。民主政治對人權和自由的保障使資本主義和市場經濟的推行更為順利。歷史的實踐證明，凡是在政治上不實行民主而又企圖發展資本主義和市場經濟的，沒有不導致失敗的。例如蘇聯在解體以前，科學研究和軍事力量均已達到相當的高度，唯獨在經濟上一籌莫展，使民生日益艱困，終至脫不了崩潰的命運。

就社會的層次而言，現代化標誌著社會機制的重組。首先，工業的散布使人們脫出了傳統聚族而居的模式，農村大量人口流入都市，人們的就業除由教育程度決定外，也取決於勞動市場的供求關係。基本上每個人都可以選擇自己的職業，雖說選擇的幅度不是沒有限制的。第二，人生價值不再是單一導向。例如在傳統社會中，學而優則仕幾乎是唯一的價值取向。在現代化的社會中，宗教、政治、學術、科技、藝術、工商業、娛樂等各行各業都是獨立發展的領域，雖然其間不免產生互相干預的情勢，但多元的價值取向卻成為現代化社會的大勢所趨。越是現代化的社會，越遠離泛政治主義的形態。人與人的關係從個別盡忠（particularism）轉化為一般對待（universalism），例如在以家族主義為尚的傳統社會中，對待族人與親戚肯定有別於外人，在現代化的社會中，對所有的人會不分親疏一體對待。有些社會學者，便把這種分別看作是「現代社會」和「先現代社會」區別的重要標幟。

此外，科學的提升和宗教的式微是現代化社會的另一徵象。科學並非一切，但現代人的生活大部分皆為科學所賜，也是不爭的事實。宗教從控馭人的力量

逐漸轉化為精神輔導的力量，也日漸擺脫了往昔那種獨斷的制裁權力，不能不步上理性化的道路。

以上所述的「現代化」導向，在中國人的意識中越來越清晰地呈現出來。五四時代提出向西方學習的重要口號是「民主」與「科學」，已經把握到大方向。只可惜一般民眾對「現代化」的路向不夠清晰。甚至於連知識份子也不例外，以致使中國步蘇聯的後塵走上一條曲折的彎路。

二、現代化或西化的曲折

「現代化」是否即等同於「西化」這個問題，常常為人們帶來一些不必要的困擾。前文曾說「現代化」並不只限於中國，而是一個世界性的現象，也可以說是全世界各地區人民都面臨的一個共同的潮流。這個潮流，它的源頭來自西歐少數的幾個國家，主要是英國、法國、荷蘭和北歐三國。然後向東、向南擴展到德國、奧國、義大利、西班牙及東歐，向西橫越大西洋波及英、法、西的屬地諸如美國、加拿大、紐西蘭、澳洲、中南美洲，最後到達亞、非大陸。

「現代化」的潮流並不都是物質層面的工業化，也含有精神的層面，諸如政治制度、宗教信仰、社會組織、意識觀念等。物質層面的比較容易傳播，也易於為人接受；精神層面的則常常遭遇到巨大的阻力，接受的一方需要一段長時間的反芻，才能夠消化。

正因為接受與消化現代的事物有早晚與遲速之別，各地區開始現代化的先後與後來現代化的程度便不能成正比。例如日本的現代化較南歐和東歐為遲，但今天日本現代化的程度卻遠超過這些地區。

美國在現代化中是另一個特殊的例子。原為英國的殖民地，其文化傳統及社會制度多來自英國。在1776年獨立以前的殖民地時期，美國遠遠落後於西歐諸國。然而從獨立以後，一面襲取了西歐工業化的技術和民主的政治制度，一面吸收西歐的優秀人才，到十九世紀末期在現代化的程度上已漸漸凌駕於西歐諸國之上。二次大戰以後，更成為足以領導西歐諸國的世界超級強國。二十世紀

可說是美國在現代化上反饋西歐的時代。諸如科學技術、企業管理、教育制度，甚至於政黨組織、選舉方式，西歐諸國反倒要向美國取經了。

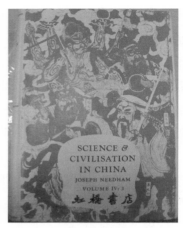

李約瑟著《中國的科學與文明》英文版

對中國而言，如果現代化的動因不是起於本體，而現代化的成績又皆取自他人，師法的對象不是歐美，就是經由日本中介的歐美，那麼中國自十九世紀以降的「現代化」與「西化」何異？除非在未來，中國像美、日一般也在本土滋生出更為現代化的事物，足以反饋世界上的其他國家，特別影響到作為現代化源頭的歐美諸國，那時候中國的「現代化」就不再等同「西化」了。

中國是一個歷史悠久具有高度文明的古國，這一點不但中國人自視如此，客觀上也是如此。李約瑟（Joseph Needham, 1900-95）在他的《中國的科學與文明》（Science and Civilization in China）系列書中指出，在十四世紀以前，中國執世界科技之牛耳（Needham 1970）。科技之外，中國原有的家族組織、科舉制度、宰相與監察御史的體制在古代的世界原本是很進步的。十三世紀馬可·波羅（Marco Polo, 1254-1324）東來的時候，正因欽慕中國的文明，仕元二十餘載始歸，著書盛道中國社會之繁榮富庶、文物昌盛（Lamer 1999）。在他眼裡中國的杭州就如同今日中國人眼中的巴黎或倫敦，是繁華昌盛之地，值得西方人嚮往的所在。誰知到了十九世紀中葉，中國屢屢敗於西方強敵之後，忽然面臨到空前的民族自信危機。連最愛國的人士也不禁自問：如果中國真正優越，為什麼如此不堪一擊？如果中國真正文明，為什麼以一個幅員如此之大、人口如此之眾的泱泱大國竟敵不過英、日等蕞爾小邦？但是在如此自問的同時，卻不能放下文明大國的架子，像日本似地坦然向西方虛心求教。當日的中國人的心理想來十分的困擾曲折。在萬般無奈的情形下，只承認西方在物質文明（或技術文明）上優於中國，至於精神的領域，他們仍然是遠遠落後於中國的蠻夷。這種看法反映在魏源的「師夷制夷」論和張之洞的「中學為體，西學

後來機會一到，便毫不遲疑地掠取中國的土地和財貨。如果把日本順利地師法西歐而開展自己的現代化從日本人掠取的心態上來瞭解，便不會覺得奇怪了。

中國是一個大陸型的國家，在長時期的閉鎖中，習於自給自足。不但不曾有掠取他人的經驗和企圖，在歷史上反倒時時遭受北方蠻族南下掠取的痛苦，心理上遂時時在抵禦掠取和反抗掠取。因此長期養成的國民性格是「自閉」型的，「防禦」型的，視掠取為不義的行為，心生反感，既反抗為人所掠取，也不會自動去掠取他人，所以到了面臨不得不師法西洋的境況，心理上的阻障才如此巨大。

五四運動的反傳統可視為剷除阻擾西化心理阻障的努力。今日看來，五四一代的知識份子打出了「打倒孔家店」的口號，把中國的傳統文化說得十分不堪，實在是過分了。然而如果我們站在那一代人的時代背景上來看，他們一面痛恨拖住中國不肯前進的守舊心態，一方面在客觀上也體認到西方文化中的科學與民主確有優越之處，在與保守心態的拔河中，才不得不發出矯枉過正的言論。

五四運動對中國傳統文化矯枉過正的批評，確實發揮了剷除師法西洋心理障礙的作用，盡到了中國現代化啓蒙的職責，自二〇年代以後，中國現代化的腳步要加快了許多。贊同西化的知識份子越來越多，反對西化的越來越少。但是仍有少數的學者以捍衛傳統文化自居，例如梁漱溟於1921年發表〈東西文化及其哲學〉一文，認為中國文化至少有兩方面優於西方文化：在物質生活方面，中國人懂得知足常樂，受不到西方人那種因欲望過盛而產生的痛苦；在社會生活方面，因重視親情，「在社會上處處都得到一種情趣，於人生的活氣多所培養」，因此寄望「世界未來文化就是中國文化的復興，猶似希臘文化在近世的復興那樣。」（梁漱溟 1935）雖然梁氏對傳統的中國文化心存如此的敬意，又寄予厚望，但仍不得不

梁漱溟

面對當日的現實，他不無感慨地說：

> 而唯一東方文化發源地的中國也為西方所壓迫，差不多西方文化撞進門來已
> 經好幾十年，使稟受東方文化很久的中國人，也不能不改變生活，採用西方
> 化！幾乎我們現在的生活，無論精神方面，社會方面，和物質方面都充滿了西
> 方化，這是無法否認的。（梁漱溟1935）

梁漱溟最後的結論仍不得不建議「對於西方文化是全盤承受，而根本改
過」。他的文章在當日引起了相當的反響，有贊同的，也有反對的。事實上從
魯迅、胡適那一代以後，留美、留日、留歐的中國學生日漸增多，留學歸來的
學生在政府中和社會上也多受到重視，逐漸地竟形成中國青年人一心嚮往留學
的風潮，視留學西方為鍍金，為晉身高層社會的階梯。他們在西方目睹了西方
社會的種種進步，回到國內多半都成了西化派，對中國固有的文化難免表現出
否定的態度，以致使清末「中學為體、西學為用」的言論到了五四以後，逐漸
銷聲匿跡，倒是有條件西化和全盤西化成了當日知識界爭論的焦點。例如當日
廣州中山大學校長陳序經肯定地認為「西洋文化無論在思想上、藝術上、科學
上、政治上、教育上、宗教上、哲學上、文學上，都比中國的好。就是在衣、
食、住、行的生活上頭，我們也不及西洋人的講究。」（陳序經1934a）於是他
在《中國文化的出路》一書中正式提出「全盤西化」的主張。他說：

> 要是理論上和事實上中國已趨於全盤西化的解釋，尚不能給我們以充分的明
> 瞭，則全盤西化的必要，至少還有下面二個理由：一、歐洲近代文化的確比我
> 們進步得多。二、西洋的現代文化，無論我們喜歡不喜歡，它是現世的趨勢。
> （陳序經1934b）

參與維新的梁啟超曾提倡自由，鼓吹解放思想，學習西人的長處，但是同
時尊重中國的傳統。蔡元培、梁漱溟也都是這種態度。大概當時多數的知識份

子都體認到師法西洋的必要，但同時也不願完全放棄文化本位的立場，因而多半主張有條件地或是部分地西化。針對「全盤西化」主張的憂心，王新命、何炳松、薩孟武、陶希聖等十位教授發表了〈中國本位的文化建設宣言〉，重點在：

> 吸收歐、美的文化是必要而且應該的，但須吸收其所當吸收，而不應以全盤承受的態度，連渣滓都吸收過來。吸收的標準，當決定於現代中國的需要。
> （王新命等 1935）

此文發表後，又引發各方的爭辯。胡適批評該文「正是『中學爲體西學爲用』的最新式的化裝出現」（胡適 1935a）。胡適是一位在思想上推行西化不遺餘力的人物，他在1935年《獨立評論》的〈編輯後記〉裡說：「在陳序經先生的長文裡，他提起吳景超先生把我算作主張文化折衷的一個人，這一點大概是吳先生偶然的錯誤。……我是主張全盤西化的。但我同時指出，文化自有一種『惰性』，全盤西化的結果自然會有一種折衷的傾向。」（胡適 1935b）三個月後，又自行修正說：「『全盤』的意義不過是『充分』而已，不應該拘泥做百分之百數量的解釋。……與其說『全盤西化』，不如說『充分世界化』。」（胡適 1935c）在胡適認爲「全盤西化」的主張不過是一種手段、一種策略，目的在盡量學習西方之長，所謂「取法其上，得乎其中」的意思。

主張全盤西化的人受到的攻訐最多，因爲不合乎民族本位的原則，但是在實際上也發揮了相當的效用，使傾慕西化的人似乎獲得了某種的覆翼，遂默默地把中國推向西化的道路。

如果把西化看作是中國用以自救和追求富強的一種策略，這策略是不得已而爲之的，在大勢所趨下中國人實在也沒有更好的選擇。然而在這個策略中有一個最大的阻障，就是我們師法的國家，雖然具有民主與科學的光明一面，同時也具有帝國主義的醜陋面貌。更令人不堪的是，這些我們引以爲師的國家，同時也是侵略中國欺凌中國人民的敵人！如何要中國人低聲下氣地向敵人學習

呢？這實在形成國人在文化本位主義的自尊自大以外另一層心理的障礙。

　　日本人由於順利而快速的西化，在還沒有受到帝國主義的實質侵略以前，已經也躋身於足以侵略他人的帝國主義之列。中國沒有這種幸運，從清末的洋務運動到日本大舉入侵中國的抗日戰爭，一直處於師法西洋和反抗帝國主義的矛盾中。這個心理的結始終沒有解開。

　　二次大戰結束，日本戰敗投降。中國由於參與了英美的聯合戰線，與英、美諸國從敵對的狀態轉化為並肩作戰的戰友。戰後西方列強也聲明了放棄過去帝國主義時代在中國所攫奪的特權。看樣子這種對西方敵對的心結可以解開了。然而，情勢的發展又使中國人陷入了另一種仇外與排外的心結中。

　　二次大戰後，國共之爭引發了長達四年的慘烈內戰。在中國內戰期間，西方英美諸國因共同反共的立場，自然給予國民黨以援助，這就種下了中共執政以後仇視西方的種子。加上在美、蘇冷戰的年代，反抗西方和敵視資本主義世界是社會主義國家共同的戰略，中共自然也無能置身事外，於是鐵幕在中國的邊界低低垂下，在長達三十多年中阻絕了與西方世界文化和物資的交流。中共在毛澤東的領導下唱出了「自力更生」的口號，有意地排除了來自資本主義世界的任何影響。

　　毛澤東本人是曾經站在上海碼頭向駛向法蘭西勤工儉學的同志好友揮手送別而自恨沒有同樣幸運登上西向海船的人。毛澤東同樣也是在北京大學受夠了當日留美歸國的學人像胡適者趾高氣揚的氣焰的人。酸葡萄在他個人心胸中會發酵膨脹，但在中國廣大的農民心懷中如不曾仍潛伏著義和拳的精神，毛澤東個人的酸葡萄心理也無能為力。誰知1949年以後的中國農民，對中國和世界的認識與清末的義和拳相差無幾，要想煽動農民們奮起的熱情，反抗帝國主義救中國遠比提倡以西方為師更為奏效。毛澤東的政策所以能夠受到農民和具有農民心態的人們的呼應擁戴，正因為他貼合了中國農民的義和拳心理，這是毛澤東曾經留法、留德、留俄的同儕都無法望其項背而不得不屈從於毛氏個人氣焰之下的原因。

　　中共在長達三十年的社會主義建設中，到底使中國現代化了多少？這是不易

衡量的。在科技發展上，中共是做出了突出的表現，例如掌握了原子彈和原子能，甚至有能力發射人造衛星。但是在政治制度上、在經濟發展上、在民生問題上，有什麼現代化的表現呢？據表面的觀察，毛氏生前，大陸上的都市生活和西北的貧困農村，比起49年前，在現代化的道路上不獨沒有前進，反倒好像倒退了！眞是現代化美夢難圓，而噩夢連連。這個情況，直到鄧小平當政以後實行對外開放政策才有所改變。

同樣是中國人治理的台灣，自然是另一副面貌。在國府撤退到台灣的初期，復古和維新的言論並存。表面上雖然打出了恢復固有文化、繼承傳統道統的旗幟，但實際上卻與美日技術合作，大量吸引外資，向西方送出大批的留學生。到了蔣公逝世，蔣經國繼續領導的時期，西化的趨勢由隱而顯，不但在公家機關留美留歐的學生受到重用，社會上各部門，尤其是高等學府，留學生已經取得全盤領導的地位，特別是留美歸國的學生更佔據了重要的位置。社會上哈美哈日之風盛行，以說夾帶英文的中文爲榮，美日的風習成爲青少年爭相模仿的對象。最高學術機構中央研究院，幾乎已經成爲美國學院，大多數院士皆爲美籍華人或在美國已有成就的華裔學人，而與美國無關的史學大師像錢穆、哲學大師牟宗三反倒不與焉（註1）！以國學聞名的學者雖被提名，亦難選入院士之林。最近由於選舉，國、民兩黨的彼此揭露，我們才知道政府的高官及民代，多半不是具有美、日的雙重國籍，就是擁有綠卡或櫻花卡，可見台灣的美化、日化之深。

台灣並未打出全盤西化的口號，然而在向歐美日取經的過程中，似乎也並未設限。經濟上由干預而漸次走向市場爲導向的自由經濟，政治上在後蔣經國的時代已開放成議會政治和多黨競爭的局面。中國五四以來師法西洋的路線，只有到了六○年代以後的台灣才看到了經濟起飛的實效。外匯存底高達美元七百億，國民收入突破一萬美元大關，使台灣錢多得可以淹腳目。人民眞正嘗到了富裕的甜頭，就不會有人再反對西化了，也少有人再來倡導復古，甚至連

註1：錢穆生前終於進入了中研院，據說那是由於蔣中正以總統的身分下了手諭的結果。

最最缺乏中國味的麥當勞牛肉餅，初臨台北街頭，竟造成全世界破紀錄的大狂銷。這都是清末洋務運動的官員和五四一代倡導西化的知識份子難以想像的事，胡適和陳序經如果活到今日，是否會頷首微笑了呢？

到了八〇年代大陸不得不再度向西方開放，重拾殘破的西化之夢。驀回首，才驚覺已經白白蹉跎了三十年的光陰。在此刻，不能不有些暗羨台灣。其實放下架子，虛心求教，也並非一樁難事，然而竟因此折磨了中國一個世紀之久。學習他人之長與民族自尊，也不見得有必然的衝突，然而了悟到這一點也要付出慘重的代價！

現代化是那麼遙不可及嗎？也不見得！世界奧林匹克運動會是個現代化的產物，雖然源起古代的希臘，今日的希臘人不見得就拿得到金牌。按照中國義和拳的想法，只要派出少林寺的和尚，就可囊括所有的金牌了。幸虧中共不再做此想，不得不按照現代西方人訓練運動選手的方法老老實實地訓練運動員，在巴塞隆納之役，竟然拿下了十六面金牌、二十二面銀牌、十六面銅牌，在世界列強中排名第四，遠遠超過了一向蔑視中國人的日本，而後來世運，有更出色的表現，足以證明中國人的體質不差，更不是東亞病夫！

現代化，其實也不過像參加世運一般，在各行各業用最新最好的方法老老實實去做而已。誰的方法好，就學誰的，不管它姓資，或姓社！至於傳統文化，即使立意放棄，也不是輕易放棄得了的。傳統與現代化之間的關係，正如《從西化到現代化》一書的編者羅榮渠所言：

> 背棄了傳統的現代化是殖民地或半殖民地化，而背向現代化的傳統則是自取滅亡的傳統。適應現代世界趨勢而不斷革新，是現代化的本質，但成功的現代化運動不但在善於克服傳統因素對革新的阻力，而尤其在善於利用傳統因素作為革新的助力。（羅榮渠 1990：33）

引用資料

中文：

王新命等，1935：〈中國本位的文化建設宣言〉，1月10日《文化建設》第1卷第4期。

胡　適，1935a：〈試評所謂「中國本位的文化建設」〉，3月《獨立評論》第145號。

胡　適，1935b：〈編輯後記〉，3月《獨立評論》第142號。

胡　適，1935c：〈「全盤西化」與「充分世界化」〉，6月21日天津《大公報》。

梁漱溟，1935：《中西文化及其哲學》，上海商務印書館。

殷海光，1966：《中國文化的展望》下冊，台北文星書店。

陳序經，1934a：〈中國文化之出路〉（1933年12月29日在廣州中山大學的演講），刊於1934年1月15日廣
　　　　州《民國日報》。

陳序經，1934b：《中國文化的出路》，上海商務印書館。

魯　迅，1941：《阿Q正傳》，上海魯迅全集出版社。

羅榮渠主編，1990：《從西化到現代化》，北京北京大學出版社。

外文：

Eisenstadt, S. N., 1966: *Modernization: Protest and Change,* Englewood Cliffs, N. J., Prentice-Hall, Inc.

Lamer, John, 1999: *Marco Polo and the Discovery of the World*, New Haven, Yale University Press.

Monod, Jacques, 1970: *Le hasard et la nécessité,* Paris, Seuil.

Needham, Joseph, 1970: *Science and Civilization in China,* Cambridge, Cambridge University Press.

Perry, W. J., 1923: *The Children of the Sun: A Study in the Early History of Civilization*, M.A., Methuen & Co.

Smith, G. Eliot, 1933: *The Diffusion of Culture,* London, Watts & Co.

Smith, G. Eliot, 1946: *In the Beginning: The Origin of Civilization*, London, Watts & Co.

Wissler, Clark, 1926: *The Relation of Nature to Man in Aboriginal America,* New York, Oxford Press.

第二章　中國面臨西方文化的挑戰

一、中國的屈辱與轉機

　　中國近代史從鴉片戰爭開始，已成當代史家的共識。發生在1840至42年的中英兩國之間的鴉片戰爭，導致中國與西方列強第一次簽訂割地賠款喪權辱國的不平等條約（註1），是中國的屈辱之始，也是中國脫胎換骨的轉機。從此以後，直到十九世紀末，在短短的六十年間，中國與西方列強以及後起的日本屢戰屢敗，敗後不得不割地賠款求和。除去割讓了香港、澳門、台灣之外，膠州灣、旅順、大連、威海衛、九龍、廣州灣等地也先後被德、俄、英、法諸國強佔。賠款則動輒白銀數百、數千萬兩，把中國剝削得民窮財盡。再加上強制中國開放通商口岸，代收關稅，在大商埠中強租租界地，施行治外法權，使中國的門戶洞開，中國的國土則成爲列強覬覦的一塊肥肉。

註1：連綿兩年的鴉片戰爭終於1842年8月29日簽下「南京條約」，其重要內容為：一、開廣州、福州、廈門、寧波、上海五地為通商口岸；二、永遠割讓香港；三、賠償鴉片價六百萬元、商欠三百萬元、水陸軍費一千二百萬元，共二千一百萬元。

自商、周立國以來，歷經兩千多年的王朝興替，中國本來自然融成了一個特殊的民族和獨立自主的經濟體制、文化形態，人民的物質和精神生活向來自給自足，不假外求。由於地處內陸，交通不便，過去對外交往多半是有限度的，所受外來的影響也是在自主的情況下發生，像東漢以降的佛教，以及南北朝時代胡樂、胡服、胡床等外來文化的輸入，無不如此。甚至數度外族入侵，譬如北方的胡人、蒙古和滿清，也都以同化於漢族文化作為終結。但是到了十九世紀中葉的這次西方列強入侵，與過去的歷史大不相同，這次的衝擊非但打破了中國一向自給自足的傳統模式，而且使中國從此不得不改弦易轍，遷就異族文化，走上了另一條新文化的不歸路。這種情勢，如果從全世界、全人類的角度來看，實在存有不得不然的道理。

像中國這樣歷史悠久、人口眾多的大國，所以會屈服於西方列強的威勢之下，自然是因為西方的列強真正有其強悍之處。在十四世紀以前，中國的文明及其科技的水平本來都在世界各國之上（註2）。十三世紀義大利人馬可‧波羅東來中國，正因欽慕中國的文明，仕元二十餘載始歸，著書盛道中國社會之繁榮富庶、文物昌盛。可是十四世紀以降，經過文藝復興和啟蒙主義的洗禮，西歐各國的人文科技突飛猛進，一日千里，在短短的數百年間遠遠超越了中國，以致在十九世紀中葉中國與西方列強遭遇時，遂處於絕對的劣勢。要瞭解西方國家之所以變得如此強盛，則不得不從西方的近代歷史發展說起。

馬可‧波羅（Marco Polo, 1254-1324）

二、西方現代化的歷史背景

西歐的海洋氣候和自然環境十分優越，既沒有

註2：李約瑟在他的鉅著《中國的科學與文明》中即認為十四世紀前，中國執世界科技之牛耳。

中國的嚴寒與酷熱，也沒有中國那種頻繁的水旱天災，如果不是人爲制度的障礙，西歐早應產生了更先進的文明。只因中世紀的歐洲深陷在貴賤有別的封建制度中和保守教會的思想控制下，才使民智不開，產業落後。加上十四世紀初期英法的百年戰爭、中歐的騷亂，以及雪上加霜的黑死病橫掃歐陸長達半世紀之久，使歐洲的產業蕭條、民生凋敝。其實西歐一直在等待一個突破點，以改變其落後破敗的面貌。這個突破點就是文藝復興運動。肇始於十五世紀義大利翡冷翠（Firenze）的文藝復興，不久就波及到西歐諸國，其內涵在於重新發現希臘古文明，落實了說就是繼續發揚古希臘的人文主義和科學精神，史家稱之謂「現代之始」（the beginning of "modern" times）（Palmer & Colton 1965: 49）。

濱海的民族本來勇於冒險、擅於經商，西歐各國在貿易往來互通有無之餘，一面發揮了文化的擴散作用，一面也隱隱滋生出一種彼此激勵、競勝的力量，使湮滅了的古希臘文明的灰燼又漸漸地復燃起來。西歐的海洋地理環境，既是促生文藝復興的有利背景，又成爲助長古希臘文明的復現、擴散與延續的導因。古希臘文明本來就是一種海洋文明，西歐的自然條件又再度發揮了海洋文明的優越性。古希臘的人文主義與民主政制使沾潤了文藝復興氣息的西歐諸國得以揚棄中世紀蔑視人權的黑暗制度，步向尊重人權的民主政治；古希臘的科學精神則使西歐諸國得以突破中世紀宗教的迷障以及教會的狹隘觀點，以更理性的方式來認識世界；古希臘的悲劇使西歐諸國學習到面對苦難及心靈淨化的效能。

所以西歐諸國得以各自凝聚成一股政治、經濟和軍事的力量，正源於文藝復興運動所帶來的宗教信仰、政治體制和經濟制度的大變革。首先是發生在十六世紀德國的宗教革命，在馬丁‧路德（Martin Luther, 1483-1546）思想的引導下創立了與羅馬教廷相抗衡的新教。由於舊教的專權與

馬丁‧路德（Martin Luther, 1483-1546）

腐化，新教很快地蔓延到北歐和英國，促進了這些國家的經濟發展，社會學家韋伯認爲新教的教義是催生近代資本主義興起的一股重要的精神力量（Weber 1958）（註3）。

其次是十七世紀英國的資產階級革命。這次溫和的革命在政治上導致了英國的君主立憲政體，在經濟上則爲英國的工商業革命鋪平了道路。君主立憲一舉解除了國王的立法權和行政權，治國的權力落在議會和政黨的手裡，也就等於握在了資產階級之手。這樣的政治環境有利於工商業的擴展及資本的累積，使英國到了十八世紀中葉成爲世界上手工業最發達的國家。手工業的快速成長刺激著科學發明，瓦特（James Watt, 1736-1819）於1769年發明了蒸汽機，不但把手工業生產推進到機器生產，而且大大改進了運輸交通，使英國一躍而成世界上最大的工業生產國。英國的工業革命遂像一股不可遏止的洪流，在一百年間蔓延到西歐與北美，到了十九世紀後期及二十世紀前期，又繼續波及到世界上其他各地，形成了全球性不可逆轉的現代化風潮（註4）。

在十七、十八世紀之交，西歐出現了一批後來被稱爲啓蒙運動的思想家，像法國的孟德斯鳩（Baron de Montesquieu, 1689-1755）、伏爾泰（Voltaire, 1694-1778）、瑞士的讓－雅克・盧梭（Jean-Jacques Rousseau, 1712-1778）、德國的康德（Immanuel Kant, 1724-1804）等，都是服膺理性與科學的學者，用理性來批判宗教迷信，以自由、平等、博愛與天賦人權對抗封建專制，這些社會菁英對人民思維的開導不容小覷，遂益發使民智大開。後世稱之謂「啓蒙時代」（The Age of Enlightenment），正如西方史家所言：

十八世紀的啟蒙精神源自十七世紀的科學與知識的革命。承繼並且普及了培

註3：韋伯認為新教的倫理，特別是加爾文教派（Calvinism），與從窮人起家的舊教不同（耶穌曾言：富人進天國比駱駝穿針孔還難），使新教徒不以聚斂為恥，反以為財富足以榮耀上帝。參閱Max Weber, *The Protestant Ethic and the Spirit of Capitalism*（translated by Talcott Parsons），New York, Charles Scribners Sons, 1958。

註4：有關現代化的參考書很多，S. N. Eisenstadt的*Modernization: Protest and Change*是最值得參考的一本。

左：孟德斯鳩（Baron de Montesquieu, 1689-1755）
中：盧梭（Jean-Jacques Rousseau, 1712-1778）
右：康德（Immanuel Kant, 1724-1804）

根（Francis Bacon, 1561-1626）、笛卡爾（René Descartes, 1596-1650）、培爾（Pierre Bayle, 1647-1706）、史賓諾莎（Benedict Spinoza, 1632-1677）等、特別是洛克（John Locke,1632-1704）與牛頓（Isaac Newton, 1642-1727）的觀念，承襲了自然律和天賦人權的哲學。從沒有一個時代對傳統如此懷疑，對人類的理性與科學如此自信，對大自然的規律與和諧如此堅信不疑，並且如此深深地懷著文明進步的意識。（Palmer & Colton 1965: 290）

　　到了十八世紀，又發生了對世界產生重要影響的兩件大事：一是1776年7月4日美國發表「獨立宣言」脫離英國而獨立；二是發生在1789年的法國大革命。前者造成了二十世紀世界上的最大強國——美國，其政治、經濟對其他發展中的國家均發揮了巨大的影響；後者則成為以後各地平民革命的楷模。

　　由以上的歷史演變，可知包括美國在內的西方諸國，到了十八世紀後期及十九世紀前期，都成為資本雄厚的工業國。在政治上不是君主立憲，就是共和政體，人民因而享有更多的權利和自由。因為工業生產遠優於農業生產，國民的財富增加，國力隨之倍增，教育也較為普及，科學研

洛克（John Locke, 1632-1704）

究與工業生產於是相得益彰。這些都是使西方國家到了十九世紀不能不強的原因。資本主義一旦形成制度化的運作，就會產生兩個不可避免的現象：一是需要傾銷產品的市場，二是需要製造產品的資源。二者都是導致列強施行帝國主義殖民擴張的原因。

三、帝國主義的殖民擴張

其實西方列強的殖民主義可上溯到遠在工業革命以前的十五世紀末。那時候還沒有市場與資源的急迫需求，不過是源生於航海的冒險精神以及實現人的貪欲。最早成為西方國家侵吞掠奪對象的是南美與非洲，可以1492年葡人哥倫布（Christopher Columbus, 1451-1506）在西班牙王資助下發現新大陸作為標誌的年代。接踵而至的是西班牙遠征軍連續摧毀了馬雅（Maya）、阿茲特克（Azteque）、印加（Inca）等古老文明。到了十六世紀，除了巴西為葡萄牙佔領以外，其他中、南美地區都淪為西班牙的殖民地。在同一時期，非洲也先後為英、法、德、西、葡、義、比等國所瓜分。十六世紀，西、葡、法、英諸國相繼侵入北美，殘殺了不少原居該地的印地安人。到了十七世紀，英國人大批向北美移民，有後來居上之勢，漸漸排擠掉其他各國的勢力，佔有了現在美國和加拿大的大片土地。

最早來亞洲殖民的是西、葡兩國，時在十六世紀初期。十七世紀，荷蘭海權大盛，驅逐了西、葡的勢力，在印尼建立了殖民據點，並一度佔領了台灣。但是荷蘭的海軍在與英國爭霸時屢屢挫敗，正像西班牙之敗於英國一樣，所以到了十八世紀，英國已取代西、葡、荷諸國成為海上的最大霸權。它的觸角自然不會放過亞洲，在印度的角逐中先後排除了葡、荷、法等國的勢力，成為

哥倫布（Christopher Columbus, 1451-1506）

印度主要的殖民國。到了十九世紀中期，印度已全部落入英國的版圖。鴉片戰爭後，英國割去了中國的香港，中法戰後又侵吞了緬甸，儼然擁有了亞洲最大的殖民地。英國在維多利亞女皇（Queen Victoria, 1819-1901）治下，所轄的領土與殖民地遍及歐、亞、美、非、澳五大洲，號稱日不落帝國，成為英國歷史上國勢空前鼎盛的時代。

　　亞洲最幸運的國家應數日本。十九世紀以前的日本，像中國一樣也是個閉鎖的封建國土，所不同的是日本是島國，具有航海的方便，人民較富有冒險的精神。十九世紀前期，日本的治權本操在保守的德川幕府之手，實行自我封閉的鎖國政策。西方的列強當然不會放過日本，從十八世紀末，英、法、美、荷、俄等國就屢屢要求日本開港通商，但總是遭到德川幕府的拒絕。直到1853至54年，美國兩度以武力威脅，才成功地強迫日本訂約開港。接著英、荷、俄等國也以武力要脅，跟日本簽下了不平等條約，西方列強終於打開了日本的門戶。不平等條約損害了日本的民族利益，因而激發了倒幕運動。經過無數次失敗，終於1868年初推翻了德川幕府，還政天皇。新國君定年號為「明治」，隨即展開了所謂的「明治維新」運動。一面廢除封建制度，提倡四民平等，承認土地私有制，並允許自由買賣；另一面實行發展資本主義的三大政策：殖產興業、文明開化和富國強兵。日本的「明治維新」與中國清末的「戊戌變法」性質相似，日本的幸運在「明治維新」的成功，中國的不幸在「戊戌變法」的失敗。「明治維新」的成功，使日本在短短的二十多年中國力大增，不但免除了被列強侵略之害，而自己亦躋身於列強之林，反過來去侵略其他的弱小國家了。1894年甲午之役，以不及中國的海軍力量大敗中國，割去了台灣，1904年又大敗俄軍於中國的領土之上，1907年吞併了朝鮮，日本遂也成為不折不扣的帝國主義侵略強權。

四、中國走上了現代化的不歸路

　　到了十九世紀，西方帝國主義的魔掌伸向中國，使中國在亡國的威脅下不

能不戮思如何革新圖強之道。若從全球的觀點看，文化必定會擴散，強弱不等的勢力必定要尋求平衡，這是物性運動的自然之理。待到二十世紀初期，中國人歷經屢戰屢敗的挫折，一方面被列強剝削得民窮財盡，另一方面民族自信心盡失，即使在中國人自己的眼裡，作為一個國家，中國也早已失去了昔日的榮華，而成為一個極端落後的地區。試看那時中國人自己的看法：

> 中國是一個落後的國家。惟其落後，故又顯呈江河日下之勢，而愈益落後，而構成現在這樣一個似乎是站在二十世紀文明圈外的非現代的國家。
>
> 一切都落後，無論是經濟、政治，以至教育。一切都是殘酷、反文明。戰爭、飢饉、災荒、鴉片、貧困、失業、匪盜，人命比螞蟻還要賤似地大量死亡，官僚貪汙，軍閥橫暴，土劣豪縱，農村凋敝，都市蕭條，野盈餓殍，道載流亡，賣兒鬻女，甚至易子而食。這樣，便構成了我們的中國。（楊幸之1933）

像這樣的一種境況，怎能怪中國人暗羨西方的文明？又怎能怪有志之士力圖促成中國的西化？再說，沒有一個國家或地區能夠長期地閉關自守，置身於世界的潮流之外，何況像中國自認為這麼落後的地區。相對而言，西方列強國勢太強了，他們的勢力自然要向落後而沒有抵抗力的地區伸張。在他們伸張勢力的過程中，中國跟其他弱勢的國家不用說都變成了受害者，不得不乖乖地把門戶打開，讓強者進來。先是由華東沿海的港口開始，逐漸深入內陸，一發不可收拾。正如蔣夢麟所說：

> 由華東沿海輸入的西方文化，卻是如潮湧至，奔騰澎湃，聲勢懾人；而且是在短短五十年之內湧到的。……要想吸收這種文化，真像一頓要吃好幾天的食物。如果說中國還不至於脹得胃痛難熬，至少已有點感覺不舒服。因此中國一度非常討厭西方文化。她懼怕它，詛咒它，甚至踢翻飯桌，懊喪萬分地離席而去，結果發現飯菜仍從四面八方向她塞過來。（蔣夢麟 1962：256）

豈止是有點不舒服而已，事實上是痛苦萬分，因為西方勢力所帶給中國的衝擊對中國的歷史經驗而言是空前的。像王國維這樣深沐於固有文化而又精通中國史的學者突然於1927年自沉於北京頤和園昆明湖自盡，與其說是殉清，不如說其不忍見中國國勢日微，固有文化在西方文化對比下竟破敗如此。其遺書中言：「經此事變，義無再辱。」陳寅恪在〈王觀堂先生輓詞並序〉中即曾寫道：

　　或問觀堂先生所以死之故，應之曰：近人有東西文化之說，其區別分劃之當否，固不必論，即所謂異同優劣，亦姑不具言；然而可得一假定之義焉。其義曰：凡一種文化值衰落之時，為此文化所化之人，必感痛苦，其表現此文化之程量愈宏，則其所受之苦痛亦愈甚；迨既達極深之度，殆非出於自殺無以求一己之心安而義盡也。（陳寅恪 1980）

　　這種痛苦，民初的中國知識份子感受最為深刻。如果不是真正的強力衝擊，一向自給自足自信滿滿的中國人絕不會輕易改變自己的文化故轍。在十九世紀末，中國所面臨的抉擇是不變即無能生存於世，除了步上西方已走過的道路外，似乎沒有其他選擇。西方之所以強，是現代化造成的。日本本來也是弱國，經過現代化之後，才躋身於列強之林。這一點淺顯的道理，中國是經過了長期的痛苦經驗後才漸漸明白的。中國的現代化雖然是被迫的行為，而且十分緩慢，但是一旦走上了現代化的道路，也就成了一條不歸路了。

五、戰敗的挫折與身心的損傷

　　鴉片戰爭以後，中國既無力，也不可能阻止西方的勢力侵入中國。中國既是戰敗國，所簽的又都是不平等條約，自然無法站在對等的地位與西方列強互通有無。君臨中國的西方勢力不免橫行霸道，予取予求，此為強弱勝敗之勢所

造成的自然結果。面對西方列強，當時中國人有三種對應的方式：一是愚昧無知一心媚外求和的腐朽的當政者及清政府官吏，例如慈禧太后及主張割地賠款的重臣李鴻章者流；二是仇恨外國一力排外的民間勢力，如義和團；三是主張維新自強的知識份子，譬如「戊戌變法」的康、梁及提倡「中學為體，西學為用」的張之洞等。在十九世紀後半期，第三種對應的方式顯然還屬於少數，沒有起到應有的作用，所以「戊戌變法」終歸失敗。直到辛亥革命建立了民國，又經五四運動以後，不再顧忌地師法西洋才成為知識份子的共識，但一般的農民恐怕仍不以為然。

中國因拒英商的鴉片輸入而啟戰端，戰敗以後就再也無力阻止英人對中國的毒品傾銷。此後的一百年，無數的中國人都在毒品中陷溺掙扎，身心所受之戕害莫此為甚。中國人近百年來之所以精神委靡、行為乖謬、欠缺創發力，與鴉片毒品之害不無關係（註5）。身心之害以外，財貨因而流失，癮君子不事生產，落了個「東亞病夫」的惡名，凡此種種都造成了中國經濟的破敗。此為因西風東漸中國所蒙受最大的負面影響。

門戶開放之後，東西列強任意在中國傳教、經商，實際上中國已流為列強的次殖民地。在強熾的西風吹拂下，中國的社會與文化不自主地進入了痛苦蛻變的過程。

首先感受到的是宗教的影響。1850年在廣西省桂平縣金田村起義的太平天國所奉的上帝教，即從基督教蛻變而來，可見在1850年以前基督教在中國境內的傳播已經深入民間。太平天國主張改變婦女地位，進行土地改革，要求人間的平等，這一切都是中國文化所沒有的，其所根據的正是基督教的教義。到了十九世紀末，義和拳的蠭起，也是以基督教的傳教士及教徒為仇恨的對象。當帝國主義勢力擴張的時期，教會中容或有其同路人或倚仗教會的權勢欺凌弱小的現象，但若說基督教的傳教士都是帝國主義的幫凶，那是不公平的，也是並

註5：從鴉片戰爭一直到共產黨當政，在長達一個多世紀的時間，眾多的中國人陷入鴉片的毒害之中，特別是上層社會受害尤深。鴉片對身心的損傷是難以衡量的，到今天尚不曾對此問題做過科學的深入研究。

不瞭解宗教精神的言論（註6）。基督教傳教士的犧牲奉獻，往往超出常人，在其本國如此，在異國異族也是如此。基督教的傳播，在中國的現代化上實在產生了不容抹殺的巨大作用。顯而易見的是教會學校及教會醫院的建立，開創了中國的現代教育及現代的醫療保健制度。這二者都不能解釋爲帝國主義者剝削中國人的工具。然而基督教在中國的傳播卻非一帆風順，首先基督教的不崇拜偶像，就遭遇到拜祖先、拜神佛的抗力；後來共產黨當政，認爲宗教不但與帝國主義、統治階級沆瀣一氣，而且是麻痺人民的鴉片，故以政治的力量清除了大陸上的宗教勢力。

帝國主義者在當日中國所顯現的是一副征服者、統御者的凶暴嘴臉，與他們在自己國內所奉行的自由、平等、博愛的精神似乎不侔。中國人一時之間實在難以理解其間的矛盾，無法去向欺壓一己的敵人認同他們的道德倫理標準。另一方面，中國人又自恃有四千年的文明，竟敗在一向視之爲蠻夷之邦的手下，不能不陷入喪失自信的痛苦之中。這就是爲什麼一開始中國人對西方文化多所抗拒的原因。

遠在鴉片戰爭時期，有些有識之士也看出來帝國主義與帝國主義者所擁有的資本主義、民主制度以及科學研究是截然不同的兩碼事。林則徐所編的《四洲志》（1839），歷述西方各國之疆域、歷史、政治等情。汪文泰著《紅毛英吉利考略》（1841）、楊炳南著《海錄》（1842）、魏源據《四洲志》編《海國圖志》（1843）、徐繼畬著《瀛環志略》（1848）等，目的均在打開國人的眼界，進一步師法西方之長，以補一己之短。日本的明治維新即曾受到魏源《海國圖志》的影響。

鑑於喪權辱國之痛，清政府也亟謀富國強兵之道，所以在鴉片戰爭之後，在「西學爲用」的影響下，設立了製造軍器的兵工廠及訓練軍事人才的海陸軍學

註6：1949年以後在大陸出版的歷史著作對宗教均採取否定的態度，咸認為基督教在中國的傳播不過是帝國主義的幫凶。范文瀾的《中國近代史》就說：「1844年的『黃埔條約』裡，滿清政府被迫允許法國在我國通商的城市設立天主堂。法國並不以此為滿足，縱令教士私入內地傳教，力圖取得內地傳教的合法地位，以實現其利用宗教來進行侵略的野心，因之侵略行動特別露骨，天主教士迅速與鴉片煙同成侵略中國的兩大先鋒（英美的基督教士也起著同樣的作用）。」（范文瀾 1955：171）

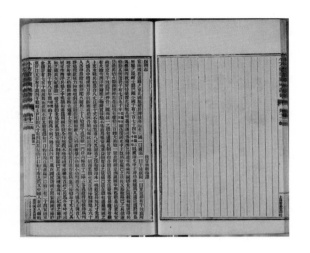
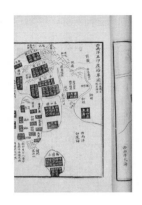

上：魏源《海國圖志》（1843）
左：林則徐《四洲志》（1839）

堂（註7），也做出了一些成績。甲午戰前，中國所擁有的軍艦並不少於日本，據說海軍的裝備在世界上列名第七位，遠優於列名第十一位的日本（李書崇1989：272）。與日本接戰後大敗的原因之一，如果所見資料可靠的話，竟然發生中方的砲彈裡裝的不是火藥，而是水泥（梅遜1987：273）！這真是天大的笑話，竟然發生在堂堂的中國海軍之中！豈不是由於官員貪腐與承包商欺騙的所謂「官商勾結」造成的？看來當日中國的落後，就不只是單純的科技問題，恐怕更是制度與紀律的問題，那就不是「中學為體，西學為用」可以解決的事了。

六、物質文明或精神文明

張之洞所主張的「中學為體，西學為用」說，乃建立在「西方的文明偏重物質不足以為體」的假設上。此後呼應者大有人在，故多數人主張有保留的西

註7：例如設立在上海市郊的江南兵工廠，設立在西北的蘭州兵工廠等。最早的軍事學校，則有天津的「水師學堂」、嚴復上過的馬江的「船政學堂」、魯迅上過的南京的「水師學堂」等。

化，所謂保留的部分，即指精神文明而言。但這種論調當然為主張全盤西化或充分西化的人士所不能苟同，其中最具影響力的人物就是胡適。他在一篇〈我們對於西洋近代文明的態度〉中說：

> 今日最沒有根據而又最有毒害的妖言是譏貶西洋文明為唯物的（materialistic），而尊崇東方文明為精神的（spiritual）。這本是很老的見解，在今日卻有新興的氣象。從前東方民族受了西洋民族的壓迫，往往用這種見解來解嘲，來安慰自己。近幾年來，歐洲大戰的影響使一部分的西洋人對於近世科學的文化起一種厭倦的反感，所以我們時常聽到西洋學者有崇拜東方的精神文明的議論。這種議論，本來只是一時的病態的心理，卻正投合東方民族的誇大狂，東方的舊勢力就因此增加了不少的氣焰。

他又接著說：

> 我們可以大膽地宣言，西洋近代文明絕不輕視人類的精神上的要求。我們還可以大膽地進一步說：西洋近代文明能夠滿足人類心靈上的要求的程度，遠非東洋舊文明所能夢見。在這一方面看來，西洋近代文明絕非唯物的，乃是理想主義的（idealistic），乃是精神的（spiritual）。（胡適 1926）

胡適的意見當然有利於文學、藝術的引進，使五四以後有志於文學、藝術的人士不但不敢輕忽西方的精神文明，而且認真地學習與吸收。

其實，今日看來這樣的爭論不過是一個虛假的議題，任何文明都有物質與精神兩方面，問題乃在於學習西方的精神文明的同時，是否就該拋棄中國固有的精神文明？難道二者是互相排斥的嗎？這仍是今天未有定論的一個議題。如果主張全盤西化的胡適和陳序經能夠看到今天美洲印地安人的處境，不論是英美化的北美印地安人，或是西葡化的中南美印地安人，數代下來，已經完全丟失了祖先的信仰和傳統的習俗，甚至連自己的語言也丟失了，但依然難以融入西

方的文化，不得不淪爲社會的邊緣人，不知他們做何感想？

七、農業優先抑工業優先：步向西化的坎坷

　　中國本以農立國，要想一變而爲工業國、理性化，並不容易。首先，維護中國傳統的人士，仍覺得應以發展農業爲優先，這一派可以發表〈農國辨〉（1923）和〈何故農村立國〉（1927）等言論的章士釗爲代表。梁漱溟也是一樣的看法，曾大力倡導知識份子下鄉，推進農村建設（梁漱溟 1935a）。並且進一步，在當時山東主席韓復榘的資助下創設了「鄉村建設院」，把他的看法發展成一套鄉村建設的理論（梁漱溟 1935b）。梁漱溟所提倡的「知識份子下鄉」可以說是後來毛澤東發動「知識份子下放」的先聲。

　　然而主張優先西化的人士當然不以爲然，認爲一定要跟上西方工業化的腳步，中國才有出路。譬如吳景超就竭力反對農業優先的主張，他說：

　　　有的提倡農本政治，有的主張以農立國，還有人來告訴我們，「除農民外無所謂民」。這些見解，我們可以給他一個名稱，便是「經濟上的復古論」。……對於人民福利上的貢獻，無論從哪一方面著眼，都不如機械的生產方法。在這一點上，美國與中國，正站在兩個極端。美國平均每人可以驅使的生產力量，等於13.38馬力，中國平均每人可以驅使的生產力量，只有0.45馬力。這是使美國人富而中國窮的主要元素。我們認為中國人現在應當積極的努力，用機械的生產方法，去代替筋肉的生產方法。朝這一條路走下去，自然是工業化，自然是商業發達，自然是農村方面的人口減少，而別種實業方面的人口加增。（吳景超 1934）

　　主張全盤西化的陳序經也是反農業優先而竭力提倡工業化的一員大將。他除了撰文逐項反駁了梁漱溟的鄉村建設理論外，並斷然地說：「中國工業苟不發展，則農產出路也成問題。」（陳序經 1936）

這是在維護本位文化與全盤西化的矛盾外，另一種在建國策略上的衝突。一直到抗日戰爭，這兩種力量的較量，都沒有獲得統合。當日的地質學家以後又做過行政院長的翁文灝只能提出折衷的意見說兩種觀點各有所長，「分開來看，都覺太偏，合起來說，才是正道，二者是相輔相成，不可分的。」（翁文灝 1940）

這些都是借鑑西方現代化的模式以及追蹤西方的道路所產生的後果。雖然在追隨西方的路途上有過種種的歧見，但無礙於大勢所趨，中國已經停不下腳步。總而言之，自十九世紀末期，受了源源而至的西風的吹拂，中國人的傳統思想開始變質，中國的社會也開始動搖。這種變動的軌轍，不由自主地導向了所謂的「西化」或「現代化」的道路。以今日的眼光看來，現代化並不完全等同於西化，但在現代化的初期，的確是一步一個腳印地追隨著西方工業現代化的足跡前進的，所以到了五四時代，才有人提出了「部分西化」或「全盤西化」的問題。其實就中國現代化的過程而論，稱之謂「西化」更爲恰當，直到今天仍然如此。

八、下層建構與生活形態的變革

東漸的西風對中國下層的物質建構及上層的意識形態的影響幾乎是同時進行的。西方列強爲了便利工業產品的傾銷及物質資源的掠奪，在中國沿海的商埠像上海、天津、廣州等地設立工廠，以便就地生產；在內陸建築鐵公路，以利交通運輸。這些設施不久就帶動了所謂民族工業家的興起及政府自動投資於交通建設。雖然基本上中國仍停留在農業生產的階段，但大家已具有工業化爲達到富國強兵的必經之路的共識。以機械輸入爲例，日本人伊藤武雄所著《現代支那社會研究》一書所載數據如下：

	1913	1921
紡織機器	643,000兩	5,109,000兩
農業機器	113,000兩	21,192,000兩
其他機器	3,700,000兩	26,732,000兩
附屬機器	50,000兩	931,000兩
合計	4,506,000兩	53,964,000兩

（楊幸之 1933）

　　由上表可見，五四前後八年中機器輸入增長了十幾倍。經濟生產的變動很快就會波及到人民的生活，使後者開始發生變化。女人的放腳運動雖是較晚的事，男人的剪辮卻是從清末的維新派就開始了。這時期可視爲中國人的儀表轉換之始。西裝開始在大都市中出現，到了魯迅《阿Q正傳》的時代，甚至在農村中也有穿西裝的假洋鬼子了。大都市中雖有西餐館，中國人吃西餐卻尚不普遍，這一關要等到百年後的今日才見突破（註8）。建築的形式，從沿海都市中西方人的住宅及教堂開始西化，不久內陸的鄉鎮富裕人家及留外的華僑也以建洋樓而傲人了。行的方面，西式的交通工具遠勝國產，故推展更速，洋車、汽車、火車、輪船、飛機，在沿海大城中已成爲常見的交通工具。今日我們的衣、食、住、行，與西方人已沒有多大區別，實在是一百年來漸次演變的結果，這樣的變革遠在十九世紀末就已經開始了。

九、上層機制與意識形態的變革

　　作爲社會機制中堅及指標的教育機構的現代化，已由教會開其端。清季官方設立的西式學校，早期的多爲國防而設，如天津的水師學堂、廣州的水陸師學堂、南京的水師學堂、陸師學堂、馬江的船政學堂、福州的船政學堂等。甲午戰後，各省設立新式學校，蔚然成風，其中又以京師大學堂及南洋公學最具代

註8：中國人自以爲傲的飲食今日也被西餐所突破，台灣各都市牛排館林立，麥當勞的牛肉餅和肯德基炸雞也征服了台灣、香港、上海和北京人的胃。

表性。這些學校雖然仍不忘提出
「中學為體，西學為用」的口號，
但在學校架構以及所授學科上都
模擬西方的學制。在這些新式學校
中受教育的學生，思想上已逐漸遠
離了傳統的故轍，所以才能夠教育
出新一代反清救國的革命志士及
五四一代痛詆傳統文化的叛逆學
子。

上海聖約翰書院

　　學校是文化傳播最有效的媒介。
例如創立於十九世紀後期的上海聖約翰書院，不但教授外語，同時也把西方的
文學、哲學、藝術介紹到中國；西方的現代戲劇最早也是經由教會學校傳播而
來。五四以後蓬勃興起的新文學、新戲劇、新繪畫、新音樂等，多半出於教會
學校及新制學堂的教育之功。

　　比學校更具有傳播功能的應屬新聞業。傳教士為了廣傳福音，洋商為了宣
傳商品，都不能不借助新聞的報導，不久國人也發現了新聞傳播的力量。鴉片
戰爭後，英人即將英製印刷機傳入中國。先後在上海發行的報紙有《申報》、
《教會新聞》（《萬國公報》之前身）、《各國消息》、《大同報》、《亞
東時報》、《益聞錄》、《中外新報》等二十餘種（曾虛白 1966；林有蘭
1974）。新聞紙不但使各地的消息（包括國外的）迅速流傳，而且成為公論
的園地，舉凡國家大事、社會風習，無不可為議論的焦點，轉而成為公眾的輿
論，對民智的啟發貢獻厥偉。猶有進者，報紙可以附刊文藝，尤其是小說，使
清末的小說大為風行；一時之間翻譯小說與創作小說同樣流行（註9）。

　　除了小說的翻譯外，《聖經》、《天演論》（*Evolution and Ethics*）、《原
富》（*An Inquiry into the Nature and Causese of the Wealth of Nations*）等神學

註9：林紓是清末翻譯西方小說的大家。林不懂外文，全賴他人口述，先後曾譯西方小說一百七十餘種。

及科學、經濟思想的著作也譯成了中文（註10），使國人逐漸接觸到西方心靈及精神的層次，漸漸瞭解到富國強兵的背後還有一種精神的力量。這時期，西風對中國上層意識形態的衝擊，爲二十年後的新文化運動鋪平了道路。

唯一未曾革新的是政治。自戊戌變法失敗以後，滿清政府在慈禧太后的主政下日益冥頑不靈，甲午一戰，更是喪權辱國。設若當日的變法成功，或實現了君主立憲，是否可以避免了軍閥的混戰以及以後的國共鬩牆，使中國人少受一些折磨？這個問題無法回答，因爲歷史的必然與偶然是無法假設的。

創刊於1872年的上海《申報》

正由於清廷的保守勢力太強，在革新無望之餘，才激發出推翻滿清的革命浪潮，不旋踵進入二十世紀，終於爆發了辛亥革命，在兩千多年的帝制後，創建了亞洲的第一個共和國。中國文化從此也就眞正走上了另一條嶄新的道路。

註10：赫胥黎（Thomas Henry Huxley）的《天演論》及亞當・斯密（Adam Smith）的《原富》爲嚴復所譯。

引用資料

中文：

李書崇，1989：〈中國文學之路探尋〉，黎明主編，《中國的危機與思考》，天津人民出版社。

吳景超，1934：〈我們沒有歧路〉，11月4日《獨立評論》第125號。

林有蘭，1974：《中國報學導論》，台北學生書局。

胡　適，1926：〈我們對於西洋近代文明的態度〉，7月《東方雜誌》第23卷第17號。

范文瀾，1955：《中國近代史》上冊，北京人民出版社。

梁漱溟，1935a：〈往都市去還是到鄉村來？——中國工業化問題〉，6月1日《鄉村建設》第4卷第28期。

梁漱溟，1935b：〈鄉村建設理論〉，《鄉村建設》第5卷第1、2期。

翁文灝，1940：〈以農立國，以工建國〉，原刊1940年《中央日報》，轉載於羅榮渠主編，《從「西化」到現代化》，北京北京大學出版社，1990，頁910-912。

章士釗，1923：〈農國辨〉，原刊11月3日上海《新聞報》，重刊於同年《甲寅週刊》第1卷第26號。

章士釗，1927：〈何故農村立國〉，《甲寅週刊》第1卷第37號。

陳序經，1936：〈鄉村建設理論的檢討〉，《獨立評論》第199號。

陳寅恪，1980：〈王觀堂先生輓詞並序〉，《寒柳堂集》，上海古籍出版社。

曾虛白，1966：《中國新聞史》，台北台灣政治大學新聞研究所。

梅　遜，1987：〈西方文化對中國的影響〉，《中國傳統文化的檢討》下篇，新店谷風出版社。

楊幸之，1933：〈論中國現代化〉，《申報月刊》第2卷第7期。

蔣夢麟，1962：《西潮》，台北世界書局。

外文：

Eisenstadt, S. N, 1966: *Modernization: Protest and Change,* Englewood Cliffs, N.J., Prentice-Hall, Inc.

Needham, Joseph, 1970: *Science and Civilization in China*, Cambridge, Cambridge University Press.

Palmer, R. R. & Colton, Joel, 1965: *A History of the Modern World* (Third Edition), New York, Alfred A. Knopf, Inc.

Weber, Max, 1958: *The Protestant Ethic and the Spirit of Capitalism* (translated by Talcott Parsons), New York, Charles Scribners Sons.

代的印刷，在北京官方的邸報以外，民間也興辦起討論政事、傳達民意的新聞紙及雜誌。最早的有1872年英國人美查創辦的《申報》和1874年美國人葛里創辦的《彙報》。

從鴉片戰爭到民國成立以後這七十多年間所做的翻譯，前人分作三個階段：一、從1840到甲午之戰的1894是開端期，翻譯的多半是所謂的「格致」之學，也就是科技方面；二、從1895到

容閎率領赴美入哈佛等校就讀之首批留學生唐紹儀、梁誠、梁敦彥、容揆、歐陽庚、侯良登、詹天佑、鄭蘭生等合照

1910是第二期，多譯社會科學以及文學翻譯的開始；三、民國成立以後的幾年是第三期，文學譯作大盛（林榕 1943）。

西方文化除借助翻譯及新聞紙的傳播外，也藉年輕人遊學各國帶回國內。同治七年（1868）清廷與美國訂約時，特立留學專款，並允許美國人在中國興辦學校。清廷重臣曾國藩、李鴻章等奏請派幼童出洋留學。同治九年（1870）首批留學生由刑部主事陳蘭彬、江蘇同知容閎率領赴美，入哈佛等校就讀。在這批學生中有唐紹儀、梁誠、梁敦彥、容揆、歐陽庚、侯良登、詹天佑、鄭蘭生等人，歸國後均有所成。前後赴美留學者約有一百五十餘人，至光緒七年（1881）停止。光緒十六年（1890）總理衙門奏請出使歐美大臣順便攜帶數名留學生同行，唯這樣出國的人數並不多。

甲午（1895）戰後，國人憚於日本人的軍威，羨慕日人明治維新的成就，留日之風大熾。張之洞特別倡議派留學生赴日本學習師範及軍事，且歷數留日之利曰：

> 至於遊學之國，西洋不如東洋，一路近省費，可多遣。一去華近，易考察。一東文近於中文，易通曉。一西學甚繁，凡西學不切要者，東人已刪節而酌改之。中東情勢風俗相近，易仿行。事半功倍，無過於此。若自欲求精求備，再

赴西洋，有何不可。（張之洞 1898）

　　維新派的御史楊琛秀也向光緒皇帝建議：「臣以爲日本變法立學，確有成效，中華欲遊學易成，必自日本始。」（王曉秋 1992：348）是故光緒末年提倡教育改革軍制者，多爲留日歸國的學生。到光緒三十一年（1905），凡經考試出洋學生，均按成績授與進士舉人頭銜，或授檢討主事等官職。留學既成獵取功名之捷徑，人人遂爭相趨附，一時留日留歐美學生暴增至數萬人。光緒三十四年（1908），美國會議決退還庚子賠款美金一千三百六十五萬餘元。清廷遂以此款每年派出百餘留美學生，並在北京設遊美學務處，於清華園建遊美學館，於是留美學生日多，歸國的留美學生在學術界形成一股不可輕忽的改革維新的力量，是以美國的文物制度對五四以後我國的學制以及學術思想影響至鉅。

　　留學與翻譯是兩條學習西方的路徑，二者可說相輔相成。直譯歐美著作者固多，翻譯日文有關西洋文明者更多。特別是甲午戰後，迻譯日文書一時成風，可惜多半爲淺劣之作。清末以翻譯聞名而成大家者，首推閩侯嚴復。

　　嚴復（1854-1921），原名嚴宗光，字又陵，後改名復，字幾道，筆名又陵、幼陵、體乾，福建省閩侯人。福州船政學堂畢業。1877年赴英國留學，兩年後歸國，在母校任教，翌年調任北洋水師學堂總教習，旋升任總辦。甲午戰後，主張維新變法，與夏曾佑等創辦《國聞報》。戊戌變法失敗後，遂「摒棄萬緣，惟以譯書自課」。旋任京師大學堂編譯局總辦，並協助馬相伯創辦復旦公學。民國後主張尊孔讀經，並參與籌組「籌安會」，擁護袁世凱稱帝。五四時期反對學生運動，反對白話文，成爲保守派的代表人物。譯有赫胥黎（Thomas

嚴復，攝於1901年

Henry Huxley）《天演論》（*Evolution and Ethics*）、亞當・斯密（Adam Smith）《原富》（*An Inquiry into the Nature and Causes of the Wealth of Nations*）、約翰・密爾（John Stuart Mill）《名學》（*A System of Logic*）、史賓塞（Herbert Spencer）《群學肄言》（*The Study of Sociology*）、孟德斯鳩（Charles Montesquieu）《法意》（*l'Esprit des Lois*）、甄克思（E. Jenks）《社會通詮》（*A History of Politics*）等西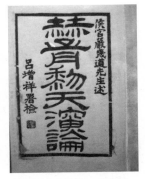

赫胥黎《天演論》，嚴復譯

方思想界重要經典著作，並提出翻譯應遵守之信達雅三原則。嚴譯諸作皆西方近代思想界的經典著作，對五四一代的知識份子發揮了啓蒙的作用。

二、西方文學的譯介

在迻譯西書的風潮中，文學書籍也不例外，尤其是小說類，更受到一般讀者的歡迎。譯介西方的小說，早在清季乾隆年間（1736-95）已時有所見。不過那時候多半根據聖經故事或西方小說加以改寫，人名地名風俗等均中國化，未用翻譯之名。這樣改寫的小說，胡懷琛稱之謂「假扮」，即將西方小說用中文寫出，人名、地名加以中國化，不說是翻譯，裝作創作，例如把《歐文雜記》（*Irvings Sketch Book*）中的〈李迫大夢〉（The Legend of Sleepy Hollow）改寫成〈一睡七十年〉，把《格利佛遊記》（*Swifts Gulliver's Travels*）中的一段改寫成〈談瀛小錄〉等（胡懷琛 1934：105）。清末譯書之風吹起後，對西方文學作品的介紹改用翻譯的方式進行，尤以翻譯小說最為盛行。今日所見最早的翻譯小說蓋為蠡勺居士（蔣其章）所譯的英國小說《昕夕閒談》（上卷三十一回，下卷二十四回），收在申報館於1872年出版英國商人在上海創辦的

我國第一本文學雜誌《瀛寰瑣紀》中（註2）。蠡勺居士在《昕夕閒談‧小敘》中，一反傳統以小說為小道的觀點，拿小說與經傳諸子對比，認為後者文筆簡當而無繁縟之觀，辭義嚴重而無談諧之趣，易於催人入夢，但是小說卻「妝點雕飾，遂成奇觀，嬉笑怒罵，無非至文」，足以引人入勝，所以「感人也必易，入人也必深」（阿英1960）。這一番針對翻譯小說的見解，可以說一新當時世人的耳目。

我國第一本文學雜誌《瀛寰瑣紀》

中間隔了二十多年，到了1896年，又有梁啟超重提小說的重要性。梁氏也是受了西方小說觀念的影響，在〈變法通議論幼學〉一文中說：

> 今宜專用俚語，廣著群書，上之可以借闡聖教，下之可以雜述史事，近之可以激發國恥，遠之可以旁及夷情；乃至觀途醜態，試場惡趣，鴉片頑癖，纏足虐刑，皆可窮極異形，振勵末俗。為其補道，豈有量耶！（梁啟超1936）

梁啟超所謂「廣著群書」的「群書」，指的即是小說，他把小說的功用提高到改良社會，輔助教化的地步。

翌年，嚴復和夏曾佑在天津創辦《國聞報》時，合作發表了〈本館附印說部緣起〉一文，把小說的社會作用與人類的進化聯繫起來，舉歐美、東瀛開化之初曾得力於小說之助為例，呼應蠡勺居士的意見，也認為「說部之興，其入人之深，行世之遠，幾幾出於經史之上，而天下人心風俗，遂不免為說部所持」。他們痡言小說之重要，雖然自己並未從事翻譯或創作小說。

註2：《昕夕閒談》譯自英國作家利頓（E. Lytton,1803-73）的長篇小說《夜與晨》（*Night and Morning*），後經譯者修訂重新於1904年出版單行本，譯者改署吳縣黎床臥讀生。見阿英《晚清小說史》，1966年香港太平書局出版，頁180。

1898年，梁啓超因戊戌政變失敗，流亡到日本，在橫濱創辦《清議報》。他自然深明小說對世人的影響力和重要性，於是決定翻譯發表外國的政治小說，並寫成〈譯印政治小說序〉一文，宣稱「採外國名儒所撰述，而有關切於今日中國時局者，次第譯之，附於報末，愛國之士，或庶覽焉」（阿英 1960）。這篇文章可以視爲他後來於1902年發表的〈論小說與群治之關係〉一文的先聲。他自己率先翻譯了日本柴四郎的政治小說《美人奇遇》，以做示範。在翻譯西洋小說之風吹起後，中譯西方小說數量最多，也最有成就的，首推林紓。

　　林紓（1852-1924），原名群玉，字琴南，號畏廬，別號冷紅生，晚年又自稱蠡叟、六橋補柳翁、踐卓翁、長安賣畫翁、春覺齋主人、餐英居士、射九等。林紓出身於鹽商之家，1879年入縣學，1882年（光緒八年）中舉人，曾任教於閩學堂、五城學堂、正志中學以及京師大學堂等校。晚年反對五四新文化運動，成爲守舊派的代表人物。1897年與王壽昌合譯法國作家小仲馬（Alexandre Dumas fils, 1824-95）的《巴黎茶花女遺事》（la Dame aux caméllias）之後，即展開他的中譯西方小說的工作，以桐城派的優雅古文前後共譯歐美諸國小說一百七十餘種，都一千二百餘萬言，計英國九十九部，一百七十九冊；美國二十部，二十七冊；法國三十三部，四十六冊；比利時一部，二冊；俄國七部，十冊；西班牙一部，二冊；挪威一部，一冊；希臘一部，一冊；瑞士二部，四冊；日本一部，一冊；未知國五部，六冊；共一百七十一部，都兩百七十冊；此外，還有未收集的短篇十五種（阿英 1966：182）。

　　林紓不懂外文，翻譯工作皆須與人合作，聽人口譯後再形之於文字，因此難免有改作或誤譯之處，甚至把莎士比亞、易卜

林紓（1852-1924）

林紓譯著《巴黎茶花女遺事》光緒辛丑秋玉情瑤怨館譯本

生等的劇作譯成了小說。前後與林紓合作翻譯的，除王壽昌外，尚有魏易、王慶驥、王慶通、陳家麟、曾宗鞏等人。林紓晚年雖流爲反對新文化的守舊派，但在從事翻譯的高潮中卻表現出進步的意識（從他選擇的小說及所寫的序跋中可以看得出來），對清末民初的小說作家及知識界都產生了莫大的影響。錢基博（錢鍾書的父親）在他的《現代中國文學史》中曾言林譯小說：「國人詫所未見，不脛走萬本。」（錢基博 1933：140）周作人在《魯迅的青年時代》中說魯迅在日本東京留學時，常常跑到神田的中國書林去購買林譯的小說，又在〈林琴南與羅振玉〉一文中說：「我們幾乎都因了林譯才知道外國有小說，引起一點對外國文學的興味。」郭沫若說林譯的小說是他幼年時最愛好的讀物。茅盾在1916年剛進商務印書館擔任編輯時，常拿林譯的小說與其他譯本對比，覺得林譯的優點很多。五四的女作家廬隱自言在寫《海濱故人》之前，曾遍讀林譯的小說。錢鍾書也說過：《林譯小說叢書》帶領他在中國傳統小說之外進入了另一個新天地，使他領略到西洋小說的迷人之處（趙遐秋、曾慶瑞 1984：134）。可見林譯的西洋小說對五四一代的作家影響很深，即使通曉外文留學國外的留學生，也都在接觸原著前先看過林譯的小說，在新舊文學交替的時代，可說發揮了承先啓後的橋梁作用。

在大量翻譯之餘，林紓也忍不住自己寫起小說來，進入民國他曾先後發表《京華碧血錄》、《金陵秋》、《冤海靈光》、《劫外曇花》、《官場新現形記》等長篇，還有收在《踐卓翁小說》（即《畏廬漫錄》）、《畏廬筆記》、《技擊餘聞》和《蠡叟叢談》中的兩百餘篇短篇小說，數量不可謂不多，但是都是文言說部，形式上沒有革新，思想內容也不見新意，不久就淹沒在同時代大量的白話說部中，反倒沒有他翻譯的小說在新舊轉變時期所產生的那般關鍵性的影響了。

林紓之外，伍光建也因從事文學翻譯工作而聞名。

伍光建（1866-1943），字昭扆，筆名君朔，廣東省新會人。1881年入天津北洋水師學堂，1886年畢業後，以成績優異被派往英國格林威治皇家海軍學院學習。翌年，轉入倫敦大學攻讀物理及數學。1892年返國，任教於天津北洋水師

學堂。甲午戰後，應《中外日報》創辦人汪洛年之邀，在該報上介紹西方科學文化，並翻譯西方文學作品。

伍光建（1866-1943）

　　不同於林紓，伍光建精通英文，而且採用白話翻譯。前後譯有英國狄更斯（Charles Dickens, 1812-70）的《二京記》（*Tales of Two Cities*）、《勞苦世界》（*Hard Times for These Times*）、哥德史密斯（Oliver Goldsmith,1730-74）的《威克菲牧師傳》（*The Vicar of Wakefield*）、法國雨果（Victor Hugo, 1802-85）的《悲慘世界》（*Les Misérables*）、大仲馬（Alexandre Dumas, 1802-70）的《俠隱記》（*Trois Mousquetaires*）（1908）、《續俠隱記》（1908）、《一個王后的祕密》（*la Reine Margot*）（又名《法宮密史》，1908）等，開白話翻譯英法小說的先聲，也贏得眾多的讀者。

　　以鴛鴦蝴蝶派小說名家的包天笑（1879-1973）也曾與人合作翻譯過英國的《迦茵小傳》（這部小說後來搬上了文明戲的舞台）、法國雨果的《俠奴血》（1905）、迦爾微尼的《鐵世界》與《無名的英雄》，以及義大利艾德蒙多·

上：伍光建翻譯的《墜樓記》
左：包天笑與人合譯之《迦茵小傳》

德・亞米契斯（Edmondo De Amicis,1846-1908）的《馨兒就學記》（*Cuore,* 後來夏丏尊譯爲《愛的教育》）、《兒童修身之感情》、《祕密使者》、《一捻紅》、《千年後之世界》等。

吳檮譯有不少日文小說，如黑岩淚香的《薄命花》、《寒桃記》、尾崎紅葉的《寒牡丹》、尾崎德太郎的《美人蒸草》、《五里霧》、《俠黑奴》、押川春郎的《俠女郎》，以及從日文轉譯的俄國萊蒙托夫的《銀紐碑》（1907）、契訶夫的《黑衣教士》（1907）、高爾基的《憂患餘生》（1907）、英國勃來雪克的《車中毒針》、德國蘇德曼的《賣國奴》等。

陳冷血譯有俄國虛無黨小說《虛無黨》（1900）及偵探小說，如《白雲塔》、《俠戀記》、《火裡罪人》、《土裡罪人》、《大俠記》、《偵探譚》等。

其他較著名的尚有戢翼翬譯俄國普希金的《俄國情史》（又名《花心蝶夢錄》，1903）、佚名譯托爾斯泰的《不測之威》（1908）、熱質譯托爾斯泰的《蛾眉之雄》（又名《柔髮野外傳》，1911）、朱樹人譯法國奈隆的《冶工軼事》（1903）、蘇曼殊與陳獨秀合譯雨果的《悲慘世界》、平雲譯雨果的《孤兒記》（1906）、梁啓超與羅孝高合譯凡爾納的《十五小豪傑》、公短譯大仲馬的《大俠盜》（1907）、抱器室主人譯大仲馬的《幾道山恩仇記》（*le Comte de Monte-Cristo*）（即《基督山恩仇記》，1907）、苦學生譯日本山上上泉的《苦學生》（1903）、吳趼人譯日本菊池幽芳的《電術奇談》（1905）、東海覺我譯押川春郎的《新舞台》（1905）、賴子譯廣陵佐佐木龍的《政治波蘭》、周逴譯匈牙利育凱摩爾的《匈奴騎士錄》（1908）、李石曾譯波蘭廖抗夫（Leopold Kampf, 1881-1913）的《夜未央》等。

此外，有些譯作的原作者不明，如獨立蒼茫子譯的《游俠風月錄》（1903）、楊德森譯的《夢遊二十一世界》（1903）、海天獨嘯子譯的《空中飛艇》（1903）、湯紱女士譯的《旅順雙傑傳》（1909）、陳鴻璧女士譯的《蘇格蘭獨立記》、南野浣白子譯的《二勇少年》及《青年鏡》（1904）等。足見那時候對原作的版權還不懂得尊重。

民前以古文譯西方小說的尚有魯迅、周作人兄弟。魯迅曾譯有科幻小說《月界旅行》及《地底旅行》。又於1909年與周作人合譯《域外小說集》兩冊，收有俄國迦爾洵、契訶夫、梭羅古卜、安特萊夫、波蘭顯克維茲、英國王爾德（Oscar Wilde, 1856-1900）、法國莫泊桑、丹麥安徒生、希臘藹夫達利阿諦斯、芬蘭哀禾等的短篇小說及

魯迅與周作人合譯之《域外小說集》

童話寓言，文筆古樸，且頗忠於原文，不幸未能投讀者所好，十年之中只賣了二十一冊，與林紓譯小說的流傳廣遠，不可同日而語，其命運與魯迅自己創作的小說之終於成為現代中國小說的重鎮，也有天壤之別。

較晚的鴛鴦蝴蝶派作家周瘦鵑（1894-1968）在1917年曾與人合作翻譯出版《歐美名家短篇小說叢刊》，受到魯迅的稱讚。但以後所譯幾乎皆為通俗偵探小說，諸如卷帙浩繁的《歐美名家偵探小說大觀》、《福爾摩斯偵探案全集》、《亞森羅蘋案全集》等。

偵探小說在翻譯界後來居上，連大譯家林紓也曾翻譯過柯南‧道爾（Arthur Conan Doyle, 1859-1930）的《福爾摩斯探案》。翻譯小說到了後期，因為市場的需求，竟多以偵探小說為主，吳趼人、周桂笙，都是個中高手，其他譯家也無不爭相染指，影響了後來

周瘦鵑在1917年曾與人合作翻譯出版《歐美名家短篇小說叢刊》

《福爾摩斯偵探案全集》

黑幕小說的盛行。

　　據統計，從1902到1916年間，新創辦的文學刊物有五十七種之多（魯深1957）。其中有眾多專門刊載小說的雜誌，諸如《新小說》、《繡像小說》、《月月小說》、《小說林》、《新新小說》、《小說世界日報》、《小說七日報》、《新世界小說月報》、《競立社小說月報》、《小說世界》、《小說時報》、《小說月報》、《新小說叢》、《白話小說》、《十日小說》、《揚子江小說報》、《小說叢報》、《禮拜六》、《小說旬報》、《中華小說界》、《小說海》、《小說新報》、《小說大觀》、《小說畫報》等，除了刊登創作的小說外，也都刊出了大量翻譯的小說。

　　據阿英《晚清戲劇小說目錄》記載，從1875到1911辛亥革命三十六年間，翻譯小說多達六百多種（趙遐秋、曾慶瑞 1984：122），其中林紓一人翻譯的小說就佔四分之一強。清末的翻譯小說雖然不乏粗製濫造之作，但總算把西方的文學盛宴具體地呈現在國人面前，使國人目睹到西方文學的豐盛，品嘗到西方小說的美味，不但眼界大開，同時也漸漸轉化了知識界對小說的輕視心理。晚清小說寫作之盛以及五四前後現代白話小說的興起，不能不說都受益於晚清的翻譯小說。

引用資料

王曉秋，1992：《近代中日文化交流史》，北京中華書局。

阿　英，1954：《晚清戲劇小說目錄》，上海文藝出版社。

阿英編，1960：《晚清文學叢鈔‧小說卷》，北京中華書局。

阿　英，1966：《晚清小說史》，香港太平書局。

林　榕，1943：〈晚清的翻譯〉，《風雨談》第7期。

胡懷琛，1934：《中國小說概論》，上海世界書局。

柳詒徵，1964：《中國文化史》下冊，台北正中書局。

曹聚仁，1955：《文壇五十年》正集，香港新文化出版社。

梁啟超，1936：《飲冰室文集》一，上海中華書局。

張之洞，1898：《勸學篇》二卷，兩湖書院。

趙遐秋、曾慶瑞，1984：《中國現代小說史》上冊，北京人民大學出版社。

魯　深，1957：《晚清以來文學期刊目錄簡編》，《中國現代出版史料》丁編下，上海中華書局。

錢基博，1933：《現代中國文學史》，上海世界書局。

第四章　從桐城古文到口頭白話

一、走出桐城古文的藩籬

　　桐城派的古文始自康熙中期的方苞（1668-1749），繼之有劉大櫆（1698-1779）與姚鼐（1731-1815），蔓延流傳籠罩了清季的文壇。因爲他們三人都是安徽桐城人，世稱「桐城三祖」，後來的景從者都統稱爲桐城派了。桐城派的發展，可分兩個時期：第一個時期約從十八世紀初到十九世紀初，歷經康熙、雍正、乾隆、嘉慶、道光五朝，代表作家除了桐城三祖外，尚有姚門弟子梅曾亮（1786-1856）、管同（1780-1831）、方東樹（1772-1851）、姚瑩（1785-1853）等，尤以梅曾亮最著。第二個時期從十九世紀

上：方苞（1668-1749）
左：姚鼐（1731-1815）

初到二十世紀初，涵蓋道光、咸豐、同治、光緒等朝，代表作家有號稱桐城中興的曾國藩（1811-1872）、王先謙（1842-1917）、吳敏樹（1805-1873）、王棻（1828-1899）、郭松濤（1818-1891）、戴秉衡（1814-1855）、方宗城（1818-1888）及曾門弟子張裕釗（1823-1894）、黎庶昌（1837-1897）、薛福成（1838-1894）、吳如綸（1840-1903）等人。報人曹聚仁曾言：「桐城派古文也和滿清國運一般，到了曾國藩手中才中興復盛的。他曾替《歐陽生文集》作序，這篇序文正是桐城派的流變史。他說到桐城姚氏（鼐）的師傅，以及姚氏弟子在東南西南各地的流衍，於湖南則有巴陵吳敏樹、湘陰郭松濤。他指出姚氏的古文『以爲義理、考據、詞章三者不可偏廢；必以義理爲質，而後文辭有所附，考據有所歸』。這是桐城派和當時漢學家志趣不同之處。」（曹聚仁1955：13）到了清末，吳如綸的門生嚴復和林紓代表的是桐城派的餘波，二氏對西學的迻譯貢獻良多，然而後來竟成爲反對白話文學的健將，與他們桐城派的背景不無關係。

桐城派主張作文須有義法，「義」就是文中所載之道，「法」就是行文的法度。因此桐城派是融道德與文章於一體的一個流派，以發揚孔、孟、程、朱一貫相承的道統爲宗旨，信奉程、朱理學，正如方苞所言：「學行繼程、朱之後，文章介韓、柳之間。」又說：「非闡道翼教有關人倫風化不苟作。」（註1）足見桐城派的重要表現即是文以載道，以文衛道，用以達到經世致用的目的。

桐城派的經世致用思想，使桐城派的文人不能不熱中功名，言論上自然是維護清王朝的，所以到了清末，受到西方民主自由思想的衝激，反清與革命的事例一旦抬頭，桐城派就被目爲封建餘孽了。

桐城派以外，發展較晚而氣勢不及桐城的尚有文選派。桐城宗法唐末八大家，而文選派則祖述昭明太子，認爲「沉思翰藻，始得爲文」。代表作家有阮元（1764-1849）、李慈銘（1830-1895），以及清末的王闓運（1833-1916）、

註1：以上二語見方苞《望溪文集》。

李詳（1858-1931）、劉師培（1884-1919）
等；章炳麟（1869-1936）也可歸入此派。阮元
為樸學大師，所刻《皇清經解》及《十三經注
疏》對後世頗有影響。李慈銘宗法漢魏六朝之
文，對桐城派很不以為然，其文學主張散見於
《越縵堂日記》中。王闓運詩文俱享盛名，也有
人將其歸入桐城派（郭延禮 2001：276），受到
章炳麟的推崇。李詳、劉師培是阮元的同鄉，均
出江蘇儀徵，故受到阮氏的影響。

阮元（1764-1849）

　有清一代論文章，雖然唯桐城獨盛，然而樸
學家錢大昕曾譏誚方苞說：「法且不知，義於何
有？……若方氏乃真不讀書之甚者！」（註2）
姚鼐曾欲從戴震遊，以空疏不學而為戴氏所拒。章炳麟曾批評桐城派說：「桐
城諸家，本未得程朱要領，徒援引膚末，大言自壯。」（章炳麟 1985）梁啟
超也曾批評桐城派說：「以文而論，因襲矯揉，無所取材；以學而論，則獎空
疏，闕創獲，無益於社會。」（梁啟超 1993）

　可見到了清末，受到西方文化與現代語文的影響，人們逐漸感覺到文言文與
現實生活的脫節與隔膜，既有學習的困難，又不易傳達一般人的情意，同時其
所含蘊的道德內容不免虛矯、頑固，已經遠遠落在時代的後方，因此年輕的一
代對文言文，特別是桐城派的文言文，產生很大的反感，漸漸不願模仿、奉行
了。

二、梁啟超的新文體

　打破桐城義法的桎梏，行文納入白話俚語，可以針對時事發言，自由揮灑不
受古文的侷限，在晚清形成獨樹一幟新散文的則非梁啟超莫屬了。他以散文為

註2：見錢大昕《潛研堂集·與友人書》，1989年上海古籍出版社。

武器，鼓吹新思想，反對舊傳統，文章曾經風靡一時。

梁啓超（1873-1929）

梁啓超（1873-1929），字卓如，一字任甫，號任公，別署飲冰子或飲冰室主人，廣東省新會人。他生在中國極南端的熊子鄉，在西江入海的一個小島上。時在鴉片戰爭之後，正是一個外患日亟、西方勢力入侵的時代，這樣的時代背景後來成爲促生他一生政治與文化活動的激素。梁氏幼年的時候跟從祖父和父親學習五經及中國史略，九歲能成文，十五歲就讀於阮元所創之學海堂，浸淫於訓詁詞章之學。十七歲，舉於鄉。翌年，在父親的陪同下，赴京會試，可惜落第。意外地在京師受到李端棻的賞識，與李的妹妹訂婚。歸途，經上海，偶爾購得《瀛環志略》一書，讀後眼界大開，方知世界之大。同年秋天，經友人陳千秋介紹拜謁康有爲，相談甚歡，對康氏學養心悅誠服，遂執弟子禮，退出學海堂，改入南海門下。第二年即開始從康氏習於廣州萬木草堂。康氏講中國數千年來的學術源流及歷史沿革，後來梁啓超在〈三十自述〉中說到一生的學問皆得力在這一年。康氏著《新學僞經考》、《孔子改制考》，梁均參與校勘、編纂的工作，但對康氏的主張並不完全服膺。這一年10月，赴北京，與李氏完婚，繼從康有爲學於萬木草堂凡三年。1894年梁氏二十二歲時再度入京，遇夏曾佑、譚嗣同等，結爲同好。是年6月，中日戰爭起，梁氏歔愴時局，多有所言。逾年和議成，代表廣東公車一百九十人上書，痛陳時局。同時，康有爲也聯合公車三千人，上書請變法。7月，在京創立「強學會」，梁啓超出任書記員。不過3月，強學會即被查封。翌年，黃遵憲

康有為《新學僞經考》、《孔子改制考》

在上海辦《時務報》，招梁南下，梁遂赴上海，專任《時務報》撰述，著〈變法通議〉等文，文筆酣暢，若有電力，攫人眼目。鄭振鐸曾形容說：

> 像那樣不守家法，非桐城，亦非六朝，信筆取之而又舒卷自如，雄辯驚人的嶄新的文筆，在當時文壇上，耳目實為之一新。（鄭振鐸 1961：1234）

梁啓超自己談到他的文體淵源時曾經如此描述：

> 啟超夙不喜桐城派古文；幼年為文，學晚漢魏晉，頗尚矜鍊；至是自解放，務為平易暢達，時雜以俚語、韻語及外國語法，縱筆所至不檢束，學者競效之，號新文體。老輩則痛恨，詆為野狐。然其文條理明晰，筆鋒常帶情感，對於讀者別有一種魔力焉。（梁啓超 1993）

1898年戊戌，梁氏二十六歲，再赴北京，與康有為組「保國會」，為光緒皇帝召見，計畫變法。不想朝中舊勢力在慈禧太后包庇下，發動政變，囚光緒，殺六君子，康梁僅以身免。梁氏逃亡日本，與橫濱商人創辦《清議報》，並學習日文，通過日文吸收西方的新知，遂對過去所學又有一番新的認識。

1900年庚子，義和團之亂，八國聯軍陷北京。梁啓超輾轉經香港至南洋，再至澳洲。居澳半載，復歸日本，辦《新民叢報》及《新小說》，從事著述。一方面宣傳自由進步的思想，一方面介紹西方哲學、社會學、經濟學的重要著作。《新民叢報》雖然在日本東京發行，但暢達中國內陸，影響甚大。（註3）

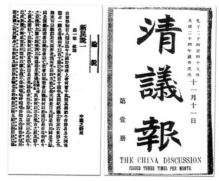

梁啟超流亡到日本在橫濱創辦之《清議報》

註3：近代報人曹聚仁曾說：「《新民叢報》雖是在日本東京刊行，而散播之廣乃及窮鄉僻壤。清光緒年

右：清光緒三十二年發行的《新民叢報》第二期
左：1903年，梁啟超主編《新民叢報彙編》
下：梁啟超《飲冰室合集》（1936上海中華書局）

　　1911年辛亥革命後，梁啟超始返國。先是出任袁世凱政府的司法總長，袁世
凱稱帝後，又參與他的學生蔡鍔的反袁之役。張勳復辟失敗後，梁氏又於1917
年一度出任段祺瑞內閣的財政總長。但是環境使他無能施展抱負，不久去職，
此後即未再從政。遊歐洲一年後返國，投入教書與著述。1920年起，任清華大
學研究院導師兼南開大學教授。著有《飲冰室合集》（1936上海中華書局）。

　　他的學生吳其昌在評論清末譚嗣同、夏曾佑、章炳麟、嚴復、林紓、馬其
昶、陳三立、章士釗等的文章後，特別推崇梁文說：

　　　雷鳴怒吼，恣睢淋漓，叱咤風雲，震駭心魄，時或哀感曼鳴，長歌當哭，湘
　　蘭漢月，血沸神銷，以飽帶情感之筆，寫流利暢達之文，洋洋萬言，雅俗共

間，我們家鄉去杭州四百里，郵遞經月才到，先父的思想文筆，也曾受梁氏的影響；遠至重慶、成
都，也讓《新民叢報》飛越三峽而入，改變了士大夫的視聽。」（曹聚仁 1955：26）

賞，讀時則攝魂忘疲，讀竟或怒髮衝冠，或熱淚濕紙。（註4）

吳其昌的話或有溢美之詞，鄭振鐸的評論卻相當中肯，他說：

他的散文，平心論之，當然不是晶瑩無瑕的珠玉，當然不是最高貴的美文，卻另自有他的價值。最大的價值，在於他能以他的「平易暢達，時雜以俚語、韻語與外國語法」的作風，打倒了所謂憊憊無生氣的桐城派的古文，六朝體的古文，使一般的少年們都能肆筆自如，暢所欲言，而不再受已僵死的散文套式與格調的拘束；可以說是前幾年的文體改革的先導。（鄭振鐸1961：1264）

從古文（特別是桐城派的古文）到五四以後的白話散文，梁啓超的文體是一個重要的橋梁。他開始時雖然不避白話俚語，總還有個文言的骨架，到五四以後，他也隨眾改寫所謂的「國語文」了。

三、章士釗、胡適、陳獨秀的貢獻

從1905年到1915年十年間，胡適認爲是政論文章最發達的時期（胡適1924）。黃遠庸（1884-1915）、張東蓀（1886-1973）、李大釗（1889-1927）、李劍農（1880-1963）、高一涵（1885-1968）等都是寫政論的高手，其中尤以章士釗爲代表。

章士釗（1881-1973），字行嚴，筆名孤桐、青桐、爛柯山人、無卯，湖南省長沙市人。1902年進南京陸軍學堂就讀，1903年任《蘇報》主筆，1905年赴日本留學，1908年赴英，在蘇格蘭研究西方教育、政治、法

章士釗（1881-1973）

註4：見中國社會科學院文學研究所：《1919-1949：中國近代文學論文集・前言》引吳其昌《梁啟超》，1988年北京中國社會科學出版社，頁8。

律。留英期間，常常為國內報章介紹西方的政治學說，特別是有關君主立憲的，對當時的政壇頗有影響。辛亥革命後返國，任北大教授。後歷任北京農業學校校長、廣東軍政府祕書長、南北議和南方代表，並先後主編《獨立週報》、《甲寅雜誌》，創辦《甲寅週刊》。1924年任北洋政府司法總長兼教育總長。1925年發表〈評新文化運動〉、〈評新文學運動〉等提倡尊孔讀經，反對新文化。1930年任東北大學教授及文學院長。1935至36年任冀察政務委員會委員兼法制委員會主席。抗戰爆發後，一度避居香港。勝利後，回上海，擔任律師。因為在1920年毛澤東、蔡和森等發起赴法勤工儉學時，曾經大力資助，1949年後受到毛氏的禮遇，歷任全國人大常委、全國政協常委、國務院法制委員、中央文史館館長等職。著有《柳文旨要》。

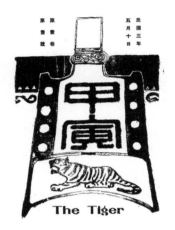

章士釗二度流亡日本，創辦政論性雜誌《甲寅》。

　　章士釗的文章脫胎自桐城古文，曾受嚴復及章太炎的影響。曹聚仁稱他的文章是「古文改革運動中最有成就的文體。」又說：「他是編次《中等國文典》的學人，他用歐洲文法來研究中國文法，他的努力方向也和當時語文改革的步驟相一致的。」（曹聚仁 1955：18）章氏文法嚴謹，論理清楚，今舉他的〈學理上的聯邦論〉中的一段以見一斑：

> 　　科學之驗，在夫發現真理之通象；政學之驗，在夫改良政制之進程；故前者可以定當然於已然之中，後者甚且排已然而別創當然之例。不然，當十五六世紀時，君主專制之威披靡一世，政例所存，罔不然焉；苟如論者所言，是十七世紀後之立憲政治不當萌芽矣。有是理乎？（章士釗 1926）

　　他的文章今天看來半文半白，離五四以後的白話文還有一段很大的距離，但是在那個時期很具代表性。胡適在寫於1922年的〈五十年來中國之文學〉中

把清末民初的古文演變根據時間先後分作四個階段：一是嚴復、林紓的翻譯文學，二是譚嗣同、梁啓超的議論文學，三是章炳麟的述學文學，四是章士釗的政論文學。其實最晚的章士釗的文字並不更接近白話，他跟當日大多數舊文人一樣，不像梁啓超與時俱進，因而後來竟成為反白話文的一員大將。文言與白話之間的真正重要橋梁還數梁啓超。

在梁啓超之後繼起反對桐城派的是以革命為名的「南社」。南社正式成立於1909年。所以稱「南社」，含有「吾道其南」的意思，旨在對抗北方的清廷。魯迅曾說：「清末的南社，便是鼓吹革命的文學團體，他們歎漢族的被壓制，憤滿人的凶橫，渴望著『光復舊物』。」（魯迅 1967：136）南社本是應和同盟會而起的文學團體，發起人是陳巢南、高天梅和柳亞子。不少同盟會員及國民黨要員如陳英士、汪精衛、邵元沖、居正、戴季陶、于右任、葉楚傖、陳布雷等以及學界的黃侃、吳梅，藝界的黃濱虹，科學家馬君武、胡先驌、任鴻雋等均曾為南社社員。

南社社員既以革命為理想，當然不屑於桐城派的義法，為文採取梁啓超式的報章體，也促成了文言向白話的過渡。民國以後，南社反寂然無聲。魯迅說：

> 我想，這是因為他們的理想，是在革命以後，「重見漢宮威儀」，峨冠博帶。而事實並不是這樣，所以反而索然無味，不想執筆了。（魯迅 1967：136）

南社在1917年停頓，但柳亞子仍在其故鄉江蘇省吳江縣黎里鎮創辦《新黎里報》，徐蔚南在吳江縣盛澤鎮辦《新盛澤》等繼續鼓吹國民革命與新文化運動。到了1923年，又成立「新南社」，但影響力已大不如前。

胡適曾言：「科舉一日不廢，古文的尊嚴一日不倒。」（胡適 1917）1904年後，科舉廢止了，古文的尊嚴果然大不如前。1916年，「國語研究會」成立。

1917年，胡適在《新青年》上發表〈文學改良芻議〉（註5），他說：

> 以今世歷史進化的眼光觀之，則白話文學之為中國文學之正宗，又為將來文學必用之利器，可斷言也。（胡適1917）

胡適（1891-1962）原名胡洪騂，字適之，筆名天風、適廣、希疆、胡天、蝶兒、鐵兒、芷暉室主、期自勝生等，安徽省績溪縣人。他是五四新文化運動的重要推動者。他的父親胡鐵花，是滿清歲貢生，曾任台東直隸州知州。胡適在1904年赴上海求學，先後就讀於梅溪學堂、澄衷學堂、中國公學。1910年考取清華學堂庚款留美官費生，進入美國康乃爾大學農學院學習，不久改入文學院，於1914年畢業。翌年，進哥倫比亞大學哲學系，師事美教育家杜威（John Dewey, 1859-1952）。1917年發表〈文學改良芻議〉，成為新文學運動的先聲，並在哥大通過博士學位考試。同年返國，任北京大學教授，與江冬秀女士結婚。1918年發表〈建設的文學革命論〉，提出「國語的文學，文學的國語」的主張。1919年《中國哲學史大綱》上卷出版，並發表最早的文學劇作之一《終身大事》。1920年新詩《嘗試集》出版。1921年開始出版《胡適文存》。

1923年，與徐志摩、梁實秋等組織「新月社」。1924年，與陳西瀅、王世杰創辦《現代評論》週刊。1930年，任北京大學文學院長。1932年，與蔣廷黻、丁文江創辦《獨立評論》。抗日戰爭開始後於1938年出任駐美國大使。1946年離

上：胡適（1891-1962）
右：胡適《中國哲學史大綱‧上卷》

註5：據胡適的《留學日記》載，他於1916年11月草成〈文學改良芻議〉一文，在同一個時期，他從《紐約時報》的書評裡讀到龐德等英美印象派詩人的「六條戒律」，覺得「此派所主張與我所主張多相似之處」。後人以為他的「八不」從中獲得啟示，亦可謂西潮直接影響我國新文學革命之明證。（沈用大2006：18-19）

美返國，就任北京大學校長職，並當選爲國民大會主席團主席。1949年國府撤退來台時赴美。1958年到台灣出任中央研究院院長。1962年2月24日上午，在南港中央研究院主持第五次院士會議後的酒會結束時因心臟病猝發去世，葬於舊莊墓園。

　　胡適的〈文學改良芻議〉雖然旨在提倡白話文，卻是用文言文寫的。其中提出的八事：一、須言之有物，二、不模仿古人，三、須講求文法，四、不做無病之呻吟，五、務去濫調套語，六、不用典，七、不講對仗，八、不避俗字俗語，也並非只針對白話文而言。但是這篇文章在當時確是引起很大的回響，可以說是白話文的一聲前進的號角。接著陳獨秀也發表了〈文學革命論〉，舉了許多西方文學的例子（其中時有誤解），主張推倒貴族文學、古典文學、山林文學，建設國民文學、寫實文學、社會文學，等同一篇文學革命的宣言。同樣，這篇文章也是用文言文寫的。一直到1918年，《新青年》裡的文章才全部改用白話文書寫。

　　陳獨秀（1879-1942），原名乾生，又名由己，字仲甫，號實庵，安徽省懷寧縣（今屬安慶市）人。他是五四新文化運動的重要倡導者。1896年曾考中秀才，翌年入杭州中西求是書院，開始接觸近代西方文化。1899年因發表反清言論被書院開除。1901年又因進行反清宣傳，爲清政府通緝，逃亡日本，入東京高等師範學校速成科。1903年返上海，協助章士釗主編《國民日報》。1904年初在蕪湖創辦《安徽俗話報》，宣傳革命思想。1905年組織反清祕密革命組織岳王會，任總會長。1907年再赴日本東京，入正則英語學校，後轉入早稻田大學。兩年後回國，在浙江陸軍學堂任教。1913年參加討伐袁世凱失敗，被捕入獄。出獄後，幫助章士釗創辦《甲寅》雜誌。1915年9月，在上海創辦《青年》雜誌（一年後改名《新青年》）。1917年初受聘爲北京大學文

《陳獨秀自述》

科學長。翌年12月與李大釗等創辦《每週評論》。這期間，他以《新青年》、《每週評論》和北京大學爲主要陣地，積極提倡民主、科學、文學革命，反對封建的舊思想、舊文化、舊禮教，成爲五四一代新文化運動的倡導者和主要領導人。五四運動後期，開始接受和宣傳馬克思主義。1920年初潛往上海，在共產國際的幫助下，發起成立中國共產黨，成爲主要創始人之一。1921年7月在上海舉行中共第一次全國代表大會，他雖然缺席，仍被選爲中央局書記，並出任中國共產黨最早的總書記。1927年革命失敗，被迫離開中央領導崗位。此後，他接受托派觀點，以在黨內成立小組織的方式進行活動。1929年11月，因爲他在中東路問題上發表對中共中央的公開信，而被開除黨籍。同年12月發表由八十一人署名的〈我們的政治意見書〉，同時在上海組成被中共指爲托派小組織的無產者社，出版刊物《無產者》。1931年5月，出席中國各托派小組織的「統一大會」，被推選爲中國托派組織的中央書記。1932年10月，在上海被國民政府逮捕，囚禁於南京。七七事變後一個月出獄，先後住在武漢、重慶等地，然後遷居四川江津，於1942年5月在貧病交加中逝世。

在陳獨秀的「文學革命論」提出之後，胡適也積極起來，於1918年4月號《新青年》發表了〈建設的文學革命論〉，提倡「國語的文學」與「文學的國語」。該文全用白話，於是從此用白話寫文章的人越來越多了。據說五四那一年，全中國至少出了四百多種白話報。1920年，教育部通令全國國民學校一二年級的國文一律改用國語，從此白話公然稱爲國語。很快地就出現了周作人、葉紹鈞、俞平伯、郁達夫、魯迅、劉半農等用白話寫作的散雜文家了。

但是當時更激進的人士，並不以此爲滿足，例如錢玄同甚至倡議在打倒孔家店以外，最好廢棄中國的文字。他說：

> 我再大膽宣言道：欲使中國不亡，欲使中國民族爲二十世紀文明之民族，必以廢孔學、滅道教爲根本之解決，而廢記載孔門學說及道教妖言之漢文，尤爲根本解決之根本解決。（錢玄同 1985）

今日看來，這種言論十分荒謬，但在五四時代反對傳統的氛圍中，也並不奇怪，連吳稚暉、傅斯年等社會菁英都曾呼應過錢氏的意見。時人對漢文的偏見，種下了後來漢字拼音化以及簡化漢字的種子。

陳獨秀與胡適都是當日力反封建傳統，一心接受西化的代表人物，二人曾在《新青年》雜誌共事，二人都力倡文學革命，不同的是後來陳獨秀在政治上走上共產主義的道路，而胡適卻始終保持自由主義的信念。胡、陳之別，也說明了五四以後的西化，有兩個方向：一是追隨西方資本主義的模式，一是跟蹤俄國無產階級革命的道路。這兩個方向，均來自西方，但是理念與策略迥異，雙方在思想和政治上的鬥爭長達數十年，終化為武力相向，無產階級雖然獲得最後的勝利，但此路不通之後，仍免不了回頭再走上資本主義的道路。

從文言到白話的轉變，也非一日之功。從明、清到民國數百年間，人民的語言早已遠離了書面的古文，在仿說書而來的說部中直接在書面上使用了白話，白話文似乎已成為大勢所趨，但是那時候傳統的文人並不把小說看作是嚴肅的文學，所以一直到五四運動仍然撼不動文學語言中的文言文。若沒有西潮東漸的衝擊和西方語文現代化的啟發，中國的文人恐一時還不敢、不肯違拗行之數千年的文化傳統。乘著五四反傳統、反封建的潮流，白話文一舉攻克了文人的頭腦，特別是年輕一代的頭腦，就如男人剪辮、女人放腳一般，大膽妄為之後，才覺得如此舒暢，也就不以為忤了。

此外，還有一個社會經濟變動的因素不可忽略，這也是西潮東漸所帶來的結果：共和國取代帝制，人民的地位原則上與前大不相同；工商業的西化改變了作者與讀者的關係，文學創作不再僅是文人求取功名的「經國之大業」，或文人間酬酢兼自娛的消閒品，而成為迎合大眾的「商品」，或謀生之道，這是文言文絕對無法完成的使命。大陸學者欒梅健就曾指出：

> 如果沒有「五四」時期為數眾多的文學刊物的出版與發行，沒有廣大讀者的歡迎與支持，那麼「五四」白話文運動到頭來也還是只能侷限於文人的圈子之中，其命運也只能與晚清的白話文運動——乃至唐代的新樂府運動無異。（欒

梅健 2006：53）

　　白話文的使用與普及，除小說早就拔了頭籌，在其他類文體上應該是同時並進的，但論述和實用散文的相繼使用，奠定了一般文體向白話文轉化的基礎，一定也會助長五四時代小說、詩歌以及戲劇應用當代白話文的聲勢。

引用資料

中國社會科學院文學研究所，1988：《1919-1949：中國近代文學論文集·前言》，北京中國社會科學出版社。

方　苞：《望溪文集》，在《四庫全書》，或中國文史出版社《四庫全書精華》（八）。

李慈銘，1920：《越縵堂日記》，上海商務印書館。

沈用大，2006：《中國新詩史（1918-1949）》，福州福建人民出版社。

胡　適，1917：〈文學改良芻議〉，1月1日《新青年》第2卷第5號。

胡　適，1924：〈五十年來中國之文學〉，《胡適文存》二集，上海亞東圖書館。

胡　適，1935：《建設的文學革命論》，上海良友圖書公司。

曹聚仁，1955：《文壇五十年》正集，香港新文化出版社。

梁啟超，1936：《飲冰室全集》，上海中華書局。

梁啟超，1993：《清代學術概論》，台灣商務印書館。

陳獨秀，1917：〈文學革命論〉，2月1日《新青年》第2卷第6號。

章士釗，1926：〈學理上的聯邦論〉，原刊《甲寅》雜誌第1卷第5號，《甲寅雜誌存稿》，上海商務印書館。

章炳麟，1985：《檢論·清儒》，《章太炎全集》，上海人民出版社。

郭延禮，2001：《中國近代文學發展史》第一卷，北京高等教育初版社。

魯　迅，1967：〈現今的新文藝的概觀〉，《三閒集》，頁134-139，香港新藝出版社。

鄭振鐸，1961：〈梁任公先生〉，《中國文學研究》下冊，頁1230-1265，香港古文書局。

錢大昕，1989：《潛研堂集》，上海古籍出版社。

錢玄同，1985：〈中國今後之文字問題〉，《中國新文學大系》第一卷，頁170-172，上海文藝出版社。

欒梅健，2006：《二十世紀中國文學發生論》，桂林廣西師範大學出版社。

參考文獻：
胡適〈文學改良芻議〉（1917年1月）
陳獨秀〈文學革命論〉（1917年2月）

文學改良芻議

胡適

　　今之談文學改良者眾矣；記者末學不文，何足以言此！然年來頗於此事再四研思，輔以友朋辯論，其結果所得，頗不無討論之價值。因綜括所懷見解，列為八事，分別言之，以與當世之留意文學改良者一研究之。

　　吾以為今日而言文學改良，須從八事入手。八事者何？

　　一曰，須言之有物。

　　二曰，不摹倣古人。

　　三曰，須講求文法。

　　四曰，不作無病之呻吟。

　　五曰，務去爛調套語。

　　六曰，不用典。

　　七曰，不講對仗。

　　八曰，不避俗字俗語。

一曰　須言之有物

　　吾國近世文學之大病，在於言之無物。今人徒知「言之無文，行而不遠」；而不知言之無物，又何用文為乎？吾所謂「物」，非古人所謂「文以載道」之說也。吾所謂「物」，約有二事：

　　（一）情感　詩序曰：「情動於中而形諸言。言之不足，故嗟歎之。嗟歎之不足，故詠歌之。詠歌之不足，不知手之舞之、足之蹈之也。」此吾所謂情感也。情感者，文學之靈魂。文學而無情感，如人之無魂，木偶而已，行尸走肉而已。（今人所謂「美感」者，亦情感之一也。）

　　（二）思想　吾所謂「思想」，蓋兼見地、識力、理想三者而言之。思想不必皆賴

文學而傳，而文學以有思想而益貴；思想亦以有文學的價值而益貴也：此莊周之文，淵明、老杜之詩，稼軒之詞，施耐庵之小說，所以夐絕千古也。思想之在文學，猶腦筋之在人身。人不能思想，則雖面目姣好，雖能笑啼感覺，亦何足取哉？文學亦猶是耳。

文學無此二物，便如無靈魂無腦筋之美人，雖有穠麗富厚之外觀，抑亦末矣。近世文人沾沾於聲調字句之間，既無高遠之思想，又無真摯之情感，文學之衰微，此其大因矣。此文勝之害，所謂言之無物者是也。欲救此弊，宜以質救之。質者何？情與思二者而已。

二曰　不摹倣古人

文學者，隨時代而變遷者也。一時代有一時代之文學：周、秦有周、秦之文學，漢、魏有漢、魏之文學，唐、宋、元、明有唐、宋、元、明之文學。此非吾一人之私言，乃文明進化之公理也。即以文論，有尚書之文，有先秦諸子之文，有司馬遷、班固之文，有韓、柳、歐、蘇之文，有語錄之文，有施耐庵、曹雪芹之文：此文之進化也。試更以韻文言之：擊壤之歌，五子之歌，一時期也；三百篇之詩，一時期也；屈原、荀卿之騷賦，又一時期也；蘇、李以下，至於魏、晉，又一時期也；江左之詩流為排比，至唐而律詩大成，此又一時期也；老杜、香山之「寫實」體諸詩（如杜之〈石壕吏〉、〈羌村〉、白之新樂府），又一時期也；詩至唐而極盛，自此以後，詞曲代興，唐、五代及宋初之小令，此詞之一時代也；蘇、柳（永）、辛、姜之詞，又一時代也；至於元之雜劇傳奇，則又一時代矣。凡此諸時代，各因時勢風會而變，各有其特長；吾輩以歷史推化之眼光觀之，決不可謂古人之文學皆勝於今人也。左氏、史公之文奇矣；然施耐庵之《水滸傳》，視《左傳》、《史記》，何多讓焉？三都、兩京之賦富矣；然以視唐詩宋詞，則糟粕耳！此可見文學因時進化，不能自止。唐人不當作商、周之詩，宋人不當作相如、子雲之賦，──即令作之，亦必不工。逆天背時，違進化之跡，故不能工也。

既明文學進化之理，然後可言吾所謂「不摹倣古人」之說。今日之中國，當造今日之文學，不必摹倣唐、宋，亦不必摹倣周、秦也。前見「國會開幕詞」，有云：「於鑠國會，遵晦時休」。此在今日而欲為三代以上之文之一證也。更觀今之「文學大家」，文則下規姚、曾，上師韓、歐；更上則取法秦、漢、魏、晉，以為六朝以下無文學可言：此皆百步與五十步之別而已，而皆為文學下乘。即令神似古人，亦不過為博物院添幾許

「逼真贗鼎」而已，文學云乎哉！昨見陳伯嚴先生一詩云：

> 濤園鈔杜句，半歲禿千毫。所得都成淚，相過問奏刀。萬靈噤不下，此老仰彌高。胸腹回滋味，徐看薄命騷。

此大足代表今日「第一流詩人」摹倣古人之心理也。其病根所在，在於以「半歲禿千毫」之工夫作古人的鈔胥奴婢，故有「此老仰彌高」之歎。若能灑脫此種奴性，不作古人的詩，而惟作我自己的詩，則決不至如此失敗矣。

吾每謂今日之文學、其足與世界「第一流」文學比較而無愧色者，獨有白話小說（我佛山人、南亭亭長、洪都百鍊生三人而已！）一項。此無他故，以此種小說皆不事摹倣古人（三人皆得力於《儒林外史》、《水滸》、《石頭記》，然非摹倣之作也），而惟實寫今日社會之情狀，故能成真正文學。其他學這個、學那個之師古文學，皆無文學之價值也。今之有志文學者，宜知所從事矣。

三曰　須講求文法

今之作文作詩者，每不講求文法之結構。其例至繁，不便舉之；尤以作駢文律詩者為尤甚。夫不講文法，是謂「不通」。此理至明，無待詳論。

四曰　不作無病之呻吟

此殊未易言也。今之少年往往作悲觀，其取別號則曰「寒灰」、「無生」、「死灰」；其作為詩文，則對落日而思暮年，對秋風而思零落，春來則惟恐其速去，花發又惟懼其早謝：此亡國之哀音也。老年人為之猶不可，況少年乎！其流弊所至，遂養成一種暮氣，不思奮發有為，服勞報國，但知發牢騷之音，感喟之文；作者將以促其壽年，讀者將亦短其志氣：此吾所謂無病之呻吟也。國之多患，吾豈不知之？然病國危時，豈痛哭流涕所能收效乎？吾惟願今之文學家作費舒特（Fichte），作瑪志尼（Mazzini），而不願其為賈生、王粲、屈原、謝翱也。其不能為賈生、王粲、屈原、謝翱，而徒為婦人醇酒喪氣失意之詩文者，尤卑不足道矣！

五曰　務去爛調套語

今之學者，胸中記得幾個文學的套話，便稱詩人。其所為詩文，處處是陳言爛調。「蹉跎」，「身世」，「寥落」，「飄零」，「蟲沙」，「寒窗」，「斜陽」，「芳草」，「春閨」，「愁魂」，「歸夢」，「鵑啼」，「孤影」，「雁字」，「玉樓」，「錦字」，「殘更」……之類，纍纍不絕，最可憎厭。其流弊所至，遂令國中生出許多似是而非、貌似而實非之詩文。今試舉吾友胡先驌先生一詞以證之：

> 熒熒夜燈如豆，映幢幢孤影，凌亂無據。翡翠衾寒，鴛鴦瓦冷，禁得秋宵幾度？么弦漫語，早丁字簾前，繁霜飛舞。裊裊餘音，片時猶繞柱。

此詞驟觀之，覺字字句句皆詞也，其實僅一大堆陳套語耳。「翡翠衾」、「鴛鴦瓦」，用之白香山〈長恨歌〉則可，以其所言乃帝王之衾之瓦也。「丁字簾」、「么弦」，皆套語也。此詞在美國所作，其夜燈決不「熒熒如豆」，其居室尤無「柱」可繞也。至於「繁霜飛舞」，則更不成話矣。誰曾見繁霜之「飛舞」耶？

吾所謂務去爛詞套語者，別無他法，惟在人人以其耳目所親見親聞親身閱歷之事物，一一自己鑄詞以形容描寫之；但求其不失真，但求能達其狀物寫意之目的，即是工夫。其用爛調套語者，皆懶惰不肯自己鑄詞狀物者也。

六曰　不用典

吾所主張八事之中，惟此一條最受朋友攻擊，蓋以此條最易誤會也。吾友江亢虎君來書曰：

> 「所謂典者，亦有廣狹二義。餖飣獺祭，故人早懸為厲禁；若並成語故事而屏之，則非惟文字之品格全失，即文字之作用亦亡。……文字最妙之意味，在用字簡而含義多。此斷非用典不為功。不用典不特不可作詩，並不可寫信，且不可演說。來函滿紙『舊雨』，『虛懷』，『治頭治腳』，『舍本逐末』，『洪水猛獸』，『發聾振聵』，『負弩先驅』，『心悅誠服』，『詞壇』，『退避三舍』，『滔天』，

『利器』，『鐵證』，……皆典也。試盡抉而去之，代以俚語俚字，將成何說話？其用字之繁簡，猶其細焉。恐一易他詞，雖加倍蓰而含義仍終不能如是恰到好處，奈何？……」

此論甚中肯要。今依江君之言，分典為廣狹二義，分論之如下：

（一）廣義之典非吾所謂典也。廣義之典約有五種：

甲、古人所設譬喻，其取譬之事物，含有普通意義，不以時代而失其效用者，今人亦可用之。如古人言「以子之矛，攻子之盾」，今人雖不讀書者，亦知用「自相矛盾」之喻，然不可謂為用典也。上文所舉例中之「治頭治腳」，「洪水猛獸」，「發聾振聵」，……皆此類也。蓋設譬取喻，貴能切當；若能切當，固無古今之別也。若「負弩先驅」，「退避三舍」之類，在今日已非通行之事物，在文人相與之間，或可用之，然終以不用為上。如言「退避」，千里亦可，百里亦可，不必定用「三舍」之典也。

乙、成語。成語者，合字成辭，別為廣義。其習見之句，通行已久，不妨用之。然今日若能另鑄「成語」，亦無不可也。「利器」，「虛懷」，「舍本逐末」，……皆屬此類。此非「典」也，乃日用之字耳。

丙、引史事。引史事與今所論議之事相比較，不可謂為用典也。如老杜詩云，「未聞殷、周衰，中自誅褒、妲。」此非用典也。近人詩云，「所以曹孟德，猶以漢相終。」此亦非用典也。

丁、引古人作比。此亦非用典也。杜詩云，「清新庾開府，俊逸鮑參軍。」此乃以古人比今人，非用典也。又云「伯仲之間見伊呂，指揮若定失蕭曹。」此亦非用典也。

戊、引古人之語。此亦非用典也。吾嘗有句云，「我聞古人言，艱難惟一死。」又云，「嘗試成功自古無：放翁此語未必是。」此乃引語，非用典也。

以上五種為廣義之典，其實非吾所謂典也。若此者可用可不用。

（二）狹義之典，吾所主張不用者也。吾所謂用「典」者，謂文人詞客不能自己鑄詞造句以寫眼前之景、胸中之意，故借用或不全切、或全不切之故事陳言以代之，以圖含混過去：是謂「用典」。上所述廣義之典，除戊條外，皆為取譬比方之辭：但以彼喻此，而非以彼代此也。狹義之用典，則全為以典代言；自己不能直言之，故用典以言之耳。此吾所謂用典與非用典之別也。狹義之典，亦有工拙之別：其工者偶一用之，未為不可；其拙者則當痛絕之。

子、用典之工者，此江君所謂用字簡而含義多者也。客中無書不能多舉其例，但雜舉一二，以實吾言：

（1）東坡所藏「仇池石」，王晉卿以詩借觀，意在於奪。東坡不敢不借，先以詩寄之，有句云，「欲留嗟趙弱，寧許負秦曲。傳觀慎勿許，間道歸應速。」此用藺相如返璧之典，何其工切也！

（2）東坡又有「章質夫送酒六壺，書至而酒不達。」詩云，「豈意青州六從事，化為烏有一先生！」此雖工已近於纖巧矣。

（3）吾十年前嘗有讀十字軍英雄記一詩云：「豈有酖人羊叔子？焉知微服趙主父？十字軍真兒戲耳，獨此兩人可千古。」以兩典包盡全書，當時頗沾沾自喜。其實此種詩，盡可不作也。

（4）江亢虎代華僑誄陳英士文有「未懸太白，先壞長城。世無鉏麑，乃戕趙卿」四句，余極喜之。所用趙宣子一典，甚工切也。

（5）王國維詠史詩，有「虎狼在堂室，徙戎復何補？神州遂陸沉，百年委榛莽。寄語桓元子，莫罪王夷甫！」此亦可謂使事之工者矣。

上述諸例，皆以典代言，其妙處，終在不失設譬比方之原意；惟為文體所限，故譬喻變而為稱代耳。用典之弊，在於使人失其所欲譬喻之原意。若反客為主，使讀者迷於使事用典之繁，而轉忘其所為設譬之事物，則為拙矣。古人雖作百韻長詩，其所用典不出一二事而已（〈北征〉與白香山〈悟真寺詩〉皆不用一典）。今人作長律則非典不能下筆矣。嘗見一詩八十四韻，而用典至百餘事，宜其不能工也。

丑、用典之拙者　用典之拙者，大抵皆懶惰之人，不知造詞，故以此為躲懶藏拙之計。惟其不能造詞，故亦不能用典也。總計拙典亦有數類：

（1）比例泛而不切，可作幾種解釋，無確定之根據。今取王漁洋〈秋柳〉一章證之：

娟娟涼露欲為霜，萬縷千條拂玉塘。浦裡青荷中婦鏡，江干黃竹女兒箱。空憐板渚隋堤水，不見瑯琊大道王。若過洛陽風景地，含情重問永豐坊。

此詩中所用諸典無不可作幾樣說法者。

（2）僻典使人不解。夫文學所以達意抒情也。若必求人人能讀五車書，然後能通其文，則此種文可不作矣。

（3）刻削古典成語，不合文法。「指兄弟以孔懷，稱在位以曾是。」（章太炎語）是其例也。今人言「為人作嫁」，亦不通。

（4）用典而失其原意。如某君寫山高與天接之狀，而曰「西接杞天傾」是也。

（5）古事之實有所指，不可移用者，今往往亂用作普通事實。如古人灞橋折柳以送行者，本是一種特別土風。陽關、渭城亦皆實有所指。今之懶人不能狀別離之情，於是雖身在滇、越，亦言灞橋；雖不解陽關、渭城為何物，亦皆言「陽關三疊」，「渭城離歌」。又如張翰因秋風起而思故鄉之蓴羹鱸膾；今則雖非吳人、不知蓴鱸為何味者，亦皆自稱有「蓴鱸之思」。此則不僅懶不可救，直是自欺欺人耳！

凡此種種，皆文人之下下工夫；一受其毒，便不可救。此吾所以有「不用典」之說也。

七曰　不講對仗

排偶乃人類言語之一種特性；故雖古代文字，如老子、孔子之文，亦間有駢句。如「道可道，非常道；名可名，非常名。無名天地之始；有名萬物之母。故常無，欲以觀其妙；常有，欲以觀其徼。」此三排句也。「食無求飽，居無求安。」「貧而無諂；富而無驕。」「爾愛其羊；我愛其禮。」此皆排句也。然此皆近於語言之自然，而無牽強刻削之跡；尤未有定其字之多寡，聲之平仄，詞之虛實者也。至於後世文學末流，言之無物，乃以文勝；文勝之極，而駢文律詩興焉，而長律興焉。駢文律詩之中非無佳作，然佳作終鮮。所以然者何？豈不以其束縛人之自由過甚之故耶？（長律之中，上下古今，無一首佳作可言也。）今日而言文學改良，當「先立乎其大者」，不當枉廢有用之精力於微細纖巧之末：此吾所以有廢駢廢律之說也。即不能廢此兩者，亦但當視為文學末技而已，非講求之急務也。

今人猶有鄙夷白話小說為文學小道者。不知施耐庵、曹雪芹、吳趼人皆文學正宗，而駢文律詩乃真小道耳。吾知必有聞此言而卻走者矣。

八曰　不避俗字俗語

吾惟以施耐庵、曹雪芹、吳趼人為文學正宗，故有「不避俗字俗語」之論也（參看

上文第二條下）。蓋吾國言文之背馳久矣。自佛書之輸入，譯者以文言不足以達意，故以淺近之文譯之，其體已近白話。其後佛氏講義語錄尤多用白話為之者，是為語錄體之原始。及宋人講學以白話為語錄，此體遂成講學正體（明人因之）。當是時，白話已久入韻文，觀唐、宋人白話之詩詞可見也。及至元時，中國北部已在異族（遼、金、元）之下，三百餘年矣。此三百年中，中國乃發生一種通俗行遠之文學。文則有《水滸》、《西遊》、《三國》……之類；戲曲則尤不可勝計（關漢卿諸人，人各著劇數十種之多。吾國文人著作之富，未有過於此時者也）。以今世眼光觀之，則中國文學當以元代為最盛；可傳世不朽之作，當以元代為最多；此可無疑也。當是時，中國之文學最近言文合一；白話幾成文學的語言矣。使此趨勢不受阻遏，則中國幾有一「活文學出現」；而但丁、路得之偉業〔歐洲中古時，各國皆有俚語，而以拉丁文為文言，凡著作書籍皆用之，如吾國之以文言著書也。其後意大利有但丁（Dante）諸文豪，始以其國俚語著作。諸國踵興，國語亦代起。路得（Luther）創新教，始以德文譯「舊約」「新約」，遂開德文學之先。英、法諸國亦復如是。今世通用之英文「新舊約」乃1611年譯本，距今才三百年耳。故今日歐洲諸國之文學，在當日皆為俚語。迨諸文豪興，始以「活文學」代拉丁之死文學；有活文學而後有言文合一之國語也〕，幾發生於神州。不意此趨勢驟為明代所阻。政府既以八股取士，而當時文人如何、李七子之徒，又爭以復古為高，於是此千年難遇言文合一之機會，遂中道夭折矣。然以今世歷史進化的眼光觀之，則白話文學之為中國文學之正宗，又為將來文學必用之利器，可斷言也（此「斷言」乃自作者言之，贊成此說者今日未必甚多也）。以此之故，吾主張今日作文作詩，宜採用俗語俗字。與其用三千年前之死字（如「於鑠國會，遵晦時休」之類），不如用二十世紀之活字；與其作不能行遠不能普及之秦、漢、六朝文字，不如作家喻戶曉之《水滸》、《西遊》文字也。

結論

上述八事，乃吾年來研思此一大問題之結果。遠在異國，既無讀書之暇晷，又不得就國中先生長者質疑問難，其所主張容有矯枉過正之處。然此八事皆文學上根本問題，一一有研究之價值。故草成此論，以為海內外留心此問題者作一草案。謂之芻議，猶云未定草也。伏惟國人同志有以匡糾是正之。（1917年1月）

【參考文獻】

文學革命論

陳獨秀

今日莊嚴燦爛之歐洲，何自而來乎？曰，革命之賜也。歐語所謂革命者，為革故更新之義，與中土所謂朝代鼎革，絕不相類；故自文藝復興以來，政治界有革命，宗教界亦有革命，倫理道德亦有革命，文學藝術，亦莫不有革命，莫不因革命而新興而進化。近代歐洲文明史，宜可謂之革命史。故曰，今日莊嚴燦爛之歐洲，乃革命之賜也。

吾苟偷懦懦之國民，畏革命如蛇蠍，故政治界雖經三次革命，而黑暗未嘗稍減。其原因之小部分，則為三次革命，皆虎頭蛇尾，未能充分以鮮血洗淨舊汙。其大部分，則為盤據吾人精神界根深柢固之倫理、道德、文學、藝術諸端，莫不黑幕層張，垢汙深積，並此虎頭蛇尾之革命而未有焉。此單獨政治革命所以於吾之社會，不生若何變化，不收若何效果也。推其總因，乃在吾人疾視革命，不知其為開發文明之利器故。

孔教問題，方喧呶於國中，此倫理道德革命之先聲也。文學革命之氣運，醞釀已非一日；其首舉義旗之急先鋒，則為吾友胡適。余甘冒全國學究之敵，高張文學革命軍大旗，以為吾友之聲援。旗上大書特書吾革命軍三大主義：曰推倒雕琢的阿諛的貴族文學，建設平易的抒情的國民文學；曰推倒陳腐的鋪張的古典文學，建設新鮮的立誠的寫實文學；曰推倒迂晦的艱澀的山林文學，建設明瞭的通俗的社會文學。

國風多里巷猥辭，楚辭盛用土語方物，非不斐然可觀。承其流者兩漢賦家，頌聲大作，雕琢阿諛，詞多而意寡，此貴族之文古典之文之始作俑也。魏、晉以下之五言，抒情寫事，一變前代板滯堆砌之風，在當時可謂為文學一大革命，即文學一大進化；然希託高古，言簡意晦，社會現象，非所取材，是猶貴族之風，未足以語通俗的國民文學也。齊、梁以來、風尚對偶，演至有唐，遂成律體。無韻之文，亦尚對偶。尚書周易以來，即是如此。〔古人行文，不但風尚對偶，且多韻語，故駢文家頗主張駢體為中國文章正宗之說（亡友王无先生即主張此說之一人）。不知古書傳鈔不易，韻與對偶，以利傳誦而已。後之作者，烏可泥此？〕

東晉以後，即細事陳啟亦尚駢體，演至有唐，遂成駢體。詩之有律，文之有駢，皆發

源於南北朝，大成於唐代。更進而為排律，為四六。此等雕琢的、阿諛的、鋪張的、空泛的貴族古典文學，極其長技，不過如塗脂抹粉之泥塑美人，以視八股試帖之價值，未必能高幾何，可謂為文學之末運矣！韓、柳崛起，一洗前人纖巧堆朵之習；風會所趨，乃南北朝貴族古典文學變而為宋、元國民通俗文學之過渡時代。韓、柳、元、白應運而出，為之中樞。俗論謂昌黎文章起八代之衰，雖非確論，然變八代之法，開宋、元之先，自是文界豪傑之士。吾人今日所不滿於昌黎者二事：

一曰，文猶師古。雖非典文，然不脫貴族氣派；尋其內容，遠不若唐代諸小說家之豐富，其結果乃造成一新貴族文學。

二曰，誤於「文以載道」之謬見。文學本非為載道而設，而自昌黎以訖曾國藩所謂載道之文，不過鈔襲孔孟以來極膚淺極空泛之門面語而已。余嘗謂唐、宋八家文之所謂「文以載道」，直與八股家之所謂「代聖賢立言」同一鼻孔出氣。

以此二事推之，昌黎之變古，乃時代使然，於文學史上，其自身並無十分特色可觀也。元、明劇本，明、清小說，乃近代文學之粲然可觀者。惜為妖魔所厄，未及出胎，竟爾流產，以至今日中國之文學，委瑣陳腐，遠不能與歐、美比肩。此妖魔為何？即明之前後七子及八家文派之歸、方、劉、姚是也。此十八妖魔輩，尊古蔑今，咬文嚼字，稱霸文壇，反使蓋代文豪若馬東籬，若施耐庵，若曹雪芹諸人之姓名，幾不為國人所識。若夫七子之詩，刻意模古，直謂之抄襲可也。歸、方、劉、姚之文，或希榮譽墓，或無病而呻，滿紙之乎者也矣焉哉。每有長篇大作，搖頭擺尾，說來說去，不知說些什麼。此等文學，作者既非創造才，中又無物，其伎倆惟在仿古欺人，直無一字有存在之價值。雖著作等身，與其時之社會文明進化無絲毫關係。

今日吾國文學，悉承前代之敝：所謂「桐城派」者，八家與八股之混合體也；所謂騈體文者，思綺堂與隨園之四六也；所謂「西江派」者，山谷之偶像也。求夫目無古人，赤裸裸的抒情寫世，所謂代表時代之文豪者，不獨舉國無其人而且舉世無此想。文學之文，既不足觀；應用之文，益復怪誕。碑銘墓誌，極量稱揚，讀者決不見信，作者必照例為之。尋常啟事，首尾恆有種種諛詞。居喪者即華居美食，而哀啟必欺人曰，「苫塊昏迷」。贈醫生以區額，不曰「術邁岐黃」，即曰「著手成春」。窮鄉僻壤極小之豆腐店，其春聯恆作「生意興隆通四海，財源茂盛達三江」。此等國民應用之文學之醜陋，皆阿諛的、虛偽的、鋪張的貴族古典文學階級之屬耳。

際茲文學革新之時代，凡屬貴族文學、古典文學、山林文學，均在排斥之列。以何理

由而排斥此三種文學耶？曰，貴族文學，藻飾依他，失獨立自尊之氣象也；古典文學，鋪張堆砌，失抒情寫實之旨也；山林文學，深晦艱澀，自以為名山著述，於其群之大多數無所裨益也。其形體則陳陳相因，有肉無骨，有形無神，乃裝飾品而非實用品；其內容則目光不越帝王權貴，神仙鬼怪，及其個人之窮通利達。所謂宇宙，所謂人生，所謂社會，舉非其構思所及。此三種文學公同之缺點也。此種文學，蓋與吾阿諛誇張虛偽迂闊之國民性，互為因果。今欲革新政治勢不得不革新盤據於運用此政治者精神界之文學。使吾人不張目以觀世界社會文學之趨勢及時代之精神，日夜埋頭故紙堆中，所目注心營者，不越帝王、權貴、鬼怪、神仙與夫個人之窮通利達，以此而求革新文學、革新政治，是縛手足而敵孟賁也。

　　歐洲文化，受賜於政治科學者固多，受賜於文學者亦不少。予愛盧梭、巴士特之法蘭西，予尤愛虞哥、左喇之法蘭西；予愛康德、赫克爾之德意志，予尤愛桂特、郝卜特曼之德意志；予愛培根、達爾文之英吉利，予尤愛狄鏗士、王爾德之英吉利。吾國文學界豪傑之士，有自負為中國之虞哥、左喇、桂特、郝卜特曼、狄鏗士、王爾德者乎？有不顧迂儒之毀譽、明目張膽以與十八妖魔宣戰者乎？予願拖四十二生的大砲為之前驅！

（1917年2月）

第五章　敘述文體的遞嬗：清末民初的小說

一、西潮影響下傳統說部的轉變

　　中國現代文學在西潮的衝擊下改頭革面，但也並非完全是西方文學的移植。如果說戲劇代表了移植的一面，敘述文體卻表現了對傳統文學相當成分的繼承。白話小說並非西方影響下的產物，上承宋代的說書人，遠在明朝已經出現以當時口語白話書寫的小說，所以明清兩代才會出現像《水滸傳》、《金瓶梅》、《西遊記》、《紅樓夢》、《儒林外史》等優秀的白話說部。清末民初的小說（以白話爲主，也有文言、駢體等）介於傳統說部與新小說之間，恰恰呈現出在西潮的影響下的敘述文體從傳統向現代過渡的痕跡。非如西方的漢學家，譬如捷克的普魯塞克（Jaroslav Prüšek），所認爲中國現代小說繼承了中國古代詩的抒情傳統（Prüšek 1980），好像完全無視中國敘述文體傳統的存在一般。從先秦諸子及史學著作中所形成的敘述文體傳統，可說源遠流長，到清季正是盛放之時，爲能爲五四一代的作家所漠視？不像話劇及現代詩，至少在形式上無傳統可繼承也。據統計，從鴉片戰爭到十九世紀末，出版小說

一百三十三部，平均每年兩部多一點。從八國聯軍侵華後的1901年到民國成立的1911年，十年間出版小說五百二十九部，平均每年出版四十八部之多。而且真正受到西方小說影響的說部，出現在1901年之後（歐陽健 1997：2）。

小說在中國傳統文人的心目中，本是無法登大雅之堂的小道，雖曾有明季的李贄、清初的金聖歎慧眼獨具，對小說加以青睞，但在傳統文人看來，這些都不過是離經叛道的狂言，不足為訓。因而直到與西方文化接觸之前，小說始終停留在民間技藝的地位，無法在文學殿堂中取得一席之地。東漸的西潮擊碎了無數傳統的舊思想、舊觀念，包括對小說的傳統看法也在世紀之交大大改觀。

最先為小說仗義執言的是蠹勺居士，他在1872年的《昕夕閒談‧小敘》中認為小說比經傳諸子感人更深（註1）。1897年嚴復與友人夏曾佑在天津《國聞報》發表的〈本館附印說部緣起〉，援引達爾文的進化論，強調小說在社會心理進化中的重要性，稱小說為「正史之根」（註2）。但是影響最大的莫過於梁啓超對小說的言論。

正因為1898年戊戌政變失敗，梁啓超流亡日本，目睹日本政治小說的風行（註3），才寫成〈譯印政治小說序〉一文。在該文中，梁氏不但倡言政治小說的重要性，也企圖拔升小說在社會中的地位。1902年梁啓超身體力行地創辦了《新小說》雜誌，他撰寫的發刊詞〈論小說與群治之關係〉影響深遠。在該文中他宣稱：

> 欲新一國之民，不可不先新一國之小說。欲新道德，必新小說；欲新宗教，
> 必新小說；欲新政治，必新小說；欲新風俗，必新小說；欲新學藝，必新小
> 說；乃至欲新人心，欲新人格，必新小說。何以故？小說有不可思議之力支配

註1：見1872年上海申報館出版的《瀛寰瑣紀》。
註2：該文載於1897年10月16日至11月18日天津《國聞報》。
註3：1898年梁啓超流亡日本時，出自英國殖民大臣布瓦李頓（Edward G. E. Bulwer-Lytton, 1803-73）之手的一本政治小說《厄爾尼斯特‧馬屈弗斯》（*Ernest Maltravers*）正在日本大受歡迎。日本作家也競相撰寫政治小說，矢也文雄因寫《經國美談》、柴四郎因寫《佳人之奇遇》聲名鵲起後，並步入仕途。這些現象使梁啓超印象深刻，梁氏並將《經國美談》、《佳人之奇遇》等譯成中文。參考康來新《晚清小說理論研究》，1986年台北大安出版社，頁266。

人道故。（梁啓超 1960：6）

　　梁啓超非但把小說高抬到「文學之最上乘」的地位，而且誇大地認為小說對人心、對世道都具有不可抗拒的支配力量。在矯枉必過正的原則下，梁氏的言論的確發揮了匡正傳統觀念的意想不到的效果。不幸的是梁氏在倡言小說至上的同時，卻痛詆中國古典小說「含有穢質」、「含有毒性」、「誨淫誨盜」、「陷溺人群」。雖然很多人不能苟同他對中國古典小說的偏見，但對小說巨大的支配力，則呼應者大有人在（註4）。步武梁啓超創辦《新小說》之後，《繡像小說》（1903）、《月月小說》（1906）、《小說林》（1907）等刊物相繼創刊，蔚為一時風尚。毫無疑問的，梁啓超的言論不但影響了作者與讀者對小說的觀感，鼓動起更多的人參與小說的書寫與閱讀，也形成了一種文學實用論與工具論的風潮，波及到以後五四一代，甚至社會主義時代的作者。

　　在小說日漸受到重視的時刻，有心人自然也會從另外一種角度，從藝術的、美學的、哲學的觀點來評價小說，其中最有成就的當數王國維的《紅樓夢評論》。

　　王國維（1877-1927），字靜安，一字伯隅，號觀堂，浙江省海寧人。清朝末年的秀才。1898年曾任職上海《時

上：梁啓超創辦的《新小說》雜誌
左：《繡像小說》

註4：例如1906年《新世界小說社報》的〈發刊詞〉、1906年陸君亮〈月月小說發刊詞〉、1907年陶曾佑在《遊戲世界》第三期發表的〈論小說之勢力及其影響〉，其他如楚卿〈論文學上小說之位置〉（載《新小說》）、松岑〈論寫情小說與新社會之關係〉（載《新小說》）、夏穗卿〈小說原理〉（載《繡像小說》）、天僇生〈論小說與改良社會之關係〉（載《月月小說》）及〈中國歷代小說史論〉等，均與梁氏持同一觀點。參閱阿英《晚清文學叢鈔 ── 小說戲劇研究卷》，1960年台北台灣中華書局，頁39-41。

務報》。1901年赴日本，入東京物理學校。1903
年起，在上海南洋公學虹口分校、通州師範學堂、
蘇州師範學堂等校擔任教席，講授哲學、心理學、
邏輯學等。1904年，以康德、叔本華的哲學為基
礎撰寫《紅樓夢評論》。1907年任清政府學部總
務司行走、京師圖書館編譯，開始中國詞曲及戲曲
史研究，撰寫《人間詞話》、《曲錄》、《戲曲
考源》、《宋元戲曲考》（後改題為《宋元戲曲
史》），為中國戲曲史的研究奠定基礎。1913年
起致力於古代史料、古器物、音韻學、甲骨文、金
文、漢簡之考釋，曾與羅振玉合著《流沙墜簡》，並

王國維（1877-1927）

完成〈鬼方、昆夷、玁狁考〉等論文。1916年任上海倉聖智大學教授，同時為
哈同編《藝術叢編》，並進行邊疆歷史地理研究及校勘古籍。1917年撰寫甲骨
文出土後之第一篇論文〈殷卜辭中所見先公先王考〉。1922年充任遜帝溥儀五
品南書房行走。同年任北京大學國學門通訊導師，並親自編訂學術論文集《觀
堂集林》。1925年任清華國學研究院導師，並做西北歷史地理和蒙古史料的考
訂工作。1927年自沉於北京頤和園昆明湖。生平著作六十二種，其中四十二種
收入《海寧王靜安先生遺書》。

　　王國維是一個天才型的學者，眼光銳敏，精神專注，對戲曲、小說、詩詞、
藝術、古史料、文字、聲韻等學均有所涉獵，也都獲得傑出的成就。最難得的
是他對西方的哲學也興味濃厚，肯於下工夫沉潛其中。他是清末第一位引用西
方哲學評論中國文學的學者。他援用康德的「優美」與「壯美」之說及叔本華
的悲觀哲學寫成〈紅樓夢評論〉一文（註5），於1904年發表於《教育世界》
雜誌。一反梁啓超的教化實用論，王國維認為《紅樓夢》描寫人生的痛苦與其
解脫之道，合於悲劇的崇高精神，自足為我國美術上之唯一大著述。王國維之

註5：收在《王觀堂先生全集》第五冊，1968年台北文華出版公司。

上：《宋元戲曲史》
右：王國維《人間詞》、《人間詞話》手稿

稱《紅樓夢》為悲劇，乃一種比喻的說法，其後遺症則是混淆了一些後世學者對悲劇作為文類的看法。他對《紅樓夢》的評論，的確開了我國以美學觀點評論小說的先河。嗣後黃摩西的〈小說林發刊詞〉、徐念慈的〈小說林緣起〉及〈余之小說觀〉等文，均沿美學的方向來討論小說，蓋受王氏之影響。王國維對小說的評論雖然十分深刻，對後來的新小說的藝術導向也發生了一些作用，但終不及梁啟超的實用論影響之深，蓋「經世致用」、「文以載道」等觀念原本就深植於國人的腦海中。

　　在傳統小說中，固然有時也含有某種微言大義，但並不多麼關切對當前社會的批評，諷喻世情常常是詩人的職責。到了清末的說部，令人感覺到作者忽然對當前的社會現象關切起來，特別是被魯迅稱作「譴責」的一類，更專事揭發社會的弊病，加以諷譏或責難，這一點應該是襲取了西方十九世紀以來小說家的態度。對此，西方的學者特別敏感，例如德國的漢學家顧賓（Wolfgang Kubin）就曾指出：

　　　　社會批評和毫不掩飾地剖析當下現實，其實從遠古以來都是詩歌的職責，反

之小說的講書人寧願選擇遙遠的過去作為他們的故事素材。也就是說長篇小說從世紀之交以來改變了其功能，從一門純粹消遣藝術轉變為了教導的藝術。（顧賓 2008：13）

晚清小說的繁榮，除了因為以上所述的知識份子的大力鼓吹提倡外，還有社會與政治的原因。阿英在《晚清小說史》一書中就列出下列的三大原因：

阿英《晚清小說史》

> 第一，當然是由於印刷事業的發達，沒有前此那樣刻書的困難；由於新聞事業的發達，在應用上需要多量產生；第二，是當時知識階級受了西洋文化影響，從社會意識上，認識小說的重要性；第三，就是清室屢挫於外敵，政治又極窳敗，大家知道不足與有為，遂寫作小說，以事抨擊，並提倡維新與革命。（阿英 1966：1）

在阿英所言的三大原因外，還應加上翻譯小說的影響，戊戌政變後的十餘年間翻譯的小說已有數百種，僅林紓一人所譯即達兩百七十餘冊之多，這些翻譯小說當然發揮了示範的作用，使當時的文人覺得小說並非小道，而又有利可圖，致使創作的小說盛況空前。

二、晚清民初的小說

魯迅在《中國小說史略》中曾將晚清小說概括在「譴責小說」的標籤下。其實晚清的小說

魯迅《中國小說史略》，人民文學出版社

當然不只於譴責。1906年陸紹明在《月月小說》發刊詞中曾把當日的小說羅列為歷史、哲學、理想、社會、偵探、俠情、國民、寫情、滑稽、軍事、傳奇等十幾個小說類型（註6），可見當日小說的體制、流派是相當複雜的。有些作者固然深受小說類型的侷限，為了個人的喜好，或是為了商機著想，自願寫某一類型的小說，但更多的作者（特別是具有創意的）卻不限於某一類型，他們的作品常常不易歸類，或者同時可以分在不同的類別中。分類是文學批評家和文學史家的工作，目的在便於研究和解說。現在為敘述方便起見，將根據作品的內涵、取材、人物的虛實以及與時代的對應關係，分作政治、譴責、言情、歷史、武俠五個類別加以敘述。

（一）政治小說

清末屢遭列強的侵凌，國勢日頹，加以內政不修，在上位者顢頇無能，下屬官吏貪暴橫行，有知之士非倡維新，即投入革命，一切皆為救國。即使梁啟超提倡小說，也是為了興國與救民。因此梁啟超不但熱心介紹外國的政治小說，也以身作則來創作政治小說。所謂政治小說，即是藉小說的形式來批判當下政治制度和政治行為，同時含有政治理想的作品。

當時的政治小說有幾種傾向，一是主張立憲，如梁啟超的《新中國未來記》、春颿的《未來世界》、佚名的《憲之魂》等；二是暗喻或贊成革命，如漢國厭世者的《洗恥記》、陳星台的《獅子吼》、懷仁的《盧梭魂》、靜觀子的《六月霜》、羽衣女士的《東歐女豪傑》等；三是反對帝國主義，以反美國的華工禁約為主（華工禁約即1879-1904年間美政府對華工所訂苛刻的規約），如無作者的《苦社會》、中國涼血人的《拒約奇譚》、碧荷館主人的《黃金世界》等。

梁啟超的《新中國未來記》只有四回，最初發表於1902年的《新小說》，以後又收入梁啟超的《飲冰室叢著小說零簡》中。政論家的梁啟超並不善於寫

註6：載1906年《月月小說》第3期。

小說，其中充斥著政治的論辯，甚至載有法律、章程、演說、論文等，連篇累牘，毫無興味可言。結果正如該書〈緒言〉中所說，「似稗史非稗史，似論著非論著，不知成何種文體。」梁氏的目的不過在宣傳立憲，寫作小說只是手段而已。

春颿的《未來世界》二十六回，發表於《月月小說》一卷十期至二卷十二期，也是為了宣導立憲而作，作為小說的缺失，與梁啓超的《新中國未來記》類同。佚名的《憲之魂》，1907年新世界小說社刊行，通過陰曹地府的立憲成功使破敗的社會轉變為強國，來寄託對中國未來的希望。阿英總括該書內容說：

> 大概前九回所敍述的，都是當時中國的破敗現狀，及其無可救治的情形，是寫實的。後九回卻是作者理想，說明立憲以後，中國將如何富強，如何報仇雪恥，如何稱雄世界，一種憧憬而已。（阿英 1966：79）

也有些小說是反對立憲的，有的是因為傾向革命而反對立憲，有的是贊成真立憲而反對假立憲。譬如不知作者的《新黨陞官發財記》十六回（1906），描寫的就是一個好話說盡、壞事做盡的投機維新分子。又如浪蕩男兒的《上海之維新黨》（又名《新黨嫖界現形記》）十五回，1905年新世界小說社刊行，藉暴露維新分子的醜行來反對立憲。吳趼人雖也主張立憲，但反對假立憲，故曾寫短篇《立憲萬歲》（載《月月小說》第五期）來諷刺維新黨。至於痛詆康有為的黃小配的《大馬扁》十六回，只是對康有為個人的詆毀，故集萬惡於一身。其他如杭州老耘的《一字不識之新黨》（彪蒙書室）、戊公的《立憲鏡》（新世界小說社）、靜觀子的《祕密自由》（1909改良小說社）以及無名作者的《康梁演義》，都是譏嘲立憲的。

漢國厭世者著冷情女史述的《洗恥記》，1903年在日本印刷，湖南苦學社發行，藉一個浪漫的空想故事來張揚民族革命。因感憤國勢投海自殺的陳星台（天華）遺留下一本未寫完的《獅子吼》八回，載《民報》二至九號，主張只

有經過民族革命，推翻滿清，始足以救中國。懷仁的《盧梭魂》十二回，講唐人國做曼殊（滿洲）的孝子順孫已有數百年，在被逼得無可奈何之時，殺死貪官汙吏，跑上「獨立峰」、「自由峽」，扼守天險，招兵買馬，號召黃帝子孫驅逐曼殊，成一個獨立自由的國家。靜觀子的《六月霜》十二回（1911改良小說社），寫秋瑾的殉難，從秋瑾幼年一直寫到她在紹興就義。書中所引詩詞皆為秋瑾原作。羽衣女士的《東歐女豪傑》五回（新小說版，未完），以東歐的無政府主義者做骨幹，煽動推翻專制政體。

《苦社會》四十八回，凡六萬餘言，1905年上海圖書集成局刊行，無著者姓名，書前只有漱石生1905年7月的序文。該書從華工赴美開始，寫因禁例引起的種種糾紛以及被虐待的慘狀，一直寫到華工的死亡或被迫返國。中國涼血人的《拒約奇譚》八章，約四萬言，1906年啓智書社出版，主張以振興國內工商業來抗拒美貨，結構鬆散，文字貧弱。碧荷館主人的《黃金世界》二十回，1907年小說林刊行，從美國人在廣東販賣豬仔開始，敘述其如何利用工頭欺騙工人，華工在赴美途中所受的折磨以及抵美後的非人生活；也寫到在上海的拒約活動及商學間的衝突。這幾本小說中，以《苦社會》較佳，所寫華工受虐的慘狀，實在令人髮指。

以上這些作品，無論是主張立憲的，提倡革命的，還是反外國帝國主義的，因為作者的政治目的非常明確，心情又十分急迫，寫來難免張皇粗糙，在藝術上可說乏善可陳，但卻樹立了一種政治小說的模式。五四運動以後的革命小說、抗日戰爭期間的抗日小說、五〇年代在台灣的反共小說，大概都踵武前修，犯有同樣的毛病。政治小說非不可為，但需多幾分藝術的匠心，不管實寫還是借喻，總要在政治的訊息之外也能帶給讀者一些藝術的享受，才不愧為小說！譬如英國作家奧威爾（George Orwell, 1903-50）的《動物農莊》（*Animal Farm*）和《一九八四》（*Nineteen Eighty-four*），人稱政治小說，卻具有藝術的構思，有層次、富張力，讀來引人入勝。可惜這樣的政治小說，從清末以來，中國還不曾有過。

（二）譴責小說

首先提出「譴責小說」一詞的是魯迅，他對譴責小說的解釋是這樣的：

> 蓋嘉慶以來，雖屢平內亂（白蓮教、太平天國、捻、回），亦屢挫於外敵
> （英、法、日本），細民闇昧，尚啜茗聽平逆武功，有識者則已幡然思改革，
> 憑敵愾之心，呼維新與愛國，而於「富強」尤致意焉。戊戌政變既不成，越二
> 年即庚子歲而有義和團之變，群乃知政府不足與圖治，頓有掊擊之意矣。其在
> 小說，則揭發伏藏，顯其弊惡，而於時政，嚴加糾彈，或更擴充，并及風俗。
> 雖命意在於匡世，似與諷刺小說同倫，而辭氣浮露，筆無藏鋒，甚且過甚其
> 辭，以合時人嗜好，則其度量技術之相去亦遠矣，故別為之譴責小說。（魯迅
> 1941：298）

晚清的局勢，在連串的戰爭失敗、外族入侵、割地賠款之餘，國人無法不積
忿在胸，發之為文，理當譴責。其中最重要的作家有劉鶚、吳趼人與李寶嘉。

劉鶚（1857-1909），字鐵雲，別號洪都百鍊生，江蘇省丹徒人。少年時精
於數學，後習醫，又從事商賈，賠累殆盡。1888
年，鄭州黃河決口，劉鶚以同知投效吳大澂，因
治河有功，聲譽鵲起，授知府。後來居北京二
年，上書朝廷於山西建鐵路、開礦藏，既成，為
世人交謫為「漢奸」。八國聯軍入北京時，曾以
低價向俄軍購買其掠奪的太倉儲粟，據說實在為
了賑濟飢民。想不到他的這一番好意，竟被誣為
私售倉粟，遭到彈劾，論罪流放新疆，終至病死
邊疆。平生喜愛收藏甲骨、金石，著有《鐵雲藏
龜》及小說《老殘遊記》二十回。

《老殘遊記》最初於1903年發表於《繡像
小說》第九至十八期，題洪都百鍊生著，只到

劉鶚（1857-1909）

第十三回。後來於1906年重新發表於天津《日日新聞》，始得二十回。同年，由商務印書館出版單行本。1934年，《人間世》雜誌重載，翌年由上海良友圖書公司發行（註7）。據阿英《晚清小說史》言，1919年坊間曾有四十回本出版，唯後二十回並非出於劉鶚之手（阿英 1966：26）。

《老殘遊記》

劉鶚寫《老殘遊記》的時候，適逢剛發生了義和拳之亂，八國聯軍攻陷北京（1900年），因此把中國形容成一艘顛簸於洪濤巨浪大海上將沉的破船。船上人分三類：一是船主和掌舵管帆的人，暗喻清廷，在風浪中毛手毛腳，把船弄得狼狽不堪；二是鼓動乘客造反的人，意指革命黨，被醜詆為只管自己斂錢，卻叫別人流血的陰謀家，他們成事不足，敗事有餘；三是下等水手，影射中下層官吏，只會為非作歹，禍及全船的乘客。唯一濟危的方略，是讓老殘送一個最先進的外國羅盤上船，以便找到正確的航向。不幸，老殘卻被下等水手和煽惑造反的人同聲斥為「漢奸」，驅趕下船。因此作者預言清室即將傾覆，心情無限沉痛，在序言中才說：「棋局已殘，吾人將老，欲不哭泣也得乎？」劉鶚雖然很相信科學，竭力提倡實業，畢竟是一個滿清的遺老，對清室留戀難捨，一面痛罵革命黨，一面也不能不厚責使清廷走上敗亡之途的大小官吏。不同於一般人見解的是劉鶚認為貪官固然可惡，清官尤其可恨，他說：

> 贓官可恨，人人知之，清官尤可恨，人皆不知。贓官自知其病，不敢公然為非，清官則自以為不要錢，何所不可？剛愎自用，小則殺人，大則誤國，吾人親目所見，不知凡幾。歷來小說皆揭贓官之惡，有揭清官之惡者，自《老殘遊

註7：台北廣雅出版公司《晚清小說大系》（1984年出版，三十七大冊，收小說七十餘種）冊三十七收《老殘遊記》，包括初編、二編、外編以及附錄的日記、序、詩、論文等十八種。李田意《中國小說：中文及英文書籍與論文目錄》（1968年耶魯大學遠東出版部）載有十七部《老殘遊記》研究及批評文獻，並有三種英文譯本及俄、日、捷克文譯本。

記》始。（第十六回）

　　《老殘遊記》以鐵英號老殘者爲主要人物，歷記其在旅途中的所見所聞，所遊地區多在華北山東一帶，以白描的手法寫景狀物，常能鎔鑄新詞，予人清新深刻的印象。譬如寫黃河打冰、遊濟南大明湖、王小玉說書等，均極爲出色。

　　劉鶚的《老殘遊記》痛陳官吏之失及破國之痛，可以視爲嗣後憂患意識說部的先聲。他的一手乾淨利落的白話文，更可以與吳敬梓的《儒林外史》媲美。胡適曾說：「《老殘遊記》最擅長的是描寫的技術，無論寫人寫景，作者都不肯用套語爛調，總想鎔鑄新詞，做實地的描寫。在這一點上，這部書可說是前無古人了。」（胡適 1982）

吳趼人（1866-1910）

　　吳趼人（1866-1910），名沃堯，字小允，又字繭人，因爲住在佛山，故又號我佛山人，廣東省南海人。出身沒落世家，二十餘歲至上海，爲各報撰文維生。梁啓超在日本辦《新小說》，發表他投寄的《電術奇談》二十四回、《九命奇冤》三十六回、《二十年目睹之怪現狀》一百零八回等，由是文名大噪。又爲《繡像小說》撰《瞎騙奇聞》八回。後遊日本，返國後與周桂笙創辦《月月小說》，任主筆，發表《劫餘灰》十六回、《上海遊驂錄》十回，又爲《指南報》撰《新石頭記》四十回。李伯元死後，爲其續完《活地獄》。曾參加漢美華工禁約運動，晚年反對革命，死於上海。著述甚豐，除上舉作品外，尚有《痛史》二十七回、《恨海》十回、《盜偵探》二十四回、《最近社會齷齪史》（又名《近十年之怪現狀》）二十回、《發財祕訣》八回、《兩晉演義》

吳趼人《二十年目睹之怪現狀》，（1959人民文學出版社）

二十三回、《糊突世界》十二回、《雲南野乘》三回、《我佛山人筆記四種》及短篇《趼人十三種》等。

　　吳趼人的小說多揭露晚清社會中的種種醜惡現象，算是譴責小說的代表作家。他的作品數量極多，其中以《二十年目睹之怪現狀》最為有名。該書於1903年9月至1906年1月發表於《新小說》第八至二十四期，只有四十五回，於1907至1909年間先後出單行本八冊，釐為四卷，直到1911年才出齊。這本書的主人翁叫作九死一生，書中所寫都是二十年中他的所見所聞。他先在某官家做事，繼則為官家經營商業，因商號遍布全國，故有機會遊走各地，深入各階層，得見種種怪事異聞。後來商業經營失敗，九死一生不得不走，故事也就到此結束。主人翁所以叫作九死一生，用書中的話說是「只因我出來應世的二十年中，回頭想來，所遇見的只有三種東西：第一種是蛇蟲鼠蟻，第二種是豺狼虎豹，第三種是魑魅魍魎。二十年之久，在此中過來，未曾被第一種所蝕，未曾被第二種所啖，未曾被第三種所攫，居然被我都避了過去，還不算是九死一生麼？」所謂「怪現狀」者，也就是他所見的人不過都是些衣冠禽獸，所作所為不是喪德敗俗，就是倒行逆施。

　　正如胡適所言，從小說的項鍊式的結構和諷刺的文筆看來，「是《儒林外史》的產兒。」由於作者的憤世嫉俗，無法與書中人物保持距離，未免令人感到有誇大失實之處，遂使感人之力頓減。魯迅曾評論說：

　　　　相傳吳沃堯性強毅，不欲下於人，遂坎坷沒世，故其言殊慨然。惜描寫失之張皇，時或傷於溢惡，言違真實，則感人之力頓微，終不過連篇「話柄」，僅足供閒散者談笑之資而已。（魯迅1941：304）

　　李寶嘉（1867-1907），字伯元，別號南亭亭長，江蘇省武進縣（一作上元）人。少善制藝及詩詞文賦，也工篆刻，可惜屢赴省闈不中，遂絕意於功名，至上海創辦《指南報》，繼又辦《遊戲報》，刊載俳諧嘲罵的文章。不久，以「鋪底」出

李寶嘉（1867-1907）

售。再辦《海上繁華報》，專門記注倡優起居及刊載詩詞小說，頗盛行。曾被推薦應經濟特科，不赴，時人目爲清高。最後數年主編《繡像小說》。四十歲英年早逝，無後，伶人孫菊仙替他料理後事，以報答他在《海上繁華報》時的揄揚。吳趼人曾爲他作傳。生平撰著小說甚多，因爲多用不同筆名，有些已難以考證。其中重要的有《官場現形記》六十回、《文明小史》六十回、《中國現在記》十二回、《活地獄》四十二回、《海天鴻雪記》二十回、《庚子國變彈詞》四十回、《繁華夢》若干本、《李蓮英》一本。其他均不可考了。

　　舉凡一個社會的腐敗墮落，大都因官吏的風紀敗壞而起，即使不因此而起，官風的敗壞，觀瞻所在，自會發生興風助浪的作用。清末吏治的腐化有目共睹，故李伯元的《官場現形記》一出，即轟動文壇，評者交口讚譽。該書最初刊於1903年4月至1905年6月上海《繁華報》，立刻有日本知新社鉛字本，作者署名吉田太郎，顯然係偽託。翌年有粵東書局石印本，1909年又有崇文堂石印本。這部小說對清末官場的因循怠惰、吹捧逢迎、貪墨腐化，描寫得淋漓盡致。

　　《官場現形記》意在譴責，難免誇大，而殊欠蘊藉。在結構上仍然採取《儒林外史》的項鍊式，由無數短篇串連而成，可以無限制地延長，因此也就無結構可言了。魯迅對此書的評價相當中肯：

李伯元《官場現形記》（1934上海文化書社）

　　故凡所敘述，皆迎合、鑽營、蒙混、羅掘、傾軋等故事，兼及士人之熱心於作吏，及官吏閨中之隱情。頭緒既繁，腳色復夥，其記事遂率與一人俱起，亦即與其人俱訖，若斷若續，與《儒林外史》略同。然臆說頗多，難云實錄，無自序所謂「含蓄醞釀」之實，殊不足望文木老人後塵。況所搜羅，又僅「話柄」，連綴此等，以成類書；官場伎倆，本小異大同，彙爲長篇，即千篇一律。特緣時勢要求，得此爲快，故《官場現形記》驟享大名；而襲用現形名目，描寫他事，如商界、學界、女界者亦

接踵也。（魯迅1941：300）

正如魯迅所言，因爲清朝末年一般人民哀滿清之將亡，痛惡官吏的敗行，致使《官場現形記》一書不脛而走，不但大受時人的歡迎，仿作也十分眾多。如惠天嘯儂《宦海風波》（1907小說圖畫報）、冷泉亭長《繪圖後官場現形記》甲編八回（1908小說保存會）、心冷血熱人《新官場現形記》一二集（1908改良小說社）、傀儡山人《官場笑話》二卷（1908改良小說社）、李韻《官場風流案》十三回（1908改良小說社）、蘇同《傀儡記》十六回、《無恥奴》十二回（1908自印）、延陵隱叟《特別新官場現形記》十二回（1909文明小說社）、張春帆《宦海》四卷二十回（1909環球社）、黃小配《宦海升沉錄》二十二回（1909香港實報館）、佚名《綠林變相》（1909改良小說社）、《烏龜變相》（1910改良小說社）、天夢《官場離婚案》十二回（1910改良小說社）、天公《最近官場祕密史》前後編三十二回（1910新新小說社）、陸士諤《六路財神》（1910改良小說社）、《官場怪現狀》初集十回（1911大聲小說社）等都可視爲在《官場現形記》一書的影響下的續書或仿書。在《官場現形記》之外，阿英特別推崇他的《文明小史》一書（刊於《繡像小說》第一至五十六期），認爲這才是晚清一部出色的小說。他的理由是：

　　首先就是這一部書，是全面的反映了中國維新運動期的那個時代，從維新黨一直到守舊黨，從官憲一直到人民，從內政一直到外交，所寫的地帶，不是某一個省或某一個鎮，而是可以代表中國的各個地方，從湖南寫到湖北，從湖北寫到吳江，從吳江寫到蘇州，到上海，再由上海到浙江，到北京，到山東，由山東回到南京，更從南京發展到安徽，再經日本，然後回到南北兩京。所及的地域如此廣闊，而每一個地方，除日美外，全部都寫的是維新運動期間的事。
　　其次，就是《文明小史》這部書，不用固定的主人公，而是用流動的，不斷替換的許許多多的人物做了幹線，但是並不怎樣感到渙散，因為人物雖然換過，但人物的思想情緒卻沒有多少差異，仍然是密切的具有著連繫性的。這種

寫作方法，創始者不是李伯元，但他的發展的應用，是得到了許多新的成就的。（阿英 1966：9）

　　阿英所說固然是《文明小史》的優點，但魯迅指出的《官場現形記》的缺點，《文明小史》同樣也有。此外，《文明小史》也兼有政治小說的性質，內容反對立憲，對康有爲（書中名安紹山）、梁啓超（書中名顏軼回）極盡諷譏之能事。

　　楊義在他的《中國現代小說史》中說：「政治小說是憤世而濟世者的文學，譴責小說是憤世而厭世者的文學。」（楊義 1993a：24）既然憤世而厭世，難免流於悲觀，像西方的寫實小說一樣，都著眼在社會的缺失，一意揭露社會的陰暗面，以俾對社會有所批判。然而二者不同處也彰彰甚明，西方寫實主義的作者盡量保持客觀，對社會的陰暗並不直接攻訐，使其自行呈現，由讀者自己來判定其中的是非曲直。譴責小說的作者卻主觀性甚強，自己先持有某種道德的定見，時時忍不住站出來大發議論，既失去了蘊藉之致，也剝奪了讀者對世界觀察自主的權利，因此在小說的藝術上造境不高。當晚清之世，譴責小說既形成主流，不免影響了五四以後新小說的寫實傾向，無法維持作者的客觀性，以致更加促成「擬寫實主義」小說的流行（馬森 1985）。譴責小說的末流即民初的所謂「黑幕小說」。徐文瀅說：「由譴責而流於黑幕，大概是始於《留東外史》罷。由冷靜的幽默的諷刺而變爲潑婦叫街的謾罵，更下而變爲洋場罪惡的教科書，這期間每下愈況眞是可驚。」（徐文瀅 1941）《留東外史》，向愷然（逵）撰，1916年出版。此書專挖留日學生的隱私醜行，故爲黑幕小說的先驅。1918年，路濱主編《中國黑幕大觀》出版，有初集、續集兩種，各分政界、軍界、學界、商界、報界、家庭、黨會、匪類、江湖、翻戲、優伶、娼妓、僧道、拆白黨、慈善事業、一切人物十六類。此類短製，不像小說，只能算是「話柄」，猶若今日之內幕報導、八卦新聞。

（三）言情小說

言情小說在中國發源甚早，僅次於誌怪和筆記小說，唐代的短篇〈鶯鶯傳〉、〈李娃傳〉等為其濫觴。到了清朝的《紅樓夢》，是言情小說的登峰造極之作。後來的《品花寶鑑》、《花月痕》、《青樓夢》、《海上花列傳》等因戀愛的對象常為娼優，故此等說部被魯迅冠以「狹邪小說」之名；尤有甚者，如《海上繁華夢》、《九尾龜》者，被稱之為「嫖界指南」，則未免為人所輕了（註8）。

　　陳森的《品花寶鑑》六十回，道光己酉（1848）初刻本。作者陳森（1796-1870），字少逸，江蘇省常州人，科舉不得意，客居北京，京師素有狎優之風，故有此作。《品花寶鑑》寫文士梅子玉與男伶杜琴言的戀愛故事，情節纏綿悱惻，是最早的同志小說。今人吳繼文的《世紀末少年愛讀本》即據此書而寫。

　　《青樓夢》六十四回，又名《綺紅小史》，成書於光緒四年（1878），另有1888年文魁堂刊本。作者俞達（？-1884），字吟香，別號慕真山人，江蘇省蘇州人。此作諧仿《紅樓夢》，以妓女仿金釵，處處有對比的痕跡，但情趣不高。

　　《花月痕》五十二回，又名《花月姻緣》，成書大概在1873年前後，是作者的遺著。作者魏秀仁（1818-1873），字子安，別號眠鶴主人、不悔道人、潛山僧、無思子等，福建省福州人。曾中舉人，但仕途不順，多為官府幕僚，也曾任書院講席，雖終生潦倒，著述卻甚豐碩，除小說外，尚有詩文集多部。《花月痕》寫風流才子與娼妓相戀的故事。當代學者郭延禮認為此書的「作者以通暢、富有表現力的語言，用白描筆法寫日常生活和庭院場景頗見功力。」（郭延禮 2001：353）又說：「《花月痕》較之《品花寶鑑》、《青樓夢》要高出一籌，在近代小說中應給它一定的地位。」（郭延禮 2001：349）這本小說對後來鴛鴦蝴蝶派頗有影響，徐枕亞、李定夷都曾推崇過《花月痕》；特別是張恨水，據報人張友鸞言：「他最初寫小說是走的《花月痕》的路子。」（張友

註8：阿英《晚清小説史》引胡適言：「《海上繁華夢》與《九尾龜》所以能風行一時，正因為他們都只剛剛夠得上『嫖界指南』的資格，而都沒有文學的價值，都沒有深沉的見解，與深刻的描寫，這些書都只是供一般讀者消遣的書，讀時無所用心，讀過毫無餘味。」（阿英 1966：169）

鶯 1982）

《海上花列傳》六十四回，1892年每星期印二回，在上海報攤販賣，風行一時。原題雲間花也戀儂著，魯迅懷疑是松江韓子雲的化名，說他「善弈棋，嗜鴉片，旅居上海甚久，曾充報館編輯，所得筆墨之資，悉揮霍於花叢中，閱歷既深，遂洞悉此中伎倆。」（魯迅 1941：279）本書寫一個十七歲的農村青年趙樸齋在上海沉湎青樓的故事。魯迅稱其「記載如實，絕少誇張」，又謂其「平淡而近自然」。此作的人物對話幾全用吳語，故貼切寫實的要求。張愛玲深愛此書，憐其受方言之限，不易流傳，曾將其中吳語譯為普通話，如此則又折損了對話的生動鮮活與寫實性；運用方言，在寫實與傳播之間實為兩難之局。

韓子雲《海上花列傳》光緒二十年（1894）石印本扉頁

符霖的《禽海石》十回，1906年群學社刊行，為一自傳體的愛情悲劇小說。《小說林》主編徐念慈的〈跋〉稱此書「前後貫穿，入情入理，盥薇一讀，齒頰俱芬，小說中之上駟也。」（楊義 1993a：29）

吳趼人的《恨海》十回，四萬餘言，1906年刊《月月小說》，寫世家子陳伯和與商家女張棣華的戀愛，因伯和沉溺煙花客死異鄉，而使棣華削髮為尼。時人對吳趼人的文筆推崇備致，評說：「洋洋灑灑，淋漓盡致，情文兼至，蘊藉風流，筆墨之妙，無以復加。」（新廠 1906）有人把吳趼人的《恨海》和劉鶚的《老殘遊記》、李伯元的《文明小史》、曾樸的《孽海花》合稱中國近著小說的「四大傑作」。此作較之以前的言情說部，加強了心理描寫，蓋受翻譯小說之影響，故而廣受歡迎，曾改編為戲劇與電影。

何諏著《碎琴樓》三十四章，1911年於《東方雜誌》上連載十期。作者為廣西省興業縣人，其他則不詳。此作採取倒敘的結構，而且為最早打破章回體，代以長短錯落章目的文言言情小說。故事寫富紳之女瓊花愛上貧苦的同學雲郎，他們的愛情受到女父的阻撓，使瓊花碎琴以明志。後雲郎隨兄往廣州經商，途中遇盜流落為乞丐。富紳逢亂世家產蕩然，瓊花於逃難中病死。雲郎知

悉後引退不知所終。此作也曾搬上銀幕。

　　進入民國，言情小說忽取代政治與譴責小說而大盛，蓋革命既已成功，民心趨向逸樂，且上海的消費式半殖民地形態的大商埠規模已成，文學趨於市場導向之故。該時《小說時報》、《小說大觀》、《禮拜六》等雜誌相繼創刊。圍繞著這些刊物，特別是《禮拜六》雜誌，出現了包天笑和周瘦鵑等的言情小說，人稱「禮拜六派」，又稱「鴛鴦蝴蝶派」，蓋因作者動輒以鴛鴦蝴蝶比擬書中的才子佳人。

　　包天笑（1876-1973），原名公毅，字朗孫，筆名拈花、天笑生、朗生、春雲、餘翁、釧影等，江蘇省吳縣人。清末開始小說翻譯，曾與人合譯英國小說家哈葛德（Henry Rider Haggard, 1856-1925）的小說Joan Haste爲《迦茵小傳》。辛亥革命前夕在上海任《時報》及有正書局編輯，並開始小說創作。曾參加南社。1915-21年間，主編《小說大觀》及《小說畫報》。1922-23年間，編《星期》週刊，每期皆自撰小說一篇，集爲《包天笑小說集》。晚年移居香港。著有《碧血幕》、《留芳記》、《上海春秋》、《瓊島仙葩》、《拈花記》、《生活的裂痕》、《海上蜃樓》、《富人之女》、《赤城飛絮錄》、《蛇環記》、《釧影樓回憶錄》等；所譯小說，除《迦茵小傳》外，尚有《空谷蘭》、《梅花落》、《馨兒就學記》、《拿破侖之情網》、《波蘭遺恨錄》、《鏡台寫影》等。

　　包天笑最早的言情小說是《冥鴻》和《補過》，前者以書信體寫生死懸隔的哀情，後者寫一個醫科大學生對一個雜貨店東之女始亂終棄，繼又悔過的經驗，故事梗概有些像托爾斯泰的《復活》，但在包天笑的手裡，都不過編織悲歡離合的故事，賺人廉價的眼淚而已。

　　周瘦鵑（1894-1968），原名周國賢，別號紫羅蘭盦主，江蘇省蘇州人。中學時代即開始文學創作，寫有劇本《愛之花》，發表於《小

周瘦鵑（1894-1968）

說月報》。1917年翻譯出版《歐美名家短篇小說叢刊》（包括英、法、美、俄、德、義、西、瑞等十六國之作品）。主編過《申報・自由談》。1921年主編《禮拜六》週刊，每期均自撰短篇小說一篇，如《此恨綿綿無絕期》、《恨不相逢未嫁時》等。此後又自辦過類似刊物《半月》、《紫羅蘭》、《樂觀》等。爲鴛鴦蝴蝶派代表作家。著有《周瘦鵑小說集》、《紫羅蘭盦言情叢刊》及散文集《花木叢》、《蘇州遊蹤》、《拈花集》等。與人合譯有《歐美名家偵探小說大觀》、《福爾摩斯偵探案全集》、《亞森羅蘋案全集》等。

楊義評周瘦鵑的作品說：

> 他言情小說的第一個特點，是境界異常狹窄，似乎茫茫宇宙、芸芸眾生都不
> 值得一瞥，小樓一角，九華帳裡，即可囊括他的言情小說的小天地。第二個特
> 點，是情調極爲感傷，「斷腸」、「心碎」、「劫灰」、「哀鵑」是其時髦的
> 題目，「替花愁風，替月愁雲」，是其綿綿不絕的情致。（楊義1993a：47-48）

徐枕亞（1889-1937），名覺，別號東海三郎、泣珠生，江蘇省常熟縣人。南社社員，曾任《民權報》編輯，創辦《小說叢報》。著有《玉梨魂》、《雪鴻淚史》、《余之妻》等。

《玉梨魂》三十章，發表於1912年，是上承陳球《燕山外史》、魏子安《花月痕》的駢體文小說。小說主人公何夢霞，在無錫擔任某鄉紳家庭教師，與該家年輕寡婦白梨影墮入情網，經常魚雁往還，詩詞酬答。然而在禮教的束縛下，二人只能發乎情而止乎禮。梨影不可能再婚，於是介紹小姑筠倩與夢霞訂婚。無奈夢霞仍愛梨影，而筠倩也鬱鬱寡歡。不久，梨影、筠倩相繼亡故。夢霞東渡日本，辛亥革命返國，死於武昌之役。駢文敘事，雜以詩詞，文采粲然，作者自詡爲「有詞皆艷，無字不香」。此作一

徐枕亞《玉梨魂》

出，洛陽紙貴，十餘年中銷售三十多版，幾十萬冊，任何新小說均無能與之比肩。

　　與徐枕亞文風類似而齊名的尚有吳雙熱、李定夷。吳雙熱的《孽冤鏡》二十四章，1912年起在上海《民權報》附刊連載，1913年出單行本，且被改編成文明戲上演。

　　李定夷（1889-1963），字健卿，別號墨隱廬主，江蘇省武進縣人。早歲肄業於上海南洋公學，畢業後進《民權報》任編輯，主編《小說新報》。著有《美人福》、《霣玉怨》、《鴛湖潮》、《廿年苦節記》、《李著十種》等。他是繼徐枕亞後的另一個鴛蝴派的名家，對雕花刻玉、哀感頑艷的風氣推波助瀾。也就是在他們手中，小說遠離了人間煙火，成為純粹的消閒品。這樣的作品既然有其廣大的讀者群，作者可以名利雙得，追風者自然眾多，當日大小報章無不競相刊載，以致鴛蝴的作品汗牛充棟。此派作家，張恨水後來居上，質量均超出前人。只是在評論家的眼中，鴛鴦蝴蝶派的小說，正如「文明戲」一詞，漸成為劣等文學的代名詞。所不同的是，文明戲到了後來真的失去了觀眾，但鴛鴦蝴蝶派的小說卻從未失去讀者。到了今日，海峽兩岸，最暢銷的小說，不仍然是新一代的鴛蝴言情之作嗎？鴛蝴派的小說對後來的新小說也產生了相當的影響，張愛玲的小說雖然遠在一般的鴛蝴派之上，但誰能說她沒有鴛蝴派的氣息呢？

　　同樣以文言寫小說，也同樣具有哀怨風味的還有蘇曼殊。但是他落筆清雋，情意真摯，並未落入鴛蝴派造作浮濫的窠臼，所以他的作品似不應與鴛蝴派同日而語。

　　蘇曼殊（1884-1918），原名宗之助，小字三郎，後改名玄瑛，字子穀。父原籍廣東省香山縣，母日本人河合仙。父早卒，1888年由蘇家領回廣東。家貧，1896年在廣州長壽寺出家為僧，法號曼殊。1896年赴日本學習。1903年回國，住杭州靈隱寺。在上海接

蘇曼殊（1884-1918）

識陳獨秀、章士釗等人，曾爲《國民日報》撰稿，並任教於蘇州吳中公學。1904年赴暹羅、錫蘭學習梵文，研究佛學。曾加入南社。能詩善畫，通曉英、日、梵等文。著有《蘇曼殊全集》、《蘇曼殊小說集》。從1912年到1916年間，蘇曼殊只寫出了《斷鴻零雁記》、《天涯紅淚記》、《絳紗記》、《焚劍記》、《碎簪記》和《非夢記》六篇作品。《斷鴻零雁記》寫於1912年，二十七章，四萬餘言，以當日小說中少用的第一人稱述寫，帶有明顯的自傳色彩。篇中主人公三郎爲中日混血兒。少年訂婚，因家貧爲岳家拒婚。三郎遁入空門後，從乳母口中獲知生母尚在日本。得未婚妻雪梅之助，得以東渡探母。在日時，表姐靜子對三郎產生了眞摯的愛情，但三郎心有隱痛，又因已入佛門，故忍痛留書，悄然返國。歸國後，始知雪梅因爲父所迫另嫁而絕食身亡。三郎傷感莫名，欲往憑弔其墓，然荒煙蔓草，已無從尋覓。寫來雖不脫男女之情，但自有一番灑脫飄逸之氣。

蘇曼殊《斷鴻零雁記》

當然在言情小說中，民國以後的張恨水是後來居上了。

（四）歷史小說

歷史小說指的是以歷史人物和歷史事件爲題材的小說，在中國又是種歷史悠久的類型，不用說正史中的傳記常常可以當作小說來讀，野史、稗史更像是小說。宋代的講史，是職業說書人的一種，《三國志演義》就是從說書人的口中成形最早的長篇小說。清末由於譴責、言情兩類特別暢銷，相對地歷史小說便不算發達，但是也出了一部《孽海花》十分引人注目。

曾樸（1872-1935），原名曾樸華，字太樸，後改孟樸，號銘珊，筆名東亞病夫，江蘇省常熟縣

曾樸（1872-1935）

人。光緒十七年（1891）舉人，曾任內閣中書，又入同文院學習，通法文，翻譯過雨果的作品。戊戌政變後回常熟擔任小學校長。1904年與徐念慈等在上海創辦小說林書社，開始撰寫《孽海花》。1907年出版《小說林》雜誌。參與預備立憲公會，鼓吹改良主義。辛亥革命後參加共和黨，先後出任江蘇省議員、江蘇省官產處處長、江蘇省財政廳長、政務廳長等職。1927年卸任，在上海與其子曾虛白開設真美善書店，並創辦《真美善》月刊。此時續完《孽海花》，又創作小說《魯男子》。著有詩集《未理集》六種、文集《推十合一室文存》七種及《雪曇幻夢院本》等。

　　《孽海花》二十四回的首五卷十回，於1905年即以歷史小說的名義由小說林社出版，翌年續出次五卷十回。《小說林》雜誌創刊以後，又續作四回。1916年擁百書局出版《孽海花》第三冊，包括後四回及強作解人所作之〈《孽海花》人名索引表〉、〈《孽海花》人物故事考證〉八則、〈證續〉十一則。後來作者又修續前書，成十五卷三十回，於1928年由真美善書店出版。此書署愛自由者發起，東亞病夫編述。東亞病夫是曾樸的筆名，愛自由者則另有其人。據作者在該書〈序〉中說，愛自由者是他的朋友金松岑（名天翮）的筆名。原來金寫出了四五回寄給小說林書社，曾看了後覺得是一個好題材，遂建議金以原主人公做線索，盡量容納近三十年的歷史擴大描寫的範圍好好發揮。不想金竟順水推舟，把續寫的責任推到曾的身上。曾於是接下這份工作，一面點竄修改金開始寫的四五回原稿，一面繼續書寫，三個月中一氣呵成了二十回。到全書完成，已經是二十多年以後了。評者皆以為《孽海花》無論在思想的深度上，還是在文采上，均超出晚清其他說部之上。該書以金雯青（洪鈞）與名妓傅彩雲為骨幹，金擔任駐德大使前納彩雲為妾，相偕赴德。歸國後金病死北京，傅在上海重張艷幟，改名曹夢蘭，後至天津，又改名賽金花。迨庚子之亂，為聯軍統帥所曬，名噪一時。書中

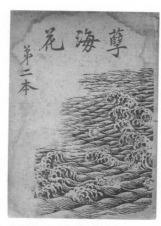

曾樸《孽海花》（1909小說林社）

人物雖改名換姓，多半都實有其人。魯迅認為該書雖不脫譴責小說誇大其詞的通病，「惟結構工巧，文采斐然。」（魯迅 1941：309）所謂結構工巧，主要乃因《孽海花》脫出了《儒林外史》的項鍊式結構（或無結構），圍繞著主人翁把晚清三十多年的社會動亂鮮活地披露出來。至於文筆，比之其他同代的作品更加細膩貼切。

《孽海花》一出版就十分轟動，兩年中再版十五次之多。阿英以為其所以如此受到歡迎，乃由於表達了革命的思想，為其他同代小說所不及。文字敘述上的成功，則「由於描寫當時京城內外的一班知識份子、官僚與名士，他們的生活、思想，以至於一般的風氣轉移。吳趼人很擅長於寫『洋場才子』，曾孟樸則活生生的刻畫出許多『作態名士』」（阿英 1966：23）。

由於《孽海花》的成功，自不免也出現仿作或續作，例如陸士諤的《新孽海花》（1910改良小說社），但並不成功。從架構、體例及遣詞造句上看來，《孽海花》影響了以後的舊體小說，譬如鴛鴦蝴蝶派的小說。包天笑的《碧血幕》（1907）在時間上即接續《孽海花》所描寫的時代，企圖熔政治小說、譴責小說、歷史小說於一爐，明顯地有仿《孽海花》的痕跡。至於較晚的張恨水的小說，如《啼笑因緣》、《金粉世家》等，雖是言情小說，就其使用的語言文字而言，毋寧也曾受過《孽海花》一類小說的影響。

大橋式羽著《胡雪巖外傳》十二回，是一部寫杭州巨賈胡雪巖的歷史小說。大橋式羽是假託的筆名，不知何許人。關於胡雪巖，阿英引李慈銘《越縵堂國事日記》光緒九年（1883）十一月初七曾有下列的記載：

昨日杭人胡光鏞所設阜康錢鋪忽閉。光鏞者，東南大俠，與西洋諸夷交。國家所借夷銀，曰洋款，息甚重，皆光鏞主人。左湘陰西征軍餉，皆倚光鏞以辦。凡江浙諸行省有大役，有大賑事，非屬光鏞，若弗克舉者。故以小販賤豎，官至江西候補道，銜至部政使，階至頭品頂戴，服至黃馬褂，累賞御書。營大宅於杭州城中，連亙數坊，皆規禁籞，參西法而為之，屢毀屢造。所蓄良賤婦女以百數，多出劫奪。亦頗有小惠，置藥肆，設善局，施棺衣，為饘鬻，

時出微利以餌杭士大夫，杭士大夫尊之如父，有翰林而稱門生者。其邸居遍於南北，阜康之號，杭州、上海、寧波皆有之，其出入皆千萬計。都中富者，自王公以下，爭寄重資為奇贏。前日之晡，忽天津官報言其南中有虧折。都人聞之，競往取所寄者，一時無以應，夜半遂潰，劫攘一空。（阿英 1966：67-68）

　　歷史小說當然有史實，也有虛構。此書多寫胡雪巖的私生活，對當時的社會經濟著墨不多。但此書毋寧成為後來以歷史小說聞名的高陽寫《胡雪巖三部曲》（1973-85）的底本。

　　此外，吳趼人的《痛史》二十七回（1902）寫宋末賈似道的欺君誤國和文天祥忠貞為國，當然是以古諷今；《兩晉演義》二十三回（1906-08）寫晉惠帝的昏庸，賈后的淫亂以及諸王的爭權奪利，也意有所指。李亮丞的《熱血痕》四十回（1907）寫吳、越的鬥爭。沁梅子的《精禽填海記》十回（1906）寫明末袁崇煥遭害，李自成、張獻忠起事；痛哭生第二的《仇史》寫明朝的亡國之恨，則均為未完卷的歷史小說。前述靜觀子的《六月霜》，寫秋瑾的成長與就義，也可列入歷史小說。

（五）武俠小說

　　武俠小說是晚清出現的一個文類，過去雖無「武俠」之名，卻有「俠客」之實。俠的詞彙，最早見於《韓非子・五蠹》中所言「儒以文亂法，俠以武犯禁」，「俠」與「武」已開始連在一起了。司馬遷《史記》中有〈游俠列傳〉、〈刺客列傳〉，班固《漢書》中有〈游俠傳〉，使有武功的俠客進入歷史。今人以為自東漢以後游俠沒落，故從《後漢書》到《明史》再不曾有史家為游俠作傳（孫鐵剛 1975）。但是在唐代卻出現〈虯髯客傳〉、〈紅線傳〉、〈聶隱娘〉、〈崑崙奴〉這樣的傳奇文，所寫人物武功之高強超出常人，可以說是從歷史人物演化成文人的加工想像了。後來的《三國志演義》、《水滸傳》、《西遊記》等說部中的英雄好漢或精靈神怪都具有超凡的武功，但並未用「武俠小說」之名。首以「俠」名的說部，應該是清末的《三俠五義》。從

此以後，俠客與宋人說話中的「公案」合流，遂使「武俠小說」自成一個次文類。當代學者陳平原認爲：「作爲一種小說類型，武俠小說起碼應包括相對固定的行俠主題、行俠手段以及相應的文化意識、敘事方式與結構技巧。因此我主張把清代俠義小說作爲武俠小說類型眞正成形的標誌，而把唐宋豪俠小說及明代小說（話本、章回）中關於俠客的描寫，作爲武俠小說的『前驅』。」（陳平原1995：71-72）民國後，武俠又脫離公案而獨立發展了。

石玉昆《三俠五義》

《三俠五義》正是一部最早結合武俠與公案的小說，據說來自道光、咸豐年間評書藝人石玉昆的口頭版本。石玉昆受到當時禮親王的叮囑，以明清以來在民間流傳的包公審案的故事敷衍出一批俠客，輔助包公懲奸除惡，伸張正義，成功地塑造出包公鐵面無私、不畏權貴、足智多謀的形象。書中人物善惡分明，最後自然是善者冤屈得伸，惡人受到懲罰。此一主調，遂爲以後的武俠小說所遵循。

石玉昆口述的內容，一部分被他的徒弟或聽衆記錄下來，起初名《龍圖耳錄》，大約在同治以前出版。後來因爲買的人太多，累次再版，書名迭經變換，有叫《龍圖公案》的，有叫《忠烈俠義傳》的，其實都是節本，俗稱「墨壳子」。說書藝人的口述本稱爲「道活」，因爲有商業機密的考慮，輕易不傳外人，故反倒失傳了。當代說書藝人馬岐所錄製的前二百回《龍圖俠義》，據說接近石玉昆一脈口授心傳的「道活」，內容比較豐富，人物性格也較爲飽滿，但後面三分之二的內容包括小五義一直沒有機會錄製。

清代學者俞樾（1821-1907）喜愛此書，認爲書中不止三俠，另外還有四位重要的俠客，故重新命名爲《七俠五義》。

《三俠五義》後，又有諸俠客的後代輔佐包公門生顏查散辦案的《小五義》出現，似與《三俠五義》出自不同作者之手。《小五義》說唱的痕跡更爲明顯，文字上也相形較粗糙，可能成於衆人之手，而未經細緻潤飾之故。現存最早的版本是清光緒十六年（1890）北京文光樓刊本。繼《三俠五義》暢銷後，

《施公案》、《彭公案》、《劉公案》等諸多公案加武俠說部刊刻行世，形成武俠小說一時之盛。

《兒女英雄傳》是一部兼容言情與武俠的說部，作者文康（生卒年代不詳），姓費莫氏，字鐵山，一字悔庵，號燕北閒人，滿洲鑲紅旗人。他生在同治年間的貴族世家，曾出資捐爲理藩院郎中，歷任天津兵備道，鳳陽通判等職。後丁憂歸里，又特起爲駐藏大臣，因病未赴任，旋病死家中。他時逢西方列強入侵及太平天國之亂，民族矛盾日益尖銳的時代，目睹朝政萎頹，世風日下，再加上晚年諸子不肖，家道中落，遂生感慨，而有此作。成書大概在1853至1865年之間，原有五十三回，刊行時刪存四十一回（郭延禮 2001：339）。

作者創造的主人翁安學海，通達幹練，清廉自持，可是他的言行卻拘泥在忠孝節義的傳統道德中，儼然以衛道者自居，今日看來不免鄉愿。倒是前半部著力刻畫的十三妹何玉鳳，扶危救困，嫉惡如仇，具有智勇雙全的俠女性格，頗予人好感，但最後仍跳不出忠孝節義的傳統道德圈套。

此作結構完整，張弛有致，已經用到現代小說中屢見的懸疑及倒敘的手法。其所以能夠吸引廣大讀者，一者由於故事性強，以民間說書人的口吻道來，繪聲繪影娓娓動聽，再現了那個時代的生活習俗和風貌；二者在語言上使用地道的北京話，又融入不少滿族的日常用語，具有濃郁的地方色彩。胡適曾指出：「《兒女英雄傳》也用北京話，但《兒女英雄傳》出世在《紅樓夢》出世之後一百二三十年，風氣更開了，凡曹雪芹時代不敢採用的土語，於今都敢用了。」（胡適1979：75）陳寅恪更加讚美說：「結構精密，頗有系統，轉勝於曹書（按：指《紅樓夢》），在歐西小說未輸入吾國以前，爲罕見之著述也。」（陳寅恪 1980：60）

文康《兒女英雄傳》

《蕩寇志》是清末小說家俞萬春針對明代小

說《水滸傳》所寫的續集，又稱《結水滸全傳》或《結水滸傳》。全書緊接著《水滸傳》第七十回「忠義堂石碣受天文梁山泊英雄驚惡夢」的故事，從第

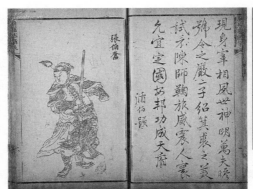

上：俞萬春《蕩寇志》
左：俞萬春《蕩寇志》內頁

七十一回到第一百四十回，共七十回，末附「結子」一回。此書起草於道光六年（1826），完成於道光二十七年（1847），其間凡「三易其稿」，歷二十二年之久。作者逝世後，又經過他的兒子加以潤色，於咸豐三年（1853）刊行，四年後又有重刻本。

俞萬春（1794-1849），字仲華，浙江省紹興縣人，早年曾經追隨父親從軍，平定民變。他也以衛道者自居，認為《水滸傳》歌頌造反的強盜，有違正道，有必要續寫一本撥亂反正的小說。在前言中，他說宋江等人「心裡強盜，口裡忠義。殺人放火也叫忠義，打家劫舍也叫忠義，戕官拒捕、攻城陷邑也叫忠義」。所以《水滸傳》「真是邪說淫辭，壞人心術，貽害無窮」。於是他認為「當年宋江並沒有受招安、平方臘的話，只有被張叔夜擒拿正法一句話」，所以決定「提明真事，破他偽言，使天下後世深明盜賊、忠義之辨，絲毫不容假借」（見該書序）。因此《蕩寇志》是一本敘述梁山泊眾好漢如何一個個受到懲罰、剿滅的小說。郭延禮認為此書的主要長處在所用語言流利、精鍊，人物形象描寫生動（郭延禮 2001：331）。

《永慶昇平傳》也是由說書藝人口傳下來的本子。據說實有所本，書中主人翁馬成龍也實有其人，主要根據山東望族馬家發跡的事跡加以擴大，並加以武俠化而成。先是由北京評書藝人姜振明傳下來，他的徒弟哈輔源、吳輔亭都是在北京天橋專門說《永慶昇平》的名家。北京擅長說此書的還有評書大王雙厚

坪（雙文興）、白敬亭（白文亮）和海文泉師兄弟。故事發生在康熙年間，所以又叫《康熙俠義傳》。後來大約在光緒十八年（1892）結集成書，由郭廣瑞根據哈輔源的講述記錄，北京寶文堂刊刻，題作《永慶昇平前傳》。後來由貪夢道人（楊抱殿，福建人，《彭公案》也是他的作品）續出了《永慶昇平後傳》，那就是創作的了，後來又出了《合傳》。

姜振明《永慶昇平傳》內頁插圖

　　這部書中有些片段被說相聲的拿去，作爲長篇單笑話演出，逐漸加工爲「八大棍兒」，如《張廣泰還家》、《馬壽出世》、《宋金剛押寶》、《康熙私訪》、《馬成龍救駕》等，裡面還有天地會八卦教的事。其中的書膽是馬成龍和馬夢太，很多擅長說此書的都被稱爲「活馬成龍」。

　　《七劍十三俠》，又名《七子十三生》，是晚清武俠小說的代表性作品，在當時即被譽爲「誠集歷來劍俠之大觀，稗官之翹楚」（江文蒲「初集」序言）。作者唐芸洲，號桃花館主，江蘇省姑蘇人，生平不詳。此書分三集陸續刊行，每集六十回，共一百八十回。初集刊於清光緒二十二年（1896）。江文蒲在初集的序言中說：「吾知是書一出，其不脛而走也必矣。」果然書刊行後「風行海內，幾至家置一編」（月湖漁隱「二集」序言）。二集於光緒辛丑（1901）正月刊行，與初集一樣，其「膾炙人口，甚至有手不釋卷者」（月湖漁隱「三集」序）。同年六月，三集六十回問世，讀者始得窺全豹。

　　《七劍十三俠》寫明武宗正德（1506-1521）年間，賽孟嘗徐鶴（字鳴皋）等十二英雄聚義，各仗俠肝義膽、超群武藝，劫富濟貧，除暴安良。後在七子（七位以「子」命名的劍仙）及十三生（十三位以「生」命名的劍仙）輔助下，隨右都御史楊一清平定甘肅安化王朱寘鐇叛亂、隨僉都御史王守仁平定江西寧王朱宸濠叛亂，最後七子十三生與十二英雄各受封賞，也是武俠加公案的一類。書中所述安化王朱寘鐇及寧王朱宸濠作亂始末，與史實大致相符。此書問世以後，續作與仿作紛出，以至於在清末民初形成了一個武俠小說的劍仙新

流派。

　　清末的武俠、公案原爲一類，如《三俠五義》、《小五義》中的俠客均爲輔助一位主公辦案，而大展身手。後來二者始分，公案反倒與西方傳入之偵探小說近似。武俠脫離公案發展，諸如五四以後向迄（1889-1957，筆名平江不肖生）的《江湖奇俠傳》（改編爲電影《火燒紅蓮寺》）、還珠樓主的《蜀山劍俠傳》等，均轟動一時。武俠小說一般均採用傳統的章回體，例如後來王度廬（1909-1977）、梁羽生（1924-2009）、金庸（查良鏞 1924- ）、古龍（熊耀華 1938-1985）等的小說，幾乎無不如此，繼承傳統者多，立意西化者少，似乎無法列入新文學之林，雖不爲學院派評論家所重，但擁有廣大的讀者群，非嚴肅或藝術小說可與比肩。張恨水曾言：「中國下層社會，對於章回小說，能感到興趣的，第一是武俠小說，第二是神怪小說，第三是歷史小說、愛情小說……所以概括的說，中國下層社會裡的人物，他們的思想，始終有著模糊的英雄主義的色彩，那完全是武俠小說所教訓的。」（張恨水 1945）到了社會主義的中國大陸，大力要求文藝爲人民服務，以俾爲下層社會的群衆喜聞樂見，本該提倡武俠小說之類，但又批之謂含有太多的封建毒素，無人敢於著墨，這也正是社會主義文藝理論無法解開的一種矛盾。

　　吳趼人的《九命奇冤》三十六回（1907廣智書局），也算是公案小說。此作乃根據安和著《梁天來驚富新書》四十四回改寫而成。據說吳趼人受了周桂笙所譯法國鮑福偵探小說《毒蛇圈》倒敘技法的影響（郭延禮 2001：35），才寫出了這部在結構、布局上均超出同代小說之上的作品。胡適對這本書推崇備至，他說：

　　《九命奇冤》可算是中國近代的一部全德的小說。他用百餘年前廣東一件大命案做布局，始終寫此一案，很有精采。…《九命奇冤》受了西洋小說的影響，這是無可疑的。開卷第一回便寫凌家強盜

吳趼人《九命奇冤》

攻打梁家，放火殺人。這一段事本應該在第十六回裡，著者卻從第十六回直提到第一回去，使我們先看了這件燒殺人命的大案，然後從頭敘述案子的前因後果。這種倒裝的敘述，一定是西洋小說的影響。但這還是小節，最大的影響，是在布局的嚴謹與統一。……《九命奇冤》用中國諷刺小說的技術，來寫強盜與強盜的軍師，但他又用西洋偵探小說的布局，來做一個總結構。繁文一概削盡，枝葉一齊掃光，只剩這一個大命案的起落因果，做一個中心題目。有了這個統一的結構，又沒有勉強的穿插，故看的人的興趣自然能自始至終不致厭倦。故《九命奇冤》在技術一方面，要算最完備的一部小說了。（胡適1924）

從胡適的這一番話可以看出來，清末民初的小說整體看起來，在結構上是有缺陷的。受到說話人影響的章回小說，本來可長可短，章回的獨立性很強，早期的《水滸傳》、《西遊記》、《儒林外史》、《鏡花緣》以及後來大部分譴責小說均是如此。這種項鍊式的結構法，跟西方小說比較嚴謹的結構一比，幾乎等於任意揮灑，無結構可言。晚清的小說家已經意識到這個問題，五四以後的小說，已少見項鍊式的結構了。由此可見五四以來的新小說，在哪些方面接受了西方的影響，又在哪些方面繼承了中國的傳統。

以上的五類小說自然無法總括清末民初的所有小說。例如神怪、筆記、偵探等小說本來就自成類別，不能包括在以上五類之中。清末神怪一類，自蒲松齡的文言小說《聊齋誌異》後又有紀昀（1724-1805）的《閱微草堂筆記》，也是文言的，而且以形式論，也可歸類為筆記小說。此類尚有王韜（1828-1897）的《遁窟讕言》、《淞隱漫錄》、《淞濱瑣話》、宣鼎（1832-1879）的《夜雨秋燈錄》、《夜雨秋燈續錄》等，都是文言作品。白話的筆記小說則有俞達（？-1884）的《艷異新編》等。清末的偵探小說皆為譯作，為外來的文類，惟程小青（1893-1977）在翻譯《福爾摩斯探案》（1915）之餘，二〇年代後也創作了中國式的《霍桑探案》。

三、從傳統到現代：兩位作家的個案

倘若我們找出一兩位作家在民初和五四以後兩個階段有不同的書寫表現，就容易看出晚清小說轉化為現代小說的具體情況。第一位在中國現代小說史中非常重要，他寫小說比魯迅早，就小說藝術而言，也遠遠超過魯迅，可惜的是因為不夠革命總被以政治掛帥的文學史家所忽略。即使以見解獨到著稱的現代小說研究者夏志清教授，雖然對張愛玲另具隻眼，引起二十世紀後半期的一陣「張愛玲熱潮」，但在他的《中國現代小說史》中竟然對這位作家隻字未提，可能也是受了以前史家的影響吧！這個重要的作家就是在茅盾和巴金之外寫出中國更好的大河小說的李劼人。

李劼人（1891-1962），原名家祥，筆名老懶、菱樂、抄公、懶心等，四川省成都人。1907年就學於四川高等學堂附屬中學。辛亥革命那年曾參與四川保路運動。1915年後歷任《四川群報》、《川報》總編輯，並創辦《星期日週刊》。1919年赴法勤工儉學，就讀於蒙伯里及巴黎大學，開始法國文學翻譯工作。1924年返國後，任教於成都大學，並創辦嘉樂紙廠。出版所譯法國小說、劇作二十餘部，包括福樓拜的《包娃利夫人》（*Madame Bovary*）、《薩朗波》（*Salammbô*）、莫泊桑的《人心》（*Notre cœur*）、都德的《小物件》（*le Petit Chose*）、龔固爾的《女郎愛里沙》（*la Fille Élisa*）等。三〇年代，完成他的大河小說《死水微瀾》（1935）、《暴風雨前》（1936）及《大波》（1937），並有另一部長篇《天魔舞》（1947）及短篇小說集《好人家》。1949年後，歷任四川省政協副主席，中國作協重慶分會副主席、中國文聯委員等職。

早在1912年李劼人剛中學畢業的時候，在林紓翻譯小說的影響下，已經在成都的《晨鐘報》發表了長達萬言的小說《遊園會》，諷刺當時的官場惡習。1915年寫文言小說《夾壩》，又在《四川公報特別增刊・娛樂錄》發表白話短篇《兒時影》五則，寫私塾的生活，帶有自傳的性

李劼人（1891-1962）

質。1916年陸續在《群報》發表由四十餘篇短篇連綴而成的《盜志》，揭發官場的黑暗，類似李寶嘉的《官場現形記》。接下來的兩年中又有白話小說《做人難》和《續做人難》問世，諷刺官場的寡廉鮮恥。（註9）這許多作品，雖然通過翻譯小說間接受到西潮的影響，但大體的形式和意趣應該歸於晚清和民初的小說一類，還沒有五四以後新小說的那種結構、章法和思想主題。直到李劼人於1919年赴法勤工儉學親自翻譯了多部法國小說，直接受到法國文學的影響後，才寫出真正堪稱現代小說的長篇說部。

李劼人的這一個案例，具體地說明了中國的新小說如何接受西潮的影響，又如何從傳統的小說體制轉變成五四以後的新小說。特別值得注意的是，李劼人在留法的五年中，不可能沒有接觸到法國的古典和浪漫主義文學，那時候雨果的《悲慘世界》和大仲馬的《基督山恩仇記》依然很流行，可是李劼人翻譯的作品幾乎都是寫實主義的作品，足見他的志趣所在。以後李劼人的大河小說，都是利用真實的歷史背景，遵循客觀寫實的法則完成人物與情節的虛構，在五四以後充斥著「擬寫實主義」的文壇中，成為皎然出眾非常稀少的寫實作品。郭沫若甚至曾期待他成為中國的左拉。（郭沫若 1937）

一般現代文學史總把晚清、民初的小說與五四以後的新小說截然劃分，因為代表的作家換了另外一批人。其實歷史的發展猶如河流，是無法斷然切割的，故有學者喊出「沒有晚清，何來五四？」的論斷。（王德威 1998）晚清、民初的小說與五四以後的新小說同樣都有遞嬗之跡，有傳承，也有新因素的加入，看來是繼承中有革新，革新中仍有繼承。我們再提出一位早在五四運動以前就開始小說創作，五四以後繼續有大量的作品問世，而且擁有廣大的讀者群，遠遠超出五四以後任何一位小說家之上的，那就是雖然大名鼎鼎但不為現當代文學史家看重的張恨水。

張恨水（1897-1967），祖籍安徽省潛山縣，生在江西省廣信府一個小官吏的家庭。幼時讀私塾，沉溺在古典小說中，特愛《紅樓夢》，醉心才子佳人式的

註9：關於李劼人早期的創作，可參閱楊義《中國現代小說史》第二卷第八章第二節「李劼人：成都平原的『大河小說』作家」（楊義 1993b）。到目前為止，楊義的書是資料最豐富、陳述最細緻的一部中國現代小說史。

小說情節。1913年就曾寫出文言短篇小說《舊新娘》和白話短篇《梅花劫》。1914年開始使用筆名「恨水」，取自李煜詞「自是人生長恨水長東」。1918年擔任蕪湖《皖江日報》編輯，1919五四那一年，白話長篇言情小說《南國相思譜》開始在報章連載。同年赴北平，先後任北平《益世報》助理編輯、天津《益世報》駐京記者。1924年4月，在友人成舍我創辦的《世界晚報》擔任新聞編輯，後又主編該報副刊《夜光》，並開始在《夜光》上連載第一部長達九十萬言的長篇小說《春明外史》，風靡北方城市，使張恨水一舉成名。1925年2月張恨水出任《世界

張恨水（1897-1967）

日報》副刊《明珠》編輯，先後在該報上發表多篇中、短篇小說。1927年2月，張恨水開始在《明珠》上連載他另一部更重要的百萬言作品《金粉世家》，從而進一步擴大了他的影響力。同年10月，張恨水出任《世界日報》總編輯，旋離職，先後在瀋陽《新民晚報》，北京《益世報》、《新晨報》、《世界晚報》上，發表很多中、長篇小說。1929年，開始創作長篇小說《啼笑因緣》，翌年在上海《新聞報》副刊《快活林》上連載，成了家傳戶誦的讀物。此作在發表時就因各大電影公司爭先要拍攝電影炒作成轟動的新聞，此後改編成的話劇和曲藝也不在少數，為《啼笑因緣》續書者更是民國小說之最。1931年，張恨水以稿費收入創辦北華美術專科學校，自任校長，兼國文教員。著名畫家齊白石、徐悲鴻、李苦禪曾任該校教員。是年，日軍入侵東北三省，他把在《新聞報》上連載的長篇小說《太

張恨水《啼笑因緣》（北京出版社）

平花》增加了抗日內容。此後，接連發表了《熱血之花》、《東北四連長》、《潛山血》、《前線的安徽 安徽的前線》、《衝鋒》、《游擊隊》等一系列抗日作品。1935年，應約去上海主辦《立報》副刊《花梁山》，舉家遷到上海。1937抗戰爆發後，他寫了不少長篇抗戰小說，如《八十一夢》和《魍魎世界》（原名《牛馬走》）等。同年因病到蕪湖住院治療。翌年初，到漢口，被選爲中華全國文藝界抗戰協會理事。接著又去重慶，加入《新民報》工作，任主筆、總社協理、重慶版經理，自編重慶版文藝副刊《最後關頭》。抗戰勝利後，國府頒發一千多人「抗戰勝利」勳章，張恨水也在其中。1945年底，離開重慶，輾轉回到北平，出任剛創刊的《新民報》經理兼副刊《北海》主編。1949年北平解放，召開中華全國文學藝術工作者代表大會，選舉產生全國文聯，張恨水被邀，但因高血壓病突發，未能參加。1955年夏，張恨水健康好轉，遂隻身南遊，經合肥抵安慶，回到闊別十年的故土。家鄉面貌的變化，使他激動不已，回京後，寫了中篇遊記《南遊雜誌》，發表於香港《大公報》。1967年農曆正月初七晨因腦溢血逝世北京。

張恨水從1913年開始小說創作，比魯迅的《狂人日記》早了五年，他又是一個多產的作家，一生所寫小說一百多部，若以著作及讀者數量而論，中國現代小說家無人能出其右。但是現代文學史或小說史家多不予以重視，主要乃因張恨水的小說形式繼承傳統的章回體，內容又多爲言情之作，被歸類爲鴛鴦蝴蝶一派，令人覺得未能反映當代社會，也欠缺時代氣息之故。然而茅盾曾說：「在近三十年來，運用『章回體』而能善爲揚棄，使『章回體』續了新生命的，應當首推張恨水先生。」（茅盾 1946）被五四以後現代小說家所拋棄的「章回體」，靠了張恨水及一些武俠小說作家的努力，仍維持了活潑的生命。其實張恨水的作品中，也揭露一些官場的醜聞怪事，對社會的不良現象也時加嘲諷和譴責，有時且攙入武俠場景，甚至也融入了西方小說技法，足以吸引各個階層的廣大讀者，可以看作是晚清小說的繼續，更影響了以後新小說中的言情派、歷史傳記派，像馮玉奇、瓊瑤、高陽等，在當代文學傳承上的作用自不可抹殺。

引用資料

中文：

王國維，1968：《王觀堂先生全集》第五冊，台北文華出版公司。

王德威，1998：〈沒有晚清，何來五四？——被壓抑的現代性〉，《如何現代，怎樣文學？——十九、二十世紀中文小說新論》，台北麥田出版公司，頁23-42。

李田意，1968：《中國小說：中文及英文書籍與論文目錄》，耶魯大學遠東出版部。

阿　英，1960：《晚清文學叢鈔—小說戲劇研究卷》，台北台灣中華書局出版。

阿　英，1966：《晚清小說史》，香港太平書局。

俋　生，1911：〈小說叢話〉，《小說月報》第2卷第3期。

胡　適，1924：〈五十年來中國之文學〉，《胡適文存》二集，上海亞東圖書館。

胡　適，1979：〈《兒女英雄傳》序〉，《中國章回小說考證》，上海書店影印本。

胡　適，1982：《中國章回小說考證》，台北里仁書局。

茅　盾，1946：〈關於《呂梁英雄傳》〉，9月1日《中華論叢》第2卷第1期。

梁啟超，1960：《飲冰室文集》冊四之十，台北台灣中華書局。

馬　森，1985：〈中國現代小說與戲劇中的擬寫實主義〉，原刊4月《新書月刊》第19期，《馬森戲劇論集》，台北爾雅出版社。

徐文瀅，1941：〈民國以來的章回小說〉，12月《萬象》第1卷第6期。

孫鐵剛，1975：〈秦漢時代士和俠的式微〉，《國立台灣大學歷史學報》第2期。

陳寅恪，1980：《陳寅恪文集之一‧寒柳堂集》，上海古籍出版社。

陳平原，1995：《千古文人俠客夢——武俠小說類型研究》，台北麥田出版公司。

郭沫若，1937：〈中國左拉之待望〉，7月《中國文藝》第1卷第2期。

郭延禮，2001：《中國近代文學發展史》第一卷，北京高等教育出版社。

康來新，1986：《晚清小說理論研究》，台北大安出版社。

張友鸞，1982：〈章回小說大家張恨水〉，《新文學史料》第1期。

張恨水，1945：〈武俠小說在下層社會〉，原刊7月11日《中華日報》，轉載於洪子誠主編，《1945-1999中國當代文學史‧史料選》，武漢長江文藝出版社，2002，頁25-27。

楊　義，1993a：《中國現代小說史》第一卷，北京人民文學出版社。

楊　義，1993b：〈李劼人：成都平原的「大河小說」作家〉，《中國現代小說史》第二卷第八章第二節，頁425-447。

新　廠，1906：〈評《恨海》〉，《月月小說》第3號。

魯　迅，1941：《中國小說史略》，上海魯迅全集出版社。

歐陽健，1997：《晚清小說史》，杭州浙江古籍出版社。

顧　賓著，范勁等譯，2008：《二十世紀中國文學史》（*Die Chinesische Literatur Im 20. Jahrhundert*），上海華東師範大學出版社。

外文：

Prüšek, Jaroslav, 1980: *The Lyrical and the Epic: Studies of Modern Chinese Literature*, Bloomington, Indiana University Press.

第六章　晚清到民國詩歌的蛻變

一、廟堂之作與民間之作

　　我國的詩本有一個久遠而光輝的歷史，故變革特別不易。當然，在形式上，從四言到五言，再到七言；在體制上，從古體到近體律詩和絕句，再到詞，到曲，是有所變革的。這種變革的趨向常常是因為文人的詩越來越走向典雅、深奧，一般群眾難以接近，於是民間的歌謠以其活潑的生命力起而受到重視，給文人的詩注入一股新生命，於是詩歌發生了變化。明、清以降，凡五百多年，詩、詞均因循舊制，未見新體，但卻並不能說民間歌謠不在流行。我國的詩（或廣義地說文學）一向是雙線並進的，一是所謂的「廟堂之作」，由學養豐厚的文人承擔重任，一是「民間之作」，出於村嫗野老販夫走卒之口。如用歷史學家所謂的「大小傳統」來說，前者屬於大傳統，後者屬於小傳統，二者表達的媒介和所承載的意識形態大相逕庭。前者一開始即形之於文字，而且常帶教化的思想；後者出之於口頭，情感奔放，思想自由，故多為上層社會認為不登大雅之堂的情歌。越是閉塞的地區，民間的口頭歌謠越發達。這種民間歌謠

自古存在，像一條河流挾泥沙而俱下，並不為上層社會所知，直到經有心的學者蒐集、整理之後才為知識界驚艷，也才能有機會進入文學史。

清末的廟堂之作，文有桐城派，詩有同光體。「同光」是指同治、光緒這兩個年號，代表人物有陳衍、鄭孝胥、陳三立、袁昶、沈曾植等，主學宋詩，崇尚學問，喜用險韻、僻典，力求生澀，結果是像桐城派一樣，成為革新派厭棄的對象。

至於民間歌謠，早在元代的散曲，已經採取民歌的形式，非常接近今日的白話。雜劇作家關漢卿的散曲，比他的戲曲還要口語化，例如那首〈一半兒題情〉：

> 碧紗窗外靜無人，
> 跪在床前忙要親。
> 罵了個負心回轉身。
> 雖是我話兒嗔，
> 一半兒推辭一半兒肯。（劉大杰 1956：227）

在正統文人詩中雖未見新體，民間的俚曲以口頭文學或俗文學的形式傳誦在鄉野村里間。明代的馮夢龍就曾蒐集、刊印，甚至模擬仿作當時流行的「掛枝兒」時曲，例如吳中「掛枝兒」〈噴嚏〉中的一節，雖然隔了幾百年，今日聽起來在語言上也毫無隔膜：

> 對妝台忽然間打個噴嚏，
> 想是有情哥思量我，寄個信兒，
> 難道他思量我剛剛一次？
> 自從別了你，
> 日日淚珠垂。
> 似我這等把你思量也，

想你的噴嚏常似雨。（劉大杰 1956：424）

又如汴省時曲「鎖南枝」寫得也很口語：

傻俊角，
我的哥，
和塊黃泥兒捏咱兩個。
捏一個兒你，捏一個兒我。
捏的來一似活托，捏得來同床上歇臥。
將泥人兒掙碎，著水兒重和過，
再捏一個你，再捏一個我。
哥哥身上也有妹妹，妹妹身上也有哥哥。（鄭振鐸 1961：1020-21）

鄭振鐸曾對民間歌謠蒐集不遺餘力，而且認為有些歌謠是「由真性情中流出的，無虛飾，無做作的詩，乃算是真的詩，好的詩。」例如清道光八年（1828）刻印的《白雪遺音》中的一首：

喜只喜的今宵夜，
怕只怕的明日離別。
離別後，
相逢不知哪一夜？
聽了聽鼓打三更交半夜，
月照紗窗，
影兒西斜，
恨不能雙手托住天邊月。
怨老天，
為何閏月不閏夜？（鄭振鐸 1961：1039-1040）

這樣通俗的俚曲很白話，但是不現代，因爲還沒有西方的影響，也沒有受西學影響後的另一種「艱澀」。這些俚曲即使在明、清兩代，尚只能停留在文學的邊緣地帶。清代搜集俚曲、民歌的風氣，比明代更盛行，所知的已有六千多種（註1）。不過俚曲自俚曲，仍然撼不動文人的格律詩。只有少數的文人，像龔自珍者曾說過「文章天然好，萬事之波瀾；不見六經語，三代俗語多」的話。

二、西潮東漸與西詩中譯

要撼動這個古老的傳統，眞非要更大的力量不可。這股摧枯拉朽的狂飆，正是繼續東進的西潮。西潮東漸，西方的詩也會通過翻譯傳入中土。如果不算乾隆年間（1740年前後）對西方聖經故事的改寫，最早的小說翻譯不過是1872年文學雜誌《瀛寰瑣紀》中刊載的《昕夕閒談》，西詩的中譯據說可能比小說還要早。錢鍾書曾經考證，美國詩人朗費羅（Henry Wadsworth Longfellow,1807-82）的〈人生頌〉（*A Psalm of Life*）在1864年前後已經被通漢文的英國使臣威妥瑪（Thomas Francis Wade,1818-95）譯成中文，然後又經中國官員董恂潤飾成合律的古詩（錢鍾書 1990：143-177）。接著最早爲清廷派遣遊歐美的同文館畢業生張德彝，於1868年撰寫《歐美環遊記》，其中就有翻譯西方詩人的作品，譯文仍採用舊體詩的形式，可惜這本書當日只以手抄本流傳（沈用大 2006：7）。早期的譯詩既然採用舊體詩的形式，對當日詩的形式變革影響自然有限；而且詩不像小說，有巨大的商業市場，譯詩的人實在寥寥無幾，翻譯成的詩集更難得一見。倒是西遊過的詩人，會帶回來一些西方詩的影響，比起小說來可要遲緩得多了，因此直到甲午戰爭以後，才有「詩界革命」之說。

註1：見劉復、李家瑞編《中國俗曲總目稿》。

三、詩界革命與《詩界潮音集》

最早的「詩界革命」，並非從文言詩一變而爲白話詩的革命，而是清末梁啓超等人所提倡的「新詩」運動。那時候的「新詩」指的什麼呢？梁啓超在《飲冰室詩話》中說：

> 當時所謂「新詩」者，頗喜摭扯新名詞以自表異。丙申、丁酉間（1896-97）吾黨數子皆好作此體。提倡之者為夏穗卿（曾佑），而復生（譚嗣同）亦綦嗜之。（梁啓超 1983）

那時所謂的「新詩」，不過是舊體詩中夾雜一些新名詞罷了。梁啓超曾舉譚嗣同的〈金陵聽說法〉爲例：

> 而為上首普觀察，承佛威神說偈言。一任法田賣人子，獨從性海救靈魂。
> 綱倫慘以喀私德，法會盛於巴力門。大地山河今領取，庵摩羅果掌中論。
> （梁啓超 1983）

喀私德是caste音譯，指印度的社會等級制度，造成人間不平等的慘劇，故云「慘以」；巴力門則爲parliament的音譯，指英國的議院，人才濟濟，故云「盛於」。如果不懂英語的人，自是難解其意了。錢鍾書指出，更早在咸豐年間已有外語入詩之例，如高錫恩《友白齋集》卷八〈夷閨詞〉第三首中云：「寄語儂家赫士勃（自註：夷婦稱夫曰赫士勃——husband），明朝新馬試騎來。」（錢鍾書 1990：174）這樣的寫法，恐怕不易使一般人瞭解。但是在舊詩中嵌入新詞，卻也可以表現出相當受到西文影響的時代精神。

在這種求新求變的潮流中，成就最顯著的則首推清末的黃遵憲。

黃遵憲（1848-1905），字公度，廣東省嘉應人。同治十二年（1873）舉人，被保薦爲外交官，任參贊公使，曾出使日本、美、英、南洋等地。回國以後，

官至湖南按察使。居日本的時候，著有《日本國志》四十卷及《日本雜事詩》，頗受德宗的賞識。因為他也贊成變法，戊戌政變後大捕黨人，誤傳黃遵憲藏匿康、梁等人，幾乎受到連累。此後即引退鄉里，去享受田園之樂。國是蝸蜣，悲憤有加，自感無能為力，只有以詩文自娛了。黃氏因出使海外多年，行過萬里路，眼界比一般人開闊，識見自然較深，詩文雖

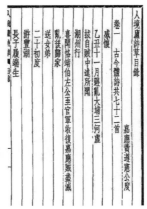

上：黃遵憲（1848-1905）
左：《人境廬詩草》

仍然是舊體，卻自有一番新意，遂成為後來新詩變革的先驅。著有《人境廬詩草》十一卷。

黃遵憲繼承陸放翁的傳統，以其憂國憂民之情，發為弔民悲世之作，今舉「馬關條約」割讓台灣時他的悲歌為例：

　　城頭逢逢擂大鼓，蒼天蒼天淚如雨，倭人竟割台灣去！

　　當初版圖入天府，天威遠及日出處。我高我曾我祖父，艾殺蓬蒿來此土。糖霜茗雪千億樹，歲課金錢無萬數。天胡棄我天何怒，取我脂膏供仇膚。……

　　噫戲吁！悲乎哉！汝全台！昨何忠勇今何怯？萬事反翻隨轉睫，平時戰守無預備，曰「忠」曰「義」何所恃！（黃遵憲1961）

在《人境廬詩草》中這樣的詩佔的篇幅很多。

對於詩的革新，他雖然未提革命的口號，卻早在行動上表現出來，他二十多歲時就自覺不能擬古，不拾古人牙慧。他在〈雜感〉詩中寫道：

　　大塊鑿混沌，渾渾旋大圜。隸首不能算，知有幾萬年？羲軒造書契，今始歲五千。

以我觀後人，若居三代先。俗儒好尊古，日日故紙研；六經字所書，不敢入詩篇。

古人棄糟粕，見之口流涎；沿習甘剽盜，妄造叢罪怨。黃土同摶人，今古何愚賢？

即今忽已古，斷自何代前？明窗敞流離，高爐爇香煙；左陳端溪硯，右列薛濤箋。

我手寫我口，古豈能拘牽？即今流俗語，我若登簡編；五千年後人，驚為古斕斑。（黃遵憲 1961）

他所提出來的「我手寫我口」，成為後來胡適提倡白話詩的有力依據。其實那時候雖然沒有打破舊詩的體制，他所寫的山歌已是白話了。試看以下兩首：

買梨莫買蜂咬梨，心中有病沒人知。因為分梨更親切，誰知親切轉傷離？

催人出門雞亂啼，送人離別水東西。挽水西流想無法，從今不養五更雞。（黃遵憲 1961）

這樣的山歌繼承的正是元朝散曲和明清俚曲的傳統，除了句子工整及保留韻腳以外，確是白話了。

從1902到1905三年間，梁啟超在日本辦《新民叢報》，報上的詩歌一欄，統名「詩界潮音集」，除了選刊譚嗣同、劉光第、楊銳等戊戌罹難六君子的遺作外，也偶有黃遵憲、康有為、夏曾佑、蔣觀雲等的作品，但作品最多的是梁啟超自己，從1903年起他的《飲冰室詩話》就出現了。例如他在〈二十世紀太平洋歌〉中有這樣的句子：

亞洲大陸有一士，自名任公其姓梁。盡瘁國事不得志，斷髮胡服走扶桑。扶桑之居讀書尚友既一載，耳目神氣頗發皇。少年懸弧四方志，未敢久戀蓬萊鄉。誓將適彼世界共和政體之祖國，問政求學觀其光。乃於西曆

一千八百九十九年臘月晦日之夜半，扁舟橫渡太平洋。（註2）

除了走向散文化之外，他的詩特色不大，對世人的影響遠不如他的散文。另外值得一提的是蔣觀雲的詩，他的詩固然也用新名詞，但也別具一番新精神，例如〈盧梭〉一詩：

世人皆欲殺，法國一盧梭；民約倡新意，君威掃舊驕。

力爭平等路，血灌自由苗；文字收功日，全球革命潮！（註3）

在當日的所謂「新詩」中，也反映了那時的一些社會現象，例如剪髮辮，據說首先實行的是留日的中國學生，可以劍嘯生的〈去髮感言〉為代表：

此髮非種種，壯志豈無為？此髮或星星，千鈞亦繫之。胡為乎草薙禽獼頃刻盡，把鏡自鑑笑我癡！曾須持髮圈定三百九萬方里之界線，更作四萬萬國民之朱絲。酒酣冷眼看世界，黃種岌岌吁可危。我欲登高呼醒病夫之睡夢，此髮可斷志不移！（註4）

四、庚子之變的憂憤詩與南社的成立

1900年八國聯軍陷北京，世稱「庚子之變」，不但為國人的奇恥大辱，也令國人傷痛逾恆，激發了不少詩歌。例如狄葆賢的〈燕京庚子俚詞〉中所云：「徹耳軍歌聲不斷，兵車夜半出牆來；處處壺漿低首拜，原來十國盡王師；排外尚非歷史恥，勞師毋乃國民羞；太平歌舞尋常事，幾處風颺幾色旗。」默士

註2：見《飲冰室文集》第16冊，卷45（下），頁17。
註3：盧梭為瑞士人，因用法語而常為人誤為法國人。見楊世驥〈詩界潮音集〉引，收在牛仰山編，《1919-1949：中國近代文學論文集‧概論‧詩文卷》，1988年中國社會科學出版社，頁221。
註4：同註3，頁226。

的〈綠裳招飲席上共談北事〉中云：「豺狼自古橫當道，麋鹿如今又上台；艷說神師驚地遁，不逢壯士挽天河；將軍跋扈皆梁冀，相國逃名愧范蠡。」

鄺齋的〈庚子秋興八首〉中云：「海內紛紛傳羽檄，城頭歷歷做胡笳；相公議款真能首，諸將蒙恩亦厚羞。」鄒崖遁者的〈庚子圍城雜感〉中言：「兩戒河山仍黑劫，一朝忠義屬黃巾。」

1909年成立的南社是一個以詩文為名的革命團體，由陳去病（1874-1933）、高旭（1877-1925）、柳亞子（1887-1958）等發起，據說在首次雅集時的十七人中有十四人是同盟會的會員。南社成員所寫的詩，也屬於舊瓶裝新酒的一類，例如柳亞子曾有詩云：「慷慨蘇菲亞，艱難布魯東；佳人真絕世，余子易英雄。憂患平生事，文章感慨中；相逢拚一醉，莫放酒杯空！」可與嵌入外語的譚嗣同的〈金陵聽說法〉媲美。此外，南社的作家提倡革命詩，如寧調元詩中所謂：「詩壇請自今日始，大建革命軍之旗。」對於文，他們反對桐城派；對於詩，則反對宋詩運動，特別是「同光體」，因為後者刻意模擬宋詩技巧，尚晦澀，反淺俗，專用拗句僻典。南社的詩人們主張「振唐音以斥傖楚」，推崇布衣之詩。例如馬君武的〈寄南社同仁〉中說：「唐宋元明都不管，自承模範鑄詩才。須從舊錦翻新樣，勿以今魂托古胎。」（註5）

南社詩人以蘇曼殊（1884-1918，生平見第五章）最著名，曼殊雖出家，心仍在人世，所留愛情詩不少，但也有書寫家國之痛者，今引其〈以詩並畫留別湯國頓〉一詩：「蹈海魯連不帝秦，茫茫煙水著浮身。國民孤憤英雄淚，灑上鮫綃贈故人。」（註6）郁達夫說蘇曼殊的詩既清新，而又有近代味。當然蘇曼殊的詩雖有近代味，形式上還是古體，無從引出白話詩來，只能算是古體詩的一種尾聲。倒是南社的發起人之一高旭像梁啟超一樣，努力突破舊詩的格律。請看他的〈路亡國亡歌〉：

註5：見劉納〈開始於1902、1903年間的文學變動〉所引，載《中國近代文學的特點、性質與分期》，1986年廣州中山大學出版社，頁170。

註6：參閱丁丁〈詩僧曼殊〉，原載1942年《作家》第2卷第4期，收在《1919-1949：中國近代文學論文集‧概論‧詩文卷》頁409-429及時萌〈蘇曼殊詩漫評〉，收在《中國近代文學論稿》，1986年上海古籍出版社，頁392-400。

諸公知否歐風美雨橫渡太平洋，帝國侵略主義其勢日擴張？我察環球列國盡屬盜跖夜叉相，我愈怕他、讓他，他愈不怕愈不讓。（郭延禮 1986：268）

五、舊詩的餘響與新舊並存

五四以後，在白話新詩的浪潮中，仍有舊體詩的流傳。特別是身居高位的人如毛澤東、朱德、董必武等人雖與胡適、徐志摩等同代，卻固執地以舊體詩詞抒發情懷，這又是一心求新求變的革命家的一種無法掩飾的矛盾心態。新文學作家、學院文人不棄舊體的更所在多有，例如寫現代浪漫小說的郁達夫寫起詩來卻是舊體，魯迅、朱自清等也常有舊體詩作，今日教授詩詞的葉嘉瑩也以舊體詩名家。再說，每遇國家大事，詩歌常是最直接發洩的文字媒體，清末的革命如此，抗日戰爭如此，直到1976年的「四五」群眾運動，北京天安門仍有大量的詩歌出現。雖然那時白話新詩已流行了五十多年，用舊體詩表達的仍然不少，可見一種文體的變革並非一朝一夕之事，新舊並存本是文化演進的常例。

民間的歌謠一直是文人詩借鑑的源泉。1949年後大陸學者蒐集不少清末民初的民間歌謠，但大多數政治目的太過明顯，很難說沒有改動，維持原貌相當困難。例如關於林則徐禁鴉片的有這樣的歌謠：「林則徐，禁鴉片，焚煙土，在海邊，開大砲，打洋船，嚇得鬼子一溜煙。」又如有關太平軍的情歌：「豌豆花開花蕾紅，太平軍哥哥一去影無蹤。我黃昏守到日頭上，我三春守到臘月中，只見雁兒往南飛，不見哥哥回家中。」（游國恩等 1979：398-399）即使今日的大陸學者也承認在政治掛帥的時期，沒人可以保持學術的客觀與獨立。在蒐集民間歌謠的過程中，對太平天國、義和團這種當日認為是農民起義的歷史事件，只能蒐集正面的資料，負面的資料就付之闕如了。不過在此，我們注意的是這些民間歌謠的語言運用，也許對五四以後向西方取經的現代詩人沒有多大影響，但對抗戰期間及延安時期倡導「大眾文藝」及繼承民歌傳統的運動，會發生一定的作用。

其實在詩歌變革上眞正發生作用的還是那類破格的「新詩」。雖然梁啓超後來對他們所提倡的「詩界革命」信心動搖，認爲詩與文不同，詩不能放棄格律及韻腳，以致1912年回國以後，絕口不談所謂的「新詩」。可是我們知道，民歌俚曲、黃遵憲的白話詩歌、梁啓超等所提倡的「詩界革命」以及他們所作的破格「新詩」，都爲胡適的《嘗試集》和五四以降的白話新詩壯了膽量，只等留外的學生，見識到西方自由體的詩以後，現代的白話新詩就自然出現了。

引用資料

丁　丁，1942：〈詩僧曼殊〉，原刊《作家》第2卷第4期，轉載於牛仰山編，《1919-1949：中國近代文學
　　論文集‧概論‧詩文卷》，頁409-429。

牛仰山編，1988：《1919-1949：中國近代文學論文集‧概論‧詩文卷》，北京中國社會科學出版社。

沈用大，2006：《中國新詩史（1918-1949）》，福州福建人民出版社。

時　萌，1986：〈蘇曼殊詩漫評〉，《中國近代文學論稿》，上海古籍出版社。

梁啟超，1983：《飲冰室詩話》，《飲冰室文集》第16冊，台灣中華書局。

郭廷禮，1986：〈中國近代文學的特點初探〉，《中國近代文學的特點、性質與分期》，廣州中山大學出版
　　社。

黃遵憲，1961：《人境廬詩草》，台北世界書局。

游國恩、王起、蕭滌非、季鎮淮、費振剛主編，1979：《中國文學史》四，北京人民文學出版社。

楊世驥，1946：〈詩界潮音集〉，《文苑談往》第一集，上海中華書局，轉載於牛仰山編，《1919-1949，
　　中國近代文學論文集‧概論‧詩文卷》，頁219-227。

鄭振鐸，1961：〈明代的時曲〉，《中國文學研究》下冊，香港古文書局。

劉大杰，1956：《中國文學發展史》下卷，台北中華書局。

劉　納，1986：〈開始於1902、1903年間的文學變動〉，《中國近代文學的特點、性質與分期》，廣州中
　　山大學出版社。

錢鍾書，1990：〈漢譯第一首英語詩「人生頌」及有關二三事〉，《七綴集》，台北書林出版公司。

第七章　新劇的肇始與文明戲的興衰

一、新劇的肇始

　　新劇，乃相對於傳統的戲曲而言，指的是在二十世紀初期由西方引進的一個新劇種。自有「新劇」之名後，又稱傳統戲曲為「舊劇」，正如稱白話詩為「新詩」後，稱傳統詩為「舊詩」一樣。因為這種新戲劇不用歌舞管弦，而以對話為主，故後來又稱作「話劇」。劍嘯在〈中國的話劇〉一文中說：

> 　　一般人通稱「話劇」曰「新劇」，所謂「新」，是和「舊劇」的「舊」字相
> 對而言。舊劇是否完全是中國的出產，從根源上說起來，尚有許多可討論研究
> 的問題，但它已然在中國生了幾百年，變衍了若干次。如今稱之謂中國的戲
> 劇，總不算牽強了。至於新劇則不然，它是由異國輸入的，而且來此土不久，
> 既不曾蛻化過，又未甚滋長過，直到今日，它的根基可以說還未能生得堅固。
> （劍嘯 1988：250）

中國過去是否也有過以對話爲主的戲劇呢？高彥休《唐闕史》曾記載滑稽諧戲〈三教論衡〉只有演員的說白，說明這種純以對話爲主的演出古已有之（註1）。我們知道唐朝的「參軍戲」是由二人一問一答的方式演出，類似今日的「相聲」。據周貽白《中國戲劇史講座》引唐朝薛能詩：「此日楊花初似雪，女兒弦管弄參軍」（周貽白 1981：23），則「參軍戲」中也並非沒有音樂，同時可有女性演出。但是，以今日的眼光觀之，參軍戲並不具有戲劇應具備的情節和具有性格的人物，尙難以稱之謂「戲劇」。中國從具有完整戲劇形式的元雜劇開始，就以歌舞爲主，對白爲副，所以從西方傳入的這種純以對話爲主，並無歌舞管弦陪襯的戲劇，確是一個新劇種，稱之爲「新劇」，倒也名副其實。

　　十九世紀後期，向西方開放的通商口岸諸如上海、廣州等地，逐漸移入一批前來經商、傳教的西方僑民，在中國人自己嘗試新劇以前，他們就曾爲了自娛組織過劇團，演出西方的戲劇。譬如在十九世紀中期西方上海英租界的僑民曾組織過業餘劇團，在一處庫房改成的劇院中演出了多齣西方劇作。據可考的演出過的劇目有：《勢均力敵》（*Diamond Cut Diamond*）、《梁上君子》（*Roofs-Clamber*）、《愛情、法律和瀉藥》（*Love, Law and Physic*）、《合法繼承》（*Her at Law*）、《樓梯下的高等生活》（*High Life Stairs*）、《筋疲力盡》（*Used Up*）等（張仲禮 1990：1088）。後來組成的又有「浪子劇社」和「好漢劇社」，這兩個業餘團體於1866年合併爲「上海業餘戲劇俱樂部」（Amateur Dramatic Club of Shanghai，簡稱A.D.C.劇團），並於1874年集資興建了「蘭心劇院」以爲演出場所，每年都會演出數次西方的名劇，包括來上海訪問的西方職業劇團在內。雖然觀眾幾乎都是西方的僑民，但也有少數的中國人前來觀賞，例如後來從事新劇運動的徐半梅和鄭正秋，就因此接觸到西方的戲劇（葛一虹1990：617）。

　　受了西方思潮的影響後，一般知識份子對戲劇的觀念也大爲改變，譬如陳獨

註1：見劍嘯所引《唐闕史》云：「咸通中優人李可及者，滑稽諧戲，獨出流輩，雖不能批諷匡正，然智巧敏捷，亦不可多得。」其所演出，皆以口白，而無歌舞。

秀在二十世紀初就說過：「戲園者，實普天下人之大學堂也；優伶者，實普天下人之大學教師也。」（陳獨秀 1905）相對於傳統對戲園視為玩樂的場所，對優伶視為下等人，這種論調毋寧是革命性的。這已經不是個別的意見，不論是留學生，還是上海一類大城市的教會學堂的學生，一般接受過西方教育的知識份子都多少改變了對戲劇的態度，所以才會有學生演劇的出現。

二十世紀前後，上海的教會學校，如聖約翰書院等，在慶祝宗教節日時，常有戲劇節目演出。據說1899年聖誕節，聖約翰書院的學生除了英語劇以外，還演出了一齣中文的時裝劇，劇名據當日目擊者的汪仲賢回憶好像是《官場醜史》，內容乃根據三齣舊劇拼湊而成。（汪優游 1934）不過這次的演出，雖用了時裝，形式上還是舊劇的模式。

另有資料顯示，1900年庚子，上海徐家匯的南洋公學於年終考試後，一些戲迷學生在校中演出《戊戌政變記》。此劇並無腳本根據，蓋用舊劇中慣用的「幕表」方式演出。（鴻年 1922）1901年育才學堂的學生演出《八國聯軍進北京》、《江西教案》、1903年南洋公學演出《張汶祥刺馬》、《英兵擄去葉名琛》等。（黃愛華 2001：44）1905年，汪仲賢在上海組織「文友會」，曾演出《捉拿安德海》等戲。據汪仲賢的回憶，用了一班鑼鼓，仍是參照舊劇的演法；而且劇本沒有編好，有的戲弄得下不了台，只好不了了之。（汪優游 1934）值得注意的是，他們演的是當日的時事，而且藉機諷刺了滿清政府和慈禧太后，沾染了政治的色彩。在演出的形式上，恐怕受了些當時改良京劇的影響。

以上的學生演劇，其初衷除了對戲劇的愛好之外，也有一番批評時政、改革社會的用意。中國當時既處在風雨飄搖、任人宰割的國難當頭，有志向的知識份子和年輕人，無不以救國為己任，不管做什麼都是為了救國，演戲也不例外，這就是為什麼「新劇」一開始就具有改革社會的企圖心。然而在演出的形式上，這種萌芽期的戲劇，雖然受到西方戲劇的啟發，尚未具有西方戲劇的形式，陳白塵、董健主編的《中國現代戲劇史稿》中就說：

從藝術形式上看，學生演劇處在一種混雜和過渡的狀態，它一方面受到教會學校演出歐洲戲劇的啟發，趨向以散文化語言和非程序化動作為主要表現手段；另一方面在戲劇結構與演出方式上，又明顯地模仿了當時盛行的「改良京劇」。一位參加過當時學生演劇的人回憶道：「這可以說與京班戲院中所演的新戲沒有什麼兩樣，所差的，沒有鑼鼓，不用歌唱罷了。但也說不定內中有幾個會唱幾句皮黃的學生，在劇中加唱幾句搖板，弄得非驢非馬，也是常有的。」（陳白塵、董健 1989：38-39）

陳白塵、董健主編《中國現代戲劇史稿》（1990中國戲劇出版社）

文中所引乃文明戲演員及新劇活動家徐半梅在他的《話劇創始期回憶錄》中的話，說明當日學生所演的新劇尚未脫舊劇的模式。所以真正具有「新劇」形式的演出，仍不得不以我國留日學生於1906年末組織「春柳社」，1907年2月11日於東京新建的中華基督教青年會館演出法國作家小仲馬（Alexandre Dumas fils, 1824-95）的名劇《茶花女》（*La Dame aux camélias,* 1852）第三幕為新劇之始（註2）。

發起組織「春柳社」的李息霜（1880-1942），本名文濤，又名廣侯，字叔同，也用過李岸、李哀之名，息霜是藝名，祖籍浙江省平湖，出生在天津，1900年遷居上海。1905年赴日，專攻西畫、音樂。1906年9月考入東京美術學校西洋畫選科，專攻油畫。是年與同學曾孝谷等創辦「春柳社文藝研究會」。

註2：關於春柳社首次在日本東京演出《茶花女》的時間，事關重大，向有不同的說法。學者根據歐陽予倩的回憶文章例如〈回憶春柳〉、〈自我演戲以來〉等所言，認為在1907年初，但也有日本學者參考現存日本早稻田大學演劇博物館保存之春柳社演出《茶花女》節目單，說是在1906年末。張庚《中國話劇運動史初稿》第一章也說：「春柳社的處女演出是在1906年的12月……劇目是《茶花女》。」（張庚 1954）今據黃愛華著《中國早期話劇與日本》一書所發現之1907年3月20日上海《時報》所載〈記東京留學界演劇助賑事〉一文，明言在陽曆1907年2月11日。

1911年畢業後返國，執教於浙江兩級師範學校。1918年剃度出家，法號弘一。李息霜自幼愛好藝術、戲劇，東渡日本之前，就曾在上海爲滬學會編演過《文野婚姻》新戲（黃愛華2001：14），不過那時恐仍難脫舊戲的窠臼。

左：1907年2月11日，飾演茶花女的李息霜著戲裝與唐肯合照。

右：李息霜（1880-1942）

中國留日的學生看過日本的「新派劇」後，自然受到感染，他們著手演戲的時候，比較不會像國內的學生擺脫不掉傳統舊劇的影響，可以逕行參照日本「新派劇」的方式演出，也就是說非常接近西方的現代舞台劇了。演出的原因是爲了徐淮水災籌賑而舉行的遊藝會。會上還有別的節目，因此只演出了《茶花女》的第三幕「匏止坪訣別之場」而已。從「匏止坪」此一名稱帶有十分的日本味看來，可能是從日本新派劇搬演的《椿姬》（即《茶花女》的日文版）擷取而來（黃愛華 2001：124）。演出的地點，據歐陽予倩的回憶是東京駿河台中國青年會。參加演出的有李息霜（飾茶花女）、曾孝谷（飾亞猛的父親）、唐肯（飾亞猛）、孫宗文（飾配唐）。（歐陽予倩 1958a）

這次演出不但在中國留學生中引起了轟動，同時也獲得日本劇人的青睞。很

上：歐陽予倩與梅蘭芳合影

右：《歐陽予倩文集》

多喜愛戲劇的中國留日同學，像歐陽予倩、吳我尊、謝抗白、李濤痕等都於這次演出後主動地參加了「春柳社」。

歐陽予倩（1889-1962），原名立袁，號南傑，藝名蓮笙、蘭客、桃花不疑庵主等，湖南省瀏陽縣人。1902年冬赴日入成城中學，1905年畢業。因日本政府承清政府之意取締中國留學生，憤而歸國。1907年初再度赴日，入明治大學商科。適巧觀賞到「春柳社」演出的《茶花女》，大為羨慕，遂參加「春柳社」演出新劇。歸國後又攻京劇旦角，並曾編導新舊劇多齣，對發揚舊劇與創建新劇貢獻卓著。

春柳社在成功地演出《茶花女》第三幕之後，他們決定擴大公演，選定了林紓和魏易翻譯的美國作家斯托夫人（Mrs. Harriet Elizabeth Beecher Stowe, 1811-96）的《湯姆叔叔的小屋》（*Uncle Tom's Cabin*, 1852），由曾孝谷與李息霜改編為五幕劇《黑奴籲天錄》。參加演出的主要演員有曾孝谷、莊雲石、李息霜、黃喃喃、歐陽予倩、李濤痕、謝抗白等。演出的時間是1907年6月1、2兩日，演出的地點是日本東京本鄉座。這次演出更為轟動，日本的報章、雜誌也有報導和評論的文章。據歐陽予倩的回憶，任天知曾請求把《黑奴籲天錄》搬回國內上演，但沒有得到李息霜和曾孝谷的同意。

由於清廷駐日使館反對留學生演劇，加以有的同學回國，有的去忙學業，「春柳社」難以再做同樣規模的演出。到了1908年4月，李息霜、曾孝谷、李濤痕、歐陽予倩等在常磐館又演出三幕劇《生相憐》。

這時另一位新劇初期的重要演員陸鏡若也參加了「春柳社」。陸因為是常州人，不諳普通話，所以並未立刻登台，一直到他下了苦工學會了普通話之後才開始演戲。

「春柳社」的社員於1908年冬在錦輝館又演出了三齣獨幕劇，其中一齣名《鳴不平》。因為李息霜沒有參加，主要演員為陸鏡若與歐陽予倩，遂用「申酉會」的名義演

陸鏡若主演的《金色夜叉》劇照

出（註3）。到了翌年初夏，他們又以「申酉會」的名義演出了《熱淚》一劇。

《熱淚》爲法國劇作家薩都（Victorien Sardou, 1831-1908）的作品，原名《杜斯克》（*La Tosca*,1887），日本新派劇作家田口菊町譯成日文新派劇時名爲《熱血》。陸鏡若從日文轉譯成中文，根據謝抗白的提議改名爲《熱淚》，且把五幕改作四幕，以後在中國演出重新改回《熱血》之名。（歐陽予倩 1990：157）原著本是一齣浪漫的悲劇，在當日的中國留學生演來，卻成爲一齣宣傳革命的戲。參加演出的四個主要演員是歐陽予倩、陸鏡若、吳我尊和謝抗白。這是中國留學生在日本最後的一次大型演出。在演出的形式上，比起《黑奴籲天錄》來，是有進步的。歐陽予倩在〈回憶春柳〉一文中稱之爲《熱血》，他說：

> 《熱血》的演出比《黑奴籲天錄》的演出在某些方面是有進步的。這個戲的演出形式，作爲一個話劇，比《黑奴籲天錄》更整齊更純粹一些——完全依照劇本，每一幕的銜接很緊；故事的排列、情節的發展、人物的安排比較集中；動作是貫穿的，沒有多餘的不合理的穿插，沒有臨時強加的人物，沒有故意迎合觀眾的噱頭，在表演方面也沒有過分的誇張。（歐陽予倩 1958a）

如果我們說《茶花女》是純粹以西方現代舞台劇的形式演出的第一齣現代的新劇，那麼《黑奴籲天錄》則應該是第一個改編的西方劇本。如說在《黑奴籲天錄》一劇中幕與幕的銜接還不太緊湊，動作不夠連貫，尚有不必要的穿插和臨時增減的人物，到了《熱淚》這些弊病都改正了。依現有的資料看來，「春柳社」的社員在日本東京演出的《熱淚》應該算是一齣相當合格的西方式的現代劇，但受了日本新派劇的影響也是難免的。那時候的演出，所用的舞台語言是普通話，也就是後來所稱的國語，奠定了後來話劇以標準的北京語作爲舞台語言的傳統。

由於早期參與新劇活動的人物諸如春柳社的李息霜、曾孝谷、黃喃喃、吳我

註3：據歐陽予倩言，「申酉會」之名是採戊申（1908）己酉（1909）之交的意思（見歐陽予倩〈回憶春柳〉）。

尊、歐陽予倩、謝抗白、李濤痕、陸鏡若、馬絳士以及後來文明戲劇團的各領導人王鐘聲、任天知、劉藝舟、徐半梅、朱雙雲、蘇寄生、史海嘯等無不是留日的學生，使早期的新劇一定會受到日本革新歌舞伎的「新派劇」和移植西方戲劇的日本「新劇」的影響，那時期對西方戲劇的認識可說是通過日本的轉折而來。

二、文明戲的興起與發展

我們首先需要釐清的問題是：爲什麼初期在上海的新劇稱作「文明戲」或「文明新戲」？「文明戲」是否與「話劇」爲同一種類型的新劇？

歐陽予倩在〈談文明戲〉一文中說：

> 文明新戲原來非但不是個壞名稱，而且是一個好的名稱，初期話劇所有的劇團都只說演的是「新劇」，沒有誰說文明新戲。新戲就是新型的戲，有別於舊戲而言，文明兩個字是進步或者先進的意思。文明新戲正當的解釋是進步的新的戲劇，最初也不過廣告上這樣登一登，以後就在社會上成了個流行的名詞，並簡稱爲文明戲。（歐陽予倩 1958b：311）

在當時，凡是冠上「文明」兩字的，都是指由西洋輸入的東西，也就是歐陽予倩所說的「進步」的意思。上官蓉在〈文明戲與話劇〉中也談到這個問題。他說：

> 文明兩字在中國本來是非常時髦的東西，凡是含有維新意義的都可以冠以文明兩字。這說法可以隨便舉幾個例：中國舊式結婚節目繁多，陳腐落伍，於是發現了新式結婚簡潔了當，非常新鮮。雖然是同一結婚，而新式結婚便被稱爲文明結婚。中國手杖奇形怪狀，殊不美觀，外國運來了「斯的克」，雖然同一手杖，可是後者要稱爲文明棍。講到文明戲名字的來源正和文明結婚、文明棍

相同。中國大鑼大鼓的京戲看膩了，外面來了專門說話的戲，不必像京戲咬文嚼字，簡單明白，非常受人歡迎。明明是話劇，可是有人要叫它文明戲。（上官蓉 1941）

由以上的引文可以總結出兩個要點：一、文明戲是從西方傳入的新事物；二、文明戲是後來話劇的早期名稱。但是，到底文明戲是否等同於後來的話劇，我們還要進一步來考察。歐陽予倩在談到文明戲的起源時說：

春柳劇場的戲是先有了比較完整的話劇形式，逐漸同中國的戲劇傳統結合起來的。當時上海的其他劇團，最初對話劇的形式並不熟悉，更不習慣，他們就按照從學校劇以來的經驗，只在舞台前掛上一塊幕就搞起來了。當時他們所能看到的，只是京戲、崑戲；他們所能看到的劇本，大多數只是街上賣的唱本之類的東西；在表演方面，就他們所耳濡目染，不可能不從舊戲舞台上吸取傳統的表演技術，至少是不可能不受影響。所以我就想：文明戲——也就是初期話劇是用了外來的戲劇藝術形式，從自己的土地上長出來的東西。（歐陽予倩 1958b：313）

從歐陽予倩的話看來，除了「春柳劇場」以外，上海的其他劇團對話劇的形式並不熟悉，因此他們沒有辦法擺脫傳統戲劇的影響，所以他們演出的戲劇，除了採用外來的戲劇藝術形式（像用對話代替歌唱及分幕）外，是從自己土地上長出來的東西。那麼，如果說後來的「話劇」完全是西方舞台劇的移植，從自己的土地上長出來的「文明戲」確是與話劇不盡相同。在東京演出《茶花女》、《黑奴籲天錄》、《熱淚》時的「春柳社」可能接受西方舞台劇的影響較大，而且其中還有日本新派劇的影響，但是回到國內組成「新劇同志會」時期的「春柳劇場」也不得不追隨大流，演出跟其他劇團類似的劇目，甚至也演過彈詞小說一類的戲，肯定其中中國傳統戲曲的成分就增加了。所以歐陽予倩在〈回憶春柳〉一文中也曾明言：「春柳的戲是文明戲的一部分，春柳劇場也

就是文明戲劇團中的一個團體，有人把春柳的戲和文明戲分開那是不對的。」（歐陽予倩 1958a：309）因此，我們可以說從1907年王鐘聲在上海成立「春陽社」到1918年五四運動前夕，中國新劇團所演的戲，都可以概稱為文明戲。

文明戲到底是一種什麼樣的形式和內涵呢？如果我們翻揀一下各文明戲劇團所演出的劇目，就可以發現題材相當廣泛，其中有西方的戲劇或小說改編而來的，像《茶花女》、《新茶花》、《黑奴籲天錄》、《迦茵小傳》、《熱血》（即在東京演出時的《熱淚》）、《空谷蘭》、《梅花落》等，有從日本新派劇改編的，像《猛回頭》、《社會鐘》等，有鼓吹革命讚揚共和的，像《愛國血》、《秋瑾》、《徐錫麟》、《黃金赤血》、《新加官》等，有關於家庭問題的，像《家庭恩怨記》、《惡家庭》、《火浣衫》、《劫餘灰》、《婚變》、《家庭慘史》等，也有彈詞小說，像《珍珠塔》、《三笑姻緣》以及「紅樓戲」。這樣的題材，後來的話劇也可以表現，所以題材的廣泛和題材的性質都不足以界定文明戲的特點。文明戲之所以有異於以後的話劇，乃在於其編劇和演出的方式，有完整劇本的文明戲為數甚少，一般都採取「幕表戲」的方式。什麼是幕表戲呢？歐陽予倩在〈談文明戲〉一文中說：

> 幕表戲就是沒有劇本只靠一張幕表演出之謂。編劇的人並不寫出完整的劇本，只根據傳說、筆記或者小說之類，把故事編排一下，把它分成若干場，每一場按照故事的排列分配一些角色，有時寫明上下場的次序，有時不寫，有時註上按照情節非說不可的台詞，有時連這個也沒有。排戲的時候，只要把角色排好，把演員的名字寫在劇中人的下面；大家聚攏來，把戲的情節和上下場的次序說一說，那就編和導的責任都盡了。（歐陽予倩 1958b：349-50）

由此可知文明戲與後來話劇最大的不同是話劇有劇本，而文明戲一般沒有劇本，採取幕表戲的方式演出。其實幕表並非文明戲所特有的，傳統的京戲和地方戲也時常應用。據說早年戲班的本子是保密的，在排演的時候，只發給重要的角色一個「單片」（相關的台詞），演完即收回（歐陽予倩 1958b：349）。

可見「幕表戲」本是中國的傳統，而非來自西方。此外，還有很多方面文明戲接受了傳統戲曲的影響。最顯著的是在對話之外有時使用唱腔，甚至配以鑼鼓。其次，在角色的分類方面，雖不像京戲似的嚴格分成生、旦、淨、末、丑幾大類，但受了京戲角色分類的影響卻是顯然的，譬如朱雙雲就曾把文明戲的角色分成生、旦兩大類，生又分成「激烈派、莊嚴派、寒酸派、瀟灑派、風流派、迂腐派、龍鍾派、滑稽派」；旦則分成「哀艷派、嬌憨派、閨閣派、花騷派、豪爽派、潑辣派」（歐陽予倩 1958b：356）。文明戲有這樣多的傳統素材在內，難怪歐陽予倩認爲它是「從自己的土地上長出來的東西」。

雖說文明戲包含了舊劇的多種因素，它仍然跟京戲和地方戲差別很大。最重要的不同，是以對話爲主，只是偶然穿插唱腔。在形式上採取西方式的分幕，並添加布景、燈光等舊劇所缺少的陪襯。另外一種差別，乃在不再像舊劇似地只搬演歷史事件，反倒特別把當日的社會事件搬上舞台。所以我們認爲文明戲是介於中國傳統戲曲和後來依照西方現代劇規格發展而來的「話劇」之間的一種過渡形式。

文明戲的劇團應以王鐘聲（1880-1911）所組成的「春陽社」爲最早。王鐘聲原名槐清，字熙普，鐘聲爲藝名，浙江省上虞縣人。因父親在河南經商，故長於中州。曾留學日本和德國，1906年返國，在湖南、廣西兩地擔任過短暫教職，其間參加同盟會。他是早期的戲劇活動家，同時也是獻身革命的志士，辛亥革命中曾參與光復上海，並擔任過軍事參謀。正像同代的劇人，也是把戲劇看作是革命宣傳的有效工具。後來終因到天津進行革命活動被捕，被判處死刑。據說臨行刑時仍面不改色對眾大呼：「驅逐韃虜，光復大漢！」（註4）

王鐘聲於1907年夏天爲參加禁煙大會來到上海，因演說精采名噪一時。大概是受到春柳社在東京演出《黑奴籲天錄》的影響，於是在當地仕紳的資助下成立了以訓練戲劇人才爲宗旨的「通鑑學校」，繼而成立「春陽社」，也在上海

註4：事見梅蘭芳：〈戲劇界參加辛亥革命的幾件事〉，原載1961年《戲劇報》第17-18期，後收入《中國近代文學論文集・戲劇、民間文學卷（1949-1979）》，1982年北京中國社會科學出版社，頁112。

王鐘聲（1880-1911）

演出《黑奴籲天錄》（註5），但演出的方式與春柳社的不同，劇本是由許嘯天另編的，按照改良京戲的形式表演，用了鑼鼓和皮黃唱腔。演出的地點在西方人所建的蘭心劇院，分幕，並用布景、燈光和現代的服裝，這些都算是新奇的了。

這次演出有些四不像，既不像傳統的戲曲，又不像後來的話劇。最大的貢獻是把分幕的方式和燈光、布景的作用介紹給了中國的觀眾，使京戲的伶人也群起仿效，像夏月珊、夏月潤兄弟就建築了新式舞台，增加布景、燈光，以革新的方式來演出舊劇

（張庚 1982：247-48）。《黑奴籲天錄》之後，春陽社又演出過兩次，一次在辛家花園演出《張汶祥刺馬》；另一次是1908年元月在味蒓園演出七天，劇目不詳。然而，這個劇團成立不足半年就解散了。（歐陽予倩 1958a：315）

1907年春陽社在上海演出《黑奴籲天錄》時的合影

接著任天知從日本來到上海。任天知也是早期的戲劇活動家，其生卒年不詳，但1906年9月2日曾在北京被清廷警察廳誤爲孫文拘留三天，後查明始釋放。該年9月8日及16至21日天津的《大公報》曾詳載此事，並披露任天知的身世。任天知原名文毅（亦作文印），號陳復，原籍北京漢軍旗人，生於福建。甲午戰時由南京投軍渡海至台南爲劉永福幕友。清廷割讓台灣後，劉永福逃離，任遂流落台南，結識日本高等通譯官瀨戶晉君，得以在台南民政支局當差。後又在警察署及陸軍兵隊任職，留台十數年，入台籍。爲日友花岡推薦至日本京都東亞同文會支部擔任清語文教授，娶日人藤堂

註5：有的資料，如劍嘯的〈中國的話劇〉一文，說「春陽社」是王鐘聲和任天知合組的；另外的資料，如陳白塵、董健主編的《中國現代戲劇史稿》，則認爲王、任的合作在後，因爲「春陽社」演出的《黑奴籲天錄》大不同於「春柳社」，如曾參與「春柳社」演出《黑奴籲天錄》的任天知參加，則不會如此。今從後一說。

美子（一作梅子）為妻，並入贅其家為養子，故又名藤堂調梅。（註6）

　　任天知抵上海後，即與王鐘聲合辦「通鑑學校」。1908年2月，以通鑑學校的名義在上海的春仙茶園演出了從楊紫麟、包天笑所譯英國小說家哈葛德（Henry Rider Haggard, 1856-1925）的小說*Joan Haste*改編的《迦茵小傳》，由任天知與王鐘聲分任男女主角。由於任天知瞭解日本新派劇的演出方法，這次的演出已不再用鑼鼓、皮黃，完全改用對話了。在形式上開了以後文明戲和話劇的先河。早期的文明戲演員徐半梅回憶說：「雖不能講十分完善，總可以說是劃時代的成功。以前種種，都不成話劇，到了這一齣《迦茵小傳》，剛像了話劇的型。」（徐半梅 1951）

　　《迦茵小傳》雖開風氣之先，賣座卻不理想，蓋因新型戲劇乍然出現，尚未獲得觀眾的認同，因此只好離開上海，再到附近的蘇杭一帶嘗試，仍不見起色，於是重返上海演出，也未能改善，遂於4月間解散，前後不過兩個月罷了。

　　1908年5月王鐘聲北上，與當日有言論老生之稱的另一位新劇活動家劉藝舟（1877-1927）合作，在北京、天津一帶演出新劇。演出的劇目有《孽海花》、《官場現形記》、《新茶花》、《熱淚》、《愛國血》、《宦海潮》、《離海石》、《秋瑾》、《徐錫麟》等，是些批評滿清政府、鼓吹革命的作品。1911年王鐘聲終在天津為軍閥殺害。

　　通鑑學校解散後，任天知離開上海，直到1910年11月重返上海，創立了第一個職業新劇團「進化團」，團員是通過報紙廣告招收的。當時上海新劇的活動分子，像汪優游（仲賢）、王幻身、陳鏡花、蕭天呆、錢逢辛、顧無為、陳大悲、李悲世等都參加了。第一次公演，沒敢在上海推出，而在1911年初在南京演出，一連演出了《血蓑衣》、《東亞風雲》、《新茶花》、《安重根》等新戲，竟獲得意外的成功。於是任天知仿照日本的習俗，在廣告上及戲院門口均標幟出「天知派新劇」的字樣。同一年，從南京演到蕪湖，又演到漢口，受到

註6：據朱雙雲《新劇史》（上海新劇小說社1914年版）謂：「天知世滿洲，而籍於台灣者也。」徐半梅的《話劇四十年回憶錄》說他自道為西太后的私生子，蓋為戲語。歐陽予倩在《自我演劇以來》（上海神州國光社1933年版）中稱他為「無籍者」。1906年天津《大公報》的資料承香港讀者林嘉明先生提供，特此致謝。

群眾熱烈的歡迎。究其原因，一是內容淺俗，結合了時事，二是正當辛亥革命的前夕，進化團的戲常常加插鼓吹革命的言論，容易煽動群眾的革命熱情。也因此任天知在蕪湖時幾乎爲當地的警察廳所捕，幸賴他的日本人身分，請求日本領事保護，而清廷又正好懼怕外國人，才得脫此一難。（註7）

辛亥革命成功後，進化團回到上海，演出了《黃金赤血》、《新加官》等戲，因爲反映了革命的經過，並盡力鼓吹新生的共和政體，仍然十分轟動。於是在1912年跟當時演舊劇的新新舞台訂了合約，與舊劇同台演出。可惜常因時間不足，無法演完全劇，所以這種形式的合作也無法維持長久。加以據說任天知在上海成功之後生活日漸腐化，對舞台藝術不像以前一樣熱心，劇團內部逐漸離心離德，也就難逃解散的命運了。

從1910年11月建團，到1912年解散，進化團的存在也不過兩年的時間。時間雖短，影響卻很大，不但在上海創出了結合現實的「天知派」演劇，影響了嗣後文明戲的風格，同時在外地也播下了新劇的種子。例如進化團的團員溫亞魂在鎮江創辦了「醒世新劇團」，受其影響的齊悅義和迪智群也曾在蕪湖成立劇團，並到安徽、江西等地從事戲劇活動。（歐陽予倩 1958a）

在北京，除了王鐘聲於1908年5月北上後與劉藝舟合作在前門外天樂茶園跟京戲同台演出新劇外，1911年多因爲籌軍餉，夏金聲等組織了一個小型新劇社，在湖廣會館演了幾齣義務戲後即解散。1912年元月，周鑄民等在北京組織了「牖民社」，曾演出《豬仔記》、《越南亡國慘》、《新茶花》等戲，參加的社員有馮子昆、史俊民、史醒民、王輔民、王小民、高慶奎、梅癭癭、伍鏡吾、喬銀泉、卓小江等。諸茹香也曾加入，專飾女角。翌年，周鑄民以賄選案被捕，牖民社遂因而解體。從此在北方的新劇運動即不見再有正式的組織，直到五四運動以後才又活動起來。（劍嘯 1988：258-60）

在上海，進化團之後，最重要的新劇團是由日本歸國的陸鏡若召集部分春柳

註7：事見朱雙雲《新劇史》。至於任天知受到日本新派劇的影響，除任本人曾留日外，民國前日本一些新派劇團也曾到中國來演出，還在上海建了一個「東京席」的小劇場，專供日本新派劇演出之用（葛一虹 1990：7）。

社的成員於1912年組成的「新劇同志會」。

　　陸鏡若（1885-1915），曾拜日本新派劇名演員藤澤淺二郎為師，是一個編、導、演的全才。最初參加新劇同志會的還有馬絳士、羅曼士、吳惠仁、蔣鏡澄、姚鏡明、陸露莎等人。後來又有吳我尊、歐陽予倩、胡恨生、董天涯、董天民、鄭鷓鴣、馮叔鸞、管小髭、張冥飛、宋癡萍等陸續加入。

　　新劇同志會演出的戲，據歐陽予倩在〈回憶春柳〉一文中說由尚存的節目單計有八十多齣。其中寫有劇本的只有《家庭恩怨記》、《不如歸》、《猛回頭》、《社會鐘》、《熱血》、《鴛鴦劍》等寥寥幾齣而已，其他都是臨時拼湊的所謂「幕表戲」。其中《猛回頭》一劇是早在1910年陸鏡若暑假從日本返國時改譯的日本新派劇作家佐藤紅綠的《潮》，與王鐘聲合作，在味蓴園演出的。1911年，陸鏡若仍然利用暑假返國的機會又改編了佐藤紅綠的另一部作品《雲之響》，改名《社會鐘》，由黃喃喃主演。（歐陽予倩 1958a）這兩齣戲後來都成為新劇同志會的基本劇目。

　　在新劇同志會所演出的劇目中，最受歡迎的是陸鏡若自編的《家庭恩怨記》，寫的是當日社會的人物和事件，頗具現實感，給以後眾多的家庭悲喜劇樹立了楷模。

　　到了1914年，陸鏡若在上海有力人士張靜江、吳稚暉的幫助下，租下南京路外灘口謀得利戲館，以同志會的名義成立了「春柳劇場」，又有胡依仁、沈映霞、許頻頻等人參加，以後演出即常用春柳劇場的名義。其實新劇同志會到外地演出時也常用其他的名義，譬如到了湖南，與當地的劇團合作，組成「文社」，即用此名義演出。新劇同志會中雖然人才濟濟，但所演的戲後來也不得不硬行拼湊，終於失去觀眾，不堪虧累，直到1915年陸鏡若病死上海，劇團也因山窮水盡而結束。據說陸鏡若死前仍在勉力掙扎，努力翻譯易卜生的劇本以貼補劇團的開支。

三、文明戲的興衰

從1913到1916年是上海新劇最繁榮的時期，甚至時人稱1914年是新劇的「甲寅中興」。據說上海一地先後成立過三十多個劇團，從業演員有一千餘人。其中最重要的當推鄭正秋創辦的「新民社」。（註8）

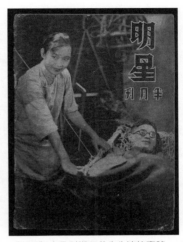

《明星》半月刊鄭正秋先生追悼專號

鄭正秋（1888-1935），原名伯常，廣東省潮陽縣人，是一個鴉片商人之子，自己也吸食鴉片，頗具經營的長才。1913年，夥同張蝕川、經營三、杜俊初三人，與美商合組亞細亞影片公司，曾拍製《難夫難妻》、《老少易妻》、《風流和尚》、《滑稽愛情》等片。後來四人又組成「新民影片公司」，吸收了大批演員，故使1913年上半年上海的新劇呈現沉寂。到了秋天，新民影片公司解體，為了維持演員的生計起見，鄭正秋遂組織了「新民新劇社」，簡稱「新民社」，演出新劇。以家庭戲為主，走通俗路線，十分成功。常演的劇目有《惡家庭》、《火浣衫》、《義丐武七》、《遺囑》、《家庭恩怨記》、《劫餘灰》、《張汶祥刺馬》、《恨海》、《情天恨》、《家庭慘史》等。也有從外國小說來的，像根據包天笑所譯英國流行小說改編的《空谷蘭》、《梅花落》等。後來為了討好觀眾，也把《珍珠塔》、《三笑姻緣》等彈詞小說搬上了舞台。

新民社的成功，使原來與鄭正秋合夥電影公司的張蝕川和經營三眼紅起來，要求加入而未獲鄭正秋同意，遂另組「民鳴社」與新民社打對台。不久竟吞併了新民社，成為上海最大的劇團。

經營三等創辦民鳴社純以賺錢為目的，所演的新劇已不像以前含有鼓吹革命

註8：所謂「中興」，意謂在1914年新劇略呈衰勢，此為朱雙雲的看法，見《中國現代戲劇史稿》頁46。歐陽予倩則不同意，參閱歐陽予倩〈談文明戲〉一文。

或改革社會的企圖，而成爲不折不扣的消遣品。他們一開始即以連台戲《西太后》、《三笑姻緣》等號召觀眾，特別以女性觀眾作爲訴求的對象，一時頗有成績。但是終以連台戲目有限，漸漸由盛而衰，到1916年2月，經營三不得不結束民鳴社，轉投資遊藝場去了。

鄭正秋在民鳴社的時間不長，1915年就退出民鳴社，另組「大中華戲劇社」，1918年又組織過「藥風劇社」。（註9）但都沒有達到過去新民社的成績。

此外尙有幾個新劇社，雖沒有以上的劇社成功，仍値得一提。一是1912年5月成立的「開明社」，創辦人是原在軍中吹喇叭的朱旭東。該社成員皆爲朱的家人、好友，成立後即於該年12月赴四川演出，1913年始返回上海。演出的戲多爲翻譯改編的西方作品，如《復活》、《茶花女》等。另一個是孫玉聲於1913年10月創辦的「啓民社」，社員有周劍雲、鳳昔醉、高梨痕等人。該社演出的戲以家庭戲爲主，重要的有《釵光劍影》、《薄幸郎》、《彩兒》、《惡嫂嫂》、《俠兒女》、《愛之害》、《雙金錠》、《啓民鐘》、《女丈夫》、《花小桃》、《阿珍》、《月簾花影》、《鴛鴦離合記》等。

原來新民社的演員兼後台主任蘇石癡，因和新民社的王無恐、汪優游不合，退出新民社，另組「民興社」，在法租界共舞台演出，以男女合演爲號召，首創男女同台之例。演員有任天知、吳寄塵、王幻身、顧雷音、羅笑倩、趙燕士等；另有女演員沈依影、梁一嘯等人。後來蘇石癡做了法租界巡捕房的包探，不再搞戲劇，民興社也就結束了。

除了上海、北京外，還有春柳社的社員孫宗文（在日本東京演《茶花女》時飾配唐）曾於1911年在河南組織「兩河文明新劇社」，爲官方所禁，民國成立後恢復，曾邀劉藝舟、汪優游參加演出。

另一位春柳社員林天民則在福建組織「文藝劇社」，演了一些反映政治時事的戲，如1912年演出反映辛亥革命的《北伐》，1913年演出反日的《愛

註9：藥風為鄭正秋之別號。

國魂》，1916年演出諷刺袁世凱的《賣國奴之末日》。此外也演出過《茶花女》、《不如歸》、《血淚碑》、《血手印》等。（歐陽予倩 1958b）

也曾有一位春柳社員於1913年在廣東組織新劇團，用粵語演出《茶花女》、《家庭恩怨記》等。以加插國語歌曲影響了以後的粵劇改良。（吳若、賈亦棣 1985：38）

民興社在解散後，據說社員鄭光天又恢復組織，在外地演出。在福州演出時適遇《台灣日日新報》漢文記者李逸濤，雙方簽約邀請該社男女演員三十人來台灣在台北新舞台及萬華、桃園、新竹等地以國語演出新劇。（吳若、賈亦棣 1985：32）

以上是文明戲比較重要的劇團的活動情形。1916年民鳴社解散後，朱雙雲、汪優游、徐半梅等邀集民鳴社的一些重要演員，曾在上海廣西路笑舞台演出《紅樓夢》的戲，頗爲叫座。1919年，鄭正秋加入「和平社新劇部」，也曾在笑舞台演出。1923年洪深返國後的第一部戲也在笑舞台演出。可惜後來笑舞台改建成民房，文明戲在上海遂失去了最後的一個據點。（歐陽予倩 1958b：347-48）

文明戲的全盛時期是辛亥革命以後到所謂的「甲寅中興」（1914）。重要的文明戲劇團諸如新劇同志會（1912）、開明社（1912）、新民社（1913）、民鳴社（1913）、啓民社（1913）、民興社（1914）等，都在那幾年成立。

爲什麼文明戲能夠流行一時，贏得眾多觀眾的喜愛？洪深曾做過一番解釋，他說：

當時的文明戲，何以能如此的受人歡迎，是一個值得研究的問題。我個人以爲一方面固然是戲劇藝術的力量，一方面也因爲是觀眾的遷就與環境的有利。在一個政治和社會大變動之後，人民正是極願聽指導，極願受訓練的時候。他們走入劇場裡，不祇是看戲，並且喜歡多少得一點新的事實，多聽見一點新的議論，而在戲劇者（編劇、演劇、排劇、布景的人），此時也正享受著絕大的自由，一向所不能演出、不敢演出的戲，此時都能演了。那滿清的權威，令人

側目，將及三百年了，一旦推翻，凡是描寫滿清宮闈的戲，都是人們所要看的。那官吏的腐敗，人民無可如何的，也長久了。凡是攻擊官僚的戲，也是人們所要看的。那舊時的道德觀念，人民不像從前這樣尊重或怕懼了。凡是發揮愛情，如取材於《紅樓夢》諸戲，也是人們所要看的。那時才經了一番政治奮鬥，第一次革命，好容易成功，凡是可以激發愛國心，如譯自法國的《熱血》等戲，也是人們所要看的。那時人民興高望奢，正欲與世界大國較長爭強，凡是敘說外國的情形，如《不如歸》、《空谷蘭》等戲，也是人們所要看的。在看戲的人，正熱誠的希望著文明戲成功，即使偶有幼稚粗糙不妥的地方，也都原諒了。（洪深 1988：17-18）

除了洪深所列舉的種種原因，綜合言之，文明戲所以流行一時，受到觀眾的歡迎，不外以下三大原因：一是新奇，因為多少接受了外來的影響，跟原來傳統的舊劇大為不同。二是結合時事，反映當代，這是傳統舊劇所欠缺的，同時為後來的話劇鋪下了道路。三是通俗，不管題材，還是表演的方式都力求符合觀眾的要求。盡量通俗，以致水準每下愈況，最後反成為失敗的原因。

1916年，文明戲就步上了失敗的道路。1915到16兩年，春柳劇場和民鳴社相繼解散，以後已沒有像樣的職業劇團，只有春柳和民鳴的一些團員在笑舞台演出還相當叫座的「紅樓戲」。據歐陽予倩的回憶說，那時候有資本家組成的「銀團」想實行壟斷，於是與笑舞台的演員簽約。因為生活有了保障，戲演得反倒更馬虎，以致無利可營，銀團也就解體了。1923年笑舞台改建做民房，「從此文明戲失掉了最後一個劇場，許多演員們各自分散，只得在各個遊藝場將就演出，勉強維持生活。」（歐陽予倩 1958b：348）

事實上，文明戲到了五四運動前夕的1918年已經是日末途窮欲振無力了。所以失敗的原因，大家都歸咎於「幕表戲」的草率和演員的日漸腐化。洪深就曾感慨地說：

戲與演員，同時退化，同時失敗的。講到戲，那已經試驗過，成立的好的劇

本，先祇是不肯嚴格的讀熟遵守，漸至完全棄置不顧，僅是極簡單的利用一點情節了。戲劇的取材，不但不直接向人生裡尋覓（所謂創作），甚至外國的好劇本小說，亦無能使用，而專取坊間流行的彈詞唱本，如《珍珠塔》、《珍珠衫》、《三笑姻緣》等三四流腐敗的故事了。在表演的時候，因欲博得觀眾的拍掌或發笑，往往任意動作，任意發言，什麼劇情、身分、性格，甚至情理，一切都不管。所演的戲竟至全無意識，不及兒戲了。再講到演員，他們在劇場以外的生活，至少要與他們在台上無聊的行為同受責備。有時下了戲台後的罪惡，恐怕影響更要大些。深夜不睡，wine, woman and song，可以使得人不論做什麼行業都要一敗塗地的。他們放任自己，去幹了許多在他們頭腦清醒不瘋狂的時候所絕不會允許自己去幹的事。他們不但降低破壞了他們的藝術，而且失去了觀眾的恭敬、好感與同情，也破壞了自己了。（洪深 1988：17）

幾乎所有談到後期文明戲的人，無不對文明戲加以貶責，例如劍嘯在〈中國的話劇〉一文中說：

後來演文明戲的人，一天比一天的低格，藝術上既失掉了立場，而品行上也多不珍重，於是文明戲遂成為被人輕視的東西了。（劍嘯 1988：260）

上官蓉在〈文明戲與話劇〉一文中也說：

文明戲近年這個名字常常給戲劇界裡作為攻擊別人的稱呼，被人稱為文明戲的也會痛心疾首，欲哭無淚，好像文明戲真是低劣卑鄙，不值一睹似的。（上官蓉 1988：336）

可見那時候文明戲真是惡名昭彰，成為眾矢之的了。

如果我們將文明戲納入西潮東漸的架構中來看，文明戲的失敗未嘗不是因為既未能真正革新以汲取西方戲劇之長，又未能繼承傳統，保存舊劇的優點。西

方戲劇的優點在於劇作的文學性強，正如亞里士多德在論悲劇中所言，「悲劇之效果不通過演出及演員亦可獲得。」（姚一葦 1986：69）正足以說明劇本在演出之前已經具備了藝術與文學的價值，所以西方的戲劇始終是以作家為主導的。（馬森 1991：74）文明戲不但不曾重視西方戲劇的這一項優點，反而特別輕忽劇本的地位，為了趕時間，多半沒有寫成的劇本，終致使舞台上的演出不知所云。至於中國傳統戲劇對演員的嚴格訓練，文明戲也沒有繼承下來，正如洪深所云：「他們看見在文明戲裡，既不須歌唱，而表演又好像是沒有什麼規則成法，可以從心所欲的，他們都要加入一試了。」（洪深 1988：16）在如此輕忽技藝的情形下，哪裡能夠培養得出出色的演員呢？文明戲既具備了中西兩種戲劇之短，焉有不敗之理？

引用資料

上官蓉，1941：〈文明戲與話劇〉，原刊10月《作家》第1卷第5期，後收入梁淑安編，《中國近代文學論
　　文集・戲劇卷（1919-1949）》，北京中國社會科學出版社，1988，頁336-342。

汪優游（仲賢），1934：〈我的俳優生活〉，原刊 6-10月《社會月報》第1卷第1-5期，後收入梁淑安編，
　　《中國近代文學論文集・戲劇卷（1919-1949）》，北京中國社會科學出版社，1988，頁312-335。

吳　若、賈亦棣，1985：《中國話劇史》，台北文化建設委員會。

周貽白，1981：《中國戲劇史講座》，北京中國戲劇出版社。

洪　深，1988：〈從中國的新戲說到話劇〉，收入梁淑安編，《中國近代文學論文集・戲劇卷（1919-
　　1949）》北京中國社會科學出版社，1988，頁11-26。

姚一葦，1986：《詩學箋註》（第九版），台灣中華書局。

馬　森，1991：〈演員劇場與作家劇場——論二十年代的劇作〉，《當代戲劇》，台北時報文化出版公司，
　　1991，頁73-103。

徐半梅，1951：〈一趕三的任天知〉（《話劇四十年回憶錄》第十七節），原刊上海《新民報》，轉載於
　　1951年6月13日-8月8日武漢《戲劇新報》。

徐半梅，1957：《話劇創始期回憶錄》，北京中國戲劇出版社。

高秉庸，1984：〈南開的新劇〉，《南開話劇運動史料》，南開大學出版社。

梁淑安編，1988：《中國近代文學論文集・戲劇卷（1919-1949）》，北京中國社會科學出版社。

陳白塵、董健，1989：《中國現代戲劇史稿》，北京中國戲劇出版社。

陳獨秀，1905：〈論戲曲〉，《新小說》第2卷第2期。

梅蘭芳，1961：〈戲劇界參加辛亥革命的幾件事〉，原刊1961年《戲劇報》第17-18期，後收入《中國近代
　　文學論文集・戲劇・民間文學卷（1949-1979）》，北京中國社會科學出版社，1982，頁94-127。

黃愛華，2001：《中國早期話劇與日本》，長沙岳麓書社。

張仲禮，1990：《近代上海城市研究》，上海人民出版社。

張　庚，1954：〈中國話劇運動史初稿第一章〉，原刊《戲劇報》創刊號2-4期，後收入《中國近代文學論
　　文集・戲劇・民間文學卷（1949-1979）》，北京中國社會科學出版社，1982，頁240-275。

葛一虹主編，1990：《中國話劇通史》，北京文化藝術出版社。

劍　嘯，1988：〈中國的話劇〉，原刊1933年8月《戲學月刊》第2卷第7、8期合刊「話劇專號」，收入梁
　　淑安編，《中國近代文學論文集・戲劇卷（1919-1949）》，北京中國社會科學出版社，1988，頁
　　250-306。

歐陽予倩，1933：《自我演劇以來》，上海神州國光社。

歐陽予倩，1958a：〈回憶春柳〉，《中國話劇五十年史料集》第一輯，北京中國戲劇出版社。

歐陽予倩，1958b：〈談文明戲〉，《中國話劇五十年史料集》第一輯，北京中國戲劇出版社。

歐陽予倩，1990：《歐陽予倩全集》，上海文藝出版社。

鴻　年，1922：〈二十年來之新劇變遷史〉，原刊 1922年4月-1923年12月《戲劇誌》嘗試號、創始號、第3
　　至第5號，後收入梁淑安編，《中國近代文學論文集・戲劇卷（1919-1949）》，北京中國社會科學出
　　版社，1988，頁228-242。

第八章　第一度西潮的高峰：五四運動與文學革命

一、五四前夕

　　不論是文化的轉變或文學的改革，都是漸進的，五四運動以來的文學革命也是一樣。從鴉片戰爭後中國接受到第一度西潮的衝擊，在社會各方面都鼓盪起一股改革的熱潮，戊戌政變雖然失敗，但辛亥革命終於成功，中國從帝制進入共和，雖然又遭受到軍閥的混戰，但總算朝前邁進了一大步。

　　清末民初的文人已經感受到西方文藝的風潮，所以才有譚嗣同、夏曾佑等提倡的詩界革命和黃遵憲主張「我手寫我口」。梁啓超也是受了西方文學的影響才大力宣傳小說對國計民生的重要性，流風所及使清末民初的白話小說昌盛一時。受西潮及日本新劇影響的文明戲雖然終歸失敗，當其初始也吸引了大批喜愛新奇的觀眾步入戲院，與傳統的舊劇分庭抗禮。知識份子更為積極，陳獨秀於1915年創辦《青年雜誌》，發表〈敬告青年〉一文，提出辦雜誌的六項

宗旨：一、自主的而非奴隸的，二、進步的而非退守的，三、進取的而非退隱的，四、世界的而非鎖國的，五、實利的而非虛文的，六、科學的而非想像的。從中看出其革舊求新的意向甚明。自1916年9月份第二卷起，改名爲《新青年》，態度益發激進，成爲當日反對封建、鼓吹改革的一面醒目的旗幟，因此才遭受守舊派的多方攻訐。陳獨秀在1919年元月《新青年》第六卷第一期發表〈本誌罪案之答辯書〉云：

> 他們所非難本誌的，無非是破壞孔教，破壞禮法，破壞國粹，破壞貞節，破壞舊倫理（忠孝節義），破壞舊藝術（中國戲），破壞舊宗教（鬼神），破壞舊文學，破壞舊政治（特權人治）這幾條罪案。這幾條罪案，本社同人當然自認不諱。但是追本溯源，本社同人本來無罪，只因爲擁護那德莫克拉西（Democracy）和賽因斯（Science）兩位先生，纔犯了這幾條滔天大罪。要擁護那德先生，便不得不反對那孔教、禮法、貞節、舊倫理、舊政治；要擁護那賽先生，便不得不反對那舊藝術、舊宗教；要擁護那德先生，又要擁護賽先生，便不得不反對國粹和舊文學。（陳獨秀1919）

德賽二先生都是來自西方的，成爲五四一代知識份子竭力擁護的對象。今日看來陳獨秀的言論雖然過激，孔學、禮法、倫理，甚至中國的文學、戲劇，也並非都與民主與科學抵觸，只是在那時候爲了矯枉，難免就會過正。在一心西化的急切心情下，對中國固有文化事事都看不入目，恨不得全盤掃除，照西方的模式重新開始。這也就是後來有人提倡全盤西化的一種時代背景。

1917年元月胡適在《新青年》發表〈文學改良芻議〉一文，是直接對改革文學發聲的文章，其中提出八項主張：一、須言之有物；二、不摹仿古人；三、需講求文法；四、不做無病之呻吟；五、務去濫調套語；六、不用典；七、不講對仗；八、不避俗字俗語。這八條主張對後來新文學革命影響至大。爲了呼應胡適的文學改良，陳獨秀緊接著在二月分的《新青年》發表〈文學革命論〉一文，正式提出「文學革命」的口號。他說：

余甘冒全國學究之敵，高張文學革命軍大旗，以為吾友之聲援。旗上大書特書吾革命軍三大主義：曰推倒雕琢的阿諛的貴族文學，建設平易的抒情的國民文學；曰推倒陳腐的鋪張的古典文學，建設新鮮的立誠的寫實文學；曰推倒迂晦的艱深的山林文學，建設明瞭的通俗的社會文學。（陳獨秀1917）

　　態度比之於胡適更為積極，錢玄同、劉半農等人都曾撰文呼應。從1918年起《新青年》全部改用白話文。

　　《新青年》上的文學改良及文學革命雖然看來很熱鬧，但開始的時候舊派文人漠然視之，並不假以顏色，使提倡者難免有孤掌難鳴之感，於是1918年3月在《新青年》四卷三期發表了王敬軒〈致《新青年》編者的一封信〉痛詆文學改革，而同時也發表了劉半農〈覆王敬軒書〉加以駁斥。後來始知這兩封信都出自劉半農之手，目的是引起世人的注意。

　　他們這批知識份子所以如此反對舊禮教、舊倫理、舊政治，自然是因為在西方文化對比之下，看出固有文化的瑕疵，認為非加以改革不行。當日東漸的西潮中文化思想內容至為複雜，有文藝復興後啟蒙主義者盧梭、伏爾泰的影響，有個人主義者易卜生的影響，有共產主義祖師爺馬克思的影響，有心理分析泰斗佛洛伊德的影響，有服膺超人的尼采的影響，有無政府主義者巴枯寧、克魯泡特金的影響，也有晚近美國自由主義教育家杜威的影響，這種種南轅北轍的思想交織成一幅色彩繽紛的什錦圖，作為當日中國知識界的思想背景。當左右兩派的政治鬥爭激化以前，站在共同反封建的立場上，正如同倡導民族主義的孫中山可以包容不要祖國的共產黨，共產主義者的陳獨秀也可以和自由主義者的胡適結為密友，在《新青年》雜誌共事，共同為新文學革命而奮鬥。所以在五四運動發生以前，一心革新除舊的左右兩派都在為破舊立新的文學使命而努力。

二、五四運動

1919年的五四運動，本是一次政治性的抗議活動。

第一次世界大戰結束後，於1919年元月戰勝的協約國在巴黎召開和會，中國因為曾站在協約國的一方，故也派代表參加。當日代表北洋政府的是陸徵祥、王正廷和顧維鈞，會中要求日本歸還從德國手中取得的膠州灣。日本聲稱於1915年5月已與袁世凱政府簽有「中日軍事協定」及「山東問題換文」，即所謂的「二十一條」，據說在協助袁世凱稱帝的交換條件下，袁政府同意日本繼承戰敗的德國原來在膠州灣的一切權利。

但當時袁世凱已死，徐世昌任總統，大權卻操在擁有兵權的段祺瑞手中。在1915年段祺瑞雖然反對袁世凱與日本簽訂「二十一條」密約，但到了1918年5月段祺瑞自己也曾與日本簽訂過「中日陸海軍共同防敵軍事協定」，因此一力主張中方代表接受日方的條件。徐世昌本來不願處處受到段祺瑞的挾制，在梁啓超的建議下專設了一個外交委員會，主要任務乃向總統提供有關巴黎和會的對應策略及外交方針、計畫等，以便制衡段祺瑞的親日傾向。此外交委員會理事長林長民遂建議派梁啓超赴巴黎，以和會中代表團會外顧問及記者的名義與各國代表人士聯絡，以便維護中國的權益。徐世昌欣然接受，故梁啓超得以於1919年春天赴巴黎，在會場內外積極活動，呼籲各國代表支持收回德國在山東的特權。他意外獲知段祺瑞為了獲得日本的貸款加強軍備，於徐世昌接任總統以前的1918年9月北京政府曾與日本密約答應將德國在山東的權益轉讓日本。梁啓超將此訊息電告徐總統，徐世昌交予外交委員會處理，以致在3月22日為《晨報》所披露，引致舉國大譁。段祺瑞與日本的協定並未公諸國人，形同密約，因在巴黎和會追還膠州灣失敗而暴露，輿論對負責簽訂密約的曹汝霖、陸宗輿、章宗祥等人交相指責。並無實權的徐總統只能暗地尋求輿論的支援，以俾向政府中的親日派施加壓力。這時國內各大報每天均詳為報導巴黎和會的進展狀況。

4月24日，梁啓超提前獲知英、美、法三國將於月底同意將德國在山東的權益

轉讓給日本，深感問題嚴重，遂急電國內建議發動國人拒絕在和議書上簽字運動，以輿論嚇阻北京政府的賣國行為。5月1日林長民等獲得徐總統同意，通過外交協會致電巴黎中國代表拒絕簽字，並同時致電巴黎和會四國代表表示「中國人民不承認加害中國人民的密約」，要求將「德國在山東所攫得的權利直接歸還中國」。林長民等並於翌日在《晨報》上發表〈外交警告國民書〉，聲言：「今果至此，則膠州亡矣！山東亡矣！……國亡無日，願合我四萬萬眾誓死圖之！」此文一出，舉國響應，一日之內巴黎和會的中國代表收到七千多份來自國內的警告電報。

5月2日，北大校長蔡元培召集北大各班班長與學生代表一百餘人開會，報告了巴黎和會外交失敗的消息。新潮社的傅斯年、羅家倫、國民社的許德珩、張國燾、鄧中夏、段錫朋等立刻開會決定於5月3日晚召開全校學生總動員大會，

左上：蔡元培於1917至1923年間擔任北京大學校長
右上：傅斯年（1896-1950）
左下：羅家倫（1897-1969）
右下：美國漢學家周策縱（Chow Tse-tsung）撰寫的 *The May Fourth Movement*

第一度西潮的高峰：五四運動與文學革命

通電全國呼籲工商界及市民罷工、罷市，抵制日貨，並於是月7日「國恥紀念日」集體罷課示威。當日徐世昌的外交委員會決議拒絕在巴黎和約簽字，呈徐總統批交國務院準備拍發電報，不料段祺瑞影響下的國務總理錢能訓卻諭另行密電中國代表簽字。此消息爲外交委員會獲知，委員長汪大燮於5月3日凌晨通知蔡元培。蔡聞後大爲震驚，遂立刻召集傅斯年、羅家倫等學生代表到家中開會，通報以上各情。5月3日晚，北京各校學生代表齊集北大開緊急會議，決定第二天走上街頭示威遊行。於是北京各大學的學生三千多人於5月4日下午在天安門集會後遊行示威，討伐賣國賊，並至東城搗毀曹汝霖住宅，毆打路遇的駐日公使章宗祥。遊行的隊伍被巡警驅散，並逮捕北大及北高師學生三十餘人。5月7日，警方在輿論的壓力下始准許各該校校長出面保釋。

事出學生的愛國心，故全國各地均譴責北洋政府的粗暴行爲。5月9日，蔡元培發表聲明支持學生所發動的愛國運動，並表示辭去北大校長一職。於是北京的學運一發而不可收拾，不但引發全國各省青年學子的罷課響應，而且工商界也加入抗議的行列，進行罷工、罷市，以致全國人民群起譴責北洋政客的賣國行爲，抵制日貨，並要求拒簽巴黎和約，取消「二十一條」，懲處賣國賊。

北洋政府見事態嚴重，6月10日將親日官僚曹汝霖、陸宗輿、章宗祥免職。6月末總統徐世昌被迫親自電令巴黎和會中國代表拒簽和約。英、法、義、美及日本也同意退還庚子賠款，留爲以後中國在各該國的留學生接受教育之用。這一場學生發動的示威護國運動，史稱「五四運動」。（註1）

因爲當日的保守勢力動輒以維護固有傳統爲名阻礙改革，因此在五四運動期間，社會意見領袖喊出了「反封建」、「打倒孔家店」，向「德先生」（民主）與「賽先生」（科學）學習的口號，一場新文化運動由此展開。革新，必須有先驅，有榜樣。既然民主與科學都須向西方世界學習，那麼西方國家就成

註1：胡適在〈紀念五四〉一文中説：「『五四運動』一個名詞，最早見於8年5月26日的《每週評論》（第23期），一位署名『毅』的作者──我不記得是誰的筆名了──在那一期裡寫了一篇〈五四運動的精神〉。」（胡適 1935）於是將1919年5月4日的事件定名為「五四運動」。後來有人認為那篇文章出於羅家倫之手。（皮述民、馬森 1997：100）關於「五四運動」的前因後果以及細節，請參閱Chow Tse-Tsung: *The May Fourth Movement. Intellectual Revolution in Modern China*一書。

為革新的當然先驅與楷模，在民主與科學之外，也要學習西方的文學與戲劇，音樂與繪畫等等，激進的人士，例如前文所述陳序經、胡適等喊出了「全盤西化」的口號，也就是企圖把西方資本主義的全套內容都要移植過來。郭沫若就認為五四運動「實質上是中國自受資本主義的影響以來所培釀成的資本主義文化對於舊有的封建社會之決死的抗爭。自從那次的運動以來，中國的文化便呈出了一個劃時期的外觀。」（郭沫若 1932：71-72）

另一方面，由於1917年俄國無產階級十月大革命的影響，五四運動也標誌著中國知識份子在思想上向左轉的趨勢。眼見西方列強對亞非地區虎視眈眈，在一心學習西方的同時，發現從而師事的對象同時也可能就是欺凌弱小的強人，不免心存戒懼。因此在五四叫出的「反封建」的口號之外，後來又再加上「反帝國主義」的口號。足以代表左派勢力的毛澤東就曾為五四運動定性說：

　　五四運動是反帝國主義的運動，又是反封建的運動。五四運動的傑出的歷史意義，在於它帶著為辛亥革命還不曾有的姿態，這就是徹底地不妥協地反帝國主義和徹底地不妥協地反封建主義。五四運動所以具有這種性質，是在當時中國的資本主義經濟已有進一步的發展，而當時中國的革命知識份子眼見得俄、德、奧三大帝國主義國家已經瓦解，英、法兩大帝國主義國家已經受傷，而俄國無產階級已經建立了社會主義國家，德、奧（匈牙利）、義三國無產階級在革命中，因而發生了中國民族解放的新希望。（毛澤東 1951：671）

我們也可以看到，作為第一度西潮東漸的高峰的五四運動，一方面激發了新文化和新文學的蓬勃發展，另一方面也助長了中國左派思想和左派勢力的萌生。余英時認為五四運動是一個「未完成的文化運動」，他引用胡適的看法說：「胡適先生生前一再表示過一個想法：即新文化運動因為民國8年5月4日的學生運動而走上了歧路，從此政治意識干擾了新思潮、新文化的正常發展。」（余英時 1988：65）他與西歐十八世紀的「啟蒙運動」比較，認為西方的啟蒙運動也是以追求現代性、批判傳統（基督教）為其主要特色，不過西方的啟

蒙運動長達百年，出了很多具有影響力的思想家，中國五四運動雖然也具有啓蒙的意義，但時間過短，而且那時代的菁英大都像胡適所言走上了歧路，也就是在救國入世的激情下被政治吸納，思想、文化的貢獻反爲貧瘠。（余英時 1988：67-71）作爲一個啓蒙的運動，五四運動的確欠缺西方十八世紀的啓蒙運動的醞釀與成熟的過程，但是在中國文化轉向上的催動力還是相當顯著的，馮友蘭曾謂：「到了『五四』，認爲西洋不只有物質文明，精神文明亦高，而且精神文明是基本，故須從精神文明下手。」（馮友蘭 1981）所以中國的新文學、新戲劇、新音樂、新繪畫、新舞蹈等等都是在五四運動之後急速湧現，而有相當的成績，不能不說人們的觀念也是從五四起發生很大的改變，五四作爲西潮高升的標誌實在有其重大的意義。

今日若回頭看第一度西潮所給予中國文化和社會的巨大影響，可說正負雙方面都有。正的方面在於西方科學與民主的借鑑，使中國獲得自我反省與檢討的機會，促成中國式的啓蒙運動，從而使中國改弦易轍，自我更新。同時西方傳來的寫實主義，也助長了中國人實事求是，面對現實的精神。負的方面，則是誤信了經過列寧與斯大林曲解後的馬克思主義，使中國的社會革命走入暴虐獨裁的窄巷，導致中國絕大多數的人民因此遭受三十多年的浩劫，殘害了數千萬無辜的生命。原始針對資本主義的缺失而立意的馬克思主義本有其人道主義的立場，但是領導俄國十月革命的列寧特別強調了「無產階級專政」的一面，到了斯大林手裡，「無產階級」只流爲「專政」的藉口，實際上執行的是個人獨裁。到了中國，這「專政」不幸又落在殘暴不仁的陰謀家手裡，加上中國傳統的封建意識的陰魂不散，致使後果加倍的悲慘了。

三、第一度西潮高峰中的新文學

自從鴉片戰爭驚醒了中國人的迷夢之後，第一度西潮在欲迎還拒的情形下來臨。學習西方先進的科技文明，本來可以像日本似地寬心學習就是，無奈中國一向以世界中心自居，視所有外邦爲野蠻族類，殊無日本人那種一心向外取經

的經驗，以致反成爲一個困擾著中國人的問題。從清末義和團「扶清滅洋」堅決排外，到張之洞提出的「中學爲體，西學爲用」，可以說是一路走來倍感艱辛。張之洞的主張只能說是一種在慘痛的八國聯軍的教訓後不得不採取的妥協行爲。然而後來中體西用的效果不彰，中國不但繼續受辱，阻礙革新的勢力也依然囂張，才逼出五四一代提出「全盤西化」的主張，在西化或現代化的意義上，可說是一大躍進。五四那一代的社會菁英，像蔡元培、胡適、陳獨秀、魯迅、傅斯年、羅家倫、蔣夢麟、郭沫若等，都是留學生，不是留學歐美，就是留學日本，親身體驗到西方文明的重要，瞭解到中國應該向西方學習的不止於科技，連精神文明也都需要學習，他們因而都成爲主張西化的激進派，使西化的聲浪從邊緣轉而爲主流。一場全國性的五四運動恰好成爲催化劑，使原來國人渾沌不清的意識忽然清楚了起來，如果再因循苟延，中國勢將在世界上無立足之地了。鑑於日本的先例，中國人不得不放下架子，認眞向西方學習，東漸的西潮因而遂被五四運動推向了一個前所未有的高峰。

過去的中國現代文學史均視五四運動爲新文學的開端，是有其道理的，因爲清末民初的文學雖然已經具有新意，但總拖著一個傳統的尾巴，例如清末的小說雖有革新的內容，卻仍襲用章回；詩中有新詞新意，卻仍用舊詩格律；戲劇雖演當代故事，卻出現襲用舊劇幕表的文明戲。到了五四以後出現的作品，不論是小說、戲劇、詩，還是散文，才眞正煥然一新，除了從古文轉換爲白話外，在文類上與章法上更貼近歐美文學，內容上除了彰顯人道主義及小資產階級的個人情調外，也加入了接受俄國十月革命影響後的社會革命色彩，可說已漸次與西方文學合流，相對於傳統的文學而言，可以稱之爲一次實質的文學革命，成爲名副其實的「新文學」了。原因恰恰是全國性的五四運動觸動了人民的潛在意識，釋放出創造的能量，才能有如此澎湃的如山洪暴發般的大量嶄新的文學作品出現。

在五四運動的前一年，魯迅發表了史稱第一篇現代白話新小說的〈狂人日記〉（註2）。五四前夕，胡適在1919年3月《新青年》第六卷第三期發表了第一齣文學劇本《終身大事》。第一部新詩集也應屬胡適於五四運動翌年

（1920）出版的《嘗試集》。這些革命後開風氣之先的作品，都成爲以後這三大文類的樣本。五四運動後，各地掀起了一陣出版的熱潮，據說1919一年之中就有四百多種白話報出版，各省的文學社團與小型的文學刊物不可勝記。（王瑤 1953：5）繼承傳統的文學雖然如故，如舊格律的詩詞、章回小說等仍然有人從事，並擁有廣大的讀者群，但漸漸邊緣化，不爲知識份子重視了。

1919年的五四運動，作爲一個明確的歷史轉折點，毫無疑問地成爲二十世紀中國新文學濫觴的標幟。

四、新文學初期的反對派

然而，在初期提倡新文學遭遇到無人理會的一段寂寞時光之後，並非完全沒有遇到阻礙，例如看到陳獨秀等創辦《新青年》、《每週評論》，傅斯年、羅家倫等創辦《新潮》雜誌鼓吹新文化與文學革命後，保守的北大教授劉師培、黃侃等也創辦《國故》和《國民》二刊物與之對壘。另一位保守的北大教授古文家林紓（琴南）在《新申報》發表小說〈荊生〉，寫田其美、金心異、狄莫（分別影射陳獨秀、錢玄同、胡適）在陶然亭聚會，田生汗巇孔子，狄生提倡白話，隔壁忽然來一大漢荊生，厲聲訓斥三人，且對罪大惡極

《新潮》雜誌

註2：其實在魯迅的〈狂人日記〉（發表於1918年5月《新青年》）之前，1913年張恨水就曾寫出白話短篇《梅花劫》。1915年李劼人在《四川公報特別增刊‧娛樂錄》發表白話短篇《兒時影》五則，寫私塾的生活，帶有自傳的性質。1916年陸續在《群報》發表由四十餘篇短篇連綴而成的《盜志》，揭發官場的黑暗，類似李寶嘉的《官場現形記》。接下的兩年中又有白話小說《做人難》和《續做人難》問世，諷刺官場的寡廉鮮恥。另外，留美學生陳衡哲於1917年寫成白話短篇小說〈一日〉，發表在胡適、任叔永主編的《留美學生季刊》上（皮述民、馬森 1997：89）。這些都早於魯迅的〈狂人日記〉，但是他們所寫或類似清末民初的說部情調，或藝術不佳，成績都比不上魯迅，影響更加不及，所以一般現代文學史均以〈狂人日記〉為新小說的濫觴。

的田、莫二人飽以老拳而後去（註3）。此文表現了古文家對提倡文學革命與白話文的人士如何的深惡痛絕。後來林紓致書北大校長蔡元培，堅決反對白話文，其中有云：

> 且天下唯有真學術、真道德始足獨樹一職，使人景從。若盡廢古書，行用土語為文字，則都下引車賣漿之徒所操之語，按之皆有文法，不類閩廣人無文法之啁啾。據此，則凡京津之稗販，均可用為教授矣。（林紓 1919）

蔡元培並未認同林紓的意見，回函說明大學中有學術之自由，教授於學府之外發表意見，悉聽尊便，並在〈國文之將來〉一文中明言：「我想將來白話派一定佔優勢的。」（王瑤 1953：35）

實在是大勢所趨，五四運動的翌年，教育部遂明文規定國民學校一、二年級的「國文」一律改稱「國語」，以後逐年將所有國民學校的國文均改為「國語」，且重編以白話為主的教材，以達語文合一的目的。因此，胡適才提出「國語的文學」的口號。

五、中國文學現代化的標誌

現代文學史家的共識就是：五四是中國文學革命的新文學濫觴的標誌。在中國追求現代化的大潮流中，文學也不能例外地步上現代化的道路，接受西潮洗禮的新文學正是文學現代化的具體表現。文學現代化的條件，必須從事文學有關的人士以及接受的讀者雙方面都先具有現代意識才行。這也就是為什麼清末民初的文學雖然已經受到西潮的影響，但是有關人士的現代意識尚未成熟（譬如親手翻譯西方小說的林紓的現代意識就至為淡薄），所以還不能稱之為文學革命，也沒有產生現代化的新文學。到了五四的前夕，種種跡象都顯示出文學

註3：據說荊生指的是黃侃的學生徐樹錚（子明）。徐先生後來在台灣大學中文系執教，筆者在研究所的時代曾經聽過他的課，課中仍不時痛詆胡適。

觀念朝向現代性大幅度轉變。譬如胡適提出文學改良的「八不」；陳獨秀接著提出文學革命，要建立「國民文學」、「寫實文學」和「社會文學」；周作人大力倡導「人的文學」等。這些觀念與林紓，甚至於梁啓超的那一代是截然不同的。五四以後，無論是文學研究會的「爲人生而藝術」，還是創造社的「爲藝術而藝術」，都是極具現代性的觀念，使五四以後的文學創作的確成爲現代意識下的產品。

當然，五四以後的新文學並非與傳統文學斷然決裂，其間仍有著千絲萬縷的關係，例如有的作家不忘向古書中取材，如魯迅的《故事新編》、郭沫若、錢杏邨、陽翰笙的史劇，以及新詩的縱的繼承種種；有的更明顯地襲取傳統的形式，如張恨水的小說和眾多的武俠說部。這是人類文化變遷的常態，也是任何革命都無法避免的現象。但是由於中國社會整體現代化的帶動，只有那些深具現代性形式和內容的作品才能眞正代表中國步上現代化道路後的新時代。

六、五四以後新文學的分期

爲了敘述的方便，一般現代文學史都將五四以後新文學的發展分作幾個階段，例如王瑤的《中國新文學史稿》分作一、偉大的開始及發展（1919-27）；二、左聯十年（1928-37）；三、在民族解放的旗幟下（1937-42）；四、文學的工農兵方向（1942-49）；五、新中國成立以來的文藝運動（1949-52）。唐弢主編的《中國現代文學史》則分作：第一次國內革命戰爭時期的文學創作（大略指二〇年代）、第二次國內革命戰爭時期的文學創作（大略指三〇年代）和在民族解放旗幟下的文學創作（抗戰時期）等。皮述民、馬森等合著的《二十世紀中國新文學史》對五四前後的分期爲：山雨

王瑤《中國新文學史稿》

欲來（1901-18）、除舊布新（1919-36）、救亡圖存（1937-48）、分道揚鑣（1949-79）等。朱棟霖、丁帆等主編的《中國現代文學史》則以二〇年代、三〇年代、四〇年代等劃分。其中標題的不同，顯示出著者或編者的意識形態的區別。至於分期的時間點，大概從1918或1919五四運動到1927國民黨清共作為新文學的前十年，從1928到1937抗日戰爭爆發作為新文學的後十年，從1938到1949共產黨贏得政權是抗日及內戰的戰爭時期，1949年到二十世紀末當然就是大陸和台灣分裂的時期了。大陸的文學史家所以強調國民黨清共的1927年，是因為從此以後共產黨成為非法組織，因此激起了左翼文人的激烈反抗，終於形成了所謂的「無產階級的革命文學」，進而導致共產黨的最後勝利。

從西潮對新文學的影響著眼，1927年倒也是個關鍵性的時間點，因為從五四到1927年，新文學主要接受的西潮乃來自西方的資本主義國家，不論是浪漫主義，還是寫實主義，都是來自英、美、法、德幾國的潮流，但是1927年起共產俄國的影響取代了資本主義國家成為主流。本來俄國於1917年十月革命的成功很快就影響到中國。一年後，於1918年10月《新青年》五卷五期已經發表了李大釗嚮往共產革命的〈庶民的勝利〉和〈布爾雪維克主義的勝利〉兩文。正當五四運動開始的1919年5月，《新青年》六卷五期又刊出「馬克思研究專號」。不久，〈共產黨宣言〉的中譯本也出版了。於是在1921年，中國激進的知識份子成立了中國共產黨，積極倡導無產階級革命。孫中山在革命尚未成功的挫敗中，因為得不到西方國家的奧援，只好接受蘇聯的善意，於1924年初宣布聯俄容共的政策。蔣介石也於翌年將兒子蔣經國送去蘇聯留學。當日有志青年，捨歐美、日本赴蘇聯留學者大有人在，諸如共產黨的歷屆重要領導人瞿秋白、李立三、王明、劉少奇、鄧小平等等無不都是那幾年留蘇的學生。雖然五四運動後，蘇聯的影響日漸增強，但是在前十年歐美的影響仍居主流的地位。直到1927年4月，在北伐途中，蔣介石目睹共產黨的勢力日漸坐大（毛澤東、周恩來等都身任國民黨的要職），又不時地以暴力手段擴張勢力，嚴重威脅到權力中樞，才不得不決心予以清除。於是在1927年4月10日率領革命軍出其不意地攻

入上海，一舉掃除了左派的勢力（註4）。留駐漢口的另一位國民黨的領導汪精衛，也採取一樣的反共態度。這個事件，中共出版的歷史中稱之謂「四一二反革命政變」，認為是國民黨違背了孫中山先生的意願，走上了反革命的道路。然而，共產黨自然不會因此而屈服，礙於實力不足，被聲勢浩大的國民黨判為非法組織後，只能從明到暗，並不會停止搏鬥的志氣。而且，在共產黨人間反倒激起了同仇敵愾之心，同時也贏得了文學界多數自以為愛國無私的知識份子的同情，像魯迅、郭沫若及創造社，田漢、茅盾、巴金等重要作家一個個地向左轉。本是共黨作家的蔣光赤、錢杏邨、夏衍、周揚、丁玲、陳白塵、陽翰笙等更加活躍，甚至於1930年成立了「左翼作家聯盟」，居然囊括了當日大多數聞名作家在內。

本來傾心西方潮流的知識份子所以對西方資本主義國家由積極學習而逐漸失望，正如毛澤東在〈論人民民主專政〉中所言：「帝國主義的侵略打破了中國人學西方的迷夢。很奇怪，為什麼先生老是侵略學生呢？」西方帝國主義唯利是圖、欺凌弱小的醜惡表現，實在令一般中國人痛苦，令中國的知識份子失望，遂把希望寄託在無產階級革命後的蘇聯。因此在1928年以後到抗日戰爭這十來年內，西潮的主流已經少來自歐美，而多來自蘇聯。五四文人所嚮往的歐美的寫實主義也一變而為經過蘇聯修正、加入了革命的意識形態的「現實主義」了。

因此，本書也把現代文學的發展與成就分作幾個段落來敘述，大致遵照以上的解釋，在清末民初新文學醞

毛澤東〈論人民民主專政〉

註4：郭廷以在《近代中國史綱》中說：「上海是南方商業交通樞紐，歷來由軍閥人馬、西方和日本資本主義勢力，以及幫會集團交相控制。到了北伐前後，上海更成為中國共產黨革命的新據點，工運與學運的大本營。蔣中正深知上海局勢的詭譎，只宜智取，不可力攻。他將軍力部署於滬外郊區，一邊與左派工會談判，一邊對其他勢力巧施合縱連橫之策。此舉果然奏效。4月10日蔣的軍隊奇襲上海，原本頗有所恃的共產分子盡成甕中之鱉。在一連串的搜捕屠戮中，左派菁英或流竄、或罹難，元氣大傷。」（郭廷以 1986：538）

釀的階段以後，分為：第一個階段為第一度西潮五四高峰後的前十年（1918-27）、第二個階段為五四高峰後的後十年（1927-37）、第三個階段為西潮中斷的抗日戰爭及內戰時期（1937-49）、第四個階段為第二度西潮來臨的台灣與大陸分裂的時期（1949-2000）。最後一個階段佔的時間最久，也需要較大的篇幅加以敘述。在每一個時期都有新作家與新作品出現，當然創作力旺盛、生命較久的作家不止在一個時期有所表現。同時也因為時代的影響不同、風氣不同，使每一個時期的作品特色也有所差異。

引用資料

中文：

王　瑤，1953：《中國新文學史稿》，上海新文藝出版社。

毛澤東，1951：《毛澤東選集》第二卷第一版，北京人民出版社。

皮述民、馬森等，1997：《二十世紀中國新文學史》，台北駱駝出版社。

朱棟霖、丁帆、朱曉進主編，1999：《中國現代文學史》，北京高等教育出版社。

李大釗，1918：〈庶民的勝利〉、〈布爾雪維克主義的勝利〉，10月《新青年》第5卷第5號。

余英時，1988：〈「五四」——一個未完成的文化運動〉，《文化評論與中國情懷》，台北允晨文化公司。

胡　適，1935：〈紀念五四〉，5月5日《獨立評論》第149號。

唐弢主編，1979：《中國現代文學史》，北京人民文學出版社。

陳獨秀，1917：〈文學革命論〉，2月《新青年》第3卷第6號。

陳獨秀，1919：〈本誌罪案之答辯書〉，1月《新青年》第6卷第1號。

郭廷以，1986：《近代中國史綱》，香港中文大學。

郭沫若，1932：《創造十年》，上海現代書局。

馮友蘭，1981：〈中國現代民族運動之總動向〉，原刊1936年《社會學界》第9卷，後收在《三松堂學術文集》，北京北京大學出版社。

外文：

Chow, Tse-Tsung, 1960: *The May Fourth Movement. Intellectual Revolution in Modern China* , Cambridge/Mass, Harvard University Press.

參考文獻：

周作人〈人的文學〉（1918年12月）

人的文學

周作人

　　我們現在應提倡的新文學，簡單的說一句，是「人的文學」。應該排斥的，便是反對的非人的文學。

　　新舊這名稱，本來很不妥當，其實「太陽底下，何嘗有新的東西？」思想道理，只是是非，並無新舊。要說是新，也單是新發現的新，不是新發明的新。新大陸是在十五世紀中，被哥倫布發現，但這地面是古來早已存在。電是在十八世紀中，被弗蘭克林發現，但這物事也是古來早已存在。並非以前的人，不能知道，遇見哥倫布與弗蘭克林才把他看出罷了。真理的發現，也是如此。真理永遠存在，並無時間的限制，只因我自己愚昧，聞道太遲，離發現的時候尚近，所以稱他新。其實他原是極古的東西，正如新大陸同電一般，早在宇宙之內，倘若將他當作新鮮果子，時式衣裳一樣看待，那便大錯了。譬如現在說「人的文學」，這一句話，豈不也像時髦，卻不知世上生了人，便同時生了人道。無奈世人無知，偏不肯體人類的意志，走這正路，卻迷入獸道鬼道裡去，徬徨了多年，才得出來。正如人在白晝時候，閉著眼亂闖，末後睜開眼睛，才曉得世上有這樣好陽光，其實太陽照臨，早已如此，已有了無量數年了。

　　歐洲關於這「人」的真理的發現，第一次是在十五世紀，於是出了宗教改革與文藝復興兩個結果。第二次成了法國大革命，第三次大約便是歐戰以後將來的未知事件了。女人與小兒的發現，卻遲至十九世紀，才有萌芽。古來女人的位置，不過是男子的器具與奴隸。中古時代，教會裡還曾討論女子有無靈魂，算不算得一個人呢。小兒也只是父母的所有品，又不認他是一個未長成的人，卻當他作具體而微的成人，因此又不知演了多少家庭的與教育的悲劇。自從弗羅培爾（Froebel）與戈特文（Godwin）夫人以後，才有光明出現。到了現在，造成兒童與女子問題這兩個大研究，可望長出極好的結果來。中國講到這類問題，卻須從頭做起，人的問題，從來未經解決，女人小兒更不必說了。如今第一步先從人說起，生了四千餘年，現在卻還講人的意義，重新要發現「人」，去「辟人荒」，也是可笑的事。但老了再學，總比不學該勝一籌罷。我們希望從文學上起

首，提倡一點人道主義思想，便是這個意思。

我們要說人的文學，須得先將這個人字，略加說明。我們所說的人，不是世間所謂「天地之性最貴」或「圓顱方趾」的人。乃是「從動物進化的人類」。其中兩個要點，（一）「從動物」進化的，（二）從動物「進化」的。

我們承認人是一種生物。他的生活現象，與別的動物並無不同。所以我們相信人的一切生活本能，都是美的善的，應得完全滿足。凡是違反人性不自然的習慣制度，都應排斥改正。

但我們又承認人是一種從動物進化的生物。他的內面生活，比他動物更為複雜高深，而且逐漸向上，有能夠改造生活的力量。所以我們相信人類以動物的生活為生存的基礎，而其內面生活，卻漸漸與動物相遠，終能達到高上和平的境地。凡獸性的餘留，與古代禮法可以阻礙人性向上的發展者，也都應排斥改正。

這兩個要點，換一句話說，便是人的靈肉二重的生活。古人的思想，以為人性有靈肉二元，同時並存，永相衝突。肉的一面，是獸性遺傳。靈的一面，是神性的發端。人生的目的，便偏重在發達這神性。其手段，便在減了體質以救靈魂。所以古來宗教，大都屬行禁欲主義，有種種苦行，抵制人類的本能。一方面卻別有不顧靈魂的快樂派，只顧「死便埋我」。其實兩者都是趨於極端，不能說是人的正當生活。到了近世，才有人看出這靈肉本是一物的兩面，並非對抗的二元。獸性與神性，合起來便只是人性。英國十八世紀詩人勃萊克（Blake）在《天國與地獄的結婚》一篇中，說得最好。

（一）人並無與靈魂分離的身體。因這所謂身體者，原止是五官所能見的一部分的靈魂。

（二）力是唯一的生命，是從身體發生的。理就是力的外面的界。

（三）力是永久的悅樂。

他這話雖然略含神祕的氣味，但很能說出靈肉一致的要義。我們所信的人類正當生活，便是這靈肉一致的生活。所謂從動物進化的人，也便是指這靈肉一致的人，無非用別一說法罷了。

這樣「人」的理想生活，應該怎樣呢？首先便是改良人類的關係。彼此都是人類，卻又各是人類的一個。所以須營一種利己而又利他，利他即是利己的生活。第一，關於物質的生活，應該各盡人力所及，取人事所需。換一句話說，便是各人以心力的勞作，換得適當的衣食住與醫藥，能保持健康的生存。第二，關於道德的生活，應該以愛智信勇

四事為基本道德，革除一切人道以下或人力以上的因襲的禮法，使人人能享自由，真實的幸福生活。這種「人的」理想生活，實行起來，實於世上的人無一不利。富貴的人雖然覺得不免失了他的所謂尊嚴，但他們因此得從非人的生活裡救出，成為完全的人，豈不是絕大的幸福嗎？這真可說是二十世紀的新福音了。只可惜知道的人還少，不能立地實行。所以我們要在文學上略略提倡，也稍盡我們愛人類的意思。

但現在還須說明，我所說的人道主義，並非世間所謂「悲天憫人」或「博施濟眾」的慈善主義，乃是一種個人主義的人間本位主義。這理由是：第一，人在人類中，正如森林中的一株樹木。森林盛了，各樹也都茂盛。但要森林盛，卻仍非靠各樹各自茂盛不可。第二，人愛人類，就只為人類中有了我，與我相關的緣故。墨子說「兼愛」的理由，因為「己亦在人中」，便是透徹的話。上文所謂利己而又利他，利他即是利己，正是這個意思。所以我說的人道主義，是從個人做起。要講人道，愛人類，便須先使自己有人的資格，佔得人的位置。耶穌說，「愛鄰如己」。如不先知自愛，怎能「如己」的愛別人呢？至於無我的愛，純粹的利他，我以為是不可能的。人為了所愛的人，或所信的主義，能夠有獻身的行為。若是割肉飼鷹，投身給餓虎吃，那是超人間的道德，不是人所能為的了。

用這人道主義為本，對於人生諸問題，加以記錄研究的文字，便謂之人的文學。其中又可以分作兩項，（一）是正面的，寫這理想生活，或人間上達的可能性。（二）是側面的，寫人的平常生活，或非人的生活，都很可以供研究之用。這類著作，分量最多，也最重要，因為我們可以因此明白人生實在的情狀，與理想生活比較出差異與改善的方法。這一類中寫非人的生活的文學，世間每每誤會，與非人的文學相混，其實卻大有分別。譬如法國莫泊桑（Maupassant）的小說《人生》（Une vie）是寫人間獸欲的人的文學，中國的《肉蒲團》卻是非人的文學。俄國庫普林（Kuprin）的小說《坑》（Jama），是寫娼妓生活的人的文學，中國的《九尾龜》卻是非人的文學。這區別就只在著作的態度不同。一個嚴肅，一個遊戲。一個希望人的生活，所以對於非人的生活，懷著悲哀或憤怒。一個安於非人的生活，所以對於非人的生活，感著滿足，又多帶著玩弄與挑撥的形跡。簡明說一句，人的文學與非人的文學的區別，便在著作的態度，是以「人的生活為是呢？非人的生活為是呢？」這一點上。材料方法，別無關係。即如提倡女人殉葬——即殉節——的文章，表面上豈不說是「維持風教」，但強迫人自殺，正是非人的道德，所以也是非人的文學。中國文學中，人的文學，本來極少。從儒教道教出

來的文章，幾乎都不合格。現在我們單從純文學上舉例如：

（一）色情狂的淫書類

（二）迷信的鬼神書類（《封神榜》《西遊記》等）

（三）神仙書類（《綠野仙蹤》等）

（四）妖怪書類（《聊齋志異》《子不語》等）

（五）奴隸書類（甲種主題是皇帝狀元宰相，乙種主題是神聖的父與夫）

（六）強盜書類（《水滸》《七俠五義》《施公案》等）

（七）才子佳人書類（《三笑姻緣》等）

（八）下等諧謔書類（《笑林廣記》等）

（九）「黑幕」類

（十）以上各種思想和合結晶的舊戲

這幾類全是妨礙人性的生長，破壞人類的平和的東西，統應該排斥。這宗著作，在民族心理研究上，原都極有價值。在文藝批評上，也有幾種可以容許。但在主義上，一切都該排斥。倘若懂得道理，識力已定的人，自然不妨去看。如能研究批評，便於世間更為有益，我們也極歡迎。

人的文學，當以人的道德為本，這道德問題方面很廣，一時不能細說。現在只就文學關係上，略舉幾項。譬如兩性的愛，我們對於這事有兩個主題。（一）是男女兩本位的平等，（二）是戀愛的結婚。世間著作，有發揮這意思的，便是絕好的人的文學。如諾威伊孛然（Ibsen）的戲劇《娜拉》（*Et Dukke hjem*）《海女》（*Fruen fra Havet*），俄國托爾斯泰（Tolstoj）的小說*Anna Kerenina*，英國哈兌（Hardy）的小說《台斯》（*Tess*）等就是。戀愛起源，據芬蘭學者威思德馬克（Westermarck）說，由於「人的對於與我快樂者的愛好」。卻又如奧國盧閣（Lucan）說，因多年心的進化，漸變了高上的感情。所以真實的愛與兩性的生活，也須有靈肉二重的一致。但因為現世社會境勢所迫，以致偏於一面的，不免極多。這便須根據人道主義的思想，加以記錄研究。卻又不可將這樣生活，當作幸福或神聖，讚美提倡。中國的色情狂的淫書，不必說了。舊基督教的禁欲主義的思想，我也不能承認他為是。又如俄國陀思妥也夫斯奇（Dostojevski）是偉大的人道主義的作家。但他在一部小說中，說一男人愛一女子，後來女子愛了別人。他卻竭力斡旋，使他們能夠配合。陀思妥也夫斯奇自己，雖然言行竟是一致，但我們總不能承認這種種行為，是在人情以內，人力以內，所以不願提倡。又如印度詩人泰戈爾

（Tagore）做的小說，時時頌揚東方思想。有一篇記一寡婦的生活，描寫她的「心的撒提」（Suttee）（撒提是印度古語。指寡婦與她丈夫的屍體一同焚化的習俗）。又一篇說一男人棄了他的妻子，在英國別娶，他的妻子，還典賣了金珠寶玉，永遠的接濟他。一個人如有身心的自由，以自由別擇，與人結了愛，遇著生死的別離，發生自己犧牲的行為，這原是可以稱道的事。但須全然出於自由意志，與被專制的因襲禮法逼成的動作，不能併為一談。印度人身的撒提，世間都知道是一種非人道的習俗，近來已被英國禁止。至於人心的撒提，便只是一種變相。一是死刑，一是終身監禁。照中國說，一是殉節，一是守節，原來撒提這字，據說在梵文，便正是節婦的意思。印度女子被「撒提」了幾千年，便養成了這一種畸形的貞順之德。講東方文化的，以為是國粹，其實只是不自然的制度習慣的惡果。譬如中國人磕頭慣了，見了人便無端的要請安拱手作揖，大有非跪不可之意，這能說是他的謙和美德嗎？我們見了這種畸形的所謂道德，正如見了塞在罈子裡養大的、身子像蘿蔔形狀的人，只感著恐怖嫌惡悲哀憤怒種種感情，決不該將他提倡，拿他賞讚。

　其次如親子的愛。古人說，父母子女的愛情，是「本於天性」，這話說得最好。因他本來是天性的愛，所以用不著那些人為的束縛，妨害他的生長。假如有人說，父母生子，全由私欲，世間或要說他不道。今將他改作由於天性，便極適當。照生物現象看來，父母生子，正是自然的意志。有了性的生活，自然有生命的延續，與哺乳的努力，這是動物無不如此。到了人類，對於戀愛的融合，自我的延長，更有意識，所以親子的關係，尤為深厚。近時識者所說兒童的權利，與父母的義務，便即據這天然的道理推演而出，並非時新的東西。至於世間無知的父母，將子女當作所有品，牛馬一般教育，以為養大以後，可以隨便吃他騎他，那便是退化的謬誤思想。英國教育家戈思德（Gorst）稱他們為「猿類之不肖子」。正不為過。日本津田左右吉著《文學上國民思想的研究》卷一說，「不以親子的愛情為本的孝行觀念，又與祖先為子孫而生活的生物學的普遍事實，人為將來而努力的人間社會的實際狀態，俱相違反，卻認作子孫為祖先而生存，如此道德中，顯然含有不自然的分子。」祖先為子孫而生存，所以父母理應愛重子女，子女也就應該愛敬父母。這是自然的事實，也便是天性。文學上說這親子的愛的，希臘河美羅斯（Homeros）史詩《伊理亞斯》（Ilias）與歐里畢兒斯（Euripedes）悲劇《德羅夜兒斯》（Troiades）中，說赫克多爾（Hektor）夫婦與兒子的死別兩節，在古文學中，最為美妙。近來諾威伊孛然的《群鬼》（Gengangere），德國士兒曼

（Sudermann）的戲劇《故鄉》（*Heimat*），俄國都介涅夫（Turgenjev）的小說《父子》（*Ottsy idjeti*）等，都很可以供我們的研究。至於郭巨埋兒，丁蘭刻木那一類殘忍迷信的行為，當然不應再行讚揚提倡。割股一事，尚是魔術與食人風俗的遺留，自然算不得道德。不必再叫他混入文學裡，更不消說了。

照上文所說，我們應該提供與排斥的文學，大致可以明白了。但關於古今中外這一件事上，還須追加一句說明，才可免了誤會。我們對於主義相反的文學，並非如胡致堂或乾隆做史論，單依自己的成見，將古今人物排頭罵倒。我們立論，應抱定「時代」這一個觀念，又將批評與主張，分作兩事。批評古人的著作，便認定他們的時代，給他們一個正直的評價，相應的位置。至於宣傳我們的主張，也認定我們的時代，不能與相反的意見通融讓步，唯有排斥的一條方法。譬如原始時代，本來只有原始思想，行魔術食人肉，原是分所當然。所以關於這宗風俗的歌謠故事，我們還要拿來研究，增點見聞。但如近代社會中，竟還有想實行魔術食人的人，那便只得將他捉住，送進精神病院去了。其次，對於中外這個問題，我們也只須抱定時代這一個觀念，不必再劃出什麼別的界限。地理上歷史上，原有種種不同，但世界交通便了，空氣流通也快了，人類可望逐漸接近，同一時代的人，便可相並存在。單位是個我，總數是個人。不必自以為與眾不同，道德第一，劃出許多畛域。因為人總與人類相關，彼此一樣，所以張三李四受苦，與彼得約翰受苦，要說與我無關，便一樣無關。說與我相關，也一樣相關，仔細說，便只為我與張三李四或彼得約翰雖姓名不同，籍貫不同，但同是人類之一，同具感覺性情。他以為苦的，在我也必以為苦。這苦會降在他身上，也未必不能降在我的身上。因為人類的運命是同一的，所以我要顧應我的運命，便同時須顧應人類共同的運命。所以我們只能說時代，不能分中外。我們偶有創作，自然偏於見聞較確的中國一方面，其餘大多數都還須紹介譯述外國的著作，擴大讀者的精神，眼裡看見了世界的人類，養成人的道德，實現人的生活。（載1918年12月15日《新青年》第五卷第六號）

第九章　新文學期刊及社團的蠭起與發展

　　沒有期刊，作品就沒有發表的園地；沒有社團，也會缺乏作家間彼此的激勵與競爭，五四後新文學期刊及社團的蠭起，正足以說明新文學發展的蓬勃現象。文學社團一時間如此之眾多，倒並非歐美文壇的風氣，因為歐美個人主義濃厚的文人少見集團結社的習慣，早期留日的作家眾多，恐怕是受到東瀛文學界集團結社的影響。最早的文人社團像「春柳社文藝研究會」就是在日本東京成立的，而最重要的文學社團「文學研究會」、「少年中國學會」的部分社員，「創造社」的所有社員以及《新青年》雜誌的大部分撰稿人都是留日的學生。

一、五四前後的文學期刊與社團

「春柳社文藝研究會」：

　　有關新文學最早的社團，首推於1906年末在日本東京成立的「春柳社文藝研究會」，發起人是在日本學美術的學生李息霜（叔同）、曾孝谷、黃二難（喃喃）等。因為發起人都是戲迷，在1907年2月演出《茶花女》第三幕之後，「春

柳社」實際上成爲一個演出新劇的團體。後來又有歐陽予倩、陸鏡若等的相繼加入，以後數年在日本東京連續演出《黑奴籲天錄》、《生相憐》、《鳴不平》、《熱淚》等劇後，到1909年社員相繼畢業回國，在東京的「春柳社」也就消失了。

「新劇同志會」與「春柳劇場」：

　　1912年陸鏡若在上海召集原「春柳社」的歸國社員成立了「新劇同志會」演出文明戲。1914年陸鏡若又組成「春柳劇場」，一年後因陸病亡而結束。（陳白塵、董健 1989：45）

《禮拜六》週刊：

　　1914年6月6日在上海創刊，王鈍根、劍秋主編，主要撰稿人有周瘦鵑、包天笑、李常覺、姜杏癡、程小青、陳小蝶等。主要繼承晚清的言情傳統（例如徐枕亞、吳雙熱、李定夷等的作品），刊載香艷哀婉的中長篇言情小說，也發表黑幕、武俠、偵探小說，總之以符合小市民口味的消閒生活爲目的。這類作家被稱爲「禮拜六派」，又稱「鴛鴦蝴蝶派」，因爲徐枕亞作品中愛用鴛鴦與蝴蝶而得名。《禮拜六》週刊共出版二百期，先至1916年4月初滿百期停刊，1921年3月復刊，又到三〇年代出滿百期後徹底停刊。其他同類的刊物尚有《民權素》（1914-16）、《小說叢報》（1914-18）、《小說新報》（1915-22）等。

《新青年》：

　　對五四運動影響最大的期刊則非《新青年》雜誌莫屬。原名《青年雜誌》（法文刊名 *La Jeunesse*），由陳獨秀於1915年9月15日在上海創刊，群益書社出資發行，十六開，每月一號，每六號爲一卷。1916年2月5日第一卷第六號後因護國戰爭停刊七個月。上海基督教青年會向群益書社抗議雜誌名與青年會的刊物《上海青年》類似，遂於9月改名《新青年》復刊。1917年1月，陳獨秀爲北大校長蔡元培聘爲北大文科學長，遂

創刊於1915年9月15日的《新青年》

將《新青年》遷往北京編輯。該年8月後又因故停刊四個月，於1918年1月第四卷第一號的《新青年》復刊，全部改用白話，並改為同仁雜誌，不收外稿，成立編輯委員會，委員有陳獨秀、胡適、李大釗、沈尹默、錢玄同、高一涵六人，由六人輪流主編，每人負責一期，每月定期集會一次。出席會議者，除編輯委員外，尚有作家魯迅、周作人、劉半農等也被邀參加。五四後1919年6月11日陳獨秀因散發「北京市民宣言」被捕，雜誌又停刊五個月。同年陳獨秀辭去北大職務，於10月將《新青年》遷回上海，但仍保留北京編輯部。12月第七卷起改由陳獨秀一人主編。1920年9月，成立「新青年社」，並發表宣言。社員有陳獨秀、胡適、李大釗、魯迅、錢玄同、劉半農、周作人、沈尹默、高一涵、沈兼士等。是年，上海共產主義發起小組決定自9月1日出版第八卷一號起改為機關宣傳刊物，胡適提出異議，但遭到陳獨秀、李大釗、魯迅反對。1921年2月《新青年》為上海法租界巡捕查抄，轉入地下。1921年7月，中國共產黨成立，《新青年》成為共產黨的理論刊物，不過只出一期即停刊，1922年又出一期（九卷六號）遂終刊。

1923年，中共再刊《新青年》，改為季刊，由瞿秋白主編。中共四大決定改回月刊，改由彭述之負責。1925年4月1日第一號後彭即因病住院，復由瞿秋白主持。後因經濟困難，1926年第五號後終刊。

「少年中國學會」：

1918年6月30日，陳淯、張尚齡、周无、曾琦、雷寶菁、王光祈六人發起成立「少年中國學會」。他們的宗旨是「本科學的精神，為社會的活動，以創造『少年中國』」。1919年7月正式成立於北京，學會成員有曾琦、左舜生、李大釗、朱自清、李劼人、鄧中夏、張聞天、惲代英、許德珩、田漢、宗白華、康白情、鄭伯奇、左學訓、黃正蘇、易家鉞等一百一十二人；並創刊《少年中國》雜誌，主要由田漢、左舜生、宗白華等主持編務，上海亞東圖書館發行。除總部設於北京外，也

創刊於1919年7月15日的
《少年中國》

於南京、成都及巴黎設立分會。由於成員眾多而複雜，一開始即有思想分歧的問題。1921年7月共產黨成立後，成見益深，迫使《少年中國》出到二卷二十四期停刊。1923年後右派的曾琦、左舜生與左派的鄧中夏、惲代英發生公開論戰。1925年末學會完全停止活動。該學會除出版《少年中國》雜誌外，也出版過《少年世界》日刊，並編有「少年中國叢書」三十餘種。

《醒獅》：

曾琦、左舜生與「少年中國學會」決裂後，另組國家主義派，出版《醒獅》週刊。

「新潮社」：

在時間上稍晚於「新青年社」的是由北大學生傅斯年、羅家倫、汪敬熙、楊振聲、潘家洵、徐彥之等組織的「新潮社」。該社也是先有刊物，而後始有社團。《新潮》月刊創刊於1919年1月，同年11月19日成立爲社團。該社組織分爲兩部：編輯部與幹事部。1920年8月，周作人、朱自清、俞平伯、孫伏園、顧頡剛、康白情、江紹源、成舍我等相繼加入後曾進行改組。胡適、陳獨秀、李大釗、魯迅等曾加以贊助。除月刊外，也曾出版「新潮叢書」。後來因傅斯年、羅家倫等出國，周作人等另組「文學研究會」而解散，《新潮》出到二卷三期。

「實驗劇社」：

1920年，陳大悲、李健吾、何玉書等在北京成立「實驗劇社」。1921年春，陳大悲南下上海，與歐陽予倩、蒲伯英、汪仲賢、徐半梅、宋春舫等將「實驗劇社」改組爲「民眾戲劇社」，「以非營業的性質，提倡藝術的新劇爲宗旨。」該社發行《戲劇》月刊（由中華書局出版）一種，爲五四後最早的戲劇刊物。魯迅、茅盾、鄭振鐸、王統照、葉紹鈞、周作人、瞿世英、許地山等都曾爲該刊撰稿。該刊內容充實，水平很高，可惜生命短促，不到一年便停刊了。

「文學研究會」：

較持久的文學社團是1920年11月在北京的一部分文人聯絡了上海的朋友共同

發起成立的「文學研究會」。該會成立時發表的宣言說：

將文藝當作高興時的遊戲，或失意時的消遣的時候，現在已經過去了。我們相信文學也是一種工作，而且又是於人很切要的一種工作。治文學的人，也當以這事為他一生的事業，正同勞農一樣。所以我們發起本會，希望不但成為普通的一個文學會，還是著作同業的聯合的基本，謀文學工作的發達與鞏固。（註1）

當時在這份宣言上簽字的共有十二個人，計：周作人、朱希祖、耿濟之、鄭振鐸、瞿世英、王統照、沈雁冰、蔣百里、葉紹鈞、郭紹虞、孫伏園、許地山，他們也就是「文學研究會」的核心成員。

「文學研究會」成立以後，立刻由沈雁冰（茅盾）以該會的名義接編了在上海已經有十幾年發行歷史的《小說月報》，由第十二卷起全部革新，改動舊有門類為：評論、研究、譯叢、創作、特載、雜載六項，成為新文學運動以後的第一份純文學雜誌。該月報一直出刊到1932年「一二八」事件後才停刊，是在新文學初期發生過重大影響的刊物。該會簡章第九條有「京外各地會員五人以上者得設一分會」的規定，1921年5月在上海的沈雁冰、葉紹鈞、謝六逸、趙景深、鄭振鐸於是成立上海分會，同時在《時事新報》上分別於上海和北京兩地附刊《文學旬刊》，由鄭振鐸主編。上海的《文學旬刊》從1921年出刊到1929年第九卷第五期，共出了三百八十期；其間，第八十一期起曾改名《文學》，每週一期，從一百七十二期（1925年5月）起又改名《文學周報》，脫離《時事新報》獨立發行（由開明書店

文學研究會的主要刊物《小說月報》

註1：原載1921年1月10日《小說月報》第12卷第1號。

出版）。第八卷起，改由遠東書店刊行，第九卷起再獨立發行。北京的《文學旬刊》從1923年出到1925年，共出了八十二期。此外，在1922至23年間尚出了由鄭振鐸、葉紹鈞、俞平伯、朱自清、劉延陵等主持的七期《詩》月刊，而且在以後的年代中出版了近百種的叢書。

　　一個文學社團有了自己的機關刊物，不但可使會員的作品得以優先發表，同時也擁有了發言的園地。「文學研究會」的會員們不但重視創作，也不輕忽翻譯和文學評論。他們先後翻譯了英、美、法、西、俄、日、東歐和北歐二十餘國的文學名著，諸如屠格涅夫、托爾斯泰、高爾基、莫泊桑以及易卜生等的作品，在《小說月報》上編過「俄國文學研究」、「法國文學研究」、「被壓迫民族文學」等專號。他們鑑於當時文學批評的欠缺，首先介紹了西方的文學評論，譬如法國泰納（Hippolyte Taine,1828-93）的「種族、環境、時代」的學說，並加以運用在實際的批評中。因此「文學研究會」所出版的刊物及所發表的作品很贏得社會的廣泛注目。雖然茅盾曾說文學研究會是一個非常散漫的文學集團（茅盾 1935a），但是從會員發表的作品及言論上，我們發現「文學研究會」的成員是有共同的原則與傾向的。早在五四前，「文學研究會」的核心成員之一周作人就發表過維護人的尊嚴、發揚人道主義的〈人的文學〉（刊於1918年12月《新青年》），其他的成員也都偏向於批評社會的寫實文學。下面所引鄭振鐸的一段話足以代表他們共同的志趣：

> 這兩個刊物（按：指《小說月報》與《文學旬刊》）都是鼓吹著為人生的藝術，標示著寫實主義的文學的；他們反抗無病呻吟的舊文學；反對以文學為遊戲的鴛鴦蝴蝶派的「海派」文人們。他們是比《新青年》派更進一步的揭起了寫實主義的文學革命的旗幟的。（鄭振鐸 1935）

如果我們認為「文學研究會」是一個鼓吹寫實主義，提倡「為人生而藝術」的社團，應該不致有誤。那時候正當中國在列強環伺下亟謀社會改革奮發圖強的時期，「文學研究會」的主張毋寧是應時而發，難怪能夠贏得多數人的認同，使全國會員

迅速增加，除北京與上海兩地外，不久在廣州、寧波、鄭州等地也都設立了分會，出版了刊物。「文學研究會」的成員在二、三○年代中國新文學的發展中起到了主導的作用，對以後新文學路向的影響也是十分重大的。

「民眾戲劇社」：

1921年5月，沈雁冰、鄭振鐸、陳大悲、熊佛西、汪優游、歐陽予倩等成立於上海。發表宣言謂戲劇是推動社會前進的輪子，又是搜尋社會病源的X光鏡，強調戲劇必須反映現實並擔負社會教育的責任，提倡寫實的社會劇。劇社分設研究與實行二部：研究部出版的《戲劇》是五四後第一個討論新劇運動的刊物，發表過改良戲劇的意見，主張嚴格遵守劇本和排演制度，提倡業餘演出。但該社未有演出活動。

「創造社」：

1921年的7月，留日歸國的學生郭沫若、郁達夫、田漢、成仿吾、鄭伯奇、張資平等在上海組織了「創造社」，先在泰東書局出版「創造社叢刊」，一口氣出了郭沫若的詩作《女神》、譯作《少年維特之煩惱》、郁達夫的小說《沉淪》、鄭伯奇的譯作《魯森堡之一夜》四本書。翌年5月開始出版《創造季刊》，到1924年1月，共出六期。1923年5月發行《創造週報》，直到1924年5月止。1923年後，又有王獨清、穆木天、馮乃超、彭康等陸續加入。1923年7月在《中華日報》主編《創造日》，至11月共出百期。此外，在1924至1927年間兩次出刊《洪水》三十八期，1926至1929年間出版《創造月刊》十八期，1928年1月創刊《文化批判》，五期後因言論偏激被查封，改名《思想》月刊，續出五期。

創造社於1922年5月創刊的《創造季刊》

雖然「創造社」的成員也說他們中間沒有共同的思想，可是直接或間接從他們的言論中可以看出他們是比較偏向於浪漫主義的，因此被人冠以「為藝術

而藝術」的封號（註2）。郭沫若的偏激、郁達夫的頹廢、田漢和張資平的濫情，比起「文學研究會」成員的平實作風更易於引起社會的側目、青年人的傾心，因此「創造社」成立之後聲勢不小。在翻譯和文評方面，「創造社」跟「文學研究會」一樣用心，不過翻譯的對象偏重德、英、法的浪漫主義作家，像歌德、海涅、拜倫、雪萊、濟慈、王爾德、雨果、羅曼・羅蘭以及哲學家尼采、柏格森等。因為出道以後的成功，不久「創造社」就表現出欲從「文學研究會」手中搶奪文壇霸權的企圖心，二者因此免不了發生一些摩擦。「文學研究會」畢竟根深柢固，枝繁葉茂，不易動搖，再加上五卅運動（註3）激起了反帝國主義的熱潮，促使「創造社」做了一百八十度的大轉彎，從浪漫主義一跳跳到革命文學。魯迅曾經諷刺「創造社」的人因「想賺錢沒賺成，才又跑去革命」（註4），未免過甚其詞了。一般均認為1926年郭沫若發表〈革命與文學〉一文標幟著「創造社」的大轉向。郭氏在該文中說：

> 　　所以我們的國民的或者民眾的要求，歸根是和他們資本主義國度下的無產階級的要求完全一致。我們要要求從經濟的壓迫之下解放，我們要要求人類的生存權，我們要要求分配的均等，所以我們對於個人主義的自由主義要根本劃除，我們對於浪漫主義的文藝也要取一種徹底反抗的態度。（郭沫若 1926）

從擁抱浪漫主義一變而為反對浪漫主義，其實也不失為一種浪漫的態度。「創造社」的同仁，除郁達夫、張資平的態度曖昧外，其他的人都一心擁抱革命了。譬如成仿吾更進一步發表〈從文學革命到革命文學〉，公開否定自我，奔向革命文學。他說：

註2：「創造社」的鄭伯奇曾辯護說「創造社」並非如一般人所想像的那麼「為藝術而藝術」（鄭伯奇 1935）。
註3：1925年5月30日，因為追悼兩星期前日本紗廠監工擊斃的一個中國工人，在上海英租界遊行抗議，警察竟開槍打死十二個、打傷十七個遊行的人，釀成慘案，引起全國的公憤。
註4：語見郭沫若《創造十年》（郭沫若 1972：19）。郭文中所指魯迅汙衊「創造社」的話來自魯迅的〈上海文藝之一瞥〉，原載1931年7-8月《文藝新聞》第20-21期。

我們如果還挑起革命的「印貼利更追亞」（按：intelligentsia）的責任起來，我們還得再把自己否定一遍（否定的否定），我們要努力獲得階級意識，我們要使我們的媒質接近農工大眾的用語，我們要以農工大眾為我們的對象。換一句話，我們今後的文學運動應該為一步的前進，前進一步，從文學革命到革命文學！（成仿吾 1928）

　　「創造社」的轉向意義是重大的，因為在當日的環境中表現了知名的文人公開支持左翼革命的方向。轉向後，又有革命青年馮乃超、李初梨、朱鏡我、李一氓等加入。「文學研究會」的同仁其實也是左派的同情者，茅盾的作品就明顯地表露了他呼應社會革命的態度。郭沫若等所表現的積極姿態，使以後的大多數文人不敢後人，為三〇年代的「左翼作家聯盟」承擔了開路的先鋒。對五四以後浪漫主義文學素有研究的李歐梵頗為瞭解創造社各成員的底細，他曾說過一段很中肯的話，他說：

　　就「創造社」各作家而言，郁達夫是相當博學的，郭沫若的西方文學根基以德國文學為主，王獨清、穆木天懂得一點法國文學，也寫過一點「象徵」詩，但成仿吾、鄭伯奇等人，則頗為「不學無術」，任意為文。而後期「創造社」的小夥計如周全平、馮乃超，則是滿腦子從日本學來的「普羅文學」，所以很容易和「太陽社」的蔣光慈連成一氣，鼓吹「革命文學」。（李歐梵 1979）

夏志清評論「創造社」說：

　　創造社不但後期崇尚馬克思主義，即使在初期提倡浪漫主義的時候，也喜歡賣弄學問，態度獨斷，喜歡筆伐。中國新文學之能樹立共產主義的正統思想，大部分是創造社造成的。（夏志清 1979：81）

「戲劇協社」：

1921年12月，由應雲衛、谷劍塵、歐陽予倩、汪仲賢、陳憲謨等發起組成於上海。1923年洪深由美學戲劇返國，加入後執導改編自王爾德的劇作《少奶奶的扇子》，獲得空前的成功，茅盾認爲是「中國第一次嚴格地按照歐美演出話劇的方式來演出的」（陳白塵、董健 1989：104）。除改編的作品外，也演出國人創作的劇作。

「星社」：

1921年由范烟橋、顧明道、鄭逸梅、姚蘇鳳等人發起，成立於蘇州留園。爲鴛蝴派文人的聚會，因正值七夕，范烟橋題「星社雅集」四字，遂以爲名。後因范烟橋到上海明星公司任職，星社移往上海，社員多至百餘人，鴛蝴派文人包天笑、江紅蕉、程小青、徐卓呆、嚴獨鶴等都曾入社。1926年，范烟橋、趙眠雲、黃轉陶、吳聞天等合辦三日刊《星報》（出七十期），並出版雜文匯刊《星光》、《小說家言》、《羅星集》及小說等。1937年後停止活動。

《學衡》：

1922年1月創刊於南京，主要撰稿人有南京東南大學的梅光迪、胡先驌、吳宓等，人稱「學衡派」。該雜誌自稱以「昌明國粹，融化新知，以中正之眼光，行批評之職事」。實際上是反對新文學的一派。1933年《學衡》終刊。

「湖畔詩社」：

1922年一群浙江第一師範學校的學生馮雪峰、潘漠華、汪靜之，加上一位上海銀行的職員應修人在杭州西湖邊組成了「湖畔詩社」，是五四後第一個新詩社。4月，出版詩合集《湖畔》，他們對愛情的歌頌與追求，令當日的衛道者側目。8月，汪靜之出版另一本愛情詩集《蕙的風》，竟有胡適、朱自清、劉延陵三篇序文，作爲對衛道者的反擊。後有魏金枝、樓適夷、謝澹如加入。1925年2月，應修人主編小型文學月刊《支那二月》，只出四期。以後詩社停止活動。

「淺草社」：

1922年成立於上海，主要成員有陳翔鶴、林如稷、馮至、陳煒謨等。曾出版《淺草季刊》四期，主張爲藝術而藝術。1925年因主要成員到北京另組沉鐘社而解散。

「彌灑社」：

1923年3月胡山源、錢江春、趙祖康、陳德徵等發起成立於上海，彌灑（Musa，希臘神話中文藝女神的音譯）。出版《彌灑》月刊六期，主張「無目的、無藝術觀，不討論不批評。」編有《彌灑社創作集》（商務印書館出版）兩集。

「綠波社」：

1923年5月成立於天津。主要成員有趙景深、焦菊隱、孫席珍、萬曼、于賡虞、王瑞麟等。在趙景深主編的《新民意報》闢副刊《綠波旬報》、《綠波週報》用以發表社員的作品。1923年7月出版十三人之詩合集《春雲》。1925年社員達七十人之多，三年後停止活動。

《現代評論》週刊：

1924年12月，胡適、王世杰、陳源等創刊於北京。由王世杰負責編輯，主要撰稿人有胡適、陳源、徐志摩、高一涵、唐有壬等，人稱「現代評論派」。該週刊提倡自由主義，反對功利主義。1927年遷至上海出版，至1928年底出至第九卷二百零九期停刊，其間另出版三期增刊及「現代叢刊」。

「新月社」：

1924年夏，英美留學生徐志摩、聞一多、梁實秋、胡適、陳源等組織的「新月社」成立於北京，初期社員在《現代評論》發表言論，1925年徐志摩在《晨報副刊》創辦《詩刊》、《劇刊》，形成新月詩派。又有饒孟侃、朱湘、孫大雨、于賡虞、劉夢葦等詩人加入。1927年，徐志摩、聞一多、梁實秋等在上海創辦新月書店，邀胡適任董事長，相繼出版《新月》月刊及《詩刊》季刊。在由徐志摩執筆的《新月》發刊詞〈新月的態度〉一文中，聲明反對狂熱與偏激，希望建立具有健康與尊嚴兩原則的文學（徐志摩 1959）。以後梁實秋也說過：

1928年創辦的《新月》月刊，徐志摩主編

偉大的文學乃是基於固定的普遍的人性，從人心深處流出來的情思才是好的
文學，文學難得的是忠實，──忠於人性；至於與當時的時代潮流發生怎樣的
關係，是受時代的影響，還是影響到時代，是與革命理論相合，還是為傳統思
想所拘束，滿不相干，對於文學的價值不發生關係。因為人性是測量文學的唯
一標準。（梁實秋 1928）

這時新月詩派又有新詩人陳夢家、林徽因、方令孺、方瑋德等出現，對中國新詩的
發展貢獻彰著。

「語絲社」：

　　《語絲》週刊於1924年11月在北京創刊，北平北新書局發行，由孫伏園、周
作人先後主編，主要撰稿人有魯迅、周作人、孫伏園、林語堂、錢玄同、劉半
農、江紹源、川島、章衣萍等。「語絲社」因週刊而得名，沒有明確的組織，
其成員即編輯者與撰稿人。《語絲》是現代文學中最早以散文為主的刊物，其
雜感、短評、小品等形成獨具一格的「語絲體」。1927年10月《語絲》被奉系
軍閥張作霖查封，於12月第四卷第一期在上海
復刊，先後由魯迅、柔石、李小峰主編，主要撰
稿人有魯迅、周作人、章衣萍、韓侍桁、楊騷、
陳學昭等。1930年3月出至第五卷第五十二期停
刊，語絲社之名也隨即消失。

「莽原社」：

　　孫伏園於1925年4月離開北平的《晨報》，聯
絡魯迅在《京報》創立《莽原》週刊，並組織
「莽原社」，參與的作家有高長虹、黃鵬基、尚
鉞、向培良、李霽野、臺靜農、韋素園、韋叢
蕪、青雨、小酪等。《莽原》四期後改為半月
刊，且改由「未名社」發行。1926年因北平女師

魯迅等組成的語絲社出版的《語絲》週刊

大風潮迫使魯迅南下，「莽原社」因內部不和而解體，高長虹、向培良、黃鵬基南下上海，另組「狂飆社」。

「狂飆社」：

1924年高長虹原在山西太原編輯《狂飆月刊》，後到北京編輯《狂飆週刊》。1926年秋到上海復刊《狂飆週刊》，主要撰稿者有高長虹、高歌、向培良、黃鵬基、尚鉞、柯仲平、高沐鴻、鄭效洵等人，視同「狂飆社」的成員。曾發表〈狂飆運動宣言〉，祖述尼采哲學。又先後成立出版社、演劇部，從事「小劇場運動」。《狂飆週刊》停刊後，1928年冬高長虹又曾創辦《長虹週刊》與《狂飆運動》月刊。1929年高長虹出國，曇花一現而已。

「未名社」：

「未名」之名來自魯迅為北平的北新書局主編專收翻譯作品的「未名叢刊」，因當日銷路不佳，遂脫離北新書局，於1925年8月在魯迅主導下韋素園、李霽野、臺靜農、曹靖華、韋叢蕪等在北平組織了「未名社」，由韋素園主持社務，翻譯介紹外國文學，特別是俄國文學，出版《未名》半月刊及「未名叢刊」、「烏合叢刊」、「未名新集」三種叢書。1928年3月26日被軍閥查封，9月恢復活動。後因有成員與國民黨關係密切，使魯迅於1931年5月初退出。1933年春宣布解散。

「沉鐘社」：

1925年10月成立於北京，主要社員有陳翔鶴、林如稷、楊晦、陳煒謨、馮至等，一般認為是「淺草社」的延續。寫作風格平實，重視介紹外國文學，特重德國文學。出版《沉鐘》週刊、《沉鐘》半月刊和「沉鐘叢書」。1927年曾由上海北新書局印行「沉鐘社文藝叢書」四種：馮至的《昨日之歌》、陳煒謨的《爐邊》、楊晦翻譯的《悲多汶傳》和陳翔鶴的《不安定的靈魂》。1934年該社停止活動。

「南國社」：

1927年多田漢正式成立南國社於上海。其實之前，田漢已經創辦過「南國電影劇社」，出版過《南國》半月刊四期（1922）及《南國特刊》二十期（1924

起）。南國社下設文學、繪畫、音樂、戲劇與電影五部，以戲劇活動爲主，演出很多田漢創作或改編的劇本，對話劇的發展頗有影響。聲明宗旨爲「團結能與時代共痛癢之有爲的青年，作藝術上之革命運動」。1929年創辦《南國月刊》。1930年因演出舞台劇《卡門》被政府當局查封（註5）。

1929年田漢創辦的《南國月刊》

「太陽社」：

1927年冬，蔣光慈、錢杏邨、孟超、楊邨人等發起成立於上海，以宣傳馬克思主義、提倡無產階級革命文學爲宗旨。其他成員尚有夏衍、林伯修、洪靈菲、顧仲彝、殷夫、樓適夷、劉一夢、戴平萬、任鈞、祝秀俠、馮憲章、迅雷、聖悅、童長榮、王藝鐘等，多爲共產黨員。先後出版《太陽月刊》、《時代文藝》、《海風週報》、《新流月刊》、《拓荒者》等刊物，並且編有「太陽社叢書」。1929年9月，蔣光慈、樓適夷、馮憲章、任鈞等人先後到日本，故曾在東京成立太陽社支部。1930年「左翼作家聯盟」成立後自動解散。其實早在1924年蔣光慈從蘇聯返國後就與沈澤民等組織過「春雷社」，通過《民國日報》副刊《覺悟》編輯週刊《文學專號》，發表革命文學的言論；不過爲時甚短。

《奔流》月刊：

創刊於1928年6月，魯迅主編，上海北新書局發行，以譯作爲主，兼有創作。存活一年半的時間，共出版二卷五期。有刊而無社，主要的關係人爲「未名社」的同仁，外加郁達夫、楊騷、白薇等。文稿來源，主要在特約，兼及外稿，每期均有魯迅執筆的「編校後記」。

註5：南國社在1930年因演舞台劇《卡門》被右派的國民黨政府查封，1981年筆者又親見歌劇《卡門》在北京遭到左派的共產黨政府禁演，似乎當政者均忌諱此劇中的叛逆精神和違法情節會帶給觀眾某種暗示或不良的影響。

「朝花社」：

1928年11月，由魯迅發起成立於上海。主要成員有柔石、許廣平、王方仁、崔眞吾等人。宗旨在介紹東歐、北歐的文學作品，提倡剛健質樸的文藝，並輸入國外的版畫。曾出版《朝花》週刊（後改稱《朝花旬刊》）、《近代木刻選集》、《蕗谷虹兒畫選》、《新俄畫選》、《比亞茲萊畫選》（總稱《藝苑朝花》）等畫集及《近代世界短篇小說集》。1930年後停止活動。

「摩登社」：

1929年南國社中的激進分子，諸如左明、陳白塵、鄭君里等另組摩登社，推行學校戲劇運動，以期完成左派「民眾戲劇」的號召。

《萌芽》月刊：

1930年魯迅因受光華書局之邀而結束《奔流》月刊，與郁達夫合編《萌芽》月刊。這時左聯已經成立，《萌芽》遂染上左派色彩，半年出版六期即被禁停刊。

《現代》月刊：

1932年初，《小說月報》停刊，其他左派刊物多被禁，由施蟄存主編，現代書局發行的《現代》月刊於5月創刊，所刊文稿顯露現代主義氣息，特別引人注目。每期主要執筆者，除施蟄存外，尚有杜衡、戴望舒、穆時英、劉吶鷗、徐霞村、葉靈鳳、路易士（紀弦）、高明、林希雋等。後來施蟄存邀請杜衡參與編務，遂有與胡秋原提出「文藝自由論」之舉。施蟄存又另創辦《文藝風景》月刊及於1935年創辦《文飯小品》半月刊一種。1935年《現代》月刊出到第六卷第二期時改爲綜合月刊，施蟄存與杜衡一同離職，由汪馥泉接編，不久即停刊。

《論語》、《人間世》與《宇宙風》半月刊：

《論語》半月刊爲林語堂於1932年夏創刊，自行主編，以刊載幽默小品爲主。主要撰稿者有周作人、俞平伯、廢名、徐訏、陶亢德等，多爲以前「語絲社」的同仁。從二十七期開始，改由陶亢德主編，八十三期起署郁達夫、邵洵美二人編輯，實際由邵洵美負責。1937年8月出到一百一十七期，因抗日戰爭爆

左：林語堂於1932年創辦的《論語》
中：林語堂於1934年創辦的《人間世》
右：1935年創辦的《宇宙風》

發而停刊，1946年12月復刊第一百一十八期，仍由邵洵美主編，到1949年5月停刊，共出一百七十七期，前後長達十七年。

1934年春林語堂再創《人間世》半月刊，由上海良友公司出版發行，仍以小品文為主，不過只維持一年，出到二十四期停刊。此後林語堂又曾與黃嘉音、黃嘉德合編過《西風》月刊，專譯介西方的幽默小品。林語堂的哥哥林憾廬與徐訏、陶亢德於1935年合辦同樣性質的《宇宙風》半月刊，在抗戰時期遷香港出版後在港滬兩地發行，到1947年停刊。

「文學社」：

文學研究會中的一些同仁因為《小說月報》停刊，遂於1933年7月組成文學社以便出版《文學》雜誌，每月出版一次，半年為一卷，由文學社主編，上海生活書店發行。該社分由傅東華主持內務，沈雁冰主持外務，並由沈氏邀魯迅、夏丏尊、陳望道等加入，組成編輯委員會，計有委員魯迅、茅盾、郁達夫、鄭振鐸、葉紹鈞、陳望道、夏丏尊、傅東華、王統照、徐調孚。後魯迅因故退出，自第二卷起傅東華擔任主編之責。七卷一期起傅東華被迫辭職，由王統照接編，至1937年9月停刊。1938年初曾復刊，改為三十二開本，但不到一年又告終。

「文學季刊社」：

1934年春，鄭振鐸、巴金、靳以、李健吾、冰心、李長之等在北平組成，以出版《文學季刊》。以上成員即為編輯委員，鄭振鐸主編，每季一期，每年一卷，由北平立達書店發行。曹禺的《雷雨》及李健吾早期劇作均在此季刊發表。1935年秋，李長之因為巴金任意改其論文而生氣退出，巴金與靳以也退出南下，邀約北方作家曹禺、何其芳、蕭乾、麗尼等在上海另組「文季社」，並在上海良友公司發行《文季月刊》。鄭振鐸因為李長之、巴金、靳以的退出集稿困難，被迫停刊，共出二卷四期。

1934年創刊的《文學季刊》，鄭振鐸、靳以主編

《太白》半月刊：

1934年9月創刊，是一本專發表小品散文的刊物，每月二期，半年一卷，由陳望道主編，上海生活書店發行。編輯委員會有委員十一人：陳望道、郁達夫、朱自清、葉紹鈞、鄭振鐸、傅東華、黎烈文、徐調孚、徐懋庸、曹聚仁、艾寒松。並邀魯迅、落華生（許地山）、洪深、巴金、靳以、朱光潛、李健吾等四十多人為長期撰稿人。至1935年9月停刊，共出兩卷二十四期。

《譯文》月刊：

為魯迅在《奔流》月刊之後所辦的另一刊物，創刊於1934年9月16日，每半年為一卷，專載翻譯，古典、現代的國外創作、論述皆有。黃源具名主編，上海生活書店發行，但每期校樣均經魯迅過目，創刊號的「前記」，停刊時的「終刊宣言」、復刊時的「復刊詞」，均為魯迅手筆。1935年10月停刊數月，1936年3月復刊，至年末終刊，共出四卷二期。

「文季社」：

巴金與靳以離開北平的「文學季刊社」後，南下上海，於1936年元月組成「文季社」，出版《文季月刊》，由上海良友公司發行，每半年為一卷。巴金與靳以主編，分別負責外務與內務。特約撰稿人有沈從文、蕭乾、曹禺、胡

風、何其芳、麗尼、楊剛、歐陽山、草明、聶紺弩等。出到二卷六期終刊。巴金另組「文化生活出版社」，繼發行《文叢》月刊，並廣邀當日作家著作，出版「文化生活叢刊」、「文學叢刊」等系列書籍，對當日文學出版界貢獻卓著。

此外，在福建廈門有俞念遠、崔眞吾、謝玉生、洪學琛、王方仁、朱斐等組織的「泱泱社」、在武昌有郁達夫支持劉大杰等辦的「藝林社」，出版《藝林》旬刊；在長沙，有李青崖等組織的「湖光文學社」，出版《湖光》半月刊等。據茅盾統計，到1925年止，全國已經出現的社團及刊物不下百餘種（茅盾1935b）。

以上的這些社團多與「文學研究會」或「創造社」的成員有關，因此他們的文學主張不是接近前者，就是接近後者，只有「新月社」是很不同的。「新月社」的創辦者胡適、梁實秋、徐志摩等人都是英美的歸國留學生，深受西方自由主義的影響，因此他們的言論多強調自由、民主與科學精神，他們從人性出發，厭惡談階級或革命。他們雖然對新詩與現代散文的發展以及文學研究理論與方法的建樹殊有貢獻，但因爲他們的主張跟熱心革命的人士格格不入，遂成爲以後左翼文人排擠與攻訐的對象。

二、「左聯」的成立及其影響

1917年10月，俄國爆發了社會主義革命，而且取得了勝利，給予中國的革命青年莫大的鼓舞，不久也促生了中國共產黨在1921年的成立。初期的共產黨雖然獲得不少激進青年的擁戴，但力量畢竟薄弱。國人對北洋政府的貪權腐敗失望之餘，只能把希望寄託在國民黨身上。孫中山在1925年逝世前在廣州領導國民黨改組，西方列強只有蘇聯伸出援手，致使孫中山在權衡利弊後發表聯俄容共的聲明，使共產黨人得以大量滲透入國民黨，造成國民黨中左右兩派的暗鬥。五卅之後，國人反帝國主義及北洋軍閥的情緒激昂，1926年國民黨在廣州組成國民革命軍，在蔣介石的率領下誓師北伐，一路勢如破竹。當北伐途中蔣

介石感到共產黨的坐大與掣肘，於是在1927年春暫停北伐，先行清黨，4月12日在上海另立國民黨中央和國民政府，宣布共產黨為非法組織。7月15日汪精衛的武漢中央政府也宣布反共政策，國共的第一次合作至此完全破裂，使紅軍的主力撤向井崗山，共產黨走入地下。此一新形勢使國民黨背負了迫害革命力量的罪名，而共產黨成了受迫害者，贏得了大多數內心中本傾向革命的知識份子的同情。

在文學界，穩健的「文學研究會」的成員多半都暗暗地寄希望於社會改革，「創造社」的成員從1926年轉向革命後變成了激進的左派，反倒看不上「文學研究會」的保守態度。1928年1月，更加激進的共產黨人蔣光慈（又名蔣光赤）、錢杏邨、孟超等成立了「太陽社」，出版《太陽月刊》，開始與「創造社」搶奪革命文學的領導權，彼此殺伐。這兩個革命團體又一致地攻訐當日在文壇聲譽正隆的魯迅和茅盾，把他們當作「封建餘孽」（杜荃 1928）和「小資產階級的學士」（克興 1928）加以圍剿。

左派陣營的紛爭持續了一年有餘，適逢其間出現了一個在左派眼中更像釘子的對象，那就是在1928年3月創辦了《新月》月刊以繼承停刊的《現代評論》的「新月社」。梁實秋等在《新月》上提倡有尊嚴的人性文學以對抗左派的革命文學，當然成為左派的眾矢之的。「新月」的胡適、徐志摩、梁實秋、陳源等一旦被定性為「資產階級的代言人」，他們從此便成為左派的共同敵人。在共產黨幕後的運作下，「創造社」和「太陽社」中止了對魯迅、茅盾等人的圍剿，籌謀統一革命的陣營。由共產黨員沈端先（夏衍）、馮乃超、馮雪峰等進行聯絡，先由魯迅、田漢、郁達夫、鄭伯奇、畫室（馮雪峰）、潘漢年、沈端先等五十二人於1930年春發起成立中國自由大同盟，繼於1930年3月2日在上海組成了「左翼作家聯盟」，發起人有魯迅、茅盾、郭沫若、沈端先、陽翰笙、郁達夫、馮乃超、馮雪峰、鄭伯奇等。在成立大會的〈左聯理論綱領〉中宣布：

我們的藝術是反封建階級的，反資產階級的，又反對「失掉社會地位」的小

資產階級的傾向。我們不能不援助而且從事無產階級藝術的產生。（註6）

　　「左聯」表面上的領導人是魯迅，實際上卻是由兩度留蘇曾任中共總書記的瞿秋白在幕後操縱。「左聯」的經費應該來自中共，所以相當充足，可以先後出版了《拓荒者》、《萌芽月刊》、《世界文化》、《北斗》、《巴爾底山》、《十字街頭》、《文學月報》等刊物，並改組或接辦了《現代小說》、《大眾文藝》、《文藝新聞》。另外，當時重要的大型期刊《文學》以及《文學導報》（創刊時名《前哨》）據說也是由「左聯」祕密控制的（唐弢 1984：28）。有如此眾多的文學雜誌，自然容易吸引當日的文學青年，再加上有名的文學作家像魯迅、茅盾、郭沫若等的號召，使三〇年代的文學界瀰漫著濃重的左傾氣氛。不久「左聯」在北平和日本東京設立了分盟，在天津、南京、武漢、廣州等地成立了小組，吸收了大批左翼文藝青年。

　　「左聯」的成立在中國現代文學史上發生了重大的影響：第一是促使了大多數作家的左轉；第二是把五四以來自由創作的心靈帶上了為政治及革命服務的道路（註7）。

註6：語見記者報導〈中國左翼作家聯盟的成立〉，原載1930年3月《拓荒者》第1卷第3期。
註7：本章所記文學社團只取其具有重要性者，如讀者欲查閱更詳盡的有關資料，請參閱秦賢次撰〈新文學運動以來的文學社團（1921-1949）〉上（1987年4月《文訊》第29期，頁25-34）；中（1987年6月《文訊》第30期，頁247-253）；下（1987年10月《文訊》第32期，頁269-282）及〈抗戰時期的文學社團〉（1988年2月《文訊》第34期，頁216-231）。

引用資料

成仿吾，1928：〈從文學革命到革命文學〉（寫於1923年11月），2月《創造月刊》第1卷第9期。

杜　荃，1928：〈文藝戰線上的封建餘孽——批評魯迅的《我的態度氣量和年紀》〉，8月10日《創造月刊》第2卷第1期。

克　興，1928：〈小資產階級文藝理論之謬誤——評茅盾君底《從牯嶺到東京》〉，12月《創造月刊》第2卷第5期。

李歐梵，1979：〈浪漫之餘——五四以後的文學反顧〉，8月20日《中國時報‧人間副刊》。

周作人，1918：〈人的文學〉，12月《新青年》第5卷第6號。

茅　盾，1935a：〈關於文學研究會〉，趙家璧主編《中國新文學大系‧史料索引》，上海良友圖書公司。

茅　盾，1935b：《中國新文學大系‧小說一集導言》，上海良友圖書公司。

徐志摩，1959：〈新月的態度〉，北京師範大學中文系現代文學教學改革小組編，《中國現代文學史參考資料》第一卷上冊，北京高等教育出版社，頁404-408。

梁實秋，1928：〈文學與革命〉，《新月》第4期。

夏志清，1979：《中國現代小說史》，香港友聯出版社。

唐弢主編，1984：《中國現代文學史簡編》，北京人民文學出版社。

陳白塵、董健，1989：《中國現代戲劇史稿》，北京中國戲劇出版社。

郭沫若，1926：〈革命與文學〉，5月16日《創造月刊》第1卷第3期。

郭沫若，1972：《創造十年》，香港匯文閣書店。

楊一鳴編，1944：《文壇史料》，大連大連書店。

魯　迅，1937：〈上海文藝之一瞥〉，7-8月《文藝新聞》第20-21期。

鄭伯奇，1935：《中國新文學大系‧小說三集導言》，上海良友圖書公司。

鄭振鐸，1935：《中國新文學大系‧文學論爭集導言》，上海良友圖書公司。

參考文獻：

魯　迅〈對於左翼作家聯盟的意見〉（1930年4月）

【參考文獻】

對於左翼作家聯盟的意見
——三月二日在左翼作家聯盟成立大會講

魯迅

有許多事情，有人在先已經講得很詳細了，我不必再說。我以為在現在，「左翼」作家是很容易成為「右翼」作家的。為什麼呢？第一，倘若不和實際的社會鬥爭接觸，單關在玻璃窗內做文章，研究問題，那是無論怎樣的激烈，「左」，都是容易辦到的；然而一碰到實際，便即刻要撞碎了。關在房裡，最容易高談徹底的主義，然而也最容易「右傾」。西洋的叫作「Salon的社會主義者」，便是指這而言。「Salon」是客廳的意思，坐在客廳裡談談社會主義，高雅得很，漂亮得很，然而並不想到實行的。這種社會主義者，毫不足靠。並且在現在，不帶點廣義的社會主義的思想的作家或藝術家，就是說工農大眾應該做奴隸，應該被虐殺，被剝削的這樣的作家或藝術家，是差不多沒有了，除非墨索里尼，但墨索里尼並沒有寫過文藝作品（當然，這樣的作家，也還不能說完全沒有，例如中國的新月派諸文學家，以及所說的墨索里尼所寵愛的鄧南遮便是）。

第二，倘不明白革命的實際情形，也容易變成「右翼」。革命是痛苦，其中也必然混有汙穢和血，絕不是如詩人所想像的那般有趣，那般完美，革命尤其是現實的事，需要各種卑賤的麻煩的工作，絕不如詩人所想像的那般浪漫；革命當然有破壞，然而更需要建設，破壞是痛快的，但建設卻是麻煩的事。所以對於革命抱著浪漫諦克的幻想的人，一和革命接近，一到革命進行，更容易失望。聽說俄國的詩人葉遂寧，當初也非常歡迎十月革命，當時他叫道：「萬歲，天上和地上的革命！」又說：「我是一個布爾塞維克了！」然而一到革命後，實際上的情形，完全不是他所想像的那麼一回事，終於失望，頹廢。葉遂寧後來是自殺了的，聽說這失望是他的自殺的原因之一。又如畢力涅克和愛倫堡，也都是例子。在我們辛亥革命時也有同樣的例，那時有許多文人，例如屬於「南社」的人們，開初大抵是很革命的，但他們抱著一種幻想，以為只要將滿洲人趕出去，便一切都恢復了「漢官威儀」，人們都穿大袖的衣服，峨冠博帶，大步地在街上走。誰

知趕走滿清皇帝以後，民國成立，情形卻全不同，所以他們便失望，以後有些人甚至成為新的運動的反動者。但是，我們如果不明白革命的實際情形，也容易和他們一樣的。

還有，以為詩人或文學家高於一切人，他的工作比一切工作都高貴，也是不正確的觀念。舉例說，從前海涅以為詩人最高貴，而上帝最公平，詩人在死後，便到上帝那裡去，圍著上帝坐著，上帝請他吃糖果。在現在，上帝請吃糖果的事，是當然無人相信的了，但以為詩人或文學家，現在為勞動大眾革命，將來革命成功，勞動階級一定從豐報酬，特別優待，請他坐特等車，吃特等飯，或者勞動者捧著牛油麵包來獻他，說：「我們的詩人，請用吧！」這也是不正確的；因為實際上絕不會有這種事，恐怕那時比現在還要苦，不但沒有牛油麵包，連黑麵包都沒有也說不定，俄國革命後一兩年的情形便是例子。如果不明白這情形，也容易變成「右翼」。事實上，勞動者大眾，只要不是梁實秋所說「有出息」者，也絕不會特別看重知識階級者的，如我所譯的《潰滅》中的美諦克（知識階級出身），反而常被礦工等所嘲笑。不待說，知識階級有知識階級的事要做，不應特別看輕，然而勞動階級絕無特別例外地優待詩人或文學家的義務。

現在，我說一說我們今後應注意的幾點。

第一，對於舊社會和舊勢力的鬥爭，必須堅決，持久不斷，而且注重實力。舊社會的根柢原是非常堅固的，新運動非有更大的力不能動搖它什麼。並且舊社會還有它使新勢力妥協的好辦法，但它自己是絕不妥協的。在中國也有過許多新的運動了，卻每次都是新的敵不過舊的，那原因大抵是在新的一面沒有堅決的廣大的目的，要求很小，容易滿足。譬如白話文運動，當初舊社會是死力抵抗的，但不久便容許白話文的存在，給他一點可憐地位，在報紙的角頭等地方可以看見用白話寫的文章了，這是因為在舊社會看來，新的東西並沒有什麼，並不可怕，所以就讓它存在，而新的一面也就滿足，以為白話文已得到存在權了。又如一兩年來的無產文學運動，也差不多一樣，舊社會也容許無產文學，因為無產文學並不厲害，反而他們也來弄無產文學，拿去做裝飾，彷彿在客廳裡放著許多古董瓷器以外，放一個工人用的粗碗，也很別致；而無產文學者呢，他已經在文壇上有個小地位，稿子已經賣得出去了，不必再鬥爭，批評家也唱著凱旋歌：「無產文學勝利」。但除了個人的勝利，即以無產文學而論，究竟勝利了多少？況且無產文學，是無產階級解放鬥爭的一翼，它跟著無產階級的社會勢力的成長而成長，在無產階級的社會地位很低的時候，無產文學的文壇地位反而很高，這只是證明無產文學者離開了無產階級，回到舊社會去罷了。

第二，我以為戰線應該擴大。在前年和去年，文學上的戰爭是有的，但那範圍實在太小，一切舊文學舊思想都不為新派的人所注意，反而弄成了在一角裡新文學者和新文學者的鬥爭，舊派的人倒能夠閒舒地在旁邊觀戰。

第三，我們應該造出大群的新的戰士。因為現在人手實在太少了，譬如我們有好幾種雜誌，單行本的書也出版得不少，但做文章的總同是這幾人，所以內容就不能不單薄。一個人做事不專，這樣弄一點，那樣弄一點，既要翻譯，又要作小說，還要作批評，並且也要作詩，這怎麼弄得好呢？這都因為人太少的緣故，如果人多了，則翻譯的可以專翻譯，創作的可以專創作，批評的專批評；對敵人應戰，也軍勢雄厚，容易克服。關於這點，我可帶便地說一件事。前年創造社和太陽社向我進攻的時候，那力量實在單薄，到後來連我都覺得有點無聊，沒有意思反攻了，因為我後來看出了敵軍在演「空城計」。那時候我的敵軍是專事於吹擂，不務於招兵練將的；攻擊我的文章當然很多，然而一看就知道都是化名，罵來罵去都是同樣的幾句話。我那時就等待有一個能操馬克思主義批評的槍法的人來狙擊我的，然而他終於沒有出現。在我倒是一向就注意新的青年戰士的養成的，曾經弄過好幾個文學團體，不過效果也很小。但我們今後卻必須注意這點。

我們急於要造出大群的新的戰士，但同時，在文學戰線上的人還要「韌」。所謂韌，就是不要像前清做八股文的「敲門磚」似的辦法。前清的八股文，原是「進學」做官的工具，只要能作「起承轉合」，藉以進了「秀才舉人」，便可丟掉八股文，一生中再也用不到它了，所以叫作「敲門磚」，猶之用一塊磚敲門，門一敲進，磚就可拋棄了，不必再將它帶在身邊。這種辦法，直到現在，也還有許多人在使用，我們常常看見有些人出了一兩本詩集或小說集以後，他們便永遠不見了，到哪裡去了呢？是因為出了一本或二本書，有了一點小名或大名，得到了教授或別的什麼位置，功成名遂，不必再寫詩寫小說了，所以永遠不見了。這樣，所以在中國無論文學或科學都沒有東西，然而在我們是要有東西的，這於我們有用。（盧那卡爾斯基是甚至主張保存俄國的農民美術，因為可以造出來賣給外國人，在經濟上有幫助。我以為如果我們文學或科學上有東西拿得出去給別人，則甚至於脫離帝國主義的壓迫的政治運動上也有幫助。）但要在文化上有成績，則非韌不可。

最後，我以為聯合戰線是以有共同目的為必要條件的。我記得好像曾聽到過這樣一句話：「反動派且已經有聯合戰線了，而我們還沒有團結起來！」其實他們也並未有有意

的聯合戰線，只因為他們的目的相同，所以行動就一致，在我們看來就好像聯合戰線。而我們戰線不能統一，就證明我們的目的不能一致，或者只為了小團體，或者還其實只為了個人，如果目的都在工農大眾，那當然戰線也就統一了。（載1930年4月1日《萌芽月刊》第1卷第4期）

第十章　新小說的風采

　　五四以後的小說與清末的小說大爲不同，清末的小說雖然多少受到了第一度西潮的刺激，語文上多數採用白話，形式上還維持了章回體的規模，主題、氣氛和人物仍然明顯地承繼著古典白話說部的脈絡；但五四以後的小說卻直接受到西方小說的影響，深深地銘刻著西方小說的烙印。最初寫出新小說的人也都是留學生，親身接觸到西方的小說。茅盾曾言：「結構是最先發展完成的，人物的發展較慢，環境爲作家所注意亦爲比較的晚近的事。」（茅盾 1925）他的話即是從西潮的影響著眼。西方的小說帶來了經過啓蒙時代洗禮後的現代西方人的人文精神和思考方式，其中最重要的是民主與自由的內涵，使五四那一代的作家在對比之下，不能不揚棄過去傳統說部中留存的一些封建的遺跡，那些被魯迅稱之謂「瞞與騙」的文學。五四以後出現的新小說，不止是形式與章法的西化，而在精神內涵方面也與傳統大異其趣。這一代的作家開始感到人的價值和個人的重要，不再甘願受縛於陳腐的道德教條，急於從不合理的社會積習和專橫的家庭中掙脫出來，追尋個人的尊嚴與自主，同時也注意到不平等的社會所造成的下層社會的苦難。於是有周作人倡導「人的文學」的呼聲，有文學研究會的「爲人生而藝術」和創造社的「爲藝術而藝術」的論調。這種轉變在

文學發展史上看，實在是改頭換面的大事。為人生而書寫的作家們，不由自主地傾向於西方十九世紀中期以來悲天憫人的寫實主義；而為藝術而書寫的作家們則嚮往著較早的追尋思想解放的浪漫主義的情懷。雖然為人生而藝術的作家們佔了絕對的多數，少數為藝術而藝術的作家們的聲音卻特別宏亮，一樣成為一股不可漠視的新生力量。

對於新小說的產生，過去的現代文學史或小說史咸認為1918年魯迅發表在5月號《新青年》上的〈狂人日記〉是一個光榮的開端，不過李劼人於1915年在《四川公報特別增刊·娛樂錄》發表白話短篇《兒時影》五則，寫私塾的生活，又於1916年陸續在《群報》發表由四十餘篇短篇連綴而成的《盜志》，揭發官場的黑暗，都早於魯迅的〈狂人日記〉。張恨水於1913年曾寫出白話短篇〈梅花劫〉，比魯迅的〈狂人日記〉更早了五年。留美的陳衡哲在1917年曾寫了一篇短篇小說〈一日〉，發表在胡適、任叔永主編的《留美學生季報》上（皮述民、馬森等 1997：89），也早於魯迅（註1）。論者當然也可以說，李劼人留法以前的小說受西方小說的影響不大，應歸於清末民初的一類，張恨水走的是傳統言情的路子，不能算新小說；至於陳衡哲的〈一日〉，寫作的功力遠不及魯迅，而且又發表在海外的學生刊物上，沒有引起國內讀者的注意，自然就容易被人忽略了。如以影響而論，以魯迅的〈狂人日記〉為新小說之始，也就未嘗不可了。

一、啟蒙者魯迅

真正馬上就引起廣大注目的新小說，當然數魯迅的〈狂人日記〉是第一篇。這篇小說絕對是西潮下的產物，不但在形式上採用西方小說的日記體，題目和人物都步俄國果戈理（Nikolai Gogol,1809-52）的後塵，主題也是在西方文化的對比下所引生的對中國固有文化的檢討與反思。魯迅曾自述他最初寫小說時

註1：陳衡哲在〈一日〉後又以莎菲女士的筆名發表過短篇小說〈老夫妻〉、〈巫峽裡的一個女子〉、〈孟哥哥〉、〈小雨點〉等（岳南 2010：15）。

所受影響的所自來：

魯迅（1881-1936）

從1918年5月起，〈狂人日記〉、〈孔乙
己〉、〈藥〉等陸續的出現了，算是顯示了文
學革命的實績。又因那時的認為「表現的深切和
格式的特別」，頗激動了一部分青年讀者的心。
然而這激動，卻是向來怠慢了紹介歐洲大陸文學
的緣故。1834年頃，俄國的果戈理就已經寫了
〈狂人日記〉，1883年頃，尼采也早藉了蘇魯支
的嘴，說過「你們已經走了從蟲豸到人的路，在
你們裡面還有許多分子是蟲豸。你們做過猴子，到了現在，人還尤其猴子，無
論比哪一個猴子」的。而且〈藥〉的收束，也分明的留著安特萊夫式的陰冷。
但後起的〈狂人日記〉意在暴露家族制度和禮教的弊害，卻比果戈理的憂憤深
廣，也不如尼采的超人的渺茫。（魯迅 1935）

　　雖然〈狂人日記〉在人物、結構、事件，甚至敘事口吻上多有借鑑果戈理的
〈狂人日記〉之處，不過魯迅加以中國化了，提出「吃人的社會」對舊禮教大
加撻伐，在當時確有發聾振聵之效，預為呼應了五四運
動反封建的大勢，因此深獲青年人的喜好，也贏得論者
的好評。從1918到1922，數年間魯迅寫出了一系列短
篇新小說，集成《吶喊》一集（計十五篇，其中有些是
散文，〈不周山〉後來移入《故事新編》，改名〈補
天〉），除〈狂人日記〉外，為人所熟知的還有〈阿Q
正傳〉、〈孔乙己〉、〈藥〉、〈故鄉〉等篇。〈阿Q
正傳〉以諷刺的筆調寫出了當日國人的弱點，使反諷的
「阿Q精神」風行一時，尤為人所稱道，後人由此形象
出發寫出了「醜陋的中國人」的面貌（例如柏楊的《醜

魯迅小說集《吶喊》（1923新
潮社）

陋的中國人》）。〈孔乙己〉、〈藥〉、〈故鄉〉等篇都
旨在描寫中國人的生活是何等的悲慘，但更爲悲慘的是魯
迅指出他們並不自覺自己悲慘的處境。由於《吶喊》一書
的成就，魯迅在1925年前又繼續創作了十一篇短篇小說，
收在《徬徨》集中，其中較著名的有〈祝福〉、〈在酒樓
上〉、〈肥皂〉、〈傷逝〉、〈離婚〉等篇。

魯迅小說集《徬徨》（1926
北新書局）

　　魯迅（1881-1936），原名周樟壽，又名周樹人，字豫
才，魯迅是筆名，取母之魯姓，並曾用筆名唐俟、巴人、
長庚、夏劍生、何家幹、鄧當世、越客、公汗、華圉、且
介等（如此多筆名蓋爲當時需要掩飾眞正的身分），浙
江省紹興縣人。1898年考入南京江南水師學堂，一年後轉入江南陸師學堂附設
礦物鐵路學堂。1902年被江南督練公所派赴日本留學，入東京弘文學院。1904
年轉入仙台醫學專校習醫。兩年後因感於中國人的問題不在身體，而在精神，
遂輟學返東京從事文藝活動。1908年起從章太炎習文字學，並翻譯弱勢民族文
學，在《河南》月刊發表〈摩羅詩力說〉、〈文化偏至論〉、〈科學史教篇〉
等文。1909年歸國後，先後任教於杭州浙江兩級師範學堂、紹興府中學堂、
山會初級師範學堂等。1912年蔡元培出掌教育部後邀至南京擔任部員。5月，
隨部遷北京，出任教育部社會教育司科長及僉事。1918年初參與《新青年》編
輯工作，並在《新青年》發表第一篇短篇小說〈狂人日記〉，旋又發表〈孔乙
己〉、〈藥〉、〈阿Q正傳〉等，同時撰寫雜文，批評封建道德。1920年秋開
始在北京大學、北京師範大學及北京女子師範大學等校兼課，編寫《中國小說
史略》等書。1924年前後新文化陣營開始分化，他一面和反對新文化的守舊派
如「學衡」、「甲寅」等派論戰，一面與同屬新文化陣營的「現代評論」派爭
執。1924年末發起創刊《語絲》週刊。1925年參與組織「莽原社」、「未名
社」，主編《莽原》週刊。1926年「三一八」慘案後因批判北洋政府的暴行，
被通緝，於8月離北京遠走廈門大學任教。1927年初應邀至廣州中山大學任文
學系主任兼教務主任，但不久即發生國民黨的清黨事件，廣州大事逮捕共產黨

人，魯迅營救不力，憤而辭去大學職務，於10月赴上海隱居，專事寫作著述。1928年，受到左派革命社團「創造社」與「太陽社」的圍剿，被迫應戰。中共高層出面緩頰，並於1930年春力推魯迅領導組織「左翼作家聯盟」。又參加「中國自由運動大同盟」與「中國民權保障同盟」等組織，成為左派文人的精神領袖，對五四以後的文壇影響深遠。在上海期間，先後參與編輯《語絲》、《奔流》、《朝花》、《萌芽》、《前哨》、《十字街頭》、《譯文》等文學刊物，並發表大量抨擊時事及當政者的雜文。雖然時時受到被逮捕的威脅，以其盛名，總算避過，在抗戰爆發前的1936年10月19日因肺結核病逝。著有短篇小說集《吶喊》（1923新潮社）、《徬徨》（1926北新書局）、《故事新編》（1936文化生活出版社）、小說史《中國小說史略》（1923-24新潮社）、《漢文學史綱要》（1938魯迅全集出版社）、散文集《野草》（1927北新書局）、《朝花夕拾》（1928未名社）、雜文集《熱風》（1925北新書局）、《華蓋集》（1926北新書局）、《而已集》（1928北新書局）、《墳》（1929未名社）、《三閒集》（1932北新書局）、《二心集》（1932合眾書店）、《偽自由書》（1933春光書局）、《南腔北調集》（1934同文書店）、《准風月談》（1934興中書局）、《集外集》（1935群眾圖書公司）、《花邊文學》（1936聯華書局）、《且介亭雜文》（1937三閒書屋）、《且介亭雜文二集》（1937三閒書屋）、《且介亭雜文末編》（1937三閒書屋）等。

魯迅一開筆就有如此成熟的作品問世，固然說明了作者出眾的文才，但跟他留日期間熟讀西方小說而特具心得也頗有關係。對人物性格、情節結構、章法修辭、主題意涵，都有精準的把握。在敘事技巧上，魯迅深明「隱含的作者」之道，使他在創作小說的同時創造出一個「第二自我」來代替作者自己成為讀者心目中的敘述者。〈狂人日記〉、〈阿Q正傳〉、〈孔乙己〉、〈一件小事〉、〈頭髮的故事〉、〈故鄉〉、〈社戲〉、〈祝福〉、〈在酒樓上〉、〈孤獨者〉等篇裡，都有一個講故事的「我」。在其他篇章裡雖然用了「第三人稱」，但也使人感覺到背後有同一個敘述者的存在。對魯迅的小說而言，人稱不重要，橫豎這個「隱含的作者」都在那裡，給讀者的印象是個勇敢、正

直、目光如炬、嫉惡如仇、仗義執言的人。讀魯迅的小說，讀者不能不為此「隱含的作者」而傾心，而感動。但據今日所見資料，魯迅本人並非一個令人敬服的對象，他的朋友很少，敵人卻很多。他自視很高，個性孤傲，喜歡罵人。那時親身結識過他的人，不少對他都頗有微詞，像梁實秋、陳西瀅、蘇雪林，甚至郭沫若，對他都說過不太恭維的話，或竟出言不遜加以貶損。魯迅之與其弟周作人交惡，雖說錯不一定在魯迅，但可見他並非一個心胸寬宏的人。總之，作者作品中所呈現的「第二自我」並不一定等同作者的本我，這就是為什麼藝術並不等同於作者的道德人格。

魯迅的「第二自我」如何成形的呢？正如魯迅在《吶喊》的序言中所說，在日本的一個醫學院中，看到了一張幻燈片，呈現一群神情麻木的中國人正在津津有味地觀看日軍砍下另一個中國人的頭顱，因而使魯迅發憤要通過文藝來改變中國人的精神面貌。魯迅所創造的這個「第二自我」從此就肩負了此一重任。

這樣的經驗委實震撼人心，特別是對一個神智清明的年輕人而言。為什麼日軍在中國的土地上砍殺中國人的時候，其他的中國人竟成為熱中看熱鬧的圍觀者？而且臉上顯示出麻木的表情呢？這個畫面，實在具有千鈞的力量！魯迅以後在〈狂人日記〉、〈阿Q正傳〉、〈孔乙己〉、〈故鄉〉、〈祝福〉等小說中對中國人性格的種種分析，似乎都是從此孕育而來的，因此他不能不把寫作的目的放在改造國民性上頭。魯迅所見國人的處境，在國內的人恐怕難以清楚地體會到，到了國外，看到外國人如何生活，才意識到中國人彷彿是熟睡在一間無窗的鐵屋中。鐵屋象徵了那時中國人的環境，魯迅的第二自我正是鐵屋中少數清醒的人，嘗試去搖撼其他熟睡中的人群。他小說的讀者，也就似乎可以加入這清醒者的行列了。因此，在藝術的魅力之外，魯迅的小說還具有啟蒙的作用，使世人驚覺到中國人病入膏肓的緊迫情況。魯迅嘗言：「說到『為什麼』作小說吧，我仍抱著十多年前的『啟蒙主義』，以為必須是為『人生』，而且改良這人生。」（魯迅 1981：512）如今，歷經中日戰爭、共產黨當政、文化大革命、六四天安門事件等種種歷史見證，益發使人不得不佩服魯迅的洞察和

遠見。

　　魯迅的小說顯示出作者是一個冷靜的觀察者，他並不直接介入情節或臧否人物，只是技巧地使用種種暗喻和旁敲側擊的方法，使讀者自以爲智商高，才能發現其中的奧意。他不喜直敍，尤長於嘲諷的筆觸，他挖苦起人來，很叫人無地自容。對人物的刻畫，並不全用實寫，用了更多的誇張，甚至扭曲的筆法，以加強人物突出的形象。〈阿Q正傳〉中的阿Q便是一個明顯的例證，卻也是爲魯迅贏得廣大的讀者和國際聲譽的一篇小說。一向以反魯聞名的蘇雪林，在評論魯迅小說的藝術時也很公道地說：

> 他小說的特色正與他的隨感錄一樣，一是用筆的辛辣與深刻，二是句法的簡潔峭拔，三是體裁的新穎獨創。魯迅曾學過醫，洞悉解剖原理，但他所解剖的，不是人類的肉體，而是人類的心靈。我們靈魂深處的祕密，和掩藏最力的弱點，都逃不出他一雙銳眼的觀察。（蘇雪林 1986：294）

二、文學研究會諸家的小說

　　1919年《新潮》雜誌創刊，開始刊載新小說，葉紹鈞、楊振聲、汪敬熙、歐陽予倩等都有作品發表。其中成就較著的是發起成立文學研究會的葉紹鈞。

　　葉紹鈞（1894-1988），字聖陶，曾用筆名柳山、桂山、王鈞、孟言、秉丞、允倩、郢生、葉匋、諟陶、華秉丞、斯提等，江蘇省吳縣人。六歲進入私塾就讀，1907年，入當地的草橋中學，接觸外國小說及當時的文藝思潮，與同學組織詩會「放社」。1912年畢業於蘇州公立第一中學，在當地一家初級小學任教。1914年，被排擠出學校而失業。期間全心投入文言小說創作，寄到

葉紹鈞（1894-1988）

《禮拜六》雜誌發表。後來到上海商務印書館附設學校任教，並擔任商務印書館小學教科書編輯。五四運動後開始創作白話新小說，發表於《新潮》、《小說月報》、《晨報副刊》等刊物。1920年起在上海、杭州、北京等地中學和大學任教，11月與周作人、沈雁冰、鄭振鐸、王統照、許地山等發起成立文學研究會。1923年至1930年任商務印書館國文部編輯，主編《小說月報》、《文學旬刊》；1930年改任開明書店編輯，負責編輯中學語文課本及《中學生》雜誌。1936年，與茅盾及洪深成立「中國文藝家協會」，並參與發起「文藝界反帝抗日大聯盟」。1949年後，曾擔任出版總署副署長、人民教育出版社社長、教育部副部長及第五屆全國人大常委會委員、第五屆全國政協常委會委員。於1988年2月16日於北京逝世，享年九十四歲。

葉紹鈞長期從事中小學的教育工作，特別熟悉教育界的生活狀況和教育人員的精神面貌，像他早期的短篇小說〈飯〉、〈校長〉、〈潘先生在難中〉等都描寫的是教育人員的遭遇。他文字樸素，重視結構、布局，風格貼近寫實，多描寫小市民和知識份子的生活，對下層社會的痛苦深致同情，具有人道主義精神。先後出版過短篇小說集《隔膜》（1922商務印書館，收二十篇）、《火災》（1923商務印書館，收二十篇）、《線下》（1925商務印書館，收十一篇）、《城中》（1926開明書店，收九篇）、《未厭集》（1929商務印書館，收十篇）。據錢杏邨的統計，到1927年，葉紹鈞共發表短篇小說六十八篇，其中有二十篇是寫教育界的（王瑤 1953：89）。1930年在上海開明書店出版唯一的長篇小說《倪煥之》，寫一個兢兢業業的小學教師在大環境的影響下，逐步走向社會改革，而且開始同情革命。其中有作者自己的影子，也指涉了當日溫和的知識份子如何一步步走向激進。小說外，作者也出版過兩冊童話《稻草人》（1923商務印書館）和《古代英雄的石像》（1931開明書店）。

基本上，葉紹鈞的調子是溫和的，並沒有太多的革命激情，因此被當日革命的作家認為灰色，有唯心的傾向，例如茅盾就曾批評說：

然而在最初期，葉紹鈞對於人生是抱著一個「理想」的——他不是那麼「客

觀」的。他在那時期，雖然也寫了「灰色的人生」，例如〈一個朋友〉，可是最多的卻是在「灰色」上點綴著一兩點「光明」的理想的作品。他以為「美」（自然）和愛（心和心相印的瞭解）是人生的最大的意義，而且是「灰色」的人生轉化為「光明」的必要條件。「美」和「愛」就是他的對於生活的理想。這是唯心地去看人生時必然會達到的結論。（茅盾1935）

茅盾的批評可以看出他在很早的時候已經是偏向左傾的作家。1921年初文學研究會將其附屬的刊物《小說月報》革新，由茅盾出任主編，特別開闢小說創作一欄，提供了發表小說的園地。文學研究會集合了當日不少酷愛文學而又具有創作潛力的青年，葉紹鈞以外，像許地山、王統照、冰心、盧隱等在二○年代都寫出了不少使人耳目一新的作品。

許地山（1893-1941），原名贊堃，筆名落華生，是出生在台灣省台南市的作家。1910年畢業於廣東隨宦中學堂，1917年就讀於燕京大學文學院，三年後轉入宗教學院。他也是1920年文學研究會十二個發起人之一。於燕京大學畢業後赴美在哥倫比亞大學攻讀宗教哲學與宗教史，繼赴英國牛津大學及印度研究。1926年返國後，先後任燕京、北京、清華等校教授。1935年赴香港，任教於香港大學，1941年病逝。

1925年，在商務印書館出版他的代表作《綴網勞蛛》，內收十二個短篇。由於他研究宗教哲學的背景，他的小說中總帶有些哲學的意味，探討人生的意義與宗教問題。手法上，並不刻意追求寫實，具有理想主義與浪漫主義的色彩，例如在短篇〈綴網勞蛛〉中的尚潔就是個聖徒式的人物，離寫實很遠。他以後的作品裡常出現這種具有宗教情操的人物，也常使用象徵符號，如勞苦認命的蜘蛛，這是他與其他文學研究會的作家不同的地方。他主要的時間用在研究宗教和教學，小說寫得不多，但以後

許地山（1893-1941）

仍然出版過多部短篇小說集，如《商人婦》（1925商務印書館）、《無法投遞之郵件》（1928北平文化學社）、《解放者》（1933北平星雲堂書店）等。他身後出版的《危巢墜簡》（1946商務印書館）中收有一篇過去未曾發表的中篇小說《玉官》，寫一個心地善良的婦女的一生，夏志清認爲是一篇傑作，理由是「這是在唯物主義氾濫的時代中不可多得的一個重申精神力量的寓言」（夏志清 1979：75）。既然像寓言，或者是寓言，當然不能以寫實的標尺來衡量，否則會令人覺得巧合太多，倒像法國的佳構劇（pièce bien-faite）的章法了。一篇小說的好壞，當然不能使用同一種風格的美學標尺，有學養的評論家的眼光雖說有時難免誤差，大體上還是值得信賴的。

王統照（1897-1957），又名王恂如，曾用筆名息廬、容廬、息孟、盧生、劍先、提西、韋佩、粲者、默堅等，山東省諸城縣人。1918年就讀於北京中國大學，並擔任《中國大學學報》與《曙光》半月刊編輯。1920年參與發起文學研究會。曾負責編輯《文學旬刊》。1922年大學畢業後留校執教。1927年在青島市立中學任教。旋赴日本遊學，1934年赴歐洲考察西方文學及古代藝術。一年後返國，在上海主編《文學》月刊。1939年任暨南大學教授。1941年擔任開明書店編輯。抗戰勝利後回青島，出任山東大學中文系教授。1949年後，歷任山東省文化局長、文教廳副廳長、山東大學中文系主任、山東省文聯主席等。

很難得的是王統照在新小說初期是以寫長篇著稱的作家，他的長篇小說有《一葉》（1922商務印書館）、《黃昏》（1929商務印書館）、《山雨》（1933開明書店）、《春花》（1936良友圖書公司）。另有短篇小說集《春雨之夜》（1924商務印書館）、《生與死的一行列》（1925商務印書館）、《技藝》（1925商務印書館）、《號聲》（1928復旦書店）、《霜痕》（1929華東圖書公司）、《銀龍集》（1936文化生活出版社）、《華亭鶴》（1941文化生活出版社）等。在五四的文化氛圍中，他也難免有反封建、反傳統的表現，喜歡寫青年人的苦悶，有夫子自道的意味。其中以寫在軍閥統治下北方農村的《山雨》較爲出色。曹聚仁說：「在作品的主題和風格上，王統照和葉聖陶相似之處甚多；而溫文敦厚，兩人性格上的相似也非常之多。」（曹聚仁 1955：

39）也有評者對他的小說認為「虛幻的想像多於客觀的描繪，往往從空想中設境或安排人物」（唐弢 1984：169），因此難免落入形似寫實而非寫實的「擬寫實主義」的窠臼（註2）。書中且常有大段的議論，頗有說教之嫌。人物不夠突出，不易為人留下鮮明的印象，所以在時間的淘洗下，多半都漸漸為人遺忘了。

冰心（1900-1999），原名謝婉瑩，冰心是筆名，另署冰心女士或署男士，福建省長樂縣人，是另一個推崇美和愛的「唯心」作家。童年在山東煙台度過，後遷居北京。1914年入貝滿女子中學，1918年入協和女子大學，後併入燕京大學。參與五四運動，同時開始文學創作。1921年參加文學研究會，1923年赴美，入威爾斯利女子學院（Wellesley College），修英國文學。在美時寫成《寄小讀者》系列散文，轟動一時。1926年返國，與社會學家吳文藻結婚。先後任教於燕京大學、清華大學與北京女子文理學院。抗日期間，輾轉流寓於昆明、重慶等地，主持《婦女文化》半月刊。勝利後東渡日本，在東京大學講授中國新文學。1951年返國，1960年後當選為第五屆全國政協常務委員，中國文聯委員、副主席和名譽主席。主要著作有詩集《春水》（1923新潮社）、《繁星》（1923商務印書館）、《冰心詩集》（1932北新書局）、短篇小說集《超人》（1923商務印書館）、《南歸》（1931北新書局）、《往事》（1931開明書店）、《姑姑》（1932北新書局）、《去國》（1935北新書局）、《冰心小說集》（1942北新書局）、散文集《寄小讀者》（1932北新書局）、《冰心散文集》（1932北新書局）、《同情》（1935北新書局）、《冰心遊記》（1935北新書局）、《關於女人》（1945天地出版社）、《歸來以後》（1958北京作

1992年，馬森訪冰心女士於北京

註2：關於「擬寫實主義」請參閱本書第十九章：擬寫實主義與革命文學一節。

家出版社）、《我們把春天吵醒了》（1960天津百花文藝出版社）、《櫻花讚》（1962天津百花文藝出版社）、《拾穗小札》（1964北京作家出版社）、《晚晴》（1980天津百花文藝出版社）、《記事珠》（1982北京人民文學出版社）、兒童文學集《小桔燈》（1960北京作家出版社）、《冰心女士全集》（1930合成書店）、《冰心小說散文選集》（1954北京人民文學出版社）。另有《冰心著譯選集》（三卷）、《冰心文集》六卷（1982上海文藝出版社）等。因為生活、資歷單純，文革中受到的衝擊較小。

　　她是五四那一代很早從事小說創作的作家，她的短篇〈兩個家庭〉和〈斯人獨憔悴〉都發表在五四那一年的《晨報副刊》。篇中寫兩代的矛盾，兒子參加愛國活動，卻受到保守怕事的父親的禁止，揭露當時發生的社會問題，顯然受到易卜生問題劇的啟發，因而為人稱作「問題小說」。1923年出版短篇小說集《超人》，收短篇小說十篇，其中最引人注目的是寫於1921年的〈超人〉，描寫一個脾氣冷峻的青年，拒絕人間的善意與愛，自命超人，但最後終被孩子的純真所感動，成為一個有愛心的人了。另有短篇小說集《南歸》、《往事》、《姑姑》、《去國》等。愛，特別是母愛，常是冰心作品的主題，所以又使當日革命作家感覺冰心的「生活趣味也很符合小資產階級所謂優雅的幻想。」（註3）在當日文壇的氣氛漸漸左轉以後，一般評論對冰心的小說認為主題太過狹隘，沒有觸及到社會的種種問題，缺乏泥土的氣息，有些不食人間煙火的意味。就小說藝術而論，特別是以寫實的標準來衡量，冰心急於表現問題，小說中的人物性格卻不明顯，在社會上也沒有代表性，如果與魯迅小說中的人物像狂人、阿Q、孔乙己、老拴、閏土、祥林嫂等比較，就可看出來這些不足的地方。但是她在表現兒童心理的小說中，卻比其他同時代的作家寫兒童的作品更為入情入理。譬如在〈寂寞〉、〈別後〉等篇中寫兒童的孤寂心理，十分細膩貼切，足以把成年的讀者帶入兒童的視境和感覺世界中而不會感到虛假。冰心是那種具有童心的作家，使她特別能參透兒童的心理，也擅於表現兒童的心

註3：見王瑤《中國新文學史稿》引2卷4期《文藝報》丁玲〈五四雜談〉中語（王瑤 1953：91）。

理，這未嘗不是她的優點。她的小說雖然並非專門寫給兒童或青少年看的，今日看來有些也不妨放入青少年文學的領域。兒童文學或青少年文學，並非中國的文學傳統，而是五四以後的舶來品；即使在西方，也是現代化以後的產物。

盧隱（1898-1934），原名黃英，福建省閩侯縣人。1916年畢業於北京女子師範學校，1919年再畢業於北京女子高等師範學校。1921年開始小說創作，並參加文學研究會。1912年起先後執教於安徽宣城中學、上海大夏大學附中、福州女子師範學校。1926年返回北京，出任北京女子中學校長。參與創辦華嚴書店，編輯《華嚴月刊》。1930年赴日本，旋回國，執教於上海工部局女子中學。1934年病逝。著有短篇小說集《海濱故人》（1925商務印書館）、《曼麗》（1927北平文化學社）、《靈海潮汐》（1931開明書店）、《玫瑰的刺》（1933中華書局）、中篇小說《歸雁》（1930神州國光社）、《女人的心》（1933上海四社出版部）、長篇小說《象牙戒指》（1930商務印書館）及《盧隱自傳》（1934第一出版社）、散文集《雲鷗情書集》（與李唯建合作，1931神州國光社）、《火焰》（1936北新書局）、《東京小品》（1936）及1949年後出版的《盧隱選集》（1983天津百花文藝出版社）、《盧隱選集》上下冊（1985福州福建人民出版社）等。

楊義在他的《中國現代小說史》中比較盧隱與冰心的作品，有以下明晰的分析：

> 盧隱在詩歌、散文方面輸於冰心，在小說的成就上則有過之而無不及。冰心的小說多春氣，盧隱的小說多秋氣。冰心的小說寫母愛、兒童、自然，人生的憂鬱往往轉化為慰安世人的微笑，使人感到似乎在煩悶的人生旅途中，悠然聽到數聲囀鳴於翠柳間的黃鶯；盧隱的小說寫戀愛、悲哀、不幸的身世，熱鬧場上的豪爽難以掩蓋寂寞時分的哀傷，使人感到猶如在風沙撲面的曠地裡淒然聽到泣血於荊棘叢中的杜鵑。盧隱的身世是不幸的，她的小說是不幸者的哀歌。
>
> （楊義 1993：253-54）

以上的幾位作家的作品常被稱爲「問題小說」。溫儒敏認爲：「『問題小說』的創作往往都不是從對生活的觀察體驗出發，而是從哲學或社會人生問題的討論中的某一命題出發，然後將『問題』或『觀點』通過一些簡明的故事或單薄的形象加以闡明，這樣，情節、人物都成爲觀念思想的負載物，概念化也就不可避免。」因而，只有「『問題』本身對讀者產生思想啓迪的影響，『非文學因素』起了決定性作用。」（溫儒敏 1988：35-36）

凌叔華（1904-90），原名瑞棠，筆名素心，廣東省番禺縣人。1923年畢業於河北省立女子師範學校，考入燕京大學，攻讀英國文學。因在《現代評論》上發表小說，受到該刊主編陳源的賞識，進而結爲夫婦。1929年，任教於武漢大學，並主編《武漢文藝》。1938年隨武漢大學遷往四川樂山。1940年轉往燕京大學任教。1947年跟隨夫婿陳源出國，先後僑居英、法、美、加諸國。1954年赴新加坡，在南洋大學執教。1961年起定居倫敦，晚年回歸中國，於1990年病逝北京。

凌叔華雖非文學研究會會員，但文風接近。開始寫小說略晚於冰心與廬隱，重要作品寫於1924至26年間，但一直到1928年才結集出版（《花之寺》）。大都寫那個時代的女性的處境與心理狀態，她感覺敏銳，文筆細緻，頗獲得評論家的賞識。徐志摩稱讚說：「最恬靜最耐尋味的幽雅，一種七弦琴的餘韻，一種素蘭在黃昏人靜時微透的清芬。」（徐志摩 1928）夏志清雖然認爲廬隱是一位拙劣的小說作家，但對凌叔華卻也讚譽有加，謂其成就甚至高於冰心。（夏志清 1979：66-71）《花之寺》（1928上海新月書店）後又出版《女人》（1930商務印書館）、《小孩》（1930商務印書館）、《小哥兒倆》（良友圖書公司）等短篇小說集，49年後出版有《凌叔華短篇小說集》（1960新加坡星洲世界書局）、《凌叔華小說集》（1986北京人民文學出版社）及散文集《愛山廬夢影》（1960新加坡星洲世界書局）。凌叔華的小說在女人外，更多著墨於兒童，但水準都沒有超過早期《花之寺》中的作品。

茅盾雖然是文學研究會的創始人之一，又負責主編《小說月報》，但從事小說創作的時間較晚，故留待下一個時期再做介紹。

三、創造社的小說

　　創造社的同仁郁達夫、郭沫若、張資平、成仿吾、鄭伯奇等都曾嘗試寫小說，因為他們開始偏向浪漫主義，作品當然帶著濃厚的浪漫主義的色彩。其中張資平所寫多角戀愛的言情小說，雖格調不高，也有某種代表性，成仿吾與鄭伯奇的小說作品不多可以不論，在五四以後的文壇上以小說嶄露頭角成就最大的就數郁達夫了。

　　郁達夫（1896-1945），原名郁文，字達夫，曾用筆名文、達、旭、春江釣徒、TDY、YDT、趙廉等，浙江省富陽縣人。曾就讀於杭州府中學及杭州育英書院。1913年隨兄赴日本，先後就讀於東京第一高等學校預科、名古屋第八高等學校醫科及東京帝國大學經濟科。1921年返國，與郭沫若等組織「創造社」，參與《創造季刊》、《創造週報》、《創造日》、《創造月刊》等刊物的編輯工作。並先後執教於安徽法政專門學校、北京大學、武昌師範大學、廣州中山大學等校。1927年退出創造社，與魯迅合編《奔流月刊》。1930年，參與發起「中國自由大同盟」，並一度參加「中國左翼作家聯盟」。1933年，參加「中國民權保障同盟」，與王映霞結婚後遷居杭州。1938年，到武漢參加抗日救亡工作。同年赴新加坡，擔任《星洲日報副刊》編輯及《華僑週報》主編，並任抗日聯合會主席。新加坡被日軍攻佔後，流亡至蘇門答臘。1945年9月日本戰敗時，遭殘留印尼日軍殺害。著有小說集《沉淪》（1921上海泰東圖書局）、《蔦蘿集》（1923上海泰東圖書局）、《寒灰集》（《郁達夫全集》第一卷，1927上海創造社出版部）、《雞肋集》（《郁達夫全集》第二卷，1927上海創造社出版部）、《過去集》（《郁達夫全集》第三卷，1927開明書店）、《奇零集》（《郁達夫全集》第四卷，1928開明書店）、《敝帚集》（《郁

郁達夫（1896-1945）

達夫全集》第五卷，1928現代書局）、《在寒風裡》（1929廈門世界文藝書社））、《薇蕨集》（《郁達夫全集》第六卷，1930北新書局）、《她是一個弱女子》（1932上海潮風書局）、《懺餘集》（1933上海天馬書店）、《達夫全集》（1933上海天馬書店）、《斷殘集》（《郁達夫全集》第七卷，1933北新書局）、《達夫短篇小說集》（1935上海北新書局）等。

　　郁達夫在1921年10月所出版的《沉淪》（內收〈沉淪〉、〈南遷〉和〈銀灰色的死〉三個短篇）是中國現代小說的第一本選集（比魯迅的第一本小說集《吶喊》出版早兩年）。這本書一問世，立刻引起青年讀者的熱烈反響和評論家的大譁，攻訐作者病態、頹廢、色情、不道德，乃因作者大膽而赤裸地寫出了青年人的性苦悶心理。周作人從佛洛伊德的精神分析理論著眼，為其辯護說充其量是「非意識的不端方的文學，雖然有猥褻的分子而並無不道德的性質」。因而肯定了《沉淪》的藝術價值，稱其為「受戒者的文學」（literature for the initiated）。（註4）

　　中國傳統的說部中並不缺乏色情的描寫，何以獨獨《沉淪》會引發眾多的爭議？蓋因國人接受西潮的影響之後，正在改變視小說、戲曲為誨淫誨盜的傳統觀念，以為嚴肅、高尚的藝術不該觸及色情。那時的評論者並未瞭解到書寫性心理與激發色欲描寫的區別，才會有這種過度的反應。

　　另一個原因是誤解了郁達夫自言「文學作品都是作家的自敘傳」（郁達夫 1936）的聲言，不免認為小說中的人物就是作家本人，小說中的情節全是作者個人的經驗，因而不習慣一個作家公然地向讀者自道個人的隱私。誠然，在中國的敘事文學中欠缺自剖式的傳統，郁達夫的表現方

郁達夫小說集《沉淪》

註4：見素雅《郁達夫評傳》中所載周作人對〈沉淪〉的評論（素雅 1931）。

式毋寧是外來的影響。他留日時期正是日本承接西歐啟蒙時代作家盧梭《懺悔錄》（*Confessions*）的遺緒流行自剖式的「私小說」的時代。盧梭大膽地暴露個人的隱私，是西方文學個性解放之始，日本在西化的過程中當然不會無動於衷，是故二十世紀初期的一批日本作家專以自剖個人的隱私為尚，形成所謂的「私小說」一派。郁達夫不但嘗言自己深愛日本私小說作家葛西善藏、佐藤春夫等的作品（註5），接受他們的影響自是意中之事，而且他也深佩盧梭的思想與作為而寫過〈盧梭傳〉、〈盧梭的思想和他的創作〉這類的文章（郁達夫1928）。這種寫法，雖早已流行於歐西與日本文壇，在那時的中國卻是嶄新的手法，故使郁達夫的小說一出現即獲得驚世駭俗的效果。步其後塵的也大有人在，譬如王以仁、葉鼎洛、周全平、倪貽德、葉靈鳳等，都多少沾潤到郁達夫的流風遺韻。

「文學作品都是作家的自敘傳」這句話本是法國作家法朗士（Anatole France, 1844-1924）的一句名言，廣義言之，的確點明了作者與作品之間的關係。但狹義言之，作品並不能等同於作家的自傳，作品中的人物也不能等同於作家自身。無論多麼寫實地貼近作者私人經歷的小說，仍不能擺脫虛構的基本性質，否則就成為自傳而非小說了。因此小說的敘述者（常使讀者誤以為作者的那個人）其實不過是作者的「假面」，屬於作者藝術營造的一部分。郁達夫採用了敘述者與小說中主人翁同一觀點的策略，即使開始時他用了第三人稱，卻使敘述者（隱含的作者）成為小說人物內心的代言人，使人覺得〈沉淪〉中的「他」、〈南遷〉中的「伊人」、〈銀灰色的死〉中的「Y君」都不過是作者的化身。後來寫〈春風沉醉的晚上〉、〈過去〉、〈迷羊〉等篇的時候，作者乾脆改用第一人稱，既是敘述者，又是主人翁。〈遲桂花〉中的主人翁居然也姓郁，可見作者似乎故意混淆作者與小說人物的界限，越發使讀者易於把小說

註5：郁達夫在1927年1月6日〈村居日記〉中說：「看葛西善藏小說二短篇，仍復是好作品，感佩得了不得。昨天午後從街上古物商處買來舊雜誌十冊，中有小說二三十篇。我以為葛西的小說終是這二三十篇中的上乘作品。」（郁達夫 1983：40）又，郁達夫在〈海上通訊〉中說：「在日本現代小說家中，我所最崇拜的是佐藤春夫。……我每想學到他的地步，但是終於畫虎不成。」（郁達夫 1982b：73）

中的人物與作者等同起來。再加上小說中人物的身世、年齡、性別都與作者類同，更使人相信作者所寫皆係私人隱私這樣的結論。一般人總多少喜愛窺人的隱私，郁達夫小說在當日的讀者中及評論者中都贏得轟動的效果，可說是此一策略的成功。

倘若小說中的人物完全等同於作者，或小說中的情節完全來自作者的個人經驗，那麼小說的創作就不會有「想像」可言了，小說也不再可能成其為一種虛構的藝術。小說實非傳記，自然虛構的成分很大，即使貼近自傳的小說，仍不能排除杜撰的可能，這正是小說之為藝術的要素。理論上，我們只能認為可能，卻不該推論作者必定遭受過像他小說中人物一樣的情欲的煎熬或其為人一樣的頹廢。如果他所創造的人物可以引起讀者的同情，他的作品又足以令人反思而值得欣賞，就是成功的作品了。

然而，不幸的是郁達夫除了小說創作以外，還發表了相當數量的私人日記。後者與小說的性質完全不同，私人日記是真正的生活經歷，其間不容有想像或虛構的成分。從他的日記看來，郁達夫相當坦白，譬如在日記中他一面感念著妻子荃君的恩情，一面卻又與王映霞墜入情網。這其間也無礙於去嫖妓、去吸鴉片，以及表達對一位寡婦陳太太的愛慕（註6）。這樣的情欲流露，其違拗世人的道德感之處尤甚於他作品中的人物，難怪蘇雪林教授曾義正辭嚴地痛詆郁達夫的作品為「賣淫文學」了！（蘇雪林 1986：321）

從郁達夫所寫的日記看來，郁達夫的行為的確違背了一般人的道德，無法使人產生好感。他在日記中所記載的行為較之他小說中的人物，因欠缺內心的分析，更難以令人苟同。然而作者個人的行為是否能贏得世人的認同，不是一個藝術的問題；作者所創造的人物是否能贏得讀者的認同，才是個藝術的問題。作者個人與他所創造的人物之間的差距，也正足以說明作者並不等同於他所創造的人物。我們在郁達夫的作品中所要剔撥的，無非是凸顯作者匠心獨運地創造的那個「第二自我」。我們首先應該考察作者在小說中所創造的那個「第二

註6：見郁達夫1927年1月13日、15日、25日及28日〈村居日記〉。（郁達夫 1983：46-59）

自我」是否眞是頹廢的、病態的？

　　試以〈沉淪〉與〈過去〉兩篇爲例，在前者中，隱含的作者爲我們講述了一個中國留日青年的故事。這個留日青年受著雙重的心理困擾：一方面因中國國勢衰弱，這個青年深深感受到日人的歧視與輕蔑；另一方面，也身受到青春期的性煩惱。由於第一重的困擾，更加強了性煩惱的程度，以致使他的憂鬱症越鬧越凶了。因爲個性內向、怯懦，再加上外在環境所造成的自卑感，使他交不到一個朋友，平常養成了孤獨的習慣，只沉浸在英、德的文學中，使我們感覺到他畢竟是一個敏感而好學的人。後來受不了性衝動的折磨，跑進妓院裡睡了一夜，又開始自怨自艾一己的墮落。在無能擺脫這種種心理的壓力下，終於走上自毀之途。自盡前，仍斷斷續續地說：「祖國呀祖國！我的死是你害的！你快富起來，強起來吧！你還有許多兒女在那裡受苦呢！」由於是自剖式的書寫，人物的內心思想與感受完全坦露在讀者面前，所獲得的效果主要是同情，而非譴責。其中對青春期性苦悶的描寫，容易引起同齡讀者的認同；盼望祖國富強的呼號，更表達了所有讀者的心聲。這一切都會使讀者忽略了人物的頹廢或病態的傾向，即使有此傾向的話。人物既然可以引發讀者的同情與共鳴，讀者對著述者（作者的「第二自我」）自然不會產生反感。因此就小說的藝術表達方式而言，郁達夫是成功的。

　　〈過去〉裡採取的是第一人稱的敘述，所以敘述者也就是小說中的主人翁李白時。在他自述過去與女友老二的交往過程中，我們獲知他是個有被虐癖的人，例如下面所描寫的：

　　　萬一我違反她命令的時候，她竟毫不客氣地舉起她那隻肥嫩的手，拍拍地打
　　上我的臉來。而我呢，受了她的痛責之後，心理反感到一種不可名狀的滿足，
　　有時候因為享受她這一種施予的原因，故意地違反她的命令，要她來打，或用
　　了她那一隻尖長的皮鞋腳來踢我的腰部。若打得不夠踢得不夠，我就故意地
　　說：「不痛！不夠！再踢一下！再打一下！」她也就毫不客氣地再舉起手或腳
　　來踢打。我被打得兩頰緋紅，或腰部感到痠痛的時候，才柔柔順順地服從她的

命令，再來做她想我做的事。（郁達夫 1982a：377）

　　被虐的李白時並未贏得女友老二的歡心，反獲得女友妹妹老三的同情，一度向李白時表達她的情意。可惜李白時那時心中只有老二，沒有把老三放在心上。等到多年後與已經成為寡婦的老三重逢，李白時雖有意，老三卻已無情了。作者對各人感情的微妙變化描寫得至為細膩真切。李白時這個人物的被虐癖多少有些病態，雖不見得能獲得讀者的認同，但卻也可引起憐憫與同情，不致因此產生不道德的感覺。作者在藝術創造上並未失敗。

　　如果我們不認為以上小說中的人物或敘述者就是郁達夫本人，排除了郁達夫個人的行為，我們會覺得〈沉淪〉及〈過去〉中的主人翁雖然不是可以令人崇拜的英雄，但也絕非令人不齒的敗類，相反地他們可以喚起我們的憐憫與同情，這就是郁達夫在藝術上成功的地方。

　　美國解構批評家保羅‧德曼（Paul de Man）談到讀者的反應時嘗言：「作品與解釋者的對話是持續無盡的。」（de Man 1983:32）以此而論，文本的意義主要來自不同世代的讀者的不同反應。在十九世紀晚期寫實主義的時代，平民的教育並不普及，作家一向被視為人類靈魂的工程師，是故讀者期待於作者的是一個傳道解惑的師尊的形象，像托爾斯泰的說教口吻，或羅曼‧羅蘭所塑造的英雄形象，最能折服讀者。二十世紀以降，教育日漸普及，讀者的知識水平日漸提高，不會再視作家為引導人生方向的師尊。因此二十世紀的作者不能再繼續向讀者說教，轉而剖露一己的困惑，毋寧希冀向讀者尋求知音。這正是西方現代主義文學所表現的特色，標幟了西方社會從宗教的集體主義走向工業社會的個人主義的過程。在小說藝術上從寫實主義的外在社會關係的描繪，漸漸內化為個人心理的分析，或虛化為象徵及魔幻的表意手段。由此觀之，郁達夫並不意圖充任人類心靈的工程師，毋寧更接近剖露人生困境的現代主義作者。他把個人的隱私日記公之於世的時候，豈料不到公眾輿論的反應？他所以如此大膽，倒不一定是為了展示全不把輿論放在眼內的個性，毋寧他體會到時代的變遷，信任公眾具有包容其坦誠的雅量。他的作品，等於以個性解放的姿態考

驗著那個時代公眾輿論的包容度。如果說自暴其短比文過飾非更足以展現個性的解放，那麼郁達夫在他同代人中倒是一位有勇氣不計毀譽實現個性解放的作家。自剖隱私也就形成了他個人的獨特風格，他也是接受西潮的洗禮最顯著的一位，使他在五四那一代的作家中顯得犖犖不群。

再者，郁達夫作品中所呈現的個性解放以及人物的孤獨癖性，跟一般現代主義小說中人物孤絕疏離的狀況如出一轍。正如大多數現代主義小說，郁達夫的作品中也清楚地刻畫著佛洛伊德心理分析的痕跡。郁達夫最常用的自剖，也頗近似意識流小說中的「內在獨白」（monologue intérieur）。雖然那時西方國家的表現主義也發展未久，郁達夫已經受到感染，例如在〈青煙〉中就有幻境的場面：

> 我擦了一根火柴，把一支Felucca點上了。深深地吸了一口，我仍復把這口煙完全吐上了電燈的綠紗罩子。綠紗罩的周圍，同夏天的深山雨後似的，起了一層淡紫的雲霧。呆呆地對這層雲霧凝視著，我的身子好像縮小了投乘在這淡紫的雲霧中間。這層輕淡的雲霧，一飄一揚地蕩了開去，我的身體便化而為二，一個縮小的身子在這層雲霧裡飄蕩，一個原身人坐在電燈的綠光下遠遠地守望著那青煙裡的我。（郁達夫 1982a：232）

這分身回到了富春江畔的故居，遇到了被他遺棄了二十多年如今已淪為幫傭的髮妻，在無顏面對一己內疚的心情下投江自盡了。如此的虛幻場景，正是現代主義的特色。

在小說的藝術上，從寫實主義的外在客觀摹寫轉向內視的個人心理分析，甚至虛化為象徵及魔幻的表意手段，正是卡夫卡（Franz Kafka）以降的現代主義小說的特色。郁達夫後來的小說，諸如〈還鄉記〉、〈還鄉後記〉、〈十三夜〉、〈懷鄉病者〉等篇，時常有進入夢境及幻覺的場景，已遠離了寫實與浪漫，在五四新小說以寫實主義為主流的氛圍中，郁達夫可說是少有的一個從浪漫主義、寫實主義過渡到現代主義的小說家。

張資平（1893-1959），原名星儀，又名張聲，筆名古梅、秉聲，廣東省梅縣人。早年就讀廣益中西學堂及兩廣高等警官學堂，民國初赴日留學。1914年，入日本東京第一高等學校，翌年轉入九州熊本第五高等學校，1919年入東京帝國大學地質系進修，開始文學創作。1921年，參與成立「創造社」。1922年返國後擔任廣東蕉嶺礦山技師。1924年，擔任湖北武昌師範大學及武昌第四中山大學教授。1926年加入北伐軍，任翻譯。1928年赴上海，任新宇宙書局編輯，並執教於暨南大學。同年，開辦樂群書店，並創辦《樂群月刊》。1934年擔任汗血社《國民文學》主編，鼓吹民族主義文學。抗戰後，赴廣西大學礦冶系任教。1940年出任汪精衛政府農礦部技正，並任《中日文化》雜誌主編。勝利後，爲當局以漢奸罪名起訴關押。1949年後，從事翻譯工作，1959年逝世。

他的《沖積期化石》（上海泰東圖書局）出版於1922年，是五四後出版的第一本長篇小說。嗣後寫有長篇小說《最後的幸福》（1927創造社）、《長途》（1929南強書店）、《愛力圈外》（1929第二卷第一期《大眾文藝》）、《愛的渦流》（1930光明書局）、《跳躍著的人們》（1930復興書局）、《天孫之女》（1930文藝書局）、《紅霧》（1930上海樂華圖書公司）、《明珠與黑炭》（1931光明書局）、《上帝的兒女們》（1931光明書局）、《北極圈裡的王國》（1931現代書局）、《黑戀》（1932現代書局）、《戀愛錯綜》（1932文藝書局）、《無靈魂的人們》（1933晨報社出版部）、《一代女優》（1943長春大東書局）、《新紅A字》（1945知行出版社）、中篇小說《飛絮》（1926現代書局）、《苔莉》（1927光華書局）、《青春》（1928年第一卷《創造月刊》）、《石榴花》（1931光明書局）等二十餘部，及短篇小說集《愛的焦點》（1923上海泰東圖書局）、《雪的除夕》（1926商務印書館）、《不平衡的偶力》（1927商務印書館）、《蔻拉梭》（1928上海創造社出版部）、《素描種種》（1928樂群書店）、《梅嶺之春》（1928光華書局）等，數量驚人，但質量並未贏得評論家的認可。沈從文就曾不客氣地說張資平「『這是中國大小說家。』請注意大字，是數量的大，是文言文『汗牛充棟』那個意思。他的小說眞多，這方面也眞有了不得的能耐。不過我們若是願

意去在他那些小說中加以檢查、考據或比較，就可知道那容易產生的理由了。還有人說作者一定得有人指出什麼書從什麼書譯出以後，作者才肯聲明那是譯作的。其實，少數的創作，也仍然是那一個模型出來的。」（沈從文 1986）張資平的眾多小說主要都寫愛情故事，而且是以多角戀愛著稱，也有評論者責其「甚至於寫色情迷、性欲狂」。（唐弢 1984：188）總之，張資平的作品都屬於言情一類，較之張恨水，比較西化（也許有些翻譯加插在內的緣故），下開馮玉奇、瓊瑤等的現代通俗言情說部之先河。一般評者，認為其作品品味不高，不如更多繼承傳統的張恨水言情之能打動人心。

郭沫若（生平見下章）是政治、學術與文學的多面手，政治上，曾歷任要職；學術上，在史學與文字學上都有所貢獻；文學方面，無論詩、劇作、小說，或是散文、雜文、評論等都有作品問世。出版有小說劇作集《塔》（1926商務印書館）、《落葉》（1926上海創造社出版部）、小說散文集《橄欖》（1926上海創造社出版部）、小說集《地下的笑聲》（1947上海海燕書店）等。並譯有德國作家施篤姆（Theodor Storm）的小說《茵夢湖》（*Immensee*，與錢君胥合譯，1921上海泰東圖書局）及歌德的小說《少年維特之煩惱》（*Die Leiden des jungen Werther*，1922上海泰東圖書局）及劇作《浮士德》（*Faust*，上卷，1928上海創造社出版部；下卷，1947上海群益出版社）。他的小說像郁達夫一樣，充滿了自憐的情懷，幾乎都是在書寫自己的私人生活，滿溢著感傷的浪漫情調，但是頹廢與大膽不及郁達夫，藝術手法也不如，相形之下反倒欠缺特色了。倒是他後來出版的自傳，諸如《我的幼年》（1929光華書局）、《少年時代》（1947上海海燕書店）、《革命春秋》（1947上海海燕書店）等比較能夠實在地反映他生活的那一個時代與有關的人事，更具有可讀性。

陶晶孫（1897-1952），原名陶熾或陶熾孫，筆名晶名館主，江蘇省無錫縣人。1906年隨父親到日本，在日本完成小學、中學及大學教育。1919年在九州帝國大學結識郭沫若，參與創辦同仁雜誌*Green*。1921年與郭沫若等發起成立「創造社」，開始在《創造季刊》等刊物上發表小說、劇作及翻譯。1927年回到中國，曾與郁達夫合編《大眾文藝》與《學藝》。1930年加入「左聯」。三

○年代主要從事醫學研究及醫療衛生工作。1945年抗戰勝利，陶晶孫擔任日本陸軍醫院接收代表，在南京完成任務後赴台灣擔任台灣大學醫學院教授兼熱帶病醫學研究所所長。1950年離台赴日本，在東京大學教授中國文學，出版日文文集《給日本的遺書》，受到日本文化界的重視。1952年因癌症去世。

陶晶孫雖然是「創造社」的元老，但是他始終是游離分子，並未全心參與。他與郁達夫一樣，曾深受日本私小說的影響，作品近似自敘傳。他自認自己的風格近於新浪漫主義，也就是現代主義，在創造社中是走在前端的作家。1919年寫的《木犀》和1925年的《音樂會小曲》是他最有名的短篇小說，曾被選入《中國新文學大系‧小說三集》。他是從小接受日本教育的人，對中國文化、語言根柢不深，故文字常有彆扭、不通之處，但也別具東洋味。他嘗自言：「我久在外國，歐德羅典文都弄過，可是不很通中國古典，所以我寫的東西，『文理不通』，沒有『文藝味』，有人說新穎，有人說東洋風。」（陶晶孫1944）他有多方面的才能，除醫事外，對天文、建築、戲劇、音樂、美術、導演、舞台燈光、效果都很有研究。

周全平（1902-83），原名周承澍，號震仲，別名霆生，江蘇省宜興人。十七歲舉家遷居蘇州，畢業於蘇州第二甲種農業學校。1922年遷往上海，擔任過荼店店長，校對過《聖經》，因結識郭沫若及成仿吾而參加「創造社」。1924年，就學於廣州中山大學。1925年組織創造社出版部，並主編《洪水》半月刊（「洪水」之名為周所提議）。同年，編《幼州》月刊。1929年「創造社」被查封後，與謝澹如合辦西門書店，主編《出版月刊》。1930年參加「左聯」成立大會，被選為候補常務委員。1931年被「左聯」執委會除名，離滬後連續在無錫產業推廣所、安徽臨懷關鳳懷區實驗場、甘肅蘭州水利林木公司、江蘇省立蘇州農校等處工作。49年後，一度在蘇南地區文化教育部門工作。著有短篇小說集《煩惱的網》（1924上海泰東圖書局）、《夢裡的微笑》（1925光華書局）、《苦笑》（1927光華書局）、《樓頭的煩惱》（1930光華書局）、《他的懺悔》（1935上海大新書局）、《箸船》（1935光華書局）、《周全平創作選》（1936上海仿古書店）等。

他1919年開始寫作，在「創造社」的作家中，他比較關心農村的生活，譬如在《箬船》中寫他故鄉的災難。他也常寫城市中老實人的遭遇及悲劇，諸如《苦笑》中所收的作品。他的風格介於寫實與浪漫之間。

倪貽德（1901-70），筆名尼特，浙江省杭州市人。1919年入上海美術專科學校，畢業後追隨俄籍西畫教授特古基繼續研究。1927年赴日本，入東京川端畫校，從藤島武二學畫。組織「中國留日本美術研究會」。1923年參加「創造社」，開始在《創造週報》上發表小說。1928年回國，在上海從事西洋美術理論著述。離滬後先後執教於廣州市立美術學校、武昌藝術專科學校。1932年回上海，出任上海美專教授，組織「摩社」，主編《藝術旬刊》。1938年赴武漢參加抗日救國運動，出任郭沫若領導的政治部第三廳藝術處美術科代科長。1949年後，任中央美術學院華東分院油畫教授，並於1961年建立倪貽德油畫工作室。曾任中國美協浙江分會主席。有中篇小說《玄武湖之秋》（1923上海泰東圖書局）、短篇小說集《東海之濱》（1925光華書局）、《殘春》（1928北新書局）、《百合集》（1929北新書局）。他的作品多寫於留日前及留日時期，返國後即從事藝術教學及著作，著有《現代繪畫概觀》、《西畫論叢》、《水彩畫概論》、《藝術漫談》等多部，未再創作。他擅於寫當時青年人的內心苦悶，有郁達夫的風味。

滕固（1901-41），字若渠，江蘇省寶山縣人。上海美術專門學校畢業，赴日留學，進日本東京帝國大學習美術考古。1924年回國後參加「文學研究會」，並與沈雁冰、陳大悲等組織「民眾戲劇社」，參與編輯《戲劇》月刊。同時參加「創造社」的活動，在《創造》季刊、《創造週報》上發表小說和評論。1926年，和方光燾、邵洵美、李金髮等組織「獅吼社」，出版《獅吼》雜誌。旋參加革命軍北伐。後任湖南藝專校長。1930年赴德國留學，獲柏林大學哲學博士。返國後任南京金陵大學、廣州中山大學教授、昆明藝術學院院長、行政院參事等職。著有短篇小說集《壁畫》（1924上海泰東圖書局）、《迷宮》（1926光華書局）、《外遇》（1930上海金屋書店）、《銀杏之果》（1930上海群眾出版社）等。

他出身書香門第，素習古典文學，對中國古代美術頗有心得，著有《中國美術小史》、《唐宋繪畫史》等。他的小說重在人物內心世界的表述，深受西方唯美主義的影響，並寫過《唯美派的文學》一書。他也像郁達夫一樣，有自敘傳的小說書寫。常寫的是人物失戀後的反常的、病態的心理，雜揉著幻想和夢境，帶有頹廢的傾向，是當日不多見的現代主義的風格。

四、周氏兄弟的景從者

魯迅與其弟周作人從日本歸國後，正好參與五四前後的新文學運動，一者以小說一鳴驚人，一者以散文及評論贏得重視，二人居留北京的時代，都有一批景從的門生及私淑者。特別是魯迅的影響更大，不少後進的具有潛力的文學青年私慕魯迅的文筆與卓識，立意學習魯迅以寫實的筆法描寫中國農村中落後封建的面貌，也希望能像魯迅一樣能夠喚醒國人的良知而獲得生活境遇的改善，進而成功改造中國人的國民性。其中最有成績的當數許欽文、魯彥、廢名、蹇先艾等人。

許欽文（1897-1984），原名繩堯，筆名蜀賓、田耳、湖山客，浙江省紹興縣人。1917年於浙江省立第五師範學校畢業，留校於附屬小學任教。1920年赴北京，開始創作，與魯迅有同鄉之誼，私淑之。魯迅也特別予以照顧，曾出資助其出版第一本小說集《故鄉》（1925北新書局），又在自己的短篇小說《幸福的家庭》加以「擬許欽文」的副題，可謂褒獎備至。1927年赴杭州任教。1933年因左傾而入獄，幸得魯迅營救，出獄後赴廈門工作。49年後任教於浙江師範學院。1955年起，擔任浙江省文化局副局長，浙江文聯副主席等職。

1925年後，陸續出版短篇小說集《毛線襪及其他》（1926北新書局）、《鼻涕阿二》（1927北新書局）、《幻象的殘象》（1928北新書局）、《彷彿如此》（1928北新書局）、《西湖之月》（1929北新書局）、《一罈酒》（1930北新書局）等。作品多以浙江農村生活為題材，富有濃厚的地方色彩與生活氣息，故為魯迅稱作「鄉土文學」作家。他的第一本小說集《故鄉》，使人不禁

想到乃從魯迅的短篇小說〈故鄉〉得來的靈感，多少也帶有魯迅式的深沉與憂憤的氣息。後來從鄉村寫到城市，甚至寫到古人的歷史及童話故事。與魯迅不同的是他多描寫知識青年的心理與遭遇，在客觀描寫中夾雜主觀的冷諷熱嘲，不及魯迅的含蓄。由於他不忘作品的社會任務，文中常有諷刺時局之處，表現出政治抗議者的姿態，爲當政者視爲左派作家。49年後，主要寫回憶魯迅的文章及從事魯迅作品的研究。

魯彥（1901-1944），本名王衡，又名王返我，浙江省鎮海縣人。少年時曾在上海一家紙店做學徒。1920年赴北京，參加蔡元培所辦的工讀互助團，同時在北大旁聽魯迅的小說史課程。他於1923年參加文學研究會，並開始文學翻譯及小說創作，在文風上取法魯迅，連所取的筆名都向魯迅看齊。後來魯迅在《中國新文學大系・小說二集導言》（1935）中稱魯彥、許欽文、臺靜農、蹇先艾等爲「鄉土文學」作家，以後的文學史家遂常把他們跟魯迅一起歸入鄉土小說一派。

魯彥從1926年起，連續出版過《柚子》（1926北新書局）、《愛之衝動》（1927北新書局）、《黃金》（1928人間書店）、《童年的悲哀及其他》（1931亞東圖書館）、《小小的心》（1933上海天馬書店）、《屋頂下》（1934現代書局）、《雀鼠集》（1935生活書店）、《傷兵旅館》（1938漢口大路書店）、《河邊》（1940文藝書局）等九本短篇小說集及中篇小說《鄉下》（1936上海文學出版社）、長篇小說《野火》（1937良友圖書公司，後改名《憤怒的鄉村》），數量不可謂不多，評論家給予相當的重視，咸認其貢獻在於真實地描寫了受到外來工業文明衝擊瀕臨破產的農村。嚴格地說，他的貢獻不只如此，其實他對人物心理探索的興趣更大。例如在〈屋頂下〉一篇中，婆媳的關係所以越來越糟，主要來自二人錯綜的心理癥結。病弱而寂寞的婆婆，在兒子進城工作前夕匆忙爲兒子完婚。一心夢想給兒子娶個媳婦來陪伴自己，然後再生個傳宗接代

魯彥（1901-1944）

的胖孫，因此眞心善待媳婦，不顧自己的病體，一早起床照舊操持家務。可是媳婦也並不懶惰，眼見婆婆如此操勞，感覺是故意來折磨自己，只好日日買些美食來供婆婆享用。誰知節儉成性的婆婆卻認爲是一種無法忍受的浪費。彼此的誤解釀成公然的敵視，在大吵一場後，兩個女人再也無法共處在同一個屋頂下了，兒子不得不把媳婦帶進城去，婆婆依然過她孤獨寂寞的生活。

〈鼠牙〉寫了另一場兩個女人的心理戰爭。阿德一家跟守寡的堂嫂同居一宅，共用同一間穀倉。當兩家發現自己的米無緣無故短少了的時候，兩家的主婦都懷疑對方是罪魁禍首。一天夜裡，聽到穀倉裡的窸窣聲，兩個女人都悄悄地起床一心想捉拿偷米的賊。在黑暗中摸索了半晌後，果然抓到了彼此心目中的對象。後來雖然她們明白了都是老鼠惹的禍，只有把憎恨對方的怒氣發洩在凌虐老鼠的身上。這種仇恨的主題也見於〈黃金〉、〈橋上〉等篇中。前者敘述一對老夫妻使鄰里認爲他們遭兒子遺棄而流於貧窮，招來冷酷而現實的敵視；後者寫一個小雜貨商人在對手心懷巨測的競爭下瀕臨破產時的內心掙扎。

魯彥小說中的人物似乎都被囚禁在一己心理的繭裡，不管多麼努力掙扎，也突不破自己編織的網羅。這心理的繭可能是傳統習俗，也可能是貧窮或無知，不管是什麼，都會形成人際間瞭解的絆腳石，破壞了人間的和諧，甚至造成悲劇。他的小說之所以好看，正因爲他寫出了鄉下人心理的某些眞相。

後來他又出版過中篇小說《鄉下》和長篇《嬰兒日記》（與其妻譚谷蘭合寫）、《野火》，因爲受了革命文學的影響，逐漸落入意識形態的糾纏，反倒減弱了人物心理的深度及社會形態的眞實性。

他也曾翻譯有《猶太小說集》（1926開明書店）、《顯克微支小說集》（1928北新書局）、《苦海》（波蘭先羅什伐基長篇小說，1929亞東圖書館）、《肖像》（果戈理長篇小說，1935現代書局）、《老僕人》（顯克微支短篇小說，1935文學書店）等西方小說。

廢名（1901-67），原名馮文炳，筆名病火，湖北省黃梅縣人。畢業於武昌湖北第一師範學校後，擔任小學教師。1922年赴北京，就讀於北大預科，後轉入本科英文系，參加語絲社，同時開始創作。他師事周作人，他的作品集多由

周作人作序。1929年大學畢業後擔任北大中文系講師，1946年後升任副教授、教授。1952年後任教於東北人民大學，並出任中文系主任。1963年起任吉林文聯副主席。

作品有短篇小說集《竹林的故事》（1925新潮社）、《桃園》（1928開明書店）、《棗》（1931上海開明書店）、長篇小說《橋》（1932開明書店）、《莫須有先生傳》（1932開明書店）、《莫須有先生坐飛機以後》（未完長篇，1947年《文學雜誌》連載）等。他的作品在寫實中雜有浪漫、理想的情懷，不同於魯迅一派專觀察人間的悲慘和

廢名（1901-67）

農村的破敗，他看到人性的善良和田園風光美好的一面，類似以後沈從文的風格。他對人生採取一種欣賞的態度，文筆淡遠，有周作人的情趣與風味。周作人在給廢名的小說集寫的序言中說：「我不知怎地總是有點『隱逸的』，有時候很想找一點溫和的讀，正如一個人喜歡在樹蔭下閒坐，雖然曬太陽也是一件快事。我讀馮君的小說便是坐在樹蔭下的時候。」又說：「馮君著作的獨立的精神也是我所佩服的一點。他三四年來專心創作，沿著一條路前進，發展他平淡樸訥的作風，這是很可喜的。」（周作人 1925）廢名的確有他特殊的風格，是少數沒有追隨魯迅的揭發社會病苦的道路，後來也沒有為革命的激情所誘引的作家。

蹇先艾（1906-94），貴州省遵義縣人。1921年就讀於北京師大附中，翌年與李健吾等組織「曦社」，編輯《國風日報》副刊《爝火》。1926年考入北大經濟系，並參加文學研究會。1931年，出任北京松坡圖書館編纂主任。1937年轉任遵義師範學校校長。次年赴貴陽，參與組織「每週文藝社」，出版《每週文藝》，宣傳抗日，並主編《貴州日報》副刊《新壘》。1942年後，先後任貴州大學中文系教授及貴州師範學院國文系主任。1949年後，歷任西南文聯常委、重慶作協分會副主席、貴州省文聯主席、貴州作協分會主席等職。

著有短篇小說集《朝霧》（1926北新書局）、《一位英雄》（1930北新書局）、《還鄉集》（1934中華書局）、《酒家》（1934上海新中國書局）、《躊躇集》（1936良友圖書公司）、《鄉間的悲劇》（1937商務印書館）、《鹽的故事》（1937文化生活出版社）、《幸福》（1941福建改進出版社）、中篇小說《古城兒女》（1946上海萬葉書店）。他也是少數老作家中在49年後的政治高壓下仍有作品出版的人，譬如短篇小說《山城集》（1956北京作家出版社）、《倔強的女人》（1957上海新文藝出版社）。他也出版有散文作品。

像其他的鄉土作家一樣，他的小說也多半取材自他故鄉貴州的鄉鎮生活。他嘗自言：「我因為感覺著以都市生活來做材料的創作是太普遍了（雖然其中不乏佳作），便妄想換一個新的方面來寫，──這新的方面即是一些偏遠省分鄉鎮中的人物和風景。」（蹇先艾 1936）其實他走的也是魯迅的道路，看到的是封建主義遺害人間，以誠懇的心情述說農村的悲劇，下筆沉重，氣氛窒息，給人的印象深刻。

同一個時期，住在上海可以歸類為鄉土作家的還有彭家煌（1897-1933）和許杰（1901-1993），前者出版有短篇小說集《慫恿》（1927開明書店）、《茶杯裡的風波》（1928現代書局）、《平淡的事》（1928上海大東書局）、《喜訊》（1933現代書局）、《在潮神廟》（1933良友圖書公司）、《出路》（1934長春大東書局）及中篇《皮克的情書》（1928現代書局），後者有《慘霧》（1926商務印書館）、《飄浮》（1926上海出版合作社）、《火山口》（1930上海樂華圖書公司）、《剿匪》（1930現代書局）、《錫礦場》（1930現代書局）等。彭家煌是文學研究會的會員，以寫鄉土風味的小說見長，因為左傾，飽受牢獄之苦，以致英年早逝。許杰也是文學研究會的會員，但受到追蹤郁達夫風格的好友王以仁的影響，所以有的描寫農村的作品頗寫實，有的則走向主觀心理的描寫或帶有抒情的色彩。

引用資料

中文：

王　瑤，1953：《中國新文學史稿》，上海新文藝出版社。

皮述民、馬森、邱燮友、楊昌年，1997：《二十世紀中國新文學史》，台北駱駝出版社。

沈從文，1986：〈郁達夫張資平及其影響〉，陳子善、王自立編《郁達夫研究資料》，香港三聯書店香港分店。

周作人，1925：〈竹林的故事・序〉，廢名《竹林的故事》，北京新潮社。

岳　南，2010：《從蔡元培到胡適──中研院那些人和事》，北京中華書局。

郁達夫，1928：〈盧梭傳〉，1月16日《北新半月刊》第2卷第6號。

郁達夫，1928：〈盧梭的思想和他的創作〉，2月1日《北新半月刊》第2卷第7號。

郁達夫，1936：〈五六年來窗作生活的回顧〉，徐沉泗、葉忘憂編選《郁達夫選集》，上海萬象書屋。

郁達夫，1982a：《郁達夫文集》第一卷，香港三聯書店。

郁達夫，1982b：《郁達夫文集》第三卷，香港三聯書店。

郁達夫，1983：《郁達夫文集》第九卷，香港三聯書店。

茅　盾，1925：〈人物的研究〉，《小說月報》第16卷第3號。

茅　盾，1935：《新文學大系小說一集・導言》，上海良友圖書公司。

徐志摩，1928：〈序《花之寺》〉，3月10日《新月》第1卷第1號。

夏志清，1979：《中國現代小說史》，香港友聯出版社。

素　雅編，1931：《郁達夫評傳》，香港匯文閣書店（無出版日期，編者的序寫於1931年10月）。

唐　弢，1984：《中國現代文學史簡編》，北京人民文學出版社。

曹聚仁，1955：《文壇五十年》續集，香港新文化出版社。

陶晶孫，1944：〈關於識字〉，《牛骨集》，上海大平書局。

魯　迅，1935：《新文學大系小說二集・導言》，上海良友圖書公司。

魯　迅，1981：〈我怎麼做起小說來〉，《南腔北調集》，《魯迅全集》第四卷，北京人民文學出版社。

楊　義，1993：《中國現代小說》第一卷，北京人民文學出版社。

蹇先艾，1936：〈我與文學〉，《城下集》（散文集），上海開明書店。

蘇雪林，1986：《中國二三十年代作家》，台北純文學出版社。

外文：

De Man, Paul, 1983: *Blindness and Insight: Essays in the Rhetoric of Contemporary Criticism*, Methuen.

參考文獻：

魯　迅〈《吶喊》自序〉（1922年12月）

【參考文獻】

《吶喊》自序

魯迅

我在年輕時候也曾經做過許多夢，後來大半忘卻了，但自己也並不以為可惜。所謂回憶者，雖說可以使人歡欣，有時也不免使人寂寞，使精神的絲縷還牽著已逝的寂寞的時光，又有什麼意味呢，而我偏苦於不能全忘，卻這不能全忘的一部分，到現在便成了吶喊的來由。

我有四年多，曾經常常，——幾乎是每天，出入於質鋪和藥店裡，年紀可是忘卻了，總之是藥店的櫃檯正和我一樣高，質鋪的是比我高一倍，我從一倍高的櫃檯外送上衣服或首飾去，在侮蔑裡接了錢，再到一樣高的櫃檯上給我久病的父親去買藥。回家之後，又須忙別的事了，因為開方的醫生是最有名的，以此所用的藥引也奇特：冬天的蘆根，經霜三年的甘蔗，蟋蟀要原對的，結子的平地木，……多是不容易辦到的東西。然而我的父親終於日重一日的亡故了。

有誰從小康人家而墜入困頓的麼，我以為在這途路中，大概可以看見世人的真面目；我要到N進K學堂去了，彷彿是想走異路，逃異地，去尋求別樣的人們。我的母親沒有法，辦了八元的川資，說是由我的自便；然而伊哭了，這正是情理中的事，因為那時讀書應試是正路，所謂學洋務，社會上便以為是一種走投無路的人，只得將靈魂賣給鬼子，要加倍的奚落而且排斥的，而況伊又看不見自己的兒子了。然而我也顧不得這些事，終於到N去進了K學堂了，在這學堂裡，我纔知道世上還有所謂格致、算學、地理、歷史、繪圖和體操。生理學並不教，但我們卻看到些木版的全體新論和化學衛生論之類了。我還記得先前的醫生的議論和方藥，和現在所知道的比較起來，便漸漸的悟得中醫不過是一種有意的或無意的騙子，同時又很起了對於被騙的病人和他的家族的同情；而且從譯出的歷史上，又知道了日本維新是大半發端於西方醫學的事實。

因為這些幼稚的知識，後來便使我的學籍列在日本一個鄉間的醫學專門學校裡了。我的夢很美滿，預備卒業回來，救治像我父親似的被誤的病人的疾苦，戰爭時候便去當軍醫，一面又促進了國人對於維新的信仰。我已不知道教授微生物學的方法，現在又有

了怎樣的進步了，總之那時是用了電影，來顯示微生物的形狀的，因此有時講義的一段落已完，而時間還沒有到，教師便映些風景或時事的畫片給學生看，似用去這多餘的光陰。其時正當日、俄戰爭的時候，關於戰事的畫片自然也就比較的多了，我在這一個講堂中，便須常常隨喜我那同學們的拍手和喝采。有一回，我竟在畫片上忽然會見我久違的許多中國人了，一個綁在中間，許多站在左右，一樣是強壯的體格，而顯出麻木的神情。據解說，則綁著的是替俄國做了軍事上的偵探，正要被日軍砍下頭顱來示眾，而圍著的便是來賞鑑這示眾的盛舉的人們。

這一學年沒有完畢，我已經到了東京了，因為從那一回以後，我便覺得醫學並非一件緊要事，凡是愚弱的國民，即使體格如何健全，如何茁壯，也只能做毫無意義的示眾的材料和看客，病死多少是不必以為不幸的。所以我們的第一要著，是在改變他們的精神，而善於改變精神的事，我那時以為當然要推文藝，於是想提倡文藝運動了。在東京的留學生很有學法政理化以至警察工業的，但沒有人治文學和美術；可是在冷淡的空氣中，也幸而尋到幾個同志了，此外又邀集了必需的幾個人，商量之後，第一步當然是出雜誌，名目是取「新的生命」的意思，因為我們那時大抵帶些復古的傾向，所以只謂之《新生》。

《新生》的出版之期接近了，但最先就隱去了若干擔當文字的人，接著又逃走了資本，結果只剩下不名一錢的三個人。創始時候既已背時，失敗時候當然無可告語，而其後卻連這三個人也都為各自的運命所驅策，不能在一處縱談將來的好夢了，這就是我們的並未產生的新生的結局。

我感到未嘗經驗的無聊，是自此以後的事。我當初是不知其所以然的；後來想，凡有一人的主張，得了贊和，是促其前進的，得了反對，是促其奮鬥的，獨有叫喊於生人中，而生人並無反應，既非贊同地也無反對，如置身毫無邊際的荒原，無可措手的了，這是怎樣的悲哀呵，我於是以我所感到者為寂寞。

這寂寞又一天一天的長大起來，如大毒蛇，纏住了我的靈魂了。

然而我雖然自有無端的悲哀，卻也並不憤懣，因為這經驗使我反省，看見自己了：就是我絕不是一個振臂一呼應者雲集的英雄。

只是我自己的寂寞是不可不驅除的，因為這於我太痛苦。我於是用了種種法，來麻醉自己的靈魂，使我沉入於國民中，使我回到古代去，後來也親歷或旁觀過幾樣更寂寞、更悲哀的事，都為我所不願追懷，甘心使他們和我的腦一同消滅在泥土裡的，但我的麻

醉法卻也似乎已經奏了功，再沒有青年時候的慷慨激昂的意思了。

　　S會館裡有三間屋，相傳是往昔曾在院子裡的槐樹上縊死過一個女人的，現在槐樹已經高不可攀了，而這屋還沒有人住；許多年，我便寓在這屋裡鈔古碑。客中少有人來，古碑中也遇不到什麼問題和主義，而我的生命卻居然暗暗的消去了，這也就是我唯一的願望。夏夜蚊子多了，便搖著蒲扇坐在槐樹下，從密葉縫裡看那一點一點的青天，晚出的槐蠶又每每冰冷的落在頭頸上。

　　那時偶或來談的是一個老朋友金心異，將手提的大皮夾放在破桌上，脫下長衫，對面坐下了，因為怕狗，似乎心房還在怦怦的跳動。

　　「你鈔了這些有什麼用？」有一夜，他翻著我那古碑的鈔本，發了研究的質問了。

　　「沒有什麼用。」

　　「那麼，你鈔他是什麼意思呢？」

　　「沒有什麼意思。」

　　「我想，你可以作點文章……」

　　我懂得他的意思了，他們正辦《新青年》，然而那時彷彿不特沒有人來贊同，並且也還沒有人來反對，我想，他們許是感到寂寞了，但是說：

　　「假如一間鐵屋子，是絕無窗戶而萬難破毀的，裡面有許多熟睡的人們，不久都要悶死了，然而是從昏睡入死滅，並不感到就死的悲哀。現在你大嚷起來，驚起了較為清醒的幾個人，使這不幸的少數者來受無可挽救的臨終的苦楚，你倒以為對得起他們麼？」

　　「然而幾個人既然起來，你不能說絕沒有毀壞這鐵屋的希望。」

　　是的。我雖然自有我的確信，然而說到希望，卻是不能抹殺的，因為希望是在於將來，絕不能以我之必無的證明，來折服了他之所謂可有，於是我終於答應他也作文章了，這便是最初的一篇《狂人日記》。從此以後，便一發不可收，每寫些小說模樣的文章，以敷衍朋友們的囑託，積久就有了十餘篇。

　　在我自己，本以為現在是已經並非一個切迫而不能已於言的人了，但或者也還未能忘懷於當日自己的寂寞的悲哀罷，所以有時候仍不免吶喊幾聲，聊以慰藉那在寂寞裡奔馳的猛士，使他不憚於前驅。至於我的喊聲是勇猛或是悲哀，是可憎或是可笑，那倒是不暇顧及的；但既然是吶喊，則當然須聽將令的了，所以我往往不恤用了曲筆，在《藥》的瑜兒的墳上憑空添了一個花環，在《明天》裡也不敘單四嫂子竟沒有做到看見兒子的夢，因為那時的主將是不主張消極的，至於自己，卻也並不願將自以為苦的寂寞，再來

傳染給也如我那年輕時候似的正做著好夢的青年。

　　這樣說來，我的小說和藝術的距離之遠，也就可想而知了，然而至今日還能蒙著小說的名，甚而至於且有成集的機會，無論如何總不能不說是一件僥倖的事，但僥倖雖使我不安於心，而懸揣人間暫時還有讀者，則究竟也仍然是高興的。

　　所以我竟將我的短篇小說結集起來，而且付印了，又因為上面所說的緣由，便稱之為吶喊。（1922年12月3日魯迅記於北京）

第十一章　白話詩的提倡與發展

　　梁啓超、夏曾佑等所提倡的「詩界革命」畢竟沒有催出眞正的白話詩來。黃遵憲雖然主張「我手寫我口」，但他的詩也還不是純粹的白話，一者因爲擺脫傳統詩的格律實在不容易，再者梁、黃那一代的人所受西方詩的影響有限，雖然看到走向白話的大勢所趨，但心中缺乏西詩的榜樣，一時還寫不出模仿西詩的自由體的白話詩。所以要等到五四運動更年輕的一代像胡適、劉半農、康白情、郭沫若等出現，才有所謂的眞正的白話詩。

一、胡適與劉半農、康白情

　　陳獨秀所創辦的《新青年》是新文學發軔的重要園地，也是最早刊登新詩的刊物。例如1917年2月《新青年》二卷六號發表了胡適的白話詩八首，第一首〈蝴蝶〉（原題〈朋友〉）的格式如下：

　　　兩個黃蝴蝶，雙雙飛上天。
　　　不知爲什麼，一個忽飛還。

剩下那一個，孤單怪可憐。

也無心上天，天上太孤單。

　　雖然有韻，還是整齊的五言，但的確是白話詩了。同年5月劉復（半農）在一篇〈我之文學改良觀〉中有一章專論詩，主張「增多詩體」，認爲「於有韻之詩外，別增無韻之詩」（劉半農 1917）。1918年1月第四卷第一號的《新青年》全部改用白話，又發表了胡適、沈尹默、劉半農的白話詩九首。其中胡適的〈鴿子〉，句法不整齊，而且加了標點符號：

雲淡天高，好一片晚秋天氣！

有一群鴿子，在空中遊戲。

看他們三三兩兩，

回還來往，

夷猶如意，──

忽地裡，翻身映日，白羽襯青天，十分鮮麗！

此詩寫於1917年10月，論者咸認爲這就是眞正白話詩的開始（沈用大 2006：31）。從此《新青年》雜誌每期都有白話詩及論詩的文章發表。其他期刊，諸如《新潮》、《少年中國》、《每週評論》、《晨報·副刊》、《民國日報·覺悟》、《時事新報·學燈》等也都開始刊登白話詩。

　　1919年11月胡適在《新潮》雜誌發表〈談新詩〉一文認爲運用白話，不拘格律的自由體才可以達成詩體的解放，「豐富的材料、精密的觀察、高深的理想、複雜的感情，方能跑到詩裡去。」嗣後在1920年《少年中國》雜誌上又出現宗白華的〈新詩略談〉和周无的〈詩的將來〉，都主張廢除格律，採用西方詩的自由體，而且要用白話來書寫。這種新體詩可稱之爲「白話詩」或「新詩」。從此全國數百種白話報刊都競相發表白話新詩，形成新詩的一片榮景。

　　最早的個人新詩集，首推胡適的《嘗試集》，該集於1920年3月上海亞東圖書館出版，所收爲胡適在美留學時期及返國後所寫，多發表於《新青年》和《新

潮》等雜誌。其中最早的一首〈老鴉〉寫於1917
年胡適留美期間：

《嘗試集》（1920上海亞東圖書館）

> 一
> 我大清早起，
> 站在人家屋角上啞啞的啼。
> 人家討厭我，說我不吉利；──
> 我不能呢呢喃喃討人家歡喜！
> 二
> 天寒風緊，無枝可棲。
> 我整日裡飛去飛回，整日裡又寒又飢。──
> 我不能帶著哨兒，嗡嗡中央的替人家飛；
> 也不能叫人家繫在竹竿頭，賺一把黃小米！

　　胡適在1920年8月出版的《嘗試集‧再版自序》中自認這樣的詩應該算是白話新詩了。今日看來，雖然內涵淺顯，情調也不夠優美，但是白話易懂、不著意押韻、句子不求整齊，的確是受了西方自由體影響後的新成果。

　　其實在胡適的《嘗試集》出版前兩月（1920年1月），上海的國光書局出版了一本《新詩集》，裡邊收有胡適、劉半農、郭沫若等十五個人的新詩，雖非個人專集，應該算最早的一本新詩集。

　　在《新青年》發表新詩的，胡適外還有沈尹默、劉半農和康白情。沈尹默（1883-1971），原名沈實，又名君默，字秋明，浙江省吳興縣人。他的詩齡甚短，作品不多，但卻寫出散文化的〈三弦〉，成為後來散文詩的先聲。

　　劉半農則是很早寫出成績的一位新詩人。他首先著力於西詩的譯介，在有韻詩外，曾模仿泰戈爾（Rabindranath Tagore, 1861-1941）的無韻詩，也曾嘗試民歌的寫作，使無韻和有韻兩種體制成為後來自由體新詩的基本形式。1920年他在倫敦寫的一首〈教我如何不想她〉被趙元任譜曲後成為歌唱家時常演唱的名曲：

天上飄著些微雲，
地上吹著些微風。
啊！
微風吹動了我的頭髮，
教我如何不想她？

月亮戀愛著海洋，
海洋戀愛著月光。
啊！
這般蜜也似的銀夜，
教我如何不想她？

水面落花慢慢流，
水底魚兒慢慢游。
啊！
燕子你說些什麼話？
教我如何不想她？

枯樹在冷風裡搖，
野火在暮色中燒。
啊！
西天還有些兒殘霞，
教我如何不想她？

比起胡適的新詩猶勝一籌。

劉半農（1891-1934），原名壽彭，改名復，初字半儂，後改半農，晚號曲
庵，筆名寒星、含星、海等，江蘇省江陰縣人。1907年在常州府中學就讀，辛
亥革命後投身革命軍，擔任文牘。後回江陰翰墨林小學任教，先後任《江陰雜

誌》編輯，上海中華書局編譯。1917年任北京大學預科教員，《新青年》編委。1920年赴英倫，入倫敦大學，次年夏赴法國，轉入巴黎大學，攻語音學，於1925年獲博士學位。旋回國，先後任北京大學教授、北平大學文學院長、中法大學國文系主任、輔仁大學教務長等職，並兼主編《世界日報》副刊。後來又擔任中央研究院歷史語言研究所研究員、主任，教育部名譽編審。二〇年代起致力於語音學研究，發明音調推斷尺，提倡實驗語音學，並從事方言調查，均頗具貢獻。著有詩集《揚鞭集》（1926北新書局），民歌集

劉半農（1891-1934）

《瓦釜集》（1926北新書局），編有《國外民歌集》（1927北新書局）、《早期白話詩稿》等。並出版有關於語音、文法著作、翻譯法國小說及雜文多部。

　　康白情（1896-1945），字洪章，四川省安岳縣人。1917年進北大，1919年參加「新潮社」，旋又加入「少年中國學會」，擔任編輯副主任。五四後一年間即在《少年中國》、《新潮》、《新青年》、《晨報‧副刊》、《時事新報‧學燈》等刊物上發表新詩一百多首，1920年又發表理論性的文章〈新詩底我見〉，可謂一位多產的詩人。1922年出版唯一的詩集《草兒》，收白話詩一百一十七首，舊體詩七十七首，並附長達二萬多字的〈新詩短論〉一篇（1923年再版時改名《草兒在前集》，刪除了部分新詩及舊體詩）。他主張新詩不必有韻，即使為增加美感而用韻，也須不失自然。康白情的詩情感奔放，語言質樸，但弊在淺露，論者以為在新詩開創期有開疆闢土之功。

二、革命詩人

　　作為自由主義者的胡適、劉半農等，似乎都把全部的注意力放在如何用白話寫出一首具有情韻的自由體的詩來，並沒有特別感受到1917年俄國無產階

級大革命的影響，對西方資本主義社會也並沒有反感。然而同時代也致力於新詩創作的郭沫若就很為不同，一開始就以不滿現實的浪漫叛逆形象出現。1921年出版詩集《女神》（上海泰東書局），1923年又出版《星空》（上海泰東書局），充滿了激進的革命氣息，自言所作深受歌德（Johann Wolfgang von Goethe, 1749- 1832）、海涅（Heinrich Heine, 1797-1856）、泰戈爾、惠特曼（Walt Whitman, 1819-1892）等詩人的影響，特別是美國詩人惠特曼，他說：

惠特曼（Walt Whitman, 1819-1892）

　　惠特曼的那種把一切的舊套擺脫乾淨了的詩風，和五四時代的狂飆突進的精神十分合拍，我是徹底地為他那雄渾的豪放的宏朗的調子所動盪了。（註1）

1919年中到1920年中這一年是他詩興的爆發期。（郭沫若 1932：73-74）他模仿惠特曼豪放、宏朗的調子，轉為詛咒社會的陰暗，大聲頌揚叛逆的精神，並明白地表示在反封建主義以外，還要反帝國主義，再加上後來的反買辦資產階級，開當日以及三四〇年代左派作家作品中的「三反」主題之先河。看他的〈上海的清晨〉最後一段：

　　馬路上面的不是水門汀，
　　而是勞苦人們的血汗與生命！
　　血慘慘的生命呀，血慘慘的生命！
　　在富兒們的汽車輪下……滾，滾，滾，……
　　兄弟們喲，我相信就在這靜安寺路的馬道中央，

註1：見郭沫若〈我的作詩的經過〉（王瑤 1953：68）。

終會有劇烈的火山爆噴！

其中所含蘊的強烈的感情及所表現的革命情懷是很明顯的。但是郭沫若的詩氣魄雖大，詩味兒實在淡薄，像以下的句子：

我是一條天狗呀！
我把月來吞了，
我把日來吞了，
我把一切的星球來吞了，
我把全宇宙來吞了。（〈天狗〉）

諸如此類的句子充滿了他的詩篇，像極了尤乃斯庫（Eugène Ionesco, 1912-94）的荒謬劇《禿頭女高音》（*La Cantatrice chauve*）中女僕所朗誦的極具喜劇效果的浪漫詩。這類詩白話固然白話了，今日看來能夠算是好詩嗎？然而在白話新詩剛剛出現的時刻，卻贏得一片讚美之聲，例如聞一多就曾說：「若講新詩，郭沫若君底詩才配稱新呢，不獨藝術上他的作品與舊詩詞相去最遠，最要緊的是他的精神完全是時代的精神——二十世紀底時代的精神。」（聞一多 1923）可見西潮沖來的不都是沙金，也多的是沙粒。

郭沫若（1892-1978），原名開貞，號尚武，又號鼎堂，筆名高汝鴻、麥克昂、杜荃、杜衍、杜頑庶、易坎人、谷人、愛牟、石沱、羊易之、龍子、克拉克、江耦等，四川省樂山縣人。幼年就學於嘉定高等小學、嘉定中學堂、成都高等學堂分設中學。1912年在父母之命下娶張瓊華為妻。1914年赴日本留學，先後就讀於東京第一高等學校、岡山第六高等學校、九州帝國大學醫學部。1916年，與安娜（原名佐藤富子）同居，生有五個子女。1921年夏，與成仿吾、郁達夫、張資平

郭沫若（1892-1978）

等組織創造社。同年出版詩集《女神》（收詩五十七首）。1923年大學畢業後返國，從事《創造週報》和《創造日》的編輯工作。1924年再東渡日本，研讀馬克思著作後返國。1926-27年，擔任國立武漢中山大學籌備委員，旋接任蔣介石北伐軍總政治部主任。安慶「三二三慘案」之後，蔣介石著手清黨，郭寫下聲討蔣的檄文〈請看今日之蔣介石〉，稱蔣為集地痞、流氓、貪官汙吏之大成者，隨即加入共產黨。旋被蔣通緝，於1928年東渡日本避難。旅居日本時開始研究甲骨文、金文。1930年撰寫《中國古代社會研究》。1937年全面抗戰爆發後，郭拋棄日籍的妻子及兒女返國，立刻前往南京拜謁汪精衛、蔣介石懇求原諒，又寫〈蔣委員長會見記〉，稱頌蔣的功德，得以出任國民政府軍委會政治部第三廳廳長及文化工作委員會主任。期間寫下大量歷史劇及詩文。1938年，跟于立群同居，並於1939年夏補辦婚禮，共生四男二女。抗戰結束後，安娜帶兒女來中國尋夫，得知郭已另結新歡，遂黯然離去。另外郭沫若還有多位情人，包括彭漪蘭、于立忱（于立群的胞姊）、黃定慧等。其複雜的男女關係，常為世人所詬病。1948年國共內戰期間郭沫若當選為中央研究院院士。49年後，歷任文聯主席、國務院副總理、中國科學院院長、中國科技大學校長、人大副委員長等要職。因為為人機警，會見風轉舵，又善於媚上，故得以逃脫中共累次的整人風暴，且能盤據高位，文革時竟未受打擊。他是中國現代深具影響力的詩人、歷史學家、古文字學家、考古學家、劇作家、社會活動家，甲骨學者的四堂之一，自然也是有名的政客。他的詩集，除以上所舉外，尚有《瓶》（1927上海創造社出版部）、《前茅》（1928上海創造社出版部）、《恢復》（1928上海創造社出版部）、《沫若詩集》（1928上海創造社出版

左：《女神》1921（上海泰東圖書局）
右：郭沫若選集

部）、《戰聲集》（1938戰時出版社）、《鳳凰》（1944重慶明天出版社）、《蜩螗集》（1948上海群益出版社）、《新華頌》（1953北京人民文學出版社）、《百花齊放》（1958北京人民日報社）、《長春集》（1959北京人民日報社）、《駱駝集》（1959北京人民文學出版社）、《郭沫若詩詞選》（1977北京人民文學出版社）、《東風第一枝》（1978成都四川人民出版社）及《郭沫若全集》（1982起北京人民文學出版社、科學出版社）等。

　　郭沫若主張文學作品不是模仿或再現，而出於主觀的創造，所以他非常傾心西方浪漫主義的詩人，多少也受到現代的表現主義的一些影響。可是後來一日間他又從浪漫主義飛躍到革命文學的現實主義，所以很難說他有真正的藝術見解。

　　比郭沫若更加激進左傾的新詩人是留俄的蔣光慈（1901-31）。他原名如恆，又名俠生或俠僧，後因政治的傾向改名蔣光赤，筆名華西里、華希理、華維素、維索等，安徽省六安縣人。1920年至上海，參加社會主義青年團，學習俄語。1921年與共產黨人劉少奇、任弼時、蕭勁光、蕭三等三十餘人為共黨中央首次派赴俄國學習，就讀於莫斯科東方共產主義勞動大學。1924年回國，任教於上海大學，與沈澤民等組織革命文學的「春雷社」。1927年又與孟超、楊邨人、錢杏邨、洪靈菲等組織「太陽社」，主編《太陽月刊》、《拓荒者》，宣傳無產者革命思想。1930年因不服中共黨中央要求停止寫作參與抗議示威活動而企圖退黨，反倒為黨中央公告開除黨籍。1931年在貧病交迫中病逝上海。

　　他的詩集《新夢》1925年1月在上海書店出版，內收他寫於1921至24年在蘇聯時的詩作三十六首，多半都是激情的革命口號，例如在〈莫斯科吟〉最後一節對蘇聯革命的禮讚：

蔣光慈（1901-31）

十月革命，
如大砲一般。
轟冬一聲，
嚇倒了野狼惡虎，
驚慌了牛鬼蛇神。
十月革命，
又如通天火炬一般，
後面燃燒著過去的殘物，
前面照耀著將來的新途徑。
哎！十月革命，
我將我的心靈貢獻給你罷，
人類因你出世而重生。

代表了當日左派青年對蘇聯革命的嚮往。晚兩年的《哀中國》（1925新青年社），
調子比較深沉一些，例如下面這一節：

滿中國到處起烽煙，
滿中國景象好悽慘！
惡魔的軍閥只是互相攻打啊，
可憐小百姓的身家性命不值錢！
卑賤的政客只是圖謀私利啊，
那管什麼葬送了這錦繡的河山！
朋友們，提起來我的心頭寒，──
我的悲哀的中國啊，
你幾時才跳出這黑暗的深淵？

像這樣的標語化、概念化的詩開了革命宣傳詩的先河，1949年後更加變本加厲，直
到毛澤東死後對外開放所謂的「朦朧詩」興起，一直都成為中國大陸新詩的主流。

三、文學研究會的詩人們

文學研究會是二〇年代最具實力的文學集團，擁有四個文學發表的園地：《小說月報》、《晨報副刊》、《文學旬刊》和《時事新報副刊》。於1922年又出版《詩》月刊，為五四後最早的詩刊，雖然為時甚短（只出了七期），也表現了文學研究會的成員們對新詩創作的努力。詩刊除了發表創辦者朱自清、劉延陵、俞平伯、葉聖陶的詩作外（註2），還有鄭振鐸、王統照、徐玉諾等的詩。同年出版了詩集《雪朝》，選有朱自清、周作人、俞平伯、徐玉諾、郭紹虞、葉紹鈞、劉延陵、鄭振鐸八個人的詩作。朱自清於這一年完成長詩《毀滅》（1924商務印書館），受到時人推崇。以後又出版詩集《蹤跡》（1924亞東圖書館），鄭振鐸認為遠遠超出胡適的《嘗試集》，「功力的深厚，已絕不是『嘗試』之作，而是用了全力來寫著的。」（鄭振鐸 1935）王統照1925年出版詩集《童心》（1925商務印書館），主題在探索人生。

留日的周作人於1921年翻譯了日本的俳句和短歌，加以提倡說：「如果我們懷著愛惜這在忙碌的生活之中浮到心頭又隨即消失的刹那的感覺之心，想將他表現出來，那麼數行的小詩便是最好的工具了。」（註3）

鄭振鐸也翻譯了印度詩人泰戈爾的《飛鳥集》，其中所收也是短篇小詩。於是寫小詩成為一時的風氣。冰心1922年出版的《繁星》（商務印書館）和翌年出版的《春水》（新潮社），歌頌母愛和自然之美，都以小詩的形式出現。例如：

> 牆角的花，
> 你孤芳自賞時，
> 天地便小了。

註2：創辦者及創辦的經過，見朱自清〈選詩雜記〉（朱自清 1935b）。
註3：見周作人〈論小詩〉，《自己的園地》（王瑤 1953：66）。

別了！
　　春水
感謝你一春潺潺的細流，
　　帶去我許多意緒
向你揮手了
　　緩緩地流到人間去罷。
我要坐在泉源邊
　　靜聽回響。（〈春水〉）

　　冰心（生平見第十章）的詩清新溫存，沒有激烈的情感，更沒有火藥氣，適合青少年閱讀。

　　其後，宗白華（1897-1986）1923年出版的《流雲小詩》（亞東圖書館），也篇章短小，充滿了哲理的氣味。

四、湖畔詩人

　　1922年3月幾個浙江第一師範學校的學生馮雪峰（1903-76）、潘漠華（1902-34）、汪靜之（1902-96）和上海某銀行的年輕行員應修人（1900-33）在杭州成立湖畔詩社，4月出版四人的詩合集《湖畔》，翌年又出版第二本合集《春的歌集》。他們詩中主題的最大特色是對愛情的歌頌，曾有當時的聞人張友鸞、胡夢華等斥之為不道德。1922年8月汪靜之在亞東圖書館出版的個人詩集《蕙的風》，被稱為第一本新詩的愛情詩集，集前有胡適、朱自清和劉延陵三人的序文，可見學者、作家對其詩集的看重，也等於向世人肯定愛情的正當性。四人中以汪靜之最受人注目。後來，又有魏金枝、樓適夷、謝澹如等加入。《中國現代詩歌史論》認為「湖畔詩人的主要功績在於為新詩壇貢獻了大量清新明麗的愛情詩篇，從一個側面唱出了五四爭自由與個性解放的時代新聲。」（張德厚等 1995：206）

五、新月派

　　1923年，有一批在北京的文人和對文藝有興趣的銀行界人士組成一個俱樂部似的團體，其中不乏詩人，因而採用了當時聲名卓著的印度詩人泰戈爾的詩集《新月》之名，稱作「新月社」。主要成員有徐志摩、胡適、梁實秋等。到1925年，與「中華戲劇改進社」的聞一多、余上沅合作，加入編演新戲劇的工作。1926年，徐志摩、聞一多、朱湘、饒孟侃、劉夢葦、于賡虞等開始在《北京晨報》主編《詩鐫》，是每星期四出版的週刊，他們經常聚會討論新詩，於是「新月社」遂成為以詩人聞名的團體了。

　　《詩鐫》共出十一期。到1928年3月，徐志摩、聞一多、饒孟侃等又在上海創辦《新月》月刊，直到1933年6月才停刊。新月的成員只是志趣的結合，而無思想或主義的統一，他們嘗自言：「我們辦月刊的幾個人的思想是並不完全一致的，有的是信這個主義，有的是信那個主義，但我們的根本精神和態度卻有幾點相同的地方。我們都信仰『思想自由』，我們都主張『言論出版自由』，我們都保持『容忍』的態度（除了『不容忍』的態度是我們不能容忍以外），我們都喜歡穩健的合乎理性的學說。」（註4）

　　與以前模仿西方自由體的詩人不同的地方，新月派的詩人主張詩應有格律。西方自由體以外的詩也都有一定的格律，曾留學英美的徐志摩與聞一多都努力把英詩的格律移植到他們的詩作中來。

　　若以詩作質與量的成就而論，新月派詩人中以徐志摩的成績最為突出。徐志摩深受十九世紀英國浪漫主義詩人的影響，在五四後革命文學的浪潮中，保留了較多的個人風格和浪漫色彩。他的詩也多以抒情為主，其中更多情詩，章法整飭，用字準確，傳遞了古典詩詞的韻律和節奏，為白話新詩奠立了典範。今舉〈偶然〉一詩為例：

註4：文見〈敬告讀者〉，刊在《新月》月刊第2卷第6、7期合刊，可能出於梁實秋手筆。轉引自朱壽桐《新月派的紳士風情》，頁4-5。

我是天空裡的一片雲，
偶爾投影在你的波心——
　　　你不必訝異，
　　　也無須歡喜——
在轉瞬間消滅了蹤影。

你我相逢在黑夜的海上，
你有你的，我有我的，方向；
　　　你記得也好，
　　　最好你忘掉，
在這交會時互放的光亮！

　　徐志摩（1897-1931），原名章垿，字槱森，後改字志摩，小字又申，筆名雲中鶴、仙鶴、鶴、南湖、詩哲、海谷、谷、黃狗、大兵、心乎等，浙江省海寧縣人。父爲企業家，家境富裕。1907年，入硤石開智學堂就讀，兩年畢業，入杭州府中學。1915年畢業於杭州府中學。秋與張君勱之妹張幼儀結婚。婚後先後就讀上海滬江大學、北洋大學、上海浸信會學院。1918年赴美，入克拉克大學歷史系，旋轉入哥倫比亞大學經濟系。1920年赴英國倫敦大學政經學院攻讀。1922年入劍橋大學國王學院，因結識林徽音一見鍾情，而與張幼儀離婚，不想林早與梁啓超之子梁思成有婚約在先，留給徐志摩的只有惆悵和失望。留英期間深受英國十九世紀浪漫詩人之影響，開始寫詩。同年10月返國。1923年3月，發起成立「新月社」，同時在北大任教。

上：徐志摩（1897-1931）
右：徐志摩情詩

1924年4至5月泰戈爾訪華，陪同在各地訪問。8月，第一本詩集《志摩的詩》由中華書局出版。1925年再赴歐遊歷，返國後出任《晨報副刊》主編。1926年，與聞一多、朱湘等開始在《北京晨報》主編《詩鐫》。10月，與有夫之婦陸小曼結婚。1927年春，參與籌辦新月書店，並任教於光華及東吳大學。1928年，與胡適、梁實秋創辦《新月》月刊。1929年，應聘任南京中央大學教授，兼中華書局、大東書局編輯。1930年底，先後辭去上海光華大學、南京中央大學教職，重返北大執教。1931年1月，與陳夢家、方瑋德等創辦《詩刊》季刊。1931年11月13日，從北平赴上海看望陸小曼，18日離開上海到南京，為趕到北京聽林徽音關於建築的講座，19日上午搭乘從南京到北平的「濟南號」郵機，到達濟南附近時飛機觸山失事，遇難身亡，結束了他閃電般熱情而短暫的一生，時年三十四歲。徐志摩情才具備，胡適說他一生追求「愛」、「自由」與「美」。著有詩集《志摩的詩》（1924中華書局）、《翡冷翠之夜》（1927新月書店）、《猛虎集》（1931新月書店）、《雲遊》（1932新月書店）、散文集《落葉》（1926北新書局）、《巴黎的鱗爪》（1927新月書店）、《自剖》（1928新月書店），及《徐志摩全集》（1969台北傳記文學社）。

　　徐志摩深受十九世紀英國浪漫主義詩人的影響，在五四後社會改革的浪潮中保留了較多的個人風格和浪漫色彩。英國浪漫詩人曾公開聲明寫詩不是為了別人，而是為了自己；主張詩人像夜鶯一般在黑夜的枝頭孤獨地鳴唱寂寞的歌。徐志摩的詩以抒情為主，正像英國的浪漫詩人，也印證了他個人的生活經歷。

　　他英年早逝，給世人留下一副英俊瀟灑的面貌，也是一個愛情的偶像。在他成人之後的短短十幾年的光陰中，他幾乎無時無刻不在戀愛中。從他的詩作中看來，他似乎永遠情感充沛，儲蓄著大量的光與熱，愛人的力量和被愛的需求一樣熾烈，使他像火焰似地不停地燃燒，照亮了那個時代的陰霾。在五四那一代的鷲禽猛獸中，徐志摩是少有的一隻夜鶯，熱情地唱著憂傷的歌。

　　新月社的成員講求新詩的格律，特別是聞一多，提出詩應具音樂之美、繪畫之美和建築之美（聞一多 1985），也就是說詩在音節、詞藻和句法上應有一定的規律。例如他的短詩〈口供〉：

我不騙你，我不是什麼詩人，
縱然我愛的是白石的堅貞，
青松和大海，鴉背馱著夕陽，
黃昏裡織滿了蝙蝠的翅膀。
你知道我愛英雄，還愛高山，
我愛一幅國旗在風中招展。
自從鵝黃到古銅色的菊花，
記著我的糧食是一壺苦茶；
可是還有一個我，你怕不怕？──
蒼蠅似的思想，垃圾桶裡爬。

朱自清曾評論說：

> 《詩鐫》裡聞一多氏影響最大。徐志摩氏雖在努力於「體制的輸入與試驗」，卻只顧了自家，沒有想到用理論來領導別人。聞氏才是「最有興味探討詩的理論和藝術的」。（朱自清 1935a）

聞一多（1899-1946），原名家驊，又名亦多，號友三，或友山，筆名夕夕，湖北省黃岡縣浠水人。1912年入北京清華學校，1921年，與梁實秋等發起成立清華文學社，開始研究新詩的格律化。1922年赴美，先後入芝加哥藝術學院、科羅拉多大學美術系。1923年出版第一部詩集《紅燭》（泰東圖書局）。1925年返國，任北京藝術專科學校教務長，同時與徐志摩共同主編《晨報》副

聞一多（1899-1946）

聞一多的第一本詩集《紅燭》
（1923泰東圖書局）

刊《詩鐫》。1927年轉任南京國立第四中山大學外文系主任。然後歷任中央、武漢、青島、清華、西南聯大等校教授。1928年出版第二部詩集《死水》（新月書店）。1944年加入中國民主同盟，翌年任中國同盟會委員及昆明《民主週刊》社長。1946年，因反蔣言論，為昆明警備司令部軍官槍殺。遺著有朱自清編《聞一多全集》四卷。

此外，悲劇性的朱湘（1904-33），字子沅，安徽省太湖縣人。清華畢業後於1927年赴美留學，先就讀於勞倫斯大學，習西洋文學。因個性直率、自尊心強烈，感覺受到白人教授、同學的歧視，遂轉學芝加哥大學，再轉俄亥俄大學。1930年回國任安徽大學英文系主任，1932年辭職。個性素孤傲，難於與人相處，在性格上異於其他新月派同仁，大陸學者朱壽桐曾說：「朱湘生性怪癖、心胸狹隘、恃才傲物和目空一切，確與新月派溫文爾雅、寬容穩健、理性自律的紳士風情格格不入。」（朱壽桐 2003：9）他竟然在上海開往南京的渡輪上投江自盡，時年僅二十九歲。留下了四冊詩集：《夏天》（1925商務印書館）、《草莽集》（1927開明書店）及遺作《石門集》（1934商務印書館）、《永言集》（1936時代圖書公司）。

朱湘的詩在格律上近似徐志摩，但情調憂鬱、感傷，努力移植十四行詩（即西詩的商籟體），模仿西方的長篇敘事詩諸如《貓誥》、《收魂》、《王嬌》、《還鄉》等更為人所稱道。除西詩外，朱湘對傳統的古詩詞也多所揣摩，用心探研新詩的行數、句法，成績顯著，例如他那頗富情調的〈採蓮曲〉第一節：

朱湘（1904-33）

　　小船呀輕飄，
　　楊柳呀風裡顛搖；
　　荷葉呀翠蓋，
　　荷花呀人樣嬌嬈。

日落，

微波，

金絲閃動過小河。

左行，

右撐，

蓮舟上揚起歌聲。

聲、形、節奏均顯出勻稱之美。可惜天不假年，英年早逝。徐志摩、朱湘都是短命的詩人，可是他們留給世人的印象卻都十分深刻。朱湘在大陸久受忽視，台灣學者李瑞騰曾評論說：

> 朱湘的短詩頗有用心於筆墨之外的成就，上百行、近千行的敘事長詩則顯示他的詩藝能力與才情。而不論長短，泰半出之於整齊畫一的格律體式，或轉化古典詩型，或取自西洋詩體，他勇敢而努力的從事新詩形式運動，在音韻、詩行和篇章各方面，都下了點工夫。（李瑞騰 1991：305）

六、象徵派

留法的新詩人多受到法國象徵派詩人包德萊（Charles Baudelaire, 1821-67，或譯作波特萊爾）、威赫嵐（Paul Verlaine, 1844-96，或譯為魏爾倫）等的影響，代表詩人前有李金髮，後有戴望舒。論者認為我國唐代有鬼才之稱的李賀的詩就具有象徵主義的風格。法國象徵主義詩人重視的是本質通過恰當的意象呈現出來，因為意象與本質之間的相應關係只有寫詩的詩人明白，

李金髮（1900-76）

因此對讀詩的人難免有隱晦之嫌。現以走象徵路線的李金髮的〈棄婦〉一詩為例：

長髮披遍我兩眼之間，
遂隔斷了一切羞惡之疾視，
與鮮血之急流，枯骨之沉想。
黑夜與蚊蟲聯步徐來，
越此短牆之角，
狂呼在我清白之耳後，
如荒野狂風怒號，
戰慄了無數游牧。

靠一根草兒，與上帝之靈往返在空谷裡，
我的哀戚惟遊蜂之腦能深印著；
或與山泉長瀉在懸崖，
然後隨紅葉而俱去。

棄婦之隱憂堆積在動作上，
夕陽之火不能把時間之煩悶，
化成灰燼，從煙突裡飛去，
長染在遊鴉之羽，
將同棲止於海嘯之石上，
靜聽舟子之歌。

衰老的裙裾發出哀吟，
徜徉在丘墓之側，
永無熱淚，
點滴在草地

為世界之裝飾。（註5）

　　李金髮（1900-76），原名李淑良，又名權興，字遇安，筆名李金髮、肩闊、華林、蘭蒂、彈丸、可奪、瓶內蛟、野三郎等，廣東省梅縣人。早年就讀於梅州中學，1919年赴法留學，1921年就讀於第戎及巴黎的美術學校，習雕刻、油畫。1920年，在法國象徵主義詩人包德萊影響下開始寫詩，開中國新詩象徵主義之先河。1925年返國，爲商務印書館主編《美術雜誌》。不久轉任上海美專教授。1927年在武昌中山大學任教，並兼任教於武昌美術學校。旋進入武漢國民政府任外交部祕書。1928年擔任國立杭州藝術專科學校雕塑系主任，並與友人創辦《美育雜誌》。1936年轉任廣州市立美術學校校長。1938年因抗日戰爭全家逃難至越南，就職於中華民國設在海防市的戰時物資運輸處。1940年回到廣東。1941年和詩人盧森創辦了抗日文藝月刊《文壇》。1941年8月開始再次在國府外交部任職。1945年任駐伊朗大使館一等祕書，代理館務。1946-1950年任駐伊拉克公使。國府遷台後，他不願被政府召回台北，1951年攜全家移居美國，先後辦農場養雞、經營商業和製作雕像，還寫有回憶性散文。1976年在紐約長島因心臟病去世，葬於長島。著有詩集《微雨》（1925北新書局）、《爲幸福而歌》（1926商務印書館）、《食客與凶年》（1927北新書局）、《嶺東戀歌》（1929光華書局）等。

　　李金髮的詩集《微雨》出版後，令國人覺得文字太過歐化，既爲異國情調，又十分怪異，因其襲取了法國象徵派詩人包德萊在《惡之華》（*Fleurs du mal*）中頹廢、病態的詩風，詩中經常出現黑夜、鮮血、枯骨、荒野、戰慄、墳墓、死亡、夢幻等字眼，若從傳統溫柔敦厚的詩觀來看，自然會產生反感，而且不易讀懂。幸好那時正在五四反傳統的氛圍中，獲得留學歸來的文人像周作人、宗白華等的欣賞與推崇。朱自清曾評他的詩說：

註5：此詩為李金髮的處女作，以李淑良的筆名發表於1925年2月16日出版的《語絲》雜誌。

他要表現的不是意思而是感覺感情，彷彿大大小小紅紅綠綠一串珠子，他卻藏起那串兒，你得自己串著瞧。這就是法國象徵詩人的手法；李氏是第一個人介紹它到中國詩裡。許多人抱怨看不懂，許多人卻在模仿著。他的詩不缺乏想像力，但不知是創造新語言的心太切，還是母舌太生疏，句法過分歐化，教人像讀著翻譯；又夾雜著些文言裡的嘆詞語助詞，更加不像——雖然也可說是自由詩體制。（朱自清 1935a）

但是太多人對李金髮的詩不以為然，譬如卞之琳就嘗言：

李金髮應該說不是沒有詩才的，對於法國象徵派詩的特殊風味也不是全不能領略，只是對於本國語言幾乎沒有一點感覺力，對於白話如此，對於文言也如此，而對於法文連一些基本語法都不懂，偏要譯些法國象徵派詩，寫許多所謂法國式的象徵派詩，結果有一個時期，國內讀者竟以為象徵派詩就是如此，法國象徵派詩就是如此。也有過一些人竟學這樣的糊塗體。幸而跟他學的時髦在我國早成陳跡，雖然外邊一些華人和洋人還很推崇他，那是因為他們對中國語言太缺少感覺力。（卞之琳 1984）

很特別的是「創造社」的一批年輕詩人像王獨清、穆木天、馮乃超等，在詩作上拋棄郭沫若粗糙的浪漫呼喊，卻向象徵主義的精緻與隱微靠攏。他們重視聲色之美，形式之美，追求「純粹的詩」。

王獨清（1898-1940），原名王誠，字篤卿，陝西省長安縣人。曾一度赴日本，參加過由歸國留日學生創辦的《救國日報》的編輯工作。後來去法國勤工儉學，暢遊歐洲，回國後參加「創造社」，一度主編《創造月刊》。後轉任廣東中山大學文科學長，又任上海藝術大學教務長。1930年主編托派刊物《展開》，並參加托洛斯基派組織。曾譯泰戈爾詩集《新月集》（1922上海泰東圖書局）、《獨清譯詩集》（1932現代書局），著有詩集《死前》（1927上海創造社出版部）、《聖母像前》（1927上海創造社出版部）、《埃及人》（1932

光華書局）、《鍛鍊》（1932光華書局）、《凌亂章》（1932上海樂華圖書公司）、《新生》（1934光明書局）、《獨清詩文選集》（1929上海世界文藝書社）、劇作《楊貴妃之死》（1927上海創造社出版部）、《貂蟬》（1929上海江南書店）、短篇小說集《暗雲》（1931開明書店）、長篇小說《長安城中的少年》（1933光明書局）及遺著《王獨清選集》（1947上海中央書店）。

王獨清深受法國象徵派詩人的影響，在其選集的〈威尼市・代序〉中言：「對於音節的製造，對於韻腳的選擇，對於字數的限制，更特別對於情調的追求，都是做到了相當滿意的地步。」（王獨清 1947）例如他的〈我從Café中出來……〉

我從Café中出來，
身上添了
中酒的
疲乏，
我不知道向哪一處去，才是我底
暫時的住家……
啊，冷靜的街衢，
黃昏，細雨！

我從Café中出來，
在帶著醉
無言地
獨走，
我底心內
感著一種，要失了故國的
浪人底哀愁……
啊，冷靜的街衢，
黃昏，細雨。

穆木天（1900-71），原名敬熙，吉林省伊通縣人。1918年赴日，進東京第一高等學校預科。1920年開始寫詩，翌年參加「創造社」。1923年入東京帝國大學，攻法國文學。1926年返國，於廣州中山大學任教，一年後轉往孔德學校及天津中國學院任教。1929年去吉林大學任教，同時開始翻譯巴爾札克及俄國文學作品。1931年抵上海，加入左翼作家聯盟，並與蒲風、楊騷、任鈞等組織中國詩歌會，提倡大眾化詩歌運動。1937年抗日戰爭爆發後去武漢，擔任中華全國文藝界抗敵協會理事，並主編詩刊《五月》和《時調》。1938年赴昆明，擔任雲南文協分會常務理事。1939年在中山大學任教，進行普希金作品翻譯。1942年去桂林師範學院執教，繼續翻譯巴爾札克作品。1946年回上海，中共掌權後於1952年赴北京師範大學任教。穆木天一生從事詩歌創作不多，多半從事翻譯法、俄兩國的文學，特別是巴爾札克的作品。翻譯作品英國的有《王爾德童話》（1922上海泰東圖書局）、法國的有法朗士的長篇童話《蜜蜂》（1924）、維勒得拉克的劇作《堅決號》（1928）、紀德的小說兩部：《窄門》（1928北新書局）和《牧歌交響曲》（1936北新書局）、法國短篇小說集《青年燒炭黨》（1932上海湖風書局）、編譯的《法國文學史》（1935世界書局）、巴爾札克的小說多部：《歐貞尼·葛郎代》（1936商務印書館）、《從妹貝德》（1940年商務印書館）、《巴爾札克短篇集》（1942桂林三戶圖書社）、《從兄蓬斯》（1943桂林絲文出版社）、《二詩人》（1944桂林耕耘出版社）、《巴黎煙雲》（1944桂林耕耘出版社）、《絕對之探求》（1949上海文通書局）、《勾利尤老頭子》（1951上海文通書局）、《凱撒·比羅圖盛衰史》（1951上海文通書局）和《夏貝爾上校》（1951上海文通書局）、俄國的有涅維洛夫的

穆木天（1900-71）

長篇小說《豐饒的城塔什干》（1930北新書局）、賽甫琳娜的中篇小說《維里尼亞》（1931現代書局）、高爾基的短篇小說集《初戀》（1932現代書局）、萊蒙托夫詩集《惡魔及其他》（1942重慶文林出版社）、托爾斯泰著民間故事《冰雪老人》（1950中華書局）、普利什文童話《小仙鶴》（1950中華書局）、康諾尼第等著短篇小說集《報仇》（1951中華書局）、庫列秀夫長詩三部：《新開河》（1951上海文光書店）、《總有前進》（1952新文藝出版社）和《琴琶》（1957新文藝出版社），以及創作詩集兩部：《旅心》（1927上海創造社出版部）和《新的旅途》（1942重慶文座出版社）、散文集《秋日風景畫》（1934上海千秋出版社）。

穆木天的詩作深受法國現代詩的影響，在韻腳、疊字疊句等的聲音之美的追求上下了甚大的工夫，其作品少而精，例如〈蒼白的鐘聲〉中的一節不用標點所形成的節奏：

蒼白的　鐘聲　衰腐的　朦朧
疏散　玲瓏　荒涼的　濛濛的　谷中
——衰草　千重　萬重——
聽　永遠的　荒唐的　古鐘
聽　千聲　萬聲

在三〇年代以後，因為受了左翼風潮的影響，參與了大眾化詩歌運動，一意追求通俗，反倒寫不出精美的詩來了，也就停筆轉作翻譯的工作了。

馮乃超（1901-83），筆名馬公越、馮子韜、李易水、成竅，廣東省南海縣人，生於日本橫濱僑商家庭。1923年畢業於日本第八高等學校理科，入京都帝國大學習哲學與美學。曾參加日本馬列主義研究會。1927年回國，加入「創造社」。1928年參加共產黨，附和文學的階級性觀點。1929年，與鄭伯奇等共組「藝術劇社」。1930年，參加中國左翼作家聯盟的籌備工作，出任左聯第一任黨團書記，1931年任左翼文化總同盟黨團書記，編輯共產黨《紅旗周報》。

抗戰後去武漢，出任國民政府軍委會政治部第三廳中共特支書記，並任中華全國文藝界抗敵協會常務理事兼組織部副部長，參與《抗戰文藝》編輯工作。勝利後曾任國共和談中共代表團顧問。1946年赴港，從事文藝統戰的領導工作。1949年後歷任政務院文教委員會副祕書長、人事副部長、中山大學副校長、廣東省政協副主席等職。著有詩集《紅紗燈》（1928創造社）、《怒》（1941香港堡壘書店）、短篇小說集《傀儡美人》（後改名《撫卹》，1929長風書店）。

　　馮乃超是一個從政的共產黨員，並未把主要的精力放在文學上，但是他早期卻曾努力盡心於新詩的創作，在音步、格律的講求上並不後人，而且做出了相當出色的成績。下面是句法嚴整、聲音婉轉的〈生命的哀歌・一・C〉

　　青春是瓶裡的殘花
　　愛情是黃昏的雲霞
　　幸福是沉醉的春風
　　苦惱是人生的棲家

　　以上三位詩人的作品，一方面借鏡於法國象徵派詩人的技巧，但沒有李金髮的生澀和怪異，另一方面承接徐志摩和聞一多的新詩格律，同時探擷、參考了傳統詩詞的韻律，寫出了亮目的成績，給後來在台灣所謂的「橫的移植與縱的繼承」做出了出色的範例，也使五四開始的白話新詩步入成熟的階段，為後來海峽兩岸的新詩打下了堅強的基礎。

引用資料

卞之琳，1984：〈新詩和西方詩〉，《人與詩：憶舊說新》，北京三聯書店。

王　瑤，1953：《中國新文學史稿》，上海新文藝出版社。

王獨清，1947：《王獨清選集》，上海中央書店。

朱自清，1935a：《新文學大系文學詩集·導言》，上海良友圖書公司。

朱自清，1935b：〈選詩雜記〉，《新文學大系文學詩集》，上海良友圖書公司。

朱　湘，1925：《夏天》，上海商務印書館。

朱壽桐，2003：《新月派的紳士風情》，高雄翰林文教基金會。

冰　心，1922：《繁星》，上海商務印書館。

李金髮，1925：《微雨》，上海北新書局。

李瑞騰，1991：〈初論朱湘的詩〉，淡江大學中國文學研究所主編《文學與美學》第二集，台北文史哲出版
　　　社，頁295-309.。

沈用大，2006：《中國新詩史（1918-1949）》，福州福建人民出版社。

胡　適，1919：〈談新詩〉，11月《新潮》雜誌第2卷第2期，後收入《胡適文存》一。

胡　適，1920：《嘗試集》，上海亞東圖書館

宗白華，1920：〈新詩略談〉，2月《少年中國》第8期。

周　无，1920：〈詩的將來〉，2月《少年中國》第8期。

徐志摩，1924：《志摩的詩》，上海中華書局。

徐志摩，1969：《徐志摩全集》，台灣傳記文學社。

郭沫若，1921：《女神》，上海泰東書局。

郭沫若，1921：《晨星》，上海泰東書局。

郭沫若，1932：《創造十年》，上海現代書局。

馮乃超，1928：《紅紗燈》，上海創造社。

張德厚、張富貴、章雅昕，1995：《中國現代詩歌史論》，長春吉林教育出版社。

聞一多，1923：〈《女神》之時代精神〉，6月3日《創造週報》。

聞一多，1928：《死水》，上海新月書店。

聞一多，1985：〈詩的格律〉，《聞一多論新詩》，武漢武漢大學出版社。

劉半農，1917：〈我之文學改良觀〉，5月《新青年》第3卷第3號。

鄭振鐸，1935：《新文學大系文學論爭集·導言》，上海良友圖書公司。

第十二章　話劇走進了文學的領域

一、戲劇觀念的變革與西方戲劇的引介

清末民初，梁啓超、陳獨秀等革新派已經認識到戲劇在文化中的重要性。五四前夕，《新青年》雜誌從1917年3月開始，幾乎每期都刊載有討論戲劇的文章，而且在1918年10月號還出了一期「戲劇改良專號」。主要的言論，都在攻訐傳統戲曲的弊病，連帶也揭出文明戲的缺失，號召向西方戲劇學習。

態度最激烈的錢玄同認爲「今之京調戲，理想既無，文章又極惡劣不通」，呼籲全數封閉舊戲院，盡情推翻舊戲（錢玄同 1917）；並且倡議說：「如其要中國有眞戲，這眞戲自然是西洋派的戲。」（錢玄同 1918）胡適也附和說：「掃除舊日的種種『遺形物』，採用西洋最近百年來繼續發達的新觀念、新方法、新形式，如此方可使中國戲劇有改良進步的希望。」（胡適 1918）在同一期《新青年》的「戲劇改良專號」上，傅斯年也發表對舊戲的評論說：「不過是百衲體的把戲」，「全以不近人情爲貴。」而且：「中國舊戲的觀念，是和現代生活根本矛盾的，可以受中國戲劇感化的中國社會，也是和現代生活根本

矛盾的。」因此「使得中國人民有貫徹的覺悟，總要借重戲劇的力量；所以舊戲不能不推翻，新戲不能不創造。」（傅斯年 1918）連身兼舊戲和文明戲演員的歐陽予倩也承認說：「中國無戲……舊戲者，一種之技藝。」（歐陽予倩 1918）周作人的看法與錢玄同一樣激烈，他認為舊戲集「色情」、「迷信」、「神仙」、「妖怪」、「奴隸」、「強盜」、「才子佳人」、「下等諧謔」之大成，是「野蠻的」，有害於「世道人心」，「應廢」！因此主張：「只有興行歐洲式的新戲一法。」（周作人 1918）

易卜生（Henrik Ibsen, 1824-1906）

　　以上諸人代表了五四前夕一般知識份子對舊戲與新劇的意見，今天看來雖覺過激，完全沒有體認到中國傳統戲曲的歷史傳承及藝術特色，不過他們這些意見正代表了五四一代對傳統文化批判的矯枉過正之處。除了消極地否定舊戲以外，《新青年》雜誌也積極地在1918年6月出刊「易卜生專號」，其中載有〈易卜生傳〉和翻譯的易卜生的《娜拉》、《國民之敵》和《小愛友夫》三劇以及胡適的〈易卜生主義〉一文。同年10月，《新青年》雜誌又刊出宋春舫的〈近世名劇百種目〉，列舉了一百個劇目，屬於十三個國家的五十八位劇作家。其他的刊物，諸如《新潮》、《晨報副刊》、《小說月報》、《時事新報‧學燈》等也相繼譯介西方的劇作，據粗略的統計，在1917年到1924年間，全國二十八種報刊，以及四家出版社，共發表或出版翻譯的劇作一百七十四種，來自十七個國家的七十多位劇作家。（田禽 1944）

《易卜生劇作集》

二、直接向西方取經的新劇

　　1919年的五四運動既然是新文化和新文學運動的關鍵時刻，受了五四運動的波盪衝擊，中國的文化界加強了對固有文化和舊社會的反省和批判，同時也增強了向西方文明學習的決心。開始中國的新劇多由日本轉折而來，五四後留學歐美的學生漸多，於是直接從西方移植現代戲劇。西方劇作的中譯和介紹也在五四前後積極地進行，像魯迅、周作人、郭沫若、沈雁冰、鄭振鐸、陳大悲、田漢、潘家洵、沈性仁等都曾經是積極的參與者。新劇運動在1919年以後自然也就更加積極地推動，更加順利地成長起來。

　　鑑於文明戲的失敗，1920年汪仲賢嘗試在上海有兩千座位的「新舞台」演出一齣純西方的劇作，那就是蕭伯納（George Bernard Shaw, 1856-1950）的《華倫夫人之職業》（*Mrs. Warran's Profession*, 1893）。然而不幸的是，大概因為是翻譯的劇本，外國劇名、外國背景、外國人物，國人還不習慣，上演後觀者寥寥，以失敗賠錢告終。雖然失敗，卻是西方戲劇移植到中國土地上的一個重要的里程，汪仲賢自言：「上海新舞台開演《華倫夫人之職業》，狹義地說來，是純粹的寫實派的西洋劇本第一次和中國社會接觸；廣義地說來，竟是新文化底戲劇一部分與中國社會的第一次接觸。」（汪仲賢 1920）

　　五四運動後，像南開劇團的學校演劇自然比以前更要頻繁。除此之外，在社會上也出現了一些不以營利為目的的演出，稱作「愛美的劇」。「愛美的」一辭是法文amateur一字的音譯，據洪深說，是戲劇學者宋春舫翻譯的（洪深1929）。Amateur的原意是「業餘性」的意思，一方面意謂尚未達職業的水準，另一方面也說明了具有未被職業化汙染的自由創意的色彩。所以愛美的劇具有以上雙重的意思。1921年4至9月，陳大悲在北京《晨報副刊》發表長文《愛美的戲劇》（後出版成書），結合西方的戲劇理論和他自己的經驗，詳盡地介紹了從編劇到演出的各種技術問題，並提出了「人的戲劇」的口號，為業餘的劇團提供了有益的參考。

　　陳大悲（1887-1944），筆名蛹公，浙江省餘杭縣人。1908年入蘇州東吳大

學，在校期間經常參加文明戲演出。1911年輟學，赴上海，加入任天知領導的進化團演出文明戲。1918年遠渡日本學習戲劇，翌年返國即參與新劇活動。1921年，在上海與沈雁冰（茅盾）、歐陽予倩、汪優游等組織「民眾戲劇社」，提倡愛美的戲劇，並編輯出版《戲劇》月刊。同年赴北京，與李健吾等組織「北京實驗劇社」。1922年與蒲伯英將「民眾戲劇社」由上海遷往北京，改組為「新中華戲劇社」，並與蒲伯英創辦「人民藝術戲劇專門學校」，任教務長，成為北京新劇的重要推手。1928年出任外交部亞洲司科長。

陳大悲（1887-1944）

1935年組建上海樂劇院，並出任上海戲劇院樂劇研究所副所長。翌年在南京組織「新華劇社」。1940年加入汪精衛偽政府，任職外交部。旋赴漢口，參與中日文化協會湖北分會工作，又組建話劇團。1944年在漢口逝世。著有《愛美的戲劇》（1922晨報社）、《戲劇ABC》（1931世界書局）、《表演術》（1936商務印書館）及劇作《幽蘭女士》（1928現代書局）、《張四太太》（1929現代書局）、長篇小說《紅花瓶》（1933上海四社出版部）、《人之初》（1934上海四社出版部）等。

　　第一個愛美的劇團是1921年3月在上海成立的「民眾戲劇社」，其成員有陳大悲、歐陽予倩、熊佛西、徐半梅、沈雁冰、鄭振鐸等，大力提倡寫實的戲劇，反對把當時西方的象徵主義或其他非寫實的戲劇介紹到中國來。他們並且創辦了一本《戲劇》月刊，大肆批判文明戲的陳腐墮落，為以後話劇的發展拓清了道路。

　　同年陳大悲與李健吾等在北京組織「北京實驗劇社」，朱穰丞在上海成立了「辛酉學社」，都有偶爾的演出。陳大悲於1922年將「民眾戲劇社」遷往北京後，又與蒲伯英等聯合所有學校劇團及非職業性劇團發起組成「新中華戲劇社」，目的在推動校園劇團的演出。

如果說文明新劇是職業性的演出，從事的人員教育水準參差不齊，愛美的戲劇則是非職業性的（或說業餘性的）演劇，從事的人員多半都是受過高等教育的知識份子。對愛美的戲劇貢獻最大的當推上海的「戲劇協社」。該社於1921年12月由應雲衛、谷劍塵、陳憲謨、歐陽予倩、汪仲賢（優游）等人組成。洪深赴美學習戲劇於1923年返國後加入該社，次年即執導改編自愛爾蘭劇作家王爾德原作*Lady Windermere's Fan*（1892）的《少奶奶的扇子》，意外獲得空前的成功。

　　洪深（1894-1955），原名洪達，又名淺哉，字潛齋，號伯駿，筆名莊正平、樂山、樂水、蕭振聲等，江蘇省常州人。1906、07年間，先後就讀於上海徐匯公學及南洋公學。1912年，考入北京清華學校，熱心新劇活動。1915年即開始嘗試劇本創作。1916年，清華畢業，赴美進俄亥俄州立大學攻陶瓷工程。1919年轉入哈佛大學，改習戲劇與文學，獲得碩士學位，並在考伯萊劇院附設劇校學習表演、導演、舞台技術及劇場管理等課程。1920年結業後赴紐約參加職業劇團演出，翌年與張彭春合寫英文劇《木蘭從軍》。1922年返國，先在南洋兄弟煙草公司任職，並在復旦、暨南等大學兼課。1923年加入「戲劇協社」，擔任排演主任，演出《潑婦》、《終身大事》等，從此建立了新劇正規的導演制。隨即執導根據王爾德的劇作改編的《少奶奶的扇子》，實行男女同台合演，確立了現代戲劇演出的規模。1928年，提議用「話劇」一詞概括從西方移植而來的新劇，從此「話劇」之名通用至今。同年加入「南國社」，又出任中華電影學校校長、明星電影公司編導主任。1930年，參加「中國左翼作家聯盟」，任英文祕書，旋參與組織「左翼劇作家聯盟」，任總書記。抗日戰爭爆發後，去武漢組織抗敵演劇隊。1938年出任國民政府軍事委員會政治部第三廳戲劇科科長。1939年隨第三廳至重慶，兼軍委會政

洪深（1894-1955）

治部文化研究班戲劇系教官，創辦教導團。勝利後，回上海復旦大學任教。49年後出任北京師範大學外語系主任，兼文化部對外文化事務聯絡局副局長。1953年，任中國戲劇家協會副主席，中國作家協會理事。1954年出任中國對外文化聯絡局局長，兼中國人民對外文化協會副會長至逝世。一生創作及翻譯劇作三十八部，包括《趙閻王》、《五奎橋》、《清龍潭》、《香稻米》（以上三部合稱「農村三部曲」）、《包得行》、《雞鳴早看天》等。出版著作有《洪深劇本創作集》（1928上海東南書店）、《洪深戲曲集》（1933現代書局）、《五奎橋》（1933現代書局）、《洪深戲劇論文集》（1934上海天馬書店）、《電影戲劇表演術》（1935上海生活書店）、《現代戲劇導論》（1935良友圖書公司）、《電影戲劇的編劇方法》（1935南京正中書局）、《農村三部曲》（1936上海雜誌公司）、《飛將軍》（1936上海雜誌公司）、《走私》（1937上海一般書店）、《包得行》（1939上海雜誌公司）、《戲劇導演的初步知識》（1943重慶中國文化服務社）、《女人女人》（1945重慶華中圖書公司）、《雞鳴早看天》（1945漢口華中圖書公司）、《人之初》（1947上海正中書局）、《這就是「美國的生活方式」》（1951三聯書店）、《洪深選集》（1951北京開明書店）、《洪深劇作選》（1954北京人民文學出版社）、《洪深文集》（1959北京中國戲劇出版社）等。

據說洪深導演的《少奶奶的扇子》是中國第一次嚴格地按照歐美演出的方式來演出的。除了翻譯和改編的劇本外，戲劇協社也演出國人創作的劇本，像胡適的《終身大事》、歐陽予倩的《潑婦》、汪仲賢的《好兒子》、洪深的《趙閻王》等。其他劇團，如辛酉社在1924年演出了陳大悲的《虎去狼來》，葳娜社在北京演出了李猶龍所改編莫里哀（Molière, 1622-73）的喜劇《慳吝人》（L'Avare, 1668）。

這一個階段的話劇，由於學校劇團及愛美的劇

《少奶奶的扇子》劇本封面

團的積極推動，擺脫了迎合小市民低級口味和追求票房價值的壓力，加上翻譯和改編的西方劇作日益增多，使新劇的演出形式日漸接近西方的現代劇場。同時這一個時期也是中國的劇作家努力模仿西方劇作從事文學劇本創作的時期。

三、文學劇作的湧現

中西戲劇的最大差異，正在於中國傳統戲曲乃以演員爲中心的「演員劇場」，而西方從希臘悲劇開始，就是以劇作家爲中心的「作家劇場」（註1）。文明戲時代還沒有對劇本加以重視，故最後導致失敗，也沒有什麼劇作遺留下來。五四時代的文人，受到西方戲劇和文學密切關連的影響，不再輕視戲劇，眾多的留外歸國學人都在寫作劇本上躍躍欲試。最早從事劇作的文人有胡適、葉紹鈞、郭沫若、田漢、陳大悲、汪仲賢、熊佛西、蒲伯英、洪深、顧一樵、白薇、歐陽予倩、余上沅、丁西林等。

五四運動是中國新劇發展的關鍵年代，因爲文學劇本在1919年以後才大量湧現。南京大學教授陳白塵和董健主編的《中國現代戲劇史稿》的分期，把1918至1929看作是「現代戲劇觀念的確立與新興話劇的發展」期。董健在該書的〈緒論〉中說：「從五四前夕到二〇年代末，是文明新戲沒落之後，中國現代戲劇在更大規模上的勃興時期。」（陳白塵、董健 1989：10）他主要也是看中了五四以後在中國現代戲劇發展上的關鍵性。如果在五四後沒有文人的參與從事劇本的翻譯與創作，只靠新劇的演員在舞台上摸索，是否會產生三、四〇年代盛極一時的話劇運動，是值得懷疑的一件事。鑑於文明戲不重視劇本的失敗經驗，遵循西方現代劇的典範，就不能不重視劇作的問題。1919年以前爲演出而寫成的劇本，應以南開校園所編的新劇爲濫觴。胡適曾說：「南開學校所編的《一元錢》、《一念差》、《新村正》頗有新劇的意味，在現在中國新劇界，要算他們爲第一了。」（高秉庸 1920）其實胡適自己寫的《終身大事》發

註1：參閱馬森論文〈演員劇場與作家劇場〉，1990年《中外文學》第19卷第5期，頁67-86。並收入馬森《當代戲劇》，1991年台北時報文化出版公司，頁73-104。

表於1919年3月《新青年》第六卷第三期，才是最早寫成的文學劇本之一（註2）。《終身大事》模仿易卜生作品的痕跡至爲明顯，而且就戲論戲，也不算是一本出色的劇作，但其開風氣之先的歷史地位卻是不容忽視的。

（一）文學劇作的幾位闢疆者

最早重要的劇作家，以發表劇作的先後序，除胡適外，還有歐陽予倩、陳大悲、郭沫若、汪仲賢、熊佛西、蒲伯英、白薇、田漢、顧一樵、丁西林、余上沅等。其中成績最顯著的，不論是劇作的數量和質量，還是寫作時間的持久性，當數郭沫若、熊佛西、田漢和丁西林幾人。這幾人我們以下單獨討論，此節先介紹其餘幾位闢疆者。

歐陽予倩（1889-1962，生平見第七章），從春柳社到上海的文明戲，一路走來歐陽予倩本是活動在舞台上的人物，可也是最早從事劇本寫作的一員。1913年在湖南長沙目睹湖南省議會選舉中賄選舞弊的種種行爲，寫成諷刺性的《運動力》一劇，揭發官場貪汙腐化、魚肉人民的醜陋現象。此劇與同一時期與他人合作的劇本都沒有留存下來，想係如文明戲的腳本般只有故事大綱沒有對話的稿本。1919年起在南通三年，創辦南通伶工學社，其間曾編寫《玉潤珠圓》、《長夜》、《哀鴻淚》、《和平的血》、《赤子之心》等劇，也同樣沒有存留下來。現在可見的他的早期劇作是寫於1922年的兩齣獨幕劇《潑婦》和《回家以後》。

《潑婦》是歐陽予倩第一齣依照西方戲劇格式寫成的劇作，像胡適的《終身大事》一樣，也是模仿易卜生《傀儡家庭》的作品，對傳統觀念視爲離家出走的潑婦大加讚揚。《回家以後》則描寫當日的留學生以自由戀愛之名，停妻再娶，可以說從另一面批評了自由戀愛的浮濫。這些都是問題劇。到了1927年，又完成了《潘金蓮》一劇，替潘金蓮的淫婦形象翻案，在田漢主持的上海藝術

註2：正如以魯迅的《狂人日記》爲新小說的開始，並非其前完全沒有白話的新小說，胡適的《終身大事》之前也有過其他的新劇作品，像1918年南開大學的《新村正》，或更早的歐陽予倩的處女作《運動力》，寫於1913年（歐陽予倩 1959）。但是那些作品有的只有大綱，沒有對話，像《新村正》；有的連劇本也沒存留下來，像《運動力》，所以還不能不以胡適的《終身大事》爲最早的文學劇作。

大學的「藝術魚龍會」上演出。畫家徐悲鴻稱讚此劇爲「翻數百年之陳案，揭美人之隱衷；入情入理，壯快淋漓，不愧傑作。」（田漢 1930）

陳大悲（生平見前節）也是參與過文明戲活動的成員之一，因痛恨文明戲的墮落而投身於學習西方現代戲劇的演出方式，除提倡「愛美的戲劇」以外，早期也努力從事劇作。曾寫過有台詞的文明戲劇本《浪子回頭》（1914）、《美人劍新劇》（1916）。自從提倡愛美的戲劇後，他撰寫劇本完全是爲了他所參與的業餘劇團演出之用。從1920到1924五年間寫出了十幾個劇本，計有《良心》、《英雄與美人》（1929年再版時改名《張四太太》）、《是人嗎？》、《雙解放》（1920）、《幽蘭女士》、《說不出》、《王裁縫的雙十節》（1921）、《愛國賊》、《平民的恩人》（1922）、《忠孝家庭》、《維持風化》（1923）、《父親的兒子》、《虎去狼來》（1924）等。其內容在揭發大家長制度的封建、軍閥的暴虐，或是宣揚良心和道德的力量，具有文明戲的遺味。他的劇作類似歐陽予倩的作品，都是強調舞台效果，動作很多，但結構鬆散、人物誇張、思想平庸，沒能夠成爲後來話劇舞台上的保留劇目。

汪仲賢（1888-1937），原名效曾，字仲賢，藝名優游，筆名陸明悔、U.U.等，江西省婺源縣人。早年就學於南京江南水師學堂，畢業後參加上海的文明戲演出。1905年，組織中國最早的業餘劇團「文友會」。翌年，與朱雙雲、王幻身等創辦「開明演劇會」。1910年，參加任天知的「進化團」，此後陸續參加「新民社」、「民興社」、「笑舞台」等文明戲劇團，成爲文明戲的名演員。他是自始至終參與文明戲演出的人，深明文明戲的弊病以及失敗的原因，因此五四後改弦易轍，積極接引正規的西方戲劇，才有蕭伯納劇作《華倫夫人之職業》的大膽嘗試，可說雖敗猶榮。1921年，與沈雁冰、歐陽予倩、陳大悲等組織愛美的劇團「民眾戲劇社」，1922年又與谷劍塵、應雲衛等組織「戲劇協社」，並任《戲劇》月刊、上海《時事新報》編輯。汪仲賢親身體驗到文明戲輕忽劇本的缺失，特別看重劇本的重要，他說：「中國戲劇要想在世界文藝界中尋一個立錐地，應當趕緊造成編劇本才算眞正的創造新劇。」（明悔 1921）雖然如此說，他只留下了一齣獨幕劇《好兒子》（1921）。此劇寫

劇，因爲二者含有對當時社會的批判意識；對於《親愛的丈夫》則認爲情節離奇，斥之爲「遊戲之作」。其實直接批判社會的作品很容易過時（幸好《一隻馬蜂》和《壓迫》並非那麼直接的批判），反倒是看來遊戲之作的，只要抓住人性之常，可以歷久而彌香，莎士比亞、莫里哀、王爾德的喜劇正是如此。

丁西林的獨幕劇《壓迫》

　　丁西林的獨幕喜劇寫的都是北京的人情與世態，最能體現過去北京人那種輕鬆、幽默、達觀、寬容的處世態度。曾經留英的他，的確也學到了王爾德和蕭伯納的機鋒，在結構上也很會運用懸疑和反轉之妙。偶有巧合，卻不失自然；矛盾大，均能峰迴路轉，他的確掌握到高度的戲劇技巧。他所表現的態度是玩賞的、嘲弄的，而非疾言厲色的攻訐或仇恨，接近所謂的「世態喜劇」（comedy of manners）。

　　除以上介紹的劇作家外，在二〇年代從事文學劇本創作的，還有葉紹鈞（《懇親會》）、侯曜（《復活的玫瑰》、《棄婦》等）、濮舜卿（《愛神的玩偶》）、李健吾（《私生子》、《進京》等）、王統照（《死後之勝利》）、石評梅（《這是誰的罪》）、徐公美（《父權之下》）、李初梨（《愛的掠奪》）、徐志摩（《卞昆岡》）、谷劍塵（《冷飯》）、胡也頻（《鬼與人心》、《瓦匠之家》）、錢杏邨（《農民的悲哀》）、馬彥祥（《母親的遺像》）、柔石（《革命家之妻》）、楊騷（《蚊市》）、陶晶孫（《黑衣人》）、李霽野（《夜談》）等。其中有的在二〇年代初試啼聲後，以後有更重要的劇作問世，像李健吾、錢杏邨；有的本爲詩人或小說家，劇作不過是偶爾爲之，像徐志摩、王統照；有的命短，自無下文，像胡也頻、柔石；其他的可說只是玩票的性質，以後再不見任何劇作了。不過從如此長的一個名單看來，二〇年代在受到西方文化影響改變了對戲劇輕視的態度後，多半的文人、作家都曾對戲劇文學產生了濃厚的興趣。

引用資料

田　漢，1930：〈我們的自己批判〉，《南國月刊》第2卷第1期。

田　禽，1944：〈三十年來戲劇翻譯之比較〉，《中國戲劇運動》，上海商務印書館。

汪仲賢，1920：〈劇談（七）〉，11月6日《晨報》第7版。

明　悔（汪仲賢），1921：〈與創造新劇諸君商榷〉，5月《戲劇》第1卷第1期。

周作人，1918：〈論中國舊戲之應廢〉，11月《新青年》第5卷第5號。

洪　深，1929：〈從中國的新戲說到話劇〉，1995年5月5日《現代戲劇》第1卷第1期。

洪　深，1935：《中國新文學大系・戲劇集・導言》，上海良友圖書公司。

胡　適，1918：〈文學進化觀念與戲劇改良〉，10月《新青年》第5卷第4號。

馬　森，1991：《當代戲劇》，台北時報文化出版公司。

馬彥祥，1932：〈現代中國戲劇〉，《戲劇講座》，現代書局。

高秉庸，1920：〈南開的新劇〉，原刊1920年10月17日南開16週年紀念號特刊《校風》，後收入夏家善、崔國良、李麗中編《1909-1922南開話劇運動史料》，天津南開大學出版社，1984。

陳白塵、董健，1989：《中國現代戲劇史稿》，北京中國戲劇出版社。

郭沫若，1983：《郭沫若論創作》，上海文藝出版社。

傅斯年，1918：〈戲劇改良各面觀〉，10月《新青年》第5卷第4號。

熊佛西，1930：〈戲劇應以趣味為中心觀〉，9月《戲劇與文藝》第1卷第12期。

熊佛西，1937：《戲劇大眾化之實驗》，正中書局。

蒲伯英，1921：〈我主張要提倡職業的戲劇〉，9月《戲劇》第1卷第5期。

歐陽予倩，1918：〈予之戲劇改良觀〉，10月《新青年》第5卷第4號。

歐陽予倩，1959：《自我演戲以來》，北京中國戲劇出版社。

錢玄同，1917：〈寄陳獨秀〉，3月《新青年》第3卷第1號。

錢玄同，1918：〈隨感錄〉，7月《新青年》第5卷第1號。

參考文獻：

洪　深〈從中國的新戲說到話劇〉（1929年5月）

【參考文獻】

從中國的新戲說到話劇

洪深

新戲

一

　　無論什麼東西，都有新有舊。舊的不中用了，不能不有一個新的。但是「新」字最簡單的解釋，只是「又一個」。譬如一座新房子，一頂新帽子，雖都是新的，但是質地與式樣，或者完全與舊的一樣，這就是「又一個」的意義了。許多所謂新戲，何嘗不是如此。凡是一齣戲，演得久了多了，戲的各方面，所有的一切，俱已爛熟在觀眾的心目中，這齣戲便不能給予他們很多興趣，而成為舊的不中用的了。於是乎不得不去尋覓或編製「又一個」「新」的戲了。即如梅蘭芳，因為他最初所演的《汾河灣》、《六月雪》等，漸漸地不能十分的引起人們必欲看他爭先恐後的熱忱和決心，才演《黛玉葬花》、《天女散花》等「新戲」。後來又因為這幾齣也太熟了，所以又演《霸王別姬》、《太真外傳》等「新戲」。今年更有《鳳還巢》、《俊襲人》等「新戲」，這許多戲，誠然是新的，但在意義方面，及材料、形式、音樂、舞蹈、表演的機會（動作表情），登場的範圍（布景、打武、走場等等），種種方面，換言之，諸戲所給予觀眾最後的整個的印象，未能顯然的各別與特殊，總覺得大同小異而已。如果我們看了他的兩齣、三齣代表作，便同全看了一樣，因為其餘是可以想像而得的。這些戲，並不一定是編得很不好，而且梅君的表演藝術，也自有過人之處，但就所有的「新戲」而論，與原有的《汾河灣》，《六月雪》等，相去並不甚遠（所有劍舞、旗舞，仍是脫胎於舊有京戲裡的別種舞）。稱之為「新戲」，固然沒有人能說是錯用名辭，但僅是「新戲」最簡單的意義罷了。

二

但是人們需要新的欲望，不是如此簡單的。住要新建築，衣要新裝，但絕不是千間一式的房屋，或永久不改的服裝。我們有時所要求的「新」，不祇是大同小異的「又一個」，而須是「與前不同」了。在過去的幾十年中，在北劇（前稱京劇）方面，未嘗沒有人努力製作「與前不同」的「新戲」。最早的在南方是汪孝儂，他是第一個自己編了許多戲，自己登台演唱的人。他的唱與作，雖也有特異之處，但未見得是十分藝術的，不能因為「新」了就有價值。至於他所編「新戲」的腳本，卻是比較當時流行的大多數北劇，高出多多了。那不通情理的事實，固然不用了。那不能解的無意義的語句，固然沒有了；然而他的好處，不僅在他的文辭，更在他能夠使用了戲劇，來發洩他胸中對於政治、社會、時代、人生一切的不平。他曾經把自己比作柳敬亭。而在他的《黨人碑》、《哭祖廟》、《馬前潑水》、《六軍怒》這類戲裡，他很竭力的做了一番呼號。結果，那一般看戲的人，從來沒有像在看他的戲時候，這樣的覺得戲劇的意義，戲劇的宗旨，甚是莊嚴與重要。這就是他的貢獻了。此後不久，夏月潤到日本去了一次，認識了市川左團次。回來集合了幾個同志，組織「新舞台」，在上海十六鋪造了一所比較新式的劇場，那戲台可以轉的，布景等一切，有了相當的便利，那戲的性質，不知不覺的趨於寫實一途了。演員們穿了時裝，當然再用不來那拂袖甩鬚等表情。有了真的、日常使用的門窗桌椅，當然不必再如舊時演戲，開門上梯等，全須依靠著代表式的動作了。雖是改革得十分徹底，有時還有穿著西裝的劇中人，橫著馬鞭，唱一段西皮，但表演的格式與方法，逐漸的自由了。而且模仿式的動作也多了。他們最初所演的《新茶花》、《黑籍冤魂》，稍後所演的《明末遺恨》、《窮花富葉》等「新戲」，不但多少含著些民族思想，社會思想；尤其是那編劇表演的結果，能使得婦孺皆曉。當時觀眾不復是被迫強著，去聽那不願聽的京腔，不大懂的戲白，與看那非經過訓導說明不能不解的動作，這就是他們的貢獻了。與「新舞台」差不多是同時，在天津有一個極有演戲天才的女伶，叫金月梅。她初到天津打砲，連唱了一百天戲，沒有一齣是雷同的，哄動了駭壞了天津的觀眾。她有這樣的Repertoire，仍能不自滿足，更演出了許多描寫家庭社會（而以她為中心）的「新戲」。如《二縣令義婚孤女》、《杜十娘怒沉百寶箱》、《賣油郎獨佔花魁女》、《姊妹易嫁》等。她雖不十分改變表演的成法與格式，雖還不會用布景，但一部分道具，如吃酒的席面，出局的轎子等，已經是用真的了。天津離北平甚近，那天津人，又素來喜歡聽戲，對於北劇裡的念白，是很能瞭解的。但她還盡量的廢除了北劇念白的腔調，改用清楚流利的京音，差不多同平常說話一樣（至於她的配

角，如飾彩旦的牡丹花等，竟全說天津土話，甚至梳的頭，穿的衣，都是天津流行的式樣。）而在表達情感方面，她更竭力的寫實與模仿。所以她的「新戲」，不但是社會化，而且竟是天津社會化。那觀眾有時竟不覺得是看戲，而似與他們所素來認識的人，晤對一堂，無怪乎格外的親切有味。而原來的戲劇遠離人生的觀念，無形中悉已忘卻，這就是她的貢獻了。

上面所說三個人的「新戲」，至少有一點「與前不同」的地方。稱之為「新戲」是很恰當的。這是「新戲」第二個意義了。

三

中國的戲劇，為求新異，為求進步，雖是竭力的向模仿寫實的路上走，但始終不敢完全背叛了北劇的規矩，始終不曾脫離了北劇的範圍。那勇敢而毫不顧慮地，去革舊有戲劇的命，另行建設新戲的先鋒隊，不是中國的戲劇界，而是在日本的一部分中國留學生。他們最初看見了川上音二郎，與他夫人川上貞如，所演的浪人戲，他們要從事戲劇的欲望，已經很有力的從內心感逼出來。後來認識了藤澤淺二郎，得了他的幫助與指導，成立了一個春柳社。其中傑出的人才，最先有曾孝谷、李哀，稍後加入的，有歐陽予倩、陸鏡若、馬絳士等。在日本出演過《黑奴籲天錄》、《茶花女》等，得到藝術上甚大的成功。在那時他們或者尚未有改革中國戲劇的決心，與具體的計畫，或者還是一時的興趣，所以任天知（日本名藤塘調美）邀春柳社回國的時候，他們不十分歡迎他的意見，結果是拒絕了不來。任天知無法，祇得回上海另外組織了一個春柳社。邀了那時不屬於春柳社的一位志士王鐘聲合作。王的藝術，雖始終未曾成熟，但他在上海等處出演的，大半是春柳的劇本（他在北京得名的是《孽海花》）。一切藝術的方法，與北劇崑曲，或已有的「新戲」，完全兩樣。所有演北劇的動作、調子、道具，全不用了。所有北劇的代表與簡潔的做法，全都改為模仿與寫實的了。歌唱完全之廢除，全劇只用對話了。沒有上下場，而用幕布與布景了。所以當時國內人士，看了耳目一新，覺得這才是真正的名副其實的「新戲」了。自此以後，「新戲」漸漸的由一個普通名詞（即任何新編的戲），變為一專門名詞（即某種特別方法做成的戲）了。這是新戲的第三個意義。

文明戲

一

在第三個意義的「新戲」名詞上面，加了「文明」兩個字成為「文明新戲」（後來簡稱為文明戲）不知是何人為首所做的事，但原先絕不是惡意的。是否為了這類的戲，是從歐美日本等文明國家介紹來的？或是為了這類的戲，已經脫離了舊戲裡，有人目為「非人」動作語調，及「野蠻」格式成法的束縛的？或是為了當時演這類戲的人，大半受過教育，有知識、有思想，而且很誠摯的，存心要呼醒社會、改善人生，不像當時大多數唱北劇的，不識字、沒有教育、沒有知識、粗暴、流氓化，甚而是卑鄙下作的？不論是什麼動機，「文明」兩個字，總是恭維的意思。而且在民國以前，就可以聽到這個名詞的。及至辛亥革命成功之後，在日本的春柳社回來了，在上海出演，大為觀眾稱道。於是同時新組織的表演文明戲的團體，乃如風起雲湧。這是文明戲的全盛時代。

二

當時的文明戲，何以能如此的受人歡迎，是一個值得研究的問題。我個人以為一方面固然是戲劇藝術的力量，一方面也因為是觀眾的遷就，與環境的有利。在一個政治和社會大變動之後，人民正是極願聽指導，極願受訓練的時候。他們走入劇場裡，不祇是看戲，並且喜歡多曉得一點新的事實，多聽見一點新的議論，而在戲劇者（編劇、演劇、排劇布景的人），此時也正享受著絕大的自由，一向所不能演出、不敢演出的戲，此時都能演了。那滿清的威權，令人側目，將及三百年了，一旦推翻，凡是描寫滿清宮闈的戲，都是人們所要看的。那官吏的腐敗，人民無可如何的，也長久了。凡是攻擊官僚的戲，也是人們所要看的。那舊時的道德觀念，人民不像從前這樣尊重或怕懼了。凡是發揮愛情，如取材於《紅樓夢》諸戲，也是人們所要看的。那時才經了一番政治奮鬥，第一次革命，好容易成功，凡是可以激發愛國心，如譯自法國的《熱血》等戲，也是人們所要看的。那時人民興高望奢，正欲與世界大國，較長爭強，凡是敘說外國的情形，如《不如歸》、《空谷蘭》等戲，也是人們所要看的。在看戲的人，正熱誠的希望著文明戲成功。即使偶有幼稚粗糙不妥的地方，也都原諒了。至於藝術方面，如春柳這個團體，是很有根柢的。歐陽予倩，受了河合武雄，及木下吉之助不少的影響。馬絳士是學習多村綠郎的。陸鏡若竟拜藤澤淺二郎為師，並且自甘到日本的劇場裡，扮演小角，以求獲得實地的經驗。他又在東京帝大及早稻田受過許多大名家的陶融。他們初在上海謀

得利出演的時候，布景是請一位日本技師畫的。綜合以上的種種原因，那文明戲才能在民國初年，有空前的成功。不幸就有許多人，把這種戲看得太容易了。他們看見在文明戲裡，既不須歌唱，而表演又好像是沒有什麼規則成法，可以從心所欲的，他們都要加入一試了。甚至不會說國語，便說蘇州、上海、寧波、紹興、南京、江北的土話，或是土話化，四不像，令人發笑的國語。那表演文明戲的團體，一天一天增多起來，這就是文明戲末日的開場。

三

　　所謂文明戲，是整個的倒坍了。戲與演員，同時退化，同時失敗的。講到戲，那已經試驗過，成功的、好的劇本，先祇是不肯嚴格的讀熟遵守，漸至完全棄擲不顧，僅是極簡單的，利用一點情節了。戲劇的取材，不但不直接向人生裡尋覓（所謂創作），甚至外國的好劇本小說，亦無能使用，而專取坊間流行的彈詞唱本，如《珍珠塔》、《珍珠衫》、《三笑姻緣》等。第三四流腐敗的故事了。在表演的時候，因欲博得觀眾的拍掌或發笑，往往任意動作，任意發言，什麼劇情、身分、性格，甚至情理，一切都不管。所演的戲竟至全無意識，不及兒戲了。再講到演員，他們在劇場以外的生活，至少要與他們在台上無聊的行為，同受責備；有時下了戲台後的罪惡，恐怕影響更要大些，深夜不睡，Wine Woman and Song，可以使得人，不論做什麼行業，都要一敗塗地的。他們放任自己，去幹了許多在他們頭腦清醒不瘋狂的時候，所絕不會允許自己去幹的事。他們不但降低破壞了他們的藝術，而且失去了觀眾的恭敬、好感與同情，也破壞了自己了。在這個時代，所謂文明戲，是怎樣一個東西呢？（一）從來沒有一部編寫完全的劇本的，祇將一張很簡單的幕表，貼在後台上場處。（二）有時連這張幕表，也不鄭重遵守。（三）絕對不排練，不試演，不充分預備的。（四）有時演員上場，甚至連全劇的情節，還不大清楚。（五）演員在外面，過了很放蕩的生活，到台上時，疲倦，想瞌睡，沒有精神。（六）新進的演員，未受教育，亦無大志，目的祇在混飯吃。（七）沒有藝術的目的，自好者僅知保全飯碗，不良者欲藉戲為工具，以獲得不正當的出名。（八）即有要好努力的演員，也祇能自顧自，無術使全部改善。（九）布景、道具、燈光、編劇等不顧事實，不計情理。──這樣一個東西，還能夠不失敗嗎？結果，好一點的人才，都另外去尋途徑了。歐陽予倩編了許多北劇式的新歌劇（大半歷史與舊小說），製了新古裝，又融化了中國戲裡的舞與日本舞，首創帶舞綢舞，為別的伶人所模

仿。汪仲賢欲在可坐兩千餘人的新舞台，試驗表演蕭伯納的《華倫夫人之職業》，大失敗了，只得又去走新舞台式新戲的路。但還能參考了外國的書報，在布景服裝方面，時時有新的貢獻。陳大悲到北平去辦了一個人藝戲劇學校。李悲世也做官去了。祇有鄭正秋，掙扎得最久。他在這樣遲的時候，還想用加意編製的劇情，認真的表演外國有名的戲劇，現代的思潮，來恢復文明戲的生命。但時勢已非，一個人的勢力，終不能「挽狂瀾於既倒」了。而「文明戲」這三個字，在社會上竟從恭維的變成鄙賤的名詞，想絕不是那當初始創這個名詞的人，所能意料得到的了。

愛美的劇

一

AMATEUR這個字，原來的意義，是「非職業的」。就是做一件事，為了做的時候，有一種興趣快樂而去做，絕對不是為了有什麼報酬，才去做的。譬如我同著朋友，到野外去旅行，我很喜歡燒菜，自告奮勇，煎了幾個荷包蛋給朋友吃，我就是做了一回「愛美的」廚子了。又如我從前在北平天津所認識的幾個票友，為了要過戲癮，組織了一個票房，有時到朋友家裡去堂會，或是為了公益事務而出演，祇有自己掏出腰包，從來不肯要人家一個錢，或接受一件比較貴重的禮物，他們都是真正的愛美劇者了。而且「愛美的」也並非一定是好字眼（這個台詞，善意惡意都可用。）有時所做的事，太見得幼稚無能，我們便罵是AMATEURISH。但是在現代的歐美戲劇界裡，何以「愛美劇」能為社會如此看重，有如此的聲望與權力呢？這是歐美的愛美劇者，繼續努力、日積月累，做到如此地步的。

在歐美，「愛美戲劇」的地位，甚至可高出於一般職業，即營業戲劇的地位者，有幾個重大的原因。第一，愛美戲劇，都有一個嚴重底藝術目的，而營業戲劇存在的理由，就是賺錢。第二，在愛美戲劇方面，金錢不是一件最要緊的事，從事的人，有時還許願意多賠幾個錢，祇求藝術的成績好。所以他們能幹許多事，做許多試驗。而為那怕虧本、不肯冒險的營業戲劇者所做不到的。第三，別種文藝者，因為愛美戲劇，能給予他們自由試驗的機會，因為同具著藝術高於一切的志願，所以都高興加入合作，詩人便寫戲本，樂師便譜音樂，畫家便繪布景，一般不屑為了金錢而犧牲色相的人，便自願來

表演，這一類人才，大都受過高深的教育，有高超的知識，有的對於本身所從事的藝術，已有相當的成功。他們是為了藝術，為了興趣而來的，斷斷不是營業戲劇者拿得出的東西，所能請得到，請得起的。而且他們的思想新奇，主張特別，脾氣怪僻，意志堅強，營業戲劇者見了，早有退避三舍，不敢領教之意。也不會盡量地吸收他們的好處的。第四，現代偉大的戲劇者，有許多是愛美戲劇的出身。如英國的Shaw Baskes、Drinkwater，美國的O'Neill、Bassy等。他們所寫的戲，先在愛美戲劇裡，試驗成功了，有人歡迎了，那營業戲劇者才搬了去演的。至今在職業戲劇方面，還祇是他們這幾個人所寫的戲為有意義、有價值。那愛美戲劇的好處，就是一方面能給予戲劇者根本的藝術知識與訓練，一方面並不限制束縛他們創造的天才。愛美戲劇的空氣，就可以使得戲劇藝術生長與發育的。所以在歐美，愛美劇這個名詞，至少代表對於戲劇藝術，誠懇的努力，而一些沒有營業戲劇者的目的，希望，顧慮，以及「投時所好」這類政策的。當初宋春舫，把AMATEUR這個字，譯成「愛美的」，真是絕頂的聰明，他不但依稀譯了這個字的音，不但譯了普通字典所規定的意義，並且譯了近二十五年來，歐美戲劇藝術者，勞動努力了所贈與這個字的意義和權威了。

二

在中國還不曾有過一個愛美劇團，可以與歐美有成績的愛美劇團，並肩媲美。但是總算有幾個人，肯誠懇地規矩地跟著他們走這條路了。在出演的時候，至少用一個編寫完全的劇本。至少遵守這個劇本，不准許那演戲的人，隨他的高興，更改劇中的字句。至少要注意到一點排演和登場的技術。而同時是「非職業的」，從事的人不受取車馬費或酬勞。這是愛美劇最低的限度了。從前春柳社在日本的時候，當然是愛美的。近時就我所曉得的，仍是存在著活動著的組織，如戲劇協社，在民國十二三年，即遵守劇本，嚴格排練，並注意「合作表演」。在上海出演過胡適之的《終身大事》，歐陽予倩的《潑婦》、汪仲賢的《好兒子》，洪深改譯的《少奶奶的扇子》等。如辛酉學社愛美的劇團（近簡稱辛酉劇社），繼戲劇協社而起，在十三年第一次公演陳大悲的《虎去狼來》。如南國社，在十七年第一次公演田漢的《蘇州夜話》、《湖上的悲劇》等。（隔年在上海藝大，已經用魚龍會的名義，演過數劇。又用雲霓會的名義，在天蟾舞台，歐陽予倩出演他自己的創作歌劇《潘金蓮》。）如民藝劇社，十七年在北平第一次公演胡春冰改譯的《施雲英》（Stella）。如劇藝社，十八年在上海第一次公演洪深的《趙閻王》。

如葳娜社，十八年在北平第一次公演李猶龍改譯的《慳吝人》。如狂飆、創造、新月等社，正在籌備發展之中。而學校學生演劇，有愛美劇的趨勢的，如在上海的交通、暨南、復旦大學等。蘇州東吳、揚州五師、南京東南、在北平的清華、燕京、女師大、人藝、藝專、北師，在天津的南開等，以上所列舉的社團學校（或有我見聞不到因而遺漏的），至少是對於戲劇藝術，誠懇的努力，而一些沒有營業戲劇者的目的、希望、顧慮，以及「投時所好」這類政策的。他們的藝術，雖還沒有成熟，但是他們對於戲劇的一點點貢獻，已經可以使得「愛美劇」三個字，成為社會上流的一種好名詞。至少不以為恥辱，而以為榮誇的。而一般營業職業演「文明戲」的人，都是借了愛美劇三個字來號召。可憐他們一些什麼都沒有從愛美劇者學習了去，祇搞了一塊招牌去便了。「愛美劇」三個字，將要完全失去原來的意義了。（單講字面，愛美兩個字，還不如文明兩個字好）。所以真正的愛美劇者，反而摒棄了不用，改用樸實的稱「話劇」、「歌劇」，或竟直捷痛快稱「非職業的戲劇」了。

三

我並不是反對以戲劇為職業的，但是名稱不可不辯。營業戲劇者廣告宣傳的時候，一定要把他們的戲說得怎樣好，還是大膽地稱為「藝術的」。因為這是各人意見不同，至少有討論的餘地。不可錯誤地稱為愛美劇，因為職業非職業，全是事實問題，就不便假借了。將來如有相當的機會（祇須不十分的強我所難，定要我改除了那愛美劇不怕試驗、不怕失敗的態度。因為我始終深信，藝術的作品，也會受人的歡迎的。完全為了賺錢的戲劇，當然用不著我去做），我也許要做，很高興的願做一個職業戲劇者。一個人將自己的氣力心血，充其所有、竭其所能的為社會盡力，換一口飯吃，絕不是一件恥辱的事。但是到那時候，我必欣然自稱為職業的戲劇者，而不欲仍用愛美戲劇的招牌了。就是現在，站在愛美戲劇的立場上說，我對於職業戲劇者，也懷著無限的好感，極願將我們試驗所得，比較好一點的結果，一齊貢獻給那職業戲劇者，請他們採用，請他們效法。我們從事愛美戲劇的人，祇是個前驅者，尋出一條路來，願為要使得大眾好走。我們祇是個開墾者，種植出食物來，不必定須歸我們自己吃，而不准營業戲劇者，不勞而獲的恣意享用。倘如愛美者竟這樣自私自利的存心，就失去了藝術而努力的本旨了。說到再透徹一點，「文明戲」的所以不名譽，並不因為是職業的，而是因為這個東西，本身糟到要不得。我們何嘗沒有看見，大學裡學生演「愛美的」（非職業的）文明戲，我

們的印象，是否好些呢？所以演戲而演沒有編寫完畢的劇本，或不嚴格的遵守劇本，結果必致演成無意識的亂胡鬧。就使作者最初曾誠懇地有藝術目的，也是徒然了。幕表戲的藝術，全是偶然的事。十有九次，是沒有把握的。——劇本，遵守劇本，研究劇本，努力編寫好的劇本。——劇本是戲劇的生命！沒有劇本，其餘什麼藝術、主義，什麼與人生的關係，一切都不必談了。愛美劇與文明劇根本的不同，就是愛美劇尊重劇本，文明戲沒有劇本。人們記住了這一點，就可以曉得其他藝術上、成績上甚大的區別，乃是當然之事了。

話劇

一

話劇，是用那成片段的、劇中人的談話，所組成的戲劇。（這類談話，術語叫作對話）。前數節所述春柳社的新戲，以及文明戲愛美劇等，都應當老實地稱作話劇的。有時那話劇，也許包含著一段音樂，或一節跳舞。但音樂跳舞，祇是一種附屬品幫助品。話劇表達故事的方法，主要是用對話。不像在Opera裡，主要須用樂歌，或在Russian Ballet裡主要是用跳舞的。寫劇本的時候，固然除對話而外，還須說明劇中人的個性狀貌，動作表情。但這種說明，原祇為指導演員及出演者（導演、布景師、燈光道具管理員等等），用不著給戲劇場裡觀眾知道的。雖也有作者，如Shaw及Barrie等，惟恐人們看不到表演，不得不閱讀劇本，於是加意將說明（Stage Direction）寫得有趣詳盡，聊以代替表演於萬一，但此是另外一件事。凡預備登場的話劇，其事實情節，人物個性，空氣情調，意義問題等一切，統須間接的藉劇中人在台上的對話，傳達出來的。話劇的生命，就是對話。寫劇就是將劇中人說的話，客觀的記錄下來的。對話不妨是文學的（即選練字句），甚或詩歌的。但是與當時人們所說的話，必須有多少相似，不宜過於奇怪特別，使得聽的人，全注意感覺到，劇中對話，與普通人所說的話，相去太遠了。即在極端表現主義的話劇裡，故事人物，都已偏重了幻想，而對話仍須根本的與人生相似，然後才能表達人生的情感心理的。

表達話劇的方法，也是模仿人生的。一切代表式的動作，如揮袖為怒，揚鞭為騎等，北劇裡的格式，是絕對不可用的。劇中人不得自報姓名，或如北劇裡的自敘歷史的。尤

其在台上說話的時候，一個演員，總是對了別個演員說，就使只有一個人在台上發揮他的情感心事，也好像是對著一位想像的人說，或竟對自己說，從來不像北劇裡，可以對著台下觀眾說話的。如果犯了這幾樣，就成了文明戲的「演說化」──「老戲化」了。在布景道具方面，雖比較的自由，可以用印象及象徵等方法。但愈是用了這種「遠人的」背景，愈須在表演時候，注意對話及描寫性格，使人生意味，格外濃厚。觀眾在目眩五色中，仍能認識全劇所表演的是人生的。

話劇的感動人是非常深刻的。因為在觀眾面前，實地表演出來，使觀眾親自看，親自聽，直接的受刺激，直接的有感覺，不必如文字小說，須是間接的，使觀眾記憶起他已往的閱歷，身受過的刺激，才會發生感覺的。話劇也是最平民的戲劇，民眾可以人人瞭解享受，不必如圖畫、小說、雕刻或歌劇，先須對於藝術的方法，多少有過教育與訓練，才會曉得好處的。

話劇的形式，甚是簡單。浮面的看起來，寫劇不是一件艱難的事。既不須如在詩歌裡，凝鍊了高尚的情感與思想，成為結晶式的有音節的幾個字，又不須在小品裡，須如泉水般接連湧出敏妙的見解與絢麗的辭句。更不須如在長短篇小說裡（為初作者所最怕的），如它的描寫景物，深刻的解剖心理。寫劇就是寫劇中人的說話。而我們無時無地，不是聽見人們說話。所以寫成說話的形式，當然不很難的。不過我有一個很大的疑問，徒有對話的形式，是否就是話劇呢？話劇是為三方面合作而成的，寫劇者、表演者，及觀眾。別的人如排演者、布景者等，沒有還不要緊，這三方面，是缺一不可的。所以名為話劇，即須有三面合作（即表演）的可能。歐美最偉大的戲劇，如希臘的Aeschylus、Sophocles與Euripides，如英國的莎士比亞，法國的莫梨哀，德國的歌德，近代挪威的易卜生，英國的蕭伯納，美國的O'Neill等的作品，都是合於這個條件的。凡欲從事編寫的人，至少須將上述諸人的劇本，閱讀研究一番。因為話劇的藝術，不是如墨西哥土人的畫石壁，非洲黑人的刻木像，可從直覺得來，無須學習的。那劇作者能寫出甚好的劇本，自然未必也能寫出同等好的詩歌、小說或小品文。但不能硬說一個毫無文藝知識，如果冒昧地寫了詩歌、小說或小品文，一定會失敗的人，寫了話劇，就一定會成功的。至如有已經擅長詩歌、小說或小品文的人，欲從事話劇，那戲劇藝術的方法，本不是甚難的。稍加學習，即可以通曉。但倘或他們也無意學習，雖寫成話劇，而並不注意話劇的需要，他們所寫，祇是變相的詩歌、小說或小品文，仍是祇有話劇形式而不能表演的東西了。拿著所寫的劇本，宣告大眾，說是我這話劇，是不求有人能表演

的，等於拿著一張樂譜，宣告大眾，說我所編的音樂，是不求有人能歌唱，或能在任何樂器上演奏的。藝術的創造，還沒有完畢呢！

三

現代話劇的重要有價值，就是因為有主義。對於世故人情的瞭解與批評，對於人生的哲學，對於行為的攻擊或贊成。——凡是好的劇本，總是能夠教導人們的。但那教導的方法，是很玄妙的。既不是像舊戲裡說幾句道學話、懺悔話，就算是懲惡勸善；也不是令演員在台上貼標語喊口號。那話劇教導人的方法，是要想出尋覓一段故事，將我們所欲發揚的主義，在戲台上，觀眾前，敷演出來的。我記得了小學堂的課本裡，有「狼來」一則故事（牧童數呼狼來，引鄰人奔救，以為笑樂。後狼真至，牧童大號，鄰人恐又受愚弄，不來救，牧童與羊，均被狼拖去。——大意如此），比較板起了面孔，教訓小孩子，不可說一切（甚至初無惡意祇是好玩的）謊言，有趣也有效得多。作劇者將他的主義，定要轉一個彎，包藏在動人的故事裡，好看的背景裡，也就是這個理由了。在話劇裡，如果明顯的、直捷的，做道德或政治或宗教的宣傳鼓吹，往往會因藝術降低，反而戰敗了自己的目標。固然在人生急迫的時候，人們正熱烈拚命地從事一種運動，欲達到成功底目的，一切社會的組織，如教堂、報紙、劇場等，一切的藝術，如圖畫、詩歌、音樂、雕刻、電影、戲劇等，都取來做奮鬥的工具（歐洲大戰、俄國革命時，豈非如此），當然是可以的。但圖畫用圖畫的藝術，音樂用音樂的藝術，話劇仍須依賴著那利用了動人的故事教導人們的本能。至放棄固有的藝術，徒喊口號，是不能奏效的。

（節選自《現代戲劇》第一卷第一期1929年5月5日出版）

第十三章　白話散文與雜文

　　散文是與韻文相對的名詞，在西方文學中的重要性遠不及戲劇、詩和小說，既然寫實主義以前的劇作與詩都是韻文，一般談到散文多指小說中描述的部分，單獨成家的散文家可說非常稀少。中國則不然，過去的文學中，詩之外都是屬於散文的領域，所以才有漢魏古文、唐宋八大家、晚明小品以及桐城派的輝耀文壇。五四以後的散文，在形式上借鑑西方的少，最多也只有引進一些像法國的蒙田（Michel de Montaigne, 1533-1592）、英國的培根（Francis Bacon,1561-1626）等所寫的隨筆，影響有限，是故不如說是古文口語化的新嘗試。不論抒情、寫景、敘事、記人、議論、遊記、書函等，都是古文中原有的類別，經接受了西方新思想的文人用語體白話大加發揮，加入一些由西方而來的新思潮、新觀念，讀來竟是未曾有過的新散文了。但是在內容上，郁達夫編輯《中國新文學大系・散文卷》時曾指出現代散文的特徵是「人性、社會性與大自然的調和」，他說：「作者處處不忘自我，也處處不忘自然與社會。就是最純粹的詩人的抒情散文裡，寫到了風花雪月，也總要點出人與人的關係，或人與社會的關係來，以抒懷抱；一粒沙裡見世界，半瓣花上說人情，就是現代散文的特徵之一。」（郁達夫 1935）他所說的「人性、社會性」的強調，應該

屬於西方的影響吧！

　　散文是作者以真面目面對讀者的文類，沒有戲劇與小說那麼龐大的架構，也不需要編織驚心動魄的情節或創造眾多複雜的人物，通常用有限的篇幅抒發個人一時一地的觀感，是故以抒情、敘事為主，兼及寫景、議論等。篇幅短小的稱作小品文，以意味深長見稱，也不脫抒情、敘事的主體。散文在各文類中最易下手，成篇的也最多。魯迅曾說：「到五四運動的時候，才又來了一個展開，散文小品的成功，幾乎在小說戲曲詩歌之上。這之中，自然含著掙扎和戰鬥，但因為常常取法於英國的隨筆（essay），所以也帶一點幽默和雍容；寫法也有漂亮和縝密的，這是為了對於舊文學的示威，在表示舊文學之自以為特長者，白話文學也並非做不到。」（魯迅 1967a：164）的確，五四以後的文人，不論是以小說、詩或戲劇名家的人，都同時隨手兼寫散文，所以使散文的產量超出其他的文類，至於說其成功幾乎在小說戲曲詩歌之上，則未免誇大其詞了。但是五四以後是一個國勢日亟民不聊生的時代，使大多數散文不易走上美文的道路，反使以批評時事、褒貶時人為尚的雜文特別受到作家的垂青，李豐楙在其所編的《中國現代散文選析》中就說：

　　二三〇年代的散文，由於特殊的時代情境，大體表現出對現實具有相當程度的關切，甚至過激，或基於政治目的而有意為文，因而雜文或政治雜文的分量極為可觀。這類散文常過分強調實用功能，自以所載之道為理想，時過境遷，其文學價值也就有可議之處。因此論二三〇年代的散文，仍以言志派為重要，他們也關切社會人生、關切歷史文化、關切國家民族，尤其處於內憂外患之際，其感慨至深、其關切至細，大至家國的處境、民族的路向，或細微至自然的消息、性靈的波動，都一一形諸筆端。（李豐楙 1985：4-5）

　　我們大體上也以言志派為重，包括抒情、敘事和議論的散文，當然也不能忽略雜文。為了敘述的方便，同時考慮到新散文的形式、內容與風格，大概分作抒情與敘事文、論說文、小品文、雜文四類。但是一個作家不會專寫一種散

文，譬如魯迅所寫固然以雜文爲主，但也寫過抒情、敘事的作品（如《朝花夕拾》）以及意境深邃的詩化散文（如《野草》）。我們把他放在雜文一類，不但因爲他是現代雜文的開創者，同時也因爲他主要的作品是雜文。在這一章中，我們只能討論那些以散文名家者，至於小說家、戲劇家以及詩人兼寫的散文，而成就並不顯著的只好從略了。

一、抒情文與敘事文

抒情文與敘事文不用說是散文的大宗，任何散文中都難免夾雜著抒情或敘事的成分，此節我們介紹的是那些散文中以抒情、敘事爲主的作家。

徐志摩（1896-1931，生平見第十一章），以詩人之筆兼寫散文，自然偏重抒情、寫景，他的詞藻華麗，情調浪漫，生趣盎然。他的散文多抒發個人的情懷，易於與讀者的心靈溝通；形式最接近美文，反倒遠較關係時事之文經得起時間考驗，不易磨損。散文集有《落葉》（1926北新書局）、《巴黎的鱗爪》（1927新月書店）、《自剖文集》（1928新月書店）、《秋》（1929良友圖書公司）等。其中著名的篇章，如〈我所知道的康橋〉、〈翡冷翠山居閒話〉等，最爲膾炙人口，爲那一代散文中可足傳世的美文代表。梁實秋說徐志摩的散文是「自覺的藝術」（conscious workmanship）。蘇雪林更稱讚其「辭藻之富麗，鋪排之繁多，幾乎令人目不暇給。眞有如青春大澤，萬卉初葩；有如海市蜃樓，瞬息變換；有若批閱大李將軍之畫，千巖萬壑，金碧輝煌；有如聆詞客談論，飛花濺藻，粲於齒牙。」（蘇雪林 1986：256）

郁達夫（1896-1945，生平見第十章）的散文兼擅敘事、抒情與說理，文筆較鬆散，內容多述自己的身世，毫不隱晦地坦露私人的家庭生活與個人的性向，甚至發表私人的書信、日記，其中多有不堪爲外人道之處，應該說他奉行的是盧梭《懺悔錄》風格，與他的小說表現類同。郁達夫以小說名家，其實他寫的散文以量而論，在小說之上。

文學研究會的成員多寫得一手好散文，像朱自清、許地山、葉紹鈞、俞平

此外，陳獨秀、郭沫若與瞿秋白所寫散文也多以論說為主。陳獨秀（1879-1942，生平見第四章）的主要散文作品見《獨秀文存》（1922上海亞東圖書館）。郭沫若（1892-1978，生平見第十一章）是各種文類的全才，他早期的散文見《文藝論集》（1925上海光華書局）及《橄欖》（1926上海創造社出版部）。他發表於1926年5月16日《創造月刊》第一卷第三期上的〈革命與文學〉一文影響很大，不但標誌了「創造社」的左轉，而且影響了眾多青年作家的思想和政治立場。

瞿秋白（1899-1935），原名瞿爽，又名瞿霜，曾用筆名屈維它、史鐵兒、陳笑峰、司馬今、J.K.、易嘉、宋陽、靜華、魏凝、何苦、何凝、蕭參、陳節等（如此眾多的筆名蓋與他的地下政治活動有關，旨在不暴露真正身分），江蘇省常州人。1917年入武昌外語學校習英文，後入北京俄文專修館學習。1919年與鄭振鐸創辦《新社會》旬刊。1920年參加李大釗創辦的馬克思研究會。同年，以《晨報》記者身分訪蘇聯，寫了大量介紹十月革命及蘇聯現況的報導。1922年參加共產黨，1923年當選中央委員，與任弼時等創辦上海大學，任社會科學系主任。1927年國民黨清共後，接替陳獨秀擔任共產黨總書記。1931年在中共六屆四中全會上被王明排出中央領導職位，與魯迅在上海領導左翼文化運動。1933年到江西共黨根據地擔任蘇維埃大學校長。因病未隨共軍長征。1935年2月被國民黨逮捕，旋處死。他所寫的散文都有關鼓動社會革命及提倡大眾文學、文字改革等議題，見於《餓鄉紀程》（1922商務印書館）、《赤都心史》（1924商務印書館）、《亂彈及其他》（1938上海霞社）等。

三、小品文

周作人（1885-1967），原名櫆壽，後改為槐樹、遐壽，字啓明，號知堂，曾用筆名周逴、仲密、藥堂、豈明、苦雨翁等，浙江省紹興縣人。幼年在私塾接受傳統教育，後進南京江南水師學堂，在考取浙江省公費後，1906年和哥哥魯迅、好友許壽裳等人留學日本。先讀法政大學預科，後入東京立教大學。1909

年與羽太信子結婚。1911年返國，擔任北京、輔仁兩大學教授。1937年盧溝橋事變，北大撤離，受命爲「留守教授」。1939年1月應聘爲汪精衛政權北京大學圖書館館長，3月兼任文學院籌辦員，旋兼任文學院院長。1941年元旦擔任汪政府華北政務委員會教育總署督辦，成爲僞政權華北教育行政的最高領導。10月起兼任東亞文化協定會會長，1943年6月起又兼任華北綜合調查研究所副理事長，翌年5月起再兼任《華北新報》經理和報導協會理事、中日文化協會理事等職。1945年末在北京以漢奸罪名被捕，至南京受審，入獄，判十四年有期徒刑。1949年1月李宗仁接任總統，下令釋放政治犯，周作人始被釋出獄。

周作人（1885-1967）

周作人的個性，給人的印象是沖淡平和，跟魯迅的頑強犀利很爲不同；從另一角度看，應該說失之於儒弱，這恐怕也是使他失足的原因。從民族主義的觀點來看，固然難以爲他辯護，但若因此就抹殺了他所有的文學成就，也並不公允。文學本是心靈的工作，超出於政治及實利之上，也就更具有寬容的性質。49年後周作人回到北京，1953年經人民法院判決剝奪政治權利，嗣後專心翻譯和寫作，靠稿費維生，翻譯日本古典文學和古希臘文學作品多部。文革開始後人民文學出版社不再給預付稿費。1966年8月2日，紅衛兵查封其居所，並以皮帶、棍子抽打。其後周作人兩次寫信給當地派出所要求服安眠藥安樂死，都無回音。1967年5月6日，突然發病去世，享年八十二歲。散文著作有：《自己的園地》（1923晨報社）、《雨天的書》（1926北新書局）、《藝術與生活》（1926上海群益出版社）、《談龍集》（1927開明書店）、《澤瀉集》（1927北新書局）、《看雲集》（1932開明書店）、《周作人書信》（1933青光書局）、《周作人散文鈔》（1933開明書店）、《知堂文集》（1933上海天馬書店）、《夜讀鈔》

（1934北新書局）、《苦雨齋序跋文》（1934上海天馬書店）、《苦茶隨筆》（1935開明書店）、《風雨談》（1936北新書局）、《苦竹雜記》（1936良友圖書公司）、《周作人文選》（1936上海仿古書店）、《周作人選集》（1936萬象書屋）、《周作人近作精選》（1936上海文林書局）、《周作人代表作選》（1937上海全球書局）、《瓜豆集》（1937上海宇宙風社）、《秉燭談》（1940北新書局）、《藥堂語錄》（1941天津庸報社）、《藥味集》（1942北平新民印書館）、《秉燭後談》（1944北平新民印書館）、《苦口甘口》（1944上海太平書局）、

周作人《自己的園地》（1923晨報社）

《書房一角》（1944北平新民印書館）、《立春以前》（1945上海太平書局）、《魯迅的故家》（1953上海出版公司）、《魯迅小說裡的人物》（1954上海出版公司）、《知堂回想錄》（1980香港三育圖書文具公司）等。此外，日文、希臘文、英文的譯作亦甚豐。

周作人悽慘的後半生，當然非他獨有，也並非全因他在抗日戰爭期間曾與汪政權合作，多半因為他是被稱作「臭老九」的文人、作家，多數的臭老九都難逃共產黨反右及文革的厄運，可說這是中國文人，或中國人的共同劫難。

周作人在1918年12月發表〈人的文學〉一文，認為新文學的本質在發現「人」，基於「個人主義的人間本位主義」，要求新文學「用人道主義為本，對於人生諸問題，加以記錄研究」，通過人的文學來「養成人的道德，實現人的生活」。而將那些表現陳腐的封建道德以及以遊戲態度寫作的鴛鴦蝴蝶派、黑幕派的小說斥之為「非人的文學」，因為這樣的作品「全是妨礙人性的生長，破壞人類的平和的東西」。「人的」還是「非人的」，成為他判別新舊文學的標準（周作人 1918）。這篇文章被胡適看作是「當時關於改革文學內容的一篇最重要的宣言」。以後他又沿著此一思路發表了〈思想革命〉、〈平民文

學〉等文章，為新文學的發展提供了重要的精神支援。

在五四一代，他不但是「文學研究會」的一員健將，也是新散文的重要代表作家。因為他深受晚明小品的影響，故一力提倡小品散文，以淡雅的筆致寫生活中的瑣事，大至生死，小至野菜、蒼蠅，俱可入文，令讀者讀來品嘗到其中的情趣。從1918年到1928年間，周作人的散文多發表在《新青年》、《每週評論》、《晨報副刊》、《語絲》等刊物，數量甚多，讀者亦眾，贏得散文大家的名聲。他的散文素樸流暢，舒展自如，加以博文強記，文中雜揉諸般掌故，令人讀後餘味無窮。中年以後，文風更趨向優游閒適，被同時代激進的文人譏為「不食人間煙火」，但也因此可以理解周作人對抗日戰爭積極不起來的心理因素。他這種名士心態，表現在文章中呈現著陶淵明式的引退情懷，反倒沒有抗戰前後眾多散文的火爆氣，使他的散文可直追明末三袁的小品意境，影響了三、四○年代以降的眾多散文作家。

三○年代，林語堂創辦《論語》、《人間世》、《宇宙風》等專刊小品文的刊物，周作人也是主要的撰稿人之一。夏志清曾言：「在林語堂的圈子裡，周作人是首屈一指的小品文家。他在三○年代中期，已收斂了對西方學問的盲目崇拜，回歸中國，成為開明的儒家哲學的發言人。……那時，有許多人想模仿周作人的文體，但是無論在哲學的認識上和文章的典雅上，誰都及不上他。」（夏志清 1979：110）

出版散文稍晚的豐子愷也有類似的文風，林語堂也是小品文的實行者，我們留待下一階段再作介紹。

四、魯迅的雜文與詩化散文

本以小說名家的魯迅，自從留日返國後，受到政局紛亂、國勢日亞的影響，不能不有所感，有所言，除了委婉地用小說來隱諷暗喻，旁敲側擊之外，同時也繼續了《申報·自由談》中的「遊戲文章」的嘲弄筆調，選擇了直攻時事的文體。因為在行文的技巧外，兼有實用的功能，後來在散文中被人分出，另稱

作「雜文」（包括魯迅自己）的一種次文類。由於魯迅文筆的出眾，雜文遂成為那一代散文中極重要而不可忽略的一項。

　　魯迅（1881-1936，生平見第十章）是五四前1918年最早在《新青年》雜誌發表「隨感錄」的作者，對舊社會的種種封建制度與習俗隨感隨評，文辭犀利，篇章短小，用他自己的話說就是「好作短文，好用反語，每遇辯論，輒不管三七二十一，就迎頭一擊」（魯迅 1967b：53），因而奠定了「雜文」的章法。所謂辯論，即是凡遇到看不慣的社會現象或個人行為，輒予以批評之。那時代社會問題真多（其實何時少過），各種意見、觀點也非常混亂，有批評，就有反批評，因此筆戰的機會跟當日的軍閥混戰一樣頻繁。魯迅是一個好戰的人，也可以說他的個性嫉惡如仇，這就是他自己說的「輒不管三七二十一，就迎頭一擊」。因此他先有與「學衡」、「甲寅」的論辯，後有對胡適「整理國故」的批評，接下來就是津津有味地大罵「現代評論」派的正人君子。這些筆戰的演習把魯迅的一枝筆磨練得十分犀利、辛辣，形成了魯迅獨有的風格，也是那時雜文的典範。他早期的這些雜文多收入《熱風》（1925北京北新書局）、《華蓋集》（1926北京北新書局）、《華蓋集續編》（1927北京北新書局）及《墳》（1929北京未名社）等雜文集中。

左：魯迅雜文集《熱風》（1925北京北新書局）
中：魯迅散文集《野草》（1927北京北新書局）
右：《朝花夕拾》（1928北京未名社）

「隨感錄」外，他於1919年在《國民公報》的「新文藝」一欄，連載他的「自言自語」，偏重抒情，屬於小品散文的一類，下開他收在《野草》（1927北京北新書局）和《朝花夕拾》（1928北京未名社）中的散文詩及抒情文的作品。《野草》中的二十三篇作品，寫於1924至26年間，純以詩人的心靈觸接人世，其中〈秋夜〉、〈影的告別〉、〈死火〉、〈過客〉等篇以獨白的方式抒發內心的抑鬱、苦悶，造成一種陰冷淒清的風味，形式和情調都極富獨創性，而且含義深刻，可說獨樹一幟，頗受評者的重視。夏濟安在評論魯迅的《黑暗的閘門》一書中認為《野草》中的篇章多是「萌芽中的真正的詩：浸透著強烈的情感力度的形象，幽暗的閃光和奇異的線條時而流動時而停頓，正像融化的金屬尚未找到一個模子」（註1）。此論和過去的現代文學史家一樣，多稱《野草》中的篇章為「散文詩」，其實《野草》仍是散文，應該稱為「詩化散文」才更確切。

　　《朝花夕拾》中的十篇散文都寫於1927年前，以抒情的文筆娓娓敘述對幼年時光的回憶，比起魯迅其他的作品來，是比較平和溫馨的，此書也是研究魯迅生平的重要資料。

註1：語出夏濟安《黑暗的閘門》（*The Gate of Darkness: Studies on the Leftist Literary Movement in China*），但譯文迄未見出版，此譯文引自李歐梵《中國現代文學與現代性十講》（李歐梵 2008：172）。李歐梵另有英文著作：*Voice from the Iron House*（Lee 1987），可資參考。

引用資料

中文：

王　瑤，1953：《中國新文學史稿》，上海新文藝出版社。
李歐梵，2008：《中國現代文學與現代性十講》，上海復旦大學出版社。
李豐楙，1985：《中國現代散文選析》1，台北長安出版社。
郁達夫，1935：《中國新文學大系·散文二集導言》，上海良友圖書公司、
周作人，1918：〈人的文學〉，12月15日《新青年》第5卷第6號。
夏志清，1979：《中國現代小說史》，香港友聯出版社。
魯　迅，1967a：〈小品文的危機〉，《南腔北調集》，香港新藝出版社。
魯　迅，1967b：《兩地書》，香港新藝出版社。
蘇雪林，1986：《中國二三十年代作家》，台北純文學出版社。

外文：

Hsia, Tsi-an,1968: *The Gate of Darkness: Studies on the Leftist Literary Movement in China*, Seattle, University of Washington Press.
Lee, Leo,1987: *Voice from the Iron House*, Bloomington, Indiana University Press.

第十四章　新文學作家的思想轉向

一、俄國十月革命與中國共產黨的成立

　　1917年俄國的十月革命成功，在世界上首次出現一個無產階級領導的蘇維埃政權，竟然對中國發表聲明說：「凡以前俄羅斯帝國政府時代所取得的特權，都交還給中國，不受任何報酬。」（註1）不管這聲明是否只是一張紙上的文章，對當日中國的知識份子卻發生很大的誘惑作用。

　　1918年11月11日第一次歐戰一結束，四天後（11月15日），中國的《新青年》雜誌立刻刊出李大釗的兩篇文章〈庶民的勝利〉和〈Bolshevism的勝利〉（速度快得驚人！）。1914年爆發的歐戰，一方是德國

李大釗（1889-1927）

註1：1920年5月《新青年》第7卷第6號刊出「勞動節紀念號」內有〈對於俄羅斯勞農政府通告的輿論〉一文，並附有蘇聯革命後宣布蘇聯放棄一切在華特權和利益的通告。

和奧匈帝國的同盟，另一方是英、法和俄國的聯軍，都是擁兵自重的帝國主義國家，爲了爭奪霸權和領土、物資，彼此間鉤心鬥角已久，武力解決是遲早的事。一旦開打，戰況慘烈，死人無數，在勢均力敵的情勢下僵持了四年，而終因美國加入聯軍的一方，迫使德奧低頭。在這兩篇文章裡，李大釗不認爲聯軍的勝利是由於最後美國的參戰，而認爲是「俄德等國的勞工社會首先看破他們的野心，不惜在大戰的時候，起了社會革命，防遏這資本家政府的戰爭。」所以這勝利是「民主主義戰勝，就是庶民的勝利。」是「勞工主義的戰勝，也是庶民的勝利。」「民主主義勞工主義既然佔了勝利，今後世界的人人都成了庶民，也就都成了工人。」（李大釗 1918a）同時李大釗用了相當的篇幅來解釋Bolshevism一字（後譯作布爾什維克主義）的含義以及其對世界前景的影響，他說：

> Bolshevism就是俄國Bolsheviki所抱的主義……尋他的語源，卻有「多數」的意思……他們的主義，就是革命的社會主義；他們的黨，就是革命的社會黨；他們是奉德國社會主義經濟學家馬克思（Marx）爲宗主的；他們的目的，在把現在爲社會主義的障礙的國家界限打破，把資本家獨佔利益的生產制度打破。……他們將要聯合世界的無產庶民，拿他們最大最強的抵抗力，創造一自由鄉土：先造歐洲聯邦民主國，做世界聯邦的基礎。這是Bolsheviki的主義。……由今而後，到處所見的，都是Bolshevism戰勝的旗。到處所聞的，都是Bolshevism的凱歌的聲。人道的警鐘響了！自由的曙光現了！試看將來的環球，必是赤旗的世界！（李大釗 1918b）

這篇最早介紹俄國大革命和布爾什維克主義和政黨（1918年3月改稱共產黨）的文章影響了很多當日的熱血青年，大概也包括青年的毛澤東在內。1919年五四運動的5月，《新青年》雜誌出版「馬克思主義研究專號」，李大釗並協助《晨報》開闢「馬克思研究專欄」，馬克思主義從此在中國的知識界開始廣爲傳播了。由於對當時國內情勢的失望，1920年初最早認識馬克思主義和俄國大

革命的知識份子，像李大釗、陳獨秀等，開始醞釀建立中國的共產黨。4月，蘇俄共黨西伯利亞局特派維經斯基等到中國來瞭解情況，看能否在上海建立共產國際的支部。他們先後在北京和上海會見了李、陳等人，討論了建黨的問題。於是陳獨秀與李大釗分別在上海和北京成立了共產黨發起小組。湖南、湖北、山東、廣東以及留法、留日的留學生也相繼成立了共產主義小組。1920年9月，陳獨秀將《新青年》雜誌從第八卷第一號起改為共產黨的宣傳刊物，並翻譯出版了〈共產黨宣言〉、《國家與革命》等馬克思、列寧主義的著作，以及其他馬克思主義的宣傳品。11月，又創辦了祕密發行的《共產黨》月刊。上海、北京、濟南、廣州等地相繼出版了針對工人的宣傳刊物，由知識份子帶頭深入工人群眾，發展工會組織，建立社會主義青年團等準備工作。1921年3月，在俄共遠東局及共產國際建議下召開了各共產主義小組代表會議，發表了關於建黨的宗旨和原則宣言，並制定了臨時綱領、工作機構和計畫等。6月，共產國際派馬林等到上海，建議立刻召開全國代表大會，正式成立中國共產黨，於是由上海的共黨發起小組進行籌備工作，7月23日在上海法租界貝勒路樹德里三號召開。出席首次全國代表大會的各地代表共有十二人陸續抵達上海，他們是上海小組的李達、李漢俊、武漢小組的董必武、陳潭秋、長沙小組的毛澤東、何叔衡、濟南小組的王盡美、鄧恩銘、北京小組的張國燾、劉仁靜、廣州小組的陳公博、旅日小組的周佛海，代表全國五十多名黨員。另外還有一位受陳獨秀個人委託的武漢小組的包惠僧，不在這十二人之內。最早提倡共產主義的李大釗和陳獨秀反倒沒有出席。共產國際派荷蘭人馬林和赤色職工國際代表俄國人尼克爾斯基出席會議。陳獨秀個人雖然並未與會，由於他的聲望以及籌備的辛苦，被選為第一任中央總書記，中國共產黨於焉正式成立。

二、左派文學社團的崛起

在共產國際的影響下，不但中國，歐美、日本等地的知識界同樣受到波及，因此留日的文人、作家，諸如陳獨秀、李大釗、魯迅、郭沫若、田漢、成仿

吾、鄭伯奇、馮乃超、李初梨、夏衍等回國後都傾向俄式革命，留法的也有部分像蕭三、巴金等向左轉，後來留俄的人諸如瞿秋白、蔣光慈等更不用說了。留美、留英的學生左傾的很少，可見留學國的環境習染關係不小。左派的和非左派的文人都曾組織文學社團，但在中國共產黨成立之後，有的社團內部分裂，有的轉變態度，致使左派社團的聲音日盛。

最早內部分裂的是《新青年》雜誌社，自1919年五四運動後陳獨秀辭去北大文科學長一職重回上海，即將《新青年》編輯部遷回上海，但仍然保留北京的部分，該年12月第七卷起改由陳獨秀一人主編。1920年9月「中共上海發起組」將該月第八卷第一號改為共產主義宣傳刊物。年底，胡適提出《新青年》雜誌不應該談政治，遭到陳獨秀、李大釗、魯迅等人反對，從此種下分裂之因。那時編輯部增添了李漢俊、陳望道、袁振英等共產黨發起組的成員，增設「俄羅斯研究」專欄，並聲明與原來出資的群益書社解約，另成立「新青年社」獨立發行。胡適對於這種改變提出質疑，認為色彩過於鮮明，並於1921年初寫信給北京同仁李大釗、魯迅、錢玄同、陶孟和、高一涵等，指出《新青年》雜誌「差不多成了Soviet Russia的中譯本」，並寫信給負責編輯的陳望道反對「將《新青年》作宣傳共產主義之用」，建議另創哲學雜誌刊載馬列理論，將《新青年》編輯部再移回北京。陳望道堅持己見，取消了北京的編輯部，形同與胡適決裂。1921年2月，上海法租界巡捕查抄了「新青年社」，勒令遷移，致使《新青年》雜誌從第八卷第六號起假託遷往廣州，轉入地下編輯。俟7月中國共產黨成立，《新青年》雜誌正式成為共產黨的理論刊物。9月陳獨秀重掌主編，只出一期即停刊。翌年7月再出一期九卷六號後完全終止。

第二個因同仁思想分歧而分裂的社團應數「少年中國學會」。該會於五四前1918年6月底成立於北京，並創刊《少年中國》雜誌。學會成員眾多而複雜，有右派的曾琦、左舜生等，有左派的李大釗、鄧中夏、張聞天、惲代英、許德珩、田漢、鄭伯奇等，也有立場不明確的朱自清、李劼人、宗白華、康白情等一百多人，一開始即有思想分歧的問題。1921年7月共產黨成立後，左派勢力日彰，更難以合作，迫使《少年中國》停刊。1923年後右派的曾琦、左舜生與左

派的鄧中夏、惲代英互不相能，公開論戰，拖到1925年末，學會完全解體。

會員與分會眾多的「文學研究會」雖然不是左派的組織，但是主要成員也不能說沒受到左派思想的感染。在魯迅的影響下，周作人、葉紹鈞、鄭振鐸、郭紹虞、王統照等多少都同情左派的言論。「文學研究會」的重要主將茅盾則從共產黨成立不久就參加成為黨員，以後若即若離，仍是公開的左派文人。他在1930年前後，在文壇的聲譽僅次於魯迅，因此也才會成為激進的左派攻訐與共產黨竭力拉攏的對象。

《少年中國》

1921年7月由留日歸國學生郭沫若、郁達夫、田漢、成仿吾、鄭伯奇、張資平等組織的「創造社」，原來是主張「為藝術而藝術」的浪漫主義團體。他們出版的「創造社叢刊」，包括郭沫若的詩作《女神》、譯作《少年維特之煩惱》、郁達夫的小說《沉淪》和鄭伯奇的譯作《魯森堡之一夜》，大受青年讀者的歡迎。接著又出版《創造季刊》與《創造週報》，聲譽鵲起，使「創造社」萌生爭霸文壇的野心，不免與「文學研究會」發生摩擦。無奈「文學研究會」根深柢固，枝繁葉茂，不易動搖，再加上五卅運動在社會上激起了反帝國主義的熱朝，促使「創造社」另闢蹊徑，不惜一百八十度大轉彎，從擁抱個人的浪漫主義一躍而為激進的革命文學，其實這種轉變也不失為一種浪漫的態度。1926年郭沫若發表〈革命與文學〉一文標幟著「創造社」的大轉向，也凸顯出郭沫若的投機性格，從後來因攻訐蔣介石不得不東渡日本避難，到抗戰爆發後回國向蔣俯首認罪可見一斑。「創造社」的同仁也因此開始分化，成仿吾、鄭伯奇追隨郭沫若的方向，郁達夫態度曖昧，張資平專寫三角戀愛故事，距離革命很遠。其中以成仿吾的革命性最強，進一步發表〈從文學革命到革命文學〉，公開否定自我，決心奔向革命。

一開始就高舉無產階級革命旗幟的是1924年從蘇聯學習返國的蔣光慈（為表現其政治立場，曾改名光赤），先與沈澤民等在上海組織「春雷社」，繼於1927年冬再發起組織「太陽社」。共同發起人還有同是左派的錢杏邨、孟超、楊邨人等。以上二社均以宣傳馬克思主義、提倡無產階級革命文學為宗旨。後來加入「太陽社」的成員還有夏衍、林伯修、洪靈菲、顧仲彝、殷夫、樓適夷、劉一夢、戴平萬、任鈞、祝秀俠、馮憲章、迅雷、聖悅、童長榮、王藝鐘等，多半都是共產黨員。「太陽社」先後出版《太陽月刊》、《時代文藝》、《海風週報》、《新流月刊》、《拓荒者》等刊物，並且編有「太陽社叢書」。1929年9月，蔣光慈、樓適夷、馮憲章、任鈞等人先後到日本，故曾在東京成立「太陽社支部」。1930年「左翼作家聯盟」成立後自動解散。

　　「南國社」的主持人田漢本來也是擁抱浪漫主義的文人，他一生的劇作都不脫浪漫的情調，可是他也是逐漸向左轉的一員。他本來沒有像郭沫若那般的積極，那般的能見機而作，可是他在南國社中的幾個學生和晚輩如左明、陳白塵等都先他而左轉，甚至不惜另立門戶（成立左派的「摩登社」），再加上他過去在「創造社」的同仁多半已成為激進的左派，迫使田漢不得不向左轉，先是參加1930年的「中國自由運動大同盟」及「左翼作家聯盟」，繼則於1932年參加了共產黨。田漢富有才華，長於組織，可惜沒有郭沫若那種見風轉舵的本領，文革時在他一心信託的黨的監牢裡折磨而死。可悲的是對革命他只有貢獻，而沒有罪過，不應該有如此的下場。

　　其他社團，除去與自由主義者胡適有關的如「新月社」、以消閒為目的的「星社」、「禮拜六派」或由國民黨主持的社團如「前鋒社」者外，1927年後都多少同情左派的觀點，或部分成員加入左派的行列，一時「無產階級文學」的口號甚囂塵上，整個文壇的形勢已泰半掌握在左派文人的手裡。

三、針對左派觀點的批評

　　在左派觀點籠罩文壇的氛圍中，也並非沒有不同的聲音。新月派留美的作家

多半保持自由主義的信仰，對左翼作家一味專橫地提倡無產階級文學自然心生反感，在1928年3月10日出版的《新月》第一卷第一期由徐志摩執筆的〈《新月》的態度〉一文中提到反對「功利」、反對「標語與主義」，就是針對左派的言論而發。接著梁實秋在1928年6月10日《新月》雜誌第一卷第四期發表〈文學與革命〉一文，聲稱「在文學上，只有『革命時期中的文學』，並無所謂『革命的文學。』」主張「偉大的文學乃是基於固定的普遍的人性，從人心深處流出來的情思才是好的文學。」進一步說：「因為人性是測量文學的唯一的標準，所以『革命文學』這個名詞，縱然不必說是革命者的巧立名目，至少在文學的瞭解上是徒滋紛擾。」

梁實秋的這篇文章等於否定了「革命文學」的正當性，馬上就引起左派文人馮乃超的反擊，他在〈冷靜的頭腦——評駁梁實秋的〈文學與革命〉〉中說：「文學是有階級性的。」又肯定「無產階級文學是根據於無產階級的藝術的憧憬，同時，無產階級若沒有自身的文學，也不能算是完成階級的革命。在這一回『革命期中的文學』，它必然的是革命文學——無產階級文學。」（馮乃超1928a）。於是梁實秋又寫了〈文學是有階級性的嗎？〉一文予以反反擊，他認為提出「無產階級文學」的最大「錯誤在把階級的束縛加在文學上面。在把文學當作階級鬥爭的工具而否認其本身的價值。」結論說：「文學就沒有階級的區別，『資產階級文學』、『無產階級文學』，都是實際革命家造出來的口號標語，文學並沒有這種的區別。近年來所謂的無產階級文學的運動，據我考查，在理論上尚不能成立，在實際上也並未成功。」（梁實秋1929）

梁實秋的這篇文章（加上他又批評魯迅的「硬譯」）惹翻了魯迅，後者寫了一篇〈「硬譯」與「文學的階級性」〉加以嘲諷說：「文學不借（助）人，也無以表示『性』，一用人，而且還在階級社會裡，即斷不能免掉所謂的階級性，無須加以『束縛』實由於必然。自然，『喜怒哀樂，人之情也』，然而窮人絕無開交易所折本的懊惱，煤油大王哪會知道北京撿煤渣老婆子身受的酸辛，飢區的災民，大約總不去種蘭花，像闊人的老太爺一樣，賈府上的焦大，也不愛林妹妹的。」又說：「倘說，因為我們是人，所以以表現人性為限；那

麼，無產者就因爲是無產階級，所以要做無產文學。……例如梁先生的這篇文章，原意是在取消文學上的階級性，張揚眞理的。但以資產爲文明的祖宗，指窮人爲劣敗的渣滓，只要一瞥，就知道是資產家的鬥爭的『武器』——不，『文章』了。」（魯迅 1930a）魯迅並趁機把太陽社和創造社攻擊他的人也大事嘲諷了一番。

以上是雙方主要的論點，其實這樣討論下去，永遠不會有結論的。這次論戰不了了之，至少說明左派的氣勢雖然龐大，還是會有敢於捋虎鬚的人。

四、魯迅與左翼作家聯盟

魯迅自從在《新青年》雜誌發表一系列後來收在《吶喊》集中的短篇小說贏得盛名之後，成爲五四以來最具影響力的作家。所謂樹大招風，不但自由派的文人如陳源、梁實秋、蘇雪林等對他不滿，創造社的左派文人像郭沫若、馮乃超、成仿吾、李初梨和太陽社的成員蔣光慈、錢杏邨等，或因意見不合，或出於嫉妒，對他也惡言相向，致使魯迅忙於寫雜文回擊，連小說也顧不得寫了。

魯迅是一個戰鬥力特強的人，他一向都是主動出擊，容忍不下別人對他的挑剔，因此終其一生都忙於進攻或反擊。首先他論戰的對象是維護傳統的「學衡派」（梅光迪、胡先驌、吳密等）和「甲寅派」（章士釗等），然後是《現代評論》的正人君子（陳源、胡適等）和「新月社」的「喪家的資本家的乏走狗」（指梁實秋、魯迅 1930b），最後就輪到左派的「創造社」和「太陽社」對他嚴厲攻訐的反擊了。

魯迅自以爲是左翼，至少是同情左翼，對左派的青年作家維護不遺餘力，沒想到攻擊他最凶狠，用詞最毒辣的竟是自稱左翼的革命派。創造社和太陽社對他的攻擊毫不留情面，首先是創造社的馮乃超指責魯迅「是常從幽暗的酒家的樓頭，醉眼陶然地眺望窗外的人生。……追懷過去的昔日，追悼沒落的情緒」（馮乃超 1928b），接著是成仿吾批評魯迅的「語絲派」是「閒暇，閒暇，第三個閒暇；他們是代表著有閒的資產階級，或者睡在鼓裡面的小資產階級。」

（成仿吾 1928）1928年4月創造社的《文化批判》出版「批判魯迅專輯」，其中同是創造社的李初梨嘲笑魯迅是「中國的Don Quixote的亂舞」，並且宣稱：「魯迅，對於布魯喬亞氾是一個最良的代言人，對於普羅列塔利亞是一個最惡的煽動家！」（李初梨 1928）但攻擊魯迅最凶狠的當數太陽社的錢杏邨，他指責「魯迅對於革命文學冷嘲熱諷，是不勝枚舉。」又說：「魯迅在這裡捏造事實，欺騙讀者，完全採用紹興師爺的故技，我們不能不說他的態度是卑劣。」汙衊魯迅的作品「不僅沒有時代思想下所產生的小說，抑且沒有能代表時代的人物！……魯迅的創作，我們老實說，沒有時代的意味，不是能代表現代的，他的大部分創作的時代是早已過去了，而且遙遠了。……而是濫廢的無意義的類似消遣的依附於資產階級的濫廢的文學！」認為「他的思想與技巧，是早已同樣的完了，完結了。」魯迅的罪惡是「一切一切，都是引著青年走向死滅的道上，為跟著他走的青年們掘了無數無數的墳墓。」威脅魯迅說：「要就死亡，要就新生，橫在你面前的是這兩條路。」最後呼籲：「魯迅先生，你就不為自己設想，我們也希望你為後進青年們留一條生路！」再呼籲：「我們是誠懇的最後希望他拋棄了他的死去了的阿Q時代，來參加革命文藝的戰線，我們對他依舊表示熱烈的歡迎。」（錢杏邨 1928）

魯迅的脾氣怎能嚥下這口氣，當然會施出他的冷嘲熱諷的文筆予以還擊。然而當日共產黨的領導看出魯迅是一個有大用的人物，實際上魯迅的立場也一向站在被欺壓、被迫害的人民大眾一邊，與馬克思的無產階級革命並無矛盾，所以由馮雪峰出面說：「對於魯迅的攻擊，在革命的現階段的態度上既是可不必，而創造社諸人及其他等的攻擊方法，還含有別的危險性。」（畫室 1928）於是呼籲停戰。這時候因為自1927年4月國民黨的蔣氏中央清共以後，共產黨的主力逃上井崗山，留在都市中的共黨分子不得不地下化，形勢十分狼狽。幸有上海的外國租界尚可容身，例如郭沫若、茅盾、陽翰笙、成仿吾、錢杏邨、洪靈菲、李一氓等被國民黨通緝的左派作家都曾一度以化名躲藏在租界裡。左派需要的是委曲求全，團結一致，不希望看到在自己的陣營中發生彼此攻訐、敵對、分化的現象，所以一有人出面緩頰，雙方也就順水推舟，不為其甚了。

這時候國民黨政府對左派的刊物、言論嚴加監督管制，爲了反制，左派的知識份子、作家們需要聯合起來行動，但缺少一位知名度高的領導人，以廣招徠。五四以來，論聲望或社會地位，首推胡適。他攜美國大學博士的頭銜（那時候不但中國博士很少，美國也不多，像大學者蔡元培、陳寅恪、傅斯年等以及更晚的錢鍾書留學歐美多年都未取得博士學位，或不屑於取得也說不定），加上在學界的地位，文壇中無人能望其項背。但是自由主義者的胡適，絕無法忍受共產黨的凌駕於個人意志之上的黨的命令，對無產階級革命也始終抱著懷疑的態度，只能成爲共產黨的眼中釘。當時共產黨想找一位可以與胡適的聲望匹敵的人物，找來找去，則非魯迅莫屬了。魯迅在學界的地位雖遠不及胡適，但在文壇卻赫赫有名。只是魯迅也不是可以任人擺布的人物。於是聰明的共產黨領導不能不略施小計，施出先打後撫的手段，先加以圍攻（如果說那些共黨文人攻訐魯迅的文章事先沒有黨的同意是難以想像的）（註2），讓魯迅吃些不易招架的苦頭，再加以安撫，同時把魯迅捧得高高在上，以滿足其虛榮心（魯迅也不例外），於是本來就同情革命的魯迅遂陷入沒有選擇的處境。1930年春天由魯迅、田漢、郁達夫、鄭伯奇、馮雪峰、潘漢年、夏衍等五十二人簽署發起左翼的「中國自由大同盟」。他們發表宣言說：

> 自由是人類的第二生命，不自由，毋寧死！
>
> 我們處在現在統治之下，竟無絲毫自由之可言！查禁書報，思想不能自由。檢查新聞，言語不能自由。封閉學校，教育讀書不能自由。一切群眾組織，未經委派整理，便遭封禁，集會結社不能自由。至於一切政治運動與勞苦群眾徵求改進自己生活的罷工抗租的行動，更遭絕對禁止。甚至任意拘捕，偶語棄

註2：周揚後來回憶說：「我們許多人未能認識比我們更瞭解中國社會和中國歷史，更瞭解民眾之心的魯迅……一時反把魯迅作為論爭的主要對象。關於『革命文學』問題的論爭終於引起了黨中央的注意，從1929年開始……要求停止論爭，要求正確認識魯迅，團結魯迅，並著手籌備建立左翼文藝統一組織。」（周揚 1982）這似乎並未說到實情，周行之在《魯迅與左聯》一書中就認為「如說它是一次自發性行動，未經上級同意，仍是頗難置信的。因為創造、太陽兩社對外雖是文學集團，對內都是中共的小組」（周行之 1991：38）。

市，身體生命，全無保障，不自由之痛苦，真達於極點！

我們組織自由運動大同盟，堅決為自由而鬥爭。感受不自由痛苦的人們團結起來，團結到自由運動大同盟的旗幟之下來共同奮鬥！（王瑤 1953：139）

宣言中所述的白色恐怖，並非虛言，後來國民黨到台灣以後更要變本加厲。諷刺的是共產黨當政之後，是否人民就自由了呢？事實不然，紅色的恐怖比起白色的來毫不多讓，在共產黨統治下，甚至連這樣的自由同盟組織也難以實現了，更何況容忍發表如此的宣言！

1928和1930年在蘇聯的莫斯科和哈爾克夫先後召開了「世界革命作家大會」，並且成立了「國際革命作家聯盟」，肯定給予中國的左翼作家一定的影響（唐弢 1994：21），因此很快地在1930年3月2日，左派文人進一步組成了「中國左翼作家聯盟」，魯迅領銜發起，大會中當選的常務委員有沈端先（夏衍）、馮乃超、錢杏邨、魯迅、田漢、鄭伯奇、洪靈菲七人，候補委員有周全平、蔣光慈二人（註3），魯迅推辭不願擔任「左聯」的委員長或主席，還是被推為主要的領導人。雖然這時魯迅已與創造社和太陽社的成員和解，在成立大會上發言時，仍不忘藉機表示對這些人的輕蔑，他說：

前年創造社和太陽社向我進攻的時候，那力量實在單薄，到後來連我都覺得有點無聊，沒有意思反攻了，因為我後來看出了敵軍在演「空城計」。那時候我的敵軍是專事於吹擂，不務於招兵練將的；攻擊我的文章當然很多，然而一看就知道都是化名，罵來罵去都是同樣的幾句話。我那時就等待有一個能操馬克思主義批評的槍法的人來狙擊我的，然而他終於沒有出現。（魯迅1930c）

「左聯」大會通過了成立「馬克思主義文藝理論研究會」、「國際文化研究

註3：據1930年3月10日《拓荒者》第1卷第3期所載「記者報導」。另外據1990年上海辭書出版社出版的《中國現代文學辭典》所載曾經擔任過常務委員的有沈端先（夏衍）、馮乃超、錢杏邨、魯迅、田漢、鄭伯奇、洪靈菲、茅盾、馮雪峰、柔石、丁玲、胡風、以群、任白戈、夏征農、徐懋庸、何家槐、林淡秋等十八人。

會」及「文藝大眾化研究會」等機構，並做出五點行動綱領：

　　一、我們文學運動的目的在求新興階級的解放；二、反對一切對我們的運動的壓迫；三、確立馬克思主義的藝術理論及批評理論；四、出版機關雜誌及叢書、小叢書等；五、從事產生新興階級文學作品。（註4）

　　因為背後由共產黨主導，所以在「左聯」中有黨團的組織，潘漢年、馮乃超、陽翰笙、錢杏邨、馮雪峰、葉林、丁玲、周揚都先後擔任過黨團書記（陽翰笙 1982：61-62）。看來雖然在艱難的時刻，共產黨仍不惜大力經濟支援，使「左聯」成立之後有能力陸續出版多種刊物，像《拓荒者》、《萌芽月刊》、《巴爾底山》、《世界文化》、《十字街頭》、《北斗》、《文學月報》、《文學》半月刊，還有祕密發行的《前哨》（創刊號後改稱《文學導報》）。後來又接辦了《大眾文藝》、《現代小說》和《文藝新聞》（以上的刊物常常被當局查封）。有如此眾多的報刊在手中，加上魯迅的號召力，可知能吸引多少作家，能左右多少作家的思想傾向了，共產黨在革命初期的文藝政策對共產黨的發展可說是十分成功的。1931年，魯迅即指出：

　　現在，在中國，無產階級的革命的文藝運動，其實就是唯一的文藝運動。因為這乃是荒野中的萌芽，除此以外，中國已經毫無其他文藝。屬於統治階級的所謂「文藝家」，早已腐爛到連所謂「為藝術的藝術」以至「頹廢」的作品也不能產生，現在來抵制左翼文藝的，只有汙衊、壓迫、囚禁和殺戮；來和左翼作家對立的，也只有流氓、偵探、走狗、劊子手了。（魯迅 1967a：82）

註4：資料來源同註1。

五、「左聯」成立以後的文學論爭與走向

　　「左聯」既然事實上受到共產黨的把持，不但在言論上公開為共產黨張目，其成員也積極參與共產黨的地下活動（當然也可以說是共產黨員積極參與「左聯」的活動），甚至要求會員走上街頭示威、遊行。後來郁達夫因拒絕參加而脫離「左聯」，革命文學的主將蔣光慈因反對而被開除共產黨籍，終貧病早逝。「左聯」的刊物也時常遭到查禁，不得不改換名目重新出版，「左聯」的會員也時或遭到逮捕及監禁，甚至處決。最有名的案例就是共產黨所稱的文學「五烈士」柔石、胡也頻、李偉森、殷夫、馮鏗於1931年1月17日被捕，2月7日與另外十八個青年被祕密處決於上海龍華警備司令部。「左聯」因此發表了〈為國民黨屠殺大批革命作家宣言〉，在國內國外均引起了文學界及新聞界的軒然大波（註5），使國民黨又背負上屠殺無辜的罪名。鑑於這一次的教訓，國民黨以後處理共產黨作家就謹慎起來，例如對共產黨員丁玲（胡也頻的妻子）、陳白塵等在監禁一個時期後予以釋放。對替共產黨執言的魯迅，也只有通緝，始終並未逮捕。

　　雖說在「左聯」的影響下文壇表現出一面倒的左傾現象，但是仍然有些異質的聲音。胡秋原曾說：「而與革命文學、左翼文學同時並行者，亦有非革命乃至反左翼之文學，如左聯以前之魯迅派、新月派、唯美派、幽默派、現代派或第三種人者等，尤其是左聯成立三月後，有民族文學運動起來與其對抗。」（胡秋原 1984：86-87）為了對抗「左聯」，右派的王平陵、黃震遐、范爭波、胡秋原等於1930年6月創辦《文藝月刊》，發表〈中國民族主義文藝運動宣言〉，提倡民族文學。1932年，自認精研馬克思主義文學理論的胡秋原與《現代》雜誌的編輯蘇汶（杜衡）提出了與「左聯」不同的意見，前者要求創作的自由，主張「文學與藝術，至死也是自由的、民主的」。認為「將藝術墮落到

註5：國民黨政府處決五個共產黨年輕作家的事件不但在國內引起軒然大波，國外同情共產黨的新聞記者如史沫特萊（Agnes Smedley）、斯諾（Edgar Snow）、威爾絲（Nym Wales）等也在英文報刊上做了報導。（夏志清 1979：228）

一種政治的留聲機，那是藝術的叛徒。藝術家雖然不是神聖，然而也絕不是叭兒狗。以不三不四的理論，來強姦文學，是對藝術尊嚴不可恕的冒瀆」（胡秋原 1931）。後者自稱爲是介於自由派與左派之間的「第三種人」。他說：「這第三種人便是所謂作者之群。」（蘇汶 1932a）後來又加以解釋說：「這『第三種人』，容我給加上一個解釋吧，實在是指那種欲依了指導理論家們所規定的方針去做而不能的作者。」（蘇汶 1932b）這樣的言論自然受到左派的圍剿，魯迅也站在左翼的立場教訓說：「生在有階級的社會裡而要做超階級的作家，生在戰鬥的時代而要離開戰鬥而獨立，生在現在而要做給予將來的作品，這樣的人，實在也是一個心造的幻影，在現實世界上是沒有的。」（魯迅 1932）

另外一些人雖然不能苟同「左聯」的主張和作為，但是也不願與之發生正面衝突，便只好從提倡輕鬆幽默的小品文中企圖發展一點個性，最有名的代表人物就是林語堂。他在1932年創辦了《論語》，頗受群眾的歡迎。兩年後，又相繼出版了《人間世》和《宇宙風》兩本刊物，都以刊載小品文、隨筆爲主。主要的撰稿人還有「文學研究會」的周作人。

此外，這個時期也有一些左派的色彩不濃，包容性較大的刊物，例如1932年在上海出現，由施蟄存主編的《現代》雜誌，主要的撰稿人有茅盾、老舍、巴金、沈從文、王魯彥、張天翼等。1934年創刊，由鄭振鐸、靳以主編的《文學季刊》，撰稿人有葉紹鈞、冰心、凌叔華、曹禺、吳組緗、卞之琳、何其芳等。1934年沈從文在天津和上海《大公報》主編的《星期文藝》，撰稿人有卞之琳、何其芳、蘆焚（師陀）、蕭乾、麗尼等。

當然所有異質的聲音都會受到魯迅以及其他「左聯」分子的攻訐，對左派眼目中資產階級的代言人，像梁實秋、陳源等，特別嚴厲（註6）。不用說，自「左聯」成立到抗日戰爭前夕，「左聯」的氣焰蓋過了其他任何文學社團，誰要發出異聲，無不落個群起而攻之的結局。在「左聯」主導下的這一段歷史時刻，有兩件大事攸關此一階段的文學和文學作家：一是文藝的大眾化問題；二

註6：例如魯迅罵梁實秋為「喪家的資本家的乏走狗」。（魯迅 1967b：61）

是文學家抗日救國的問題。

在「創造社」轉向革命的1926年，郭沫若和成仿吾曾熱情地號召青年們「到兵間去，民間去，工廠間去」（郭沫若 1926），「要努力獲得階級意識、接近農工大眾的用語、以農工大眾為我們的對象」（成仿吾 1928）。1929年，林伯修指出大眾化是「普羅文學底實踐性底必要的要求」（林伯修 1929）。「左聯」成立後，於1931年11月其執委會通過「中國無產階級革命文學的新任務」時，認為「只有通過大眾化的路線……才能創造出真正的中國無產階級革命文學」（註7）。一年間這個問題成為大眾討論的焦點，舉凡大眾語、通俗化、舊形式等都成為探討的主題。瞿秋白並熱心提倡漢語的拉丁化（註8）。一直到抗日戰爭爆發前還在討論文藝通俗化的問題，不過焦點轉移到如何鼓舞士氣民心來抵抗日本的侵略了。

左派勢力的暴漲與日本的侵略是同行並進的。「左聯」成立的翌年就發生了「九一八」事變，數月內日軍佔領了東北三省，旋即以溥儀為傀儡建立偽滿。1933年更進兵山海關，威脅平津。「左聯」於「九一八」後發表〈告國際無產階級及勞動民眾的文化組織書〉，呼籲全世界勞動人民共同反對日本侵略（註9）。領導國民黨的蔣介石卻一心想在攘外以前先行安內，就是剷除共產黨，而且已經成功地把共軍趕上了二萬五千里長征的路途。這時候由於國民黨剿共的軍事成功，留在上海「左聯」內的共產黨員已經很難施展，「左聯」也形同潰散，但是左派的理念卻影響深遠，其中魯迅的形象和文筆厥功甚偉。1935年，在長征途中，中共中央透過莫斯科發表〈為抗日救國告全體同胞書〉（即〈八一宣言〉），主張成立抗日民族統一戰線，組織國防政府和抗日聯軍，要求停止內戰，一致抗日。留在上海跟中共中央失去了聯繫的中共文藝黨工，間接從法國的《救國時報》上看到了〈八一宣言〉以及中共駐莫斯科共產國際代

註7：原載1931年11月15日《文學導報》第1卷第8期。
註8：瞿秋白曾從蘇聯帶回由蘇聯語言學家設計的中文拉丁化的樣本。見夏志清《中國現代小説史》引John De Francis著《中國的民族主義和語言改革》第五章〈蘇聯的影響〉。（夏志清 1979：117）
註9：「左聯」於「九一八」後發表的〈告國際無產階級及勞動民眾的文化組織書〉，見1931年9月28日《文學導報》第1卷第5期。

表王明的〈論反帝統一戰線問題〉，爲了呼應起見，提出「國防文學」作爲指導此一階段文學運動的口號。並進一步，爲了表示與國民黨修好，在王明的指使下於1936年春解散了「左聯」。這兩個行動都沒有得到魯迅的同意。魯迅於是同茅盾、馮雪峰等商量，另擬出一個「民族革命戰爭的大眾文學」的口號。堅持「國防文學」的周揚遂同魯、茅、馮等人展開了一場熱烈的筆戰，郭沫若、胡風等均捲入戰中。這雖是左派作家內部之戰，其用詞之辣，不下於針對敵人。結果，擁護「國防文學」口號的作家成立了「中國文藝家協會」，發表了〈中國文藝家協會宣言〉；魯迅拒不參加協會，跟他的同路人發表〈中國文藝工作者宣言〉，與之對抗。最後由中共領導艾思奇、陳伯達等出面做調人，雙方的爭執才緩和下來。終於1936年10月，由左右新舊的各方代表魯迅、郭沫若、茅盾、巴金、洪深、冰心、葉紹鈞、周瘦鵑、包天笑等二十一人聯名發表〈文藝界同仁爲團結禦侮與言論自由宣言〉，主張「全國文藝界同仁應不分新舊派別，爲抗日救國而聯合」（註10）。到10月19日，魯迅因肺結核病逝，結束了一時的紛爭。送葬者萬人空巷，正像蘇俄革命後高爾基之死一樣的榮寵，當時葬於上海虹橋萬國公墓，後來於1956年又隆重遷葬於上海虹口公園的魯迅墓園。斯人雖逝，其影響在中國文壇繼續發酵。

是年12月12日發生「西安事變」，時任西北剿匪副總司令的張學良和時任國民革命軍第十七路總指揮的楊虎城劫持了蔣介石，最後在周恩來的斡旋下，終於達成了國共再度合作抗日的協定。不到一年的工夫就發生了七七事變，全民抗日戰爭正式開始。

註10：〈文藝界同仁為團結禦侮與言論自由宣言〉，見1936年10月1日《文學》第7卷第48期。

引用資料

王　瑤，1953：《中國新文學史稿》，上海新文藝出版社。

成仿吾，1928：〈從文學革命到革命文學〉（寫於1923年11月），2月《創造月刊》第1卷第9期。

李大釗，1918a：〈庶民的勝利〉，11月《新青年》第5卷第5號。

李大釗，1918b：〈Bolshevism的勝利〉，11月《新青年》第5卷第5號。

李初梨，1928：〈請看我們中國的Don Quixote的亂舞——答魯迅〈醉眼中的朦朧〉〉，4月15日《文化批判》第4期。

林伯修（杜國庠），1929：〈一九二九年急待解決的幾個關於文藝的問題〉，3月23日《海風周報》第12號。

周行之，1991：《魯迅與左聯》，台北文史哲出版社。

周　揚，1982：〈繼承和發揚左翼文化運動的革命傳統〉，《左聯回憶錄》上，北京中國社會科學院。

胡秋原，1931：〈阿狗文藝論〉，12月25日《文化評論》創刊號。

胡秋原，1984：〈我所見的抗戰時期文學〉，2月《文訊》第7、8期，頁86-99。

唐　弢，1994：《中國現代文學史簡編》，北京人民文學出版社。

梁實秋，1928：〈文學與革命〉，6月10日《新月》第1卷第4期。

梁實秋，1929：〈文學是有階級性的嗎？〉，9月10日《新月》第2卷第6、7期合刊。

夏志清，1979：《中國現代小說史》，香港友聯出版社。

郭沫若，1926：〈革命與文學〉，5月16日《創造月刊》第1卷第3期。

馮乃超，1928a：〈冷靜的頭腦——評駁梁實秋的〈文學與革命〉〉，8月10日《創造月刊》第2卷第1期。

馮乃超，1928b：〈藝術與社會生活〉，1月15日《文化批判》創刊號。

陽翰笙，1982：〈中國左翼作家聯盟成立的經過〉，《左聯回憶錄》上，北京中國社會科學院。

新月社，1928：〈《新月》的態度〉（徐志摩執筆），3月10日《新月》第1卷第1期。

魯　迅，1930a：〈「硬譯」與「文學的階級性」〉，3月1日《萌芽月刊》第1卷第3期。

魯　迅，1930b：〈喪家的資本家的乏走狗〉，5月1日《萌芽月刊》第1卷第5期。

魯　迅，1930c：〈對於左翼作家聯盟的意見〉（3月2日在左翼作家聯盟成立大會講），4月1日《萌芽月刊》第1卷第4期。

魯　迅，1932：〈論「第三種人」〉，11月《現代》第2卷第1期。

魯　迅，1967a：〈黑暗中國的文藝界現狀——為美國《新群眾》作〉，《二心集》，香港新藝出版社。

魯　迅，1967b：〈「喪家的資本家的乏走狗」〉，《二心集》，香港新藝出版社。

畫　室（馮雪峰），1928：〈革命與知識階級〉，5月《中國文藝論戰》。

錢杏邨，1928：〈死去了的阿Q時代〉，《太陽》月刊3月號。

蘇　汶，1932a：〈關於《文新》與胡秋原的文藝論辯〉，7月《現代》第1卷第3期。

蘇　汶，1932b：〈「第三種人」的出路——論作家的不自由並答覆易嘉先生〉，10月《現代》第1卷第6期。

參考文獻：

郭沫若〈革命與文學〉（1926年5月）

梁實秋〈文學與革命〉（1928年6月）

革命與文學

郭沫若

我們現代是革命的時代，我們是從事於文學的人。我們所從事的文學對於時代有何種關係，時代對於我們有何種要求，我們對於時代當取何種的態度，這些問題是我想在這兒討論的。

我們先來討論革命與文學的關係。

革命與文學一併列起來，我們立地可以聯想到的，便是有兩種極端反對的主張。

有一派人說：革命和文學是冰炭不相容的，這兩個東西根本不能併立。主張這個意思的人更可以分為兩小派：一派是所謂文學家，一派是所謂革命家。

所謂文學家，尤其是我們中國人的所謂文學家，他們是居住在別外一種天地的另外的一種人種。他們的生涯是風花雪月。他們對於世事是從不過問的。世事臨到清平的時候，他們或許還可以謳歌一下太平，但一臨到變革的時候，他們的生活便感受著一種威脅，他們對於革命，比較冷靜的，他們可以取一種超然的態度，不然便要極力加以詛咒。這種實例無論是舊式的文人或者新式的文人，我們隨處都可以看見，在他們看來，文學和革命總是不兩立的。

的確也會是不兩立的。文學家對於革命極力在想超越，在想詛咒，而革命家對於文學也極力在想輕視，在想否認。我們時常聽著實際從事於革命的人說：文學！文學這樣東西於我們的革命事業究有什麼？她只是姑娘小姐們的消閒品，只是墮落青年在講堂上懶愛聽講的時候所偷食的禁果罷了。從事於文學的人根本是狗錢不值的。

文學家極力在詛咒革命，革命家也極力在詛咒文學，這兩種人的立腳點雖然不同，然而在他們的眼光裡，文學和革命總是不能兩立的。

文學和革命根本上不能兩立，這是一種極普遍的主張，事實上是如此，而且理論上也

的確是如此。然而和這種主張極端反對的，是說文學和革命是完全一致！

文學是革命的前驅——在革命的時代必然有一個文學上的黃金時代——這樣的主張我們也是時常聽見的。

我們且先從歷史上來求它的證據罷。譬如1789年法國革命之前產生了不少的文學家，如像佛爾特爾，如像盧梭，他們都是劃時代的人物，而且法國革命許多批評家和歷史家都是說由他們喚起來的。又譬如1917年的俄國革命也是一樣。在俄國革命未成功之前，俄國正不知道產生了多少文豪，這其中反革命的當然不能說是沒有，然而勇敢地作為革命的前驅，不亞於法國佛爾特爾和盧梭的也正指不勝屈。

回頭再說到我國中國吧。譬如周代的變風變雅和屈子的《離騷》，都是在革命時期中所產生出的千古不磨的文學，而每當朝代換易，一些忠臣烈士所披瀝的血淚文章，至今猶傳誦於世的，我們也可以說是指不勝屈的了。

據這樣看來，文學和革命也並不是不能兩立，而且是互為因果，有完全一致的可能。主張這種見解的人，自然不能說是全無根據。

那麼我們對於這兩種不同的主張，怎麼才可以解釋呢？

同是一個問題而發出兩種不同的主張，而且這兩種主張都是證據確鑿，都是很合理的。我們要怎樣才可以解釋呢？

這個問題好像是很難解決的問題，但是我們只要把革命的因子和文學的性質略略討論一下，便不難迎刃而解了。

革命本來不是固定的東西，每個時代的革命各有每個時代的精神，不過革命的形式總是固定了的。每個時代的革命一定是每個時代的被壓迫階級對於壓迫階級的徹底反抗。階級的成份雖然不同，反抗的目的雖然不同，然而其所表現的形式是永遠相同的。

那麼我們可以知道，每逢革命的時期，在一個社會裡面，至少是有兩個階級的對立。有兩個階級對立在這兒，一個要維持它素來的勢力，一個要推翻它。在這樣的時候，一個階級當然有一個階級的代言人，看你是站在哪一個階級說話。你假如是站在壓迫階級的，你當然會反對革命；你假如是站在被壓迫階級的，你當然會贊成革命。你是反對革命的人，那你做出來的文學或者你所欣賞的文學，自然是反革命的文學，是替壓迫階級說話的文學；這樣的文學當然和革命不兩立，當然也要被革命家輕視和否認的。你假如是贊成革命的人，那你做出來的文學或者你所欣賞的文學，自然是革命的文學，是替被壓迫階級說話的文學；這樣的文學自然會成為革命的前驅，自然會在革命時期中至高無

上出一個黃金時代了。

這樣一來，我們可以知道文學的這個公名中包含著兩個範疇：一個是革命的文學，一個是反革命的文學。

我們得出了文學的兩個範疇，所有一切概念上的糾紛，都可以無形消滅，而我們對於文學的態度也就可以決定了，文學是不應該籠統的反對，也不應該籠統的讚美的。這兒我們應該要分別清楚，我們無論是創作文學的人或者研究文學的人，我們是應該要把自己的腳跟認定。每個時代的每種文學都有她的讚美人和她的反對人，但是我們現在暫且作為第三者而加以觀察的批判的時候，究竟哪一種文學真是應該受人讚美？哪一種文學真是應該受人反對呢？我們要解決這個問題，在先有探求社會構成的基調和社會發展的形式之必要。

文學是社會上的一種產物，她的生存不能違背社會的基本而生存，她的發展也不能違背社會的進化而發展，所以我們可以說一句，凡是合乎社會的基本的文學方能有存在的價值，而合乎社會進化的文學方能為活的文學，進步的文學。

社會構成的基調究竟是在什麼呢？我敢相信，我們人類社會的構造是在求最大多數人的最大幸福。假使最大的幸福是被少數人壟斷了的時候，社會生活是無從產生，而已成的社會也會歸於瓦解。在這已成的社會中，最大多數的不幸的人一定要起而推翻這少數的壟斷者，而別求一合乎這個構成原理的新的社會，這就是該個社會中的革命現象。

但是社會中的革命現象，自從私有財產制度產生以後是永遠沒有止息的，社會中的財富漸次壟斷於少數人的手中，所以每次革命都要力求其平，而使大多數人得到平等的機會。所以社會進展的形式是辯證式（Dialectics）的。就是甲的制度失掉了統制社會的權威，必然有乙的一種非甲的制度出而代替，待到時代既久非甲的乙漸次與甲調和而生出丙來，又漸次失掉了統制社會的權威，又必然有非丙的丁出而代替。如此永遠代替，永遠進展起去，其根基都在求大多數人的幸福的生活。所以在社會的進展上我們可以得到一個結論，就是凡是新的總是好的，凡是革命的總就是合乎人類的要求，合乎社會構成的基調的。

據這樣看來，我們可以說凡是革命的文學就是應該受讚美的文學，而凡是反革命的文學便是應該受反對的文學。應該受反對的文學我們可以根本否認她的存在，我們也可以簡切了當地說她不是文學。大凡一個社會在停滯著的時候，那時候所產生出來的文學都是反革命，而且同時是全無價值的。我們中國的八股，試帖詩，濫四六調的文章之所以

全無價值，也就是這個緣故了。

那麼我們更可以歸納出一句話來：就是文學是永遠革命的，真正的文學是只有革命文學的一種。所以真正的文學永遠是革命的前驅，而革命的時期中總會有一個文學的黃金時代出現。

所以我在討論文學和革命的關係的時候，我始終承認文學和革命是一致的，並不是兩立的。

文學和革命是一致的，並不是兩立的。
何以故？

以文學是革命的前驅，而革命的時期中永會有一個文學的黃金時代出現故。

那麼文學何以能為革命的前驅，而革命的時期中何以會有一個文學的黃金時代出現呢？這兒是我們應該討論的第二步的問題。

大凡的人以為文學是天才的作品，所以能夠轉移社會。這樣的話太神祕了，我是不敢附和的。天才究竟是什麼，我們實在不容易捉摸。我看我們在這兒不要再題外生枝了，我們讓別人拿去做恭維的話柄，我們讓別人拿去做罵人的工具吧。我們要解決這個問題，另外當求一種比較不神祕的合乎科學的根據。

我們人類的氣質（Temperament）是各有不同的，從來的學者大別分為四種：一種是膽汁質（Choleric），一種是神經質（Melancholic），一種是多血質（Sanguinic），一種是黏液質（Phlegmatic）。神經質的人感受性很敏銳，而他的情緒的動搖是很強烈而且能持久的。這樣的人多半傾向於文藝。因為他情緒的動搖強而且持久，所以他只能適於感情的活動而且是靜的活動。因為他的感受性敏銳，所以一個社會臨到快要變革的時候，在別種氣質的人尚未十分感受到壓迫階級的凌虐，而他已感受到十二分，經他一呼喚出來，那別種氣質的人也就不能不繼起響應了。文學能為革命的前驅的，我想怕就在這兒。文學家並不是能夠轉移社會的天生的異材，文學家只是神經過敏的一種特殊的人物罷了。

文學在革命時代能夠興盛的緣故也可以同用心理學上的根據來說明。

我們知道文學的本質是始於感情終於感情的。文學家把自己的感情表現出來，而他的目的──不管是有意識的或無意識的──總是在讀者心中引起同樣的感情作用的。那麼

作家的感情愈強烈愈普遍，而作品的效果也就愈強烈愈普遍。這樣的作品當然是好的作品。一個時代好的作品愈多，就是那個時代的文學愈興盛的表現。革命時代的希求革命的感情是最強烈最普遍的一種團體感情，由這種感情表現而為文章，來源不窮，表現的方法萬殊，所以一個革命的時期中總含有一個文學的黃金時代了。

更進，革命時期是容易產生悲劇的時候，被壓迫階級與壓迫者反抗，在革命尚未成功之前，所有一切的反抗都是歸於失敗的。階級的反抗無論由個人所代表，或者是由團體的爆發，這種個人的失敗史，或者團體的失敗史，表現成為文章便是一篇悲劇。而悲劇在文學的作品上是有最高級的價值的，革命時期中容易產生悲劇，這也就是革命時期中自會有一個文學上的黃金時代的第二個原因了。

以上我把革命和文學的關係略略說明了。這兒還剩著一個頂大的問題，就是所謂革命文學究竟是怎麼樣的文學，就是革命文學的內容究竟怎麼樣。

這個問題我看是不能限制在一個時代裡面來說話的。社會進化的過程中，每個時代都是不斷地革命著前進的。每個時代都有每個時代的精神，時代精神一變，革命文學的內容便因之而一變。在這兒我可以得出一個數學的方式，便是：

$$革命文學＝F（時代精神）$$

更簡單地表示的時候，便是：

$$文學＝F（革命）$$

這用言語來表現時，就是文學是革命的函數。文學的內容是跟著革命的意義轉變的，革命的意義變了，文學便因之而變了。革命在這兒是自變數，文學是被變數，兩個都是XYZ，兩個都是不一定的。在第一個時代是革命的，在第二個時代又成為非革命的；在第一個時代是革命文學，在第二個時代又成為反革命的文學了。所以革命文學的這個名詞雖然固定，而革命文學的內涵是永不固定的。

我們現在請就歐洲的文藝思潮來證明革命文學的進展吧。

歐洲的文藝思潮發源於希臘，希臘的人本主義輸入羅馬而流為貴族的享樂主義，在590年，羅馬法王格雷戈里一世即位之前，羅馬皇帝及其貴族們的專擅、淫奢，使一般

的民眾不能聊生，而出生厭世的傾向。應時而起者便是基督教的禁欲主義。所以在當時的革命是第二階級的僧侶對於第一階級的王族的革命，而在文學上的表現便是宗教的禁欲主義的文學對於貴族的享樂主義的文學的革命。宗教的禁欲主義的文學在當時便是革命文學。

宗教漸漸隆盛起來，第二階級的僧侶與第一階級的王族漸漸接近，漸漸妥協，漸漸狼狽為奸，禁欲主義與享樂主義苟合而產出形式主義來。形式主義在文學上最鮮明的表現便是所謂古典主義。在這時候與第一階級和第二階級的聯合戰線相反抗的，便是一般被壓迫的第三階級的市民。當時一般的市民失掉了個性的自由，在兩重的壓迫之下行將窒息，所以一時個人主義和自由主義的思潮應運而起，濫觴於義大利之文藝復興，而爆發於1789年之法蘭西大革命。這時候在文藝上的表現便是浪漫主義對於形式主義的抗爭。浪漫主義的文學便是最尊重自由、尊重個性的文學，一方面要反抗宗教，而同時於別方面又要反抗王權，義大利文藝復興期中的諸大作家，英國的莎士比亞、米爾頓，法國的佛爾特爾、盧梭，德國的歌德、席勒，都可以稱為這一派文學的偉大的代表。這一派文學，在精神上是個人主義自由主義，在形式上是浪漫主義的文學，便是十七、八世紀當時的革命文學。

然而第二階抬頭之後，以個人主義自由主義為核心的資本主義漸漸猖獗起來，使社會上新生出一個被壓迫的階級，便是第四階級的無產者。在歐洲的今日已經達到第四階級與第三階級的鬥爭時代了。浪漫主義的文學早已成為反革命的文學，一時的自然主義將是反對浪漫主義而起的文學，但在精神上仍未脫盡個人主義與自由主義的色彩。自然主義之末流與象徵主義神祕主義唯美主義等浪漫派後裔均是過渡時代的文藝，她們對於階級鬥爭之意義尚未十分覺醒，只在遊移於兩端而未確定方向。而在歐洲今日的新興文藝，在精神上是徹底表同情於無產階級的社會主義的文藝，在形式上是徹底反對浪漫主義的寫實主義的文藝。這種文藝，在我們現代要算是最新最進步的革命文學了。

我們這樣把歐洲文藝思潮的進展追蹤起來，可以知道革命文學在史實上也的確是隨著時代的精神而轉換的。前一個時代有革命文學出現，而在後一個時代又有革命文學出現，更後一個時代又有革革革命文學出現了。如此進展以至於現世，為我們所要求的革命文學，其內容與形式是很明瞭的。凡是表同情於無產階級而且同時是反抗浪漫主義的便是革命文學。革命文學倒不一定要描寫革命，讚揚革命，或僅僅在字面上多用些炸彈，手槍，幹幹幹等花樣。無產階級的理想要望革命文學家早點醒出來，無產階級的苦

悶要望革命文學家實寫出來。要這樣才是我們現在所要求的真正的革命文學。

現在再說到我們自己本身上來。我們自己處在今日的世界，處在今日的中國，我們自己所要求的文學是哪一種內容呢？

我看我們的要求和世界的要求是達到同等的地位了。資本主義逐漸發展，看看快要到了盡頭，遂由國家的化而為國際的。資本主義的國際化便是我們現刻受著壓迫而力謀打倒的帝國主義。隨著資本主義國際化而發生的，便是階級鬥爭的國際化，所以我們的打倒帝國主義的要求，同時也就是對於社會主義的一種景仰。我們現在除反抗帝國主義的工作外，當然也還有許許多多的國民革命的工作，但在我看來，我們對內的國民革命的工作，同時也就是對外的世界革命的工作。譬如我們中國的軍閥，他們完全是由帝國主義派生出來的，他們的軍餉是帝國主義的投資，他們的軍火是帝國主義的商品，他們的爪牙兵士是帝國主義破壞了我們中國固有的手工業，使一般的人陷為了遊民，而為他們驅遣去的魚雀。所以我們要徹底打倒軍閥，根本也非徹底打倒帝國主義不行；所以我們的國民革命同時也就是世界革命。我們的國民革命的意義，在經濟方面講來，同時也就是國際間的階級鬥爭。這階級鬥爭的事實（需要注意，這是一個事實，並不是什麼人的主張！）是不能消滅的。我們中國的民眾大都到了無產階級的地位了，表同情於民眾，表同情於國民革命的人，他們根本上不能不和帝國主義反抗。不表同情於民眾，不表同情於國民革命的人，如像一些軍閥、官僚、買辦、劣紳等等，他們結局會與帝國主義連成一線來壓迫我們（實際上已經是做到這步田地的了）。那麼我們的革命，不根本還是以無產階級為主體的力量對於他們有產階級的鬥爭嗎？所以我們的國民的或者民族的要求，歸根是和他們資本主義國度下的無產階級的要求完全一致。我們要要求從經濟的壓迫之下解放，我們要要求人類的生存權，我們要要求分配的均等，所以我們對於個人主義的自由主義要根本劇除，我們對於浪漫主義的文藝也要取一種徹底反抗的態度。

青年！青年！我們現在處的環境是這樣，處的時代是這樣，你們不為文學家則已，你們既要矢志為文學家，那你們趕快要把神經的弦索扣緊起來，趕快把時代的精神提著。我希望你們成為一個革命的文學家，不希望你們成為個時代的落伍者，這也並不是在替你們打算，這是在替我們全體的民眾打算。徹底的個人的自由，在現代的制度之下也是求不到的，你們不要以為多飲得兩杯酒便是什麼浪漫的精神，多謅得幾句歪詩便是什麼天才的作者，你們要把自己的生活堅實起來，你們要把文藝的主潮認定！你們應該到兵間去，民間去，工廠間去，革命的漩渦中去，你們要曉得我們所要求的文學是表同情於

無產階級的社會主義的寫實主義的文學，我們的要求已經和世界的要求是一致，我們昭告著你們，我們努力著向前猛進。

民國15年4月13日草成於廣州

（載1926年5月16日《創造月刊》第1卷第3期）

文學與革命

梁實秋

　　文學是什麼，我們已經常常聽說過；革命是什麼，我們不但是聽說過，並且似曾目睹了。文學與革命，二者之間的關係，這是我們平常不大經意的一個問題，而又是我們不能不加以考慮的，尤其是在如今「革命文學」的呼聲高唱入雲的時候。

　　我先問：革命究竟是怎麼一回事？

　　一切的文明，都是極少數的天才的創造。科學、藝術、文學、宗教、哲學、文字，以及政治思想、社會制度，都是少數的聰明才智過人的人所產生出來的。當然天才不是含有絲毫神聖的意味，天才也是基於人性的。天才之所以成為天才不過是因為他的天賦特別的厚些，眼光特別的遠些，理智特別的強些，感覺特別的敏些，一般民眾所不能感覺，所不能思解，所不能透視，所不能領悟的，天才偏偏的能。所以極自然的，極合理的，在一個團體的生活裡，無論是政治的組織或是社會的結合，總該是比較的優秀的分子站在領袖者或統治者的地位，事實上也常常是如此。比較的優秀分子，佔據公眾生活的中心，如其完全是賴於他的聰明才智以達到這種地位，這便是一個常態的自然的路程。無論哪一個國家，哪一個團體，有這樣的優秀份子領袖著統治著，那就是幸福。少數的優秀的天才之任務，即在於根據他的卓越的才智為團體謀最大之幸福，凡有創造，必是有裨益於一般的民眾，或是使民眾的物質的供養日趨於富足，或是使民眾的精神的培植日趨於豐美。真的天才永遠不是社會的寄生蟲，而是一般民眾所不能少的引導者。所以在常態的狀況之下，民眾對於藝術的天才是讚美，對於科學的天才是欽佩，對於政治的天才是擁護的。

　　但是人性不是盡善的，處於政治團體或社會組織之領袖地位的人，常常不盡是有領袖資格的人，更不盡是能有創造的天才，往往只是平庸甚至惡劣的分子，因緣著機會的方

便或世襲的餘蔭，遂強據了統治者與領袖者的地位。這樣的假的領袖，對於民眾消極的沒有貢獻，積極的或許就有壓迫。真的天才隱在民眾裡面，到忍無可忍的時機，就要領導著群眾或指示給群眾做反抗的運動。這個反抗運動，便是革命。革命運動的真諦，是在用破壞的手段打倒假的領袖，用積極的精神擁戴真的領袖。於此我們對於革命有應注意的幾點：

一、革命的運動是在變態的政治生活之下產生出來的；

二、革命的目標是要恢復常態的生活；

三、革命的精神是反抗的精神，所反抗的是虛偽；

四、革命的經過是暫時的變動，不是久遠的狀態；

五、革命的爆發，在群眾方面是純粹的感情的；

六、革命的組織，應該是有紀律的，應該是尊重天才的。

革命的意義既如上述，請進而討論革命與文學的關係。

在革命的時期當中，文學是很容易的沾染一種特別的色彩。然而我們並不能說，在革命的時期當中，一切的作家必須創作「革命文學」。何以呢？詩人，一切文人，是站在時代前面的人。民間的痛苦，社會的窳敗，政治的黑暗，道德的虛偽，沒有人比文學家更首先的感覺到，更深刻的感覺到。在惡劣的狀態之下生活著的一切民眾，無論其為富貴貧賤，他們不是沒有知覺，不是不知苦痛，但是他們感覺到了而口裡說不出，即使說得出而亦說得不能中乎藝術的繩墨，唯有文學家，因為他們的本性和他們的素養，能夠做一切民眾的喉舌，道出各種民間的疾苦，對於現存的生活用各種不同的藝術的方式表現他們對於現狀不滿的態度。情感豐烈的文學家，就會直率的對於時下的虛偽加以攻擊；富於想像的文學家，就許回想從前的黃金時代而加以詠嘆；樂觀而又耽於幻象的文學家，就要創作他的理想中的樂園；——不過對於現狀不滿是完全一致的。文學家永遠是民眾的非正式的代表，不自覺的代表民眾的切身的苦痛與快樂，情思與傾向。尤其是在苦痛的時代，文學家所受的刺激格外的親切，所以慘痛的呼聲也就分外的動人。因為文學家是民眾的先知先覺，所以從歷史方面觀察，我們知道富有革命精神的文學，往往發生在實際的革命運動之前。革命前之「革命的文學」，才是人的心靈中的第一滴的清洌的甘露，那是最濃烈的、最真摯的、最自然的。與其說先有革命後有「革命的文學」，毋寧說是先有「革命的文學」後有革命。實際的革命爆發之後，文學之革命的色彩當然是益發顯明，甚至產出多量的近於雄辯或宣傳的文字。文學家並不表現什麼時代

精神，而時代確是反映著文學家的精神。文學家即不能脫離實際的人生而存在，革命的全部的時期中的生活對於文學家亦自然不無首先的適當之刺激，所以我開頭便先承認：在革命的時期當中（包含著醞釀之爆發的時期），文學是很容易沾染一種特別的色彩。

何以我又說：革命期中，文學家不必就要創造「革命的文學」？在文學上講，「革命的文學」，這個名詞根本的就不能成立。在文學上，只有「革命時期中的文學」，並無所謂「革命的文學」。站在實際革命者的立場上來觀察，由功利的方面著眼，我們可以說這是「革命的文學」，那是「不革命的文學」，再根據共產黨的理論，還可以引申的說「不革命的文學」就是「反革命的文學」。但是就文學論，我們劃分文學的種類派別是根據於最根本的性質與傾向，外在的事實如革命運動復辟運動都不能借用做量衡文學的標準。並且偉大的文學乃是基於固定的普遍的人性，人心深處流出來的情思才是好的文學，文學難得的是忠實，——忠於人性；至於與當時的時代潮流發生怎樣的關係，是受時代的影響，還是影響到時代，是與革命理論相合，還是為傳統思想所拘束，滿不相干，對於文學的價值不發生關係。因為人性是測量文學的唯一的標準。所以「革命的文學」這個名詞，縱然不必說是革命者的巧立名目，至少在文學的瞭解上是徒滋紛擾。並且人性的繁複深奧，要有充分的經驗才能得到相當的認識，在革命的時代不見得人人都有革命的經驗（精神方面情感方面的生活也是經驗），我們絕不能強制沒有革命經驗的人寫「革命的文學」。文學的創作經不得絲毫的勉強。含有革命思想的文學是文學，因為它本身是文學，它宣示了一個期中的苦惱與情思，——然而人生的苦痛也有多少種多少樣，受軍閥壓迫是痛苦，受帝國主義者的侵略是痛苦，難道生老病死的磨折不是痛苦，難道運命的播弄不是痛苦，難道自己心裡猶豫衝突不是痛苦？怎樣才該叫作「革命的文學」？

近代德謨克拉西的思想發達了，所以我們很容易把民眾的地位看得太高。革命似乎是民眾的運動了，其實也是由於一二天才的啟示與指導。有效的革命運動比平時更為需要領袖。所以在革命的過程當中雖然不可避免的有許多暴動，以及民眾的直接行動，然而真正革命的趨勢，革命的理論，完全要視領袖者為轉移。領袖者的言行，最足以代表民眾的意識。

文學家是民眾的非正式的代表。此地所謂的代表，並非如代表民意之政治的代表一般，文學家所代表的是那普遍的人性，一切人類的情思，對於民眾並不是負著什麼責任與義務，更不曾負著什麼改良生活的擔子。所以文學家的創造並不受著什麼外在的拘

束，文學家的心目當中並不含有固定的階級觀念，更不含有為某一階級謀利益的成見。文學家永遠不失掉他的獨立。在革命期中的文學作品，往往隱示著民間的苦痛，諷刺著時代的虛偽，這並不是文學家銜著民眾的諭旨，也不是文學家自然的要完成他對於民眾的使命。文學家不接受任誰的命令，除了他自己的內心的命令；文學家沒有任何使命，除了他自己內心對於真善美的要求的使命。故此在革命期中，如在常態期中一樣文學家不僅僅是群眾的一員，他還是天才，他還是領袖者，他還是不失掉他的個性。

　　近來的傷感的革命主義者，以及淺薄的人道主義者，對於大多數的民眾有無限的同情。這無限制的同情往往壓倒了一切的對於文明應有的考慮。有一部分的文學家，也沾染了同樣的無限制的同情，於是大聲疾呼的要求「大多數的文學」。他們覺得，民眾在水深火熱之中，有文學天才的人不能視若無睹，應該把鼻涕眼淚堆滿在紙上，為民眾訴苦呼冤，如此方是「革命的文學」，如此方是「不悖時代精神的文學」。假使這時候有人吟風弄月，有人寫情詩，有人作戀愛的小說，有人談論古代的藝術，「貴族的」，「小資產階級」，「不革命的」，「反革命的」等等的罪名便紛至沓來了。因為什麼？因為這樣的文學是個人的文學，是少數人的文學，不是大多數的文學！其實「大多數的文學」這個名詞，本身就是一個名詞的矛盾，——大多數就沒有文學，文學就不是大多數的。躲在亭子間裡的文人，無論是描寫第四階級的苦痛還是第三階級的享福，無論是呼殺喊打還是吟風弄月，到頭來還不是你個人的心裡的一面鏡子的反照？你描寫在帝國主義者「鐵蹄」之下一個整個的被壓迫的弱小民族，這樣的作品是偉大了，因為這是全民族的精神的反映；但是你若深刻的描寫失戀的苦痛，春花秋月的感慨，這樣的作品也是偉大了，因為這是全人類的共同的人性的反映。文學所要求的只是真實，忠於人性。凡是「真」的文學，便有普遍的質素，而這普遍的質素怎樣才能相當的加以確實的認識，便是文學家個人的天才與素養的問題。所以「真」的作品就是普遍的人性經過個人的滲濾後的產物。什麼「個人的」「少數的」「大多數的」在文學上全然不成問題。德謨克拉西的精神在文學上沒有實施的餘地。在革命時期中的文學家，和在其他時期中一樣，唯一的修養是在認識人性，唯一的藝術是在怎樣表示這個認識。創作的材料是個人特殊的經驗抑是一般人的共同生活，沒有關係，只要你寫得深刻，寫的是人性，便是文學。「大多數的文學」是一個沒有意義的名詞。

　　從前浪漫運動的文學，比較注重作者的內心的經驗，刻意於人物的個性的描寫，在當時是一種新的趨向，是一種解放的表示，所以浪漫文學對於革命運動發生密切的關係。

浪漫運動根本的是一個感情的反抗，對於過分的禮教紀律條規傳統等等之反動，這種反動精神若在事實方面政治或社會的活動裡表現出來，就是革命運動。浪漫運動與革命運動全是對於不合理的壓抑的反抗，同是破壞的，同是重天才，同是因少數人的倡導而發生群眾的激動。所以一般的人，往往就認定浪漫派的文學是革命的文學。我覺得這個比擬是很適當的。但是浪漫主義的文學是尊奉個人主義的，在最近的革命家的眼裡看來，恐怕這不能算是革命的，因為浪漫派的文學不是「大多數的文學」。然而浪漫派的文學，在政治思想方面觀察，永遠是有革命性的。主張所謂「大多數的文學」的人，不但對於文學的瞭解不正確，對於革命的認識也是一樣的不徹底。無論是文學或是革命，其中心均是個人主義的，均是崇拜英雄的，均是尊重天才的，與所謂的「大多數」不發生若何關係。

假如在文學裡面，有所謂革命的文學者，大概是有兩個說明，一是浪漫派的文學，一是所謂無產階級的文學（或大多數的文學）。浪漫派文學之所以富有革命性，是因為它擁護個人的自由，反抗規律的嚴酷，所謂「無產階級的文學」之所以富有革命性，是因為它含有階級爭鬥的意味，反抗資本主義的壓迫。「無產階級的文學」或「大多數的文學」，上文已經說過，是不能成立的名詞，因為文學一概都是以人性為本，絕無階級的分別。第一階級的文學，假如真有這樣的一件東西，無論其為怎樣的貴族的，我們承認它是文學，其貴族的氣息並不能減少其在藝術上的價值；第四階級的文學，假如真有這樣的一件東西，我們也可以承認它是文學，其平民的氣息卻也不能增高其在藝術上的價值，實在講，文學作品創造出來之後，即不屬於某一階級，亦不屬於某一個人，這是人類共有的珍寶，人人得而欣賞之，人人得而批判之，人人得而領受之，假如人人都有文學的品味與素養。一件文學作品，如其不能得到無產階級的瞭解與欣賞，這不必就是因為作品是屬於另一階級或帶有貴族性，這也許就是因為無產階級本身之缺乏鑑賞的能力。鑑賞文學，不是像飲食男女等等根本的本能那樣，不是人人都有的一種能力。真正能鑑賞文學，也是一種很稀有的幸福，這幸福不是某一階級所得壟斷，貧賤階級與富貴階級裡都有少數的有文學品味的人，也都有一大半不能鑑賞文學的人。所以就文學作品與讀者的關係上言，我們看不見階級的界限。至於文學作品之產生，更與階級觀念無關。古代的文學確是有許多不是某一作家的產物，有人疑心這是團體的共同作品。例如歌謠之類，然而這也不是階級的產物，不是把有產者或無產者千百人聚於一堂，你一言我一語拼湊而成。還是團體中富有天才者首先創作，餘眾為之附和吶喊而已。自從人類

的生活脫離了原始的狀態以後，文學上的趨勢是：文學愈來愈有作家的個性之渲染，換言之，文學愈來愈成為天才的產物。天才的降生，不是經濟勢力或社會地位所能左右的，無產者的階級，與有產者的階級一樣的會生出天才，也一樣的會不常生出天才！所以從文學作品之產生言，我們也看不見階級的界限。文學是沒有階級性的。

文學而有革命的情緒，大概只有反抗的精神這一點。除此之外，文學與革命沒有多少的根本的關係。即以這一點關係而論，文學也不是依賴著革命才產出來的。文學本不一定要表現反抗的精神，反抗的精神在文學上並不發生藝術的價值，不過在一種相當的時代之中，文學作品便不免要沾染一點反抗的色彩而已：並且有反抗精神的文學又往往發生在實際革命運動之前。所以反抗精神可以常常成為革命運動與「革命期中的文學」之一共同的色彩，而我們從文學上觀察，並不能承認有所謂「革命的」文學。

在革命期中，實際的運動家也許要把文學當作工具用，當作宣傳的工具以達到他的目的。對於這種的文學的利用，我們沒有理由與願望去表示反對。沒有一樣東西不被人利用的。豈但革命家要利用文學？商業中人也許利用文學做廣告，牧師也許利用文學做宣傳。真的革命家用文學的武器以為達到理想之一助，對於這種手段我們不但是應該不反對，並且我們還要承認，真的革命家的熾燒的熱情滲入於文學裡面，往往無意的形成極能感人的作品。不過，純粹以文學為革命的工具，革命終結的時候，工具的效用也就截止。假如「革命的文學」解釋作以文學為革命的工具，那便是小看了文學的價值。革命運動本是暫時的變態的，以文學的性質而限於「革命的」，是不啻以文學的固定的永久的價值縮減至暫時的變態的程度。文學是廣大的；而革命不是永久進行的。

偉大的文學家足以啟發革命運動；文學運動僅能影響到較小的作家。偉大的文學的力量，不在於表示出多少不羈的狂熱，而在於把這不羈的狂熱注納在紀律的軌道裡。偉大的文學家永遠立在時代的前面，就是在革命的時期中，他的眼光也是清晰的向上的。只有較小的作家處在革命的時代便被狂熱的潮流挾以俱去，不能自持。在狂熱的潮流裡面，什麼人也要失了清醒的頭腦，對於一時的現象感到過度的激動。因而不能「沉靜的觀察人生，並觀察人生的全體」。從史實下看，很多的大文學家，他們的天性是真摯的，最厭惡虛偽與強暴，所以很富有革命的情緒。對於革命運動起初很表同情，但是到了革命進展之後，看著革命的暴行，對於一切標準的毀滅，紀律的破壞，天才的摧殘，他們便要認為這是過度，收回他們的同情。沒有一個第一流的文學家，一生的同情於革命。革命運動對於文學的影響，是誘發人們的熱情，激起人們對於虛偽的嫉惡。惹動人

們對於束縛的仇恨，這種影響的本身不是壞的，縱然不能提高文學的價值，至少亦不致於文學的價值有損，但是這種影響容易發生不良的結果，且不可避免的流於感情主義，以及過度的浪漫。

近來有人提倡「革命的文學」，但是我覺得他們並不是由文學方面來觀察；反對「革命的文學」者似乎又是只知譏諷嘲弄。吾人平心靜氣的研究，以為「革命的文學」這個名詞實在是沒有意義的一句空話，並且文學與革命的關係也不是一個值得用全副精神來發揚鼓吹的題目。

文學也罷，革命也罷，我們現在需要一個冷靜的頭腦。（載1928年6月10日《新月》第1卷第4期）

第十五章　新小說的開花與結實

　　五四以後的第一個十年，因1927年4月12日蔣介石的清共而告一段落。左傾作家自然並非因清共而生，卻因此激起反抗的情緒，使本來左傾的加倍左傾，本來不左傾的也變成左傾，所以從此以後的第二個十年難免籠罩在左派的革命文學氛圍中了。然而革命小說有其先天的教條主義的缺憾，難成氣候；真正在敘述藝術上發展茁壯而漸至成熟的是沿著第一個十年小說家的成就前進的浪漫主義和寫實主義美學的作品。前者產生了唯美派的小說，後者結成寫實的碩果。在篇幅上，短篇、中篇、長篇都有佳績；特別是長篇以及三部曲式的大河小說，有突出的表現。在書寫的背景上，從荒野、鄉土，到小市鎮、大都市，無所不寫；描寫的人物，也含括了農、工、商、學、兵、知識份子、小市民、小職員，甚至土娼、乞丐，以及地主、土豪、仕紳、巨賈、官吏、軍閥各種階層和男女兩性，展現出一個大社會的整體圖景。在風格和主題上，從革命、愛情到田園牧歌，從窮人的悲慘命運到大都會有錢階級的糜爛生活，從積極的奮鬥到委靡、頹廢的人生，都有人不吝著墨。這十年使中國的新小說達到前所未有的藝術高度，是中國文學史從未見過的現象，可以說是第一度西潮衝擊後的一次大豐收。

一、蔣光慈與革命作家：革命+愛情的急就章

最早出現的革命小說應數1926年蔣光慈的中篇小說《少年飄泊者》（上海亞東圖書館）。此篇以一封致作者的長信的方式敘述少年汪中的生平遭遇。他是個被地主迫害致死的佃農的兒子，無家可歸後流落四方，做過傭僕、乞丐、學徒、店伙、茶房、工人等，其間參與了革命份子發動的幾次罷工（例如粵漢鐵路工人罷工）及暴動（例如上海工人及湖南農民暴動、南昌暴動），一心嚮往革命，最後到廣州進入黃埔軍校，在對抗陳炯明的戰役中犧牲。臨死前高呼：「打倒軍閥！打倒帝國主義！」這樣的一種人生經歷，如果從特定的社會環境中少年成長的過程著眼，也許可以寫成一部如狄更斯的《孤雛淚》（*Oliver Twist*）一般討論人性的著作，可惜不是，蔣光慈的革命熱情只使他著眼在主人公所受壓迫的骨架，而不見肌理，讀來就枯燥無味了。值得注意的是這時候在革命小說中，國、共兩黨都還是革命者，1927年蔣介石的清共的行為被左派作家視為背叛革命，從此以後國民黨在左派作家的眼裡才成為反革命。

蔣光慈（1901-31，生平見第十一章）在1920年到上海學習俄語，1921年共產黨甫成立，他就是社會主義青年團的一員，那一年他也是第一批與共產黨人劉少奇、任弼時、蕭勁光、蕭三等被共黨中央派赴俄國學習的人員。在俄國，他親見俄國革命後種種使他認為可以成為中國未來希望的現象，肯定也讀了一些高爾基以降的蘇聯革命文學，回國後立刻發表了〈無產階級革命與文化〉（1924年刊於《新青年》）、〈現代中國社會與革命文學〉（1925年刊於《覺悟》）一類滿載革命激情的文章。在寫小說以前也於1925年出版了兩本充滿革命口號的詩集《新夢》和《哀中國》，表明了他為革命而寫作的使命感。

蔣光慈的中篇小說《少年飄泊者》
（1926上海亞東圖書館）

繼《少年飄泊者》後他又發表了短篇集《鴨綠江上》（1927上海亞東圖書館）和中篇《短褲黨》（1927上海泰東圖書局）。在寫這幾部革命小說時他都用光赤之名，後來爲了避禍，才改名光慈。《鴨綠江上》裡的篇章比《少年飄泊者》更直接寫出革命青年的想法和所作所爲，而且增加了浪漫的氣息，樹立了以後「革命＋愛情」的革命小說模式，只是文筆粗糙依舊。《短褲黨》寫上海工人第二次暴動失敗，第三次終於成功的故事，共產黨員也在小說中亮相。作者只花了半月時間寫成了這本書，自己在序言中不得不承認「有許多地方很缺乏所謂『小說味』，當免不了粗糙之譏」。緊接著又寫了《野祭》（1927上海現代書局）與《菊芬》（1928上海現代書局），還是浪漫的革命加愛情。但是長篇《最後的微笑》（原題《罪人》，1928上海現代書局）卻是寫一個受壓迫、受欺凌的工人復仇的故事，槍殺了欺侮他的工頭和稽查之後，在巡捕的追蹤中舉槍自盡，死後臉上帶著勝利的微笑。其中對犯罪心理的描寫，評者認爲有俄國小說家杜思妥也夫斯基的味道（楊義 1988：72）。寫流落上海的白俄貴族命運的《麗莎的哀怨》（1929上海現代書局），題材別致，卻引起唯教條是尙的其他革命作家的不滿，認爲同情了資產階級。蔣光慈可說從善如流，在下一部中篇《衝出雲圍的月亮》（1930北新書局）立刻矯正了錯誤，寫因革命遇到挫敗而灰心自甘墮落的女戰士，終因受到愛情的鼓舞而重拾對革命的信心；除了革命加愛情的公式外，也有革命文學所要求的樂觀的結尾。他最後的一個長篇《田野的風》（又名《咆哮了的土地》）（1932上海湖風書局）寫農村中革命與反革命的鬥爭，寫得比較細緻，但更難免革命教條的引導，是在他逝世後才出版的。

蔣光慈生前雖然很英勇地站在革命陣營的前端，擺出一副爲革命衝鋒陷陣的姿態，但可惜他並未受到共產黨的支持，不但因爲與「創造社」爭奪左派文壇的領導權開罪了「創造社」的大將，而且因爲拒絕參加「左聯」的「飛行集會」而遭共產黨開除黨籍。甚至連卸任的共黨總書記瞿秋白都會寫文章損他（夏志清 1979：223）。蔣光慈短命卻多產，在短短的四、五年間寫出了四本詩集、九本中長篇及短篇小說，因爲寫得倉促，再加上革命的激情，並未寫出

一部耐讀的作品，他的急就章爲革命文學創下惡例。他同時代的郁達夫就曾說：「我總覺得光慈的作品，還不是眞正的普羅文學，他的那種空想的無產階級的描寫，是不能使一般要求寫實的新文學的讀者滿意的。」（郁達夫 1982：208）五○年代代表官方聲音的學者王瑤對他的批評是：

> 他筆下的人物多半出於主觀的想像，熱情多於體驗，書中有的只是平面的敘述和作者的解釋，卻缺乏了人物的形象和藝術的眞實；運用文字的能力也不夠，結果只敘述了一個結構鬆散的故事。（王瑤 1953：215）

同輩的此類小說家還有華漢、洪靈菲、胡也頻、丁玲等。

華漢（1902-93），又名陽翰笙，原名歐陽本義，字繼修，四川省高縣人。1922年入上海大學社會學系。1925年加入共產黨，並在1927年參加南昌暴動。1928年參加「創造社」，開始創作小說。1930年參與發起「左聯」，並曾任「左聯」黨團書記。1932年後開始電影劇本及話劇的創作，後以劇作家聞名。小說有中篇《女囚》（1928上海新宇宙書店）、《兩個女性》（1929上海亞東書局）、《大學生日記》（1929上海亞東書局）、《義勇軍》（1933上海湖風書局）、短篇集《活力》（1929上海現代書局）、《十姑的悲愁》（1930上海現代書局）和長篇《地泉》三部曲（包括《深入》、《轉換》和《復興》，1931上海湖風書局），也算多產的作家，作品多寫工農無產者的痛苦及革命失敗後的苦悶，藝術不足而粗率有餘。

洪靈菲（1903-33），廣東省潮安縣人，共產黨員，1927年清共後被國府通緝，流亡香港、南洋等地。一年後返國，參與發起「左聯」，被選爲七個常委之一。1933年擔任中共駐北平祕密代表時被國民黨逮捕殺害。著有長篇《流亡》（1928上海現代書局）、《前線》（1928上海曉山書店）、《轉變》（1928上海亞東書局）、《明朝》（1929上海亞東圖書館）、《家信》（未完）、中篇《大海》（1930上海樂華圖書公司）及短篇集《歸家》（1929上海現代書局）、《氣力出賣者》（1931上海樂華圖書公司）。洪靈菲的小說頗有

郁達夫的自敘浪漫情調，只是多了革命的主題。

胡也頻（1903-31），福建省福州市人，出身於京戲班家庭，曾入天津海軍預備學校，學校停辦，流落北京，一度流為公寓雜役。後與同學合編《京報》附刊《民眾文藝週刊》，遇丁玲，結為夫婦。1928年在上海與丁玲、沈從文合開紅黑書店，創辦《紅黑》雜誌。1930年參加共產黨，並參加「左聯」，擔任工農兵通訊委員會主席。1931年1月17日參與蘇維埃籌備委員會的祕密集會時，與柔石、李偉森、殷夫、馮鏗一起被國府逮捕、殺害，後在大陸文學史中稱為「左聯五烈士」。小說創作有短篇集《聖徒》（1927上海新月書店）、《活珠子》（1928上海光華書局）、《往何處去》（1928上海第一書店）、《詩稿》（1928上海現代書局）、《消磨》（1928上海尚志書屋）、《牧場上》（1929上海遠東圖書公司）、《三個不統一的人物》（1929上海光華書局）、《四星期》（1929上海華通書局）、《一個人的誕生》（1931上海新月書店）、中篇《一幕悲劇的寫實》（1930上海中華書局）、《到莫斯科去》（1930上海光華書局）和長篇《光明在我們的前面》（1930上海春秋書店）。胡也頻在1929年左傾以前的作品帶著浪漫頹廢的氣息，以後的作品表現了革命青年追求思想引導的渴望，正是他自己與那一代左傾青年作家的寫照，但主題除了革命加愛情外，還沒有更深一層的表現就離開了人世。

茅盾於1928年10月在〈從牯嶺到東京〉一文中說：

> 我們的「新作品」即使不是有意的走入了「標語口號文學」的絕路，至少也是無意的撞了上去了。有革命熱情而忽略於文藝的本質，或把文藝也視為宣傳工具──狹義的──或雖無此忽略與成見而缺乏了文藝素養的人們，是會不知不覺走上了這條路的。然而我們的革命文藝批評家似乎始終不曾預防到這一著。因而也就發生了可痛心的現象：被許為最有革命性的作品卻正是並不反對革命文藝的人們所嘆息搖頭了。（茅盾1928）

以上的話正是針對早期的這批革命文學而言。今日看來站在左翼立場的茅

盾的諍言不無道理，而且是苦口婆心出於善意，但是也因此惹出其他左派的攻訐，指責「他的意識仍然是資產階級的，對於無產階級是根本反對的。」（克興 1928）

吳奚如（1906-85），原名吳席儒，湖北省京山縣人。受過初中一年教育，於1925年入黃埔軍校第四期，並加入共產黨。1926年畢業參加北伐軍，任國民革命軍第四軍獨立團連黨代表。1927年蔣介石清共後，任討蔣運動委員會常委，並主編《討蔣周刊》。後任湘贛邊區工農革命軍警衛團連長，土地革命戰爭期間曾任中共湖北省軍委代書記、中共河南省軍事委員兼祕書。1928年被捕，1932年出獄後到上海，以文學活動掩護地下工作。1933年加入「左聯」，任大眾工作委員會主席。1936年任西安《文化週報》主編。1937年赴延安，先後任抗日軍政大學政治教員、八路軍西北戰地服務團副主任（主任為丁玲）、中共中央長江局書記、周恩來政治祕書、八路軍桂林辦事處主任。1938年到皖南，任新四軍三支隊及江北縱隊政治部主任。1941年任八路軍總政治部宣傳部文藝科長。1947年調去東北，任牡丹江市及松江省總工會主席。1949年後先後任東北總工會生產部長、雞西煤炭工業學校校長、華中師範學院政治部副主任等職。1958年後為作協湖北分會專業作家，任中國作家協會武漢分會理事、湖北省文聯委員、武漢市政協委員。文革期間，受到衝擊，被迫退休。1976年後重返文壇。1979年以特約代表身分參加第四次全國文代會，提出為胡風平反的建議，得到與會代表的支持和中央的重視。1985年以榮譽代表身分被邀出席全國作家代表大會，因病未能出席，不久病逝。

吳奚如是共產黨的軍政人員從事文學創作，與革命文學作家有所不同，但是以黨員和從政人員的身分，在寫作上更要遵守黨的要求。在上海期間，曾在《文藝月刊》、《作家》、《文學季刊》、《小說月報》等刊物上發表小說和雜文。出版的小說有短篇集《小巫集》（1935上海文化生活出版社）、《葉伯》（1935上海天馬書店）、《卑賤者的靈魂》（1936上海潮鋒出版社）、《陽明堡的火線》（1937上海雜誌公司）、中篇《懺悔》（1936上海良友圖書公司）、《汾河上》（1937上海北野書店）等。

何家槐（1911-69），筆名永修、先河，浙江省義烏縣人。中學畢業後入上海中國公學，攻讀政治經濟學與中國文學，後轉暨南大學。1932年參加「左聯」，負責宣傳。1934年參加共產黨。抗戰爆發後參加戰地服務隊。1946年後，在浙江和上海任中學教師，然後赴解放區。49年後，歷任中共中央高級黨校語文教研室主任、中國科學院文學研究所當代文學組組長、暨南大學中文系主任等職。小說作品有短篇集《竹布衫》（1933上海黎明書店）、《曖昧》（1934上海良友圖書公司）、《寒夜集》（1937北新書局），另有翻譯小說及散文集。

雖然他也屬於革命文學的一類，但49年後只有評論和散文集出版，不再寫小說。

草明（1913-2002），原名吳絢文，筆名褚雅明，廣東省順德縣人。中學時代即接受蘇聯十月社會革命的影響。1928年就讀於廣東女子師範學校。九一八事變後，參加抗日宣傳活動。1932年開始寫小說，參與歐陽山創辦的刊物《廣州文藝》的編輯工作。1933年到上海，參加「左聯」。抗日戰爭爆發後，回廣州參與創立「廣東文學界救亡協會」」。1939年到重慶，從事抗日宣傳工作。1940年參加共產黨。1941年到延安，任中央研究院文藝研究室特別研究員。1946年到東北，在工廠做群眾工作。1951-54年任東北文協副主席，東三省作協分會副主席。1954-64年間到鞍山落戶，擔任鞍鋼第一煉鋼場黨委副書記。文革中受到四人幫的迫害。四人幫倒台後，為作協北京分會專業作家，並任全國政協委員。

草明是從早期的革命作家一直走到共產黨執政後繼續從事社會主義文學創作的一人。三〇年代，她出版有短篇集《女人的故事》（1934上海天馬書店）和中篇《絕地》（1936上海良友圖書公司），內戰時期出版短篇集《今天》（1947東北光華書店）、《遺失的笑》（1949文化工作出版社）和中篇《原動力》（1948哈爾濱東北書店），49年後作品以後再論。草明一開始就寫繅絲女工，以後也以寫工業題材著稱。她曾參加毛澤東主持的「延安文藝座談會」，當然聽到了毛的談話，以後的作品是屬於政治正確的一類了。

二、丁玲：從小資產知識份子到革命戰士

在這些共產黨的作家中，成就最大的是丁玲，因爲她開始並沒有寫革命小說，反倒寫的是小資產階級情趣的個人經歷。譬如在中篇小說〈莎菲女士的日記〉（1928）中，大膽地暴露青春女性的性心理，可與郁達夫的〈沉淪〉媲美。接下來的長篇《韋護》（1930上海大江書鋪）及中篇〈一九三〇年春上海〉，已經寫到了革命者的愛情，直到1931年丁玲參加共產黨以後，才有眞正關於革命的小說。

丁玲（1904-86），原名蔣禕，字冰之，筆名丁冰之、北辰、彬之、蔣瑋、夢珂等，湖南省臨澧縣人。1922年起就讀上海平民女子學校及上海大學中文系。1925年與胡也頻結爲夫妻。丁玲的閨中密友王劍虹嫁給了共產黨的領導人瞿秋白，丁玲夫婦跟共產黨人的來往也因此而密切起來。1927年在《小說月報》發表短篇小說處女作〈夢珂〉。1928年，與胡也頻、沈從文等編輯《紅黑》雜誌。1930年參加「左聯」，並主編其機關刊物《北斗》。1931年胡也頻遇害後悲憤欲絕，於1932年參加共產黨，曾任「左聯」黨團書記。1933年被國民黨逮捕下獄。1936年釋放後逃到陝北解放區，歷任中國文藝協會主任、中央警衛團政治部副主任、西北戰地服務團主任、陝甘寧邊區文協副主席等職。並曾主編《解放日報・文藝副刊》及《長城》雜誌。當其初蒞延安時，毛澤東曾賦〈臨江仙〉一首以示歡迎，內云：「壁上紅旗飄落照，西風漫捲孤城。保安人物一時新，洞中開宴會，招待出牢人。纖筆一枝誰與似？三千毛瑟精兵。陣圖開向隴山東，昨日文小姐，今日武將軍。」不旋踵，丁玲就與王

丁玲（1904-86）

丁玲《莎菲女士的日記》

實味一樣吃到共產黨人批鬥的苦頭。1949年後，歷任中共中央宣傳部文藝處處長、中國作協黨組書記、副主席、全國文聯常委、中央文學研究所所長、《文藝報》及《人民文學》主編等職。1955年被打成「丁陳反黨集團」（陳指陳企霞，丁玲在《文藝報》的編輯同事），後定性爲右派，被開除黨籍，於1958年下放北大荒從事勞動。文革後始得平反，出任全國政協常委兼文化組組長、中國作協副主席、國際筆會中國中心副會長，並主編《中國》雜誌。

丁玲於1927年在《小說月報》發表〈夢珂〉開始了她的文學生涯，但是使她一舉成名的是刊於1928年2月《小說月報》第十九卷第二期的〈莎菲女士的日記〉，也是這篇作品使她在贏得稱讚的同時受到不同程度的批評。接下來的兩年中，丁玲完成了十幾篇短篇小說，分別收在《在黑暗中》（1928上海開明書店）、《自殺日記》（1929上海光華書局）和《一個女人》（1930上海中華書局）三個集子中。錢謙吾評論說：

> 我想介紹一位最擅長於表現所謂Modern Girl的姿態，而在描寫的技術方面又是最發展的女性作家。這就是因著她的〈莎菲女士的日記〉（1928）的發表，而「震驚了一代的文藝界」，最近又發表了她的長篇《韋護》（1930）的丁玲。……
>
> 這幾部創作，是一貫的表現了一個新的女性的姿態，也就是其他的女性作家的創作中所少有甚至於沒有的姿態，一種具有非常濃重的「世紀末」的病態的氣氛的所謂「近代女子」的姿態。……
>
> 這一切都表示了作者創作中所特有的氣氛，所特具的「世紀末」的病態的反映。這些傷感性的人物，都是在追求著肉欲，以安慰排遣她們自己的靈魂上的苦悶。（錢謙吾 1931）

明明是寫在世紀初的作品，論者卻說有著「世紀末」病態的氣氛，不過是因爲寫到了情欲，也足見那個時代的人對文學中情欲書寫的恐懼與排拒心理。其實〈莎菲女士的日記〉正像郁達夫的〈沉淪〉一樣，寫的不過是青年人的情欲

心理和煩惱，並非寫性行為，但作為初接觸到女性解放的三〇年代，這樣的作品確是產生些驚世駭俗的效果。小說中的主人翁莎菲女士是個二十歲的年輕女學生，因為患了肺病，住在北京的公寓裡養病。這其間她接觸到兩個男子：一個是癡愛著她但有些魯鈍的葦弟，另一個是儀表非凡來自南洋的浮誇子弟凌吉士。葦弟對莎菲的癡情，換來的只是她的憐憫，而不是愛。莎菲雖然覺得凌吉士的心靈傖俗可鄙，但無法不為他的儀表肉身所迷惑，以致沉陷在情欲中不能自拔。一向在文學的書寫中，或實際的生活中，都要求採取被動的女性，竟然主動而大膽地吐露對男性肉體的欲望，即使在已經開放的五四以後的文學界也是少見的，難怪評論者一面盛讚作者的文才，一面仍對作者的情操有所保留，而稱其為「世紀末」的病態。後來到了五七反右鬥爭的時候，竟成為批鬥丁玲的口實。例如另一位小說家張天翼就曾這樣寫道：

> 在那個時候，很多青年知識份子是熟悉莎菲這號人的。有的否定她，鄙視她；有的卻肯定她，同情她。當然，同時也有的是感到新奇有趣，因為中國作品裡還沒有出現過這樣的女人——來這樣現身說法，來這樣精細而大膽地寫自己的情欲，寫出自己怎樣玩弄戀愛，怎樣賣弄風情。（註1）

半個世紀流去後的今日，描寫情欲的女性作家輩出，像李昂、王安憶、虹影等，對女性情欲的表現，不論深度或廣度都遠超過丁玲，但發表在1928年初的〈莎菲女士的日記〉，除去大膽而細膩地呈現了青春女性的情欲外，毋寧開了今日「女性文學」的先河。

1930年丁玲參加了「左聯」以後文風漸變，寫出了以瞿秋白與王劍虹愛情生活為題材的長篇小說《韋護》，還有〈母親〉及中篇〈一九三〇年春上海〉、〈水〉（1932上海現代書局）等，都增加了左派的意識形態及革命的情節。特別是寫在胡也頻死後的〈水〉，突破了「革命＋戀愛」的公式，以當時十六省

註1：張天翼〈關於莎菲女士〉，原載1957年10月15日《人民日報》，轉引自袁良駿編《丁玲研究資料》（袁良駿 1982：399）。

大水災爲素材，寫出了受災農民的悲慘和憤怒，寫群眾場面，頗具氣魄。馮雪峰稱之爲「新的小說的一點萌芽」（馮雪峰 1932）。在1933至36年南京監獄期間所寫的短篇收在《意外集》（1936上海良友復興圖書印刷公司）中。至於延安以後的作品，純粹爲共產主義文學了，留待下一個時期再予討論。

三、茅盾：理想與現實的矛盾

在以上各位革命小說家的急就章之後，一開筆就贏得聲譽的是茅盾的作品。茅盾在五四後的前十年，忙於編輯和評論，並未進行小說創作，但是由於大量的閱讀及經常的評論他人的作品，對小說創作積有心得，故此一出手就超越儕輩。

茅盾（1896-1981），原名沈德鴻，字雁冰，曾用筆名郎損、玄珠、方璧、馮虛、石萌等，浙江省桐鄉縣烏鎮人，幼年失怙。1911年起接連就讀於浙江省湖州府中學、嘉興省立第二中學及杭州安定中學。1913年入北大預科，1916年畢業後進入商務印書館，擔任編譯的工作。1921年與葉紹鈞、鄭振鐸、周作人、許地山、王統照、孫伏園等發起組織「文學研究會」，又與歐陽予倩、陳大悲等組織「民眾戲劇社」，並主編《小說月報》，加以改革。是早期加入共產黨的黨員，成爲共產黨在白區的文藝領導者。1926年以左派國民黨員的身分出任國民黨中央宣傳部祕書，翌年任漢口《民國日報》總主筆。4月國民黨清黨後一度陷入悲觀苦悶。1930年「左聯」成立後，出任行政書記。抗戰爆發後於1938年赴香港，主編《文藝陣地》和《立報副刊》。1940年赴延安魯迅藝術學院講學，旋至重慶、桂林等地從事文化活動。1946年末應邀赴蘇聯訪問。1949年後先後任中國文聯副主席、文化部長、《人民文學》主編、全

茅盾（1896-1981）

國政協副主席等職務。

茅盾是文學研究會的一員大將，但是初期忙於編務、評論和文學活動，以建立左翼文學理論自任，並未從事小說創作，直到1927年國民黨清除共產黨之後，有感於左派受到殘酷的壓迫，才執筆創作。他自己說：

> 我是真實地去生活，經驗了動亂中國的最複雜的人生的一章，終於感得了幻滅的悲哀，人生的矛盾，在消沉的心情下，孤寂的生活中，而尚受生活執著的支配，想要以我的生命力的餘燼從別方面在這迷亂灰色的人生內發一星微光，於是我就開始創作了。（茅盾1928）

此時，他突然寫出革命三部曲《蝕》（1928上海商務印書館），包括《幻滅》、《動搖》、《追求》三書，反映當日青年人嚮往革命的以及幻滅、動搖的心路歷程，轟動一時。茅盾有他切身的經歷，親身的感受，在《幻滅》中塑造了靜女士和慧女士兩個在革命的氣氛中戀愛失敗的女性，遭受著對革命與對愛情嚮往的雙重幻滅。《動搖》寫的是僞裝革命的投機分子和意志不夠堅定在革命與愛情中都搖擺不定的人，從一個小縣城政治風暴影射北伐革命運動的內在危機。《追求》則寫到國民黨清共之後，左傾青年在憤怒與苦悶中對愛情和事業的盲目追求，到頭來都難有美滿的結果。雖然這幾部作品，也不脫革命加愛情的老套，但描寫得較細膩，對人物的心理刻畫有相當貼切的表現，也反映了一部分當日的社會實況，讀起來就遠勝於一般寫革命加愛情的急就章了。

1929年又完成長篇小說

茅盾的革命三部曲《蝕》之《動搖》（1928上海商務印書館）

茅盾《林家鋪子》

《虹》（1930上海開明書店），寫出一位心理相當複雜的梅女士，歷史的背景是在1919年五四運動與1925年五卅事件之間。此書從革命理念出發，敘述一個人從個人主義如何走向革命事業的心路歷程。這時候茅盾剛剛遭受到其他的革命作家的圍剿，所以無論如何也要確立一個正確的革命觀點，以免落人口實。但是他尚不會完全屈服於革命的教條主義，對自身的體驗與心理的感受依然主導著他的書寫，所以書中有很多設身處地站在人物自身的立場吐露心跡的場面，特別是第一部分對青春女性生理和心理的雙重描寫十分豐滿，使讀者感到作者的真誠和客觀。可惜最後一部分出現了一位剛硬不屈意志堅強的革命家，像所有革命小說中的英雄人物一樣沒有人味，破壞了全書的真實性。

大陸的評論家多視《子夜》（1933上海開明書店）為茅盾的代表作。其實《子夜》有其成功，也有其失敗的地方，其成功之處可能僅片段地觸及到當日上海社會的百態，其失敗的地方卻遠遠超過了以上所說的成就。夏志清在他的《中國現代小說史》中很中肯地批評說：

> 儘管《子夜》包羅的人物和事件之大之廣，乃近代中國小說少見的一本，但它對該社會和人物道德面的探索卻狹窄得很。社會經濟資料，或推而廣之，一切為了寫小說而收集的資料，都是死的，本身無用的——除非那位收集資料的小說家能夠運用有創造性的想像力組合這些資料，使其「活」起來。茅盾在《子夜》中卻沒有這樣；他把共產主義的正統批評方法因利乘便地借用過來，代替了自己的思想和看法。（夏志清 1979：136）

這是很可以瞭解的，因為在「左聯」成立以前，茅盾和魯迅都受到「創造社」和「太陽社」等左派作家的圍剿，弄得焦頭爛額，以致以後寫起小說來不敢不追隨蘇式的「社會主義的寫實主義」，也就是如夏志清所言「把共產主義的正統批評方法因利乘便地借用過來」，以免再出差錯。共產主義可能是茅盾的理想，以致使他為理想而犧牲了現實，無法像他所推崇的寫實主義作家保持客觀冷靜的態度來反映現實，這就是茅盾之所以為矛盾的道理。這樣一來，不

但使這本企圖心如此之大的作品乖離了社會的眞實,使小說中的人物看起來都像作者手中的玩偶,而且使《子夜》不幸流爲典型的「擬寫實主義」的標本(馬森 1997)。

雖然《子夜》失敗,茅盾仍不失爲新文學的一位傑出的小說家。他對社會的觀察縝密,文筆樸實,曾沉潛於自然主義的美學,富有心得。他有些短篇和中篇小說寫得非常出色,其中尤以〈春蠶〉(1933上海開明書店)和〈林家鋪子〉最爲突出。

在〈春蠶〉中,茅盾凸顯了民間的風俗文化,通過老通寶一家寫活了太湖一帶農民的生活習慣、風俗、信仰以及他們的勤懇、保守和無奈。其中的人物生動地契合在逼眞的背景中,都具有各自像眞的面貌與性格。作者給人的印象是一個客觀的顯示者,而非一個牽線的傀儡操弄者,像在《子夜》中似的。民俗的前景蓋過了他企圖指明的在資產階級壓迫下農民沒有出路的結論,革命教條反而因此淡化到令人不易覺察的地步,才使〈春蠶〉成爲少有的一篇稱得上寫實主義的精品。可惜接下來的〈秋收〉與〈殘冬〉又因爲革命教條的關係而難以達到同樣的水平。

〈林家鋪子〉雖然不及〈春蠶〉那麼眞實生動,但也寫出了小鎮商人像眞的困境。林家在日本侵華時因銷售東洋貨受到顧客的抵制,加上政府、黨部等地方勢力的敲詐、盤剝,不得不宣布倒閉而逃家避債。不但林家妻離子散,也連累了曾在林家鋪子有小額存款的小鎮居民,像張寡婦那樣孤苦無告的人竟因失財而發瘋。大環境是外有強敵壓境,內有黨派傾軋,經濟衰退,社會動亂,貪官土豪橫行霸道,安分細民無以維生。此類誇大的描寫,當然有其政治目的,這或許就是其藝術感染力不足的根本原因。

四、巴金:對封建遺存的反擊

與茅盾齊名的還有無政府主義者巴金。留法的巴金,一向以具有愛人類、愛世界自居的他也屬於廣義的左派,但無政府主義思想畢竟與共產主義思想不

同，在右派的眼中可能視他為左派，但在左派的眼中並不把他當作是同路人。他比左轉的文人繼承了更多五四的精神，對封建主義的抨擊是不遺餘力的。

巴金（1904-2005）

巴金（1904-2005），原名李堯棠，字芾甘，四川省成都市人，祖籍浙江省嘉興縣。巴金的筆名，據說來自他對俄國無政府主義者巴枯寧與克魯泡特金的崇敬。此外尚有佩竿、王文慧、歐陽鏡蓉、黃樹輝、巴比、比金、余一、余三、余五、余七等筆名。少年在讀成都外語專校期間，曾與同學組織「均社」，出版《牟月》與《平民之聲》等刊物。1923-25年間，就讀上海南洋中學與南京東南大學附中，在上海與友人辦《民眾》半月刊。1927年初赴法留學，在法寫成首部長篇小說《滅亡》（1929上海開明書店）。1928年底返國，在上海從事著譯工作，譯了多部俄國和東歐的小說。1931年起在《時報》連載後來膾炙人口的《家》（1933上海開明書店，與以後續寫的《春》、《秋》組成《激流三部曲》），並寫了《滅亡》的續篇《新生》（1933上海開明書店）。接著完成了《愛情三部曲》，包括三個中篇《霧》（1931上海新中國書局）、《雨》（1933上海良友圖書公司）、《電》（1935上海良友圖書公司），後來在《電》的前面又加上一篇較短的《雷》，於1938年由開明書店與前三篇合併出版為完整的《愛情三部曲》。1934年任《文學季刊》及《水星》月刊編委。東渡日本，一年後歸來出任文化生活出版社總編，並主編「文化生活叢刊」、「文學叢刊」、「譯文叢刊」和《文季月刊》。1936年與魯迅等共同發表〈中國文藝工作者宣言〉及〈文藝界同人為團結禦侮與言論自由宣言〉。抗日戰爭初期，與茅盾、靳以合編《吶喊》、《烽火》、《文叢》等刊物。1940年後遊走於昆明、重慶、成都、桂林等地，勝利後返上海。1949年後，歷任全國文聯副主席、全國作協主席、上海文聯、作協主席、國際筆會中國中心主席、《文

藝月報》、《收穫》、《上海文學》主編、第六屆全國政協副主席等職。文革時受到屈辱,文革後,寫《隨想錄》,用以自我反省及批判社會與政治的黑暗。

　　巴金出身成都的一個富有的大家庭,青少年時代在父母雙亡後親歷目睹大家庭中長輩的專橫與親人之間的仇恨與傾軋,因而對封建大家庭深惡痛絕,影響了他一生的情感好惡及寫作的方向。他最重要的作品《激流三部曲》就是揭露大家庭的陰暗與年輕人所遭受的痛苦。他與茅盾、李劼人都是擅長寫大河小說的人。大河小說(roman fleuve)是法國十九世紀流行的小說書寫類型,乃指一系列的長篇小說,記錄了廣大的社會層面或一個特定的時期,有時環繞著一個中心人物或一個家族,有時其間的事件或人物有所關連,而每一部小說又自成獨立的單元,像巴爾札克的《人間喜劇》(*La Comédie humaine*)系列有近百部有所關連的小說和劇本。左拉的《胡貢──馬瓜》(*Les Rougon-Macquart*)家族系列,及二十世紀初普魯斯特(Marcel Proust)的《追尋失落的年華》(*À la recherche du temps perdu*)等都是大河小說的樣板。留法的巴金當然受到影響。他作品的數量很多,三部曲式的大河小說如《愛情三部曲》和《激流三部曲》造就了他的文名。巴金在《愛情三部曲》的總序裡表示在他那時所寫的二十幾部作品中最喜歡的就是這一組,其中尤其偏愛《電》(巴金 1988)。在巴金的處女作《滅亡》裡,他創造了一個為革命犧牲的人物,因行刺戒嚴司令不成自

上:巴金《家》、《春》、《秋》組成《激流三部曲》
右:巴金膾炙人口的《家》(1933上海開明書店)

己反被砍了頭。此作比蔣光慈等的革命小說情感熱烈感人，但是在革命與愛情的表演上一樣太過戲劇化而顯得不夠眞實。《愛情三部曲》中的第一部《霧》寫一個懦弱的男子周如水和他具有共同革命情懷的兩個朋友，陳眞和吳仁民。對革命和愛情，周的猶豫搖擺襯托出陳的激烈堅定。到了《雨》，前者得不到革命女性的愛而投江自沉，後者爲革命而拒絕愛，卻死於意外的車禍，只剩下吳仁民繼續革命。他在妻子病逝後，灰心喪志之餘陷入三角戀中，一個情人以自殺收場，另一個情人爲了救吳不得不嫁給有勢力的官僚，吳仍不免在革命中徬徨。終篇《電》的背景從S地轉到南方的E城，在前書中周如水向之求愛不成的革命女性李佩珠在此成爲中心人物，圍繞著她，與當地軍閥鬥爭的革命青年有十多人，場面熱鬧有餘，而人物面目的清晰不足。李佩珠終與吳仁民墜入愛河，作者藉此肯定了革命者也有權戀愛，而戀愛無礙於革命，回答了自「革命＋愛情」的小說出現以來經常問到的問題。夏志清對《愛情三部曲》的評語是：「巴金是一個書呆子作家，他籠統描繪了一個有著愛情和革命卻缺乏眞實感的世界。」（夏志清 1979：212）

《家》不但是巴金最最著名的小說，同時也是三○年代最暢銷的一部。因爲所寫多半是作者親身的體驗，可說是部半自傳性的作品。書中主要人物高覺新、高覺民、高覺慧三兄弟和他們的姊妹、表姊妹們在封建大家庭中所遭受的壓迫與痛苦以及他們反抗掙扎的經歷構成此作的主線。高覺慧與婢女鳴鳳的戀愛是書中最令人同情的悲劇，高覺新的戀愛也以悲劇收場。所以造成悲劇，都因年輕一代追求愛情與幸福的願望抵觸了封建專制大家長的權威。這樣的情節在當日的社會很容易引起年輕讀者的共鳴，使巴金成爲三○年代當紅的小說家。但是巴金，正像老舍，他的小說藝術需要時間的磨練，要等到下一個時期才能看到他比較成熟的作品。

在七七事變前，也就是五四以後的第二個十年中，以量論是巴金創作的高峰期。從1928年到1937年，除了翻譯外，十年間他創作了九部中長篇小說（《滅亡》、《愛情三部曲》和《家》之外，還有1931年上海開明書店的《死去的太陽》、1932年新中國書局的《海底夢》、1932年開明書店的《春天裡的秋

天》、1933年文化生活出版社的《砂丁》、1933年現代書店的《萌芽》、1933年開明書店的《新生》）、六十多篇短篇小說，出版了《復仇集》（1931上海新中國書局）、《光明集》（1932上海新中國書局）、《電椅集》、《抹布集》（1933北平星雲堂書店）、《將軍集》（1934上海生活書店）、《沉默集》一、二（1935上海生活書店）、《神・鬼・人》（1935上海文化生活出版社）、《沉落集》（1936上海商務印書館）、《長生塔》（童話，1937上海文化生活出版社）十部短篇集。

五、浪漫主義的遺緒

其實革命文學雖然企圖走向反映現實的道路，骨子裡卻充滿了浪漫的情懷。另有一些並不打著革命文學的招牌，由於個人的性向，或激情難耐，或富於想像，不由地繼續了五四一代浪漫主義的遺風餘緒。

陳翔鶴（1901-69），筆名陳懷霜，四川省重慶市人。1920年就讀於上海復旦大學外語系。1922年參與組織文學社團「淺草社」，開始在《淺草季刊》發表小說、詩歌等。同年轉入北京大學為特別生。1925年參與組織「沉鐘社」。1927至36年間，先後在山東、吉林、河北等省任教。1937年抗日戰爭爆發，赴成都，任教員、職員等。1939年參加中國共產黨，從事文藝統戰工作。1947年被國民黨政府通緝，避居四川樂山。49年後，歷任川西文教廳副廳長、川西文聯副主席、四川省文聯副主席、四川大學中文系教授、中國作協古典文學部副部長、中國科學院文學研究所研究員、《文學遺產》主編等職。短篇小說集有《不安定的靈魂》（1927北京北新書局）、《在阪道上》（1927北京北新書局）、《獨身者》（1936上海中華書局）、《鷹爪李三及其他》（1942桂林絲文出版社）。另外尚有劇作問世。

陳翔鶴本深受郁達夫的影響，小說中常現身說法，有自敘的意味。情調浪漫抒情，自傷自戀，或迷失了方向在生活中無能自拔，帶有頹廢的色彩。但是1924年後，因常與魯迅來往，漸漸受到魯迅的影響，文風開始轉變。1936年

頃，他嘗自言：「近兩三年來，雖也曾想將題材的範圍，竭力的向社會方面擴充了去，但因爲被『把握不著這種生活的核心，便去驅使這種材料，即無異等於作者的自殺』這種事實所限制著，所以總不大易於能以成功。不過在寫法上，自己總是日加一日的打算向冷靜、確切和純客觀的道路上走去的。」（陳翔鶴1936）又因爲他參加了共產黨，所以抗戰後他也不得不放棄早期的浪漫抒情向現實主義靠攏了。

葉靈鳳（1904-75），原名葉韞璞，筆名葉林豐、霜崖、佐木華、亞靈等，南京市人。曾就讀於上海藝術大學，1925年參加「創造社」，主編創造社《洪水》半月刊。1926年，與潘漢年合編《幻洲》半月刊。1928年後曾主編《現代小說》月刊和《戈壁》半月刊，1929年與周全平合辦新興書店，並出版小型雜誌《小物件》。三〇年代初參加「左聯」，後因又參加民族主義文學運動被「左聯」除名。魯迅所罵的「才子加流氓」除了郭沫若以外，也包括葉靈鳳在內。1934年，與穆時英合編《文藝畫報》。抗戰時期赴香港，先後參與《立報》副刊《言林》、《國民日報》副刊《萬人週刊》、《星島日報》副刊《星座》等編輯工作。他在香港病逝前，以隨筆作者和藏書家而聞名。主要小說作品有短篇小說集《女媧氏之遺孽》（1927上海光華書局）、《菊子夫人》（1927上海光華書局）、《鳩綠媚》（1928上海光華書局）、《處女的夢》（1929上海現代書局）、《紫丁香》（1933上海現代書局）、中篇小說《紅的天使》（1930上海現代書局）、《永久的女性》（1936上海良友圖書公司）、《未完成的懺悔錄》（1936上海現代書局）及長篇小說《時代姑娘》（1933上海四社出版部）等。

葉靈鳳也是專寫戀愛小說的作家，像同代的作家如巴金等，批評封建傳統的弊害，追求戀愛的自由。有些作品呼應佛洛伊德心理分析的學說，帶有現代主義的色彩，又因背景常在上海這樣的大都市中，是典型的海派作家，故與上海新感覺派的作家有類同之處。從當日革命的觀點來看，是屬於不食人間煙火的頹廢之作。葉氏也嘗自言其作品爲「象牙之塔裡的浪漫的文字」。

陳銓（1903-69），名大銓，字濤西，別名陳正心，四川省富順縣人。1921年

畢業於成都四川省立第一中學，入北京清華大學留美預備班，外語系畢業後於1928年赴美入奧柏林大學，獲碩士學位。後又留德，1933年獲克爾（Kiel）大學博士學位。1934年返國，先後於武漢大學、清華大學任教。抗戰期間，擔任西南聯大德文教授。1940年在昆明與林同濟、雷海宗創辦《戰國策》半月刊，又為《大公報》編輯《戰國副刊》，提倡「尚力政治」，主張國家民族至上，鼓吹「超人哲學」，為人稱作戰國策派。1942年赴重慶，任中央政治學校教授，兼任中國青年劇團編導。抗戰勝利後返上海，任同濟大學德文教授。49年後，兼任復旦大學德文教授。1952年後轉往南京大學外文系任教。1957年被劃為右派分子，1961年摘掉右派帽子。因為文革為共黨內部的鬥爭，真正的右派反倒沒受到重大迫害。

陳銓是小說家兼劇作家，主要長篇小說作品有《天問》（1931上海新月書店）、《革命前的一幕》（1934上海良友圖書公司）、寫辛亥革命的《徬徨中的冷靜》（1935上海商務印書館）、《死灰》（1935上海大公報社）、《狂飆》（1942上海正中書局）等。陳銓的小說像他的劇作一樣多半編織的是浪漫的傳奇故事，主人翁或為情而死，或為國而死。他自稱寫的都是「浪漫悲劇」，其實浪漫則有之，悲劇則未必，應該稱為「奇情劇」才對。因為身為右派，他的作品在大陸受到漠視；又因身居大陸，在台灣也無人批評或談論。曹聚仁曾為其所受到的忽視鳴不平說：「陳銓的文藝修養本來不錯，卻為革命文學家所嫉視；因此，他的小說也排斥在文壇門戶圈之外了。但是，我們寫文學史的，自該替他安排一個妥當的地位的。」（曹聚仁 1955：45）

謝冰瑩（1906-2000），原名謝鳴岡，字鳳寶，又名謝彬，筆名冰瑩女士、芙英、藍如等，湖南省新化縣人。1921年就讀於湖南省立第一女子師範學校，1926年入武漢中央軍事政治學校，曾隨軍北伐，寫成《從軍日記》。1928年後，在上海藝術

以女兵自傳聞名的作家謝冰瑩

大學及北京女子師範大學學習，並參加左翼文藝運動。1931年赴日本，不久返國參加抗日救亡工作，主編《婦女之光》週刊。後完成《一個女兵的自傳》。1935年再度赴日，就讀於早稻田大學。七七事變後回國參與抗戰活動。1940年主編《黃河》月刊，1943年去成都任教。抗戰勝利後，曾任漢口《和平日報》及《華中日報》副刊主編。後轉往北平師範大學任教。1948年去台灣，任台灣師範學院教授，並從事寫作。1974年後移民美國。著有短篇小說集《冰瑩女士小說集》（1929北平郁文書局）、《前路》（1930上海光明書局）、《血流》（1933上海光華書局）、《偉大的女性》（1933上海光華書局）、《梅子姑娘》（1941西安新中國文化出社）、《姊姊》（1941西安建國出版社）、《離婚》（1946上海光明書局）、長篇《青年王國材》（1930上海開華書局）、《一個女兵的自傳》（1936上海良友圖書公司）等。

謝冰瑩以一個革命女兵的姿態出現文壇，作品充滿了激情和革命的憧憬，當然不可能冷靜地觀察社會，冷酷地分析人性，無法走上寫實作家的道路，一生的寫作都充盈著浪漫的情調。

萬迪鶴（1906-42），曾留學日本，抗戰爆發後困居重慶鄉間，貧病交迫而去世。1933年起陸續發表小說，出版有短篇集《火葬》（1935上海良友圖書公司）、《達生篇》（1936上海文化生活出版社）、長篇《中國大學生日記》（1936上海生活書店）、《和平天使》（1941重慶獨立出版社）。多寫青年知識份子的感時情懷。

靳以（1909-59），原名章方敘，筆名章依、章正侯、陳涓，河北省天津市人。少年時代就讀南開中學，與曹禺同窗。大學就讀上海復旦大學國際貿易系，畢業後棄商就文，因而被不認同其理念的女友拋棄，影響了他以後的生活與文風。1934年在北平與鄭振鐸合辦《文學季刊》，繼又與巴金、沈從文、鄭振鐸、卞之琳、李健吾等合編《水星》月刊。1936年赴上海，參與編輯《文季月刊》。1937年編輯《文叢》月刊，並參與文化生活出版社的編輯工作。靳以出身北方，學習在上海，而成為京派與海派之間的樞紐人物。抗日戰爭爆發以後，在廣州復刊《文叢》。1939年赴重慶，任復旦大學國文系教授，並主編

《國民公報》副刊《文群》。1941年，因參加民運被校方解聘，轉去福建南平師範專科任教，接編《改進文藝》。1944年初，再返重慶復旦大學任教，兩年後隨復旦大學復員到上海，兼任文協刊物《中國作家》及《大公報》副刊《星期文藝》編輯。49年後，任《小說》月刊編輯，並為平明出版社編輯「新中國文學叢書」。1957年，與巴金共同主編《收穫》月刊。生前曾任作協書記處書記，上海作協分會副主席等職。靳以雖然生命不長（只活了五十歲），卻是個多產的作家，這一時期小說作品有短篇集《聖型》（1933上海現代書局）、《眾神》（1934上海文化生活社）、《群鴉》（1934上海新中國書局）、《青的花》（1934上海生活書店）、《蟲蝕》（1934上海良友圖書公司）、《珠落集》（1935上海文化生活出版社）、《殘陽》（1936上海開明書店）、《黃沙》（1936上海文化生活出版社）、中篇《春草》（1936上海文化生活出版社）等。

靳以因親嘗失愛的滋味，初期的作品常寫失戀者的心境，情調失落而哀傷，有郁達夫的風味。他自言：「沉浸於個人的情感之中，只為一些身邊事緊緊抓住，像一尾在網罟中游著的魚，一直是沒有能力全然衝到外間去。」（靳以 1934）生活在當日國難日亟的環境中，自然不能無視民間的疾苦，但是他的作品與巴金有類似之處，均非寫實主義的冷靜與客觀。抗戰時期及以後寫作甚勤，他也是在同代作家中緩慢成熟的一位。

六、沈從文：唯美的追求

在革命文學、批判文學的氛圍中，也有一些作家個性平和或孤僻，不喜結黨鬥爭，不願與人為敵，也不認同文學的工具性，而把文學看成人類心靈的聖殿，專心於小說藝術的提升，在三○年代能夠獨樹一幟，留下了高水平作品的人，其中最傑出的首推被稱作「京派作家」的沈從文。

沈從文雖是南方人，寫的是西南邊區，但被其當代的評論者稱作「京派作家」的代表，這倒並非因為沈從文常住北京的緣故。像老舍，不但常住北京，

而且是土生土長的北京人，所寫的也多半是北京的人與事，反倒不是「京派作家」，而被稱爲「京味作家」。原因是二者大爲不同，談到「京味小說」，指的是用北京的土腔土調寫的作品，「京派小說」的含義卻另有淵源。在1933年，沈從文曾爲文批評「海派文學」（那時某些上海作家的作品）的商業化與低級趣味時（沈從文 1985a:162），挑起了一場「京派」與「海派」的論爭。當時留在北京的文人也的確有某一種糾集。朱光潛在〈從沈從文的人格看沈從文的文藝風格〉一文中說三〇年代在北京時沈編《大公報‧文藝副刊》，他自己編商務印書館的《文學雜誌》，「把北京的一些文人糾集在一起，佔據了這兩個文藝陣地，因此博得了所謂『京派文人』的稱呼。」（朱光潛 1980）以小說家而言，沈從文、廢名、凌叔華、蕭乾以及後來被稱爲沈從文的大弟子的汪曾祺等，都被認爲是「京派小說」的大將。嚴家炎在他的《中國現代小說流派史》一書中認爲「京派小說」有兩個顯著的特徵：一是「著力讚頌純樸、原始的人性美和人情美」，二是「把寫實、記夢、象徵熔於一爐，使抒情寫意小說走向一個新的階段。」（嚴家炎 1989：227-234）其實，更正確的說法是：京派小說家在寫實中有唯美的傾向，也就是不違反浪漫的情懷。如果把以上的這些小說家放在那時同代的作家中來看，他們恰恰都不是左派的革命作家，也不是積極的社會批判者，使我們憬然了悟五四以降竟也有些小說家不曾投身在革命的洪爐中，不願認同文學爲社會改革的利器或爲政治宣傳的媒介，但他們在小說的藝術上做出了出眾的貢獻，提高了小說的價值。

沈從文（1902-88），原名沈岳煥，曾用筆名小兵、休芸芸、甲辰、上官碧、炯之、懋琳、璇若等，湖南省鳳凰縣人。1918年從軍，在地方部隊擔任上士司書，跟隨部隊流徙於湘、川、黔、鄂諸省邊界，特別對湘西一帶的風物人情至爲熟稔。離開軍隊後，做過警局辦事員、屠

沈從文（1902-88）

宰稅收稅員、文件收發員、報館校對等工作。開始閱讀文學作品，爲林紓翻譯的西方小說而著迷，於是決心去北京學習。1922年抵北京，未能進入大學，但是把他過去豐富的人生經驗書之成文，寫出不錯的成績。1924年起開始在《晨報副刊》、《現代評論》、《小說月報》上發表作品，受到留美派的胡適、徐志摩、陳源等的青睞。曾與胡也頻合編《京報・民眾文藝》，因而與胡也頻、丁玲結爲密友，1928年在上海共同開辦紅黑書店，編輯《紅黑》雜誌。後來胡、丁左轉，遂漸疏遠。1929年起，先後在中國公學、武漢大學、青島大學任教。1933年赴北平，與楊振聲合編《大公報・文藝副刊》，此時期完成其代表作《邊城》及《湘行散記》。抗日戰爭爆發後，轉往西南聯大任教，寫成長篇小說《長河》。1946年，隨校返北平，繼續任教於北大，同時爲《大公報》和《益世報》編輯文藝副刊。1949年後，被視爲反動人物，劃爲右派分子，受到同輩文人及北大學生的無情攻擊，幾度企圖割腕、割喉、喝煤油自殺未果。不但從文壇除名，也被逐出北大校園，派往中國歷史博物館擔任導遊的工作。1951年報上刊出他向人民認罪的「坦白書」（他犯過什麼罪呢？），從此他的名字就從現代文學史中消失了。其實這未始不是沈從文的幸運，他以後只躲在歷史博物館裡研究唐宋銅鏡、古代的服飾絲綢，不再染指文學創作，反倒使他

左：沈從文《邊城》
中：《沈從文文集》
右：《沈從文自傳》

逃過了後來同輩文人所遭受的種種厄運。文革後獲得平反，1978年出任中國社會科學院歷史研究所研究員。1980年後重新獲得重視，作品再度出版，《邊城》、《蕭蕭》等小說被搬上銀幕。在西方，除了美國學者金介甫（Jeffrey Kinkley）曾寫過一本頗扎實的《沈從文傳》（*The Odyssey of Shen Congwen*）（Kinkley 1987；金介甫 1990）以外，似乎也沒有別的有關沈從文的專著。雖然他作品外譯的也不多（早期有過金隄和Robert Payne英譯的短篇小說和1980年後北京外文出版社英譯的部分作品），他卻曾被認為是最有資格獲得諾貝爾文學獎的中國作家。1988年，沈從文再度被提名為諾獎的候選人，且已進入短名單，在瑞典諾獎評審委員漢學家馬悅然（Göran Malmqvist, 1924-）的大力支持下獲獎有望，不幸沈氏竟在投票前溘然逝世，終與諾獎擦肩而過。他的主要著作有合集《鴨子》（1926北京北新書局）、短篇小說集《雨後及其他》（1928上海春潮書局）、《好管閒事的人》（1928上海新月書店）、《蜜柑》（1928上海新月書店）、《老實人》（1928上海現代書局）、《男子須知》（1929上海紅黑出版社）、《旅店及其他》（1930上海中華書局）、《沈從文甲集》（1930上海神州國光社）、《石子船》（1931上海中華書局）、《龍朱》（1931上海尋樂軒）、《虎雛》（1932上海新中國書局）、《都市一婦人》（1932上海新中國書局）、《一個婦人的日記》（1932上海新中國書局）、《月下小景》（1933上海現代書局）、《游目集》（1934上海大東書局）、《如蕤集》（1934上海生活書店）、《八駿圖》（1935上海文化生活出版社）、《新與舊》（1936上海良友圖書公司）、《主婦集》（1939上海商務印書館）、《春燈集》（1943上海開明書店）、《黑鳳集》（1943上海開明書店）、中篇小說《篁君日記》（1928北平文化學社）、《不死日記》（1928上海人間書店）、《呆官日記》（1929上海遠東圖書公司）、《神巫之愛》（1929上海光華書局）、《舊夢》（1930上海商務印書館）、《一個女劇員的生活》（1931上海大東書局）、《阿黑小史》（1933上海新時代書局）、《一個母親》（1933上海合成書局）、《邊城》（1934上海生活書店）、《鳳子》（1934北平立達書局）、長篇小說《長河》（未完成，1948上海開明書店）以

及《從文自傳》（1934上海第一出版社）、散文集《湘行散記》（1936上海商務印書館）、《費郵存底》（與蕭乾合作，1937上海文化生活出版社）等。

　　沈從文沒有受過多少正規的教育，他在《從文自傳》中自言於1917年十四歲時未讀完小學就參加了預備兵訓練，從此隨著部隊在外鄉生活，離開部隊後又做了些卑下的工作，他的寫作完全靠自學而成。如果我們拿他早期的作品諸如《鴨子》一集中的篇章以及《阿麗思中國遊記》與他後來的短篇小說〈蕭蕭〉、〈三三〉、〈菜園〉、〈貴生〉、〈丈夫〉、〈生〉、〈靜〉、中篇《邊城》及未完成的長篇《長河》等比較，真是判若兩人。文字的訓練全靠自學，此外就是社會這一部大書所給予他的啓發和薰陶，正如他說的「眞眞實實所受的人生教育」。如果說他的學院訓練不足，他的人生經驗卻非常豐富，從幼小時他就喜愛在大自然間遊蕩，「各處去看，各處去聽，還各處去嗅聞，死蛇的氣味、腐草的氣味、屠戶身上的氣味、稍晚處土窯被雨以後放出的氣味」以及「蝙蝠的聲音、一隻黃牛當屠戶把刀劃進牠喉嚨中時嘆息的聲音、藏在田塍土穴中大黃喉蛇的鳴聲、黑暗中魚在水面撥刺的微聲，全因到耳邊時分量不同，我也記得那麼清清楚楚。」（沈從文 1984a：117-118）他對什麼都好奇，不管是編織藤籃的、拉風箱打鐵的、屠宰牲體的、殺人的，他都有興趣去觀看。他在自傳裡說，他的部隊在懷化鎮駐防的一年四個月裡，他親眼目睹殺過七百多人。「一些人在什麼情形下被拷打，在什麼狀態下被把頭砍下，我可以說全部懂透了。又看到許多所謂人類做出的蠢事，簡直無從說起。這一份經驗在我心上有了一個分量，使我活下來永遠不能同城市中人愛憎感覺一致了。」（沈從文 1984a：162）

　　沈從文的這些經驗對生長在城市中的他的同輩作家而言，可說是絕無僅有的。沈從文一生所寫都不外他的故鄉湘西一帶的農民、漁夫、工匠、士兵、販夫、土娼等小人物的生活，正是他幼年這些經驗的積累。他也寫苗族，多半採取一種極度美化歌頌的態度，恐怕跟他的祖母是苗女而自己對苗族的風習卻說不上熟悉有關。與善於自剖的郁達夫恰恰相反，沈從文很少寫他自己，他所寫的多是「他者」。在他小說中最成功的人物，一是懷春的少女，像《邊城》中

的翠翠、《長河》中的夭夭；二是洞察人情世故的老人，像《邊城》中的老船夫、《長河》中的老水手。雖然寫的是他者，如要寫得完美，作者勢必要深入人物的內心，體會人物的感受和情緒。因此，廣義地說作品都是作者的自敘傳，但是狹義地說，的確也有寫自我與寫他者的區別，前者是內視的心理分析者，後者更像一位風俗畫家。沈從文正是那一代最成功的一位用文字作媒介的風俗畫家。

他跟同代的小說家最大的差異，乃在別人眾口一聲地譴責中國社會的封建落後，中國風俗的野蠻殘暴的時刻，卻偏偏看出其中的純樸之美。他沒有留過學，沒法直接拿西方的先進文明與中國的封建落後對比，可能是一個原因，但更重要的是他個人的性向，他天生是一個審美者，而不是個批判者。只從幻燈片上看過一次殺頭的經驗足以改變魯迅以後的人生方向，看過上千次殺頭的沈從文卻並未使他立志參加革命以便革除這種輕視人命的殘暴行為。魯迅的〈藥〉所透露的陰沉淒厲的情調，使讀者看了無法不痛恨中國社會的封建迷信；沈從文卻在〈三個男人和一個女人〉中把一個姦屍的慘劇寫得淒美無比，只能引起讀者的遐思。又如〈蕭蕭〉中童養媳因姦受孕的題材，如果落在一個專事批判的作者手中，難免要寫出一個悲慘的結尾，用以暴露民間惡俗的殘酷。可是在沈從文的手中，卻不忍讓蕭蕭沉潭，而意外地以喜劇收場，反倒突出了民間純樸善良的一面。

自稱是藝術家而非道德家的沈從文，在別人可能視之為野蠻落伍的生存方式中看到了人類的生命力，看到了別人看不到的美。因此在他寫的《邊城》和《長河》中一律是田園式的風光和淳厚美麗的人物，使人覺得從寫實主義的眼光看來實在離真實很遠。正如沈從文自言：「凡美麗的都常常不是真實的」。為了美而犧牲真，在藝術的範疇內是可以接受的，所以文學、繪畫及音樂都不能排除田園牧歌的一類。把美提高到詩情畫意的境界，足以使人忘卻了不實之弊，在這一點上沈從文可以與日本的川端康成媲美。在沈從文所描寫的邊城村鎮中看不到民間的疾苦，在他塑造的人物中沒有邪惡詭詐的壞心腸，富豪和窮苦的人也可彼此善意對待。但這樣的表現方式並非出於作者粗疏或浮淺，

而是來自他特具的藝術心靈，捕捉住天地間本存的原美，形之於文字，使讀者掩卷以後存有一種不能抑止的感動。是故另一位身兼批評家的作家李健吾稱讚《邊城》是「一顆千古不磨的珠玉」（註2）。其實在風光、人情之美的基礎上，所透露出的美好人性才是感人的真正原因，才使風光、人情之美不會流為浮光掠影。沈從文所追求的最高藝術境界正如他所說：

> 這世界上或有想在沙基或水面上建造重樓杰閣的人，那可不是我。我只想造希臘小廟。選山地作基礎，用堅硬石頭堆砌它。精緻、結實、勻稱，形體雖小而不纖巧，是我理想的建築。這神廟供奉的是「人性」。（沈從文 1985b：42）

在他那一代的作家中，他是追求唯美的一位，因而贏得文體家的美譽，並非浪得虛名。不過，沈從文也有失手的時候，譬如前文提到他自己有苗族的血統，寫到苗族便不免有溢美之言。不加節制的泛美書寫，如無法提高到詩情畫意的境界，又無真實的生活與人性的體現作為基礎，也會弄成令人難以卒讀的浮濫，例如在短篇小說〈龍朱〉中把一個苗族的美少年寫成「美麗強壯像獅子，溫和謙遜如小羊」以及「父母全參與過雕塑阿波羅神的工作」等等，就是公認的敗筆。蘇雪林曾指出在沈從文一些不成功的作品中難免有「輕飄、空虛、浮泛」之病。（蘇雪林 1983：399）

沈從文生於鄉野，故對鄉野風光情有獨鍾。他並非沒有寫城市的作品，如短篇〈嵐生同嵐生太太〉、〈晨〉、〈紳士的太太〉、〈八駿圖〉、〈大小阮〉、〈王謝子弟〉、〈都市一婦人〉等皆是，但是他的出色的作品毫無疑問的都是寫鄉野的，而且可以說離不開沅水和湘西，足見他幼年的所見所聞深深地印在他的心田中，成為他以後文學靈感的主要源泉。他對都市生活的缺乏興趣，也延伸到對政治的毫不熱中。在郁達夫以外，他是另一個不把文學看作是

註2：原載李健吾《咀華集》（李健吾 1984：447）。

宣揚政治理念的媒介，或批評社會的利器的作家。他自言是一個「對政治無信仰，對生命極關心的鄉下人」（沈從文 1984b：294）。他的這種性向使他有意地遠離開革命的行列，這也正是使他受到當日的革命作家以及革命批評家排斥的原因。當他的作品漸受到重視，在文壇的地位越來越不容忽視的時候，他也就自然成為左翼文人眼中的反動派了。然而他有他的堅持，雖然當日左派的氣焰籠罩了整個文壇，他一點也沒有屈服的意思。1941年他在西南聯大演講時說：

> 我是一個鄉下人，鄉下人的特點照例「相當頑固」，所以雖被派「落伍」了十三年，將來說不定還要被文壇除名，還依然認為一個作者不將作品與「商業」、「政策」混在一處，他腦子會清明一些。他不懂商業或政治，且極可能把作品也寫得像樣些。（沈從文 1985c：124）

他1949年以後的命運果然早被他自己言中了。

七、老舍：幽默＋寫實

另一位不靠高喊革命，只靠個人的努力，從粗糙到精緻，從浮淺到深刻，一點一滴走向成熟的是貼近寫實主義的老舍。

老舍（1899-1966），原名舒慶春，字舍予，北京市滿族人。父爲滿清皇城護軍，死於八國聯軍的砲火。幼家貧，母傭工以維持家計。早年這一段窮旗人的生活給他的一生打下了許多特殊的烙印，在很大程度上影響了他的人生道路。十三歲入京師第三中學，後考取公費的北京師範學校，功課好，長於辯才，獲得校長賞識，1918年畢業

老舍（1899-1966）

後得任北京方家胡同小學教師兼校長。三年考績優秀，爲學務局派赴江浙考察教育，返京後升爲京師北郊的勸學員。由於難和地方上的舊勢力共事，旋辭職，重新回到學校教書，先後在天津南開中學、北京一中教語文。其間熱心社會服務，同時在燕京大學補習英文。1924年夏赴英國，出任倫敦大學亞非學院漢語講師，熟讀狄更斯作品，開始小說創作。他最早的三本長篇小說《老張的哲學》、《趙子曰》、《二馬》均完成於倫敦。1930年老舍離英途經新加坡返國，出任濟南齊魯大學中國文學教授，後轉往青島山東大學任教，期間寫成他最重要的作品《離婚》、《駱

老舍《駱駝祥子》

駝祥子》等。1937年抗日戰爭爆發，爲了參加抗戰老舍隻身前往後方。1938年在漢口成立「中華全國文藝界抗敵協會」，老舍以政治態度中立、人緣佳的關係當選爲常務理事和總務部主任，自此主持文協工作直至抗戰勝利。以團結抗日爲題材，運用各種民間體裁創作了大量作品，其中包括長篇小說《四世同堂》，並開始劇本創作。1946年3月受美國國務院邀請，與曹禺同時赴美訪問。1949年12月中共當權後，應周恩來委託文藝界之邀返回北京，歷任政務院文教委員會委員、全國人民代表大會代表、全國政治協商會議常務委員等職。此時創作不少出色的劇作，包括《龍鬚溝》、《茶館》等，贏得「人民藝術家」的稱號。1966年「文化大革命」開始，被當成資產階級知識份子的代表人物，成爲階級鬥爭的對象，受到紅衛兵的惡毒毆辱，被迫投湖自盡。

從1928至1937抗日戰爭爆發這一個時期，老舍的小說作品有：長篇小說《老張的哲學》（1928上海商務印書館）、《趙子曰》（1928上海商務印書館）、《二馬》（1931上海商務印書館）、《貓城記》（1933上海現代書局）、《離婚》（1933上海良友圖書公司）、《小坡的生日》（1934上海生活書店）、《牛天賜傳》（1936上海人間書屋）、《駱駝祥子》（發表於1936，出版於

1939上海人間書屋）、短篇集《趕集》（1934上海良友圖書公司）、《櫻海集》（1935上海人間書局）、《蛤藻集》（1936上海開明書店）等。

寫小說的人多半都是從短篇入手，俟有經驗後再寫長篇。老舍是個例外，他一入手就寫長篇，寫了多部後才兼及短篇。他的處女作《老張的哲學》是在異國的寂寞中緬懷幼年往事寫成的。書中的主要角色老張是北京北郊一個小學堂的教師，環繞著這個人物作者為當日的社會習俗、學界陋規，畫出一副諷刺畫。幽默的文筆與漫畫式的人物，使人想到他立意模仿狄更斯的筆法，技巧上雖尚顯青嫩，但富有清新之氣，讀來也有意味。此作在鄭振鐸主編的《小說月報》發表之後，立刻受到文壇的注目，因為這本小說雖然缺點很多，但作者幽默加抒情的筆法跟濃厚的地方色彩，頗能引起讀者的興味。寫在北京的野雞大學掛名混日子的《趙子曰》，同樣再使用幽默，但少了抒情與清新的氣息，故事的發展又太過急迫，遂成為一部令人不易卒讀的急就章。到《二馬》出現，才又使老舍扳回一城，因為在《二馬》中老舍開始有意識地注意口語文學的創作。用他自己的話說：

> 所謂文藝創作不是兼思想與文字二者而言麼？那麼，在文字方面就必須努力，做出一種簡單的、有利的、可讀的，而且美好的文章，才算本事。在《二馬》中我開始試驗這個。（老舍1961a）

從《二馬》開始，老舍的確努力從那為古文大家林紓所輕視的販夫走卒的嘴中汲取活的語言，從而為新小說創造出一種以地方語言為基礎的新風格。五四運動以來的新小說，雖然用了白話，但嚴格地說仍然是文人腔調的白話，真正成功地使用地方的大眾語言的作家乃從老舍始。在《二馬》裡，那些新文學中時興的詞彙諸如愣怔的、突然的、平滑的……都不見了，代之的是愣磕磕的、猛孤丁的、直溜溜的等等。就語言的創新與接近大眾口語而論，老舍的《二馬》確是不可忽略的一個里程碑。

1930年，老舍離英返國，途經巴黎時原想留下，可惜找不到餬口的工作，

只好繼續東上。到新加坡時找到臨時教書的工作，停留下來，寫出一本類如童話故事的《小坡的生日》。之前，在旅途中老舍本寫了半本長篇小說，題目是《大概如此》，寫兩個留英的中國青年的愛情故事，只因在新加坡使老舍的思想起了變化，不再滿意這樣的題材，無法繼續寫下去，這半本小說因此從未見天日。老舍的思想在新加坡發生了什麼變化呢？根據有關資料，我們知道在新加坡老舍被他所教的那些年輕學生的激進思想和言行驚醒，自己警覺到革命在東方已經成了勢在必行的大事。他不能再寫那些抒情逗笑的故事，他必須睜開眼睛觀察中國的社會。（老舍 1961b）

他回到國內，即應濟南齊魯大學之聘教授中國文學。這時五三慘案的創痕猶新，濟南市有些街道仍殘留著日軍砲火的痕跡。就在這種氣氛中老舍完成了另一部長篇小說《大明湖》，五三慘案就是其中的背景。這部小說寫的是窮人的愛情，用作者的話來說，就是「性欲的問題」，可見這部小說已經關涉到中國的社會背景。可惜原稿在上海商務印書館等待出版的時候燬於一二八的砲火，無法與讀者見面，後來作者擷取其中最精鍊的一段寫成他著名的短篇〈月牙兒〉。（老舍 1961c）

老舍在濟南完成的第二部長篇小說是《貓城記》。這是一部幻想的作品，卻沒有科學的影子，所以不是今日所見的科幻小說，而是一部影射當日中國國情的諷刺之作。他雖然把貓城放在遠遠的火星上，這個可憐的貓人部落卻不幸習染了所有中國社會和政治的壞毛病，最後不免為鄰國所亡。因為作者有意克制幽默，又因為影射得太過直接，無法與作品保持冷靜的距離，不是痛心疾首大事針砭，就是熱烈地宣教，讀來難免膚淺與乏味。《貓城記》的失敗使作者不得不又重拾幽默，而且背景再回到他所最熟悉的北京，寫成了人物生動又極富人情味的《離婚》（註3）。雖說《離婚》是一部較耐讀的作品，卻並非沒有缺點，其中最大的缺點是既以寫實的面目出現，其中的情節卻過於巧合、過於戲

註3：老舍的《貓城記》和《離婚》都有英譯本，前者的譯者為James E. Dew，書名*City of Cats*，發表在Center for Chinese Studies: *Occasional Paper,* No.3, The University of Michigan；後者譯者為Helena Kuo，書名 *The Quest for Love of Lao Lee*, 由New York的Reynaland Hitchcock（1948）出版。

劇化，人物的行爲也太誇張了一些，所觸及的社會問題也不夠深入，結果是生動有餘，而寫實不足。這時是老舍創作精力充沛的時代，很快地又完成了另一部長篇《牛天賜傳》。這部作品本可寫成一部出色的小說，因爲主人公牛天賜從富裕的生活墮入貧窮，嘗盡人間的冷

左：老舍的短篇小説集《微神集》
右：老舍的寫作經驗談《老牛破車》

暖，恰恰也符合三〇年代中國社會環境與經濟變化的趨勢，大有可供作者發揮之處，可惜客觀的環境束縛了作者的手腳，使此作顯得貧血。據作者事後自我檢討出幾個原因妨礙了他追求完美的願望：一是邀稿的《論語》半月刊規定文筆必須幽默，發表時每期不得超過五千字，且需自成段落；二是寫作時趕上濟南奇熱的夏天，那時候還沒有冷氣，熱得老舍必須避暑床下，自然不是適於寫作的環境；三是當時老舍辭去齊魯大學的教職想做職業作家，爲了趕赴上海，必須在動身前完稿。（老舍 1961d）如此一來，《牛天賜傳》就難得完美了。

在抗日戰爭爆發前，老舍終於完成了一部傑出的創作，不但在他自己的作品中遙遙領先，即使放在同時代的小說中也是鶴立雞群，這就是爲老舍贏得盛名的《駱駝祥子》。在一連寫了七八部程度不等的長篇小說之後，老舍已經積累了不少寫作的經驗，對於語言的運用、人物的塑造、社會的觀察，一切都預期著成熟期的來臨，於是《駱駝祥子》便適得其時地誕生了。

祥子是北京城千萬個洋車夫中的一個，進城拉車之前他本是鄉下農民。在那個時代，中國農村瀕臨破產的邊緣，不少鄉村的年輕人湧入城市尋求活路。然而有些年輕人一進城，把持不住難免墮入城市的惡勢力的魔掌，諸如偷竊、

搶劫、欺詐、賣淫等等，不一而足。祥子有鄉下人的儉樸、誠實，又特具有堅毅的性格、要強好勝，使他能潔身自愛，跟在城市中土生土長的同行也大爲不同，他全力爲爭取幸福的生活而奮鬥。他所能想像的幸福的前程，也不過是先有能力買一輛自己的洋車，然後再積錢買第二輛、第三輛，於是開起車廠來，也來嘗嘗坐享其成的當老闆的滋味。然而大環境並不容許他實現他的夢想。他雖然努力掙扎，總遇到這樣或那樣的阻礙擋在他的路上，終逃不過命運的捉弄，連自己也墮落成一個自私、懦弱、卑鄙的傢伙，最後死在貧困潦倒中。祥子本是個單純、勇敢、誠實、慷慨的年輕人，我們看到在城市的大染缸裡他的性格隨著他的境遇一點點地改變，具有十足的眞切感，使這個人物成爲一個福斯特（E. M. Forster）在《小說面面觀》（*Aspects of the Novel*）裡所稱的性格豐滿的「圓形的人物」（round characters）（Forster 1974）。與社會環境相契合的人物的眞實與豐滿，是一部寫實小說成功的重要因素。作爲一個沒有受過教育的洋車夫，祥子不明白外在環境惡劣的原因，也不明白是什麼決定了他的命運。如果那時祥子忽然明白過來，像一般革命小說中所描寫的一樣，因而找到了出路，譬如說去參加革命什麼的，恐怕祥子的命運就不會眞實，也不會如此感人了。不幸的是被革命理論迷醉的批評家們不停地指責老舍過於悲觀，不曾給祥子找到一條出路。這些批評家到了共產黨當政之後，一變而爲掌權者的代言人，猖獗而跋扈，使老舍被迫在1954年重新修改《駱駝祥子》，把所謂陰暗不當的地方一律刪除，悲劇的結尾當然也在刀斧下做了犧牲，成爲1955年北京重印的新版本。出於不同的原因（大概是市場的考量吧），此書的英譯者Evan King也對祥子的結局大動手術，甚至把悲劇改作大團圓的喜劇（Lao Shaw 1945），使老舍大爲震怒，如不是他準備離美歸國，很可能鬧上美國的法庭。後來的法、德文譯本均據此英譯本而來，法譯本更取了個「歡快的心」（*Cœur Joyeux*）的書名。這樣有違原文情調的題目，致令老舍無法獲得瑞典那些不懂中文的諾貝爾文學獎評委們的青睞。如果所有作家在創作的生命中都有一個頂峰階段，那麼老舍的頂峰階段不可否認乃在《駱駝祥子》的創作。

在長篇以外，老舍也寫了不少短篇小說。特別是在1932年以後，老舍在文

壇上漸有聲名，那時候的文學雜誌及報章副刊也一天天多起來，索稿的越來越多，自然只寫長篇已經無法應付，便不得不對寫短篇認真經營起來。七七事變以前，他一連出了三個短篇集：《趕集》（1934）、《櫻海集》（1935）和《蛤藻集》（1936）。其中有些滑稽逗笑的篇章，老舍說是寫著玩的。但也有些是個人親身經驗的產品，像〈大悲寺外〉、〈微神〉、〈柳家大院〉、〈柳屯的〉等以及作者認真創作的像〈月牙兒〉、〈陽光〉、〈斷魂槍〉、〈新時代的舊悲劇〉等都是相當精鍊的作品。老舍之善用俏皮話，有王爾德的風采，他的幽默寫實，也可與狄更斯媲美。在有些篇章像〈柳家大院〉、〈斷魂槍〉等中，背景的描寫、氣氛的製造，與人物之間的和諧一致，無懈可擊。特別值得一提的是在寫實之外，老舍在有些篇章諸如〈微神〉、〈月牙兒〉等篇中的抒情的散文詩筆法，用得如此優雅貼切，在新小說中並不多見。

不過，老舍的作品，也並非沒有缺陷，在人物的創造上，老舍有時候忽略了對現實世界的觀察，愛根據一種抽象的觀念來形塑。例如談到寫作〈新時代的舊悲劇〉時，他曾說：「陳老先生代表過去，廉伯代表七成舊三成新，廉仲代表半舊半新，龍雲代表新時代。」（老舍 1961e）這種根據抽象的觀念創造人物的方式，可以避免雜亂無章的毛病，使人物容易順著一定的規範發展，然而無形中卻把人物簡單化了、概念化了，像大多數革命小說中的人物。典型應該在現實裡找，抽象的觀念無濟於事。真正的典型是有代表性的活人，而非概念的產物。這正是老舍的祥子與魯迅的阿Q令人難忘的原因。

八、李劼人：寫實主義的碩果

雖然五四以後的新小說作家大都表示傾心西方的寫實主義，但真正在美學上達到法國十九世紀寫實作家水平的可說寥寥無幾。老舍因為寫出了《駱駝祥子》可能算一個。另外一位更值得注意的就是留法的李劼人了。

李劼人（1891-1962，生平見第五章）開始小說創作很早，比魯迅更早，但是他早期的作品毋寧仍不出清末小說的氣味。1919年赴法勤工儉學，一待就長

達五年，其間不但大量閱讀法國的文學作品，更潛心從事翻譯工作，這個工作到他於1924年返國後仍繼續進行。從他出版的翻譯作品諸如《人心》（長篇小說，莫泊桑原著，1922上海中華書局）、《小物件》（長篇小說，都德原著，1923上海中華書局）、《馬丹波娃利》（長篇小說，即《包娃利夫人》，福樓拜原著，1925上海中華書局）、《薩朗波》（長篇小說，福樓拜原著，1931上海商務印書館）、《女郎愛里沙》（長篇小說，龔古爾原著，1934上海中華書局）等看來，幾乎都是法國寫實大家的作品，他一定是對寫實小說情有獨鍾。在翻譯了這許多大家的作品後，他當然會體會到寫實的眞義以及如何表現的竅門，所以他以後自己的創作才能結出豐滿的果實。

他一連串的大河小說《死水微瀾》（1935上海中華書局）、《暴風雨前》（1936上海中華書局）和《大波》上、中、下三冊（1937上海中華書局）都扎扎實實地反映了民國初年四川歷史事件和各階層人物的活動，爲當日的社會繪出一幅翔實而又引人入勝的長篇畫卷。五四以來寫三部曲或大河小說的作家，諸如茅盾、巴金、李劼人等，不是傾心法國文學，就是留法的人，不是無因的。李劼人的三部曲式的大河小說，自然是受到法國寫實主義大河小說的影響，作者深得其中三昧，才能寫出如此光輝的成績。

李劼人的多部頭的大河小說，寫的是清末民初改朝換代的那個大時代四川成都一帶的人物活動、民間習俗和社會變化。在情節上三部小說各成單元，但人物有所穿插（一書的次要人物成爲另一書的主要人物），在歷史背景上，從甲午戰爭到辛亥革命有連貫的縱時性。《死水微瀾》從第一次中日之戰的1894年到八國聯軍後與列強簽訂「辛丑條約」的1901年七年之久，寫成都郊外天回鎮發生的故事。俊俏的村女鄧么姑因虛榮心嫁給天回鎮愚鈍的雜貨店老闆蔡興順，不久就

李劼人代表作《大波》

戀上蔡興順的表哥羅歪嘴──一個豪爽流氣的哥老會袍哥。義和團之亂引來了八國聯軍之後，四川省的黑道分子也受到株連，在外國傳教士的壓力下，下獄的下獄，逃亡的逃亡。羅歪嘴逃走之後，關係密切的鄧么姑幾乎被捉拿羅歪嘴的士兵活活打死，其夫蔡興順也株連下獄。為了搭救丈夫，鄧么姑求助於藉教會勢力出頭的新貴顧天成。過去顧天成曾受過羅歪嘴和哥老會的欺侮，是羅的死敵，不想他對鄧么姑卻一見傾心，後者也就很現實地擺脫了她並不愛的蔡興順，情願嫁給有錢有勢的顧天成為妾。此書通過這幾個鮮活的人物，寫出了當地的風土民情和那個動盪的時代，哥老會一類的民間黑道和教民之間的衝突是小說的重心。西方勢力以傳教的方式侵入中國內陸，攪亂了形似一攤死水的中國社會，是使中國走向現代化的第一步。對當時人物行為及社會風習的翔實摹寫，使此作毫無疑問地可稱為一部社會寫實的作品。李劼人沒有同代眾多小說家愛以誇大的漫畫之筆勾勒人物之弊，他總是盡力訴諸客觀的描寫。語言上，他不避方言，增加了人物的可信性與生動性。他對女性的瞭解與對兩性關係的描寫應該大書一筆，因為大多數中國現代小說家似乎缺乏這種能力。這一些特點都使《死水微瀾》中的人物不會超載著特定的意識形態或象徵意義，反而顯得更加真實。

《暴風雨前》概括的時間從1901到1909，中心人物轉換到成都市的鄉紳郝達三和郝又三父子。郝氏父子身處新舊之間，交往複雜，賓客中有主張維新的蘇星煌，也有主張革命的尤鐵民，二人都東渡日本尋求救國的方略。通過兩人不同的政見，作者表現了不同的思潮對那一代青年人的影響和衝擊。郝又三畢竟不脫世家紈袴子弟的習氣，在跟並無感情的表妹婚後，又愛上郝家所辦小學校的一位窮苦家長伍大嫂，再無心關注維新或革命之事，倒是義氣地把因宣傳革命排滿受到通緝的尤鐵民窩藏在家中。這部小說中的人物也許沒有前一部的生動鮮活，但足以使人感受到辛亥革命前夕山雨欲來風滿樓的動盪氣氛。

最後一部《大波》集中寫1911辛亥革命那一年四川省抗議滿清政府鐵路國有化的群眾運動導致了四川省臨時獨立的歷史事件。1911年6月，滿清政府企圖把全國主要鐵路幹線收歸國有的決定一旦公開，立刻遭受在川漢鐵路佔有股

份的四川省諮議局成員的激烈反對。他們組成了「保路同志會」，在極短的時間中從成都擴展到農村，不久就發展成結合中產者、無產者以及小商人的一支不可輕忽的政治及軍事力量，進而與當時的四川總督趙爾豐對抗。趙下令逮捕諮議局的領袖蒲殿俊和羅綸，引發大規模的群眾抗議；繼之而來的鎮壓殺戮又導致了大罷工，使成都全城陷於癱瘓。直到武昌起義十天後消息傳入成都，趙爾豐才釋放了蒲、羅二人，並將總督位讓與蒲殿俊，使其宣布四川自治，自己仍保留軍權。但如此妥協不能滿足人民的要求，也不符軍隊的期望，終於引發兵變，在少壯軍官尹昌衡的領導下推翻了四川臨時政府，自任總督，並下令處決前總督趙爾豐。這一場轟轟烈烈的民運與兵變終於落幕，歷時不過五個月而已。

雖然小說追隨真實歷史記事一步步展開，以上所舉在關鍵時刻的歷史人物並非小說中的主人翁，其主人翁反倒是作者虛構來用以做歷史見證的人物。為了顯示社會的各層面，主要人物也分植於不同階層：黃瀾生夫婦屬於中產階級，他們跟上層和下層的人士都有眾多的牽連；黃瀾生二十歲的外甥楚子材是青年學生，他們不是同情革命，就是身在其中；同性戀軍人吳鳳梧代表時勢造成的英雄；製造匠傅隆盛則為下層人民發言。在這些主要人物中，黃瀾生太太扮演著中心角色，她把周遭的男士們從中年的到年輕的（如楚子材）都收羅在她的石榴裙下，在優雅的調情中表現出她的大膽、熱情、慧黠以及她左右男人的天生才華。在李劼人的筆下，黃太太不但自視與男人平等，而且絕不接受傳統禮教的束縛。像這樣放肆的女性，在傳統說部中多被描寫成蕩婦淫娃，在具有強烈道德傾向的現代小說中也不多見。但是李劼人卻把黃太太寫成一個可愛的正面人物，使讀者無法不認同，實在是中國文學中的異數。他在中國的女權思想尚未起步的時代，能夠跳脫大男人沙文主義主導下的教化思想，委實不能不令人刮目相看。我們也不能不覺得這樣的維護女性尊嚴、體貼女性心理，應該跟他所受法國小說的影響有所關連。

《大波》是一本根據史實寫成的小說，但並不為任何主義、任何思想服務，這恐怕也是這部小說在當日政治立場及意識形態流行文壇的時尚中受到忽視的

原因。書中每一個歷史事件的細節，都有當日的政府文告、文宣手冊、報章新聞及社論等做見證，足見作者下過一番考據的苦心。作者不跳脫史實及盡量做客觀書寫的努力是顯而易見的，因此本書既可稱之為歷史小說，又可稱之為自然主義的寫實小說。李劼人對這三部曲意猶未盡，晚年計畫續寫《大波》，可惜未完成就去世了。有無續寫無關緊要，因為這三部小說已是反映辛亥革命前後成都一帶社會變動的一幅完美的長卷。

總括以上三部小說，李劼人最大的優點是保持客觀冷靜的態度，不為任何意識形態所左右，對社會環境、民間風俗有細密的觀察，對人物的塑造貼近血肉的實體。此外，作者顯然對地方語言的把握及對傳統說部的認識均超出同儕之上，沒有當時常見的西化語言的缺點。但在小說的結構、布局，特別在寫實技法的探索方面，他顯然深受法國寫實主義的重大影響，使他達到了多數中國現代小說家難望企及的寫實水準。因此我同意曹聚仁的看法，李劼人的敘事造詣就寫實美學而論遠在茅盾與巴金之上。（曹聚仁 1955：44）郭沫若以未來的左拉期待李劼人，在當時已經著文稱頌說：

> 作者的規模之宏大已經相當的足以驚人，而各個時代的主流及其遞嬗、地方上的風土氣韻、各種階層的人物之生活樣式、心理狀態、言語口吻，無論是男的的女的的老的的少的的，都虧他研究得那麼透闢，描寫得那樣自然。他那一枝令人羨慕的筆，自由自在地，寫來寫去，寫來寫去，時而渾厚，時而細膩，時而浩浩蕩蕩，時而曲曲折折，寫人恰如其人，寫景恰如其景，不矜持，不炫異，不惜力，不偷巧，以正確的事實為骨幹，憑藉著各種各樣的典型人物，把過去了的時代，活鮮鮮地形象化了出來。真真是可以令人羨慕的筆！（郭沫若 1937）

郭沫若雖然為人機敏，經常見風轉舵，但他的文學口味還是有一定的水準，其評斷有其中肯之處。

九、其他的寫實者

鄭振鐸（1898-1958），筆名西諦、郭源心、文基、賓芬、C.T.等，福建省長樂縣人。1917年入北京鐵路管理學校就讀。五四時期參加學生運動，並與瞿秋白等創辦《新社會》旬刊與《人道》月刊。1921年與葉聖陶、周作人、沈雁冰等發起成立「文學研究會」。同年赴上海，主編《時事新報》副刊《學燈》。旋進商務印書館，編輯「文學研究會叢書」和會刊《文學旬刊》。1922年創辦最早之兒童刊物《兒童世界》。1923年起接替沈雁冰主編《小說月報》，並在上海大學任教。1925年與葉聖陶等出版《公理日報》，抨擊帝國主義。1927年赴歐遊學。1928年返國，仍繼續主編《小說月報》。1931年到北平，出任燕京大學教授。1933年與靳以合編《文學季刊》。1934年再返上海，任暨南大學文學院長，並為生活書店編輯「世界文庫」。抗日戰爭爆發後，參加文化界救亡協會，與許廣平、胡愈之等組織「復社」，編印《魯迅全集》。勝利後創辦《民主》週刊，並與李健吾、唐弢合編《文藝復興》。49年後，曾任文化部文物局局長、中國科學院考古研究所、文學研究所所長、文化部副部長等職。1958年率中國文化代表團赴阿富汗、阿聯訪問飛機失事遇難。

鄭振鐸一生從事文學及考古研究，同時從事翻譯與創作，著作豐富。他主張「為人生而文學」，並且曾經提出「血和淚的文學」的口號。他的小說作品結集較晚，計有短篇集《家庭的故事》（1929上海商務印書館）、《取火者逮捕》（1934上海生活書店）、《佝僂集》（1934上海生活書店）、《桂公塘》（1936上海商務印書館）、《三年》（1940上海藝光出版社）等。

羅黑芷（1889-1927），原名羅象陶，筆名晉思、黑子，江西省武寧縣人。曾留學日本，就讀於慶應大學文科。在日參加同盟會。1911年返國，參加辛亥革命。1912年任湖南省立圖書編輯局編輯。以後在長沙岳雲中學、長沙楚怡工業學校任教。1923年參加「文學研究會」，並與李青崖等創辦《湖光》半月刊。1927年因文字觸犯湖南當局被捕，釋放後不久病逝。著有短篇小說集《醉裡》（1927上海商務印書館）、《春日》（1928上海開明書店）。他多寫社會下層

窮苦人的生活遭遇，對人物心理的描繪文筆細膩，帶有憂鬱的風味。

蔣牧良（1901-73），原名蔣希仲，筆名池沛、敬士，湖南省漣源縣人。出身貧窮農民家庭，當過兵，做過銻礦的工作，後到南京開始文學生涯。三〇年代在上海參加「左聯」，1938年參加共產黨後回湖南，主編左派《力報》、《昭報》副刊。內戰期間，擔任新華社特派隨軍記者。1948年到香港，任《小說》月刊編委。49年後，歷任中央軍委總政文化部創作員、「解放軍文藝叢書」編輯部副主任、湖南省文聯副主席、作協湖南分會主席等職。主要小說作品有短篇小說集《十年》（1935長沙求知書店）、《銻砂》（1936上海文化生活出版社）、《夜工》（1937上海文化生活出版社）、《強行軍》（1937上海開明書店）、《老秀才》（1951香港求實出版社）、中篇小說《旱》（1936上海良友圖書公司）等。

因為與吳組緗、張天翼友好，文風上受二人的影響。他個人長久生活在社會下層，對窮苦人的生活環境十分熟悉，表現在作品中富有下層社會的泥土氣息。緣於所受基礎教育不多，寫作上進步遲緩，故不太受人注意。其實他後來的作品極富鄉土文化色彩，也有對傳統文化的反思，只是由於政治立場的關係，難免有順從革命八股之處。

孫席珍（1906-84），原名孫彭，又名孫志新，筆名丁非、丁飛、明琪、司馬君、鄒宏道，浙江省紹興縣人。1922年入北京大學，參與組織「綠波社」，編輯《文學週刊》，開始寫作小說與詩歌。1926年到廣東，參加共產黨。北伐時，擔任連、營政治指導員、團政治助理、總政治部祕書，並主編《革命軍日報》南昌版。參加南昌起義，失敗後流亡日本。1930年返國，在洛陽師範學校、北京師範大學、北平大學女子文理學院任教。參與發起「北方左翼作家聯盟」，被選為常委、書記。與吳承仕、齊燕銘等合編《文史》月刊、《盍旦》半月刊。1935年再赴日本，旋返國，任中國大學及東北大學教授。1936年「北方左聯」解散後，與曹靖華、李何林、王余杞等另組「北平作家協會」，任常委、書記。抗日戰爭爆發後，到魯、豫、鄂、贛、湘、桂、閩諸省講學，並從事抗日救亡活動。49年後，先後任南京大學、浙江大學、浙江師範學院、杭州

大學等校教授。其間曾與勞辛、孫望等在上海合編《人民詩歌》，並曾任作協浙江分會副主席。小說作品有中篇《鳳仙姑娘》（1928上海現代書局）、短篇集《到大連去》（1929上海春潮書局）。另著有《雪萊生活》（1929上海世界書局）、《莫泊桑生活》（1929上海書局）及翻譯英國史蒂芬生原作《化身博士》（1946上海春江書局）。

孫席珍親身參與北伐，故對戰爭的情況和士兵的心理描寫逼真。又因身為左派作家，對社會問題也相當注意，不過與南方革命作家不同的是多了些沉思，少了些吶喊，因此之故使左派的批評家聲言要予以無情的打擊。（丹仁 1932）但是謝冰瑩認為他的短篇小說寫得很好，「頗有莫泊桑的作風。對社會，對人生，有時諷刺，有時嘲笑，有時又痛哭流涕；因為他自己是個最重感情的人，所以在小說裡面，描寫感情與理智衝突的地方，特別生動而深刻。」（謝冰瑩 1967）

吳組緗（1908-1994），原名吳祖襄，字仲華，曾用筆名寄谷、野松，安徽省涇縣茂林人。1921年起就讀於安徽宣城省立第八中學及蕪湖省立第五中學。1929年考入北平清華大學經濟系，後轉中文系。曾與林庚、李長之、季羨林並稱「清華四劍客」。畢業後入清華研究院。1935年擔任馮玉祥國文教師及祕書。1936年，與歐陽山、張天翼創辦《小說家》雜誌。1938年參與發起「全國文藝界抗敵協會」，與老舍共同起草〈中華全國文藝界抗敵協會宣言〉，當選協會常務理事。1942年任教於中央大學，1946年至1947年間隨馮玉祥訪美，此後出任金陵女子文理學院教授、清華大學教授和中文系主任。1952年任北京大學教授，潛心於明清小說的研究。歷任中國文聯與中國作協理事、《紅樓夢》研究會會長。文革期間被打成牛鬼蛇神，遭到迫害。小說作品有短篇《西柳集》（1934上海生活書店）、《飯餘集》（1935上海文化生活

吳組緗（1908-1994）

出版社）、長篇《鴨嘴嶗》（又名《山洪》，1943文藝獎基金管理委員會出版部）等。在清華大學時期是吳組緗文學創作的高峰，1932年寫出短篇小說〈官官的補品〉，獲得成功。1934年創作〈一千八百擔〉，藉宋氏家族的宗族聚會，活現了三〇年代中國農村經濟的衰落。後又寫出短篇〈天下太平〉、〈樊家鋪〉等。吳組緗的作品結構嚴謹，文筆細緻，擅長描寫人物的心態，且有濃厚的地方色彩，以寫實主義風格享譽文壇。曹聚仁認為他寫於抗戰時期的《山洪》「要算很好的一種。他以江南農村為背景，寫農民對於抗戰的逐漸認識，民族意識逐漸醒覺。小說中的主人公是青年農民章三官，他是一個粗野、樸質、自私而又好強的農民，他起先也害怕抽壯丁，想逃走往他鄉，後來他終於決定參加游擊隊了。」（曹聚仁 1955：133）

老向（1908-68），原名王向辰，河北省束鹿縣人。由讀私塾直接考入北京師範學校。1920年後擔任過小學校長。1923年考入北京大學中文系。1926年停止學業，和何容一起參加北伐革命軍，到武漢朱培德師任政治部指導員。1928年隨軍赴南京，在政府的司法行政部做科員。1929年重返北京大學學習，第二年畢業後先後在青島大學、吉林大學任教職員。九一八事變後參加河北定縣平民教育會，同時創作民謠和故事，發揮出寫通俗文學的才能。大部分作品發表於《論語》、《人間世》、《宇宙風》上。長篇小說《庶務日記》諷刺腐敗的政府官僚機構。其主要小說、散文收入《黃土泥》、《民間集》，被稱為「幽默作家」。

抗戰後他到武漢，和何容一起幫助馮玉祥辦《抗到底》月刊，致力於抗戰通俗文學的創作，其《抗日三字經》曾發行三百萬冊分送到前線，後去重慶北碚，進國立編譯館。復員後隨館返南京，繼續任職，同時做國民黨河北省黨部委員、省議員和監察委員。曾參與北平國劇學會的恢復和修訂國劇劇本，記錄民間藝人高元鈞曲目的工作。解放後在重慶市文化局搞戲曲改革，寫川劇劇本《柴市節》等，並任通俗文藝編輯。1958年被劃為右派，調重慶市藝術館戲曲改革工作委員會管理資料，後並入重慶市川劇院，整理過老藝人李樹成、張德成等的舞台藝術歷史。文革中去世。

歐陽山（1908-2004），原名楊鳳岐，筆名凡鳥、羅西、龍貢公、胡依依、龍乙、龍韵、亦拱、梁戈白、梁韵松等，湖北省荆州人。家貧，爲落籍廣東南海的漢軍旗人楊永年收養。1915年起隨養父流浪各地。1922年入廣東高等師範附屬初中，兩年後跳升廣州市立師範高中，開始寫作。1926年，在北伐軍中從事政治工作。並組織「廣州文學會」，主編《廣州文學》週刊。1927年，組織「南中國文學會」。1928年到上海，做專業小說家。1930年在南京任提拔書店編輯，與張天翼等創辦《幼稚》週刊。1931年任正午書店編輯，主編《每月小說》。

歐陽山（1908-2004）

1932年，在廣州發起組織「廣州普羅作家同盟」，並主編《廣州文藝》週刊。1933年受通緝，逃回上海，參加「左翼作家聯盟」，擔任「左翼文化總聯盟」的宣傳部長。1940年參加共產黨，參與編輯《作品》、《人民文學》等刊物，並主編《光榮》半月刊。1941年赴延安，先後擔任中共中央文委常委、陝甘寧邊區政府文委、中央研究院文藝研究室主任、《華北文藝》主編等職。49年後，歷任中國文聯委員、中國作協理事、華南和廣東文聯主席、廣東作協主席、華南文藝學院院長、《作品》主編等職。文革時被剝奪創作權。

歐陽山是少數在共產黨政權下能夠繼續創作的作家。但是他出道甚早，1924年就在《學生雜誌》以凡鳥的筆名發表過小說。1926-32年間，以羅西的筆名發表不少愛情小說，諸如《玫瑰殘了》（1927上海光華書局）、《桃君的情人》、《你去吧》、《蓮蓉月》、《愛之奔流》、《密絲紅》、《竹尺和鐵錘》（1931上海正午書局）等長篇和《再會吧黑貓》、《流浪人的筆跡》、《鐘手》、《光明》、《人生底路及其他》等短篇集。楊義認爲歐陽山此時期寫的雖然都是愛情，但與鴛蝴派不同，其中有時也接觸到「革命＋愛情」的主題，情調上「是上承前期創造社的浪漫抒情流派的餘緒的。」（楊義 1988：

321）三〇年代後，受到當日左聯文人的影響，歐陽山有意識地向所謂的「新現實主義」靠攏，寫出了短篇集《七年忌》（1935上海生活書店）、《生底煩擾》、《夢一樣的自由》、《失敗的失敗者》（1937上海潮鋒書店）、中篇《青年男女》（1936上海生活書店）、《鬼巢》（1936上海良友圖書公司）、《崩決》（1936上海文學出版社）等。抗戰時期，響應大眾小說，以淺顯的口語寫了《流血紀念章》（1940）及長篇《戰果》（1942桂林學藝出版社），以及後來到延安以後寫的長篇小說《高乾大》（1947華北新華書店），是根據毛澤東〈在延安座談會上的講話〉所指出的方針寫成的作品。歐陽山是個多產的作家，有時每年可產四、五部之多。

十、魯迅的追隨者

在五四後前十年那個階段我們介紹過好多位追隨魯迅的作者，像許欽文、魯彥、蹇先艾、彭家煌、許杰等在後十年這個階段依然活躍，而且寫作、出版的作品更多。他們之外，追隨魯迅或接受魯迅的指導和影響的仍大有人在。其中重要的幾位有魏金枝、王任叔、臺靜農、柔石、艾蕪、沙汀、周文、張天翼、蕭軍、蕭紅、葉紫等。他們在1928年以前尚無或甚少作品出版，他們的表現和影響主要在1928到1937年間，當然在抗日戰爭期間他們依然活躍。

魯迅的追隨者，除臺靜農到台灣以外，其他幾乎都是共產黨員，由此可見魯迅當日的態度。在大部分左派所謂的「革命小說」是粗劣的急就章的時候，有鑑賞力的作家或評者不管是左派還是右派，只要還多少有文學欣賞的能力，是看不下去的，例如魯迅在1931年12月給沙汀和艾蕪的〈關於小說題材的通信〉中就說：「現在能寫什麼，就寫什麼。不必趨時，自然更不必硬造一個突變式的革命英雄，自稱『革命文學』。」魯迅的指導，挽救了沙汀和艾蕪，使他們遊走在革命的邊緣，沒有完全陷入其泥淖之中。其他的幾位左派作家因為其他的原因，也沒有完全盲目地一頭鑽入革命中，至少保留了幾分清醒，也成為遊走革命邊緣的作家，好歹留下了較急就章更貼近文學的成績。

魏金枝（1900-72），曾用筆名高山、鹿宿、莫干、鳳兮，浙江省嵊縣人。1921年在浙江第一師範學校就讀時，參加汪靜之、潘漠華等的「晨光文學社」。畢業後在浙江、上海等地教書。1927年開始小說創作，1930年由柔石等介紹參加「左聯」，擔任《萌芽》雜誌編輯。1931年，赴杭州財務學校任教。曾一度因左傾被捕，出獄後於1933年到上海麥倫中學任教。1949年後任《上海文學》、《收穫》副主編、作協上海分會副主席。1959年起兼任上海師範學院中文系主任。著有短篇小說集《七封書信的自傳》（1928上海人間書店）、《奶媽》（1930上海聯合書店）、《白旗手》（1933上海現代書局）等。

自從1926年他在《莽原》雜誌發表一篇描寫小鎮風俗的短篇〈留下鎮的黃昏〉就受到魯迅的讚賞，後來他出版了短篇小說集《七封書信的自傳》，又被魯迅稱為優秀之作，經此名家品評，很快在文壇受到注目。他的風格跟魯迅、臺靜農一脈相承，有其深沉、精到之處。他是對人性的探索頗有成就的一位作家。曹聚仁稱其「以憂鬱的文筆寫出了古舊農村的小人物生活，瀰漫著一種哀婉淒楚的情調。……他那簡樸的風格，頗近於魯迅。」（曹聚仁 1955：47）

王任叔（1901-72），曾用筆名巴人、屈軼、趙冷、碧珊、下里巴人、毀堂、八戒、行者、無咎等，浙江省奉化縣人。1920年畢業於寧波第四師範學校，後在當地任小學教師。1923年參加「文學研究會」。開始在《小說月報》發表作品。1924年出任《四明日報》編輯，並參加中國共產黨。1926年赴廣州，參與北伐軍總司令部祕書處工作。1927年國民黨清共後，返浙江，擔任上虞春暉中學教員。1929年赴日，一年後返國，參加「左翼作家聯盟」。1931年，任海原總工會黨團委員。1933至35年間在南京交通部任職。抗戰爆發後，曾任《譯報》、《申報》的副刊《自由談》和《大家談》編輯，並與許廣平合編《魯迅全集》。1941年赴南洋，協助胡愈之推動華僑文化活動。1947年到香港，旋赴解放區，出任中共中央統戰部第二處副處長。49年後出任中國第一任駐印尼大使。續任人民文學出版社副社長，及《文藝報》編委。著有短篇小說集《監獄》（1927上海光華書局）、《破屋》（1928上海生路社）、《殉》（1928上海泰東圖書局）、《影子》（1929上海勵群書店）、《在沒落中》（1930上海

樂華圖書公司）、《淒情》（1935上海大光書店）、《捉鬼篇》（1936上海新城書局）、《流沙》（1936上海商務印書館）、《皮包和煙斗》（1939上海光明書局）、《佳訊》（1940上海商務印書館）、長篇小說《死線上》（1928上海金屋書店）、《阿貴流浪記》（1928上海光華書局）、《某夫人》（1935武漢日報社）、《證章》（1936上海文學出版社）、《超然先生列傳》（1940-41求知文叢）、《沉滓》（1941香港華商報）等。此外，王任叔也有劇作，也是位評論家，曾出版多種論集、雜文集以及翻譯作品。

王任叔早在1922年就開始寫作，但到1927年才有小說作品出版，所以也算是五四後後十年的作家，一直到抗日戰爭時期，寫作不輟。他曾經私淑魯迅，後來甚至用了魯迅的筆名「巴人」做自己的筆名，模仿魯迅的《阿Q正傳》寫了一篇《阿貴流浪記》，也用了諷刺的筆法。因爲是共產黨人，不能不向革命的現實主義傾斜，故特別注意下層社會小人物的處境，但所寫多有所據，並非一味服膺教條。後來視界越來越大，舉凡鄉村、城市各色人等，無所不寫。也常以諷刺、暗喻的手段揭露社會的陰暗，走的也算是魯迅開出來的道路。他作品眾多，小說的成熟步調較慢，故其成就常爲評者所忽略。

臺靜農（1902-90），另有筆名孔嘉、青曲等，安徽省霍丘縣人。中學未卒業即赴北京大學旁聽，後入北大國學研究所進修。1925年，與魯迅、韋素園、李霽野、曹靖華等組織「未名社」，出版《未名》半月刊和《未名叢刊》。後任教於輔仁、青島、廈門等大學。抗日戰爭期間，執教於重慶白沙女子大學。戰後赴台灣，執教於台灣大學中文系，並出任系主任至退休。

他的小說作品很少，只有兩本短篇小說集《地之子》（1928北平未名社）和《建塔者》（1929北平未名社），還有些發表後未收入集中的散篇。作品雖然少，卻有四篇被魯迅收入《中國新

臺靜農（1902-1990）

文學大系小說二集》（1935），與魯迅自選的篇數相同，可見多麼受到魯迅的重視。臺靜農師法魯迅的觀點，小說也集中書寫農民的貧窮和無知，以致無法擺脫悲慘的命運。他基本上也是採取寫實的手法，很重視細節的描寫，使讀者有身臨其境的感受，在同代的小說中較爲出色。香港作家劉以鬯曾讚說：「二〇年代，中國小說家能夠將舊社會的病態這樣深刻地描繪出來，魯迅之外，臺靜農是最成功的一位。」（劉以鬯 1980）

柔石（1902-31），原名趙平復，浙江省寧海縣人。1917年畢業於正學小學，考入杭州省立第一師範學校。畢業後於1924年任小學教員。1925年北上，在北大旁聽，後任寧海中學教員，又出任寧海縣教育局長。1928年赴上海，受知於魯迅，共創「朝花社」，出版《朝花週刊》及《朝花旬刊》，並幫助魯迅編《語絲》雜誌。1930年參加「左聯」，任執行委員，1931年1月17日參與蘇維埃籌備委員會的祕密集會時，與胡也頻、李偉森、殷夫、馮鏗一起被國府逮捕、殺害，後在大陸文學史中稱爲「左聯」五烈士。小說作品有長篇《舊時代之死》（1929上海北新書局）、中篇《三姊妹》（1929上海水沫書店）、《二月》（1929上海春潮書局）及短篇集《希望》（1930上海商務印書館）。柔石雖然受知於魯迅，卻沒有魯迅冷峻、諷譏的風格，多寫青年人受情所困的瘋狂、癡顛，充斥著憤世與悲情。他較受注目的是《二月》和《爲奴隸的母親》，前者仍然寫悲慘的愛情，後者寫典妻的悲劇，爲斯諾編入《現代中國短篇小說選》（*Living China*，內收魯迅、茅盾、郭沫若、巴金、柔石等十五位作家的作品），聞名海外。

艾蕪（1904-92），原名湯道耕，曾用筆名湯愛吾、吳岩、劉明、魏良、喬城、杜全、月萌、荷裳等，四川省新繁縣人。1921年入成都省立第一師範學校，因不滿守舊的學校教育，反抗封建包辦婚姻，於1925年離家出走。步行到昆明，服雜役，1927年後漂泊於西南邊境和緬甸、新加坡等地，做過商店伙計、報刊校對、編輯和小學教師。1931年因參加緬甸的革命運動，被英國殖民當局驅逐出境。回到上海，開始文學創作，與好友沙汀聯名寫信給魯迅，受到魯迅的指導、鼓勵，從而堅定從事文學創作的信心。1932年參加「左聯」，然

後參加共產黨，1933年因從事工人文藝通訊，曾一度被捕，旋獲釋。抗戰期間，輾轉於湖南、廣西、四川各省，曾任中華全國文藝界抗敵協會桂林分會理事。勝利後，編輯《半月文藝》，參加民主運動。1948年任重慶大學中文系教授。49年後任重慶市文化局長、重慶大學中文系主任、中國作協四川分會主席、重慶市文聯副主席等。1953年重新加入中國共產黨，遷居北京，專事寫作。文革時返回成都，被迫停筆。1976年後恢復寫作，並出任四川文聯、省作協名譽主席。1992年12月5日因肺炎去世。此時期主要有短篇小說集《南國之夜》（1935

《艾蕪小說選》（1981湖南人民出版社）

上海良友圖書公司）、《南行記》（1935上海文化生活出版社）、《山中牧歌》（1935上海天馬書店）、《夜景》（1936上海文化生活出版社）等。

　　艾蕪的作品多取材於他在滇緬一帶漂泊的生活，把旖旎的自然風光和華緬雜居的異邦風土人情熔於一爐，並特別關懷下層勞動階級的悲慘生活。他以短篇小說集《南行記》一舉成名，因其背景特殊，情感眞摯，氣氛清新。

　　沙汀（1904-92），原名楊朝熙，又名楊子青，曾用筆名尹光、仲俊、楊同芳、晚紫等，四川省安縣人。1922年就讀於成都四川省立第一師範學校，與艾蕪同學。1927年參加共產黨。1929年流亡上海，與任白戈等組織辛墾書店。1931年開始用沙汀的筆名寫作，曾與艾蕪聯名寫信給魯迅，獲得魯迅的指導，1932年參加「左聯」，擔任常委會祕書。1938年赴延安，任教於魯迅藝

沙汀傳記書封

術學院。1939年奉調至重慶，任《文藝陣地》雜誌編委。皖南事變後回四川故鄉專心創作。49年後，歷任西南文聯副主任、中國作協創作委員會副主任、作協四川分會主席等職。1978年後曾任中國社會科學院文學研究所所長。小說著作短篇集有《法律外的航線》（1932上海辛墾書店）、《愛》（1935上海天馬書店）、《土餅》（1936上海文化生活出版社）、《航線》（1937上海文化生活出版社）、《苦難》（1937上海文化生活出版社）、《播種者》（1946復興書店）、《獸道》（1946群益出版社）、《呼嚎》（1947新群出版社）、《堪察加小景》（1948上海文化生活出版社）、中篇小說《奇異的旅程》（又名《闖關》，1944當今出版社）、長篇小說《淘金記》（1943上海文化生活出版社）、《困獸記》（1945上海新地出版社）、《還鄉記》（1948上海文化生活出版社）等。

　　沙汀自己那種深沉陰鬱的寫實風格是在從上海重返故鄉後慢慢形成的。他記著魯迅所說「選材要嚴，開掘要深」的教誨，目睹四川西北邊區那種沉悶、陰鬱落後的悲情生活，逐漸凝於筆端。楊義形容沙汀與艾蕪的區別說：「沙汀小說宛如山間岩石，凝重而險峻；艾蕪多似平野流水，委婉而從容。」又說：「艾蕪是俊才早熟，沙汀是大器晚成。」（楊義1988：476）

　　張天翼（1906-85），原名張元定，號一之，曾用筆名張無淨、鐵池翰、老侉、哈迷蚩等，原籍湖南省湘鄉縣，生於南京。1924年畢業於杭州宗文中學後入上海美術專科學校學習繪畫。1926年入北大預科，並加入共產黨。1927年因不滿學校課程，退學返回杭州。1928年後在《奔流》雜誌發表小說，受到文壇注目。

　　1931年參加「左聯」，翌年到南京組織「左聯」分部。七七事變後在上海、長沙等地從事救亡活動。1938到42年間，在大學執教，並且

張天翼（1906-85）

主編《觀察日報》和《大眾報》的副刊。後來因病到四川、上海、香港等地休養。1950年到北京，先後任中央文學研究所副主任、《人民文學》主編、中國作家協會黨書記。短篇小說集有《小彼得》（1931上海湖光書局）、《從空虛到充實》（1931上海聯合書店）、《蜜蜂》（1933上海現代書局）、《移行》（1934上海良友圖書公司）、《反攻》（1934上海生活書店）、《團圓》（1935上海文化生活出版社）、《畸人集》（1936上海良友圖書公司）、《萬仞約》（1936上海商務印書館）、《張天翼選集》（1936上海萬象書屋）、《春風》（1936上海文化生活出版社）、《追》（1936上海開明書店）、《三兄弟》（1937上海文光書局）、長篇有《鬼土日記》（1931上海正午書局）、《齒輪》（後改名《時代的跳動》，1932上海湖風書局）、《一年》（1933上海良友圖書公司）、《洋涇濱奇俠》（1936上海新鐘書局）等。同時他還是一個童話作家，寫過《禿禿大王》（1936上海多樣社）、《大林和小林》（1937上海文光書局）等。49年後，繼續童話和青少年文學的寫作。

張天翼也是曾受到魯迅提攜的一位。1928年他投稿《奔流》雜誌的短篇小說〈三天半的夢〉，受到主編魯迅的稱讚和鼓勵，使他在文學創作上產生信心。不過，他早期的作品有太多〈阿Q正傳〉的影響，多以諷刺的筆法把中國社會的種種現象喜劇化，今日看來未免虛浮不實，而且有膚淺之弊。但是他在三〇年代的左翼作家中堅持魯迅改造國民性的路線也有其實際的一面，當自以為先進的革命作家宣布「阿Q的時代死去了」的時候，他卻「重新肯定了魯迅的這個描寫方向」，同時「他以一批獨具隻眼的畫鬼、畫狗、畫可憐蟲的作品，宣告阿Q的時代並未結束，文學家在重寫阿Q上還大有可為。」（楊義 1988：363）以致能夠寫出超越一般教條式革命文學的篇章。夏志清對張天翼所描寫的「腐爛中的衰老世界，一個充滿了自虐、虐人狂、勢利鬼、胸懷大志卻又不得不屈居人下的、出賣人而又被人出賣的人物的世界」倍感興趣，雖然也承認他有些篇章「沉溺於無聊的低級趣味之中」，卻給他甚高的評價，認為：

張天翼是這十年當中，最富才華的短篇小說家，1929年，張的作品初見各刊

物，即使要找他毛病的批評者，也不能否認這位新進作家異於常人的「耳」聰「目」明，以及喜趣橫生。用最經濟的描述和鋪陳，以戲劇性和敏捷的風格，張天翼捕捉到他的角色在動作中的每一特徵。他擯棄了華麗詞藻，也不用冗長的段落結構；又用喜劇或者戲劇性的精確，來模擬每一社會階層的語言習慣，就方言的廣度和準確性而論，張天翼在現在中國小說中，是首屈一指的。（夏志清 1979：181）

周文（1907-52），原名何稻玉，字開榮，筆名何谷天、司馬疵、柯嘉，四川省榮經縣人。早年曾在四川地方部隊當文書，輾轉於川、康邊區。九一八事變後去安徽，開始寫作。1932年到上海，參加「左聯」，翌年參加共產黨，任「左聯」組織幹事、組織部長等。抗戰爆發後返四川，參與組織「文藝界協會成都分會」。1940年去延安，先後任陝甘寧邊區大眾讀物社社長、邊區政府教育廳長、祕書長等職。1941年去晉綏邊區，歷任中共晉綏分局宣傳部祕書長、部長、晉綏日報社副社長、社長。49年後，到北京，擔任馬列學院祕書長。主要作品有短篇小說集《分》（1935上海良友圖書公司）、《多產集》（1935上海開明書店）、中篇小說《在白森鎮》（1936上海良友圖書公司）、長篇小說《煙苗季》（1937上海文化生活出版社）等。

他取材獨特，寫在嚴寒的雪山軍旅的行軍及苦戰，著力描寫士兵盤腸大戰的殘酷場面。深受魯迅作品的影響，也曾獲得魯迅的勉勵，更加努力彰顯地方特色、追求陰鬱、悽屬的藝術風格。後來所寫的親子、婆媳之間的心理糾葛，下開巴金在《寒夜》中進一步對此一主題的專力細描。

蕭軍（1907-88），原名劉鴻霖，筆名田軍、三郎，遼寧省義縣人。曾任騎兵，並曾接受東北陸軍講武堂憲兵訓練。1932年結識蕭紅，共同自費出版小說與散文合集《跋涉》。二人於1934年同至青島，蕭軍擔任《青島晨報》副刊編輯。旋赴上海，結識魯迅，出任《海燕》、《作家》等刊物編輯。1935年出版有關東北人民抗日的長篇小說《八月的鄉村》（1935上海奴隸社），魯迅寫序推薦。1937年到武漢，參加《七月》雜誌的編輯工作。1938年赴延安，參與西

北戰地服務團工作，繼赴成都，擔任《新民報》副刊編輯。1940年再赴延安，主編《文藝月刊》，並任魯迅研究會主任幹事。1946年赴佳木斯，出任東北大學魯迅藝術文學院院長。1947年去哈爾濱，擔任魯迅文化出版社社長及《文化報》總編輯。在此蕭軍目睹俄國人的驕橫及共產黨人的作爲，大膽地發表反蘇聯言論，並批評共產黨的殘暴尤過於李自成與張獻忠，因而招致群起而攻的反擊，被定罪爲「以極端自私的個人主義爲其基本的思想，而小資產階級的超階級觀點與狹隘的民族主義則是爲個人主義的表現形式。」（王瑤 1953：244-247）成爲中共整肅王實味後又一次重大的整肅作家事件，結果蕭軍被下放到撫順煤礦從事體力勞動。幸虧蕭軍身體好，熬過了這一段日子，後來寫成另一部長篇小說《五月的礦山》（1954北京作家出版社）。1981年，筆者在北京與蕭軍晤談，他身體仍然硬朗，對中共與毛主席一片忠誠，自稱無怨無悔。

蕭紅（1911-42），原名張迺瑩，筆名田娣、悄吟，黑龍江省呼蘭縣人。1929年就讀於哈爾濱東省特區第一女子中學，1930年因爲反抗包辦婚姻離家出走。一度在北平女子師範大學附中聽課。1932年被騙回哈爾濱，無助下向《國際協報》社求援，獲得蕭軍的幫助，遂與蕭軍同居。1933年自費與蕭軍合出小說與散文集《跋涉》。1934年去青島，著手寫《生死場》。同年赴上海，結識魯迅。1935年《生死場》被魯迅編爲「奴隸叢書」之三，出版後轟動文壇。1936年秋去日本養病，回上海後於1937年赴漢口。1938年應聘到山西臨汾民族革命大學任教，與蕭軍分手，輾轉武漢、重慶數地。1940年與端木蕻良同到香港，在病中完成長篇小說《呼蘭河傳》。1942年初病逝香港。主要小說著作

蕭紅（1911-42）

造成轟動的《生死場》

有中篇《生死場》（1935上海容光書局）、短篇集《牛車上》（1937上海文化生活出版社）、《曠野的呼喊》（1940重慶上海雜誌公司）及長篇《馬伯樂》（1941重慶大時代書局）、《呼蘭河傳》（1941重慶上海雜誌公司）。

蕭紅文筆清麗，勝於蕭軍，早期之作，多敘述自己的辛酸經歷，同時也關照到社會中的弱勢階層所遭遇的痛苦和反抗的艱困。1934年她在青島寫完中篇小說《生死場》，翌年承魯迅協助在上海出版。此作寫哈爾濱附近閉塞地區農民的悲慘生活，以及九一八後日軍在此燒殺擄掠，農民不得不挺身反抗的情況，可稱蕭軍的《八月的鄉村》的姊妹篇。魯迅評說：「敘事和寫景勝於人物的描寫，然而北方人民對於生的堅強，對於死的掙扎，卻往往已經力透紙背。」（魯迅 1935a）

葉紫（1910-39），原名余昭明，又名鶴林，曾用筆名葉子、紫、阿芷、楊鏡清、楊櫻、陳芳、柳七、黃德、辛卓佳、湯詠蘭等，湖南省益陽縣月塘湖鄉余家垛人。幼年就讀湖南妙高峰中學及湖南華中美術學校。後又進武漢黃埔軍校第三分校。1927年，其父、叔、姊因領導農運被殺，離鄉逃亡，流轉於湘、鄂、贛、蘇等省，其間曾行乞、當兵，也做過小學教員、報館編輯等工作。1930年流落上海。1931年曾因參與革命工作被捕。1932年與陳企霞創辦「無名文藝社」，出版《無名文藝》旬刊和月刊。1933年參加「左聯」與中國共產黨。抗日戰爭時，與友人在長沙創辦《大眾報》，宣傳抗日救國。1938年返回益陽，創作農民運動的長篇《太陽從西邊出來》，未完即病逝。葉紫在短促的生命中，留下有短篇小說集《豐收》（1935上海寒光書局）、《山村一夜》（1937上海良友圖書公司）及中篇小說《星》（1936上海文化生活出版社）。他的小說多半寫他故鄉洞庭湖畔農民的悲慘命運。1935年，魯迅編選了三本「奴隸叢書」，由上海容光書局出版，第一本就是葉紫的《豐收》，其他兩本，一本是蕭軍的《八月的鄉村》，另一本是蕭紅的《生死場》。魯迅在給《豐收》寫的序中說：

　　這裡的六個短篇，都是太平世界的奇聞，而現在卻是極平常的事情。因為極

平常，所以和我們更密切，更有大關係。作者還是一個青年，但他的經歷，卻抵得太平天下的順民的一世紀的經歷，在輾轉的生活中，要他「為藝術而藝術」，是辦不到的。（魯迅 1935b）

十一、現代派小說

五四以後的新小說，其實正當西方現代主義興起的時代，雖然那時期的資訊沒有現在這麼暢通與發達，但總也有所感染。對於這個問題，陳思和曾有所論述，他認為五四初期曾短期流行過所謂的「新浪漫主義」（現代主義的別稱），在茅盾開始主編《小說月報》時，他想推廣表象主義（現代主義的又一別稱），並寫了〈我們為什麼要提倡表象主義〉等文章加以鼓吹，但被胡適勸阻了。胡適認為西方之所以能夠發生現代主義文學，乃因為經過了寫實主義的成熟階段，若沒有寫實主義做基礎，現代主義會架在虛空中。茅盾接受了胡適的勸告，轉而提倡寫實主義。（陳思和 1987：252）

如果說抗日戰爭前這一個階段，多半的小說家都服膺寫實主義或變種的現實主義，同時在意識形態上傾向社會革命，但也有寥寥幾位走向了現代主義。譬如施蟄存、劉吶鷗、穆時英，他們的作品注重人物的心理刻畫，在形式上或採取表現主義或象徵主義的手法，一反當日寫實的主流，後來被評論者稱為「新感覺派」的小說。這幾位作家恰恰都常住上海，得西方風氣之先，同時也習染著華洋雜處的大都會風氣，自然與出身內地小城鎮或農村的作家感受不同。

施蟄存（1905-2003），原名施青萍，筆名安華、薛蕙、李萬鶴、陳蔚、舍之、北山等，浙江省杭州市人。1922年畢業於江蘇省立第三中學，1923年考入上海大學，1925年轉學大同大學，翌年再轉入震旦大學。1928年與戴望舒共同主編《無軌列車》半月刊。1929年創辦水沫書店。1932年起應上海現代書局之聘主編《現代》月刊。抗戰爆發後，先後執教於雲南大學、福建中等師資養成所、廈門大學、江蘇學院及暨南、大同、光華、滬江等大學。大陸易幟後從事

翻譯工作，並任華東師範大學教授。因其曾與魯迅論戰，在五○至七○年代間受到迫害，因而告別文學創作與翻譯工作，專心於古典文學與文物的研究。文革後，鑑於其在文學創作和學術研究的貢獻，1993年獲頒「上海市文學藝術傑出貢獻獎」。所著小說有短篇集《追》（1929上海水沫書店）、《娟子姑娘》（1929上海亞細亞書局）、《上元燈及其他》（1929上海水沫書店）、《李師師》（1931上海良友圖書公司）、《將軍底頭》（1932上海新中國書局）、《梅雨之夕》（1933上海新中

施蟄存（1905-2003）

國書局）、《善女人品行》（1933上海良友圖書公司）、《小珍集》（1936上海良友圖書公司）、《四善子的生意》（1947上海博文書店）以及翻譯小說多種。

施蟄存是中國最早運用佛洛伊德性心理分析寫作小說的作家，他曾專志翻譯受佛洛伊德影響至巨的奧國作家施尼茲勒（Arthur Schnitzler, 1862-1931）的心理小說《婦心三部曲》（包括《多情的寡婦》、《薄命的戴麗莎》和《愛爾賽之死》）。他所受的施尼茲勒的影響以及佛洛伊德的影響，使他寫出〈鳩摩羅什〉、〈將軍的頭〉和〈石秀〉諸篇，都深掘人物的心理，特別是性心理，在表現上突破了寫實主義的框框，運用了象徵及表現主義的手段，在當日偏重寫實的文壇實在是一個異數，開了現代主義小說的先河。然而大環境更有力量，抗日後繼之以內戰，然後就進入社會主義的工農兵文學了，不但使施蟄存後繼無人，連他自己也不得不忍痛放棄他原來耕耘有成的道路。

劉吶鷗（1900-40），原名劉燦波，筆名洛生，台灣省台南縣人。早年曾在日本東京青山學院攻讀文學，後轉慶應大學文科。1925年回國後在上海震旦大學習法文，與戴望舒同學。1928年開辦第一線書店，編輯《無軌列車》雜誌，旋被禁。再參與創辦水沫書店，又創辦《現代電影》雜誌。1932年書店毀於「一二八」戰火，他遠走日本。1939年返上海，加入汪僞政權組織，因爭奪賭

場，爲青紅幫槍殺。他的短篇小說收入《都市風景線》（1928上海水沫書店）一書，主要寫的是上海大都市的種種景觀，風格吸取日本「新感覺派」小說家橫光利一、片岡鐵兵等人的路數。並譯有現代日本小說集《色情文學》（1928上海第一線書店）。

杜衡（1907-64），原名戴克崇，筆名蘇汶、蘇文、文木、白冷、老頭兒、李今等，浙江省餘杭縣人。畢業於上海震旦大學，曾參與編輯《瓔珞》旬刊及《無軌列車》月刊。1931年參與編輯《現代》雜誌，連續發表關於「第三種人」的文章。抗日時期去香港。1941年後到重慶，任《中央日報》主筆。受知於陶希聖，1949年去台灣，放棄文學，成爲政論家，爲雷震的《自由中國》雜誌的重要撰稿人。1954年因觸犯當政者禁忌離開《中央日報》，專爲其他報章如《新生報》等撰寫社論、社評。

杜衡以討論「第三種人」而聞名。所謂「第三種人」，即是超脫於當日政黨鬥爭之外的「知識階級的自由人」。他認爲文學是自由心靈的表現，而當時左右兩派都走了歪路，特別是左翼文學的評論更阻礙了自由文藝的產生。這樣的論調，當然會激怒了左翼的文人，這大概也就是他不能不去香港而再轉台灣的原因。他的小說作品有短篇集《石榴花》（1927上海第一線書店）、《懷鄉集》（1933上海現代書局）、《紅與黑》（1934上海良友圖書公司）、長篇《再亮些》（又名《叛徒》，1936上海現代書局）、《漩渦裡外》（1937上海良友圖書公司）。他多寫都市的知識份子，也曾嘗試寫工人的困境以及農村與船民的生活。當然他不走左派現實主義的道路，因爲他與新感覺派作家來往密切，他們的風格都可歸爲現代派。

穆時英（1912-40），筆名伐揚、匿名子，浙江省慈溪縣人。自幼隨銀行家的父親到上海求學，上海光華大學中國文學系畢業。1928年開始文學創作。1935年與葉靈鳳合編《文藝畫報》，創辦《文藝月刊》，並擔任國民黨圖書雜誌審查委員。抗日戰爭爆發後赴港，任《星島日報》編輯。旋返滬，出任汪政權宣傳部新聞宣傳處長，主持《中華日報》的《文藝週刊》和《華風》副刊，並主編《國民新聞》。1940年爲國民黨特務暗殺。遺著有短篇小說集《南北極》

（1932上海湖風書店）、《空閒少佐》（1932上海良友圖書公司）、《公墓》（1933上海現代書局）、《白金的女體塑像》（1934上海現代書局）、《聖處女的感情》（1935上海良友圖書公司）等。

他早期作品中寫一些下層社會剽悍、粗獷，具有江湖氣的人物，彷彿承繼了《水滸傳》的遺緒。到了《公墓》，則轉而寫上海燈紅酒綠的都市風情。評者認為是受了劉吶鷗從日本帶來的新感覺派的影響，使他的小說「充滿著爵士樂的節奏，狐步舞的體態和夜總會的瘋狂，充滿著在喧囂熱鬧場中的人生孤獨感、寂寞感和失落感」（楊義 1988：690）。

五四以後的後十年，不論是小說的創作或評論，都籠罩在左派言論的氣焰中。幸而有雖是左派但尚有獨立藝術眼光的作者如魯迅者在，多少矯正一些革命小說的急就章。本身兼具創作者和評論者的雙重身分，魯迅的影響是巨大的，從五四後的前十年到後十年，可說影響越來越大，影響到的作家越來越多。除了本章列出的魯迅的追隨者之外，其實很多別的作家也多少受過他的影響。魯迅的早逝也並未影響到他在後進作家中的形象，而且這影響一直延伸到戰後的台灣文學。

然而就小說的成就而論，這十年中真正做出成績的偏偏是左派以外的作家。在西方各種潮流（特別是寫實主義）的衝擊後，逐漸融會固有的傳統及作者自己觀察、領會的心得，步入了開花結實的階段。其成果，不論就書寫的範圍、對象或技巧，都遠遠超過了歷代說部的成績。最值得肯定的是李劼人的大河小說、老舍的幽默寫實小說和沈從文的唯美小說。在眾多擬寫實的作品中，李劼人的三部曲證明了中國現代小說家的寫實功力。老舍的《駱駝祥子》的確鶴立雞群，樹立了社會悲劇的典範。沈從文優美的文筆把浪漫主義帶入風俗畫的唯美境地。他們的作品不但為當日的讀者帶來美好的閱讀經驗，引起難得的回味與沉思，而且毫無疑問的會傳之後世。

引用資料

中文：

王　瑤，1953a：《中國新文學史稿》上冊，上海新文藝出版社。

王　瑤，1953b：《中國新文學史稿》下冊，上海新文藝出版社。

巴　金，1988：〈《愛情三部曲》總序〉，《巴金全集》第6卷，北京人民文學出版社。

丹　仁（馮雪峰），1932：〈民族革命戰爭的五月〉，5月《北斗》第2卷第2期。

朱光潛，1980：〈從沈從文的人格看沈從文的文藝風格〉，《花城》第5期。

老　舍，1961a：〈我怎樣寫《二馬》〉，《老牛破車》，香港宇宙書店。

老　舍，1961b：〈我怎樣寫《小坡的生日》〉，《老牛破車》，香港宇宙書店。

老　舍，1961c：〈我怎樣寫《大明湖》〉，《老牛破車》，香港宇宙書店。

老　舍，1961d：〈我怎樣寫《牛天賜傳》〉，《老牛破車》，香港宇宙書店。

老　舍，1961e：〈我怎樣寫短篇小說〉，《老牛破車》，香港宇宙書店

李健吾，1984：《李健吾創作評論選集》，北京人民文學出版社。

沈從文，1984a：〈從文自傳〉，《沈從文文集》第九卷，香港三聯書店香港分店。

沈從文，1984b：〈水雲〉，《沈從文文集》第十卷，香港三聯書店香港分店。

沈從文，1985a：〈論中國創作小說〉，《沈從文文集》第十一卷，香港三聯書店香港分店。

沈從文，1985b：〈《從文小說習作選》代序〉，《沈從文文集》第十一卷，香港三聯書店香港分店。

沈從文，1985c：〈短篇小說〉，《沈從文文集》第十二卷，香港三聯書店香港分店。

克　興，1928：〈小資產階級文藝理論之謬誤——評茅盾君的《從牯嶺到東京》〉，12月10日《創造月刊》第2卷第5期。

金介甫，1990：《沈從文傳》，北京時事出版社。

郁達夫，1982：〈光慈的晚年〉，《郁達夫文集》第三卷，香港三聯書店香港分店。

茅　盾，1928：〈從牯嶺到東京〉，10月《小說月報》第19卷第10號。

馬　森，1997：〈理想如何扭曲真實——茅盾的《子夜》〉，《燦爛的星空——現當代小說的主潮》，台北聯合文學出版社，頁66-70。

夏志清，1979：《中國現代小說史》，香港友聯出版社。

袁良駿，1982：《丁玲研究資料》，天津人民出版社。

曹聚仁，1955：《文壇五十年》續集，香港新文化出版社。

郭沫若，1937：〈中國左拉之待望〉，7月《中國文藝》第1卷第2期。

陳思和，1987：《中國新文學整體觀》，上海文藝出版社。

陳翔鶴，1936：〈自序〉，《獨身者》，上海中華書局。

靳　以，1934：〈序〉，《蟲蝕》，上海良友圖書公司。

楊　義，1988：《中國現代小說史》第二卷，北京人民文學出版社。

魯　迅，1935a：〈序〉，蕭紅《生死場》，上海容光書局。

魯　迅，1935b：〈序〉，葉紫《豐收》，上海容光書局。

劉以鬯，1980：〈臺靜農的短篇小說〉，臺靜農《臺靜農短篇小說集》，台北遠景出版社。

錢謙吾，1931：《現代中國女作家》，上海北新書局。

謝冰瑩，1967：〈孫席珍〉，《作家印象記》，台北三民書局。

蘇雪林，1983：《中國二三十年代作家》，台北純文學出版社。

嚴家炎，1989：《中國現代小說流派史》，北京人民文學出版社。

外文：

Forster, E. M., 1974: *Aspects of the Novel*, London, Penguin Books.

Hsia, C. T., 1971: *A History of Modern Chinese Fiction*, New Haven, Yale University Press.

Kinkley, Jeffrey, 1987: *The Odyssey of Shen Congwen*, Stanford, Stanford University Press.

Lao Shaw, 1945: *Rickshaw Boy* (translated by Evan King), New York, Reynal and Hitchcook.

Lao Shaw, 1947: *Cœur Joyeux, Coolie de Pékin* (traduit par Jean Poumarat), Paris, B.

Lao She, 1948: *The Quest for Love of Lao Lee* (translated by Helena Kuo), New York, Reynaland Hitchcock.

Shen, Ts'ung-wen,1947: *The Chinese Earth, Stories by Shen Ts'ung-wen* (translated by Ching Ti and Robert Payne), New York, George Allen & Unwin, Ltd.

第十六章　話劇的茁壯與成熟

1928年，洪深提議用「話劇」一詞概括從西方移植而來的新劇，獲得從事新劇活動的人士同意，從此「話劇」之名通用至今。五四後的第二個十年，也就是從1928到抗日戰爭爆發的1937年是中國話劇走向成熟的階段。所謂成熟，意指在這個階段不但有職業話劇團的出現，而且也產生了結構嚴謹、具有深度的劇作。

一、劇社與演劇

1927年4月國民黨清共後，影響了大批文人的左轉，其中尤其包括從事戲劇活動的劇作家、導演和演員，大概因為戲劇比其他文類更易於用作特定思想或主義的宣揚，熱心政治的人因此特別偏愛戲劇。為了團結左派的文藝工作者，「創造社」的鄭伯奇、馮乃超結合「太陽社」的錢杏邨、孟超、楊邨人，再加上左派演員劉保羅、司徒慧敏、陳波兒、王瑩，在共產黨地下負責人夏衍的指導下，於1929年6月5日成立了「上海藝術劇社」，公然打出「無產階級戲劇」的口號。該社編輯出版了《藝術月刊》、《沙侖月刊》兩份雜誌，從事左派意

識形態的宣傳。又出版了《戲劇論文集》。1930年初開始公演，演出了匈牙利劇作家Ferenc Molnár（1878-1952）的《梁上君子》及法國作家羅曼・羅蘭的《愛與死的角逐》（*Le Jeu de l'amour et de la mort*）。接著又演出了根據德國作家雷馬克（Erich Marie Remarque, 1898-1970）小說改編的《西線無戰事》（*Im Westen nichts Neues*, 1929）。

　　1930年3月2日，「左翼作家聯盟」在上海成立，半月後，上海的幾個重要劇社像「戲劇協社」、「南國社」、「摩登社」、「辛酉劇社」、「藝術劇社」、「劇藝社」等聯合組成「上海戲劇運動聯合會」。8月改組為「中國左翼劇團聯盟」，公開打出左翼的旗號。只因「戲劇協社」維持中立的態度，故又在1931年元月以個人名義改組為「中國左翼戲劇家聯盟」，由田漢、劉保羅、趙銘彝負責，且在各地成立分盟，如南通分盟、北平分盟、漢口分盟、廣州分盟等等。各地分盟都有地方劇社，經常演出。左派的戲劇家把戲劇看作是進行政治鬥爭的工具，所以會積極地滲入學校、工廠。1931年9月，中國左翼戲劇家聯盟通過「最近行動綱領」，「突出強調將革命戲劇深入工農群眾，以獨立、輔助、聯合三種方式積極開展工人、學生、農民的演劇活動；創作內容強調暴露地主資產階級與反動派的罪惡，從各種鬥爭中指出政治出路；組織『戲劇講習班』，加強戲劇理論建設，開展理論鬥爭等。」（陳白塵、董健 1989：291）目的雖為了政治宣傳，卻也鼓動了喜愛戲劇的青年人的熱情，帶動起戲劇運動。

　　國府對文學、戲劇的重視不如共產黨人，但也並未完全漠視。1929年在廣州曾成立「廣東戲劇研究所」，聘當時政治立場不明確的歐陽予倩擔任所長，並附設演劇學校。（吳若、賈亦棣 1985：95）又於1935年10月在南京成立國立戲劇學校，聘留美的余上沅為校長。曹禺、應雲衛、馬彥祥、吳祖光等都曾在該校任教，所造就的戲劇人才後來分布在海峽兩岸。

二、話劇的期刊與論著

由於話劇日漸受到社會與政黨的重視，關於現代戲劇方面的期刊和論著越來越多。三〇年代初期，有關現代戲劇的期刊從數種激增到二十多種。其中較著名的有袁牧之主編的《戲》、包時、凌鶴主編的《現代演劇》、葛一虹、徐韜編的《電影戲劇》、歐陽予倩、馬彥祥主編的《戲劇時代》、章泯、葛一虹編的《新演劇》等。

在現代戲劇論著方面，谷劍塵和向培良是開路先鋒，前者在1925年出版了《劇本之登場》、1932年出版《民眾戲劇概論》和《現代劇作法》；後者於1926年出版了《中國戲劇概評》，是最早對話劇評論的著作。1932年他又出版了《戲劇導演術》，1936年接連出版了《劇本論》、《導演論》、《舞台服裝》和《舞台色彩》諸書。從美國學戲劇返國的洪深出版了《戲劇學ABC》、《編劇二十八問》、《洪深戲劇論文集》等，歐陽予倩出版了《予倩論劇》，其他諸如馬彥祥的《戲劇講座》、宋春舫的《宋春舫論劇》、袁牧之的《演劇漫談》、章泯的《悲劇論》、《喜劇論》等都是在這一個時期出版的。洪深為趙家璧主編於1935年出版的《中國新文學大系·戲劇卷》所寫的〈導言〉為早期的新劇運動做了總結性的分析。從1930年起到抗日戰爭爆發，有關現代戲劇的論著出版了六十餘種。1936年，上海的商務印書館更出版了「戲劇小叢書」二十種，系統地介紹了有關現代戲劇的理論和知識。

有關外國戲劇的翻譯也大量增長，從1930年到1937年七年間出版的外國戲劇譯作二百六十部，較之從1908到1928二十年間出版的一百七十七部高出很多。（陳白塵、董健 1989：297-301）

三、劇作的豐收

由西方移植而來的話劇，不能不依照西方的傳統以劇作為重。有了好的文學性劇本，才能產生好的演出。在話劇史上重要的劇作，多半都產生在這一個時

期。

　洪深（1894-1955，生平見第十二章）早在清華學校讀書時已參加了新劇活動。1915年寫過一個有對話的腳本《賣梨人》，翌年又寫過一個類似文明戲的五幕劇《貧民慘劇》。留美期間，所寫兩齣英文劇《為之有室》（根據包天笑小說《一縷麻》改編）和《回去》，以此申請到哈佛大學戲劇家貝克教授的「戲劇教程」。1919年創作英文劇《虹》，寫歐戰後巴黎和約犧牲中國利益的故事。1921年為救賑華北水災，曾與張彭春合寫《木蘭從軍》在美義演。（陳白塵、董健 1989：317）1922年返國後一面以導演的身分從事戲劇活動，一面從事創作，這一年他寫出九幕劇《趙閻王》，描寫軍閥的罪惡，但在表現的形式上毫不隱晦地襲取了美國劇作家奧尼爾（Eugene O'Neill,1888-1953）在《瓊斯皇帝》（*The Emperor Jones*,1920）一劇中表現主義的手法，譬如在趙閻王逃亡時的諸般幻象，難以為當日剛接觸話劇的中國觀眾所接受。他的代表作應該是1936年由上海雜誌公司出版的《農村三部曲》，包括獨幕劇《五奎橋》（1930）、三幕劇《香稻米》（1931）和四幕劇《青龍潭》（1932）。其中《五奎橋》於1933年由上海現代書局單獨出版過。《農村三部曲》主要描寫中國農村的破產以及農民的愚昧、苦難和覺悟。缺點是作者並不熟悉農民的語言和生活，看來與真正的農民頗有距離。其中盡力表達作者的看法，也難免有概念化的問題。

　這時期在劇作之外，洪深也寫了不少有關話劇技術和理論的著作，譬如《戲劇學ＡＢＣ》（1928）、《編劇二十八問》（1934）、《洪深戲劇論文集》（1934）、《電影戲劇表演術》（1934）、《電影戲劇的編劇方法》（1935）以及他為《中國新文學大系・戲劇卷》所寫的〈導論〉（1935）等，對話劇的發展與茁壯產生推動的力量。

　李健吾（1906-82）的劇作也多寫於這個時期

洪深農村三部曲之一《五奎橋》

及抗日戰爭時代。劇作外，他也有小說，而且以劉西渭的筆名撰寫文學評論，名重一時。李健吾，山西省運城人，幼年就讀於北京高等師範學校附小，開始嘗試劇作，受到王統照的鼓勵。於1921年入北京師範大學附中，開始向王統照主編的《晨報‧文學旬刊》投稿。1922年與蹇先艾、朱大枬組織文學社團「曦社」，並且編輯《國風日報》副刊《爝火》。1923年，寫了三個短劇《出門之前》、《私生子》和《進京》，以仲剛的筆名在《爝火》上發表。1924年，創作獨幕劇《工人》。1925年中學畢業，考入清華大學中文系，旋轉入西洋文學系。因為喜愛戲劇，曾擔任清華戲劇社社長。1931年，赴法國留學，其間寫了有關「九一八事件」的《火線之內》（又名《老王和他的同志們》）和《火線之外》（又名《信號》）。1933年返國後任教於上海暨南大學及擔任孔德研究所研究員。與顧仲彝創辦上海實驗戲劇學校，出任教授。抗日戰爭期間，參加「上海劇藝社」工作。49年後，擔任北京大學文學研究所研究員，從事翻譯法國及俄國文學。1957年起，先後擔任中國科學院及中國社會科學院外國文學研究所研究員。

這時期李健吾的劇作有《委曲求全》（1932人文書店）、《梁允達》（1934生活書店）、《村長之家》（1934）、寫於1934年的三幕劇《這不過是春天》（1939生活書店）、《母親的夢》（1936文化生活出版社）、《以身作則》（1936）、《新學究》（1937）、《十三年》（原名《一個沒有登記的同志》，1937）等。在《火線之內》和《火線之外》兩劇中，李健吾表現了當日左派知識份子的心聲：希望共同抗日，反對內戰。在《梁允達》和《村長之家》中，寫鄉村裡有權有勢的人如

上：劇作家李健吾在工作中
左：《李健吾創作評論選集》

何製造了自己的家庭悲劇，而陷入恐懼與悔恨中。《以身作則》和《新學究》以諷刺喜劇的形式揭露人性的偽善和善惡並存的特質。在《這不過是春天》和《十三年》裡，以偵探愛情劇的形式描寫了北伐時期的革命黨人。《這不過是春天》裡的警察廳長、廳長太太和太太的革命黨老情人的三角關係，來自「春柳社」演過的《熱血》（也就是法國劇作家薩都的《杜斯克》）中的情節和人物。這個套子後來又被陳銓用在抗戰時期所寫的《野玫瑰》上。李健吾的戲在結構上主線明確，情節發展緊湊，口語的運用也相當成功，但是李健吾自己卻說：「我寫戲確實是一個失敗者。我的話劇，無論是獨幕，無論是多幕，無論是創作，無論是改編，都是在寂寞中過掉的。不過，有一個人卻不願忘掉它們，那就是巴金。他在大後方重慶還印過我的戲劇集。條件多麼壞，紙張多麼可憐，而在我又是多麼可貴啊！」（李健吾 1984）

李健吾在青少年時代久居北京，他的劇作在語言上流暢無礙，又因為他熟悉法國佳構劇的技巧，使他的作品具有情節緊湊的優點，卻避免了過於意外巧合的短處。他的人物個性複雜，也有些深度。寫過《中國新文學史》的司馬長風對李健吾的劇作稱讚備至，認為在獨創性上超過曹禺。（司馬長風 1976：293）其實這有些過甚其詞了。

在二○年代已經很多產的田漢（生平見第十二章），在這個時期作品更多。1927年成立了「南國社」後，他自己的作品像《咖啡店之一夜》、《獲虎之夜》、《名優之死》等都成為時常上演的名劇。1927年，在上海藝術大學舉行「魚龍會」戲劇匯演，1928年率南國藝術學院西征杭州公演，兩次在上海公演，1929年南國社一次赴廣州、兩次赴南京公演，這些演出常常造成轟動，對於當日的話劇運動產生巨大的影響。1929年，他寫出了《南歸》、《孫中山之死》、《火之跳舞》、《一致》等劇。三○年代以後，田漢思想左轉，他宣布：「跟著階級鬥爭的激烈化與社會意識之進展，必須丟棄其朦朧的態度，斬截地認識自己是代表哪一階級的利益。」（田漢 1930）從此他成為擁護共產黨的一員，兩年後自己也正式加入了共產黨。當時他把比才（Georges Bizet, 1838-75）的歌劇《卡門》改編成六幕話劇，企圖「藉外國故事來發揮

革命感情影響中國現實。」（田漢 1955）其中仍然充溢著早期的浪漫情調。不過此劇遭到禁演，不久「南國社」也被查封。此後在其他的作品中，像《年夜飯》、《梅雨》、《姊姊》、《顧正紅之死》（1931）、《月光曲》（1932）、歌劇《揚子江暴風雨》（1934）等，田漢企圖表現工人階級的苦難和反抗現實的意圖至爲明顯。隨後他又寫了些在外敵威脅下鼓舞愛國情操的作品，諸如獨幕劇《雪中的行商》、《水銀燈下》（1934）、《暗轉》、《黎明之前》（1935）、《初雪之夜》、《晚會》（與陽翰笙合作）、《女記者》（1936），和三幕劇《回春之曲》（1934）。1937年更寫出了揭開抗日戰爭序幕的四幕劇《盧溝橋》和四場劇《最後的勝利》。（馬森 1991：131-132）雖然田漢是個活動力很強，而且也是個創造力豐富的劇作家，這時期他的作品，由於「政治要求往往壓倒了藝術追求，『理』勝於『情』，致使有的作品藝術感染力不強」（陳白塵、董健 1989：232）。

宋春舫（1892-1938），浙江省吳興縣人。1912年畢業於上海聖約翰大學，1914年留學瑞士，在日內瓦大學攻讀政治經濟學。1916年返國後，先後執教於聖約翰大學、清華及北京大學。1919年赴歐洲考察戲劇，1921年返國後繼續在北大教授戲劇。1922-23年間任北洋政府財政部祕書及公債司幫辦。1924年任教於東吳大學。1926年出任青島大學圖書館長及青島市政府參事。1932年任上海商業儲蓄銀行研究部監事。此後在青島大學執教。他是最早研究介紹西方戲劇發展及理論的學者，三〇年代也有戲劇創作問世。像獨幕劇《一幅喜神》（1932商務印書館）、三幕劇《五里霧中》（1936商務印書館）、《原來是夢》（1936商務印書館）、《宋春舫戲曲集》共三集（1932-36商務印書館）等。他寫的都是喜劇，譬如《一幅喜神》寫大盜偷到收藏家的珍藏時發現都是贗品；《五里霧中》寫戀人間的捉弄，充滿奇趣；《原來是夢》則寫一個窮困潦倒的作家夢見自己當上大官而貪贓枉法，均取材於他所熟悉的社會情態，帶有西方「世態喜劇」（comedy of manners）的風味。但是在三〇年代左派意識風行的時代，宋春舫的喜劇欠缺左派所提倡的意識形態和社會關懷，故難以贏得注意。反倒是他的《宋春舫論劇》共四集（1923-37商務印書館）成爲戲劇界

的重要參考資料。

袁牧之（1909-78），原名袁家萊，浙江省寧波縣人，是當日著名的電影演員和編導。中學時期即參與業餘戲劇活動。1927年後就讀上海大學，參加戲劇協社和辛酉劇社的演出。三〇年代初參加左翼戲劇活動，主演《五奎橋》、《回春之曲》、《怒吼吧！中國》等劇。1934年加入電通影片公司，編演出《桃李劫》、《都市風光》、《風雲兒女》等片。1935年轉入明星電影公司，編導、主演了《生死同心》、《馬路天使》等。抗戰初期，主演了《八百壯士》。1938年赴延安，成立延安電影團，製作了解放區第一部紀錄片《延安與八路軍》。1940年參加共產黨，並赴蘇聯考察。1946年返國後，創建東北電影製片廠。49年後出任文化部電影局長。1954年患病離休。

袁牧之在電影工作外，也是個不錯的喜劇作家。1928年，他寫了獨幕劇《愛神的劍》、《愛的面目》等，翌年，又寫了《寒暑表》、《玲玲》、《生死離別》、《水銀》、《叛徒》等劇。1932年，他寫出代表作《一個女人和一條狗》。後來又寫出《晚宴》和《三個大學生》。抗戰前。他把法國浪漫主義的名作雨果的《巴黎聖母院》改編爲《鐘樓怪人》。他所寫多半都是青年人戀愛中的矛盾，不外知識份子愛情悲喜劇。他的《一個女人和一條狗》構思巧妙，一條狗原來指的是一個巡警，劇情發展跌宕起伏，妙趣橫生。

劇作外，袁牧之也出版過兩本有關戲劇演出的著作：《戲劇化妝術》（1931）和《演劇漫談》（1932）。

谷劍塵（1897-1976），浙江省上虞縣人。五四期間，曾參加少年宣講團。1921年參與創立上海的戲劇協社，任排演主任。曾先後於江蘇省教育學院、國立戲劇專科學校、國立社會教育學院任教。49年後於上海戲劇學院任職，從事話劇史研究。1926年出版獨幕劇集《冷飯》。到抗日戰爭前，又出版了多幕劇《孤軍》、《楊小姐的祕密》、《紳董》、《岳飛之死》等。劇中諷刺上層社會的自私、虛僞，同情民眾的疾苦，作者自言：「我憑藉著戲劇來諷刺社會，或者發洩我的牢騷。」（谷劍塵 1926）因爲作者能導、能演，熟悉舞台，故所寫劇作情節多變，矛盾曲折，富有戲劇效果。作者主張民族主義，反對階級鬥

爭，被時人視爲右派。

　　他是個戲劇活動家，劇作外，著有《劇本之登場》（1925）、《民眾戲劇概論》（1932）、《現代劇作法》（1932）、《電影劇本作法》（1935）、《劇團組織及管理》等多部有關戲劇理論及實際的著作。

谷劍塵《電影劇本作法》

　　左明（1902-41），原名廖新，又名廖作民，陝西省南鄭縣人。1925年就讀於熊佛西主持的北平國立藝術專科學校戲劇系，翌年組織五五劇社。1927年，轉入田漢主辦的上海藝術大學戲劇系，次年追隨田漢到南國藝術學院，成爲南國社的中堅分子。1929年，與陳白塵，鄭君里另成立左傾的「摩登社」，迫使田漢不得不跟從左轉。抗戰爆發後，擔任抗日救亡演劇五隊隊長。1938年赴延安，出任魯迅藝術學院戲劇系主任。1941年去世。1930年左明寫有《夜之顫動》，《到明天》，描寫窮苦的人民如何在地主壓迫下無以維生，只有奮起抗爭才有生路，都是遵照左聯的意識形態而寫。其他如馮乃超、樓適夷的劇作亦都如此。袁殊的獨幕劇《工廠夜景》（1931）則寫的是工人抵抗日本人的壓迫和欺凌。

　　石凌鶴（1906-95），原名石聯學，又名石煉頑，字時敏，號遜軒，江西省樂平縣人。幼年曾就讀於江西省立第五中學，後任小學老師。1927年參加共產黨，在省工會從事宣傳工作。1927年後流亡日本，1930年因在日參加反日示威活動被驅逐回國。在上海參加藝術劇社，從事左翼戲劇運動。抗日戰爭爆發後，參加抗日救亡工作。49年後，歷任江西省劇協分會主席、江西省文化局局長兼黨組書記。文革時，被打成「黨內走資派」、「反黨、反社會主義頑固分子」，遭到批鬥、遊街示眾、掃地出門、關進牛棚。文革後獲得平反，1979年出任上海劇協分會副主席。他於1933年發表第一個獨幕劇《血》，描寫外國巡捕在上海租界鎮壓工人的流血事件。接著寫成《高貴的人們》，表現剝削工人的資本家在外國資本家壓制下破產的慘劇。1936年後，呼應周揚所提出的「國防戲劇」口號，寫出了宣傳抗日的《洋白糖》、《荒漠笛聲》和四幕劇《黑地獄》等，演出後發揮了宣傳的作用。抗戰時期繼續寫了《死前的歡樂》、《上

前線去》、《再上前線》、《火海中的孤軍》、《夜之歌》、《鐵蹄下的上海》、《戰鬥的女性》、《樂園進行曲》、《山城夜曲》、《夢的微笑》等劇，不是宣傳抗日，就是揭發國民黨貪瀆腐化的，此亦可見左派劇人創作力之旺盛。

章泯（1906-75），原名謝興，四川省峨眉縣人。1918年，就讀於成都第一中學。1926年加入共產黨。1929年畢業於國立北平大學戲劇系，開始從事導演工作。1931年在上海加入「左翼戲劇家聯盟」，被選爲執委及編導部主任。爲上海業餘劇人協會導演《娜拉》、《欽差大臣》、《大雷雨》等，捧紅了演員藍蘋（即後來的毛澤東夫人江青）。1935年撰寫《悲劇論》、《喜劇論》等理論著作。1937年，與葛一虹等創辦《新演劇》雜誌。1941年到香港，組織「香港劇人協會」，並導演《馬門教授》，轟動一時。1943年回四川教書，翻譯戲劇理論。49年後，任中央電影局藝委主任。1954年赴蘇聯考察電影教育，返國後創辦北京電影學院，先後任副院長、院長、黨委書記。據說章泯與藍蘋去延安前有一段情緣，是在文革中與江青有關係的人中唯一安然過關者。三○年代初寫獨幕劇《棄兒》、《兒歸》等，反映當日農民受地主迫害的慘狀。在「國防戲劇」期間，撰有獨幕劇《東北之家》、《村中之夜》、四幕劇《我們的故鄉》、《黑暗的笑聲》（1936）等，寫的都是東北人民抗日的故事。抗日戰爭時期，曾出版《生路》、《期望》等劇集。

在抗戰爆發前夕，很多文人都曾嘗試以戲劇的形式來抒發抗日救國的情懷，譬如姚時曉的獨幕劇《砲火中》、《別的苦女人》（1936）、許幸之的《最後一刻》、《古廟鐘聲》（1936）、舒群、羅烽合作的獨幕劇《過關》、崔嵬的《工人之家》、《張家店》、荒煤的《黎明》、陳明中的《星火》、王林的《火山口》、嚴恭的《開演之前》等。雖然這些作品多半都是左派劇作家爲宣傳而作的急就章，但也發揮了鼓舞人心的作用。

四、話劇的高峰：曹禺的劇作

　　這時期，在年輕一代的劇作家中特別突出的，處女作就一鳴驚人的，是當時才二十三歲的曹禺。

　　曹禺（1910-96），原名萬家寶，字小石，原籍湖北省潛江縣，生於天津小白樓。祖父萬啓文是一位鄉塾的教書先生，家境清貧。到了他父親萬德尊，一心力爭上游，先進張之洞創辦的「兩湖書院」，後獲得清末官費留學，進日本陸軍士官學校就讀。回國後，在直隸總督端方手下擔任衛隊的標統。滿清傾覆後，曾一度擔任黎元洪總統的祕書。不久黎元洪下野，萬德尊失官避居天津，從此過著寓公的賦閒生活，鬱鬱不得志而終。萬德尊先後三娶，元配燕氏，生一女一子萬家瑛與萬家修。自日返國後，又娶商人女薛氏，生萬家寶，薛氏不幸產後得產褥熱去世，萬德尊又續娶薛氏的孿生妹妹薛泳南，即是撫養曹禺長大的繼母。繼母愛看戲，故曹禺自幼即隨繼母經常出入戲園，舉凡京戲、崑曲、河北梆子、山西梆子、唐山落子以及文明戲無所不看。曹禺1922年入南開中學後，對話劇產生濃厚的興趣，在張彭春先生指導下參加演出丁西林的《壓迫》、易卜生的《國民公敵》、《娜拉》、霍普特曼的《職工》等劇，並擔任過《南開雙週刊》的戲劇編輯。1928年，入南開政治經濟系，因為醉心文學、戲劇，翌年轉入北京清華大學西洋文學系。九一八事變後，與同學共同創辦《救亡日報》，組織宣傳隊到保定等地進行抗日宣傳。1933年從清華畢業，未考取赴美留學，考入清華研究院研究戲劇。是年完成構思五年之久的處女作四幕劇《雷雨》。定稿交給籌備《文學季刊》的南開同學靳以，一年後此稿為巴金所見，大為激賞，遂力薦給主編鄭振鐸，於1934年7月《文學季刊》第一卷第三期全文刊出。1935年4月，

曹禺（1910-96）

中國留日學生以「中華話劇同好會」的名義在東京神田一橋講堂首演，導演爲吳天、劉汝醴、杜宣。同年8月天津的業餘孤松劇團在國內首次公演。後來《雷雨》爲中國第一個職業話劇團「中國旅行劇團」在各地演出，造成轟動，成爲該團的保留劇目，曹禺也因此一舉成名。

　　繼《雷雨》（1936上海文化生活出版社）後，曹禺又於1936年發表了另一齣深受注目的四幕劇《日出》（1937上海文化生活出版社），而且榮獲1937年《大公報》的文學獎。曹禺成爲文學界的一顆新星，1936年秋應剛成立的國立南京戲劇學校之聘到該校執教。1937年與鄭秀結婚，並完成《原野》（1937上海文化生活出版社），此作褒貶不一。但這三部戲的演出成績使曹禺的聲名如日中天。抗日戰爭爆發後，曹禺隨南京劇校從長沙、重慶一路南遷到江安。1938年，與宋之的合寫《黑字二十八》（又名《全民總動員》，1940重慶正中書局）。1939年完成四幕劇《蛻變》（1941重慶文化生活出版社），40年創作了三幕劇《北京人》（1942重慶文化生活出版社），42年改編巴金的小說《家》爲四幕話劇（1942重慶文化生活出版社），並應張駿祥之邀翻譯莎劇《羅蜜歐與幽麗葉》（1944重慶文化生活出版社）。勝利後，計畫寫四幕劇《橋》，惜未完成。1946年3月，與老舍應美國國務院之邀訪美。年底提前返國，在上海市立實驗劇校執教，並爲上海文華影業公司編導電影《艷陽天》。49年後，先後出任中央戲劇學院副院長、北京人民藝術劇院院長、全國人民代表大會常務委員、全國文聯副主席、全國劇協主席等職。1950年與鄭秀離婚，另娶方瑞。1954年寫成有關知識份子思想改造的三幕劇《明朗的天》（1956北京人民文學出版社）。1956年加入共產黨。1960年與梅阡、于是之合寫歷史劇《膽劍篇》（1962北京中國戲劇出版社）。文革中被打成「反動文人」與「三〇年代黑線人物」，關進牛棚。爲了進一步對其進行屈辱，當權者竟派他在擔任過院長的人民藝術劇院看守門房兼打掃廁所。據說當時有一個訪問中國大陸的日本戲劇家代表團，要拜見鼎鼎大名的曹院長，沒想到窩在門房裡那個掃廁所的小老頭就是他們想見的人。爲了維持國家的顏面，當時的劇院領導才無可奈何地把他從門房裡提了出來。1973年，妻子方瑞受迫害病死。像其他作家、

藝術家和知識份子一樣，曹禺在十年文革期間，受盡了屈辱和折磨，包括肉體的懲罰諸如「坐飛機」之類。四人幫垮台後，曹禺獲得平反，再續娶京劇名伶李玉茹。除了繼續擔任人民藝術劇院的院長外，並兼任戲劇家協會的主席，因為年事已高，這些職務都不過是掛名而已。1978年完成受周恩來之命所寫的五幕歷史劇《王昭君》（1979四川人民出版社）。

《雷雨》的問世，出自一位只有二十三歲的青年之手，時人咸以為是天才之作。最先讀過手稿的巴金後來追憶道：「我感動地一口氣讀完它，而且為它掉了淚。不錯，我落了淚，但是流淚以後我卻感到一陣舒暢，同時我還覺得一種渴望。一種力量在我身內產生了。」（巴金 1941）自從中國旅行劇團在北京、天津等地推出，復旦劇社在上海演出後，受到各地觀眾的熱烈歡迎，對《雷雨》的評論、讚譽也就不斷地出現在報章雜誌上。田本相很中肯地綜論說：

> 看看「五四」以來的劇本創作，還沒有一個人像曹禺寫出這樣一部傑出的多幕劇，在戲劇結構上這樣高超，這樣妙手天成。……在人物塑造上，更傾注了他的全部心血。他一上手，寫劇本，就醉心於人物的刻畫。這點，也是他較之他的前輩和同代人高明的地方。……最困難的，還是能否形成一種為中國人能夠接受的、既能供演出又能供欣賞的戲劇語言。……在《雷雨》之前，我國劇作家進行了艱苦的探索，但在戲劇語言上存在的問題較多，或是書面語言色彩較重，或是有歐化的毛病；或是雖富於抒情，但卻缺乏戲劇性；或是人物的語言缺乏個性。而《雷雨》卻創造了一種具有高度戲劇性的文學語言，而且是具有曹禺創作個性的戲劇語言。（田本相 1988：151-154）

沒錯，《雷雨》是第一部結構嚴密、人物鮮活、語言生動而精確、且有足夠思想深度的話劇，但是還有另一個重要的突破：那就是在中國通俗劇的傳統中《雷雨》是第一齣真正的悲劇。作者採用「三一律」、倒敘的時間集中，以及無所報償的死亡結尾，都是希臘悲劇的手法，筆者認為「《雷雨》中的死亡雖然並非由於親人間的彼此殺戮，卻是導因於親子間的情感糾葛。特別是其中對

亂倫的描寫，相當違反中國文化的禁忌，若沒有希臘悲劇以及西方以後的戲劇中對亂倫的處理作爲借鑑，曹禺恐怕也無法納入這樣的情節。」（馬森 1992：114）曹禺自己說：「情感上《雷雨》所象徵的對我是一種神祕的吸引，一種抓牢我心靈的魔：《雷雨》所顯示的，並不是因果，並不是報應，而是我所覺得的天地間的『殘忍』。」（曹禺 1936）在這一點上，筆者曾寫過：「這種對宇宙殘忍的看法，毋寧是來自道家的『天地以萬物爲芻狗』的觀念，是西方的悲劇家未曾涉及的。曹禺在《雷雨》中所表現的這種宇宙的殘忍性，非常的中國，而又不失悲劇的力量，可惜過去的戲曲過於拘泥於儒道膚淺和世俗的一面，對任何較深層的思想，反倒忽略了。」（馬森 1992：115）

此外，論者有的認爲《雷雨》在人物和情節上套用了白薇《打出幽靈塔》的模式（朱棟霖 1987：19）；有的認爲在編劇上作者深受希臘悲劇、哈辛（Jean Racine, 1639-99）、易卜生、奧尼爾等人的劇作，甚至佳構劇的影響（劉西渭 1936；陳瘦竹 1979）。劉紹銘在他撰寫曹禺的博士論文中，從寫實主義的觀點，甚至認爲曹禺是契訶夫和奧尼爾的不及格的弟子。（Lau 1970）但是這樣的批評並不公平。作爲從西方移植而來的話劇，中國的劇作家向西方的名劇學習自是難以避免的現象，問題是有沒有消化，是否呈現出具有中國風味的獨創

左：《雷雨》。中：《日出》。右：《原野》

性。曹禺並不承認他有意識地模仿過誰。他說：

1936年，中國旅行劇團在上海演出的《雷雨》劇照

　　我很欽佩，有許多人肯費了時間和精力，使用了說不盡的語言來替我的劇本下註腳；在國內這些次公演之後，更時常地有人論斷我是易卜生的信徒，或者臆測劇中某些部分是承襲了Euripides的 *Hippolytus* 或 Racine 的 *Phèdre* 靈感。認真講，這多少對我是個驚訝。我是我自己——一個渺小的自己：我不能窺探這些大師們的艱深，猶如黑夜中的甲蟲想像不來白晝的明朗。在過去的十幾年，固然也讀過幾本戲。但儘管我用了力量來思索，我追憶不出哪一點是在故意模擬誰。也許在所謂「潛意識」的下層，我自己欺騙了自己：我是一個忘恩的僕隸，一縷一縷地抽取主人家的金線，織好了自己醜陋的衣服，而否認這些褪了色（因為到了我的手裡）的金絲也還是主人家的。其實偷人家一點故事、幾段穿插，並不寒磣。同一件傳述，經過古今多少大手筆的揉搓塑抹，演為種種詩歌、戲劇、小說、傳奇也很有些顯著的先例。然而如若我能繃起臉，冷生生地分析自己的作品（固然作者的偏愛總不容他這麼做），我會再說，我想不出執筆的時候我是追念著哪些作品而寫下《雷雨》，雖然明明曉得能描摹出來這幾位大師的遒勁和瑰麗，哪怕是一抹、一點或一鉤呢，會是我無上的光彩。（曹禺1936）

　　曹禺的自白毋寧是真誠的。在結構上，曹禺學到了希臘悲劇「三一律」的手法，使時間、地點和動作都集中在有限的範圍內，劇情才會如此緊湊。然而以一個二十三歲處世不深的青年寫出如此一齣龐大複雜的巨構，又寫得如此感人，如此富有獨創性，不能不讓人稱奇。據我們研究古今中外成功的文學作品的經驗，大概都會瞭解到感人的文學作品多半都從作者本身的人生經驗而來，沒有某種生活，寫不出某種作品。一般咸認作者人生經驗中所產生的激情

（passion）常是作品的靈感源泉與激素，特別是青年作者的處女作。例如歌德的《少年維特之煩惱》、喬伊斯（James Joyce）的《一個青年藝術家的畫像》（*A Portrait of the Artist as a Young Man*）都是他們自傳體的小說。普魯斯特的《追尋失落的年華》和勞倫斯（D. H. Lawrence）的《兒子與情人》（*Sons and Lovers*）也都有他們不得不寫的激情在內。那麼醞釀了五年之久而「寫《雷雨》是一種情感的迫切需要」（曹禺在〈雷雨序〉中語）的曹禺，難道沒有不得不寫的激情在內嗎？所以《雷雨》一劇與作者個人的人生經驗具有密切的關係，應該是合理的推測。很多人都曾兜著圈子想從曹禺的嘴裡證實這個問題，因為其中牽涉到亂倫的情節，沒有人敢直接提問，結果曹禺也只有兜著圈子回答。在田本相的《曹禺傳》裡有不少資料可以印證我們的推測，例如在〈《雷雨》的誕生〉一章裡有下面的一段話：

> 作家曾說過，周樸園身上有他父親萬德尊的影子，……周萍也許多少有他的大哥身上的某些東西。（田本相 1988：147-148）

田本相有一次對作者的訪問，記下曹禺有如下的一段自白：

> 儘管我的父親很喜歡我，但我不喜歡我的家。這個家的氣氛是十分沉悶的，很彆扭。我父親畢竟是個軍人出身的官僚，他的脾氣很壞。有一段時間我很怕他。他對我哥哥很凶狠，動不動就發火。……哥哥三十多歲就死去了，到現在我還不大明瞭他。他們父子兩個人仇恨很深很深。父親總是挑剔他。其實，我們都是一個父親，只不過不同母罷了。但是哥哥恨透了父親。家中空氣是非常不調和的。（田本相 1981a：362）

關於曹禺的父親與他大哥之間的關係，田本相在《曹禺傳‧大學生活》一章中也說過：「特別是在一次父子爭吵之後，德尊把家修的腿打得骨折了，一度家修離開家裡，父子二人結下了更深的仇恨。」（田本相 1988：89）是什麼

樣的仇恨使父親打斷兒子的腿，逐出家門？筆者懷抱著眾人的疑問，但是也無法直接對曹禺啓口，只好在1981年赴南開大學講學之便，設法訪問了曹禺的親戚，所獲得的資料是：「曹禺確有一位嚴屬的父親，而曹禺的同父異母的大哥萬家修也確曾與曹禺的繼母有一段曖昧的戀情，因此之故萬家修竟被曹禺的父親打折了腿，逐出家門。萬家修後來在家庭的安排下結婚，但不久就悒鬱而死。」（馬森 1992）

　　正如《紅樓夢》寫得太精采、太感人，使紅學家不能不從作者的家世探索，二十三歲的曹禺寫出如此精采、感人的《雷雨》，自然也使我們不能不重視作者深藏內心不得不吐的激情。藝術的發洩具有心理療治的功效，維特死了，歌德活下來；周沖死了，曹禺活下來。

　　在三〇年代《雷雨》的出現，象徵著從西方移植而來的話劇已經扎入中國的泥土，開出美麗的花朵。借用當日一位著名的學者作家黎烈文的話說：

　　　　說到《雷雨》，我應當告白，虧了它，我才相信中國確乎有了「近代劇」，可以放在巴黎最漂亮的舞台上演出的「近代劇」。在這以前，我雖然看過兩位最優秀的劇作家的劇本的上演，但我總覺得不能和外國看過的戲劇相比，看了一半就想退出。只有《雷雨》確使我衷心嘆服，當看到自己身旁的觀眾，被緊張的劇情感動到流下眼淚或起了啜泣時，我們不相信中國現在有著這樣天才的劇作家！能夠這樣緊緊地抓住觀眾的心的天才的劇作家。（田本相 1988：201）

　　繼《雷雨》而後，曹禺的《日出》因為觸及到三反的主題（反資本主義、封建主義與買辦階級）引起更大的轟動效果。擔任《大公報・文藝副刊》主編的蕭乾於1937年初邀請了當日著名的作家和評論家茅盾、葉聖陶、巴金、朱光潛、沈從文、黎烈文、靳以、李廣田以及燕京大學外文系美籍教授謝迪克等，以三個整版的篇幅在副刊上發表了對《日出》的集體評論，這是對任何作家的新作從未有過的現象。這些評論，當然是褒多於貶。用陳瘦竹的話來說，就是

《日出》成功地「通過更廣闊的社會生活來揭露半殖民地的資產階級的醜惡和腐朽的本質」（陳瘦竹 1979）。問題是社會現象的本質不是那麼容易把握與揭露的。《日出》中誠然描寫了許多資產階級鉤心鬥角的行為和醉生夢死的生活，但是這樣的描寫多半是受了當日統御文壇的一種「農民意識」的左右，並非出於作者對社會分析的結果。因為

曹禺《日出》劇照

以農為本的文化傳統，驟然遭到西方資本主義意識形態的入侵，自然會產生一種排拒的心理和仇視的情愫，所以那個時代的所謂進步的文學、戲劇、電影，無不具有一種反資本主義、反工商業化的傾向。凡是跟工商業沾上邊的人，常常被寫成反面人物；正面人物則是農民和城市中的無產工人。馬克思主義所以容易滲入當日作家的腦海，也正由於符合了這種固有的「重農輕商」的農民意識的緣故。拿《日出》中的人物而論，除了方達生、黃省三、翠喜和小東西以外，幾乎都是反面人物。如果我們從寫實的眼光分析起來，有幾個人物是站得住腳的呢？可是作者告訴我們，他是用寫實主義的方法來創作《日出》的。請看他自己是怎麼說的：

我想脫開了 la pièce bien-faite 一類戲所籠罩的範圍，試探一次新路，哪怕僅僅是一次呢。於是在我寫《日出》的時候，我決心捨棄《雷雨》中所用的結構，不再集中於幾個人身上。我想用片段的方法寫起《日出》，用多少人生的零碎來闡明一個觀念。如若中間有一點我們所謂的「結構」，那「結構」的聯繫正是那個基本觀念，即第一段《道德經》引文內「人之道損不足以奉有餘」。所謂「結構的統一」也就藏在這一句話裡。……在《日出》裡，每個角色都應佔有相當的輕重。合起來，他們造成了印象的一致。這裡，正是用著所謂「橫斷面的描寫」，盡可能的，減少些故事的起伏，與夫「起承轉合」的手法。墨守

章法的人更要覺得「平直板滯」。然而，「畫虎不成反類狗」，自己技術上的幼稚也不能辭其咎。（曹禺 1985：382）

　　「人生的橫斷面」（a slice of life）正是寫實主義奉行的原則。寫實主義與自然主義的作家主張在寫作之前先要實地蒐集資料，並且要親身體驗，以免閉門造車或向壁虛構。曹禺在寫《日出》第三幕前，的確曾親自跑到貧民窟和下等妓院去蒐集材料、親身體驗一番。只是以一個中產階級的知識份子，匆匆地到另一個極不相同的社會環境做短暫的一瞥，所觀察到的能有多麼深入以及是否能夠掌握到下層社會中人們的精神面貌及真實情感，令人不能不持保留的態度。至於主人翁陳白露及她周圍的那些資產階級的渣滓，並非如《雷雨》中的人物是作者所熟悉的，而完全是曹禺陌生的環境和人物，所以才看起來如此的誇張不實。像陳白露這樣的人物，與其說來自作者的生活，不如說是繼承了文學上「茶花女」一型的餘緒，是作者觀念中的產物。寫實主義的作品並非全無主題，而是主題必須深藏在「人生橫段面」之中，是後來由讀者或觀眾自行體會出來的。曹禺既然先具有了「人之道損不足以奉有餘」的先行觀念，當然他只能看出這種大魚吃小魚的社會達爾文主義的面貌，對其他有違其先行觀念的社會狀態一概排斥之。現在作者盡力用《日出》中的人物和場面來圖解他的觀念，結果我們看到的並非是《日出》所呈現的生活中含有這種意蘊，而是作者強要我們根據他的先行觀念去理解《日出》，其間的差別正是「寫實主義」與「觀念文學」之間的不同。
　　除了不寫實之外，其中違反常識之處也很多。黃芝岡在一篇評《日出》的文章中曾指出多項有違常識之處：

一、流氓大亨金八以其金錢與權勢，再加上好色，居然不認識當時頂紅頂紅的交際花陳白露，未免過分簡化了陳白露的社會關係和金八的社會觸角。
二、以金八的身分地位，居然看上了開三等妓院的養女，一個瘦弱膽怯的未成熟的小女孩子，太有違常情。

三、流氓大亨雖有黑社會的勢力，在資本主義世界中卻非由這類的流氓來操縱
　　金融資本。他居然輕易地以債券的漲落整垮一家銀行，令人不可思議。

四、銀行的總經理居然無能掌握債券市場的情報，而向報館的編輯打聽消息，
　　未免太低估了銀行的能力了。（黃芝岡 1937）

　　以上僅舉幾個例子而已。為了寫好第三幕，曹禺肯不顧身分及危險跑到下
等妓院去實地調查，親身體驗，為何對主要的金融界反倒如此掉以輕心？不是
太低估讀者和觀眾對金融、投資的常識了嗎？結果使《日出》無法成為作者所
期盼的寫實之「虎」，只能反類「狗」了。研究曹禺的專家田本相曾經曲為解
說：「一個現實主義的作家，並不是現實生活的複製者，即使揭露黑暗，他也
絕不自然主義地加以描繪。所謂真實性，畢竟是經過作家主觀世界過濾了的真
實。在真實的描繪中總是滲透著作家的政治觀點、思想傾向、審美的評價和道
德感情。」（田本相 1981b）不管從「寫實主義」的立場來批評《日出》，還
是從變種的「現實主義」的立場來為之辯護，《日出》不是那隻寫實的老虎是
可以斷定的。

　　雖說《日出》不是那隻作者企圖完成的寫實之虎，它仍然不失一隻可以引
發觀眾興味的狗。這隻狗所代表的就是「喜劇」。作者想盡力模仿契訶夫深邃
的寫實藝術而不得，卻意外獲得契訶夫戲中的喜劇風味，所不同的是《日出》
中的喜劇人物比契訶夫劇中的人物要誇張得多。連為《日出》的寫實性辯護的
田本相也承認「《日出》同《雷雨》比較起來，突出表現了作家高度的喜劇興
奮。在他筆下出現了一連串喜劇人物：潘月亭、顧八奶奶、張喬治、胡四以至
福升。」（田本相 1981b）作者在塑造這些人物時，顯然帶著無法掩飾的憎惡
心情，無法進入這些人物的內心，他只能保持著一段距離，帶著譏諷的笑，從
眼角裡瞧著他們出醜作怪，正如莊浩然在一篇〈試論曹禺的喜劇意識和喜劇藝
術〉中指出：「如顧八奶奶、張喬治、胡四等，他們雖有多種性格特徵，而異
於單一激情的莫里哀式的類型人物，但因作者無比憎惡的主體情緒，驅使他以
諷刺家的態度關照對象的反面特點，其性格遂囿於否定性，且呈露誇張和滑稽

特色，缺乏一幅肖像畫通常的對稱和比例。」（莊浩然 1991）過去論者，諸如陳瘦竹的《現代劇作家散論》、辛憲錫的《曹禺的戲劇藝術》、朱棟霖的《論曹禺的戲劇創作》等都把陳白露和方達生看作是嚴肅的人物，因為這兩個主要人物更能決定全劇的風格，如果只有次要人物有喜感，仍不能說《日出》是一齣喜劇。其實陳白露與方達生也是喜劇人物，陳白露的做作與方達生的天真，只有在喜劇的詮釋下才更能彰顯他們的特色。筆者過去曾總結過對《日出》的看法：

> 作為一齣喜劇來詮釋，我想《日出》會有它的風味，我們可以視其為三〇年代十里洋場一群資產階級腐敗生活的諷刺。不過，如此一來，比較寫實的第三幕在風格上實在有些礙眼，就像張庚所說的「《日出》有兩個橫斷面：一個是以陳白露為中心的一、二、四幕，另一個是以小東西為中心的第三幕自成一個橫斷面。」（張庚 1937）以前的論者多半也都看出了這二者不相調和的情況，但大都認為是換了中心人物或換了場景的緣故。筆者現在指出的是一面比較正常的鏡子與一面凹凸的哈哈鏡放在一處，當然會照出不同的形貌。曹禺所謂「結構的統一」，使二者都統攝在「損不足以奉有餘」的主題之下，但是卻無法使風格也統一起來。與其為了第三幕的寫實風格把其他三幕也都強作寫實，反不如除去第三幕，保留其他三幕哈哈鏡的形貌較為明智。（馬森 1995）

在《雷雨》和《日出》之間，1936年正當曹禺在南京劇校教書的時候，為了教學之用他曾經根據法國拉比士（Eugène Marin Labiche, 1815-1888）的《迷眼的沙子》（*La poudre aux yeux*）改編成一齣獨幕劇《鍍金》，諷刺富人吹牛裝闊，弄虛作假的喜劇，由劇校學生演出，效果不錯。這個劇本後來又經曹禺修改，發表在1981年北京的《小劇本》第十一期。

1937年曹禺完成另一部劇作《原野》，因為正趕上抗日戰爭開始，沒有立刻受到注意，但以後又引起了正負兩極的評論。如果說《雷雨》中的情節與人物都是曹禺所熟悉的，到了《日出》，他已經步入陌生的領域，至於《原野》

寫的是農民，對自幼生長在都市中的曹禺那就更加陌生了。第一篇對《原野》的評論是1938年南卓的〈評曹禺的《原野》〉，他掀出了另一個問題，他說：「作者有一個癖好，就是模仿前人的成作，《原野》很明顯的同奧尼爾的《瓊斯皇帝》（*The Emperor Jones*）非常相像，都是寫的一個同自然奮鬥的人怎麼還被一座原始的森林──命運的化身──給拿住了。」（南卓 1938）除了對所寫的人物不熟悉外，又加上一條模仿前人的罪名。這是繼洪深的《趙閻王》之後又一部被指出模仿奧尼爾的《瓊斯皇帝》的戲。楊晦和呂熒的評論也都是負面的，前者說「《原野》是曹禺最失敗的一部作品」，因為「由《雷雨》的神祕象徵的氛圍裡，已經擺脫出來，寫出《日出》那樣現實的社會劇了，卻馬上轉回神祕的舊路」（楊晦 1944）。後者說《原野》是一部「純粹的觀念劇」（呂熒 1944）。相反的，司徒珂的〈評《原野》〉卻說：「如以《日出》來和《原野》比較的話，《原野》該是一部更完美的作品。」（司徒珂 1943）然而，即使一向推崇曹禺不遺餘力的田本相，對《原野》也不無微詞，認為「《原野》對於《雷雨》、《日出》的現實主義來說是一個明顯的倒退」。他說：

> 　　無論在思想和藝術上，《原野》都是作家積極探索的產兒。他擴大了他的生活視野，把目光投向了廣大的農民，探索農民的生活地位和命運；可是他卻探索了一個他全然不熟悉的生活和鬥爭的領域。他沒有在農村生活過，不但不熟悉農村生活鬥爭的歷史，更不熟悉農村現實的鬥爭環境以及現實的階級關係。……曹禺是憑著他卓越的技巧，在一個貧瘠的生活土壤上建起了《原野》的戲劇大廈，儘管外部看起來奇特誘人，卻禁不住現實邏輯的推敲和考驗。他不是從現實生活中提煉出富於詩意的獨特感受，而是運用一些奇異的觀念虛構著戲劇衝突，導演著人物的性格，布置著戲劇的氣氛。（田本相 1985：149）

　　從以上的評論可以看出來，評者多半以「擬寫實主義」或「現實主義」的教條來衡量文學作品，所以才指責《原野》不是從現實生活中提煉出來的，或者指責其不該營造神祕象徵的氣氛。其實，《原野》正是曹禺從所謂的「現實主

義」走向「現代主義」的作品。他之所以借鑑奧尼爾的《瓊斯皇帝》之處，正是看上了其中「表現主義」的手法。劇中諸多的象徵，也正是西方象徵主義戲劇中常用的橋段。不錯，農村與農民是作者陌生的領域，但是一個具有想像力而又有高度技巧的作者仍然可以處理他不太熟悉的素材，特別是他已經沒有寫實的企圖心的時候。《原野》中的人物雖然不太像農

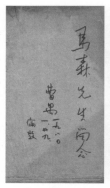

左：曹禺贈書題字
右：田本相《曹禺傳》

民，但是他們卻具有深刻的人的本質和個性，仍然可以引起觀者極大的興趣。現代主義目的就是突破寫實主義的「以假為真」的幻覺，通過其他的手法，不管是象徵的，表現的，還是超現實的，擴大文學與藝術的表達形式和內涵。若從美學發展的觀點而論，《原野》是曹禺從擬寫實主義或現實主義邁向現代主義的作品。這也就是為什麼當《雷雨》和《日出》今日看來都有些過時的時候，《原野》卻被拍成電影，改編成歌劇、舞劇，受到今天廣大觀眾的熱烈歡迎。足見曹禺在三〇年代已經是頗具前瞻性的劇作家了。

評論家唐弢寫了一篇題作〈我愛《原野》〉的文章，說此劇「在人物創造——尤其是性格刻畫和心理描寫上取得了驚人的成功。」（唐弢 1983）因為這篇文章寫在1983年，大陸的學者和作家都盡力擺脫「現實主義」教條狹隘的視野了。

曹禺到了抗日戰爭時期，仍有精采的表現。

五、話劇的普及：熊佛西的農民戲劇運動

話劇既然是跟隨西潮從西方移植而來的新品種，要在中國的土地上扎根和普及需要相當的時間。從春柳社演出《茶花女》的1907年算起，到1919年五四

運動，這十多年是新劇的嘗試期。五四以後，對戲劇的觀念改變，文人參與創作，使後來的話劇具有文學的形式與意涵，漸漸在城市的知識界扎根了。但是戲劇畢竟不只是供人閱讀的文本，還需要搬上舞台，為更廣大的群眾演出。五四以後這個重任由學校演劇社和業餘的愛美的劇團承擔了起來。到了1933年，演員唐槐秋組成了第一個職業劇團：「中國旅行劇團」。開始演出的劇目多半是從外國劇本改編而來的，像《茶花女》、《梅蘿香》、《少奶奶的扇子》等。到了1935年後，正好曹禺的《雷雨》和《日出》引起人們的注意，於是中國旅行劇團在北京、天津、上海、南京等地認真地搬上舞台，果然引起轟動的效果。特別是《雷雨》，每演必滿座，而且數年不衰，成為中國旅行劇團的票房保證。

有了夠水準的自創劇作，在業餘劇團與職業劇團共同的努力下，使都市的市民完全接受了話劇這一個新興的藝術。但是中國畢竟是一個農業國，農村的農民佔了人口的大多數，如果只能在都市中演出，不能為更廣大的農民接受，仍不能算是扎根在中國的泥土。共產黨和左派的戲劇家都很注意工農的演劇，固然他們首先是為了政治目的，可是也因此使話劇漸漸滲入農村。

1932年，當北平藝術專門學校停辦以後，原來擔任戲劇系主任的熊佛西遂決心做一件推廣話劇的行動，於是接受晏陽初主持的「中華平民教育促進會」的邀請，繼陶行知的南京曉莊學院推動的「農民戲劇」之後，到河北省定縣農村推行一個長達五年之久的「農民戲劇運動」。為此計畫，曾招收練習生，培養成研究推廣農民戲劇的主要幹部。前期的工作由陳治策負責，後期由楊村彬負責。

為了配合農民的習慣和興趣，熊佛西為定縣的農民戲劇實驗設計了「表證劇場」和「流動舞台」。什麼是「表證劇場」與「流動舞台」呢？

上海戲劇學院《現代戲劇家熊佛西》

據楊村彬的解說是：

> 「表證劇場」設在縣城內，一切設備力求實用，而保持了農村經濟之平衡。台下座位不求華麗，但必使觀眾聽視如意；台上布景、燈光、天幕、布條種種設備卻應有盡有，以求舞台藝術之完整。如此從來沒見過、從來沒聽過，而又與自己的生活這樣親近的話劇，農民自然接受。事實進展，發現「表證劇場」只不過為縣城內或縣城附近的農民所欣賞。為了進一步吸收更大多數的農民，就有「流動舞台」的辦法，就是把在城內表演成功的戲再搬到村鎮去演。那麼，任何土丘、木板都可以做舞台，台上的布景也非常簡單，幾塊大布、幾扇屏風，演到哪一村就用大車運到哪一村。如此有更多的農民開始知道話劇，而且接受話劇。（楊村彬 1937）

其間，熊佛西還特別撰寫了適合農民觀賞的劇本《鋤頭健兒》、《屠戶》（原名《孔大爺》，1932）、《牛》（1933）和《過渡》（1935）。這些劇作都有關農民的生活和遭遇的問題，諸如反對高利貸等，內容比較簡單，表達比較直接。

開始的時候，先由「中華平民教育促進會」的職員試演《喇叭》和《鋤頭健兒》給農民看，聽取反應。1933年，又演了熊佛西的《臥薪嘗膽》，因為是歷史故事，農民容易接受。然後選擇在普及識字教育較有成績的村莊趁春節廟會期間，演出了《車夫之家》、《窮途》等短劇。經過一年的實驗後，證明農民可以接受話劇，再深入各農村，幫助農民成立農民劇團，計有馬家寨劇團、李親顧劇團、東不落崗劇團、西建陽劇團等，並幫助導演和演出。1935年，東不落崗建了露天劇場，演出《過渡》，十分成功。1936年又演出楊村彬編導的《龍王渠》，又是農民反抗劣紳的故事。配以民謠小調和年畫風格的舞台設計，很受農民的喜愛。1937年正要計畫定縣農民戲劇實驗的全國巡迴展演的時候，爆發了盧溝橋事變，抗日戰爭開打，定縣的農民戲劇實驗被迫停止，原來參與的人員轉移長沙，組織了「抗戰劇團」。抗日戰爭爆發後，仍然繼續有農

民戲劇活動，據報人曹聚仁記述：

1938年，農村劇運就開始了萌芽。由於太行山劇團、抗敵劇社等職業文藝團體的幫助，晉東南創辦民族革命藝術學校，繼辦魯迅藝術學校，晉察冀聯大文藝學院，前後訓練了一批文藝工作幹部，散布華北各地，華北敵後出現了許多農村劇團，農民集體的秧歌舞及各種新內容舊形式的藝術活動。1939年，太行山劇團便以「開展農村劇運動，使農民自己來演自己的戲，服務於革命戰爭」為任務。同時，西北戰地服務團、太行山劇團開辦農民戲劇訓練班，並下鄉幫助村劇團工作的開展，遼縣一個月中便組起三十多個有組織有領導的農村劇團；晉察冀的北岳、冀中則組織得更多。（曹聚仁 1955：103）

這些農村劇團雖然為數眾多，演的卻不一定都是話劇，以在農村普及話劇而論，還是以熊佛西在定縣所做的農民戲劇實驗為準，雖然尚無暇普及到各處，但是一次成功的試驗，證明話劇不但都市居民可以接受，農村居民也不會排斥。抗戰前各劇作家、理論家、導演、演員等的共同努力，使話劇逐漸成為本土的藝術，進而開花結果，促成了抗日戰爭期間話劇的鼎盛時代。

引用資料

中文：

巴　金，1941：〈蛻變‧後記〉，曹禺《蛻變》，重慶文化生活出版社。

田本相，1981a：〈我的生活和創作道路〉《曹禺劇作論》，北京中國戲劇出版社。

田本相，1981b：〈《日出》論〉，《文學評論》第1期。

田本相，1985：〈《原野》論〉，《曹禺研究專集》下冊，福州海峽文藝出版社。

田本相，1988：《曹禺傳》，北京十月文藝出版社。

田　漢，1930：〈我們的自己批判〉，《南國月刊》第2卷第1期。

田　漢，1955：〈後記〉，《卡門》，藝術出版社。

朱棟霖，1987：《論曹禺的戲劇創作》，北京人民文學出版社。

司徒珂，1943：〈評《原野》〉，《中國文藝》第3期。

司馬長風，1976：《中國新文學史》，香港昭明出版社。

李健吾，1984：〈序〉，《李健吾創作評論選集》，北京人民文學出版社。

辛憲錫，1984：《曹禺的戲劇藝術》，上海文藝出版社。

呂　熒，1944：〈曹禺的道路〉，9月、12月《抗戰文藝》第9卷第3-4期、5-6期。

谷劍塵，1926：〈獨白〉，《冷飯》，上海新亞出版社。

吳　若、賈亦棣，1985：《中國話劇史》，台北行政院文化建設委員會。

南　卓，1938：〈評曹禺的《原野》〉，6月《文藝陣地》第1卷第5期。

馬　森，1991：《中國現代戲劇的兩度西潮》，文化生活新知出版社。

馬　森，1992：〈中國現代舞台上的悲劇典範——論曹禺的《雷雨》〉，11月《成功大學中文學報》第1
　　　期。

馬　森，1995：〈哈哈鏡中的映象——三十年代中國話劇的擬寫實與不寫實：以曹禺的《日出》為例〉，
　　　《民族國家論述：中國現代文學國際研討會論文集》，台北中央研究院中國文史哲研究所，頁263-
　　　281。

唐　弢，1983：〈我愛《原野》〉，《文藝報》第1期。

曹　禺，1936：〈雷雨序〉，《雷雨》，上海文化生活出版社。

曹　禺，1985：〈日出跋〉，《論戲劇》，成都四川文藝出版社。

曹聚仁，1955：《文壇五十年》續集，香港新文化出版社。

陳白塵、董健，1989：《中國現代戲劇史稿》，北京中國戲劇出版社。

陳瘦竹，1979：〈曹禺的劇作〉，《現代戲劇家散論》，江蘇人民出版社。

莊浩然，1991：〈試論曹禺的喜劇意識和喜劇藝術〉，6月《中國話劇研究》第3期，北京文化藝術出版
　　　社。

張　庚，1937：〈讀《日出》〉，5月16日《戲劇時代》第1卷第1期。

黃芝岡，1937：〈從《雷雨》到《日出》〉，2月10日《光明》半月刊第2卷第5期。

楊村彬，1937：〈序〉，《過渡及其演出》，南京正中書局。　‧

楊　晦，1944：〈曹禺論〉，《青年文藝》第1卷第4期。

劉西渭（李健吾），1936：《咀華集》，上海文化生活出版社。

外文：

Lau, Joseph S. M., 1970: *Ts'ao Yü, The Reluctant Disciple of Chekhov and O'Neill*, Hong Kong, Hong Kong University Press.

第十七章　匕首與投槍vs.幽默小品

一、雜文：匕首與投槍

　　散文到了五四後第二個十年，因為魯迅的關係，批判性的雜文越來越重要了。加上在提倡革命的戰鬥文學的氛圍中，雜文成為有力的進攻和防衛的武器。魯迅說：「生存的小品文，必須是匕首，是投槍，能和讀者一同殺出一條生存的血路的東西。」（魯迅 1967a：165）他說的「小品文」，實際指的是「雜文」。在這個時期，魯迅身陷論戰之中，不但要同右派的文人筆戰，還要對付左派作家的進攻，時時需要出擊，也需要為一己辯護，加上本愛發議論，以致完全以雜文的形式為文，筆鋒益形犀利了。魯迅把論戰視同作戰，所以他把雜文當作匕首或投槍來使用。魯迅嘗自言：「我自己也知道，在中國，我的筆要算較為尖刻的，說話有時也不留情面。」（魯迅 1967b：56）魯迅的不留情面，的確曾經傷了不少人，樹了不少敵。因為毛澤東對魯迅一力推崇，數十年間在中國大陸沒人敢說魯迅的不是，可是海外的學者比較自由，連對魯迅讚譽有加的李歐梵，也忍不住說：「因為當年的上海文壇上個人恩怨太多，而魯

迅花在這方面的筆墨也太重，罵人有時也太過刻薄。」（李歐梵 2008：145）雜文之作為一個次文類，在當時或受到某些文人的輕視，以寫雜文為主的魯迅不得不站出來為雜文說話。他說：

> 雜文這東西，我卻恐怕要侵入高尚的文學樓台去的。小說和戲曲，中國向來是看作邪宗的，但一經西洋的「文學概論」引為正宗，我們也就奉之為寶貝，《紅樓夢》、《西廂記》之類，在文學史上竟和《詩經》、《離騷》並列了。雜文中之一體的隨筆，因為有人說它近於英國的essay，有些人也就頓首再拜，不敢輕薄。……我是愛讀雜文的一個人，而且知道愛讀雜文還不只我一個，因為它「言之有物」。我還更樂觀於雜文的開展，日見其斑斕。第一是使中國的著作界熱鬧，活潑；第二是使不是東西之流縮頭；第三，是使所謂「為藝術而藝術」的作品，在相形之下，立刻顯出不死不活相。（魯迅 1967c：77-79）

到了1933年，他應黎烈文之邀為《申報‧自由談》寫文章，使出了剪貼拼湊他人文章的手段，與自己的評論混雜在一起，形成名副其實的「雜」了，因而更擴展了雜文的形式，今日看來也可稱之為「後現代」了（註1）。這些文章更合於論者對雜文的界定，故後人多以他為雜文作家的代表。他後期的雜文增加了更多的政治內容，特別是國民黨處決了左聯的五位年輕的作家後，憤怒的魯迅不能不沉痛控訴。有時為了躲避檢查，只好用不同的筆名發表。當然他也繼續批判中國傳統的弊病，也繼續過去的論戰，這時期的對象是「新月派」的梁實秋、大唱「民族主義文學」的黃震遐一群、提倡「自由人」的胡秋原和主張「第三種人」的蘇汶等。因為梁實秋否定革命文學，不認為文學有階級性，又批評了魯迅的「硬譯」，所以魯迅對梁實秋特別嚴厲，稱他為「喪家的資本家的乏走狗」（魯迅 1930），過去魯迅說過走狗即使落在水中也要打的（魯迅 1926），足見其對梁實秋恨惡之深了。魯迅生前最後一次筆戰是針對周揚在

註1：拼貼正是後現代文體的手段之一。這些雜文後收入魯迅的雜文集《偽自由書》中。

抗戰前夕所提出的「國防文學」口號，他不贊同，另提出「民族革命戰爭的大眾文學」的口號與之對抗，那時候他已病入膏肓，但仍奮戰不已。魯迅真是一個手執匕首與投槍的戰士，從留日回國後，不停地戰鬥，直到最後一口氣。他那些如匕首如投槍的雜文數量龐大，收入《而已集》（1928上海北新書局）、《三閑集》（1932上海北新書局）、《二心集》（1932上海合眾書店）、《偽自由書》（1933上海春光書局）、《准風月談》（1933興中書局）、《兩地書》（書信，1933上海青光書局）、《南腔北調集》（1934上海同文書店）、《集外集》（1935群眾圖書公司）、《花邊文學》（1936上海聯華書局）、《且介亭雜文》（1937三閑書屋）、《且介亭雜文二集》（1937三閑書屋）、《且介亭雜文末編》（1937三閑書屋）、《集外集拾遺》、《集外集拾遺補編》等集中。他的戰鬥性雜文風行一時，模仿者眾多，甚至影響了多年後在台灣柏楊的雜文風格。

其他的雜文作家如唐弢（《推背集》、《海天集》）、徐懋庸（《不驚集》、《打雜集》、《街頭文談》）、巴人（《邊鼓集》、《捫蝨集》）、聶紺弩（《歷史的奧祕》、《早醒記》）、韓侍桁（《小文章》、《參差集》、《淺見集》）等的雜文都曾受過魯迅的影響。

二、幽默小品

小品文在周作人之外，林語堂也是一位重要的作家。林語堂把英文的「humour」一字譯作「幽默」，而且身體力行書寫幽默的小品文，使本來中文中沒有的觀念逐漸形成，而今天幽默也成為一個通用的字了。

林語堂（1895-1976），原名和樂，後改玉堂，又改語堂，筆名毛驢、宰予、豈青等，福建省龍溪縣（現福建漳州）人。出生於基督教家庭，

林語堂（1895-1976）

父親為教會牧師。1912年入上海聖約翰大學，畢業後在清華學校（清華大學前身）任英文教員。1919年秋赴美國哈佛大學進修，1922年獲文學碩士學位。同年轉赴德國入萊比錫大學，專攻語言學。1923年獲博士學位後回國，任北京大學教授、北京女子師範大學教務長和英文系主任。1924年後為《語絲》主要撰稿人之一。1926年到廈門大學任文學院長，寫雜文，並研究語言。1927年任外交部祕書。1932年主編《論語》半月刊，1934年創辦《人間世》，1935年創辦《宇宙風》，提倡「以自我為中心，以閒適為格調」的小品文，成為論語派主要人物。1935年後赴美，用英文寫《吾國吾民》、《風聲鶴唳》等文化著作，在法國寫長篇小說《京華煙雲》。1944年曾一度回國到重慶講學。1945年赴新加坡籌建南洋大學，任校長，不到一年即不歡而散。1947年任聯合國教科文組織美術與文學主任。1952年在美國與人創辦《天風》雜誌。1966年赴台灣定居。1967年受聘為香港中文大學研究教授。1975年當選國際筆會副會長。1976年病逝香港。

林語堂的散文作品，最早的有《剪拂集》（1928上海北新書局），較後又有《大荒集》（1934上海生活書店）、《行素集》（1934上海時代圖書公司）、《披荊集》（1936上海時代圖書公司）等。形式有的近散文，有的近雜文，文筆幽默，篇章較短，故其自稱「幽默小品」。在諧趣中夾插議論，也可說是幽默型的雜文。夏志清對林語堂的評價不高，他說：

> 周（指周作人）、林兩氏所奉信的「言志」文學。對中國現代文學來說，也沒有什麼實際的建樹。周、林和他們門徒，只是一味崇尚個人趣味，逃避嚴肅的現實，幾有獨尊小品文而棄其他較宏偉的文學形式之勢。如果我們翻閱林語堂這個時期（指三〇年代）的中文作品，就會發現，他的銳利的、怪論式的警句，雖然很精釆，但他所寫的英國式的小品文，除了故意雕琢的妙論之外，從來沒有達到「性靈」的高度境界。在對抗左派批評以拱衛自己地位的時候，林語堂當然得依靠西方的文化遺產，但是他沒有嚴肅的文學趣味和知識標準，只是鼓吹他個人所熱中的無關宏旨的一類事，如幽默、牛津大學的學術自由、菸

斗、蕭伯納，以及美國流行雜誌裡坦白實事求是的作風等等。他的雜誌，也因此終於成了那些只敘述個人和歷史瑣事的作家，或者以研究中西文學來消閒的的作家的庇護所。在使讀者脫離共產主義影響的工作上，林語堂比起同時期的其他作家來，做得更多，但他卻鑽進享樂主義的死胡同裡，以致不能給嚴肅的藝術研究提供必需的和批判性的激勵。（夏志清 1979：111）

夏志清對林語堂的評價雖然不高，但也算中肯。

　　周作人（1885-1967，生平見第十三章）是此一時期另一位重要的小品文作家，雖然他不以幽默聞名，但是他這一時期的作品多半是發表在提倡幽默的林語堂所創辦的《論語》、《人間世》、《宇宙風》等專刊小品文的刊物上。這時期他出版的散文集有《看雲集》（1932上海開明書店）、《周作人書信》（1933上海青光書局）、《周作人散文鈔》（1933上海開明書店）、《知堂文集》（1933上海天馬書店）、《夜讀鈔》（1934上海北新書局）、《苦雨齋序跋文》（1934上海天馬書店）、《苦茶隨筆》（1935上海開明書店）、《風雨談》（1936上海北新書局）、《苦竹雜記》（1936上海良友圖書公司）、《周作人文選》（1936上海仿古書店）、《周作人選集》（1936上海萬象書屋）、《周作人近作精選》（1936上海文林書局）、《周作人代表作選》（1937上海全球書局）、《瓜豆集》（1937上海宇宙風社）等，數量比前期更為龐大，應該說是他的散文創作最豐盛的時期。夏志清曾言：「在林語堂的圈子裡，周作人是首屈一指的小品文家。他在三十年代中期，已收斂了對西方學問的盲目崇拜，回歸中國，成為開明的儒家哲學的發言人。……那時，有許多人想模仿周作人的文體，但是無論在哲學的認識上和文章的典雅上，誰都及不上他。」（夏志清 1979：110）

周作人《知堂文集》（1933上海天馬書店）

另一位寫幽默小品，也許寫得更成功、更受到讀者歡迎的是被魯迅狠批過的梁實秋。

　　梁實秋（1902-87），原名治華，字實秋，號均默，筆名子佳、秋郎、程淑等，祖籍浙江省杭縣（今餘杭縣），出生於北京。1915年夏，考入清華學校留美預備班（即今清華大學之前身），1923年8月赴美留學，專攻英語和歐美文學，受到白璧德新人文主義的影響，獲哈佛大學英文系哲學博士學位。1926年回國後，先後任教於國立東南大學（後改為中央大學）、南京大學、青島大學（後改為國立山東大學）並任外文系主任兼圖書館館長、北京師範大學等校。1927年與徐志摩、聞一多創辦新月書店，任總編輯，和魯迅展開關於文學的階級論與人性論的論戰。1932年主編天津《益世報》副刊《文學週刊》。1934年任北京大學英文系教授，後兼任主任，並主編《自由評論》週刊。抗日戰爭爆發，赴四川主編《中央日報》副刊《平明》。1938年因「抗戰無關論」受到左派文人的激烈抨擊。戰時在四川寫出著名的《雅舍小品》。1946年返北平，任師範大學英語系教授。1949年出任廣州中山大學教授，同年移居台灣，先後任國立編譯館館長、台灣省立師範學院（後改國立師範大學）英語系主任、文學院長。以翻譯《莎士比亞全集》、編纂《遠東英漢大辭典》而聞名。晚年在妻子意外死亡後續娶歌星韓菁清，成為一時的美談與話柄。1987年11月3日病逝。

　　作為散文家，梁實秋風格曠達，幽默風趣，諧而不虐。當日魯迅對他的汙衊實在太過分了。好在梁實秋保持學者的風度，沒有回罵。如今蓋棺論定，知道梁實秋的人，都明白他一生為人正直，堅守學者與作家的崗位，從未涉足政治，遑論做「資本家的乏走狗」！他對文學的主張，今日看來也沒有什麼錯誤。因此他的讀者廣泛，在台灣、海外影

梁實秋（1902-87）

梁實秋《雅舍小品》

響更大，其《雅舍小品》數十年來風行海內外，是經常再版的長銷書。平生著作眾多，有《罵人的藝術》（1931上海新月書店）、《偏見集》（1933上海正中書局）、《雅舍小品》（四集，1949台北正中書局）、《談徐志摩》（1958台北遠東書局）、《清華八年》（1962台北重光出版社）、《秋室雜憶》（1963台北文星書局）、《談聞一多》（1967台北傳記文學出版社）、《雅舍小品續集》（1974台北正中書局）、《槐園夢憶》（1974台北遠東書局）、《看雲集》（1974台北志文出版社）、《梁實秋札記》（1978台北中國時報公司）、《雅舍雜文》（1983台北正中書局）、《雅舍散文》（1985台北九歌出版社）、《雅舍談吃》（1985台北九歌出版社）、《雅舍散文二集》（1987台北九歌出版社）等。作為學者，著有《英國文學史》、《浪漫的與古典的》（1927上海商務印書館）、《文學的紀律》（1928上海新月書店）、《文藝批評論》（1934上海中華書局）等，編有《英國文學選》，並譯有小說多種。所譯《莎士比亞全集》（1967台北遠東書局）尤為著稱。

三、抒情文與敘事文

正如小說和劇作，五四後的後十年散文的寫作也是最豐盛的時代。雖然雜文因為魯迅以及國內大環境的關係流行一時，幽默小品文也因林語堂等的提倡非常風行，但作為散文大宗的抒情和敘事的散文染指者仍然眾多。其中有老作家，也有後進的年輕作家。

在老作家中，郁達夫（生平見第十章）的散文也是他平生致力的一個文類，除了自剖的特點外，文筆瀟灑、親切，對風光有細膩的描寫，對事件有詳盡的分析，可讀性很高。所出版的散文集（包括遊記和日記等）有《日記九種》（1927上海北新書局）、《在寒風裡》（小說散文集，1929廈門世界文藝書社）、《懺餘集》（小說散文集，1933上海天馬書店）、《屐痕處處》（1934上海現代書局）、《達夫遊記》（1936上海文學創作社）、《達夫散文集》（1936上海北新書局）、《閒書》（1936上海良友圖書公司）等。其中遊記甚

為突出，留待下一節再論。他也寫有不少論戰的雜文，但比起魯迅的來就無甚可觀了。

茅盾（生平見第十五章）在這時期固然小說創作豐盛，但散文創作也一樣眾多，計有《茅盾散文集》（1933上海天馬書店）、《話匣子》（1935上海良友圖書公司）、《素寫與隨筆》（1935上海開明書店）、《故鄉雜記》（1936上海現代書店）、《印象、感想、回憶》（1936上海文化生活出版社）等。茅盾是言之有物的作家，他的散文重在感想和對時事的評析，因為重視內容的社會性，故敘事多於抒情，對當時的文壇有一定的影響。

鄭振鐸（生平見第十五章）雖然創作的小說與散文也不少，但他基本上是一個學者，所以他的散文偏重在遊歷見聞、問題的分析和資料的記述。在這一個時期，他出版有《山中雜記》（1928上海開明書店）、《海燕》（1932上海新中國書局）、《歐行日記》（1934上海良友圖書印刷公司）、《西行書箋》（1937上海商務印書館）等。

鄭振鐸（1898-1958）

豐子愷（1898-1975），原名豐潤，又名豐仁，號子顗，後改子愷，筆名TK，浙江省桐鄉縣人。早年就讀浙江省立第一師範學校，師事李叔同。1919年到上海，與友人創辦上海專科師範學校。1921年赴日本留學，入東京川端洋畫研究會習畫。旋返國，在浙江上虞白馬湖春暉中學任教。1924年在上海參與創辦立達學園。1925年出版第一本畫冊《子愷漫畫》。1929年任開明書店編輯。1933年遷居杭州，專心繪畫和譯著。抗戰期間，曾在宜山浙江大學、重慶國立藝術專科學

豐子愷（1898-1975）

校任教。1949年後，歷任中國美術家協會常務理事、上海市美術家協會主席、上海市文聯副主席、上海國畫院院長等職。散文作品豐盛，計有《緣緣堂隨筆》（1931上海開明書店）、《子愷小品集》（1933上海開明書店）、《隨筆十二篇》（1934上海天馬書店）、《藝術叢話》（1935上海良友圖書公司）、《車廂社會》（1935上海良友圖書公司）、《藝術漫談》（1936上海人間書屋）、《緣緣堂再筆》（1939上海開明書店）、《子愷近代散文集》（1941成都普益圖書館）、《藝術與人生》（1944桂林民友書局）、《教師日記》（1944重慶崇德書店）、《率眞集》（1946上海萬葉書店）等。

豐子愷《緣緣堂隨筆》（1931上海開明書店）

　　豐子愷以清淡的民俗漫畫聞名，但是他的散文作品也很多，除了這一個時期，一直延伸到抗戰時期都有散文作品問世。像他的漫畫一樣，他善於速寫，寥寥數筆即可勾勒出他的某種見聞，通常以輕鬆幽默的筆調，凸顯出可資玩味的情趣，令讀者莞爾。

　　曹聚仁（1900-72），字挺岫，筆名陳恩、丁舟、趙天一，浙江省浦江縣人。1915年就讀於杭州浙江省立第一師範學校，畢業後在上海做中小學教師。1923年後相繼在上海藝術專科學校、上海藝術大學、路礦學院、暨南大學任教。曾與友人創辦《濤聲》週刊、《芒種》半月刊，並任《太白》半月刊編委。抗日期間，以中央通訊社特派戰地記者身分隨軍到江浙前線採訪。1941年在贛南，擔任《正氣日報》主筆及總編輯、總經理。勝利後任《前線日報》主筆，同時在上海法學院、蘇州國立社會教育學院任教。1950年赴香港，任《星島日報》主筆。1956年轉任新加坡《南洋商報》特派記者，多次回大陸採訪。1959年參與創辦《循環日報》、《循環午報》及《循環晚報》。1972年病逝澳門。散文著作有《筆端》（1935上海天馬書店）、《文筆散策》（1936上海商務印書

館）、《文思》（1937上海北新書局）、《大江南線》（1943上海戰地圖書公司）、《論議文》（1946上海博覽書局）等。曹聚仁以記者之筆寫散文，多報導與議論。

鍾敬文（1903-2002），原名譚宗，筆名靜聞、靜君、金粟，廣東省海風縣人。1922年畢業於陸安師範學校，曾在嶺南大學附中及中山大學任教。1926年開始創作散文。1927-28年主編《民間文藝》及《民俗》雜誌。然後到浙江大學任教，創辦中國民俗學會。1934年赴日本早稻田大學研究民俗學，主編在國內出版的《民俗園地》。1936年返國，於杭州民眾教育實驗學校及國立藝術學院任教。抗日戰爭期間，在桂林無錫教育學院、中山大學等校執教。1945年隨中山大學遷回廣州。1947年到香港達理學院任教。49年後赴北京，任北京師範大學中文系教授。曾任中國民間文學研究會主席及中國民俗學會理事長。他是中國民間文學和民俗學的開拓者和提倡者。民俗學外，他也是一位散文作家，散文作品有《荔枝小品》（1927上海新月書店）、《西湖漫拾》（1929上海北新書局）、《湖上散記》（1930上海明日書店）等。他的散文多書寫風光景物或與民間文學研究有關的資料與思維，文風清淡謙沖，絕無火藥氣。

梁遇春（1904-32），福建省福州市人。1924年入北京大學英文系，從事翻譯，並開始寫作散文。1928年到上海暨南大學任教。1929年返北京大學英文系擔任助教，並管理圖書。不幸英年早逝。著有《春醪集》（1930上海北新書局）、《淚與笑》（1934上海開明書店）等。他對西方文學頗有心得，喜愛掉書袋。頌揚愛情及波西米亞式的生活，情調浪漫、感傷。

謝冰瑩（1906-2000，生平見第十五章），雖然以小說聞名，但散文寫作也很豐富。其主題類同小說，都是寫從軍及身為女兵的生活經驗。這時期以及抗戰時期的作品有《從軍散記》（1928上海春潮出版社）、《麓山集》（1930上海光明出版社）、《青年書信》（1930上海光明出版社）、《我的學生生活》（1933上海光華書局）、《軍中隨筆》（1937廣州廣州日報社）、《湖南的風》（1937上海北新書局）、《在火線上》（1938上海文化生活出版社）、《戰士的手》（1938重慶獨立出版社）、《第五戰區巡禮》（1938桂林廣西日

報社）、《新從軍記》（1938上海天馬書店）、
《一個女性的奮鬥》（1941香港世界文化出版
社）、《寫給青年作家的信》（1942西安大東書
局）、《生日》（1946上海北新書局）、《女兵
十年》（1947北平紅藍出版社）等。

李廣田（1906-68）

　　李廣田（1906-68），原名王錫爵，因過繼給舅
父，改姓李，筆名洗岑、黎地、曦晨，山東省鄒
平縣人。曾就讀鄒平縣立師範講習所、省立第一
師範。1930年考入北京大學外語系，開始創作，
與何其芳、卞之琳合出詩集《漢園集》。1935年
去濟南任教。抗戰時期隨校南遷。1941年去昆明
西南聯大任教。勝利後，先後任教於天津南開大學、北京清華大學。1948年參
加共產黨。49年後，任清華大學中文系主任、副教務長。1952年後出任雲南大
學校長、黨組書記等職。

　　他的散文多寫幼年的回憶和山東故鄉的景物，文筆樸實，讀來有種渾厚的感
覺。這時期的散文作品有《畫廊集》（1936上海商務印書館）、《銀狐集》
（1936上海文化生活出版社）、《雀蓑記》（1939上海文化生活出版社）、
《回聲》（1943桂林春潮社）、《灌木集》（1944上海開明書店）、《日邊隨
筆》（1949上海文化生活出版社）、《西行記》（1949上海文化工作社）等。
論者謂李廣田的散文擅於寫人物：

　　　李廣田把自己的文章形容為「荒僻村落裡的畫廊」中「平常而又雜亂的年
　　畫」，樸野無華地展示在讀者的面前。《畫廊集》兼有寫景、抒情、敘事之
　　作，但最突出的仍是寫人的篇章。李廣田散文的成就，可說大半建立在人物描
　　寫上面。這些人物大都是普通人，裡面有他的父母、兄弟、朋友，有老年人，
　　有鄰居，有鄉鎮社會裡各色各樣的人民。李廣田用清新疏淡的筆調，把人物及
　　其所處的環境勾勒出來，富有韻味和深意，這是李廣田能被稱為鄉土作家的主

要原因。（陳德錦 1988：208-209）

　　麗尼（1909-68），原名郭安仁，湖北省孝感縣人。1930年前後在上海、泉州、武漢等地擔任報紙文藝副刊編輯及中學英語教員，並從事翻譯及散文創作。1935年與巴金等在上海創辦文化生活出版社。抗戰時期，任教於福建、四川等地。49年後，先後任中南人民出版社編輯部副主任、中南人民藝術出版社副社長兼總編輯、武漢大學中文系教授、中央電影藝術編譯社主任、《譯文》雜誌編委、暨南大學中文系教授等職。麗尼主要是一位翻譯家，所譯俄國屠格涅夫、契訶夫等的小說與劇作蜚聲海內。散文著作有《黃昏之獻》（1935上海文化生活出版社）、《鷹之歌》（1936上海文化生活出版社）、《白夜》（1937上海文化生活出版社）等。

　　蕭乾（1910-99），原名蕭秉乾，筆名佟荔，北京市人，蒙族。幼年貧窮，十三歲成為孤兒，1926年在親友資助下就讀北京崇實中學，一面做雜役貼補生活。1928年因鬧學潮被崇實中學開除，遂遠赴廣東汕頭擔任角石中學國語教員。1930年考入輔仁大學英文系。1933年轉入燕京大學新聞系。畢業後，先後在天津、上海、香港主編《大公報》副刊《文藝》，兼旅行記者。1939至42年，任《大公報》駐英國記者，兼任倫敦大學亞非學院講師。1942至44年經英國小說家福斯特推薦，到劍橋大學研究英國心理派小說。1944年在英德之戰中被《大公報》指派為駐英特派員兼戰地記者，寫了《銀風箏下的倫敦》和《矛盾交響曲》等歐洲戰地報導。戰後採訪波茨坦會議、紐倫堡審判納粹戰犯，並赴美探訪聯合國成立大會。1946年返國，為《大公報》撰寫社評，並在復旦大學任教。1948年赴香港，49年捨棄赴英執教的機會，回歸北京，先後任

1992年作者在北京訪蕭乾（左）

英文版《人民中國》副主編、《譯文》編輯部副主任、《文藝報》副主編、人民文學出版社編輯、中央文史館館長等職。反右期間被打成右派，文革時遭到揪鬥、抄家、下放的命運，備受折磨。1979年後獲得平反，出任中央文史館館長、政協常務委員、民盟中央常委等職。蕭乾以翻譯家聞名，與妻子文潔若合譯過多種英文文學作品，尤以翻譯愛爾蘭作家喬伊斯的《尤利西斯》著稱。蕭乾以記者之筆寫散文，長於報導所見所聞，潤以真摯的情感。他曾說過幾次自己的處世原則是講真話，那麼他的文章應該是可信的真話。此一時期他的散文作品有《小樹葉》（1936上海商務印書館）、《落日》（1936上海良友圖書公司）、《廢郵存底》（與沈從文合作，1937上海文化生活出版社）等。1998年出版十卷《蕭乾文集》（杭州浙江文藝出版社），收入他的主要著譯作品。

何其芳（1912-77），原名何永芳，曾用筆名桑珂、季方、禾止、何啓放、何志、黎雲、秋子、萩萩、卜冬、傅履冰、勞君喬、勞行、肖閑等，四川省萬縣人。1929年起先後在上海中國公學、北平清華大學外文系、北京大學哲學系就讀。在北大時，與同學李廣田、卞之琳友善，曾合出詩集《漢園集》，人稱漢園三傑。1935年畢業後在天津、山東、四川等地教學。1938年赴延安，在魯迅藝術學院擔任文學系主任。參加共產黨，曾任朱德祕書，並一度隨賀龍部隊去晉西北和冀中革命根據地工作。1944-47年間擔任中共西南局文委會委員、四川省委委員、宣傳部副部長、《新華日報》副社長等職。1948年後在馬列學院任教。1949年後歷任中國作家協會書記、中國科學院哲學社會科學部委員、中國社會科學院文學研究所所長、《文學研究》和《文學評論》主編。基本放棄創作，從事文學批評及「紅學」研究。1957年在對胡風的鬥爭中，他措辭激烈，與胡風交惡。文革中自己也被打成走資派，受到折辱。著有散文集《畫夢錄》（1934上海文化生活出

何其芳（1912-77）

版社）、《刻意集》（1938上海文化供應社）、《還鄉雜記》（1943桂林工作社）、《星火集》（1945群益出版社）等。

何其芳是詩人兼散文家，故其散文亦富詩意。行文很注意措辭鍊字，追求形式和意義契合的美妙。他的《畫夢錄》曾於1937年獲得上海《大公報》的文藝獎。

四、遊記

遊記，古已有之，在散文中自成一個次文類。可是這個時代的遊記不但記國內之遊，也多有記國外之遊者，天地廣闊，聞見新異，由於異文化的衝激，感慨亦深。胡愈之於1931年出版的《莫斯科印象記》（新生命書局）正面地介紹了蘇聯當日的社會狀況，有感想，有評論，給以後的革命作家不少影響。鄭振鐸的《歐行日記》（1934上海良友圖書公司）記錄的偏重學術資料，他的《西行書簡》（1937上海商務印書館）寫出從北京到包頭的沿途見聞，對於文物、古蹟、國防、民生都有所關心。散文大家朱自清於1934年出版《歐遊雜記》（抗戰期間1943年又出版《倫敦雜記》），以寫景物為主，雖不太關涉到個人的感觸，但對文字的洗練頗見功力。鄒韜奮（1895-1944）的《萍蹤寄語》三集（1934-35上海生活書店）以記者之筆，報導了歐洲各國的社會、經濟情況和人民生活，對西方的資本主義社會有嚴屬的批評。

最接近傳統遊記的是郁達夫的《屐痕處處》（1934上海現代書局）和《達夫遊記》（1936上海文學創作社），以優美的文字寫出山水之勝，也寄有作者對時代的隱憂和個人的感懷。其中如〈仙霞記險〉、〈方岩記靜〉都是值得再讀的佳作。他連續數篇〈閩遊滴瀝〉也盡情渲染了福建的山水。

沈從文的《湘行散記》（1936上海商務印書館）以清麗的文筆和懷舊的心情寫他經歷過的湘西沅水的景色和人情，深碧的山色、戴雪的山巒、清碧如玉的河水，風景如畫。水上的舟子、縴夫為生活冒生命之險逆水搶灘，滿口粗語野話心存善良的鄉下人、碼頭上的小商販、土娼的情意，種種都給後世留下一幅

幅的民俗景物的風景畫。最可貴的是他對人生的洞察遠遠超出當日自以爲掌握到眞理的革命作家之上。看看他說的話就會瞭然：

> 我想起「歷史」，一套用文字寫成的歷史，除了告給我們一些另一時代另一群人在這地面上相砍相殺的故事以外，我們絕不會再多知道一些要知道的事情。但這條河流，卻告給了我若干年來若干人類的哀樂！小小灰色的漁船，船舷船頂站滿了黑色沉默的魚鷹，向下游緩緩划去了。石灘上走著脊梁略彎的拉船人。這些東西與歷史似乎毫無關係，百年前或百年後彷彿同目前一樣。他們那麼忠實莊嚴的生活，擔負了自己那份命運，為自己，為兒女，繼續在這世界上活下去。不問所過的是如何貧賤艱難的日子，卻從不逃避為了求生而應有的一切努力。在他們生活愛憎得失裡，也依然攤派了哭、笑、吃、喝。對於寒暑的來臨，他們便更比其他世界上的人感到四時交替的嚴肅。歷史對於他們儼然毫無意義，然而提到他們這點千年不變無可記載的歷史，卻使人引起無言的哀戚。（沈從文 1984：254）

許杰（1901-93）的《椰子與榴槤》（1930上海現代生活書局）記載了南洋的風情，特別留意對當地的社會的分析。巴金（1904-2005）的《旅途隨筆》（1934上海生活書店）中有自然風光、社會動態、人物速寫、個人感懷，充滿著作者的熱情，地域包括城市和鄉村，遠及香港。魯彥（1901-44）的散文集《驢子和騾子》（1934上海生活書店）中多半寫的是他做教員時旅行所見，北從西安，南到福州，翔實地記述了旅途中的見聞。另外一本散文集《旅人的心》（1937上海文化生活出版社）收的也是抒情寫景的遊記。賽先艾（1906-94）的散文集《城下集》（1936上海開明書店）也收有一部分遊記，窮苦人不得已的旅行心情與遊山玩水不同，自成遊記的另一體。總之，這時期大部分作家的散文都多少關涉到旅遊。

傳統的遊記多以遊賞之心寫自然風光和遊賞者的感懷。但是戰亂時期的出遊，多數並非具有遊賞之心，有的爲逃避戰禍而離鄉背井，有的爲生活而奔走

他鄉，有的為求學求知而遊學異域，因此書寫起來就不一定以自然風光為主，舉凡搜奇記異、社會百態、弔苦自傷、國家興亡、抒情記事等等都會寫在遊記中。有些篇章雖無遊記之名，卻有遊記之實，因為這一個時期，青壯年的知識份子移動頻繁，將個人的經歷書之成文，都帶有些遊記的風味。因此這一個時期的散文，內含遊記的成分實在很大，故在此特別指出遊記這一個次文類的重要性。

五、報告文學

報告文學（reportage）是西方傳來的一種文體，源起於記者的報導。中國自有報業以後，新聞與散文相結合遂成一種新文體，梁啓超的《戊戌政變記》可說是最早的樣本。五四以後，魯迅、冰心、瞿秋白、蔣光慈、謝冰瑩等都曾寫過此類的文章，但他們並不自覺所寫的是一種新的文體。報告文學一詞，初見於三〇年代。首先因為革命後的蘇聯大力提倡，接著才為三〇年代的左派革命作家所重視。「左聯」成立以後，於1930年3月4日左聯執行委員會通過「無產階級文學運動新的情勢及我們的任務」，其中有一段強調「報告文學」的話：

梁啟超《戊戌政變記》

　　從猛烈階級鬥爭中，自兵戰的罷工鬥爭中，如火如荼的鄉村鬥爭當中，經過平民夜校，經過工廠小報、壁報，經過種種煽動宣傳的工作，創造我們的報告文學（Reportage）吧！這樣，我們的文學才能夠從少數特權者的手中解放出來，真正成為大眾的所有。這樣，才能夠使文學運動密切的和革命鬥爭一道的發展，也只有這樣，我們作家的生活才有切實的改變，我們作品的內容才能夠充滿了無產階級鬥爭意

識。（左聯執委會1930）

　　爲了革命的前景，把文學工具化在革命作家的眼中看來是必要的。既然當日工農兵的教育水平很低，在文學大眾化的策略下，報告文學比任何獨創性的文類更具有實用性，因此「左聯」成立了「工農兵通訊運動委員會」，鼓勵作家們寫符合工農兵水平的報告文學。著名的左派作家像夏衍、丁玲、樓適夷等都曾有意識地寫過。1932年阿英選編的《上海事變與報告文學》一書是第一部以「報告文學」爲名的文集，對報告文學這一個次文類產生了建立與推動的作用。三〇年代中期，寫作報告文學的人更多，水平也相對提高。部分遊記體的文章，也以報告文學的形式出現，例如胡愈之的《莫斯科印象記》（1931上海新生命書局）、林克多的《蘇聯見聞錄》（1932）、鄒韜奮的《萍蹤寄語》三集（1934-35上海生活書店）等。當然其他的報告文學，並非遊歷的見聞，像夏衍的《包身工》（1938廣州離騷出版社）寫的是上海楊樹浦東洋紗廠內女工的悲慘生活，宋之的的〈一九三六春在太原〉（收在《賜兒集》，1939一般書店）寫在閻錫山統治下因「防共」而產生的白色恐怖，蕭乾的《流民圖》寫的則是流離失所的難民。

　　值得一提的是上海文學社在1936年模仿蘇聯高爾基曾經編輯過《世界的一日》的前例，發起採用報告文學的方式編纂一部《中國的一日》，訂定該年的5月21日要求全國能夠執筆的人（不管是作家還是非作家）都把那天發生的事情詳盡的記錄下來，由茅盾彙整編輯。結果從收到的稿件中選出了五百篇，除少數出自有名作家之手，大多數均爲非作家的文章，編出了一部八十萬言的大書。茅盾在「序言」裡說：

　　　　從每一個角落裡，發出了悲壯的吶喊，沉痛的申訴，辛辣的詛咒，含淚的微
　　　笑，抑制著的然而沸湧的熱情，醉生夢死者的囈語，宗教徒的欺騙，全無心肝
　　　者的獰笑！這是現中國一日的，然而也不僅限於一日的奇醜的交響樂！……在
　　　這醜惡與聖潔、光明與黑暗交織著的「橫斷面」上，我們看出了樂觀，看出了

希望，看出了大眾的覺醒！（註2）

　　茅盾的這番話既有批判，也指出希望，是很合乎革命文學的「新現實主義」
要求的。當日的報告文學可以說是一邊倒地傾向於左翼文學。報告文學在抗日
戰爭爆發後，更形重要，而且持續發展，不論是在中國大陸，還是在台灣，都
形成一種不容忽視的次文類。

註2：轉引自王瑤《中國新文學史稿》，頁294。

引用資料

王　瑤，1953：《中國新文學史稿》，上海新文藝出版社。

左聯執委會，1930：〈無產階級文學運動新的情勢及我們的任務〉，8月15日《文化鬥爭》第1卷第1期。

李歐梵，2008：《中國現代文學與現代性十講》，上海復旦大學出版社。

沈從文，1984：〈湘行散記〉，《沈從文文集》第九卷，香港生活讀書新知三聯書店香港分店。

夏志清，1979：《中國現代小說史》，香港友聯出版社。

陳德錦，1988：〈李廣田散文新論〉（上），2月《文訊》第24期，頁208-215。

魯　迅，1926：〈論「費厄潑賴」應該緩行〉，1月10日《莽原》半月刊第1期。

魯　迅，1930：〈「喪家的」「資本家的乏走狗」〉，5月1日《萌芽月刊》第1卷第5期。

魯　迅，1967a：〈小品文的危機〉，《南腔北調集》，香港新藝出版社。

魯　迅，1967b：〈我還不能「帶住」〉，《華蓋集續編》，香港新藝出版社。

魯　迅，1967c：〈徐懋庸作《打雜集》序〉，《且介亭雜文二集》，香港新藝出版社。

第十八章　現代的惆悵與革命的號角

　　1927年之後，新詩向兩個方向發展：一是繼承前十年學習西詩的成果，在個人情感的流露和詩的韻律上追求更為精緻的進境；二是受了當日國難當頭的大環境左右，不能不多關懷社會和人民的疾苦，在情感上盡量排除個人主義，在形式上表現出追求大眾化的傾向。所謂西詩的影響，主要來自英、法兩國，新月派的代表人物徐志摩深受英國浪漫主義詩人的影響；現代派的代表詩人戴望舒則追隨著法國象徵派詩人的腳步。二者都傾向如何把個人的情感轉化為精確的文字以及如何使新詩的形式在節奏與韻律上達到完美的境界。另外一些懷抱著革命激情的詩人，像郭沫若和太陽社的成員，自然寧願把個人的熱情傾注在社會的改革與國族的前景上，視詩歌為革命的號角。

一、後期新月

　　1927年春天，徐志摩、胡適、梁實秋、聞一多等在上海創辦新月書店，翌年又創辦了《新月》月刊，1930年徐志摩辦了《詩刊》季刊，因此新月派的活動重心從北京轉移到上海，以後文學史家稱之謂「後期新月」。這時期聞一多很

少寫詩了，主要靠徐志摩與後進的陳夢家支撐大局，其他成員尚有孫大雨、孫
毓棠、梁宗岱、林徽因、邵洵美、饒孟侃、方瑋德、卞之琳等。

徐志摩於1931年因飛機失事而猝逝，在這個時期除了生前出版的詩集《猛虎
集》（1931新月書店）外，還有身後出版的《雲遊》（1932新月書店），其風
格在第十一章中已述及。

陳夢家（1911-66），筆名陳漫哉，浙江省上虞縣人。1928年就讀於南京中
央大學時開始在《新月》月刊發表詩作。1931年與方瑋德協助徐志摩編輯《詩
刊》季刊。1934年入燕京大學，專攻古文字學，以後從事古文字及考古學研
究。曾在燕京大學、西南聯大、美國芝加哥大學等校任教。49年後，歷任中國
科學院考古研究所研究員、《考古學報》編委、《考古通訊》副主編等職。出
版有《夢家詩集》（1931新月書店）、《陳夢家作詩在前線》（1932北平晨
報社）、《鐵馬集》（1933開明書店）、《夢家存詩》（1937上海時代圖書公
司）及小說集《不開花的春天》（1931上海良友圖書公司）等。

他長於抒情，多少也受法國象徵主義的影響，看他〈搖船夜歌〉中的兩節：

> 讓我合上了我的眼睛，
> 聽，我搖起兩支輕槳——
> 那水聲，分明是我的心，
> 在黑暗裡輕輕的響。
>
> 吩咐你：天亮飛的烏鴉，
> 別打我的船頭掠過；
> 藍的星，騰起了又落下，
> 等我唱搖船的夜歌。

陳夢家（1911-66）

這種四行一節的詩是新月派常用的形式，他的詩在
後期新月很有代表性。他曾編輯《新月詩選》，在
該書的〈序言〉裡說：「在我選好以後我發現這冊

集子裡多的是抒情詩，幾乎佔了大多數。我個人，最喜歡抒情詩。抒情詩的好處，就是那樣單純的感情、單純的意象，卻給人無窮的回味。」（陳夢家 1981：21）

梁宗岱（1903-83）留法時曾以法文寫詩，也曾將陶淵明和王維的詩譯作法文。通法、德、義等語，鑽研詩歌理論，詩作偏抒情，意境朦朧，可謂朦朧詩的先驅。孫大雨（1905-97）曾寫出不錯的中式「商籟體」（sonnet）。他與孫毓棠（1910-87）都擅長寫長詩，前者一首《自己的寫照》長達一千行，後者寫漢武帝時大將軍李廣利西征大宛劫獲寶馬的《寶馬》（1939文化生活出版社），也有八百行之多。他們的長詩出現在抗日戰爭的前夕，人心惶惶，也就沒有特別引起人們的注意。邵洵美（1906-68）為人稱作唯美的「香艷派」詩人，強調官能的感受，讚美愛情，顯示著人生幻滅的感傷。他的詩集《花一般的罪惡》，不能不使人想到乃襲取法國象徵派詩人包德萊的《惡之華》（*Les fleurs du mal*）而來。饒孟侃（1902-67）的詩意象單純，韻味清淡。方瑋德（1908-35）的詩輕活靈巧，是只活了二十七歲的青年詩人，曾與陳夢家同作〈悔與回〉長詩，傳誦一時。林徽因（1903-55）的詩作溫柔細膩。卞之琳為「漢園三詩人」之一，以下再論。

後期的新月派仍然堅持一貫的對美的追求，提出健康、尊嚴的原則，講求技巧與格律，同時兼收了法國象徵主義的神祕與T. S. 艾略特重智的成分，在詩意的表現上越來越趨近繼起的現代派了。

二、現代派

1932年5月，上海的現代書局委託施蟄存創辦並主編大型文學雜誌《現代》，當時在這本雜誌上發表詩作的有戴望舒、施蟄存、林庚、路易士（紀弦）、金克木、侯汝華、李心若、玲君、南星等。施蟄存曾經介紹他們的詩風說：

> 《現代》中的詩是詩，而且是純然的現代詩。它們是現代人在現代生活中
> 所感受的現代情緒，用現代的詞藻排列成的現代的詩形。……《現代》中

的詩大半是沒有韻的，句子也很不整齊，但它們都有相當完整的「肌理」（texture），它們是現代的詩形，是詩！（註1）

所以這些詩人被稱作「現代派」，他們的詩作被稱為「現代詩」，其中的代表人物是戴望舒。

戴望舒（1905-50），原名丞，字朝寀，筆名戴夢鷗、江恩、艾昂甫等，浙江省杭州市人。1923年入上海大學文學系，1925年轉入震旦大學學習法文。1926年與施蟄存、杜衡等人創辦《瓔珞》旬刊，開始發表詩作。1928年與施蟄存、杜衡、馮雪峰創辦《文學工場》。1929年4月，出版第一本詩集《我的記憶》，為其早期象徵主義詩的代表作，其中尤以〈雨巷〉一詩為著。1932年協助施蟄存編輯剛創刊的《現代》雜誌。同年赴法留學，先後入巴黎大學、里昂中法大學。留學期間常利用時間翻譯外文著作，計譯有《蘇聯文學史話》、《比利時短篇小說集》、《義大利短篇小說集》等。1933年8月編出第二本詩集《望舒草》，由上海書局出版。1935年春因參加反法西斯遊行被學校開除，於是束裝返國。1936年，與穆時英妹穆麗娟結婚。同年，與卞之琳、孫大雨、梁宗岱、馮至等人創辦《新詩》月刊，共出版十期，是新月派與現代派詩人交流的刊物。1937年抗日戰爭爆發前夕，出版第三本詩集《望舒詩稿》。抗戰爆發後，戴望舒轉至香港主編《大公報》文藝副刊，並創辦《耕耘》雜誌。1938年春主編《星島日報・星島》副刊。1939年和艾青合編《頂點》。1941年日軍佔領香港，被捕入獄。1945年抗日勝利後，被人檢舉附敵，幸未被追究。1948年由上海星群出版社出版第四本詩集《災難的歲月》。1949年6月參加在北平召開的中華文學藝術工作代表大會，後擔任新聞出版總署國際新聞局法文科科長，從事編譯工作。1950年在北京病逝，安葬於北京西山腳下的北

戴望舒（1905-50）

註1：轉引自王瑤《中國新文學史稿》第七章前夜的歌，頁200。

京香山萬國公墓，豎有茅盾書寫「詩人戴望舒之墓」的墓碑。戴望舒通法語、西班牙語和俄語等歐洲語言，一直從事歐洲文學的翻譯工作。1981年有完整的《戴望舒譯詩集》出版。下面是號稱戴氏代表作的〈雨巷〉中的部分：

1981年有完整的《戴望舒譯詩集》出版

　　撐著油紙傘，獨自
　　徬徨在悠長，悠長
　　又寂寥的雨巷，
　　我希望逢著
　　一個丁香一樣地
　　結著愁怨的姑娘。

　　她是有
　　丁香一樣的顏色，
　　丁香一樣的芬芳，
　　丁香一樣的憂愁
　　在雨中哀怨，
　　哀怨又徬徨。

　　她徬徨在這寂寥的雨巷，
　　撐著油紙傘
　　像我一樣，
　　像我一樣地
　　默默彳亍著，
　　冷漠，淒清，又惆悵。

　　戴望舒的詩由象徵派轉入現代派。今人評論說：「內容上，他借用中國傳統

的『雨』和『丁香』，而這『雨』和『丁香』又是美國詩人艾略特所謂的『客觀對應物』，亦即象徵體，寄寓著作者的希望和惆悵。音律上，他除了把舊詩詞曲的音律引入新詩之外，還從外國詩歌引進跨行、兼有行斷意不斷的長處，並把跨行與多種韻式結合起來：全詩的主要韻腳是稀疏的，一貫到底又很單調，但其中交織著頭韻、腹韻等，一面增加了密度，一面穿插了變化，顯得搖曳多姿。」（沈用大 2006：413）

另外一位介於浪漫派與現代派之間的是馮至。

馮至（1905-93），原名馮承植，字君培，河北省涿縣人。1921年考入北京大學預科，開始新詩創作。1923年轉入本科德文系，發起組織淺草社和以後的沉鐘社，編印《沉鐘》雜誌和「沉鐘叢刊」。1927年畢業，出版了第一本詩集《昨日之歌》（北新書局），先後在哈爾濱第一中學及北平孔德學校任教。1929年出版第二本詩集《北遊及其他》（北平沉鐘社）。1930年馮至與廢名合編《駱駝草》週刊。同年赴德國研治文學和哲學。1935年回國後在上海同濟大學附屬高中任教。抗日戰爭爆發後

馮至（1905-93）

去昆明任西南聯大外文系教授，直到抗戰勝利，其間曾出版詩集《十四行集》（1942桂林明日社）。1946年返回北平，任北京大學西語系教授，1951年任該系主任，又先後出任中國社會科學院外國文學研究所所長、中國作家協會副主席、中國外國文學學會會長等職。49年後，馮至很少創作，致力於翻譯、教學和外國文學的研究。

馮至的詩深受德語詩人里爾克（Rainer Maria Rilke,1875-1926）的影響，里爾克是受叔本華和尼采影響的詩人，故可說他的詩是浪漫主義的末流，其十四行詩更有古典主義的風味。一般的現代文學史不易為其定位。

廢名（1901-67，生平見第十章）的詩，含意朦朧，不易使人理解，也常被歸入現代派中。例如他的〈十二月十九夜〉：

深夜一隻燈，
若高山流水
有身外之海。
星之空是鳥林，
是花，是魚，
是天上的夢，
海是夜的鏡子。
思想是一個美人，
是家，
是日，
是月，
是燈，
是爐火，
爐火是牆上的樹影，
是冬夜的聲音。

這首詩既具有現代詩不規則的形式，又具有現代詩不易索解的隱晦性和歧義性，難怪瘂弦稱讚說：「廢名的詩即使以今天最『前衛』的眼光來披閱仍是第一流的，仍是最『現代』的；筆者甚且還可以預測，透過系統整理和介紹，廢名的『身價』可能愈來愈高。」（瘂弦 1987：71）

三、漢園三詩人

1930年起，卞之琳、李廣田、何其芳同時就讀北京大學英文系，三人結為密友，遂於1936年在商務印書館合出一本詩集《漢園集》。三人的共同點是都很重視感覺與想像，喜愛以比喻、暗示的方式傳達情意。他們對現實也都有所不滿，走在徬徨的道路上，藉詩來表達心中的惆悵。他們的不同在於卞之琳的詩

較晦澀、沉鬱，李廣田樸實，帶有泥土氣，何其芳詞藻華麗。三人中李廣田和何其芳更重視散文的寫作，只有卞之琳專心寫詩。

　　卞之琳（1910-2000），筆名季陵、H.C.，江蘇省海門縣人。1927年就讀於上海浦東中學，1929年考入北京大學英文系，開始詩作。1933年畢業後，在保定育德中學及濟南省立高中任教。抗戰時期在成都四川大學外文系執教。其間曾赴延安，短期在魯迅藝術文學院任教。1940年起擔任昆明西南聯大外文系講師、副教授、教授。1946年轉往天津南開大學任教。1947年赴英國，專事寫作。1949年返國，歷任北京大學西語系教授、中國社會科學院外國文學研究所研究員、《詩刊》編委、《世界文學》編委、《文學評論》編委、中國作協理事、顧問等職。2000年1月獲首屆「中國詩人獎──終生成就獎」，12月逝世。主要詩作有《三秋草》（1933新月書店）、《魚目集》（1935文化生活出版社）、《漢園集》（與李廣田、何其芳合作，1936商務印書館）、《慰勞信》（1940桂林明日社）、《十年詩草》（1942桂林明日社），到了1979年出版了他的詩總集《雕蟲紀歷》（北京人民文學出版社）。另有翻譯小說多種。

　　卞之琳原也曾被歸入新月派，因爲陳夢家所編的《新月詩選》中選了他的詩，他的處女作《三秋草》也是由新月書店出版的。他像那時期的現代派詩人一樣，受到西方浪漫主義和象徵主義雙重的影響，同時也會參考我國舊詩的傳統，又繼承了新月派徐志摩的遺緒，而後形成個人的風格。關於抗戰以前的作品，他自己這樣說：

卞之琳（1910-2000）

　　　這時期我更多借景抒情，借物抒情，借人抒情，借事抒情。沒有真情實感，我始終是不會寫詩的，但是這時期我更少寫真人真事。我總喜歡表達我國舊說的「意境」或西方所說「戲劇性處境」，也可以說是傾向於小說化，典型

化，非個人化，甚至偶爾用出了「戲擬」。（卞之琳 1979：3）

下面是他的一首小詩〈斷章〉：

你站在橋上看風景，
看風景人在樓上看你，

明月裝飾了你的窗子，
你裝飾了別人的夢。

謝冕評論卞之琳的詩說：「卞之琳的詩重視時空感覺，往往以象徵的方式寫出沉思中悟得的哲理。有時為了顯示悟性的表達，省略甚多而呈現為空闊滯澀。卞之琳詩作的圓熟精緻而富有冷靜的理性是公認的。」（謝冕 1986：8）袁可嘉認為卞之琳「上承『新月』，中出『現代』，下啓『九葉』。」（袁可嘉 1990）馮文炳（廢名）也認為卞之琳是繼徐志摩以後的重要詩人，他說：「在我講新詩裡頭雖然沒有講徐志摩，並沒有損失，卞之琳的文體完全發展了徐志摩的文體……徐志摩的新詩可以不講，徐志摩的文體則絕不可埋沒，也絕不能埋沒，所以有卞之琳之詩了。」（張德厚等 2006）

李廣田（1906-68，生平見第十七章）是從詩入手後來成為散文名家的。他的詩作不多，主要就是收在《漢園集》（1936）中的《行雲集》十七首（1958年在北京作家出版社又出版過一本詩集《春城集》）。他的詩正如他的散文，充滿了對鄉土的懷念與頌讚，文字樸實、自然而親切，但是不能說深刻、精鍊。至於後來的《春城集》，那就是社會主義教條下的作品了。詩作之外，他出版過一本詩論《詩的藝術》（1944開明書店），對新詩的評論頗有見地。

何其芳（1912-77，生平見第十七章）曾在《新月》和《現代》雜誌上發表詩作，也受過英國浪漫主義和法國象徵主義詩派的影響。早期作品收在《漢園集》（1936）中的《燕泥集》，抗戰時期又出版過兩本詩集《預言》（1945文

化生活出版社）與《夜歌》（1945重慶詩文學社）。論者認爲何其芳的詩以詞藻華麗取勝，下面的這首〈月下〉是他革命化以後寧願加以否定的詩：

今宵準有銀色的夢了，
如白鴿展開沐浴的雙翅，
如素蓮從水影裡墜下的花瓣，
如從琉璃似的梧桐葉
流到積霜的瓦上的秋聲。
但眉眉，你那裡也有這銀色的月波嗎？
即有，怕也結成玲瓏的冰了。
夢縱如一隻順風的船，
能駛到凍結的夜裡去嗎？

這類浪漫的情調和華美的意象，自然爲革命、戰鬥的心態以及強調階級鬥爭的意識形態所難容的。這一輩的新詩人後來在大眾化與爲人民服務的驅使下，晚年多放棄了新詩的創作，回歸到爲革命領導所耽溺的傳統詩裡去了。

四、革命的號角：中國詩歌會

在革命文學昌旺的年代，詩自然不能例外，何況還有眾多自命革命的詩人站在第一線把詩當作是革命的號角來大力鼓吹。郭沫若當然是最重要的革命詩人，他也曾被周揚稱作是「中國無產階級的最初的號手」（註2）。這時期他又出版了《瓶》（1927）、《前茅》（1928）和《恢復》（1928）三本詩集，風格與前期沒有差別，也看不出有任何進境。太陽社的蔣光慈是另一位激進的革命詩人，此時期他出版了長詩《哭訴》（1928上海春野書店）、詩集《戰鼓》（1929上海北新書局）和《鄉情集》（1930北新書局）。在革命的激情下，加

註2：見周揚〈郭沫若和他的女神〉，轉引自張志勛《沫若史劇概論》，頁31。

上他又多產，當然難以像新月派的詩人那麼認真追求詩藝。不幸的是他在1931年就去世了。同屬太陽社的還有錢杏邨、馮憲章、殷夫等。錢杏邨（1900-77）是個有多面才華的人，既是著名的劇作家，又是文學批評和文學史的學者，但他也是從詩入手的。這時期出版的有詩集《暴風雨的前夜》（1928上海泰東圖書局）、《餓人與飢鷹》（1929現代書局）、《荒土》（1929上海泰東圖書局）等，內容都是革命的，連王瑤也說：「一般的仍然吶喊多於描寫，概念化的傾向很重。」（王瑤 1953：194）這話也適用於多數的革命詩歌。馮憲章（1908-31）因共產黨的罪名被捕，二十二歲即病死獄中，遺留下詩集《夢後》（1928上海紫藤出版部）和發表在《太陽月刊》、《沙崙》等刊物上的散篇詩作一百餘首。殷夫（1909-31）是1931年遭國民黨處決的「五烈士」之一，遺留下自編的詩集《孩兒塔》（1930），魯迅後來在紀念的「序文」中說：「這《孩兒塔》的出世並非要和現在一般的詩人爭一日之長，是有別一種意義在。這是東方的微光，是林中的響箭，是冬末的萌芽，是進軍的第一步，是對於前驅者的愛的大纛，也是對於摧殘者的憎的豐碑。」（魯迅 1967：35）這是對一個被殘害者的悼言了。在創造社中，寫詩的還有馮乃超、穆木天、柯仲平等。馮乃超詩量甚少，也沒有什麼特色。柯仲平（1902-64）參加了共產黨，成為後來《從延安到北京》（1953人民文學出版社）的詩人。穆木天因為是左聯主導下的「中國詩歌會」的積極分子，其詩作比較受到注意。

穆木天（1900-71），原名穆敬熙，吉林省伊通縣人。1918年赴日留學，就讀於東京第一高等學校預科。1921年參加創造社，1923年入東京帝國大學法文系。1926年返國，先在廣州中山大學任教，次年轉去孔德學校及天津中國學院。1929年回故鄉吉林大學任教。1931年九一八事變前夕逃抵上海，寫了一本《流亡者之歌》，寫出失土之痛。同年加入左聯，並與蒲風、楊騷、任鈞等組織「中國詩歌會」，推動大眾化的詩歌運動。抗戰爆發後赴武漢，出任「中華全國文藝界抗敵協會」理事，並主編《時調》和《五月》詩刊。1938年去昆明，任雲南文協常務理事。1939-41年間回中山大學執教。1942年轉桂林師範學院。1946年返上海。1952年後在北京師範大學任教。早期尚出版有詩集《旅

心》（1927創造社出版部）。穆木天受法國詩的影響，本來比較重視意象、隱喻等，但後來在中國詩歌會的催動下，不得不向粗淺的大眾化發展。

1932年9月在上海成立的「中國詩歌會」是由左聯主導的一個革命團體，以倡導「大眾文學」、實行蘇聯的「現實主義」創作方法爲宗旨。翌年初創辦了《新詩歌》旬刊（後改月刊）作爲成員發表作品的園地。繼而在其他城市諸如北平、天津、青島、廣州等地成立分會，會員眾多。他們常採用民間的歌謠、小調，創作了大量的淺顯的大眾化詩歌，爲人稱作「新詩歌派」。中國詩歌會的重要成員還有楊騷與蒲風。

楊騷（1900-57），原名楊維銓，筆名北溪、豐山，福建省漳州人。1918年赴日本，就讀於東京高等師範學校。1925年到新加坡一中學執教。1927年回國後，在《語絲》、《奔流》等刊物發表詩作。1928年出版詩集《受難者的短曲》（上海開明書店）傾吐一己的苦悶，浪漫氣息很濃。1929年出版三本詩劇《心曲》、《迷雛》和《他的天使》（均由北新書局出版），在與劇作家白薇戀愛的過程中，對戲劇特別有興趣。1930年參加左聯。1933年出版詩集《春的感傷》（上海開明書店）和情書集《昨夜》（與白薇合作，南強書局）。1936年出版敘事詩《鄉曲》（東華書局），描寫農村的破產與農民的覺醒。1939年，參加中華全國文藝界抗敵協會戰地服務團。1941年後到香港、印尼、新加坡從事新聞工作，主編《閩潮》半月刊，並任《生活報》代理總編及副社長。1952年回國，任中國作家協會廣州分會常務理事。

蒲風（1911-42），原名黃日華，又名黃飄霞，筆名黃浦芳、黃風，廣東省梅縣人。少年就讀梅縣榮蘭中學。1927年參加中國共產黨青年團。曾去印尼，與友人合編《狂風》不定期刊。1930年赴上海，入中國公學學習，參加左翼文藝活動。1932年與楊騷、穆木天等組織「中國詩歌會」，並創辦《新詩歌》雜誌。1934年出版詩集《茫茫夜》（上海國際編譯館），一舉成名。後赴日本，與雷石榆、林林等創辦《詩歌生活》，並參與左聯東京分盟的活動。1935年出版長詩《六月流火》（上海內山書店）。1936年返國，在青島、福州等地任教，出版詩集《生活》（詩人俱樂部）和《鋼鐵的歌唱》（詩歌出版社）。

1937年到廈門組織詩歌會，與童晴嵐合編《廈門詩歌》，出版詩集《搖籃歌》、《可憐蟲》和《抗戰三部曲》（均由詩歌出版社出版）。抗戰爆發後，到廣州主編《中國詩歌》。1938年參加中國共產黨，1940年在皖南新四軍部從事宣傳工作。

由於蒲風開始詩作在中國詩歌會成立之後，所以他的詩作多反映工農大眾的生活和階級的矛盾，再加上愛國的熱情，常常喊出「戰鬥吧，祖國！戰鬥吧，為著祖國！」這樣的口號，很富有革命的進取與樂觀精神，非常合乎大眾化及蘇聯現實主義的要求，最能代表中國詩歌會一群詩人的風格。

五、人民的聲音

在新詩歌派戮力追求大眾化，寫作工農階級通曉的詩歌的同時，也有幾位左派的詩人在關懷人民大眾的同時，也未忘懷對詩藝的鑽研，像臧克家、艾青、田間等。

臧克家（1905-2004），又名臧瑗望，筆名臧承志、臧愛望、何嘉、士先，山東省諸城縣人。1923年就讀濟南山東省立第一師範學校時開始新詩創作。1926年入武漢中央軍事政治學校學習。1927年後返鄉，於1930年入山東大學中文系。1933年在就學中出版處女作《烙印》（1933自印；1934開明書店）。畢業後曾任臨清中學教員。1936年又出版詩集《自己的寫照》（文學出版社）和《運河》（文化生活出版社）。抗日戰爭爆發後，從事抗日宣傳工作，出版詩集更多。勝利後到上海，先後參與編輯《僑聲報》副刊和《文訊》月刊。因觸怒國

臧克家（1905-2004）

臧克家處女作《烙印》

民黨，1948年底躲往香港。49年後任華北大學三部研究員、人民出版社編審、中國作協書記處書記、《詩刊》主編、政協常委等職。大陸改變政經政策後，2000年獲首屆「中國詩人獎——終生成就獎」，2003年又獲國際詩人筆會的「中國當代詩魂金獎」。

臧克家出身新月派，不同的是他擅寫農民和農村的境況，而對當日農民的貧困生活寄予深切的同情。他嘗自言：「在初期的作品裡，給人印象較深的是農民的形象和鄉村的景色，這是我的詩的一個特點。我從小生長在鄉村，生長在農民群眾中間，我酷愛鄉村，我酷愛農民，……我深深地同情他們，為他們的不幸而悲憤，我情願和他們共有一個命運。」（臧克家 1942）因此聞一多在給《烙印》寫的〈序言〉裡稱他為「農民詩人」。下面是他〈農家的夏晚〉一詩：

> 天空像面井口，
> 開在院子當頭，
> 破蓑衣上坐著大人們，
> 口中的煙縷舒出心底的勞困。
> 破蒲扇搖不出風涼，
> 星像火箭射在人心上，
> 小孩子仰臉看天空，
> 一隻瘦貓半合著眼睛，
> 長毛狗躺在一邊，
> 伸長了舌頭呼呼地喘。

在詩的韻律和字的錘鍊上十分用心，可看出有他所受新月詩人（特別是聞一多）的影響。因為他的苦吟，為人稱作詩界的孟郊。朱自清曾指出臧克家的詩出現後，「中國才有了有血有肉的以農村為題材的詩歌。」他對農民的深切關懷，使他不能停留在為寫詩而寫詩的境界，所以他以後與新月派的詩人走向不同的道路。

艾青（1910-96），原名蔣正涵，字海澄，筆名莪伽、克阿、納雍、林壁、鹿文等，浙江省金華縣人。早年就學於金華浙江省立第七中學及杭州國立西湖藝術學院繪畫系。1929年赴法國勤工儉學，專攻繪畫。受法國象徵詩派影響，開始寫詩。1932年返國，參加上海左翼美術家聯盟，因觸怒當局被捕入獄，在獄中寫成名作〈大堰河——我的保母〉，情感真摯，氣勢磅礴。艾青雖然出身地主家庭，卻是被貧苦的農婦褓母大葉荷（大堰河）扶養到五歲，所以自幼即對農民具有深厚的情感，才能寫出這樣感人的作品。1935年出獄後四處流浪，繼續寫作。抗日戰爭爆發後，在山

艾青（1910-96）

西民族革命大學任教，繼任《廣西日報》文藝版編輯、重慶育才學校文學系主任。1941年赴延安，任陝甘寧邊區參議會參議員。1945年加入中國共產黨，並任教於魯迅藝術學院文學系。勝利後，歷任華北文藝工作團團長、華北聯合大學文藝學院副院長、華北大學第三部副主任。1949年後，出任《人民文學》副主編、中國作協副主席。1958年被打成右派，下放黑龍江、新疆邊荒農場從事體力勞動。1978年獲得平反，重返詩壇。

艾青的詩是鄉土與現代的混合體，所以受到兩方面的推崇。他的〈吹號者〉長詩中說：「世界上的一切／充滿著歡娛／承受了這號角的召喚……」相對於現代詩的「惆悵」，這「號角」代表了革命詩的戰鬥精神。艾青在形式上傾向散文化的自由體，毋寧改變了新月派詩人追求格律化的方向。他在這時期甫露頭角，雖聲勢不凡，但他主要應屬於下一階段——抗戰時期的詩人。

田間（1916-85），原名童天鑑，筆名黃天賢，安徽省無為縣人。中學時代即開始寫詩。1933年入上海光華大學。1934年參加左聯，並參與編輯《文學叢報》和《新詩歌》，主編《每月詩歌》。不久即連續出版《未明集》（1935群眾出版社）、《中國牧歌》（1935詩人社）、《中國農村的故事》（1936詩人社）等詩集，因多寫農村與農民，也贏得農民詩人的稱號。抗戰爆發後，在上

海、武漢等地參加抗日救亡活動。1938年在八路軍西北戰地服務團擔任戰地記者。同年到延安，加入共產黨，歷任邊區文協副主任、中共盂平縣委宣傳部長、冀晉區《新群眾》雜誌社社長、雁北地委祕書長、張家口地委宣傳部長等職。曾和邵子南發起街頭詩運動。創作了長篇敘事詩《戎冠秀》（1946冀晉日報社）、《趕車傳》（1949新華書店），都通俗易懂，便於傳唱。1949年後歷任中國作協創作部副部長、河北省文聯主席等職。他的詩簡單明瞭，有啓發性，也具戰鬥力，看這首小詩：

田間（1916-85）

> 假使我們不去打仗
> 假使我們不去打仗，
> 敵人用刺刀
> 殺死了我們，
> 還要用手指著我們骨頭說：
> 「看，
> 這是奴隸！」

田間也是到了抗日期間才更當紅的詩人。

引用資料

卞之琳，1979：《雕蟲紀歷》，北京人民文學出版社。

王　瑤，1953：《中國新文學史稿》，上海新文藝出版社。

沈用大，2006：《中國新詩史（1918-1949）》，福州福建人民出版社。

袁可嘉，1990：〈略論卞之琳對新詩藝術的貢獻〉，《文藝研究》第1期。

陳夢家編，1981：《新月詩選》影印版，上海上海書店。

張志勛，1989：《沫若史劇概論》，東北師範大學出版社。

張德厚、張福貴、章亞昕，2006：《中國現代詩歌史論》，長春吉林教育出版社。

瘂　弦，1987：《中國新詩研究》，台北洪範書店。

臧克家，1942：《十年詩選》，上海現代出版社。

魯　迅，1967：〈白莽作《孩兒塔》序〉，《且介亭雜文末編》，香港新藝出版社。

謝　冕，1986：《中國現代詩人論》，重慶重慶出版社。

第十九章　從寫實主義到現實主義：擬寫實主義與革命文學

　　五四以來的新文學既然追隨西方的浪漫主義與寫實主義，特別是寫實主義，在批評上寫實主義的理論就成為主要的依據。對非寫實的作品，不該拿寫實的理論來評論，正如不能拿傳統戲劇的標準來衡量荒謬劇一樣。但是一心追求寫實的作品，其成就的高下，只有用寫實的理論來衡量才能看得出其美學的價值。

　　正常的情況，文學理論總是跟隨作品而來，也就是說先有作品，後有理論；而非反其道而行，創作反倒遵循某種抽象的原則而生。然而中國的新文學卻真是個例外，首先以西方既有的作品為楷模，便難以不受其規範與影響，獨創的成分就相對減低了。不幸的是後來又來了「革命文學」理論的指導，更加侷限了創作的自由，使寫作幾乎成了為某種特定的思想或政治目的而為的工具，以致文學中作為人類自由抒發情意的基本要項相形快要消逝不見了。因此，為了釐清這一段文學發展的真相，而又能客觀地加以評鑑，我們不得不弄清楚什麼是「寫實主義」，為何「寫實主義」又變成「現實主義」，二者之間含義的異

同以及如何才能客觀地評鑑這一個階段文學作品的高下及其美學成就。

　　過去幾十年的現代文學史，在這方面未能盡責，那是因爲文學史家心中都不得不擱著毛澤東衡量文學的一把尺，不敢越雷池一步，而且耳目所見都是一類的作品，就如魚肆的商販久而不聞其腥，嗅覺早已失效了。大陸在改革開放以後，情況轉變，新一代的學者敏感到數十年來以黨領政，以黨領文所造成的積弊，到了八〇年代，遂興起一股重寫文學史（特別是現當代文學史）的風潮，但是掙脫舊有的窠臼，恐怕正像蛇的脫皮，需要花很長很長的艱辛時間才能爲功的吧？

一、從寫實主義到現實主義

　　1919年的五四運動既然成爲新文學蓋起的關鍵年代，那時期西方的現代主義剛剛開始不久，從西方譯介而來的文學作品仍不免以尙在盛行的寫實主義與更早的浪漫主義的作品爲主。在這一個時期部分留外的新文學作家也有已經受到現代主義感染的，像小說家郁達夫、施蟄存、詩人李金髮、戴望舒等，但總是少數。大多數新文學作家鑑於中國社會的需要，或出於個人的偏愛，認爲寫實主義更適合當時的國情，都對寫實主義情有獨鍾。早在1915年陳獨秀就曾言：「吾國文藝猶在古典主義理想主義時代，今後當趨向寫實主義，文章以紀實爲重，繪畫以寫生爲重，庶足挽今日浮華頹敗之惡風。」（陳獨秀 1915b）1917年，胡適在〈文學改良芻議〉中也說：「惟實寫今日社會之情狀，故能成眞正文學。」（胡適 1917）周作人同樣認爲按照近代日本小說進化過程，應該首先提倡寫實主義。（周作人 1918）在眾多推崇寫實主義的聲浪中，1921年成立的「文學研究會」高舉出「爲人生而藝術」的寫實標幟並非偶然。茅盾在〈《小說月報》改革宣言〉的第三條中指出：「寫實主義的文學，最近已見衰竭之象，就世界觀之立點言之，似已不應多爲介紹；然就國內文學界情形言之，則寫實主義之眞精神及寫實主義之眞傑作實未嘗有其一二，故同仁以爲寫實主義在今日尙有切實介紹之必要；而同時非寫實的文學亦應充其量輸入，以爲進一

層之準備。」（茅盾 1921）茅盾雖如此說，此後非寫實主義的文學卻受到有意的排斥。在上世紀初西方戲劇輸入之時，最早推動新劇的劇人之一歐陽予倩也曾強調寫實主義的重要，他說：「歐洲的戲劇有許多派別，從古典主義以至於表現主義，各有各的一種精神，我們對於這許多派別，應當持怎麼一種態度？卻是一個問題。據我的意見，以為現在應當注重寫實主義……寫實主義戲曲的對社會是直接的，革命的中國用不著藏頭露尾虛與委蛇的說話，應當痛痛快快處理一下社會的各種問題……寫實主義簡單的解釋，就是鏡中看影般的如實描寫。」（註1）可知當時無論是小說，還是戲劇，都特別重視或強調西方文學的寫實主義。今日也有學者認為當日寫實主義之特別受到重視，除了實用觀念的主導外，與五四時代推崇科學精神有關，譬如有大陸學者嘗言：「正是由於當時是推崇『科學萬能的時代』，在這一語境中，各種文學流派的競爭的結果，只能是與科學精神內質相一致的寫實主義（包括自然主義）佔據了主潮的地位，這是時代的必然。」（俞兆平 2002：172）

然而寫實主義一詞到底是五四時代轉譯自英文的realism？或直譯自法文的réalisme？尚沒有確實的考證。據推測，像當日其他的諸多新名詞，很可能是由日本傳來的譯文。「寫實」一詞，最早可上溯至梁啟超於1902年發表的〈論小說與群治之關係〉一文中所言的「寫實派」小說，蓋源自日人坪內逍遙的說法（安敏成 2001：31）。至於什麼才是原來法文réalisme一字的真正含義？在西方已經有各種不同的理解，到了中國新文學家們也不甚了了，是可想而知的。既然早在1915年陳獨秀已經多次用過此詞（註2），隨後遂成為五四文人常用的一個詞彙。但是到了二〇年代末期或三〇年代初期，又出現了另一種譯文：「現實主義」，且後來居上，到1949年以後，除了台灣和海外，在中國大陸上

註1：見洪深《中國新文學大系・戲劇集導言》引歐陽予倩〈戲劇改革之理論與實際〉（洪深1935：57）。
註2：陳獨秀〈現代歐洲文藝史譚〉一文中說：「十九世紀末，宇宙人生之真相，日益暴露，所謂赤裸時代，所謂揭開假面時代，喧傳歐土，自古相傳之舊道德舊思想舊制度，一切破壞，文學藝術亦順此潮流由理想主義再變為寫實主義（realism）更進而為自然主義（naturalism）。」（陳獨秀 1915a）當然寫實主義並非到了十九世紀末才出現的，陳獨秀對西方文學的認識不足，想來此詞並非他的翻譯，正像那時代的新名詞一樣，很可能來自日本的譯文。

「寫實主義」一詞完全消失了。這兩個詞，雖然都是外文同一字的中譯，因為使用的時間有別，使用者的意識形態不同，以及所指的文學作品的差異，因而這兩個中譯詞的含義就大相逕庭了。

「現實主義」一詞的來源，不能不從俄國十月革命對中國的巨大影響說起。1917年發生在俄國的大革命，很快地就成為另一股影響五四一代中國文人的西潮。俄國在革命前本有深厚的文學基礎，大作家如林，傑作眾多，因為革命成功的緣故，更吸引到五四一代懷有革命理想的中國作家的注目。1921年後，除了俄國小說的翻譯以外，「俄國的文學理論的譯介也驟然多了起來。有關譯著，如張聞天的《托爾斯泰的藝術觀》、耿濟之譯托爾斯泰的《藝術論》、張邦紹、鄭陽譯的《托爾斯泰傳》、周作人的《文學上的俄國與中國》、鄭振鐸的《俄國文學史略》、郭紹虞的《俄國美論及其文藝》、沈澤民的《克魯泡特金的俄國文學論》等等，都在這一段時間發表出版。」（溫儒敏 1988：25）五四後之所以形成一股俄國文學的熱潮，主要是因為中國的知識份子認為俄國的國情較之歐洲國家更接近中國，俄國的革命實可作為中國未來發展的借鑑，因而感覺到革命前俄國文學的寫實主義比起法國文學的寫實主義來，更合我國「文以載道」的傳統口味。他們看出，法國的寫實主義不過是如實描寫人生而已，作者並不表示自己的看法，而俄國的寫實主義卻含有一種道德理想在內，托爾斯泰的作品及文學主張尤其如此。革命以後，那就更不用說了，文學必得附屬於革命的理想（或政治的需要），教訓甚至教條意味越來越濃重。自然當時一心嚮往革命的中國作家正在興頭上，只感受到其中的理想性、教化性的正面意義，尚沒有意會到其中所隱含的嚴重問題，得要等到49年以後才能真正領略。

1924年，茅盾在〈俄國的新寫實主義及其他〉一文中指出俄國的寫實主義不同於發源國的法國，故加一「新」字以別之（沈雁冰 1924）。不過溫儒敏認為該文「所指的主要是文體和技巧，和後來所說的『新寫實

《俄國文學史略》

主義』是兩回事。眞正把『新寫實主義』作爲一種創作方法加以提倡，是1929年下半年以後的事」。至於帶有意識形態在內的俄國的「新寫實主義」（又稱「普羅列塔利亞寫實主義」，即所謂「無產階級寫實主義」），乃來自發表於1928年7月《太陽月刊》停刊號上林伯修翻譯的日本左派作家藏原惟人的〈到新寫實主義之路〉。（溫儒敏 1988：111）該文認爲「新寫實主義」的作家首先要獲得明確的階級觀點，用無產者前衛的眼光來觀察世界。這可說是後來毛澤東〈在延安文藝座談會上的講話〉的原始依據。在那一號的〈編後語〉中還有下面的一段話：

> 我們要介紹的是，伯修譯的〈到新寫實主義之路〉。革命文學的創作是寫實主義。但以前的寫實主義，不但不能應用到革命文學來，而且簡直說一句，是反革命。那麼，革命文學的創作，應該是一種新的寫實主義了。（註3）

那時候「太陽社」的左派作家已經把原始於法國的「寫實主義」看作是反革命了。在國內的情況，自從1926年郭沫若發表〈革命與文學〉一文，不但標幟著郭沫若率領的創造社跳出浪漫主義，左轉彎加入革命的行列（或者說變得更加浪漫），而且也說明了當日的文壇越來越加同情革命，尤其嚮往蘇俄的革命成果。加上從蘇聯留學返國的蔣光慈在1927年與激進的錢杏邨、孟超等人組織太陽社，推動無產階級革命文學，左派的聲音越來越大。同年，蔣介石清除共產黨以後，無形中加強了以正義自任的文人們對左派的同情與對右派的恨惡。於是創造社、太陽社的作家們一致書寫革命文學，雖然如溫儒敏所言「1928年前後出現的『革命文學』作品，絕大多數都很難說是現實主義的」（溫儒敏1988：93），但是蘇聯革命後所提倡的「普羅列塔利亞寫實主義」卻成爲這些自命革命作家的意識形態的標竿。

當時聲譽日隆的魯迅也是嚮往蘇俄的一員大將。1926年，在他與郁達夫合編

註3：見1928年7月號《太陽月刊》停刊號。

的《奔流》創刊號上發表了〈蘇俄的文藝政策〉。兩年後魯迅又譯出日本片上伸的《無產階級文學的理論與實際》、蘇俄盧那查爾斯基的《藝術論》及普列漢諾夫的《藝術論》。有眾多文人參與了翻譯有關蘇俄革命文學及馬克思主義的著作。1929年一年間，出版馬克思、恩格斯、列寧的原著以及有關馬克思主義的著作達一百五十多種。（君素 1929）

根據溫儒敏的研究，1930年11月，「國際革命作家聯盟」在蘇聯哈爾克夫召開代表大會，通過「唯物辯證法創作方法」（與「新寫實主義」一脈相承）。代表中國「左聯」參加會議的蕭三向國內寫了長篇報告。中國的「左聯」當時是「國際革命作家聯盟」的一個支部，對總部的決定必要執行，所以「唯物辯證法創作方法」遂成為以後左翼作家「法定」的「創作方法」。（溫儒敏 1988：122）但是這到底是怎樣的一種方法？如何運用在創作上？那時的革命作家們恐怕也不甚了了。蕭三的解釋如下：

> 在方法上，作家必須從無產階級的觀點，從無產階級的世界觀，來觀察，來描寫。作家必須成為一個唯物的辯證法論者。中國無產階級革命文學的作家、指導者與批評家，必須現在就開始這方面的艱苦勤勞的學習，必須研究馬克思、列寧主義，研究一切偉大的文學遺產，研究蘇聯及其他國家的無產階級的文學作品及理論和批評。同時要和到現在為止那些觀念論、機械論、主觀浪漫主義、粉飾主義、假的客觀主義、標語口號主義的方法及文學批評鬥爭。（蕭三 1931）

這一番解說，可說充滿了社會主義國家常用的官腔，其中所批判的「觀念論」、「機械論」、「主觀浪漫主義」、「假的客觀主義」等等到底實指什麼？常常可以任意解釋，所以很容易成為批鬥異己的藉口。文學、藝術本來是人類個別心靈的自由、自發的流洩，如今要求成為在共同的信條下的模式產品，今日看來實在荒謬絕倫。但是當日蘇俄的革命家都是不擇手段的熱中功利之徒，否則如何能夠成功？為了維護以生命換來的革命果實（也可說是權

勢），當然也要不擇手段地加以防衛；對文學、藝術的控制也正是防衛權勢的手段之一。尚無革命經驗的中國文人如何能看透其中的奧祕？於是不由自主地把中國也推上同樣的道路。因而五四以後的新文學從歐化漸漸轉向俄化，從崇尚法式的「寫實主義」逐漸轉化為膜拜俄式的「現實主義」了。正如大陸文評家蘇煒所說：

> 我們從1919以來的「五四」文學──1943以後的「延安文藝」──1949以後的「社會主義現實主義」的整個演進流變過程中，可以理出這樣一個粗略的線索：這是五四精神淵源中的「西方文化」與「蘇俄文化」兩種聲音此消彼長，終於後者對前者取而代之的結果。如果說「五四」文化中是以西方啟蒙文化為主導，那麼，在「延安文藝」與「五四文化」的上下文關係中，則已轉演為以蘇俄文化中的革命民粹主義為主導；及至1949年後的「社會主義現實主義文學」，則已成斯大林主義的一統天下──至此，「延安文藝」與「五四」文化精神原有的某種「上下文」關係，已經演變為另一種從「斯大林主義」到「毛澤東文藝方向」的「上下文」關係了。（蘇煒 1995：278-279）

因此，「現實主義」絕不等同於「寫實主義」。胡風曾說：「主觀精神與客觀真理的結合或融合，就產生了新文藝的戰鬥的生命，我們把那叫作現實主義。」（范際燕、錢文亮 1999:324）胡風的理解沒有錯，寫實主義在理論上是排斥主觀精神的，現在為了革命的要求而加入了「主觀精神」，而且還是戰鬥的，自然不再是寫實主義，而成為左派文人所追求的「現實主義」了。

至於「現實主義」一詞到底是誰開始使用的？或最早何時出現的？現在似乎還沒有確實的考證。可以斷言的是從二〇年代末或三〇年代初期，不少革命作家的眼光從歐美轉向蘇俄，為了與法國的寫實主義區別起見，另創「現實主義」一詞，以符合俄國提倡的「新寫實主義」或「唯物辯證法創作方法」。大陸學者曹順慶和唐小林曾為文討論此一問題，認為太陽社的革命作家錢杏邨曾寫過幾篇關鍵性的文章（例如1930年的〈中國新興文學中的幾個具體的問

題〉、〈茅盾與現實〉、〈死去了的阿Q時代〉等），對從「寫實」轉換成「現實」起過重要的作用。他們說：

> 錢氏運用俄國人沃隆斯基（A.K. Voronski）和日本人藏原惟人的「新寫實主義」的觀點，在階級論的框架內，對魯迅和茅盾代表的「舊寫實主義」進行了清算，並進而表明了他對寫實主義當中的「實」，及「現實」的兩個基本看法：「一是凡是現實的必是現時的，在此現實性等於現時性；二是只有具有現時性的思想眼界才能見到具有現時性的現實，才能運用具有現時性的藝術技巧來表現這種現實。」（曹順慶、唐小林 2003）

1932年，瞿秋白在給華漢（陽翰笙）的小說《地泉》寫的序文中就用了「現實主義」一詞取代過去的「寫實主義」，並且認爲「現實主義」必須在眞實地描寫、表現社會關係時，同時要顯示歷史發展的方向。（溫儒敏 1988：126）是否瞿秋白是第一個使用「現實主義」取代「寫實主義」的人，尚難完全確定。1933年又從蘇聯傳來了「批判的寫實主義」（critical realism）和「社會主義的寫實主義」（socialist realism）兩詞，那就更有理由使用「現實主義」取代「寫實主義」了，因爲寫實主義的前面已經加上了限制語「批判」或「社會主義」兩字，自然應與發源於法國的「寫實主義」有所區隔。戲劇學者胡馨丹在其研究「寫實與擬寫實」的論文中曾很中肯地加以闡釋說：「『社會主義現實主義』的非寫實特徵已經在其命名中露出端倪，社會主義本身就是一種富浪漫色彩的人類理想社會的構想，而這種浪漫色彩主要表現爲樂觀向前的世界觀和建立新人新事物的目的，其中帶有強烈的主觀性和想像特質。」（胡馨丹 2004：75）到了1933年11月周揚發表〈關於「社會主義現

瞿秋白（1899-1935）

實主義與革命的浪漫主義」〉一文時，「現實主義」一詞可以說確定在左派文人的口中取代了五四以來通用的「寫實主義」了。（周揚 1933）不過在三〇年代這兩個詞對非左派的一般人而言還是並用的，同時也常是混用的。一直到1942年毛澤東發表〈在延安文藝座談會上的講話〉，明確地說出「我們是主張社會主義的現實主義的」後，才使1949年以後的文學評論中一律化起來，「寫實主義」也就從此從大陸上的文論中絕跡了。於是「現實主義」成為「社會主義現實主義」的簡稱，二者實際上變成了同義詞。至於中國的「社會主義現實主義」的官方定義，據蘇煒考察，是在1953年「第二次全國文代會」上周恩來的「政治報告」中正式提出來的（蘇煒 1995：280）。原文是「我們的理想主義，應該是現實主義的理想主義；我們的現實主義，是理想主義的現實主義。革命的現實主義和革命的理想主義結合起來，就是社會主義現實主義。」（教育部 1980）

今日的文學史學者多反對毫無區隔地混用這兩個名詞，譬如陳燕在其〈論中國現代文學思潮中的「寫實」與「現實」〉論文中就專針對此一問題說：

> 所謂中國現代文學中的寫實主義與現實主義，絕不是一字之差，互用無妨；一個受西方模仿、淨化論影響的寫實主義和一個中國本土發生、承擔政治使命的現實主義，並不是自然發展趨勢下的前後之別，應是各有理念、各自成長的兩種主義。（陳燕2003：4）

陳燕更進一步認為就新文學創作上的成就而論，「如果說寫實主義是中國現代文學的幸運，那麼一字之差的現實主義則是中國現代文學的不幸了。」（陳燕 2003：8）

二、擬寫實主義與革命文學

亞里士多德在《詩學》中所奠定的「模仿、淨化」的理論，不同於中國古代

的「詩言志」論，傾向於對人類行為及生活的摹寫，使西方的文學本來就長於模擬人世的敘事筆法。故十九世紀中期以來在法國迅速展開的寫實主義並非偶然的現象，而係原有所本，又正逢西歐經濟、文化發展到某一個階段所必然產生的後果。歐洲到了十九世紀中葉，資本主義和工業化已經達到相當的高度，中產階級興起以後也掌握到相當的政治權力。文化上，歷經十八世紀的啟蒙運動，實證主義（positivism）、理性主義（rationalism）與科學研究主導著知識界，在廣義的藝術和狹義的文學中便不能滿足於當時流行的浪漫主義的視界和創作方法，作為反浪漫主義的潮流，簡約地說：「寫實主義的創作方法乃奠基在一套『認知的真實論』（realistic theory of knowledge）的基礎上。首先確定外在的世界對主觀的觀察者而言是客觀的存在體。其次，所有對事物的印象乃通過人的感覺器官的觀察觸覺而來。對無法觀察的事物，則經過科學的邏輯的推理而知覺，完全排除了臆測與幻想的成分。所以寫實主義作家的第一個信條是作者的客觀態度：作者的目的在呈現而不在批評或以己意扭曲所觀察到的現實；也就是讓事件自我呈露（letting the facts speak for themselves）。第二個信條是務必呈現事件或人物的全面及細節，使讀者有身歷其境的感覺。第三個信條是任何階層的人物都可以作為書中的英雄，並不像古典主義和浪漫主義的作品只瞄準了帝王將相或出類拔萃的人物。」（馬森 1985）

如上文所言，五四一代的新文學作家多半對法國的寫實主義情有獨鍾，但是對其理論和方法並不甚了了，只能說模糊而籠統地朝著寫實的方向努力以赴，在當日充斥著神怪、武俠以及鴛蝴言情小說和戲曲的環境中，也寫出了一些接近庶民生活的清新明目的作品來。然而受了易卜生戲劇的影響，所出現的一大批所謂的「問題小說」和「問題戲劇」，雖掛著寫實之名，骨子裡卻大下針砭，甚至提出療治的方策，跟易卜生的冷靜與客觀距離甚遠。究其原因，一者尚不瞭解寫實主義的真義，二者不易擺脫傳統「文以載道」的鬼魂，三者看了當時國家的處境無法平抑救國淑世之心。到了二〇年代後半期，當多半的新文學作家在俄國革命成功的誘惑下，眼光轉向左方，為了國家的前途、人民的福祉，覺得蘇俄的「新寫實主義」及「批判的現實主義」（或「社會主義現實主

義」）更合乎當日的國情，也就更加名正言順地不必拘泥在客觀寫實上面了。

我只拿在眾多現代文學史上號稱「現實主義的高峰」的茅盾的《子夜》做一個例子：這部小說也許真是「現實主義的高峰」，卻是寫實主義的敗筆，正足以顯示「現實主義」與「寫實主義」中間的區別。我過去曾經說過：

> 茅盾《子夜》的雄心過大，自己並沒有足夠的能力來掌握，來實現這種觸及到如此大規模的社會形態與經濟運作的宏圖。他既想從社會經濟的立場來寫小說，卻並沒有社會學或人類學的知識，也沒有經濟學的理論基礎或從事經濟運作的實際經驗，他對這方面的常識充其量只達到一個新聞記者的程度，因此他所依仗的只是一個外行人所蒐集到的表象的零碎的資料，全不能由此看出當日中國社會與經濟發展的內在原因及脈絡。如拿《子夜》與以他自己比較熟悉的農村生活為背景的《春蠶》和以小鎮生活為背景的《林家鋪子》相比，就可以明顯地看出《子夜》中的背景描寫是相當虛假不實的。又因為作者過分用心編織上海的資產經濟運作圖，反倒忽略了人物的創造與刻畫，使其中的人物正像夏志清所指出的「已經扭曲誇大到漫畫的地步。」（夏志清 1979：136）然而這些還都不算是注定《子夜》失敗的致命傷，使《子夜》真正站不起來的，則是茅盾偽冒寫實之名而實際上服膺於一種特定的觀點與思想的虛偽態度。（馬森 1985）

茅盾《子夜》

1932年茅盾寫出《子夜》的時刻，正是他於1930年前後受到激進的左派攻訐之後，在左派的盛氣侵凌之下，而且身為「左聯」的一分子，他和魯迅一樣都沒有招架之功，不能不追隨大流向「社會主義現實主義」靠攏。雖然《子夜》尚不能稱為革命文學，但確實已含有向資產階級宣戰的意味。像這類屈從於政治理想或政治現實以及許多力不從心的偽冒寫實的作品，我曾歸類概

稱之爲「擬寫實主義」（pseudo-realism）。擬寫實主義是指「外貌上形似寫實主義的作品，但在創作方法上全不遵守『寫實主義』所要求於作者的方法與態度，事實上多半出之於浪漫主義的創作方法加上理想主義的思想內容。等而下之者，則是以寫實的美名來掩飾作品中藝術的粗糙和態度的虛僞。」（馬森1985）

　　魯迅對此是最清楚不過的，既然原本傾心於寫實主義，後來又甘心接受蘇俄的「新寫實主義」或「社會主義寫實主義」的綁架，只能放棄小說的創作，一心去寫尖刻的雜文了。（註4）在三〇年代的小說中也並非沒有較成功的寫實作品，像李劼人的《大波》、老舍的《駱駝祥子》等都很貼近生活的眞實，然而沒人在這一點上加以表揚，反倒爲當時的評論家故意忽視，或歪曲，使前者幾從文學史中消失，對後者則只強調祥子的階級性，而忘了他的人性。到了49年後，老舍甚至不得不重寫《駱駝祥子》，以便符合「黨」的要求。

　　至於像蔣光慈及其他一心創作革命文學的作家，當然必要用心體會瞿秋白或周揚所提出的「現實主義」中所要求的階級性和政治立場的問題，不必像寫實主義作家那樣保持客觀和冷靜的態度是理所當然的。這一類作品，我也只能一概歸之於「擬寫實主義」，因爲他們還裝模作樣地戴著一頂「現實」的帽子。

　　如今對外開放以後的大陸學者也不得不承認此一事實。曹順慶與唐小林就指出：「在中國這個本來就缺失科學精神與實證精神的國度，務實主義，實質上在許多時候等同於機會主義或投機主義。另一方面，當『寫』實主義置換爲『現』實主義以後，其創作方法也就淪爲了一種政治態度和階級立場。」（曹順慶、唐小林2003）溫儒敏也認爲：「從『新寫實主義』、『唯物辯證法的創作方法』到『社會主義現實主義』，一直都在強調文學的宣傳、教育功能」，

註4：據與魯迅生前有所接觸的報人曹聚仁說：「魯迅的寫作，從《吶喊》、《彷徨》以後，只有《故事新編》是文藝作品，他幾乎很少寫小說了。有人希望他能寫長篇小說（偉大的作品），據孫伏園說，魯迅的未完成作品，以劇本《楊貴妃》爲最令人可惜。……他的原計畫是三幕劇，每幕用一詞牌名，第三幕是『雨霖鈴』。據他自己解說，長生殿是爲救濟情愛逐漸稀淡而不得不有的一個場面。這劇本是由於他到西安去講學一回而消失了，他說：『我不但什麼印象也沒有得到，反而把我原有的一點印象也打破了。』」（曹聚仁1955：19-20）

致使「我國新文學現實主義的『寫實』性是較薄弱的，真正嚴格『寫實』的創作不多。」（溫儒敏 1988：254）朱曉進更明確地指出：「二十世紀中國文學，從來就沒有被作為一個獨立的領域得到自足性的發展。文學革命伴隨著思想、政治啟蒙的新文化運動而發生，它與反帝反封建的政治思潮難以完全剝離。『五四』曾提出反載道的文學口號尚未落到實處，而在『為人生』旗號下政治化趨向已初露端倪，並很快便被早期的革命文學口號所代替。大革命後文學的政治化終成主潮。此後的文學發展，雖隨政治情勢變化而呈現不同態勢，但卻始終未能避開政治化『浪潮』的裹挾。二十世紀文學的發展，確實時時受制於特殊政治文化語境與氛圍，這不僅體現在許多文學作品所表露出的在題材上的政治化特徵，在題旨上的意識形態化傾向，而且全面體現在整體的文學目的和文學觀念上。」（朱曉進 2002：36）

五四以降的新文學，特別是49年後的大陸文學，在長期受制於政治文化語境與氛圍的籠罩下，自然難以追求藝術上寫實主義的美學境界。十九世紀源自法國的「寫實主義」是發自作家內在的美學表現，後來蘇聯以及中國大陸的「現實主義」卻是由外在強加於作者的政治要求；因此筆者認為「現實主義」其實就是一種「擬寫實主義」，或「偽寫實主義」，大概不算過分，而且很可能更標示得出來「現實主義」與「寫實主義」之間的距離。

引用資料

安敏成（Marston Anderson）著，姜濤譯，2001：《現實主義的限制》（*The Limits of Realism*），江蘇人民
    出版社。
朱曉進，2002：〈略論中國現代文學的政治化傳統〉，《中國現代文學傳統》，北京人民文學出版社，頁
    35-45。
沈雁冰（茅盾），1924：〈俄國的新寫實主義及其他〉，《小說月報》第15卷第4期。
君　素，1929：〈1929年中國關於社會科學的翻譯界〉，《新思潮》第2、3期合刊。
周作人，1918：〈日本近三十年小說之發達〉，《新青年》第5卷第1號。
周　揚，1933：〈關於「社會主義現實主義與革命的浪漫主義」〉，11月《現代》第4卷第1期。
俞兆平，2002：〈科學主義與中國文學的寫實主義〉，《中國現代文學傳統》，北京人民文學出版社，頁
    166-177。
胡　適，1917：〈現代歐洲文藝史譚〉，《新青年》第2卷第5號。
胡馨丹，2004：《中國現代戲劇的「寫實」與「擬寫實」問題研究——以20至49年間的劇作為研究對
    象》，台南市國立成功大學中文研究所博士論文。
洪　深，1935：《中國新文學大系·戲劇集導言》，上海良友圖書公司。
茅　盾，1921：〈《小說月報》改革宣言〉，1月10日《小說月報》第12卷第1號。
馬　森，1985：〈中國現代小說與戲劇中的擬寫實主義〉，4月《新書月刊》第19期。
夏志清，1979：《中國現代小說史》，香港友聯出版社。
范際燕、錢文亮，1999：《胡風論——對胡風的文化與文學闡釋》，武漢湖北人民出版社。
教育部委編，1980：《中國當代文學史》上冊，北京人民文學出版社。
陳獨秀，1915a：〈現代歐洲文藝史譚〉，11月《青年雜誌》第1卷第3號。
陳獨秀，1915b：〈答張永言的信〉，12月《青年雜誌》第1卷第4號。
陳　燕，2003：〈論中國現代文學思潮中的「寫實」與「現實」〉，2003年11月28-29日，台灣中國文化大
    學「回顧兩岸五十年文學學術研討會」論文。
曹順慶、唐小林，2003：〈寫實主義的維度——略談馬森文學批評中的價值觀〉，龔鵬程主編，《閱讀馬
    森》，台北聯合文學出版社，頁13-30。
溫儒敏，1988：《新文學現實主義的流變》，北京北京大學出版社。
藏原惟人著，林伯修譯，1928：〈到新寫實主義之路〉，7月《太陽月刊》停刊號。
蕭　三，1931：〈中國無產階級革命文學的新任務〉，11月《文學導報》第1卷第8期。
蘇　煒，1995：〈「白紙」非白——略論「社會主義現實主義」與文革前十七年大陸文學〉，張寶琴、邵玉
    銘、瘂弦主編，《四十年來中國文學》，台灣聯合文學出版社，頁270-307。

參考文獻：
馬　森〈中國現代小說與戲劇中的「擬寫實主義」〉（1985年4月）

【參考文獻】

中國現代小說與戲劇中的「擬寫實主義」

馬森

　　民國8年的五四運動不但使中國的社會產生了巨大的震盪，也為中國的文學帶來了一副嶄新的面貌。

　　然而談起中國現代的新小說和新戲劇，二者都並不是五四運動的直接產物，不過經過五四運動的衝激以後，更加確定了發展的方向，也更加獲得知識份子——特別是那時候年輕的一代——的喜愛與擁戴，因此後來的文學史家及戲劇評論家，常以五四運動作為中國新文藝運動的一個發軔點。

　　就中國現代小說而言，大家都認為魯迅的《狂人日記》是第一篇。《狂人日記》發表於民國7年5月號的《新青年》，比五四運動整整早了一年。由西方移植而來的新興舞台劇，更可以上溯到光緒三十二年（1906）留日的學生在日本組織了「春柳社」（註1）演出小仲馬的《茶花女》（註2）的時代。也許時間還可以往前推移，因為以前上海教會學校的學生已經演出過西方的舞台劇，不過當時不曾引起社會上的注意罷了。

　　不管小說也好，舞台劇也好，在那時候都有一個共同的傾向，就是承受了西方十九世紀文學與戲劇的「寫實主義」（realism）的影響，新興的作家無不以寫實為尚。其實中國傳統的文學作品中並非沒有寫實的作品，《詩經》中的有些篇章、杜甫、白居易的詩、明清時代的有些小說（註3），也都具有相當的寫實性。但是如與西方十九世紀的寫實主義或自然主義（naturalism）的作品一比較，就發現中國古典文學中的寫實只是偶現的片段，而非有意而為的整體。中國傳統文學的主導理論一向是「文以載道」，換一句話說就是強調教化的性能與道德的目的。這種傳統，在戲劇上表現得更為明顯而強烈。元雜劇、明傳奇以及後來的崑劇、京戲，無不是以教化為主題，在表現上採取象徵

註1：「春柳社」由留日中國學生李叔同、吳我尊等組成，歐陽予倩後來加入。
註2：《茶花女》（*La dame aux camélias*）的舞台劇本是小仲馬（Alexandre Dumas Fils）根據自己半自傳體的同名小說（發表於1852年）改編而成，當日在法國演出時極為轟動。
註3：《金瓶梅》一向為現代文評家視為寫實主義的小說。《紅樓夢》和《儒林外史》雖然不算是寫實主義的作品，但也有相當濃厚的寫實性。

的形式，以歌舞來鋪敘故事。不管多麼逼近現實的劇作，也絕沒有西方十九世紀的寫實劇所倡導的那種「生活的橫切」（a slice of life）的面貌。因此之故，五四時代本懷有理想主義思想的年輕作家們，一接觸到西方十九世紀的寫實主義，立刻驚服其所具有的震撼力，就如同中國的君主政體遇到西方的民主思潮、中國的民間迷信遭逢到西方的科學精神一般，幾乎是不可抗拒地傾倒於寫實主義的潮流。

寫實主義為什麼具有如此大的震撼力呢？我想應該從所以發生寫實主義的文化與社會背景上來瞭解。寫實主義的興起，在西方並不是樁偶發的事件，而是經濟、文化發展到了某一種情況所必然產生的結果。像中國的古典文學一般，西方早期的作品中也不乏寫實的先例。但是西方過去的寫實作品如與十九世紀的寫實作品相較，也顯出其偶發的、片段的、零散的、無意識的、無系統的種種性質，與後來根據理論有意而為的寫實的作品不可同日而語。那是因為十九世紀歐洲的社會環境與文化氣氛與過去已大不相同了。歐洲到了十九世紀中葉，資本主義和工業化已經發展到了一個相當的高度；在社會上中產階級興起後已掌握了相當的政治權力；在文學上則是剛剛經過了十八世紀啟蒙（enlightment）運動的洗禮，理性主義（rationalism）、實證主義（positivism）和科學研究主導著思想知識界，因此在文學上——特別是小說創作上——便不能再滿足於當日流行的浪漫主義（romanticism）的創作方法。作為浪漫主義的一種反動而言，寫實主義的創作方法乃奠基在一套「認知的真實論」（realistic theory of knowledge）的基礎上。首先，確定外在的世界對主觀的觀察者而言是客觀的存在體。其次，所有對事物的印象乃通過人的感覺器官的觀察觸覺而來。對無法觀察的事物，則經過科學的邏輯的推理而知覺，完全排除了臆測與幻想的成分。所以寫實主義作家的第一個信條是作者的客觀態度：作者的目的在呈現而不在批評或以己意扭曲所觀察到的現實；也就是讓事件自我呈露（letting the facts speak for themseves）。第二個信條是務必呈現事件或人物的全面及細節，使讀者有身歷其境的感覺。第三個信條是任何階層的人物都可以作為書中的英雄，並不像古典主義和浪漫主義的作品只瞄準了帝王將相或出類拔萃的人物（註4）。因此，寫實主義的理論就等於文學中的科學主義與實證主義，所以才會挾著千鈞

<hr>

註4：關於寫實主義的理論、態度與方法可參考Dumesnil, *Le Réalisme*, 1936; G.J. Becker, "Realism: An Essay in Definition," *Modern Language Quarterly*, 10, 1949; Bernard Weinberg, *French Realism: The Critical Reaction, 1830-70*, 1927; Harry Levin (ed), "A Symposium on Realism", *Comparative Literature*, III, 1951, pp. 193-285; Ian Watt, "Realism and the Novel Form," *The Rise of the Novel: Studies in Defoe, Richardson and Fielding*, 1960; F.W.J. Hemmings (ed.), *The Age of Realism*,

的力量衝激了當日西方的文壇和劇壇。在小說的創作上出現了法國的福樓拜（Gustave Flaubert）、左拉（Émile Zola）、莫泊桑（Guy de Maupassant）和俄國的屠格涅夫（Ivan Sergeyevich Turgenev）、托爾斯泰（Count Lev Nikolayevich Tolstoy）等巨匠，在戲劇上出現了挪威的易卜生（Henrik Ibsen）、瑞典的史特林堡（August Strindberg）（前期作品）、俄國的契訶夫（Anton Chekhov）等大家。

西方十九世紀後半期的寫實主義的衝擊力也隨著西方文明在二十世紀初期衝到了中國，但其影響力一直等到五四運動以後才真正表現了出來。胡適倡導「易卜生主義」，雖然著眼點在「個人主義」和「女權運動」，但也影響了他對文學的看法。胡適在〈文學改良芻議〉中所提出來的「八不」（註5），就很接近寫實主義的觀點。緊接著胡適，陳獨秀在〈文學革命論〉中正式提出了「建議新鮮的立誠的寫實文學」以代替「陳腐的鋪張的古典文學」的口號（註6）。應該注意的一點是，當日的知識份子雖然覺得「寫實文學」是一個有力的口號，但對寫實主義並沒有深刻的瞭解。即使像陳獨秀這樣的先進的知識份子，對寫實主義也是一知半解，以致在提倡寫實的文學時，問出「吾國文學界豪傑之士，有自負為中國的虞哥、左喇、桂特、郝卜特曼、狄鏗士、王爾德者乎」（註7）的問題來。

雖說當日的年輕作者對寫實主義的理論多半一知半解，但確是模糊地籠統地朝著紀實的方向努力創作，所以在充斥著神怪武俠及所謂「鴛鴦蝴蝶」派的言情小說和戲曲的環境中，寫出了不少比較接近生活真相和社會狀況的作品出來。

如果把從民國8年的五四運動到民國26年抗日戰爭爆發這十九年當作第一個階段，再從民國27年到民國38年政府撤退來台當作第二個階段，就可以看出寫實文學在我國發展的層次上的一個大概脈絡和面貌。

1974; Georg Lukács. *The Meaning of Contemporary Realism*, 1979。
註5：胡適在〈文學改良芻議〉（發表於1917年1月號《新青年》）中所提出來的被人稱作的「八不」，其實只有「五不」，其他三條未用「不」字。其內容為：一、言之有物；二、不模仿古人；三、須講求文法；四、不做無病呻吟；五、務去濫調套語；六、不用典；七、不講對仗；八、不避俗字俗語。
註6：陳獨秀的〈文學革命論〉發表於1917年2月號《新青年》，除了「建設新鮮的立誠的寫實文學」之外，陳獨秀還提出了「建設平易的抒情的國民文學」代替「雕琢的阿諛的貴族文學」和「建設明瞭的通俗的社會文學」代替「迂晦的艱澀的山林文學」。
註7：虞哥即雨果（Victor-Marie Hugo, 1802-85），左喇即左拉（Émile Zola, 1840-1902），桂特即歌德（Johann Wolfgang von Goethe, 1749-1832），郝卜特曼即霍普特曼（Gerhart Hauptmann, 1862-1946），狄鏗士即狄更斯（Charles Dickens, 1812-70），王爾德（Oscar Fingal O'Flahertie Wills Wilde, 1854-1900）。

在第一個階段中，新起的作家們雖然不一定對寫實主義的理論有明確的認識，但是大多數的作者確是懷著寫實的誠意來從事創作。然而懷著寫實的意願並不等於說就必能產生出真正寫實的作品來。其中的原因不少，綜合起來說則不出二端：一部分是因為作者不認識寫實的原則、態度與方法，另一部分則是因為作者政治的參與和思想上的執著，有意地背棄了寫實主義的理論。這兩者都會導致創作出一系列我稱其為「擬寫實主義」或「偽寫實主義」（pseudorealism）的作品來。

什麼是「擬寫實主義」呢？「擬寫實主義」就是在外貌上形似於寫實主義的作品，但在創作方法上全不遵守「寫實主義」所要求於作者的方法與態度，事實上多半出之於浪漫主義的創作方法加上理想主義的思想內容。等而下之者，則是以寫實的美名來掩飾作品中藝術的粗糙和態度的虛偽。

在短篇小說的創作中，魯迅的作品、王魯彥的作品、吳組緗的作品、茅盾、郁達夫、葉聖陶、老舍、沈從文、張天翼的部分作品，我覺得是寫實的。但在長篇小說中，真正達到寫實主義水準的卻非常之少。就我自己閱讀的範圍而論，在第一個階段中我只能舉出兩部經得起寫實主義的標準衡量而又具有引人入勝的文學魅力的作品來。這兩部就是李劼人的《大波》和老舍的《駱駝祥子》。前者寫四川省在清末民初鐵路國有化的風波中生活的概貌，後者是寫北京的一個人力車夫的一生遭遇及其悲慘的結局。老舍自己是北京人，對當地的生活環境十分瞭解，又加上他當日無意站在某一個階級或某一個政治立場說話的客觀態度，使他忠誠地記錄下了人力車夫祥子的一生。至於李劼人，本身是留法的作家，又翻譯過福樓拜的《包法利夫人》（Madame Bovary），受寫實主義文學影響之深可想而知，因此在執筆為文時，有意識地追求忠實於生活及歷史事件實況的客觀態度。可惜的是，不知為了什麼原因，像李劼人這樣一個傑出的作家卻一直被忽略了，直到最近的二十年中，才日漸為文學評論家和文學史家發現（註8）。

可以歸入「擬寫實主義」或「偽寫實主義」的長篇小說就不勝枚舉了。我只舉出茅盾的《子夜》做一個例子，因為有些極負盛名的作品像巴金的《家》以及蔣光慈的小說（註9），不論從任何文學批評的角度看，都不夠成熟，沒有討論的必要。

作為一部長篇小說，茅盾的《子夜》有其成功、也有其失敗的地方。其成功的地方可

註8：曹聚仁的《文壇五十年》（香港1955—56）和司馬長風的《中國新文學史》（香港1957—78）中曾提到李劼人的小說。四人幫垮台後，大陸上又重印了李劼人的作品。

註9：蔣光慈，又名蔣光赤，著有《少年飄泊者》、《菊芬》、《短褲黨》等小說，是當日的左傾作家。

能僅在於片段地觸及到當日上海社會的百態；但其失敗的地方卻遠遠超過了這種就整部作品而言並不算十分重要的成就。夏志清在他的《中國現代小說史》（註10）中，就判定茅盾的《子夜》是部失敗的作品。他批評道：「儘管《子夜》包羅的人物和事件之大之廣，乃近代中國小說少見的一本，但它對該社會和人物道德面的探索卻狹窄得很。社會經濟資料，或推而廣之，一切為了寫小說而收集的資料，都是死的，本身無用的──除非那位收集這種資料的小說家能夠運用有創作性的想像力組合這些資料，使其『活』起來。茅盾在《子夜》內卻沒有這樣做：他把共產主義的正統批評方法因利乘便地借用過來，代替了自己的思想和看法。」（註11）

夏氏對《子夜》批評的話，是相當中肯之言。實在說茅盾寫《子夜》的雄心過大，自己並沒有足夠的能力來掌握、來實現這種觸及到如此大規模的社會形態與經濟運作的宏圖。他既想從社會經濟的立場來寫小說，卻並沒有社會學或人類學的知識，也沒有經濟學的理論基礎或從事經濟運作的實際經驗，他對這些方面的常識充其量只達到一個新聞記者的程度，因此他所依仗的只是一個外行人所蒐集到的表象的零碎的資料，全不能由此看出當日中國社會與經濟發展的內在原因及脈絡。如拿《子夜》與以他自己比較熟悉的農村生活為背景的《春蠶》和以小城鎮生活為背景的《林家鋪子》相比，就可以明顯地看出《子夜》中的背景描寫是相當虛假不實的。又因為作者過分用心編織上海的資產經濟運作圖，反倒忽略了人物的創造與刻畫，使其中的人物正像夏志清所指出的已經扭曲誇大到漫畫的地步（註12）。然而這些還都不算是注定《子夜》失敗的致命傷。使《子夜》真正站不起來的，則是茅盾偽冒寫實之名而實際上服膺於一種特定的觀點與思想的虛偽態度。

夏志清先生在論到《子夜》所以失敗的原因時，認為是由於茅盾在《子夜》中太偏重於自然主義的法則（註13）。對這一點，我的看法稍有不同，我認為茅盾的失敗恰恰是他沒有應用自然主義的法則。廣義地說，自然主義和寫實主義是常常混用的兩個名詞，但狹義地說，自然主義專指建立在左拉的理論基礎上的作品。左拉的「自然主義」理論的靈感乃來自發表於1865年的克勞德・白赫納（Claude Bernard）的〈實驗醫學研究導

註10：夏志清 *A History of Modern Chinese Fiction*，中譯本名《中國現代小說史》，由劉紹銘、李歐梵等合譯，1979年香港友聯出版社出版（台灣由傳記文學社出版）。
註11：見夏著《中國現代小說史》，頁136。
註12：見前註，頁133。
註13：見前註，頁136。

論〉（An introduction à l'étdue de la médicine expérimentale）（註14）。雖說在1871年左拉開始寫作《胡貢—馬伽》（Rougon-Macqart）的家史時可能還沒看到白赫納的醫學論文，但到1879年左拉寫出〈實驗小說〉（Du roman expérimental）論文時，卻是仿照了白赫納醫學研究的思維及方法的模式。左拉認為實驗的方法既然可以應用於天然的物體，自然也可以應用於具有情緒和理智的生命。那麼從化學、物理學、生理學、人類學、社會學，便一直可以排到小說的寫作。對左拉而言，小說家乃是一個觀察者兼實驗者。小說家觀察事件、人物的特質，然後便把這些事件和人物置入假設的特定歷史中，然後再記錄其發展與結果。注意：這種方法的要點，是作為實驗者的小說家對實驗的結果不應具有任何先存的成見，就如科學家在實驗室的態度一樣。他必須面對他自己也並不能預知的新舊現象，借助於實驗中所經歷的經驗，嘗試進入事物發展的隱祕之中（註15）。顯而易見的，茅盾在《子夜》中並不曾運用這種實驗的方法；相反的，他的結論和事物發展的過程都是根據他先存的成見而預先擬定了的，既不求符合客觀的實體社會，也不求符合他自己預設的歷史過程。

在茅盾寫《子夜》的時代，左拉的自然主義的理論早已為人攻擊得體無完膚。以蘇聯的文學理論馬首是瞻的左派文人如茅盾，絕不會再摭拾左拉的唾餘。以今日的眼光來看，自然主義的寫作方法雖不是最佳的通往真理之路，但絕對是一種可以自圓其說的理論，所以嗣後接受自然主義影響的小說家像美國的德來賽（Theodor Dreiser）、杜斯巴叟斯（John Dos Passos）、辛克來（Upton Sinclair）以至史坦倍克（John Steinbeck）、漢明威（Ernest Hemingway）等都有傑作留世。但是在當日的社會政治氣氛中，保守的人士認為左拉的理論導致道德墮落，傾向於社會革命的激進分子又認為左拉的理論宣揚的是環境決定論，使人失去了革新向上的能動性。所以在1887年左拉的《大地》（La Terre）甫行出版，在法國就引起了自稱為左拉的私淑弟子的「五人幫」（註16）的激烈的攻訐，宣稱左拉已把自然主義學派推入淫穢的獸穴。

這一種論調也為後來的「批評的寫實主義」（Critical realism）論者所繼承。不錯，自然主義的作品因為過於強調外在自然及社會環境的力量以及內在的遺傳及無意識的衝

註14：見Paul Morelle, "Le Naturalisme," La Littérature, du symbolisme au nouveau roman (Paris, 1970)。
註15：Émile Zola, Oeuvres complètes, Tome X (Paris, 1967)。
註16：五人幫為Paul Bonnetain, J.-H. Rosny aîné, Lucien Descaves, Paul Margueritte, Gustave Guiches。見Paul Morelle, "La Natualisme"。

動，因而阻遏了人的自由，也限制了人的理性思維及道德責任，有把人生視為走下坡路及與獸同列的悲觀傾向。但是後來蘇聯所倡導的「社會主義的寫實主義」（Socialist realism）與其說是真正看到了自然主義這種缺陷之後建立的一條健康的寫實路線，不如說是以攻擊自然主義作為施行史大林式的實用主義及專權獨裁的文藝政策的藉口。根據所謂的「社會主義的寫實主義」所創造的作品，不但不能繼承早期帝俄時代寫實主義作家如屠格涅夫、托爾斯泰的雄風，而是每下愈況，終使文學成為政治甚或政策的附庸。

但在茅盾寫《子夜》的時期，中國正處在社會與經濟因經受了西方文明的衝擊發生動搖與變革的時代，一些識淺心急的文人一半由於相信蘇聯的「社會主義的寫實主義」是更適合中國革命的文學理論，而另一半則可說是中國傳統的理想主義與「文以載道」的教化思想又在他們的頭腦中復活，使一度滿心嚮往於寫實主義的作家們終不能堅持客觀寫實的精神，有意無意地便創造出《子夜》一類的「擬寫實主義」的作品來了。

在小說上是如此，在劇本的創作上也是如此。也許由於戲劇是直接訴諸群眾反應的藝術媒體，更難以堅持寫實主義所要求的客觀態度。在早期的劇作中，大概出現過三種風格的作品：一種是浪漫派的抒情作品，以田漢的劇作為代表，郭沫若的歷史劇也可歸入這一類；另一種是喜劇，可以丁西林的作品為代表；第三種就是模仿易卜生、契訶夫、奧尼爾等人的寫實風格的戲劇，以曹禺的作品為代表。前兩種在寫實的風氣影響之下，雖然並不以寫實來標榜，其佈景及人物的外形也多少符合寫實的規格為尚。至於曹禺的戲劇倒確是努力向西方寫實主義的戲劇家看齊的（註17）。《雷雨》的創作態度是比較客觀寫實的，在當日是一個相當叫座的劇本。雖說在部分人物上及有些場景的氣氛上近似於易卜生的《群鬼》，但就整齣戲的結構及其涵蘊的意境而言，則與《群鬼》大不相同。縱然說曹禺在寫《雷雨》時多少受了些《群鬼》的啟示，但絕沒有生吞活剝的痕跡。《雷雨》是完全中國式的，也就是說基本上建立在當日中國的社會真實上。周家的生活方式和倫常關係，是中國的舊式大家庭——特別有些財勢的家庭——中普遍存在的。其中主僕間的關係也很常見。後母與前妻子間的亂倫，雖然不能說是種普遍的現象，但在那種特定的環境中卻是可能而可信的。最重要的一點使《雷雨》可以歸入寫實作品之中的是曹禺在《雷雨》中沒有自己站出來橫加干預人物的關係和劇情的發展。

註17：劉紹銘在 *Ts'ao Yu, The Reluctant Disciple of Chekhov and O'Neill* (Hong Kong, 1970)中和胡耀恆在 *Ts'ao Yu* (New York: Twayne Publishers, 1972)中都曾指出禺曹所受易卜生、契訶夫和奧尼爾的巨大影響。

然而，在以後的作品中，曹禺卻沒有繼續保持這種客觀的態度。拿同一個時期的《日出》和《原野》來看，就明顯地看出作者的思想中已攙入了相當強烈的當日流行的「意識形態」。什麼是當日流行的「意識形態」呢？就是「反封建」、「反帝國主義」、「反買辦資產階級」的三反意識形態。由於西方文明的衝擊，暴露了我國傳統文化和社會的弊病，當日的知識份子對所有傳統的病徵一鍋煮之而稱之為「封建主義」。由於帝國主義國家對中國的軍事侵略，使受欺者對帝國主義國家恨之入骨。又由於西方文明初期乃攜軍事暴力強加於中國，使國人產生了強烈的排斥心理，對凡有西化傾向的人物及事物統目之為屬於「買辦資產階級」。這三者之間雖也自相矛盾，卻風雲際會地結合在一種非理性的極端情緒化的反抗強權的心態上。因此曹禺在《日出》中不但有意醜化了當日可稱之謂民族資產階級的人物，也同時醜化了留美的歸國學生；相反地卻一味地迎合當日醜都市而美鄉村的農民心理。在《原野》中曹禺更陷入了戲劇語言的陷阱。人物成為生動活潑的「口語」的工具，也就是說人物（或者進一步說生活的本身）為語言而存在。人物的對話在《原野》中是非常動聽的，然而是否村野的環境中有這樣的人物，或這樣的人物是否說得出這樣針鋒相對的極具戲劇性的對話卻十分令人起疑（註18）。但更重要的是曹禺拋棄掉對農民生活實質的探查與理解，只主觀地頌揚農民的原始力量及透露其反地主惡霸的心態，全沒有使觀眾因此而洞悉農民生活及農民性格的真實面貌。即使在《雷雨》中，曹禺也有「反封建」的意識形態，但與《日出》和《原野》不同的是，曹禺沒有任其主觀的心態來干預人物的創造。代表封建家長的周樸園可以引起某些觀眾的反感，也可以引起另一些觀眾的同情，正因為作者不曾居心根據主觀的心態來醜化周樸園的形象，使其成為作者自己洩憤的對象。在《日出》和《原野》中，曹禺便未能保持這種謹慎的不干預的態度。這些都因為曹禺處身在當日的社會思想潮流中，無力應用寫實主義所要求於作者的客觀態度與任事物自行表現的創作方法，在創作之前已先存有了以上所說的「三反」意識形態的緣故。

也許我們應該在此提出一個問題來：這種「三反」的心態難道不正是一種歷史的真相嗎？當日的社會就是處在「封建主義」、「帝國主義」和「買辦資產階級」的壓榨之下。反映了這種心態，不正足以表現了歷史的真相嗎？

今日來回答這個問題是比較容易了。因為我們早已超越了那時候的歷史情況，而且也早已經驗到「三反」心態所帶來的歷史惡果。如果我們結合了中國的歷史傳統來看，就

註18：西方寫實主義的作家多寫中產階級人物，即因中產階級人物的語言比較容易駕馭。

看出「三反」中的重要一「反」──「反買辦資產階級」──的心態，不但出於對西方帝國主義的仇恨，而且也繼承了中國固有的「農民意識」。站在農民的立場上來看，城市是罪惡的淵藪，商人是奸詐的階級，知識份子是無用的士大夫。就是工人，也只有與農民貼近的小手工業者才為農民的意識所容忍。這就是為什麼在早期的小說和戲劇中，總有意無意地流露出這種尊農排商，汙城市美鄉村的傾向。這種觀點完全出之於情緒性與文化性的主觀態度，並不具有任何客觀意義。因此在這種意識形態的主導下，不但無法分析呈露社會的真相，也與追求民主與科學的五四精神背道而馳，扭曲了從農業經濟向工商業經濟過渡的歷史真實。

曹禺的劇本中雖然具有這種先存的三反的意識成見，但畢竟他對當日的社會與人物有相當深入的觀察與理解，使他在作品中反映出部分的真實。其他有些意識形態狂熱的作家，則全不顧社會的或歷史的真實，只一味地把他自認的「正確觀點」口號式地潑向讀者或觀眾。但是這些作品在外貌上偏偏採取寫實主義的形態，以致使讀者與觀眾誤認為這一類的作品就是所謂的「寫實主義」了。

這種「擬寫實主義」的傾向，到了第二階段，因為中日戰爭的爆發，就更加強烈了。在戰爭中更沒有餘暇去爭辯理論、磨鍊藝術，最迫切需要的是直接的宣傳，而且越情緒化、越富於煽動性，就越容易收到宣傳的效果。再加上「抗日救國」是誰也不能不擁護的響亮的口號。因此在這一個大綱領大前提下，更容易誘使作家們編織任何不近情理、不合於生活真相的故事與劇情。當然「抗日救國」與寫實主義的創作方法並沒有根本上的衝突。只有一點，寫實主義要求作家把無論任何高尚可貴的思想成見，都要置於真實生活的考驗之下。這一點卻正是在生死存亡的危機中的人們所難以做到的。這就是為什麼梁實秋先生一提到文學創作不一定必須與抗戰有關時，立刻為人曲解為「抗戰無關論」，遭受到意外激烈的攻訐（註19）。有了「抗日救國」這樣堂皇的口實，不夠冷靜的作家（在那種情況下也實在難以保持冷靜）就更加理直而氣壯地發展其原來已有的「擬寫實主義」的傾向了。

原來對寫實主義有相當良好把持的老舍，在抗日戰爭中所寫成的兩部有關抗戰的作品都可做「擬寫實主義」的典型代表作。一部是老舍自己也認為失敗的《火葬》，另一

註19：梁實秋在民國27年12月1日《中央日報・副刊》發表編者的話說：「與抗戰有關的材料，我們最為歡迎，但是與抗戰無關的材料，只要真實流暢，也是好的，不必勉強把抗戰截搭上去。至於空洞的抗戰八股，那是對誰都沒有益處的。」正說明了「抗戰」與「寫實」並不衝突的事實。但梁氏的話卻被當時過於熱昏的或欠缺邏輯頭腦的人士所曲解，以致引起了「抗戰無關論」的論爭。

部是老舍花費了多年的精力與心血所完成的巨構《四世同堂》（註20）。《火葬》是寫北方一個假託的小城中的抗日活動，其中有投敵叛國的漢奸，也有愛國保民的志士，可以說是忠奸分明。因為故事既為虛構，地點又是假託，人物更是杜撰，所以老舍事後自己也承認是一大敗筆。不過他說唯一可取之處是表現了他的愛國情操。由此可見，在道德的美名下，常常可以容忍藝術的劣品，而作者自以為盡到了道德的責任，便殊不以藝術的低劣為恥了。《四世同堂》雖然背景又回到了老舍所熟知的北京，可是在人物的塑造上和情節的結構上只不過等於是《火葬》的擴大和複雜化而已。人物不但也是忠奸分明，更因為失去了內在的心理動機，不免流於形式上的傀儡狀或漫畫化。總之，《四世同堂》可視為老舍捨棄了他早期「寫實主義」的創作方法，而投入「擬寫實主義」或「偽寫實主義」洪流的代表作。

第二階段中，多半的長短篇小說都或多或少地沾染了「擬寫實主義」的色彩。但是也不能說沒有少數的作品超出於「擬寫實主義」之上的。像巴金的《寒夜》，格局雖然很小，人物雖然簡單，卻是一部細膩而真切的作品，遠超過他那些膾炙人口的《家》、《春》、《秋》之上。錢鍾書的《圍城》是一部新《儒林外史》式的諷刺小說，雖出之諷譏的文筆，卻有相當高度的寫實性。蕭紅的《呼蘭河傳》是另一部傑出的作品，以寫實主義的標準來衡量，也遠遠超過為魯迅及史諾（Edgar Snow）所欣賞的蕭軍的《八月的鄉村》之上。

在劇本的創作上，因為抗日宣傳的需求，更難以把持寫實原則。在人物上，常常是忠奸立辨；在對話上，則不免口號滿篇。就拿當日相當叫座的兩部戲——曹禺的《蛻變》和張駿祥的《萬世師表》而論，可說是對前期的「擬寫實主義」的作風又朝前推進了一步。

在《蛻變》中，曹禺固然對中國的未來寄託了無限的希望，但離真實的情況距離十分遙遠。劇中的英雄很能振奮人心，反面人物也很能令人切齒痛恨，無奈這樣的人物只是作者為了滿足觀眾的膚淺情緒層面的一廂情願的杜撰，在真實的人生中找不到任何牢固的立足之點。曹禺因為此劇曾獲得政府一個大獎，不過後來因為其中的英雄梁專員有人覺得可能暗指共產黨的潛伏分子，致使這個劇本遭到冷遇。在中共治下的大陸，又因梁專員表面上是國府官員，說是替國民黨塗了脂，抹了粉，也遭到禁演的命運，使曹禺的

註20：老舍的《四世同堂》共分三部：一、惶惑（1946），二、偷生（1948），三、飢荒（1950-51）。此書並有英文節譯本，名*Yellow Storm*。

處境猶如風箱中的老鼠，兩頭受氣。《蛻變》在抗戰時期能引起的觀眾情緒上的激動，在事過境遷之後，恐怕不免使人覺得氾濫不實了。

張駿祥在《萬世師表》中，同樣以誇張的手法描寫了一個教師的生涯。為了表現教師應該具有寧餓死也不准叫苦的精神，作者安排了劇中的主人翁生活在極度的貧困中，甚至連愛子也因貧窮而夭折。為了顯示主人翁的有守有為，與眾不同，又安排了使他的同事們一個個中途變節，好像這個世界上為了造就一個好人，得要先生出無數個壞蛋來陪襯才行。有趣的是劇中也有很強烈的反「買辦資產階級」的意識形態。留美留歐歸來的留學生都被醜化了；不曾出過國的主人翁卻恰恰是背出莎士比亞三十多個劇本之全部原文的「學者」。這也算是本身留美歸來的作者一種自我解嘲的方式吧！由此可見當日「三反意識」之強烈與流行。《萬世師表》在場景的處理及對話上自然尚不如《蛻變》。《蛻變》至少努力求其形似，應該算「擬寫實主義」中的上乘之作；《萬世師表》則連形也不似，可為後來以寫實為名，以杜撰為實的形假而文拙的粗劣作品的代表。

不過在這個時期中曹禺完成的《北京人》多少算是一個例外。在此劇中，曹禺對大家庭的陰暗生活有相當忠實而細膩的描寫。只是如拿寫實主義的標準來衡量，還不免差了一大截，因為曹禺在襲取了契訶夫式的象徵手法時，把象徵推到了寫實主義所認可的限度之外。寫實主義中偶現的象徵符號，多半不頻繁，也不明顯，以免違背了任事物自我呈現的原則。但曹禺在《北京人》中卻把象徵的符號用得太過頻繁，舉凡棺材、鴿子、風箏、老鼠等等，無不肩負了又醒目又重大的象徵意義。最叫服膺寫實主義者皺眉的則是那個象徵北京人的巨人，在全劇中形成了一種畫蛇添足的累贅，破壞了原始寫實的意圖。

回顧自西方十九世紀的「寫實主義」文學引介入中國，獲得五四一代的中國作家們的全心傾倒、熱烈擁戴以來，並沒有產生幾部真正寫實的作品，反倒是引起了一發而不可收拾的「擬寫實主義」作品的氾濫。表面上看，蓋由於中國當時的泛政治傾向的影響，使文學沒有獨立生長的機運。所有的政黨組織或政治運動，都有足夠的道德理由及威勢使作者折服而為其服務，於是作者們的藝術心靈便給壓縮到不足道的微小尺寸。實際上另外一個原因卻常常為人所忽略，那就是作者靈魂中復活了的「文以載道」的傳統教化思想。這種思想實在也正是泛政治主義的促生激素。二者互為表裡，才使「擬寫實主義」或「偽寫實主義」氾濫成災，在文學批評上卻毫無節制。直到今日，尚未有文學批

評家把這一段有關「擬寫實主義」文學發展的來龍去脈予以全面詳盡地分析與評價。

　　這樣的問題，自然並非發生在中國一國，在所謂的社會主義國家中也為如何結合「擬寫實主義」的客觀態度與主觀的革命熱情而困惱。蘇聯與東歐諸國遭遇到同樣的難題（註21）。不過在中國大陸的這個問題似乎特別嚴重。開始時中共治下的文藝理論家所倡導的「現實主義」，只能應用在批評資產階級或國民黨治下的社會，一旦觸及到中共治下的社會，便不能發揮作用，因為在嚴苛的文藝政策下，只准歌頌，不准批評；甚至連大捧，小評如丁玲、趙樹理者，以及後來變成歌德派的老舍，也脫不掉被整肅的命運，落個悲慘的下場。既然不能暴露，也不能批評，寫實主義的理論便沒有立足之地，於是只有提出「浪漫主義」與「現實主義」相結合的理論，也就是對敵對階級採取客觀的寫實態度，對無產階級採取主觀的浪漫態度，這大概就是《青春之歌》、《金光大道》等小說的理論根據。雖如此，當政者仍以為歌頌得不夠痛快，屈服得不夠徹底，進一步再要求「三突出」，如在文化大革命時期的樣板戲中所表現的，勢必要把在位的人捧到九天之上，若神明一般的膜拜。在這樣的政治環境中，什麼主義、什麼理論，全流為政治運作的手段或迫害異己的藉口，本身再也不具有任何客觀的標準與實質的意義，實在可以說到了標準大混亂、價值大崩潰的地步。在這種情形之下，「偽寫實」也好，「真浪漫」也好，都不值得批評了。

　　寫實主義有它的歷史因緣和社會動因，也有它的客觀標準，但卻絕不是文學創作上唯一的方法，也不能說是文學創作上最好的方法。具有獨創能力的作家也絕不會捨棄一己的當下感受，先驗地自囿於某一種文學理論之中。然而一個作家，如果自以為服膺於寫實主義的理論，就該誠心誠意地以「寫實主義」所要求的原則和標準來進行創作，卻不應藉著「寫實主義」在群眾心目中所建立的美好形象，來販賣自己杜撰虛構的假象。對真實的認知是一種永遠不會達到圓滿無缺的過程，從十九世紀的寫實主義的基礎上還有朝前超越的餘地，這就是近代在小說、戲劇和電影的領域內，新寫實主義者所努力的方向。

原載1985年4月《新書月刊》第19期

收入《東方戲劇、西方戲劇》（1992文化生活新知出版社）

註21：蘇俄自革命以後即努力建立馬克思主義的文學批評（Marxist Criticism），視形式主義（formalism）為最大敵人，可是在蘇聯與東歐文藝政策指導下所產生的作品卻落入一種膚淺的一律的官方模式化的形式主義之中，反倒比任何其他形式主義的作品離開人生更為遙遠。對「寫實主義」的偏頗的意見，也反映在曾在西方大學演講過的匈牙利文學理論家盧卡契（Lukács）的著作中。

A History of Global Modern Chinese Literature
—Two Waves of Westernization in Modern Chinese Literature

Synopsis

Professor Ma Sen's lifelong devotion

One hundred years of Chinese Literature in the epoch of diaspora

The first literature history book that deals with Chinese writers all over the world- including those in China, Taiwan, Hong Kong, Macao, Southeastern Asia, Europe and America.

A complete heritages and legends of global Chinese Literature development within the most near hundred years

Volume I

Tide from the West: The first Wave of Westernization and Realism
The first wave of Westernization in mid-19th century, it's shock and results on China. Then comes the climax of the tide -New Culture/ New Literature Movement of May Fourth- that make a surge of new literatures and a new generation of writers.

Volume II

Wars and Diversification: Interruption of Westernization
Because of Japan's invasion into China and Chinese civil war, the westernization process was interrupt, then new literature and new generation developed during wartimes. The literature of Shanghai as an isolated island and of Liberated Area, and the diversification of literature in Taiwan and China: new literature in Taiwan before the Restoration and socialism literature in China.

Volume III

Rebirth after Diversification: the second Wave of Westernization and Modernism/Post-modernism
This volume discuss the secondary Westernization of Taiwan literature after Kuomintang government move to Taiwan - this is to be differentiated with the first wave that adored realism, the secondary wave has modernism and post-modernism as it's mainstream. The surge of writers of modernism and post-modernism literature in contemporary Taiwan. New literature and light literature in Hong Kong and Macao. Then comes the modernism literature under the secondary wave of Westernization in late-1990 that after mainland China was open up to the world, and the achievements of new generation of post-Cultural Revolution and oversea Chinese writers. The final stage will be the network literature of new generation writers that cross-over regional boundaries, and Chinese literature is marching toward the world.

文 學 叢 書　433

世界華文新文學史——中國現代文學的兩度西潮
上編　西潮東漸：第一度西潮與寫實主義

作　　者	馬　森
總 編 輯	初安民
責任編輯	孫家琦　黃子庭　陳健瑜
美術編輯	林麗華
校　　對	孫家琦　黃子庭　呂佳眞　陳健瑜　馬　森

發 行 人	張書銘
出　　版	INK印刻文學生活雜誌出版有限公司
	新北市中和區建一路249號8樓
	電話：02-22281626
	傳眞：02-22281598
	e-mail：ink.book@msa.hinet.net

網　　址	舒讀網http：//www.sudu.cc
法律顧問	巨鼎博發法律事務所
	施竣中律師
總 代 理	成陽出版股份有限公司
	電話：03-3589000（代表號）
	傳眞：03-3556521
郵政劃撥	19000691 成陽出版股份有限公司
印　　刷	海王印刷事業股份有限公司

港澳總經銷	泛華發行代理有限公司
地　　址	香港新界將軍澳工業邨駿昌街7號2樓
電　　話	(852) 2798 2220
傳　　眞	(852) 2796 5471
網　　址	www.gccd.com.hk

出版日期	2015年2月　　初版
ISBN	978-986-387-004-3

定　價　　550元

Copyright © 2015 by Ma Sen
Published by **INK** Literary Monthly Publishing Co., Ltd.
All Rights Reserved
Printed in Taiwan

本書榮獲 文化部 MINISTRY OF CULTURE 編輯力出版企畫補助

國家圖書館出版品預行編目資料

世界華文新文學史——中國現代文學的兩度西潮
　上編 西潮東漸：第一度西潮與寫實主義
　　　　　/ 馬森 著.
　　--初版.--新北市：INK印刻文學，
　　2015.02　面；　公分（文學叢書；433）
　　　ISBN　978-986-387-004-3（平裝）
　1.中國文學史 2.臺灣文學史 3.海外華文文學 4.文學評論
　820.9　　　　　　　　　　　103021259

版權所有‧翻印必究
本書如有破損、缺頁或裝訂錯誤，請寄回本社更換

A History of Global Modern Chinese Literature
—Two Waves of Westernization in Modern Chinese Literature
Volumn I, Tide from the West: The first Wave of Westernization and Realism
First Edition

by Ma Sen (馬森)

Copyright© 2015 by Ma Sen

Printed in Taiwan
All rights reserved. No part of this book shall be reproduced or transmitted in an form or by any means, electronic or mechanical, including photocopying, recording, or by any information or retrieval system, without written permission form the publisher:

INK Literary Monthly Publishing Co., Ltd.
8F., No.249, Jian 1st Road,
Zhonghe Dist., New Taipei City 235, Taiwan (R.O.C.)
ink.book@msa.hinet.net
http://www.sudu.cc

Chief Editor: Chu An-ming
Text Editor: Sun Chia-chi   Huang Tzuting   Chen Chien-yu
Art Director: Lin Li-hua
Publisher: Chang Shu-min

This publication receives funding support from the Editor Power Project Grant Program by Ministry of Culture, Republic of China (Taiwan)

Library of Congress Cataloging in Publication Data

Ma Sen (馬森), **A History of Global Modern Chinese Literature** —— Two Waves of Westernization in Modern Chinese Literature Volume I, Tide from the West: The first Wave of Westernization and Realism 1.Literature 2.Chinese language and literature 3.Chinese literature—History and criticism I. Title. PL2250 2015 ISBN 978-986-387-004-3 (paperback)